Henning Mankell

Der Verrückte

Ein kleiner Ort in Norrland nach dem Krieg. Als Bertil Kras an einem Sonntagmorgen in der kleinen Marktgemeinde ankommt, ahnt er noch nicht, dass Schwedens dunkle Vergangenheit seine Zukunft bestimmen wird. Er findet Arbeit im Sägewerk des Ortes, verliebt sich und träumt davon, ein glückliches Familienleben zu führen. Doch als die Existenz eines nahegelegenen Arbeitslagers für politische Oppositionelle publik wird, dient Bertil den Verantwortlichen als willkommenes Ablenkungsmanöver. Der Fremde rückt in den Fokus bösartiger Verschwörungstheorien. Als er schließlich auch noch beschuldigt wird, das Sägewerk in Brand gesetzt zu haben, kann er die Verleumdungen nicht länger ertragen.

Henning Mankell, geboren 1948 in Härjedalen, war einer der großen schwedischen Gegenwartsautoren, von Lesern rund um die Welt geschätzt. Sein Werk wurde in über vierzig Sprachen übersetzt und umfasst etwa vierzig Romane und zahlreiche Theaterstücke. Nicht nur sein Werk, sondern auch sein persönliches Engagement stand im Zeichen der Solidarität. Henning Mankell lebte abwechselnd in Schweden und Mosambik, wo er künstlerischer Leiter des Teatro Avenida in Maputo war. Er starb am 5. Oktober 2015 in Göteborg. Weitere Infos über den Autor unter www.mankell.de

Henning Mankell

Der Verrückte

Roman

Aus dem Schwedischen von
Andrea Fredriksson-Zederbauer

dtv

MIX
Papier aus verantwortungsvollen Quellen
FSC® C019821

Ungekürzte Ausgabe 2023
dtv Verlagsgesellschaft mbH & Co. KG, München
Lizenzausgabe mit Genehmigung des Paul Zsolnay Verlags Wien

Titel der schwedischen Originalausgabe:
›Vettvillingen‹ (Författarförlaget, Stockholm 1977)

Umschlaggestaltung: dtv nach einem Entwurf von
Anzinger und Rasp, München
unter Verwendung eines Fotos von
Roine Magnusson/Getty Images
Satz: Fotosatz Amann, Memmingen
Satz nach einer Vorlage von Nadine Clemens, München
Druck und Bindung: Druckerei C.H.Beck, Nördlingen
Printed in Germany · 978-3-423-21803-0

Für

Knut Heljar

und

Gustav

Die Zeit des Huflattichs

1.

Im Traum wirkt Bertil Kras wie ein Verrückter.

In einem rosa Licht kommt er auf mich zu, ich vermag seine Schritte nicht zu erkennen, und hält wenige Meter vor mir an. Ich empfinde sein Erscheinen als still, beinahe rücksichtsvoll. In seinen Augen liegt etwas Scheues, und er ist sehr müde. Er bleibt stehen, vollkommen reglos, als sei er die ganze Zeit da gewesen. Er steht einfach vor mir, umfangen und beschützt vom Traum, dennoch ruhelos und unschlüssig.

Im Traum, habe ich gesagt; gleichwohl sah ich ihn seinen nächtlichen Befreiungsschlag in der Wirklichkeit ausführen, mittlerweile ist es neunzehn Jahre her. Zu jenem Zeitpunkt, als es sich tatsächlich zutrug, war der Ausdruck ein anderer. Damals sah ich ihn auf einem Rangierbahnhof, ein Verrückter zwischen rotfarbenen Güterwaggons. Der Bahnhof war in zähflüssige Dunkelheit gehüllt. Die blassgelben Lampen oben auf den rostigen Eisenpfählen vermochten allenfalls dünne, scharfe Lichtpunkte zu bilden, die sachte auf die Gleise und Bahnschwellen fielen. Und dort sah ich ihn herumlaufen. Obwohl die Nacht dunkel war und ich mich in einiger Entfernung befand, beinahe hundertfünfzig Meter, konnte ich ihn deutlich sehen. Seine Bewegungen waren ruckartig und wirkten, als mangle es ihm an Koordination. Die Arme strebten in eine Richtung, während die Füße wie in einer Fehlstellung nach hinten gedreht schienen. Der

Kopf pendelte, von den Nackenwirbeln scheinbar losgelöst, wie ein Punchingball hin und her. Auch ohne dass Laute zu mir drangen, war ich fest überzeugt, dass er schwer keuchte und hin und wieder von erstickenden Hustenanfällen erfasst wurde.

Und doch möchte ich ihn lieber als eine Traumgestalt zeigen, einen in keinem Geburtsregister verzeichneten Schatten, der einst alle, die vom Lärm losgelassener Güterwaggons aufgewacht waren, in Angst versetzte. Ich ziehe den Traum vor, weil darin die Ereignisse an Schärfe gewinnen. Eine Sequenz mit verblasstem, nacktem Licht. Ich ziehe den Traum auch deshalb vor, weil er jetzt, nach so langer Zeit, auf eigenartige Weise wahrhaftiger wird. Das Unwichtige hat sich verflüchtigt, übrig bleibt eine schwarzweiße Gestalt, die verzweifelt versucht, Eisenbahnwaggons entgleisen zu lassen und die Schraubenbolzen aus den geteerten Holzschwellen zu reißen.

Damals wohnten wir in der Nähe der Bahn. Vaters Schnarchen dröhnte durch das weiße zweistöckige Holzhaus. Es rumorte wie Darmwinde, ruckweise und unregelmäßig. Ich war aufgewacht, weil ich pinkeln musste. Der Wecker auf dem Porzellanteller mit den blauen Blumen zeigte halb zwei. Die eigenartigen Geräusche, die von außen durch die Holzwände drangen, hörte ich, als ich mit vor Müdigkeit klebrigen Augen vor der Toilette stand. Ich richtete meinen Strahl aus, den leicht zaudernden Harnstrahl eines Kindes, und fand es seltsam, dass sie dort mitten in der Nacht mit dem Rangieren der Waggons beschäftigt waren. Das hatte es doch nur im Krieg gegeben, der zu Ende gegangen war, kurz bevor ich geboren wurde. Und es konnte doch nicht schon wieder Krieg sein, davon hatte mir keiner etwas gesagt.

Als ich mich im Dunkeln auf den Flur hinaus tastete, stieß ich mit dem Knie an den Sofatisch. Es war kein harter Stoß, nur ein leichter Schlag genau in die weichen Teile unter der Kniescheibe. Da die Muskeln vor Müdigkeit schlaff waren, tat es nicht weh.

Es war kaum möglich, durch das Fenster etwas zu sehen. Die Scheibe war von groben Eiskristallen überwuchert, in jener Nacht hatte es sicher dreißig Grad minus. Aber kurz darauf hatte ich in einem der kleinen Hohlräume, die es auf einer zugefrorenen Fensterfläche immer gibt, ein Blickfeld gefunden.

Jetzt im Nachhinein, im Traum, ist all das weggeschält. Vom Harndrang bleibt nichts übrig. Im Traum gibt es nur den Verrückten in einem stark vergrößerten und stilisierten Panoramabild.

Ein Traum, in all seiner verblüffenden Fähigkeit zu überraschen und Geheimnis und Unsicherheit zu erzeugen.

Doch nichts ist rätselhaft. Alles lässt sich beschreiben und wird fassbar. Es ist möglich, die Geschichte des Verrückten nachzuzeichnen.

Sein Name war Kras, so hieß der, den wir auf dem nächtlichen Rangierbahnhof vorfinden. Woher dieser eigenartige Name stammte, wusste niemand. Vielmehr sah man es mit einer gewissen Genugtuung, dass der Auswärtige einen so komischen Namen trug. Dass sein Vorname ganz normal Bertil war, blieb unberücksichtigt. Er musste schlicht und einfach unter dem Spitznamen Krach durchgehen, bis er später seine unheilvolleren Beinamen bekam.

In die kleine norrländische Marktgemeinde war er im Herbst 1947 gekommen. Leute, die Bescheid wussten, behaupteten, dass er das erste Mal an einem Sonntagvormittag aufgetaucht war. Dies hatte seiner Ankunft auf spezielle Weise Kontur verliehen. An Sonntagen kam der erste Zug nicht vor halb zwei, und dass er nicht mit dem Auto gekommen war, stand außer Zweifel. Plötzlich war er einfach da gewesen, auf der Straße zwischen der Post und dem Möbelgeschäft. Auf dem Bürgersteig drehte er sich langsam um, ein Mal, zwei Mal, als hielte er Ausschau nach etwas. Es war halb neun, und der sonntäglichen Gemeinde stand ihre Ödnis bis zum Hals. Die Zeit für den Kirchgang war noch fern, niemand hatte etwas im Freien zu verrichten.

Bertil Kras störte die Ruhe. Er war nicht nur zu einer unpassenden Zeit eingetroffen, weil daraus nicht hervorging, wie er angekommen war. Auch die Geste, mit der er sich zu Beginn präsentierte, war ein Rätsel. Wie er da auf dem Bürgersteig steht und sich umdreht, bringt er die Ortsbewohner, die ihn sehen, gegen sich auf. An diesem Sonntagvormittag, an dem die Sonne die obere Kante der Waldrücken rings um die Talgemeinde in herbstliches Licht taucht, dringt er krachend in ihren geschlossenen Organismus ein wie eine rasch um sich greifende Infektion. Der Auswärtige, der unwillkommene Gast, wird zu einem Fleck auf der Oberfläche des Bildes, das man so oft poliert hat. Seine Anwesenheit saugt sich ins Bewusstsein der Häuser. Die geschlossenen Sonntagstüren können es nicht verhindern.

Viel später, irgendwann Anfang der fünfziger Jahre, erzählt er selbst vom Erlebnis seiner Ankunft. Er sagt, er hätte sich »so verflucht schwergetan, die Kirche zu finden. Ich wollte wissen, wie spät es war. Als ich dann die Kirche gefunden hatte, stellte sich ja heraus, dass es gar kein Zifferblatt gab. Nur ein paar verschlossene Luken ganz oben auf dem Turm.« Er erzählt weiter, dass er ungeheuer hungrig gewesen sei und nach einer offenen Gaststätte Ausschau hielt, obwohl er die Unmöglichkeit erkannte. Fast zwei Stunden lang sei er herumgelaufen. Danach habe er sich auf den Weg hinunter an den Fluss gemacht und sich dort unter eine Kiefer gesetzt, die schief über der Sandbank hing. Dort sei er »bestimmt ein Weilchen eingenickt«.

Er sitzt in der Kneipe und erzählt. Das Sägewerk ist bereits abgebrannt, und er wurde beschuldigt, den Brand verursacht zu haben. Wie immer sitzt er ganz hinten in der Ecke, den Rücken an der Wand. Im Nacken fühlt er den scharfkantigen Rahmen des Bildes mit den beiden Mönchen, die ein Bierfass tragen. Seine Hände mit den dünnen Fingern und dem schwarzen Messingring liegen auf dem Tisch wie sonnenbadende Körper auf einem Sandstrand. Den Aschenbecher hat er zur Seite geschoben, zu jener Zeit hat er das Rauchen bereits aufgegeben. Zwischen den Händen stehen das Bierglas und die braune Glasflasche.

Er sitzt wie gesagt mit dem Rücken zur Wand, und zugleich sitzt er mit abgewandtem Rücken. Eine kurze Seitenwand trennt seinen Einzeltisch vom restlichen Lokal, das nach Tabak und dem feuchten Lehm auf den Gummistiefeln riecht. Einst gab es in der Kneipe eine Hintertür. Man hat sie zugemauert und einen Tisch an die leere Stelle gestellt, der nach und nach Krachs Tisch wurde.

Genau genommen kann man nicht sagen, dass er erzählt; er ist allein an seinem Tisch. Er murmelt mit einem eigentümlichen Ausdruck von Schwermut und Angst vor sich hin. Die Wörter purzeln aus seinem Mund, der nur ganz leicht geöffnet ist. Seine Zunge schnappt nach Luft, während die Wörter aus seinem Inneren hervorquellen. An Krachs Tisch herrscht eine verheerende Ruhe. Er wird von fernen Stimmen umfangen, vom Klirren der Gläser und Flaschen. Im Rauch, der zu ihm hinzieht, hängen Rückstände jener Gerüchte, von denen er sich umgeben weiß.

Doch niemand sagt etwas. Die Stimmen sind gedämpft. Die Brutalität ist eine andere, verschluckte Taschenmesser, die sich in den Magenhöhlen plötzlich öffnen.

Aber bereits auf dem einsamen und hungrigen sonntäglichen Gang durch die Gemeinde zog er verstohlene Blicke auf sich.

Kleinmütige Augen hinter weißen Gardinen, durchlässig genug, um die Sicht nach außen zu erlauben, dicht genug, um die Sicht nach innen zu verhindern.

Die Geschichte ist einfach. Sie handelt von denen, die ihn zusammengeschlagen und zerstört haben.

Bertil Kras, ein Stein, der mitten in die Erzählung fällt, der Grund für sich immer weiter ziehende Kreise. Doch der Verrückte, der Pyromane, die Glasscherbe und wie immer er auch genannt wird, ist allenfalls ein Zugang, die erste Tür zu dem, was beschrieben werden soll. Sein Schicksal ist nur ein Maßstab, ein Stück Fleisch, das zu einer dünnen und geschmacklosen Tragödie zerkocht wird, ein Selbstmord, von dem ich nicht sagen kann, ob er noch begangen worden ist.

Als Bertil in seiner hungrigen Einsamkeit auf der sonntäglichen Straße der Gemeinde steht, eines Tages im September 1947, ist bereits viel geschehen. Nur ein Beispiel: Fünf Jahre zuvor haben mehrere seiner künftigen Henker blankpolierte Rentiergeweihe an die deutsche Botschaft geschickt, mit guten Wünschen für die Zukunft.

Doch Bertil sucht nach einem Kirchturm mit einem Zifferblatt. Noch ist das Ende samt Katastrophe am Rangierbahnhof fern. Noch ahnt er nichts von der kalten Winternacht, als ich pinkeln muss und ihn durch die verzerrende Eisschicht einer Fensterscheibe sehe.

Er findet also keine Gaststätte. Schließlich bleibt er beim Automaten vor dem Bahnhof stehen, wirft eine Fünfundzwanzig-Öre-Münze ein und zieht einen Schokoriegel mit Nüssen heraus. Er öffnet ihn und verzehrt ihn noch am Automaten. Dann steckt er das Papier in die Tasche und macht sich auf den Weg hinunter an den Fluss. Um ihn herum döst die Gemeinde in ihrem trügerischen Idyll, seine Schritte werden von denen, die ihn sehen können, genau beobachtet.

Sie registrieren seine langsame Art zu gehen, das etwas ruckartige Abrollen, mit dem er zu jedem Schritt ansetzt. Sie sehen seine Magerkeit, die leicht vorstehenden grauen Augen, die dünnen hellen Haare, die wie Federn auf seinem Schädel auf und ab wippen.

Unten am Fluss hält er sich an einem struppigen Gebüsch fest und beugt sich zu dem kalten und klaren Gewässer hinab. Er taucht seine Fingerspitzen ein und streicht sich über die Stirn. Er lehnt sich an die schief gewachsene, von Wurzelfäule befallene Kiefer und wird eine Weile später vom Schlaf übermannt.

Kurz bevor er einschläft, fühlt er die raue Rinde durch sein Sakko.

Er sitzt dort wie ein undeutlicher und trüber Fleck, in jener Zeit, in der das schwedische Volksheim einmal tief Luft holt, ehe das große Projekt des Wohlfahrtsstaats in den fünfziger Jahren Fahrt aufnimmt.

Die Idylle ist trügerisch. Bertil ist von einer Stille umfangen, die sich grellfarben verkleidet.

Seine Identität blieb unbekannt, bis er am selben Tag gegen drei Uhr die Pension Gustafsson betrat und fragte, ob er eine Zeit lang ein Zimmer mieten könne. Helmer Gustafsson, seit 1939 Witwer, schöpfte bereits bei den Worten »eine Zeit lang« Verdacht. Das klang viel zu unbestimmt. Als er dann sah, dass sich diese verdächtige Figur als Herr Bertil Kras einschrieb und überdies kein Gepäck zu haben schien, sondern lediglich den Schlüssel mit dem schweren Eisenklumpen nahm und hinauf in das Zimmer im ersten Stock ging, wurde dieser Verdacht noch bestärkt. Er ging auf den Hof hinaus, um nachzusehen, ob er sich auch nicht täuschte; dort stand, ganz wie vermutet, kein

Wagen. Dann setzte er sich in die Küche und rief Strömgren an, der am Bahnhof arbeitete, und fragte, ob sich an diesem Nachmittag ein Fremder im Zug befunden hätte. Strömgren verneinte, es wären nur Einheimische angekommen. Als Helmer Gustafsson das Gespräch beendet und den Hörer aufgelegt hatte, beschloss er, eine Vorauszahlung zu verlangen, sobald dieser Kras sich wieder blicken ließ.

Dies geschah erst am Montagmorgen, kurz nach sieben. Gustafsson, der Schlafprobleme hatte und bereits um fünf aufstand, hörte, wie jemand im ersten Stock umherschlich. Da Bertil der einzige Gast war, ging er rasch in die enge kleine Portiersloge hinaus und wartete.

Bertil kam die Treppe herunter. Er nickte freundlich, brummelte wohl einen guten Morgen und legte den Schlüssel auf die Theke. Seine Bewegungen waren einfach und offen, und Gustafsson ließ von seinem Plan ab.

Bertil trat durch die Tür nach draußen. Ein schwacher Nieselregen schwebte unter dem wolkenverhangenen Himmel. Er stand einen Augenblick still, lächelte flüchtig vor sich hin und verschwand aus dem Bild.

Er geht zum Sägewerk und findet umgehend Arbeit am Stapelplatz.

Er arbeitet dort, bis das Werk einige Jahre später vollständig abbrennt.

2.

Ein Stück von der Gemeinde entfernt hatte es im Wald ein Lager gegeben.

Es war eingezäunt gewesen. Vor allem aber war es von einer Geheimsprache umschlossen. Diese Sprache ging äußerst bewusst zu Werke: eine Sprache, um Einsicht zu verhindern. So wenigen wie möglich sollte die Existenz des Lagers bekannt werden. Es war Krieg, das Volk brauchte Führer, Führer mussten Freiheiten haben. Auch um eine Geheimsprache zu schaffen.

Nun, im Nachhinein, hat diese Geheimsprache eine andere Definition: eine »notwendige Vorsichtsmaßnahme«.

Nun, da das Lager nicht mehr existiert.

Das Lager – oder die Arbeitskompanie, wie man es auch nannte – hatte drinnen im Wald gelegen. Wo zuvor ein Holzweg an einem Kahlschlag endete, wurde ein neuer Weg einige Kilometer in den Wald hinein verlängert. Der neue Wegabschnitt war eng, alles deutete darauf hin, dass er in großer Eile geschlagen worden war. Tatsächlich bestand er nur aus zwei schmalen Erdstreifen für die Räder der Fahrzeuge, notdürftig eingeebnet und festgestampft. In der Mitte der beiden Spurrillen lagen Reste der oberflächlich entfernten Kiefernstümpfe. Dazwischen wuchs spärlich blassgrünes Gras.

Seitlich des Weges: der hartnäckige Kiefernwald mit seinen geraden und dünnen Silhouetten. Auf dem Boden eine knisternde Reisigdecke, Preiselbeerpflanzen und vereinzelt Pilze.

Der Standort des Lagers ging auf einen Blitz zurück. Einige Jahre vor Kriegsausbruch hatte er eingeschlagen, und durch den Brand war ein Quadratkilometer Wald vernichtet worden. Die schwarze Erde hatte man ruhen lassen, bis die Errichtung eines

Lagers zur Debatte stand. Wem dafür die Brandstätte in den Sinn kam, lässt sich nicht feststellen. Plötzlich ist der Vorschlag da, ein guter Vorschlag, der eine Reihe diskreter Vorbereitungen in Gang setzt. Offiziere, Polizisten und unbekannte Amtsträger in dunklen Mänteln tauchen in dem kleinen Marktflecken auf, um rasch wieder zu verschwinden, nachdem sie gerüchteweise die Stelle des alten Waldbrandes besichtigt hatten.

Welche Argumente den Ausschlag gaben, das Lager auf dem Brandplatz zu errichten, ist nicht mehr herauszufinden. Die Geheimsprache gibt es nach wie vor. Einige von denen, die die Beschlüsse fassten, sind tot, andere senil, müde und weinerlich. Und die Übrigen verdrehen die Wahrheit.

Dass der Platz geeignet war, ist offensichtlich.

Wie gesagt hatte das Lager im Wald gelegen. Das tut es immer noch. Der Wald hat die hundert Hektar große Wunde wieder geheilt, wo Kommunisten, Syndikalisten, Anarchisten und andere »politische Elemente, die aus Gründen der Sicherheit des Staates zu internieren sind«, in Baracken lebten. Fichten haben sich auf der Brandstätte ausgebreitet. Nur wer Bescheid weiß, kann Spuren entdecken.

Vom Lager ist nur der Müllhaufen neben ein paar großen Feldsteinblöcken geblieben. Die Feldsteine waren in der Hitze zersprungen, und in die Felsspalten hatte man damals den Müll geworfen. Konservendosen, Leerflaschen, Ölfässer, kaputte Öfen, kaputte Spaten, Schuhe, Stiefel. Davon gibt es immer noch sichtbare Überreste. Was bereits verrottet und in der Erde versunken ist, muss man sich hinzudenken.

Während ich mich hinunterbeuge und mit der Hand im Dreck stochere, denke ich, dass man unsere Geschichte in Lagern messen kann. Unterschiedliche Arten, unterschiedliche Mengen, unterschiedlicher Inhalt.

Einige Meter hinter mir steht Svante Eriksson, der mich hierhergefahren und mir den Weg gezeigt hat. Einen Stiefel hat er auf einen Stein gesetzt. Als ich versuche, seinen Blick zu fixieren, wendet er ihn ab.

Er ist schwer zu fassen, der gute Svante. Als ich einige Wochen zuvor über den eingezäunten Sandplatz ging, auf dem die Schneeräumungsfahrzeuge der Straßenmeisterei wie gelbe Schmetterlinge wirkten, hockte er bei einer der großen Planierraupen. Er sei ein alter Kommunist, einfach im Umgang, hieß es. Einer von jenen, die »immer noch am Glauben festhielten«. Ich ging also direkt auf ihn zu, meine Schritte waren für ihn schon aus einer Distanz von dreißig, vierzig Metern zu hören. Er drehte sich um, konnte vielleicht noch sehen, dass ich nickte. Ich blieb stehen und grüßte zu seinem gebückten Rücken hin.

»Hallo, Genosse.«

Dieser internationale Gruß ist wunderbar, solange er lebendig ist und das künftige Ziel einer ganzen Welt einschließt. Er wird aber katastrophal, wenn er nicht ankommt, unfruchtbar wie eine leblose Wüste.

Als Svante Eriksson sich umdreht und wissen will, was zum Teufel ich denn meine, denke ich, dass das, was man sich über ihn erzählt, falsch sein muss. Was ich meine? Ja, weißt du, ich würde gerne ein wenig mit dir reden. Falls du Zeit hast?

Schiefer hätte es nicht laufen können. Er starrt mich misstrauisch an. In einer Hand hält er einen Schraubenschlüssel, wie ich ihn größer kaum gesehen habe.

Es läuft in der Tat schief, wirklich verdammt schief.

Dabei lag ich doch eigentlich ganz richtig. Svante war Kommunist gewesen, hatte schon mit fünfzehn, seit 1935, der Partei angehört. Alle, die ich über ihn sprechen hörte, meinten, man möge über ihn und seine Ansichten denken, was man wolle, aber er sei immer konsequent und aufrichtig gewesen. Keiner konnte sich erinnern, dass er mit seiner Parteizugehörigkeit und seinen Überzeugungen je hinter dem Berg gehalten hätte, auch dann nicht, als es am schwierigsten war. Von denen, die im Lager saßen, war er der Jüngste gewesen. Er war erst etwas über zwanzig gewesen, trotzdem holten sie ihn als einen der Ersten.

Mein Irrtum war also nicht, dass ich das Gehörte falsch verstanden hätte. Mein Fehler war, nicht zu bedenken, was in der Zeit dazwischen geschehen war. Dazwischen: fast dreißig Jahre. Svante Eriksson war nun bald sechzig.

Was soll ich sagen? Gut wurde die Beziehung zwischen Svante und mir jedenfalls nie. Er betrachtete mich mit konstanter Skepsis, ohne je unhöflich oder arrogant zu werden. Es gelang mir zu keiner Zeit, ihn zu überzeugen, dass ich lediglich wollte, was ich sagte, und nichts vor ihm verbarg. Mit einer Art widerwilliger Neugier half er mir trotzdem, vor allem, wenn es um Details zum Lager ging. Alles in allem trafen wir uns drei Mal. Zuerst an jenem missglückten Freitagnachmittag und danach an zwei Sonntagen im September 1973. Die erste Begegnung am Freitag auf dem Sandplatz der Straßenmeisterei, inmitten der schmetterlingsgleichen Schneepflüge, endete damit, dass er mir erlaubte, ihn am Sonntag zu besuchen. Anschließend kehrte er mir wieder den Rücken und hämmerte mit dem riesigen Schraubenschlüssel gegen eine verrostete Radmutter, dass die Rostsplitter mehrere Meter hoch flogen.

3.

Er fuhr einen Peugeot, Jahrgang 57. Das Einzige, was darin noch ganz schien, war der Fahrersitz. Ich hingegen musste auf einem umgedrehten Bierkasten Platz nehmen. Wo einst die Rückbank gewesen war, lagen eine alte Schrotsäge, einige Arbeitshandschuhe und ein Reserverad.

»Ich stehl hin und wieder Holz«, sagte er und grinste, als er bemerkte, dass ich nach hinten blickte.

Wir sind von der Hauptstraße abgebogen und holpern im ersten Gang dahin, als er unvermittelt von seinem Hund zu sprechen beginnt. Mit den Händen umgreift er kraftvoll das hellgraue Lenkrad und sieht starr durch die Scheibe nach vorn. Der Himmel ist bewölkt, und sein Gesicht nimmt im Inneren des Autos einen seltsam blassen Ton an. Ich sitze auf dem Bierkasten und halte mich an Handbremse und Armaturengriff fest. Wir sind schon seit einer halben Stunde unterwegs, ohne ein Wort zu wechseln. Plötzlich bricht der Rückspiegel aus seiner Befestigung und fällt runter. Genau in dem Moment, als wir von der Hauptstraße abbiegen und das linke Hinterrad über eine knorrige Fichtenwurzel rumpelt, die hier über den Weg kriecht. Die Federung des Peugeots ist ausgeleiert, es gibt einen harten und dumpfen Schlag. Der Rückspiegel löst sich, Svante und ich versuchen instinktiv, ihn aufzufangen. Unsere Hände stoßen aneinander, und der Spiegel fällt zwischen Kupplung und Bremspedal. Im selben Augenblick tritt Svante kräftig auf die Bremse und ist nicht mehr in der Lage, diese schnelle, impulsive Bewegung zu stoppen. Unter dem Bremspedal, das bis zum rostigen Boden durchgedrückt ist, geht der Spiegel zu Bruch.

Svante steigt aus dem Auto, bückt sich und kratzt die Spiegelreste zusammen. Dann wirft er die Scherben hinaus in den Wald.

Wir setzen unsere Fahrt fort, und da beginnt er unvermittelt von seinem Hund zu reden. Ich habe den Eindruck, dass er gründlich vorbereitet hat, was er sagt.

Der Peugeot hüpft langsam vorwärts, und plötzlich sagt er, der Hund habe Rapp geheißen.

»Wahnsinnig schnell war er zwar nicht«, sagt er. »Aber er konnte mithalten, wenn es drauf ankam.«

Wir kommen an einem offenen Platz vorbei, auf dem Holz gestapelt liegt. Das Erdreich ist von den schweren Lastwagen aufgewühlt, der Peugeot bekommt Probleme und fängt an, mit den Rädern durchzudrehen. Svante schaltet erneut in den ersten Gang, und es gelingt ihm, den Wagen auf festen Grund zu manövrieren. Doch statt weiterzufahren, bremst er ab, hält an und schaltet den Motor aus. Die Zündung muss falsch eingestellt sein, denn der Motor ruckt noch einige Male, obwohl Svante den Schlüssel herausgezogen hat. Er sitzt und starrt auf den zitternden Schaltknüppel, bis der Motor ganz ruhig ist. Dann erst wendet er sich zu mir und schlägt vor, dass wir aussteigen.

Als wir vor einem der Holzstöße stehen, sagt er plötzlich:

»Hier war der Weg zu Ende, bevor das Lager gebaut wurde.«

Nach einer langen Pause fügt er hinzu:

»Hier haben sie auch den Hund erwischt.«

Wir stehen da, Svante Eriksson und ich, die Herbstgerüche streifen langsam vorbei. Es ist ein stiller Sonntag, und die Farben sind nach wie vor leuchtend und klar. Noch hat es keinen Frost gegeben.

Svante streicht sich mit der Hand über die Wange und kratzt sich im Ohr.

»Hat sich einfach losgerissen, der Hund. Manche sind verdammt gut darin, sich zu befreien und ihren Besitzern nachzulaufen, wenn man sie richtig aufgezogen hat. Es ist keine Übertreibung, dass es Hunde gibt, die über tausend Kilometer zurückgelegt haben und richtig bei ihren Besitzern angekommen sind.«

Er schweigt einen Augenblick. In der Ferne kann man das Geräusch eines Autos hören, das auf der Hauptstraße vorüberfährt. Es klingt in Richtung Süden aus.

»Bin ja nicht mehr dazugekommen, ihn zu versorgen. Man hat mich ja in der Nacht abgeholt. Er hat geheult wie am Spieß, als ich wegmusste. Dieses entsetzliche, durchdringend hohe Jaulen, ich weiß nicht, ob du es schon einmal gehört hast.«

Er sieht mich fragend an. Ich schüttle den Kopf.

»Na ja. Später bekam ich irgendwie mit, dass es ihm gelungen war, sich von der Kette zu reißen und mir zu folgen. Irgendwo hier haben sie ihn erschossen. Weil sie glaubten, es wäre ein Fuchs, sagten sie. Er liegt wohl irgendwo hier auch begraben.«

Und dann, wieder im Auto, mit der Hand am Zündschlüssel:

»Das hatten sie mit uns wohl auch vor.«

Auf dem Rückweg vom Lager überfahren wir fast einen Hasen. Das Gegenlicht blendet, und Svante hat gerade noch Zeit für eine Notbremsung. Die Kupplung kann er nicht mehr durchtreten, und der Motor stirbt ab. Danach will er nicht mehr anspringen.

Wir sitzen schweigend da. Svante versucht es erneut, erfolglos. Eine kurze Pause, neuer Versuch. Wir werden wohl eine halbe Stunde so gestanden haben, bis plötzlich ein Ruck durch den Motor fährt und er wieder ruhig und gleichmäßig läuft.

4.

Ich bin also in den Marktflecken zurückgekehrt. Es ist viele Jahre her, seit ich zuletzt hier war, und noch einige mehr, seit ich von hier weggezogen bin. Der Schienenbus ist allerdings nach wie vor derselbe, nur riecht es nicht mehr so sehr nach Diesel, denn mittlerweile habe ich zu rauchen begonnen. Auch die Distanz scheint größer. Eigentlich sollte es umgekehrt sein, wenn man größer wird, wird alles andere kleiner. Aber hier, wo sich die Eisenbahn durchschlängelt, wirken die Wälder noch unendlicher als damals. Nach wie vor also dieser Schienenbus, eine feuergelbe ovale Wespe. Wir sind wenige Passagiere, vier Personen im Nichtraucherabteil und zwei bei den Rauchern: ich und ein alter Kerl, der mit einer Schnapsflasche in einem Schuhbeutel kämpft. Er scheint einen steifen Rücken zu haben, sicher ist er Waldarbeiter gewesen. Neben ihm auf dem Sitz steht eine abgetragene Tasche, die Flasche will nicht so recht, und er grinst scherzhaft in meine Richtung. Alles verläuft auf merkwürdige Weise ruhig, der Alte scheint schon seit tausend Jahren mit seiner Schnapsflasche beschäftigt. Wir fahren an Stationsgebäuden vorbei, leer wie ausgehöhlte Käfer. Die Schilder mit den Ortsbezeichnungen sind abmontiert, vermutlich als Souvenir und nicht als Protesttafel, und ich erinnere mich an überhaupt nichts mehr. Wie zum Teufel haben diese Stationen geheißen? Das ist ja nicht zu fassen, du bist hier sicher zwanzig Mal gefahren und warst damals kein Kind mehr. Nicht ein einziger Name fällt dir ein. Erst als der Schienenbus den ersten Halt bei einem braun gestrichenen Stationsgebäude einlegt, dessen Schild noch hängt, erinnere ich mich. Aber die toten Stationen, die man in den vergangenen vierzehn Jahren aufgegeben hat, sind aus meiner Erinnerung gelöscht. Doch als die Konturen der kleinen Marktgemeinde sichtbar werden, entsteht zwischen den beiden, vierzehn Jahre auseinanderliegenden Polen ein magnetisches Feld der Gemeinsamkeit. Die Brücke über den Fluss ist noch dieselbe, der Kirchturm und die grauweißen Wolken fließen ineinander. Die Fahrt verlangsamt sich, wir kommen am Rangierbahnhof vorbei, und kurz blitzt Bertils Gestalt auf. Es ist spät am Nachmittag, und wir treffen planmäßig ein.

Dieser Besuch dauert gut drei Wochen. Als ich hinterher, an einem Sonntagnachmittag, wieder in den Zug steige, habe ich viel Neues gelernt. Nicht nur über ein Lager, nicht nur über eine schreiende Geschichtsfälschung, sondern vor allem über das, was ich den Palast nenne.

Ein Palast, ein blauer Palast. Die Farbe ist politisch, der Bau ist politisch. Dieser Palast wird Volksheim genannt, seine blaue Farbe kam erst langsam hinter der roten Tarnfarbe zum Vorschein.

Ein blauer Palast. Bertil Kras schlummert an eine seiner Kiefern gelehnt.

Mit dem Rücken zu einer Entwicklung, die sich selbst das Rückgrat brechen wird. Das Knacken hört man nicht, es ist dumpf und langgezogen.

Kinderspiele oder Kindermärchen kommen mir in den Sinn. Robuste, knorpelige Baumstämme, deren Äste und Wurzellöcher menschliche Züge annahmen, die aber ebenso gut Tarnung, Spione, Ganoven und Banditen werden konnten.

So etwa war es mit Bertil und diesen ganzen ungeheuren fünfziger Jahren, eingebettet in Kaugummi und Filmstars, heruntergebrannte Sägewerke und Hass auf Kommunisten.

Auf der Rückfahrt mit demselben Schienenbus geschieht etwas Unerwartetes; ich sehe eine Gestalt aus der Vergangenheit wieder, eine Klassenkameradin aus den frühen Jahren der Volksschule, ein Mädchen, das einst mit mir in der Schulbank saß, rechts von dem erhöhten Katheder aus hellem Holz. Damals hieß sie Britt, jetzt scheint es unmöglich, sie mit diesem Namen anzureden. Sie sitzt mir gegenüber, diesmal sind mehr Leute da; viele, die Richtung Süden zur Arbeit fahren. Sie hockt hinter einer Ausgabe der Zeitschrift *Femina*, hat einen Ehering und raucht ununterbrochen. Wenn sie umblättert oder die Asche abstreift, wirft sie mir einen raschen Blick zu. Ich bin mir sicher, dass sie mich nicht erkennt. Gewiss habe ich mich verändert, mehr als sie, doch sie erkennt mich vor allem deshalb nicht wieder, weil sie hier nicht mit einem fremden Gesicht rechnet. Sie ist an ihrem Ursprungsort, ich komme von auswärts.

Während der Reise sprechen wir kein Wort miteinander. Ich bücke mich nur nach einem Handschuh, der ihr auf den Boden fällt. Sie lächelt ein wenig und schiebt ihn in ihre braune Handtasche.

Unsere Knie streifen einige Male aneinander, ein leidenschaftsloses Reiben, nichts anderes. Der Schienenbus ruckelt und wankt durch die Ödnis. Ich sehe ein paar ältere Fahrgäste instinktiv den Blick heben, wenn wir an den aufgelassenen Bahnstationen vorüberfahren. Hier haben sie die Köpfe seit jeher gehoben. Sie werden von der Zeit hinters Licht geführt, gleich kommt jetzt diese oder jene Station.

Ich sitze also meiner alten Klassenkameradin gegenüber, mit dem Rücken zur Fahrtrichtung. Ich denke daran, wie sie damals war. Am deutlichsten erinnere ich mich an ihre erstaunliche Schnelligkeit. In den Turnstunden rannte sie wie ein Windhund, niemand konnte mit ihr mithalten. Sie lief mit federnden Beinen und hatte den Hals dabei etwas nach vorn geschoben, wie eine Steuerflosse. Wir jagten sie manchmal einfach aus Freude, sie wie einen Pfeil davonschießen zu sehen. Unser Turnlehrer, der

Kantor, der viel von körperlicher Ertüchtigung hielt, lobte ihr enormes Sprintertalent. Wir standen da und sahen, wie er ihr seine rechte Hand auf das helle Haar legte und sagte, sie »läuft wie eine kleine Göttin«. Mit einer zähen Mischung aus Neid und Stolz machten wir uns darüber lustig, indem wir einander zuflüsterten, dass »der Alte schon wieder seine Psalmen auf ihren Schädel klimpert«.

Jetzt, da sie mir auf dem dunkelroten Plüsch gegenübersitzt, sind ihre Haare kurz und braun. Damals waren sie blond und so lang, dass man sie flechten konnte.

In der Schule war sie nicht besonders gut. Oft konnte ich ihr mit diskreten kleinen Spickzetteln aushelfen, die über die Knie und in die Hände hin und her wanderten. Ich erinnere mich daran, dass ihre Handflächen warm und verschwitzt waren. Jetzt sehe ich zwei kühle, gutsituierte Hände, die eine Ausgabe der *Femina* halten.

Ich sitze ihr, dem Sprinter-Ass, gegenüber und erkenne mit bebender Klarheit, wonach ich eigentlich auf der Suche bin: eine Tür zu den fünfziger Jahren. Ich blicke zu ihr hinüber, sie blättert Seite um Seite um, und ich weiß absolut nichts von ihr, weigere mich sogar zu glauben, dass sie nach wie vor Britt heißen kann. Aber ich erlebe auf eigentümliche Weise, dass sie dennoch mein Interesse teilen könnte.

Eines der letzten Bilder auf dieser Rückreise ist ein Farbflimmern, bei dem im Hintergrund mit schrillen Kinderstimmen von der kommenden Blütezeit gesungen wird, ruckartig und falsch vor Eifer. Doch mitten hinein in dieses Flimmern trampelt ein Saufbold, groß wie ein Ochse, schlägt mit seinen enormen Fäusten die Kirchentüren ein, macht zwei Schritte auf die Altarschranke zu und ergreift das Altarbild. Hinter dieser Szene ertönt schnatternd das Lied, unbeeinträchtigt und ahnungslos.

Der Saufbold reißt das Gemälde herab, auf dem Jesus im Licht seiner Auferstehung steht, am unteren Bildrand von dunklen römischen Schatten umgeben; alles in diesem dumpfen rotbraunen Ton, der vom spärlichen Licht unter dem Kirchengewölbe herrührt. Nachdem das Altarbild mit Gewalt entfernt worden ist, gähnt ein weißes Loch in der Wand. Der Saufbold setzt sich in die erste Reihe, sturzbetrunken. Allmählich beginnt er wild und heftig zu schnarchen, und erst dann verstummen die hellen Kinderstimmen.

Stille macht sich breit. Zuerst weiß ich nicht, wo sie herkommt, doch dann merke ich, dass der Schienenbus angehalten hat. Wir warten auf das letzte Fahrtsignal, bevor diese Rückreise endet.

Die Ausgabe der *Femina* hat sie in ihre Tasche gepackt. Mich überkommt plötzlich der Impuls, nach ihrer Hand zu greifen, um zu fühlen, ob sie vom nervösen Schummeln immer noch feucht und warm ist.

Aber alles bleibt still, der Impuls ist mir beinahe peinlich. Ich habe ihr jetzt nichts zu sagen.

Aber im Hintergrund von Bertil Kras gab es uns beide.

5.

Spätnachmittags, an einem der ersten Oktobertage 1940, erhielt Polizeikommissar Lönngren einen überraschenden Befehl vom Militärkommando. Schon als er die Ordonnanz sah, war ihm klar, dass etwas Besonderes vorging, etwas, das wichtiger war als die üblichen Reparaturen und Instandhaltungsarbeiten an Wachtürmen oder die Verstärkung der örtlichen Feuerwehr. Lönngren war gerade im Begriff, seinen Mantel anzuziehen, als er draußen auf der Straße ein Auto vorfahren hörte. Er stand in seinem Arbeitszimmer mit dem riesigen braunen Schreibtisch und ging rasch zum Fenster. Ein graues Militärfahrzeug verstellte den gesamten Zugang zur Polizeidienststelle. Hinten stieg ein großer, magerer Offizier aus. Lönngren sah sofort, dass es sich um einen hochrangigen Offizier handelte, was bestätigte, dass eine außergewöhnliche Mitteilung bevorstand. Rasch zog Lönngren den Mantel wieder aus. Er setzte sich auf den braunen Armlehnstuhl hinter dem Schreibtisch, machte die Lampe mit dem gelben Porzellanschirm an und konnte gerade noch ein Informationsschreiben zur Neuregelung der Zusammenarbeit zwischen der Heimwehrmiliz und der örtlichen Polizeibehörde hervorholen, als er heftige Schritte und ein Klopfen an der Tür hörte.

Etwas Vergleichbares hatte Lönngren zuvor noch nicht erlebt. Der Befehl, der vor ihm auf dem Schreibtisch lag, war etwas gänzlich Neues. Lönngrens Gesicht erstarrte, und er konnte den Blick nicht von dem maschinenschriftlichen Text heben, der die Hälfte des Bogens beanspruchte; darunter befanden sich eine krakelige Unterschrift und ein Stempel, der das Dokument zur Geheimsache erklärte.

Lönngren ist im Stuhl zusammengesunken. Vor der Tür hört er Stimmen, die laut werden und dann wieder verschwinden. Er ist völlig allein mit einem Kriegsbefehl, der ausgeführt werden muss. Noch bezweifelt er dessen Richtigkeit, noch ist ihm unklar, welche Konsequenzen diese kurzen und straffen Sätze auf dem Papier der Militärbehörde tatsächlich nach sich ziehen.

Er erinnert sich plötzlich an den Sommer 1939, als er zum ersten und bisher einzigen Mal in seinem Leben in Stockholm war und in der drückenden Wärme umherstreunte. Er wollte selbst den Weg zu jenen staatlichen Organen einschlagen, mit denen er beruflich in Kontakt stand. Er geht also den vorgezeichneten Spuren in der Stadt nach und nimmt dabei nur ganz vage die zunehmende Stille wahr; den Augenblick, als das Unvermeidliche Wirklichkeit wird. Lönngrens Heimreise mit dem Frühzug ist für den nächsten Tag geplant. Doch als er im Hotel von einem nervösen Zimmermädchen geweckt wird und erste Andeutungen bekommt, dass der Krieg ausgebrochen ist, macht er sich augenblicklich auf. Er bahnt sich einen Weg durch das ängstliche Chaos am Hauptbahnhof und sinkt im Nachmittagszug auf eine Bank in einem Abteil zweiter Klasse. Die Reise dauert elf Stunden, und erst im Zug nimmt er sich die Zeit, die Zeitungen zu lesen, die er neben sich auf den Sitz gestapelt hat.

Er ist allein im Abteil. Er raucht, und die Zigarettenasche fällt zu Boden.

Jetzt, fast genau ein Jahr später, liegt vor ihm der Befehl. Eine kurze Mitteilung, die Festnahmen hätten schnell zu erfolgen, mit größtmöglicher Diskretion. Die Liste, die dem knappen Befehl beigefügt ist, enthält die wichtigsten zehn Namen.

Lönngren beugt sich nach vorn. Er zieht die Liste zu sich und geht noch einmal die Namen durch. Er kennt sie alle. Er sieht die Gesichter dieser Menschen vor sich, die Situationen, in denen sie sich im Moment, an diesem Nachmittag im Oktober, befinden könnten.

Abrupt steht er auf und geht zu seinem Mantel hinüber, den er über den Besuchersessel geworfen hat. Aus einer der Taschen fischt er eine Schachtel Streichhölzer und kehrt zum Schreibtisch zurück. Er wirft einen raschen Blick aus dem Fenster, die Straße liegt verlassen. Er greift sich den Befehl und verbrennt ihn. Die Überreste sammelt er in dem grünen Aschenbecher, der aussieht wie ein Schwan mit gespreizten Flügeln. Zigarrenstummel und Papierasche verrührt er zu einem Brei. Er zieht den

Mantel an und verlässt das grün gestrichene Polizeigebäude. An der Ecke biegt er ab und folgt der Straße zum Krankenhaus. Zu seiner Wohnung im ersten Stock des Hauses, das dem Farbenhändler gehört, ist es ein Spaziergang von etwa fünf Minuten.

In der Nacht liegt er wach im Bett. Er blickt in die Dunkelheit hinaus und reibt langsam den Ellenbogen am blankpolierten Kopfende.

Er plant die Festnahmen. Sein ganzes Bestreben zielt darauf, die Aktion so zuverlässig wie möglich vorzubereiten.

Alles andere versteht sich von selbst. Die Bedrohung aus dem Osten, die Beamtenpflicht, die Nation gegen ihre Feinde im Inneren zu verteidigen. Ein Schwede schweigt, damit der Feind nicht mithören kann, so wie Lönngren, der still daliegt und plant.

6.

Der Erste, der festgenommen wird, ist Svante Eriksson. Der entsprechende Beschluss wird in einem der Zimmer im Obergeschoß des Hotels gefasst. Die Beleuchtung ist gedämpft, drei Militärangehörige, ein unbekannter Beamter aus Stockholm und Polizeikommissar Lönngren werden sich um einen großen ovalen Tisch versammeln. Es ist kurz nach neun, als der tarnfarbene Volvo sich in die abendlich verlassene Gemeinde schleicht und neben dem Eingang zum Hotel auf dem umzäunten Grundstück parkt. Die drei Militärs und der dunkel gekleidete Mann steigen aus. Chauffeur haben sie keinen. Einer der vier hat selbst den Wagen gefahren. Sie betreten das Hotel und gehen hintereinander die Treppe hinauf. Im Speisesaal sitzt eine Kellnerin und strickt. Im Raum befinden sich zwei, vielleicht drei Gäste.

Lönngren ist bereits da. Er hat im dunklen Zimmer ein paar Runden gedreht und nach Schritten auf der Treppe gelauscht. Hören konnte er allerdings nur das schwache Klirren von Gläsern, die auf etwas anstoßen, und das entfernte Scheppern aus der Küche. Er trägt einen dunklen Anzug. Seinen Platz am Tisch hat er bereits gewählt und einen Notizblock auf den Stuhl gelegt, als Zeichen, dass er besetzt ist.

Sie grüßen leise murmelnd. Die Offiziere deuten Ehrbezeugungen an, und Lönngren schafft es nicht, den Namen des Beamten zu verstehen. Er fühlt lediglich einen harten, hektischen Händedruck. Die Leitung der Besprechung übernimmt der Beamte. Mit einer ruckartigen Bewegung zieht er den Mantel aus und wirft ihn aufs Sofa. Er scheint es eilig zu haben. Lönngren hat noch kaum Platz genommen, als der Beamte mit unerwartet lauter und schneidender Stimme die Anwesenden willkommen heißt. Im selben Moment bemerkt Lönngren, dass jemand, wohl einer der Offiziere, die Türen geschlossen hat. Die dunkle Stimme fährt scharf durch den Raum. Lönngren kann nicht umhin, dem Redner in die Augen zu sehen. Die Haltung der Offiziere ist entspannter, einer von ihnen zeichnet mit dem hinteren Ende eines Bleistifts etwas auf seine Handfläche.

Im Verlauf dieses Treffens, das eine gute Stunde dauert, muss Polizeikommissar Lönngren sich drei Mal äußern, ein Mal macht er es freiwillig. Er beantwortet die Frage, ob auf der Liste Namen stehen sollten, die darauf bisher nicht erfasst sind, ob die Liste vervollständigt werden müsste. Er verneint ohne zu zögern. Außerdem wird er gefragt, ob sich sämtliche Personen auf der Liste in der Gegend aufhalten, ob alle gefasst werden können. Bei dieser Frage denkt er einen Augenblick nach, ganz sicher kann er sich ja nicht sein. Schließlich antwortet er:

»Ich glaube, ja. Ich würde davon ausgehen.«

»Das liegt in Ihrer Verantwortung als Polizeikommissar.«

Die schwarze, eindringliche Stimme schlägt zurück. Lönngren nickt.

Die letzte Frage wird ihm von einem der schweigsamen Militärangehörigen gestellt, der bisher zu schlafen schien. Es handelt sich um einen jungen Mann, der etwas Scharfes und Gefährliches ausstrahlt. Mit zusammengekniffenen Augen blickt er ins Dunkel, das Kinn auf den gefalteten Händen. Er fixiert Lönngren plötzlich mit starrem Blick.

»Wie schätzen wir die Möglichkeit von Schwierigkeiten bei den Festnahmen ein?«, fragt er.

Lönngren sitzt da, ohne sich zu bewegen, den Blick zum Tisch gesenkt. Wie wir das einschätzen? Ja, wie, zum Teufel, denn? Die Gedanken in seinem Kopf frieren plötzlich ein.

»Es kann sein, dass es zu Problemen kommt. Wir reden ja hier nicht von Schwächlingen.«

Lönngren ist verwundert, wie ruhig seine Stimme klingt, er fühlt eine wachsende Unsicherheit aufsteigen, eine nagende Unruhe angesichts der gespenstischen Unwirklichkeit dieses Treffens. Es ist ja nicht Krieg, denkt er. Hier bei uns ist doch kein Krieg.

»Sämtliche Festnahmen haben während ein und derselben Nacht zu erfolgen. Der Transport sollte bei Tagesanbruch erledigt sein.«

Der junge Offizier mit den zusammengekniffenen Augen reißt plötzlich das Kinn von den Händen und fährt aus seiner gebeugten Haltung hoch. Wie ein aufspringendes Taschenmesser. Seine Aussage ist spitz und trifft Lönngrens Ohren wie ein Nadelstich.

Die Lage braut sich zusammen, und auf einem Baum lauert der Geier. Lönngrens Kopfschmerzen werden stärker, und er fragt sich, was in aller Welt das eigentlich soll. Warum sollen diese Leute gefasst und in diesen Militärbaracken auf der Brandstelle im Wald untergebracht werden? Unzuverlässige Elemente? Sind sie Kommunisten? Russenfreunde? Bolschewiken?

Lönngren ist mit einem Mal klar, dass man ihn in etwas hineinzieht, das er in seiner Gesamtheit niemals überblicken wird und von dem auch nicht vorgesehen ist, dass er die Kontrolle darüber hat. Die Grenzen der Beamtenpflicht, seine Verantwortlichkeit als Polizeikommissar und Staatsdiener mit begrenzter Zuständigkeit werden plötzlich undeutlich. Die Pflicht ist größer, sie beinhaltet offenkundig auch eine andere Verantwortung, der zufolge man handeln muss, ohne Fragen oder klare Gründe. Befehlen schweigend Folge leisten.

Rundum tobt ein Krieg. Das letzte Mal lag man im Kampf um Kolonien, dieses Mal führt man wieder einen kapitalistischen Krieg. Und unvermittelt bekommt Lönngren den Befehl, soundso viele Einwohner des kleinen Marktfleckens festzunehmen.

Sie sind ihm allesamt bekannt.

Das Treffen endet, eine braune Aktentasche wird zugeschlagen. Rasches Händeschütteln, angedeutete Ehrbezeugungen und Lönngren, der als Letzter die Treppe hinabsteigt.

Als er vors Hotel tritt, haben sie ihre Meinung plötzlich geändert. Es ist spät, warum also nicht gleich hier übernachten?

»Wen, zum Teufel, müssen wir dazu denn wecken?«, fragt der Major.

»Engberg, der Besitzer, wohnt dort drüben«, sagt Lönngren. Er zeigt auf das weiße Einfamilienhaus neben dem Hotel.

Noch einmal werden kurz Hände geschüttelt, und Lönngren bricht auf. Er verlässt die Herren über den Kiesweg, durch die eiserne Pforte in der niedrigen Steinmauer und geht dann dicht an den Hauswänden entlang nach Hause. Die Nacht ist frostig, und der Atem tritt ihm als herbstlicher Rauch aus dem Mund. Seine Schritte sind lautlos, er trägt Schuhe mit dicken Gummisohlen. In einer Diagonale überquert er den Friedhof, schneidet eine Grimasse, als er an einem neu ausgehobenen Grab vorbeikommt, biegt anschließend um die nördlich gelegene Friedhofsecke, lässt Utbergs Kuhstall hinter sich und beschleunigt sein Tempo, je näher er seiner Wohnung im ersten Stock der Farbenhandlung kommt.

7.

Kurz nach zehn sind alle in Lönngrens Büro versammelt. Neben Lönngren selbst gibt es zwei weitere Polizisten in der Gemeinde. Ekblad ist der älteste. Er ist Vater von sieben Kindern, überzeugter Abstinenzler. Groß und lautstark, abwechselnd aufgeregt und ruhig. Der andere ist Jan-Erik Olsson, knapp über dreißig, unverheiratet und vor einigen Jahren zugezogen. Er hat einen mittelschwedischen Dialekt, ist Kettenraucher und wohnt seit drei Jahren in einer Pension. Er ist schwer zu fassen, ausweichend und glatt.

Diese drei sind jetzt in Lönngrens Büro. Diese drei werden auch die Festnahmen durchführen.

Lönngren sitzt hinter seinem großen Schreibtisch. Er weiß nicht, was er sagen, wo er beginnen soll. Er weiß, was er nicht sagen soll, was er nicht sagen darf, doch jetzt geht es schließlich darum, diesen unliebsamen nächtlichen Auftrag begreiflich zu machen. Es irritiert ihn, dass sich sein Kopf so leer anfühlt. Während der durchwachten Nachtstunden hat er genau einstudiert, wie er Ekblad und Olsson den Auftrag unterbreiten wird. Doch nun ist er sich seiner Worte plötzlich nicht mehr sicher.

Was bedeuten sie? Was wolltest du eigentlich sagen? Olsson blickt aus dem Fenster, wie immer wirkt er abwesend. Auf seine etwas eigentümliche Weise hält er eine Zigarette in der Hand, eingeklemmt zwischen kleinem Finger und Daumen. Die Asche fällt auf den Boden, und Ekblad starrt finster zu ihm hinüber. Ekblad hat sich breit in den Besuchersessel gesetzt, den Kopf an Lönngrens schwarzen Mantel gelehnt, der direkt hinter der Rückenlehne hängt.

Die Oktobersonne fällt durchs Fenster herein. Ein kalter und starker Lichtstrahl, der sich wie der Kegel eines Scheinwerfers über den Schreibtisch und eine der Längswände zieht. Das weiße Streifenmuster der Tapete leuchtet in seiner ganzen Tristesse.

In diesem Augenblick, in dem er etwas sagen, die Situation anpacken und ihr Kontur und Kraft geben sollte, hat Lönngren das seltsame Gefühl, all das zuvor schon einmal erlebt zu haben, in exakt der gleichen Stille, dem gleichen Sonnenlicht, mit der gleichen Zigarettenasche auf dem Linoleum. Seine Brust wird eng, er setzt sich in seinem Stuhl zurecht. Er wirft einen unsicheren Blick auf Ekblad, der damit beschäftigt ist, einen Anilinfleck auf Höhe der Brust von seinem Hemd zu entfernen. Und Olsson steht rauchend da und befindet sich in einer anderen Welt. Seine Zigarette ist erst zur Hälfte abgebrannt, noch ist die Glut nicht in der Nähe seines kleinen Fingers.

Polizeikommissar Lönngren hat in seinem Leben eine immer wiederkehrende Erfahrung gemacht, er nennt sie die erstarrte Uhr. Bisweilen hat er ein fast panisches Bedürfnis, die Zeit anzuhalten und eine noch so unbedeutende Situation dazu zu bringen, stehenzubleiben und ihm eine Atempause zu gewähren, eine Möglichkeit, zu leben, ohne dass eine Sekunde später alles vorbei ist. Am häufigsten und intensivsten erlebt er diesen Zustand in der Früh. Er erwacht und hat große Angst, dass der Tag, der eben beginnt, schon vorbei ist, vollendet in einem Nichts. Wenn er die Möglichkeit dazu hätte, würde er gern eine dieser Situationen einfrieren und sich darin einschließen, um Zeit zu gewinnen, eine Pause, in der die Uhr wirklich stillsteht. Er träumt nicht, dass der statische Zustand ewig anhalten möge. Er wünscht sich nur, dass er möglich wäre.

Er sieht es vor sich: Er kommt vielleicht mit seinem wöchentlichen Einkauf eben aus dem Lebensmittelgeschäft. Er steht auf der Treppe, die zum Bürgersteig hinabführt. In einiger Entfernung fährt ein Wagen die Hauptstraße entlang. Eine ältere Dame ist gerade auf dem Weg ins Uhrengeschäft. Sie hat die Hand auf dem Türgriff und sieht auf ihre Galoschen hinab, um nicht zu stolpern.

Und an dieser Stelle friert das Bild ein. In diesem Augenblick möchte Lönngren seine Pause finden, im Augenblick der erstarrten Uhr, in dem eine meditative Zwanglosigkeit entstehen kann, das Gefühl, vielleicht trotz allem hinterherkommen zu können. Das Gefühl, zumindest ein Mal Seite an Seite mit dem Leben zu laufen, nicht immer hoffnungslos hinterher.

Olsson drückt die Zigarette aus, und Ekblad belässt den Fleck, wo er ist. Plötzlich findet Lönngren den Faden wieder.

»Das hier wird jetzt ein wenig ungewohnt«, beginnt er. »Nicht nur eine Nachtaktion, sondern ein geheimer Militärbefehl. Der erste Kriegseinsatz, könnte man vielleicht sagen.«

Ekblads starrer Blick ist misstrauisch. Olsson zündet sich eine neue Zigarette an.

»Bevor ich genauer werde, will ich euch an euren Eid und eure Verschwiegenheitspflicht erinnern. Es geht jetzt um mehr als ein paar Worte.«

Ekblad verharrt in seiner behäbigen Skepsis. Auf seinem großen, feucht glänzenden Gesicht liegt ein argwöhnisches Grinsen. Olsson hingegen horcht auf, er entdeckt mit einem Mal an dem sonst so ruhigen Lönngren eine neue Unsicherheit.

»Wir haben den Befehl bekommen, ein paar Leute einzusammeln, die in diesen Kriegszeiten gefährlich sind. Wir sollen sie abholen und in die Baracken bringen, dort, wo vor einigen Jahren dieser Waldbrand war, ihr wisst schon.«

»Was haben sie denn getan?«, fragt Ekblad. »Bei uns in diesem Loch hier?«

»Nichts«, antwortet Lönngren. »Aber sie sind von höherer Instanz als … unzuverlässig eingestuft worden. Wir müssen uns einfach an die Befehle halten.«

»Verdammt komische Befehle«, unterbricht plötzlich der hagere Olsson. »Hast du eine Kopie davon?«

»Nein.« Lönngren schüttelt den Kopf. »Ist verbrannt.«

»Verbrannt? Was in aller Welt soll das bedeuten?« Ekblad richtet sich in seinem Sessel mühevoll auf.

»Es hieß in aller Deutlichkeit, dass der Befehl nach dem Lesen verbrannt werden muss. Ich sage euch, was drinstand. Wir müssen in der Nacht raus und die Leute abholen.«

Die Frage liegt auf der Hand. Olsson ist schneller.

»Wie viele und wer genau?«

Lönngren schiebt ihnen die Liste hin, die er vor sich auf dem Schreibtisch liegen hat. Olsson nimmt das Papier in die Hand. Die Asche rieselt auf die Stiftablage. Er nimmt das Blatt mit hinüber zu Ekblad, und gemeinsam gehen sie die Namen durch.

Einmal, ein zweites Mal. Unterschiedliche Schweigephasen: erst Konzentration, dann Überraschung, dann zunehmende Unwirklichkeit; sie richten den Blick auf Lönngren hinter seinem Schreibtisch.

»Ja«, sagt der. »Wir sollen sie diese Nacht abholen. Wir müssen eine praktikable Reihenfolge wählen.«

»Was ist das für eine verdammte Scheiße?«, unterbricht Ekblad und reißt sich mit einem schweren Schnaufen aus dem Sessel. Er findet einen sicheren Stand, zieht sich die Hose hoch und geht auf Lönngren zu.

»Es muss wohl noch einen anderen Grund geben als den, dass Krieg ist. Unzuverlässig? Von denen hat doch keiner je etwas Unrechtes getan. Alles erstklassige Arbeiter. Bessere lassen sich in diesem Loch hier ja kaum finden. Oder etwa nicht? Also warum?«

Lönngren antwortet nicht. Er weiß, dass Ekblad die Namen bald selbst zuordnen wird und herausfindet, was sie verbindet und einen hinreichenden Grund für die nächtliche Festnahme darstellt.

Doch es ist Olsson, der das Schweigen beendet.

»Kommunisten«, sagt er und verzieht das ausdruckslose blasse Gesicht zu einem kurzen Grinsen. »Jetzt geht es also los.«

Lönngren bemerkt den Unterton. Er spürt das beunruhigende Schwingen einer kalten Saite in Olssons wenigen Worten. Lönngren merkt, wie hinter seiner Stirn die Gedanken stotternd in Gang kommen. Aus dem dumpfen Schattenreich, das sich den ganzen Vormittag in seinem Kopf ausgebreitet hat, treten plötzlich ein paar klare Bilder hervor.

Olssons neutrales Gesicht, denkt er plötzlich. Schwedens Neutralität. Mit einem Mal hat diese zurechtpolierte Neutralität einen bedrohlichen, schlecht verborgenen Beiklang. Olssons einziges Wort: Kommunisten.

In Lönngrens Ohren hört es sich wie ein »endlich« an.

Die Gedanken blitzen vorbei. Ekblad macht drei Schritte zum Fenster und zurück.

»Zum Teufel noch mal, das ist doch nicht in Ordnung, Einar«, sagt er. Lönngrens Vornamen verwendet er nur in Extremsituationen. Er macht dabei eine ablehnende Geste zu der Liste hinüber, die Olsson in der Hand hält und mit forschendem Blick betrachtet.

»Wie soll das denn gehen, dass wir zu Sven Wiklund nach Hause fahren und sagen, du, hallo übrigens, jetzt musst du ins Gefängnis, weil du bist Kommunist, und das geht im Moment gar nicht? Was, denkst du, wird seine Frau dazu sagen? Sie bekommen jetzt ja bald wieder ein Kind. Das siebte, vielleicht auch das achte? Nein, Einar, also was soll das? Die Sache stinkt doch zum Himmel. Wer hat das denn entschieden?«

»Die Not«, fährt Olsson dazwischen. »Meinungen sind wirklich Waffen. Gefährliche Meinungen sind gefährliche Waffen. Die müssen unschädlich gemacht werden.«

Misstrauisch bemerkt Ekblad, wie plump Olsson sich ausdrückt. Lönngren widerstrebt der gefühllose Klang in Olssons Stimme, und er glaubt, sich an genau dieselben Worte Olssons zu erinnern, irgendwann früher. Doch es fällt ihm nicht mehr ein, wann das war, nicht in diesem Moment.

»Für dich ist das alles also einfach in Ordnung«, sagt Ekblad zu Olsson.

»Ja«, antwortet dieser. Das Wort kommt hastig, betont hart.

Lönngren erhebt sich. Er merkt, wie sich zwischen dem Riesenkerl und dem Schmächtling mit der plötzlich metallischen Stimme Irritation breitmacht.

»Es ist schließlich nicht das erste Mal, dass wir als Polizisten etwas tun müssen, das wir lieber lassen würden. Klar ist uns das unangenehm, aber es muss einfach sein. Ich habe mir gedacht, dass wir mit Svante anfangen, Svante Eriksson also. Nicht Svante Sturesson, der kommt später …«

Lönngren skizziert mit einfachen Worten die Strategie. Ekblad kehrt zu seinem Sessel zurück. Olsson steht mit dem Rücken am Fenster. Lönngren spürt, wie die Kälte allmählich nachlässt, wie der Plan sich konkretisiert.

Kurz vor vier trennen sie sich.

Sie sehen einander um halb elf am Abend wieder. Die Ortschaft ist leer, die meisten Fenster sind schwarz. Sie treffen sich auf dem Hof des Polizeigebäudes, gleich neben der Garage. Dort stehen sie im Schutz der Brandmauer und der nächtlichen Finsternis.

Ekblad klimpert mit den Autoschlüsseln, er soll den großen Volvo lenken.

In den Taschen haben sie Handschellen und ihre Dienstrevolver. Vermutlich hat zumindest Lönngren scharf geladen.

8.

Der Erste, der festgenommen wird, ist also Svante Eriksson. Er ist Kommunist und wohnt mit seiner Mutter in einem der Mietshäuser an der Bahn. Sein Vater ist vor einigen Jahren gestorben, er war Eisenbahner und Vorsitzender der örtlichen Parteigruppe. Die Mietwohnung, in der sie leben, verdanken sie der Arbeit des Vaters. Die vier roten, dreistöckigen Gebäude gehören der Eisenbahn. Als der Vater starb, hätte die Familie eigentlich dort ausziehen müssen. Doch da Svantes Mutter, knapp über sechzig, ein bis zwei Mal die Woche bei der Reinigung der Züge und des Wartesaals im Stationsgebäude hilft, konnten sie bleiben. Viele in der Gemeinde glauben, dass die Bahnverantwortlichen sich vor Svante langsam genauso fürchten wie vor seinem Vater. Das gleiche schlagfertige Maul, genauso belesen, bekommt ebenso oft Bücherpakete und seltsame Zeitungen. Man hat begonnen, Svante zu sehen wie seinen Vater, mit einer Mischung aus Respekt und Irritation. Ihre Ansichten finden die meisten abstoßend, doch abgesehen davon sind sie oft tüchtige Burschen, diese Kommunisten. Zugleich jedoch unfassbare Störenfriede und dabei ziemlich vorlaut.

Ekblad fährt mit dem schwarzen Volvo dicht an den Eingang des roten, dreistöckigen Hauses. Er stellt den Motor ab und lässt den Wagen die letzten Meter ausrollen. Der Kies knirscht. Die Scheinwerfer sind ausgeschaltet, lediglich Olssons Zigarette glimmt auf dem Rücksitz. Einen Augenblick sitzen sie still da, ehe Lönngren an den Türgriff fasst: Der Auftrag beginnt. Lönngren ist es auch, der an die Tür im zweiten Stock schlägt, links von der Treppe. Er klopft drei Mal, nicht allzu fest. Es hallt im Stiegenhaus wider, und Ekblad verzieht bei jedem Schlag das Gesicht. Olsson steht weit hinten, er starrt ungerührt auf die geschlossene Tür. Es ist kurz nach elf.

Was geschieht als Nächstes? Svante Eriksson erinnert sich nur, dass er es war, der öffnete. Er glaubt, dass er sich gerade waschen wollte, dass er im weißen Unterhemd dastand und eben den Wasserhahn aufgedreht hatte. Seine Mutter, Brita, bleibt irgendwo im Hintergrund. Sie sitzt im Zimmer, in ihrem Sessel am Fenster, das zur Eisenbahn, zum Rangierbahnhof und dem Stationsgebäude hinausgeht. Wie oft hatte sie hier ihren Mann, Svantes Vater, in den Dienst gehen und zurückkommen gesehen. Vermutlich liest sie oder flickt ein paar Klamotten. Es herrscht Ruhe, das Licht ist gedämpft, und im Zimmer ist es warm und gemütlich.

Doch was geschieht? Svante lässt das Wasser rinnen, ruft ins Zimmer hinein, »was, zum Teufel ist jetzt schon wieder los«, reißt dann die Wohnungstür auf und hat noch Zeit, in der hereinströmenden Kälte zu erschauern, ehe er begreift, dass das vor ihm im Dunkel des Treppenhauses Polizeikommissar Lönngren ist.

»Svante Eriksson?«, fragt Lönngren. Ekblad und Olsson scheuen in der lautlosen Dunkelheit zurück.

»Ja klar, was, zum Teufel … Hallo …«

Svante runzelt die Stirn und streicht die hellbraunen Haare zur Seite. Auf den nackten Schultern hat er Gänsehaut.

»Es ist am besten, wenn du dich gleich anziehst und mit uns kommst. Wir müssen dich mitnehmen.«

»Und warum?«

Etwa zur gleichen Zeit tritt Brita heraus auf den Flur. Sie sieht zum Wohnungseingang hin, erkennt aber nur den Rücken ihres Sohnes und hört Stimmen. Sie steht in der Zimmertür, als Svante sich plötzlich zu ihr umdreht und mit ihr redet.

»Mutter. Die sollen mich festnehmen. Komm her.«

Sie kommt nach vorn und stellt sich neben ihren Sohn, der viel größer ist als sie. Er rückt zur Seite, um ihr Platz zu machen. Da fällt ihr Blick auf Lönngren und die Schatten der anderen beiden im Treppenhaus.

»Ich kann in Gegenwart anderer nichts dazu sagen«, antwortet Lönngren. »Erst wenn wir allein sind.«

Brita starrt ihn an. Eine senkrechte Falte steht auf ihrer Stirn.

»Was können Sie nicht sagen?«

»Sie können nicht darüber sprechen, warum ich festgenommen werde.«

»Festnehmen? Was soll das denn?« Sie sieht ihn an und greift nach seinem Arm.

Doch im Grunde stellt keiner von ihnen den Befehl in Frage. Svante zieht sich an, Lönngren bewacht die Tür, und Brita weiß nicht, was sie sagen soll. Sie steht nur da und sieht ihrem Sohn dabei zu, wie er die gerade ausgezogenen Klamotten wieder anzieht. Die ganze Sache ist viel zu wenig greifbar, als dass sie zu heftigen Reaktionen führen könnte. Svante kleidet sich einfach fertig an, steht einige Sekunden lang still seiner Mutter gegenüber und flüstert ihr dann ein paar Worte ins Ohr.

»Das ist sicher bloß ein Irrtum. Weil ich Kommunist bin.«

Er sitzt zwischen Ekblad und Olsson auf dem Rücksitz. Lönngren hat das Steuer übernommen. Olsson raucht, und der Wagen ruckelt die nackten, ausgestorbenen nächtlichen Straßen der Gemeinde entlang. Von quietschenden Geräuschen begleitet nimmt der Volvo die Brücke über den Fluss, die spärlichen Straßenlaternen bleiben jäh zurück, und der Wald umfängt sie.

9.

Keiner im Wagen sagt etwas. Olsson raucht, Ekblad lehnt die Stirn an die kalte Fensterscheibe. Lönngren hält das Lenkrad mit beiden Händen. Der Wald und die Nacht liegen schwer um das schwarze Auto.

Als sie sich der Schranke nähern, etwa fünfzig Meter vor den Toren, bremst Lönngren den Wagen ab. Im Schritttempo fährt er bis zu der uniformierten Wache, die im kalten Scheinwerferlicht merkwürdig bleich wirkt. Lönngren kurbelt das Fenster herunter und nickt dem Wachposten zu, der einen Moment zögert, ehe er die Schranke hebt. Der Volvo springt mit einem Ruck an, und fast gleichzeitig werden von einigen dunklen Schatten die Tore geöffnet. Der Untergrund ist auf einmal eben. Am Rand des Scheinwerferlichts tauchen die Konturen der Baracken auf, in einer gleichmäßigen Reihe an den Wald gedrängt. Lönngren biegt zur nächstgelegenen Baracke ein und stellt dort den Motor ab.

Svante Erikssons Gesicht ist blass, der Blick ganz ruhig. Abwartend, mit einem leichten Anflug von Sorge.

Lönngren öffnet die Wagentür und steigt aus. Es ist zwanzig Minuten nach Mitternacht, und die Temperatur muss gefallen sein.

Der erste Lagerinsasse ist eingetroffen.

10.

Oktober 1940.

Wie bei den meisten Gerüchten ließ sich nicht mehr bis zum Ursprung zurückverfolgen, warum das Waldlager im Krieg von den Insassen Paradies genannt wurde. Der Spitzname ist als Ausdruck bitterer Ironie zwar begreiflich, aber es lässt sich unmöglich herausfinden, wer ihn das erste Mal verwendet hat. Es gab noch weitere: Verbrannter Grund zum Beispiel. Doch keine der Bezeichnungen schlug ein wie Paradies. In fast hundert Prozent der Fälle benutzten die Eingesperrten diesen Namen, wenn sie während ihrer Gefangenschaft über ihre Situation sprachen. Doch der Klang und der Widerhall des lichten Wortes Paradies hatte sich während der zwei Jahre verändert. Die nackte Ironie der Anfangszeit wurde langsam, aber unwiderruflich von dunkleren Untertönen abgelöst, einem bedrohlichen Nachklingen der Angst vor einer immer ungewisseren Zukunft.

Natürlich begriffen sie, was sie zu erwarten hatten, falls das Schlimmste eintraf. Natürlich lebten sie, offen oder verborgen, in einer ständigen Unsicherheit, von Wachträumen und nächtlichen Angstausbrüchen heimgesucht; Erschießungen, Hinrichtungen durch den Strang. Ihre Träume wiesen häufig eine verblüffende Ähnlichkeit auf. Ein wichtiger Bestandteil war das Moment der Plötzlichkeit, des Überfalls von hinten, nackt und ungeschützt. Doch ihre Gedanken stimmten nicht nur in den

Träumen überein. Die Gefangenen strichen über den Vorplatz, bahnten sich ihren Weg, waren mit Holzhacken beschäftigt, verbrannten den Abfall; meist hielten sie ihre Sorge im Zaum, aber allen war klar, wo die Hinrichtungen gegebenenfalls stattfinden würden. Es würde hinter der, von den Eisentoren aus gerechnet, dritten Baracke geschehen. Ein gut verborgener Platz. Der Wald war überall dicht, und vier große Steinblöcke bildeten eine Mauer, vor der man die Gefangenen erschießen konnte. Sollte man sie erhängen, würde man einen oder mehrere Galgen direkt an den Eisentoren errichten, zwischen dem Zaun und dem Geräteschuppen. Dort eignete sich der Untergrund am besten, keine Reste von Baumstümpfen oder andere Unebenheiten. Dort würde der Holzsockel eines Galgens am stabilsten stehen.

So sahen sie ihre düsterste, aber nicht unvorstellbare Zukunft. Und die ganze Zeit benutzten sie das Wort Paradies als Spottnamen für ihr Lager.

11.

Der Herbstsonntag im Wald. Einen Moment lang gestatte ich mir, daran zu zweifeln, ob der Wirklichkeit noch zu trauen ist. Als ich über den Boden des ehemaligen Lagers gehe und mit dem Fuß gegen eine rostige Konservendose trete, kann ich mir nicht erklären, wohin die großen Steinblöcke, die bei den Erschießungen eine Mauer bilden sollten, verschwunden sind. Nirgends gab es auch nur eine Spur irgendwelcher Steinblöcke. Der Wald verbirgt nichts, die Erde ist nicht weich genug, um diese vier Riesen schlucken zu können. Doch es gibt sie nicht mehr, sie haben sich in Luft aufgelöst.

Als der Krieg sich wendet, lässt man die Gefangenen frei und reißt das Lager nieder. Dies geschieht im Frühling, es ist die Zeit des Huflattichs. Die Baracken werden in nur wenigen Wochen demontiert. Man fackelt sie ab und transportiert die Reste weg. Nach einem Monat ist nichts als plattgewalzte Erde und der Müllhaufen übrig. Der Zaun ist verschwunden, der Kiesweg endet in einem verwirrenden Nirgendwo. Doch in den Ort kommt ein knappes Dutzend ehemaliger Gefangener zurück. Sie tauchen plötzlich wieder auf den Straßen auf, lebendige Gestalten ungeachtet aller Geheimsprachen und undurchsichtigen Entscheidungsprozesse. Sie stehen vor uns, Kinder bekommen ihre Väter wieder zu Gesicht, in den Schlafzimmern werden flüsternd Gespräche geführt, in denen Bitterkeit und Hass abermals aufflammen.

Die sichtbaren Attribute sind entfernt. Übrig bleibt nur eine provozierend nackte Fläche, ein leerer Bühnenraum.

Ich sehe die Szene vor mir, den nahezu überdeutlichen Prolog einer unvermeidlichen Abrechnung. Fast zu vergleichen mit der bekannten Schlussszene im Western, wenn es keinen Kompromiss mehr gibt, nur noch die unwiderruflich endgültige Konfrontation zweier Männer. Der Wüstensand gleitet über die staubige Hauptstraße. Die Statisten stehen in Gruppen beisammen. Die Nahaufnahmen wechseln wie wahnsinnige Ratten zwischen den Gesichtern der beiden Kontrahenten hin und her. Stille. Dann fallen die Schüsse, einer oder zwei.

Das Bild ist übertragbar. Die früheren Insassen kommen zurück. Der Krieg schlug die falsche Richtung ein, man hat sie nicht aufgehängt oder erschossen. Nur ein Hund auf der Suche nach seinem Herrn wurde von einem nervösen Rekruten getötet und irgendwo auf den ersten Metern der Schotterstraße verscharrt. Die ehemaligen Gefangenen sind wieder auf den Straßen, man nickt ihnen mit Wärme, aber auch mit vorsichtiger

Zurückhaltung zu. Und sie begegnen ihren Henkern. Sie stehen ihnen gegenüber, sitzen ihnen gegenüber, arbeiten mit ihnen zusammen. Der Kopf, der die großen Beschlüsse fasste, befand sich in Stockholm. Doch in dem kleinen Ort lebten jene, die die Auswahl getroffen hatten. Die bestimmt hatten, wer ins Lager musste.

Aber kaum etwas geschieht. Stillstand, ein Seufzer der Erschöpfung, ein Aufatmen vor Freude über den beendeten Krieg, die Ruhe vor dem Aufbruch zu den großen sozialen Volksheimzielen; Abrechnung hatte hier keinen Platz. Die Stille wurde dauerhaft. Die fünfziger Jahre krochen uns unter die Haut wie eine heilige Pflanze, mit deren Hilfe von uns allen aus diesem Land der Waldkiefern und grauen Hütten ein gesellschaftlicher Vorsprung herausgeholt werden sollte. Wir, die nicht verwundet, deren Körper ganz waren. Wir sollten unsere gemeinsame nationale Pflanze hegen.

In dieser Situation trifft der Mann ein, der in meinem Traum als ein Verrückter erscheint. Plötzlich steht Bertil Kras an jenem Sonntagmorgen auf der Straße und dreht sich um. Er ist auf der Suche nach einem Kirchturm und steigt in einer Pension ab. Und er wird zur zündenden Lunte für eine der wenigen Abrechnungen, die beinahe glückten.

Doch ihn selbst würde man anklagen, Pyromane und Brandstifter zu sein. Nachdem er seine Schuldigkeit getan hat, wird er rasch vogelfrei, ein Wegelagerer im idyllischen Schlachthaus der fünfziger Jahre.

Die Duellanten haben Stellung bezogen. Der Landarzt wurde hinzugerufen. Die Kirchenglocken halten den Atem an, und in der Kneipe ist es auffallend friedlich. Einzig das Schlagen eines Hammers ist zu hören. Die Arbeit am begonnenen Bau des Wohlfahrtsstaats darf keine Sekunde lang aufgehalten werden.

Und damit ist das meiste gesagt, was für eine Einleitung notwendig ist. Der schwedische Sommer ist wie immer schön, doch davon abgesehen ist das Land ein Teil der Welt. Bertil Kras trifft ein, um sich auf eine bescheidene Stelle in einem Sägewerk zu bewerben.

Er wird später in den Wahnsinn getrieben und läuft auf dem Rangierbahnhof Amok. Mit der Zeit verschwindet er spurlos, und ich vermute, dass viele sich wie ich die Frage stellen, ob er tatsächlich Selbstmord beging, wie alle erwarteten.

Der Weg in die fünfziger Jahre ist abgesteckt. Bertil Kras ist eingetroffen, und die Duellanten haben sich formiert.

In den kommenden Jahren werden sich viele harte Winter aneinanderreihen.

Das Lager

1.

Das Erste, woran er beim Aufwachen dachte, war der Hunger. Er lag auf dem Rücken und schlug die Augen auf. Die Hände hatte er unter der grauen Wolldecke, damit die Wärme nicht verlorenging. Ganz ruhig lag er da und sah sich im Zimmer um. Das dunkelblaue Rollo war heruntergezogen, und das Licht verriet nicht, wie das Wetter an diesem Morgen war. Er horchte, doch alles war seltsam still. Er fragte sich, wie spät es wohl sein mochte. Er streckte sich und stellte fest, dass er ausgeschlafen war.

Ein Stück Schokolade, dachte er. Mehr habe ich gestern nicht gegessen. Er presste die Hand auf den Magen und spürte ein Knurren.

Einige Minuten blieb er in dieser Stille liegen, dann stand er auf und kleidete sich an. Er wusch sich, hielt sein Gesicht dicht an den Spiegel und betrachtete seine Augen. Langsam strich er mit einer Hand über die Augenbrauen. Dann zog er das Rollo hoch und schaute aus dem Fenster. Eine dicke Wolkendecke lag über dem Marktflecken. Sein Blick folgte der holprigen Sandstraße.

Dabei erinnerte er sich, dass er in der Nacht geträumt hatte. Er hatte in einem Gasthaus gesessen und hatte vor sich auf dem klebrigen Tisch ein Pilsner. Als er trinken wollte, war ihm, als hätte er im Schaum seine Fingerabdrücke gesehen. Er hatte das Glas wieder zurückgestellt, da begann das Bier plötzlich mit einer zischenden blauen Flamme, ähnlich der einer Lötlampe, zu brennen. Hier war der Traum zu Ende gewesen.

Er schmunzelte darüber und pfiff leise vor sich hin, als er durch die Zimmertür trat, abschloss und die Stufen in Helmer Gustafssons Pension hinabstieg. Auf halber Strecke der gewundenen, mit einem zerschlissenen roten Teppich belegten Treppe sah er, dass Gustafsson in seiner beengten Portiersloge saß. Er grüßt den Pensionswirt mit einem Nicken, und als er den Schlüssel auf die braune Holztheke legt, wünscht er ihm einen guten Morgen. Dann geht er vors Haus und spürt, wie ein milder Nieselregen ihm langsam übers Gesicht streicht. Mit den Händen in den Jackentaschen macht er sich auf, um zu frühstücken.

Viertel vor neun betritt er das Büro des Sägewerks. Durch eine beschlagene Glasscheibe hat er einige Schatten erkennen können. Am Waldrand hinter ihm liegen die Baumstämme hoch aufgeschichtet, und aus dem Inneren des langgezogenen roten Gebäudes dringt das Kreischen der Sägen.

»Ich suche Arbeit«, sagt er mit einem freundlichen Nicken. Man verweist ihn auf einen Raum weiter innen, in dem sich der Personalchef und der Buchhalter ein Büro teilen.

»Ich suche Arbeit«, sagt er erneut.

»Bitte, nehmen Sie Platz«, antwortet Herbert Nilsson, der Personalchef. Bertil setzt sich auf einen hell gebeizten Stuhl mit Gummikappen an den Beinen. Nilsson zieht ein Einstellungsformular aus einer der Schreibtischladen und nimmt einen gelben Bleistift zur Hand. Dann setzt er seine Metallbrille auf und betrachtet Bertil. Von der Schreibtischlampe fließt mattes Licht in den Raum, und der Buchhalter sitzt mit gebeugtem Rücken zum Besucher.

»Wie war der Name noch gleich?«, fragt Nilsson und sieht Bertil dabei unentwegt an.

»Bertil Kras.«

Herbert Nilsson schreibt und zögert beim Nachnamen.

»Schreibt sich das, wie es klingt?«

Bertil nickt.

»K r a s«, sagt er. Der Buchhalter richtet sich plötzlich auf und dreht sich auf dem knarrenden Schreibtischsessel nach hinten. Er ist sehr alt, und seine Augen sind stark gerötet. Dann widmet er sich wieder seiner Arbeit, in der Haltung des Kurzsichtigen über die Papiere gebeugt.

»Geboren?«

Bertil antwortet.

Danach entsteht unerwartet eine kurze Pause.

»Sie sind nicht von hier«, sagt Nilsson.

»Ich komme aus Stockholm«, antwortet Bertil. »Ich wollte mal weg von dort und mich etwas umsehen. In der Zeitung stand, dass die Sägewerke immer Bedarf an Arbeitskräften hätten.«

Nilsson nickt und kehrt zu seinem Formular zurück. Bertil hätte gern ein wenig vor sich hin gepfiffen. Seltsamerweise verspürt er in dieser Situation Langeweile. Er wundert sich darüber, hat er doch dem Augenblick, in dem er, weit weg, eine Anstellung bekommen sollte, lange entgegengefiebert. In seinen Träumen war es ein Augenblick der Spannung und erlösender Freiheit gewesen, voller kindlicher Neugier auf eine neue Wendung im Leben.

Herbert Nilsson schreibt mit seinem stumpfen Bleistift, notiert sorgfältig alle Auskünfte von Bertil. Aus diesen Angaben ergibt sich der Eindruck, dass Bertil Kras für die Arbeit an der Säge gut geeignet wäre. Seine Jugend und körperliche Verfassung legen zudem nahe, mit ihm einen der freien Posten am Stapelplatz zu besetzen.

»Bist du vorbestraft?«, fragt Nilsson. Es ist das erste Mal, dass er den Stellenbewerber duzt.

»Nein«, antwortet Bertil. »Gibt es eine Stelle für mich?«

»Ja, es ist etwas frei«, antwortet Nilsson und schaut mit zugekniffenen Augen auf die stumpfe Bleistiftspitze. »Arbeit haben wir.«

Für das Rader'sche Sägewerk zeichnet sich wie für die meisten anderen Sägebetriebe ein vorsichtiger Aufschwung ab. Das verwüstete Europa braucht Holz, um langsam etwas Neues aufzubauen. Die schwedische Industrie blieb von Kriegsschäden verschont und liegt somit ein gutes Stück voraus.

Nilsson schreibt und lächelt dabei. Bald ist er sechzig. Zum ersten Mal in seinem Leben hat er keinen Grund zur Beunruhigung. Für ihn wird es Arbeit geben, bis er in Rente geht. Wann immer er einen neuen Mitarbeiter aufnimmt, merkt er, wie diese Gewissheit Kraft gewinnt.

»Wann könntest du denn anfangen?«, fragt er.

»Sofort«, antwortet Bertil.

»Das ließe sich machen«, sagt Nilsson. »Ich gehe mit dir nach draußen und zeige dir alles.«

Er lässt Bertil das Formular unterschreiben, legt es in eine Schreibtischschublade, und gemeinsam treten sie in den weichen Nieselregen. Der nasse Sandplatz gibt unter ihren Schritten nach. Herbert Nilsson stapft in grünen Gummistiefeln voraus, den Kragen seiner Regenjacke aufgestellt. Bertil hält sich schräg hinter ihm und pfeift leise vor sich hin.

»Du bekommst gute Kollegen«, sagt Nilsson. »Viele von ihnen sind schon lange hier. Sehr lange.«

Bertil antwortet mit einem Nicken.

Als sie um einen hohen Stapel mit Fichtenbrettern biegen, begegnet ihnen Direktor Rader. Vor lauter Eile stößt er mit Herbert

Nilsson zusammen. Der Direktor nickt ihm kurz zu und wirft einen fragenden Blick auf Bertil.

»Er ist neu«, sagt Nilsson. »Ich möchte ihn hier am Stapelplatz beschäftigen.«

»Also dann«, sagt Direktor Rader. »Wie ist der Name?«

»Bertil Kras.«

»Von hier?«

»Nein, aus Stockholm«, antwortet Bertil.

»Aha. Und was veranlasst einen hierherzukommen?«

»Ich will mich ein wenig umsehen.«

Direktor Rader legt flüchtig die Stirn in Falten. Herbert Nilsson spürt, wie die Feuchtigkeit durch die Stiefel dringt.

»Wir haben unsere Leute am liebsten fest bei uns beschäftigt«, sagt der Direktor. »Ich bin Direktor Rader.«

Beinahe demonstrativ streckt er die Hand aus. Bertil greift nach ihr und spürt einen weichen Händedruck.

»Ich habe vor zu bleiben«, sagt er.

»Das wäre gut«, sagt der Direktor, nickt Nilsson erneut zu und setzt seinen Weg fort.

»Er ist in Ordnung«, sagt Nilsson, als sie ihre Runde wiederaufnehmen. Jetzt gehen sie nebeneinander.

»Seiner Familie hat das hier immer schon gehört«, fügt er hinzu.

»Familienunternehmen sind nichts Gutes«, sagt Bertil.

Nilsson bleibt abrupt stehen.

»Es ist falsch, dass eine einzige Familie über so viel Geld und so viele Leute bestimmen kann«, fährt Bertil fort.

Nilsson starrt seinen neuen Angestellten misstrauisch an.

»So einer bist du also.«

»Ja«, sagt Bertil.

Nach ihrem Erkundungsgang kommt Bertil mit zurück ins

Büro. Auf der Treppe fragt er, ob ihm das Sägewerk bei der Wohnungssuche behilflich sein könne. Mit der Hand am Türgriff denkt Nilsson einen Augenblick nach. Er werde sehen, was sich machen lässt, sagt er dann.

»Du bist unverheiratet, so war's doch?«

»Ja«, antwortet Bertil.

Am Nachmittag sitzt er bei Helmer Gustafsson in der Küche und vereinbart mit ihm die Zimmermiete für die nächsten beiden Wochen. Bertil bezahlt im Voraus. Die Geldscheine liegen kreuz und quer über das rote Wachstuch verstreut.

In den Abendstunden geht er zum Fluss hinunter und tastet sich am unebenen Ufer entlang. Er spürt die kühle Feuchtigkeit in der Luft und balanciert über die Steine unter der Eisenbahnbrücke, wo er auch noch steht, als der abendliche Schienenbus in südlicher Richtung vorüberfährt. Er schließt die Augen, und der Lärm dröhnt schwer in seinem Kopf.

Als er zurück in die Pension kommt, bittet Gustafsson ihn auf eine Tasse Tee und die Abendnachrichten in seine Küche. Sie sitzen einander gegenüber, essen Zwieback zum Tee und folgen dem Auf und Ab der Radiostimme.

Um halb elf bricht Bertil auf. Er stellt seine Tasse in die Spüle und fragt, ob er sich eine der Illustrierten leihen und mit aufs Zimmer nehmen könne. Gustafsson holt zwei Ausgaben der *Allers* aus seiner Schlafkammer.

»Ich kann Sie gerne wecken«, sagt Gustafsson, als er ihm die Zeitschriften reicht. »Ich schlafe schlecht und bin immer schon sehr früh auf.«

»Für gewöhnlich werde ich von selbst wach«, antwortet Bertil.

2.

Tags darauf tritt er seine Stelle an. Gemeinsam mit einem Mann namens Lundgren misst er Kiefernbretter aus, die mit dem Lastwagen nach Gävle gebracht werden sollen für den weiteren Transport Richtung Nordeuropa. Auch ihm gegenüber äußert er gleich zu Beginn sein Misstrauen und seine Irritation, dass sich das Sägewerk im Familienbesitz befindet. Lundgren erzählt von der komplizierten Zusammensetzung der Familie, deren Oberhaupt derzeit Gustav Rader ist. Und er erwähnt, dass Gustav Rader eisern zu den Deutschen gehalten hat. Es gäbe Gerüchte über geheime Holzlieferungen an Deutschland während des Krieges.

In knappen Worten kommt er auch auf die Sache mit dem Lager zu sprechen, in die der Direktor mit Sicherheit verwickelt war.

»Man hat die Leute hier wie Tiere gejagt«, sagt er.

»Dich auch?«

»Nein. Aber meine Nachbarn. Und deren Nachbarn.«

Sie sitzen in einem halb verfallenen Geräteschuppen und essen ihr Vesperbrot. Der Himmel ist immer noch bedeckt. Lundgren fragt mit unaufdringlicher Neugier, was Bertil in die kleine Gemeinde geführt hat.

Bertil wiederholt seine Antwort.

»Ein wenig umsehen will ich mich. Hatte genug von der Großstadt. Bin erst vor ein paar Tagen angekommen. Hoffentlich kann ich hier fischen. Und vielleicht bei einer Jagd dabei sein.«

Am Nachmittag kündigt sich ein Gewitter an. Bertil merkt, wie ihm der Schweiß herabrinnt. Auf dem Heimweg von der Arbeit sind seine Schritte schwer, und er spürt ein Ziehen im Rücken. Er schlendert durch die Ortschaft, bleibt am Kiosk stehen und kauft eine Morgenzeitung. Er erkundigt sich, wann die Abendzeitungen kommen, und erfährt, dass sie hier oben unter die Morgenzeitungen fallen. Sie treffen immer erst am Tag danach mit dem Schienenbus aus dem Süden ein.

Er lässt sich eine Weile in der Kneipe nieder, trinkt drei Pilsner und eine Tasse Kaffee.

Dann geht er in die Pension. Im Flur trifft er auf Helmer Gustafsson, und gemeinsam hören sie die Abendnachrichten. Ob etwas Interessantes in der *Allers* gestanden hätte, will Gustafsson wissen. Bertil lacht und schüttelt den Kopf. Er geht nach oben in sein Zimmer, schließt das dunkelblaue Rollo und legt sich aufs Bett.

Mitten in der Nacht wird er vom Schweiß wach, der an ihm klebt. In der Ferne vernimmt er ein Donnern, und mit einem Mal setzt heftiger Platzregen ein. Er hört ihn gegen das Benzinfass trommeln, das als Regentonne unter der Dachrinne vor seinem Fenster dient. Er steht auf, öffnet das Fenster und schaut einige Minuten hinaus. Dann dreht er sich um und legt sich wieder ins Bett. Er ist hellwach und fühlt sich unbehaglich.

Regen beunruhigt ihn.

Er hört nicht auf zu schwitzen.

Doch er versucht, nicht nachzudenken und wieder einzuschlafen. Mit geschlossenen Augen kämpft er gegen seine Gedanken an.

Während des Krieges hat er für eine Lieferfirma im Stockholmer Klara-Viertel gearbeitet. Mit dem Fahrrad erledigte er Botendienste, schleppte bei Dachbodenentrümpelungen Lasten, fuhr zwischen Pfandleihen und Spirituosenläden hin und her. Er lebte bei seiner Mutter in einer kleinen Wohnung auf Kungsholmen. Als sie Anfang 1944 plötzlich starb, stand er allein da. Einen Vater hat es nie gegeben. Er verschwand noch vor der Geburt des Sohnes. Für seine Mutter ist er nur »der Matrose«. Als Bertil siebzehn ist, zeigt sie ihm zum ersten Mal das einzige Foto, das sie von ihm besitzt. Eines Abends, während zu Hause das Radio leise im Hintergrund surrt, holt sie es aus einer Schublade hervor.

»Willst du deinen Vater sehen?«, fragt sie unvermittelt.

Bertil sieht zu ihr hoch.

»Den Matrosen. Ich habe ein Bild von ihm.«

Die Fotografie ist ausgeblichen und unscharf. Der Vater lehnt an der Reling. Das Bild wurde vom tiefer liegenden Kai aus gemacht, die Kamera schräg nach oben gerichtet. Der Abstand ist beträchtlich und sein Gesicht zu klein, als dass man Details erkennen könnte.

»Das war er. Heute sieht er vermutlich anders aus.«

Bertil hält das Foto vorsichtig in den Händen. Er will wissen, ob sie das Bild gemacht hat.

»Nein«, sagt sie. »Einer seiner Arbeitskollegen. Das Foto hat er mir geschickt. Als ich ihm schrieb, um mich dafür zu bedanken, habe ich auch erwähnt, dass es dich gibt. Danach habe ich nichts mehr von ihm gehört.«

Bertil legt das Bild auf das Tischtuch.

»Auf dem Foto erkennt man es nicht«, sagt sie. »Du kannst es hier nicht sehen, aber er hatte so schöne weiße Zähne.«

Nach ihrem Tod blieb er allein in der kleinen Wohnung zurück, in die nur in den kurzen, sehr hellen Frühlings- und Sommerphasen etwas Sonne fiel. Von sieben bis sechs arbeitete er für die Lieferfirma, oft mit Überstunden bis weit in den Abend hinein. Wenn er frei hatte, ging er ins Kino oder streifte durch die Gassen.

1945 erkennt er, dass etwas falsch läuft. Ihm wird plötzlich bewusst, dass er nur auf der Arbeit und mit den Kunden das

Notwendigste spricht. Die übrige Zeit verbringt er allein und schweigt. Doch diese neue Einsicht weckt vorerst kein unmittelbares Bedürfnis, etwas zu ändern. Er versucht auch nicht, Situationen herbeizuführen, in denen er jemanden zum Reden findet. Er beginnt lediglich, leise vor sich hin zu pfeifen. Seine Routinen bleiben gleich. Er bereitet sich sein Essen zu, spaziert durch die vertrauten Gassen, sitzt in Kinos, die er kennt. Um ihn herum grollt der Krieg, der langsam ausebbt.

Der Umschwung geschieht in einem Wartezimmer im Frühjahr 1946. An der Ecke Kungsgatan und Vasagatan war er von einem Lastwagen angefahren worden. Der Fuß schwoll an, und sein Chef schickte ihn zum Arzt. Im Wartezimmer blättert er zerstreut in einer Illustrierten und stößt plötzlich auf eine Reportage über die goldenen Zeiten der Sägebetriebe in Norrland. Er betrachtet die Fotos und liest den Text. Er war noch nie außerhalb von Stockholm gewesen, und die Landschaft dort oben wirkt auf ihn fremd.

Ab diesem Augenblick reift in ihm langsam die Idee, die Lieferfirma und die kleine Wohnung auf Kungsholmen zu verlassen, um in den Norden zu gehen und vielleicht Arbeit in einem der Sägewerke zu finden.

Ein Jahr später, an einem Freitag im Frühherbst 1947, bricht er auf. Um sieben Uhr früh ist er am Hauptbahnhof. Im Zug nach Gävle lehnt er die ganze Fahrt hindurch den Kopf ans Fenster. In Gävle steigt er aus und hat am Abend die Landstraßen erreicht. Er trägt einen schweren Rucksack, der auf den Schultern scheuert.

Eine ganze Woche lang ist er unterwegs. Das Wetter ist mild, und er schläft im Freien, die Füße in einen Pullover gewickelt und den Kopf durch den Rucksack geschützt.

Am achten Tag wird sein Rucksack gestohlen. Er hat ihn unter einem Baum abgestellt, während er in den Ort ging, um Essen zu kaufen. Als er zurückkommt, ist der Rucksack verschwunden. Darin war seine Kleidung gewesen, sein Bargeld trägt er in der Hosentasche bei sich. Eine Weile geht er suchend umher, doch er kann nichts entdecken. Der Rucksack ist weg.

Eine plötzliche Müdigkeit überfällt ihn. Aufs Geratewohl folgt er einem Waldweg. Der Pfad schlängelt sich zwischen Fichten und moosbewachsenen Steinblöcken entlang und mündet in einen Kahlschlag. Trockenes Reisig bedeckt die Lichtung. Dort setzt er sich auf einen Stein. Es ist später Nachmittag, und mit einem Mal begreift er, dass er sich Klarheit darüber verschaffen muss, warum er die Stadt verlassen und sich auf diese Reise begeben hat. Der verschwundene Rucksack löst diese Gedanken aus.

Während er auf dem Stein sitzt, schlägt er bedächtig nach den Mücken, die auf seiner Haut landen. Die Sonne steht in den Baumwipfeln und bricht als glühend rotes Licht über den Kahlschlag herein. In der Ferne brüllt eine Kuh.

Als er bei der Lieferfirma kündigte, wollte sein Chef wissen, was er vorhabe. Er sei sich noch nicht sicher, antwortete er.

»Du hast doch aber eine andere Stelle?«

»Nein. Ich werde wohl reisen.«

»Reisen? Willst du zur See? Mit all den Minen und dem Dreck?«

»Ich reise vermutlich in den Norden.«

»Was tust du denn dort, um Himmels willen? Wenn du zurückkommst, bist du hier immer willkommen. Sofern es eine freie Stelle gibt, bekommst du sie. Vielen Dank für alles.«

»Ich habe zu danken.«

Die Wohnung hatte er zum ersten August gekündigt und die Möbel an einen Lumpensammler verkauft. Nur einige Fotos, Kleidung und ein paar gehäkelte Tischtücher, eine Erinnerung an seine Mutter, hatte er behalten. Einige Tage, bevor er die Wohnung räumen musste, holte ein Lastwagen die Möbel ab; er bekommt zweihundert Kronen für alles. Die letzten Nächte hat er auf einem Stapel Zeitungen verbracht. Strom gab es keinen mehr, er lag im Halbdunkel und lauschte auf die Nachtgeräusche der Stadt. Er traf auch die neuen Mieter, ein junges Paar, das eines Abends vorsichtig an der Tür läutete. Sie besichtigten die leeren Zimmer. Wortlos drückten sie sich an den Wänden entlang, warfen einander scheue Blicke zu, bedankten sich schließlich und verschwanden wieder.

Die Fotografien und die Tischtücher hatte er in den Rucksack gesteckt. Jetzt ist alles weg. Das Bild des Vaters, des Matrosen, der unscharf an einer Schiffsreling lehnt, die beiden Fotos von ihm und seiner Mutter im Freiluftmuseum Skansen, er im Alter von sechs und elf Jahren. Die drei von ihr gehäkelten Tischtücher mit ihren komplizierten Mustern, Runen in zartem Rot.

Plötzlich begreift er, dass ihm nichts mehr geblieben ist. Er muss sich jetzt nur noch um sich selbst kümmern. Bis zu jener kleinen Gemeinde, in der er versuchen will, Arbeit zu finden, sind es noch etwa zwanzig Kilometer. Doch bevor er seinen Weg dorthin fortsetzt, will er herausfinden, warum er diese Reise eigentlich unternimmt. Reiselust allein kann es nicht sein. Es muss andere Beweggründe geben.

Die Mücken werden lästig, rasch erhebt er sich und läuft auf den Wald zu, um sie abzuschütteln. Zwischen den Fichten setzt er langsam einen Fuß vor den anderen, die Dunkelheit lässt seine Schritte undeutlich werden.

Die Tatsache, dass ihm aus seinem früheren Leben kaum etwas im Gedächtnis geblieben ist, überrascht ihn. Alle Erinnerungen aus der Kindheit und Schulzeit, den Tagen bei der Lieferfirma und den langen, einsamen Spaziergängen durch die nächtlichen Straßen verschwimmen zu einem undeutlichen Ganzen, ohne Details oder Zusammenhänge. Das Leben mit der Mutter wird zu einem Bilderbogen, er hört ihre Stimme und den müden Unterton darin. Auf einmal wird ihm bewusst, dass er auch sie nicht gekannt hat. Mit ihr und dem Matrosenvater läuft es auf ein und dasselbe hinaus. Der Matrose war immer abwesend, während die Mutter immer bei ihm war, ohne jedoch Spuren zu hinterlassen. Er kann sich nicht erinnern, worüber sie gesprochen haben, nur daran, dass sie aßen, spazieren gingen, schliefen und wieder aufwachten. Plötzlich ist er sich nicht mehr sicher, wie sie eigentlich aussah. Er bleibt stehen und spürt, wie die Fichtenzweige in seinen Rücken stechen. Er schließt die Augen, um sich ein Bild ihres Gesichts ins Gedächtnis zu rufen, doch es gelingt ihm nicht. Erst als er an die verschwundenen Fotos denkt, kann er sich erinnern.

Kurz bevor er die letzten Schritte durch den Straßengraben zurück zur Hauptstraße nimmt, verweilt er erneut. Die Sonne ist untergegangen, trübes Licht fällt auf die Straße, und die Feuchtigkeit senkt sich auf ihn herab.

Sie arbeitete in einer Bäckerei, nur ein paar Häuserblocks von ihrer gemeinsamen Wohnung entfernt. Von morgens halb sieben bis abends um sechs stand sie im Geschäft. Wenn sie nach Hause kam, kochte sie, und dann aßen sie zusammen. Danach setzte sie sich neben das leise laufende Radio. Dort blieb sie mit ihren Häkelarbeiten sitzen, ganz in sich versunken. Gegen neun ging sie ins Bett und schlief fast immer sofort ein. Er selbst lag auf dem Ausziehsofa in der Küche. Durch die Türöffnung, die nur von einem dünnen weißen Vorhang verdeckt war, hörte er sie im Schlaf atmen.

Mehr war ihm von ihr nicht in Erinnerung geblieben, und weiter kommt er auch in seinem Bemühen nicht, ausreichend Klarheit zu finden. Und doch muss er weiter, denn er hat keinen Rucksack mehr, mit dem er über Nacht den Kopf schützen könnte.

Hastig setzt er über den Graben, schaudert vor Kälte und folgt dem Verlauf der leeren Landstraße. Er zieht die Schultern nach vorn und steckt die Hände in die Taschen. Um sich warm zu halten, geht er schnell.

Er erreicht den kleinen Marktflecken an einem Sonntagvormittag. Er ist müde, fragt sich, wie spät es wohl sei, und hält nach einer Möglichkeit Ausschau, etwas zu essen zu bekommen.

Das Einzige, was er besitzt, von etwa tausend Kronen abgesehen, sind seine Überzeugungen. Überzeugungen, zu denen er während seiner Zeit bei der Lieferfirma im Klara-Viertel gelangt ist.

Dort hatten sie oft stundenlang auf einen Auftrag gewartet. Ihre Botenfahrräder standen draußen, an Hausmauern und Zäune gelehnt. In dem dunklen Keller, wo das Büro war, saßen sie auf einer langen Bank an der Wand. Sie unterhielten sich und rauchten, bis die Luke in der Wand aufging und der Chef demjenigen, der an der Reihe war, einen Auftrag zurief. Die Zahl der Angestellten schwankte. An besonders hektischen Tagen, kurz vor Weihnachten beispielsweise, gab es Aushilfskräfte. Fest angestellt waren neben Bertil vier weitere Männer. Die Truppe hatte sich seit drei Jahren nicht verändert. Sie kannten einander gut und waren ungefähr im selben Alter, alle zwischen zwanzig und fünfundzwanzig. Da war Bertil, von den anderen Krach oder Glasscherbe genannt. Pott-Olle kam aus der Region Dalarna, Stig, Lars-Emil und Nalle waren Stockholmer. Nalle ergriff immer dann das Wort, wenn es nicht gerade um Frauen oder die Pläne für Samstagabend ging. Da hielt er sich meist im Hintergrund oder trat auf den Innenhof hinaus und rauchte eine Zigarette. Nalle redete am liebsten über politische Fragen. Er kam aus einer Familie überzeugter Kommunisten, sein Vater war einer der streitbarsten Nazigegner in Stockholm. Nalle war geschickt darin, seine Argumente zu formulieren, und er gab erst auf, wenn man von der Richtigkeit seiner Ansicht überzeugt war. Mit Bertil legte er sich oft an. Er holte ihn aus seinem Schweigen und zwang ihn in langen Diskussionen, Position zu beziehen. Durch Nalle war Bertil zu seinem Weltbild gelangt. Er versuchte, seine Argumente in verschiedenen Situationen zu schärfen. Obwohl er froh war, aus einer proletarischen Familie zu stammen, drang er zu seiner Mutter in den wenigen Diskussionen, die er mit ihr anfing, nie durch. Zu Hause herrschte Schweigen, und der Matrose blickte von seiner Reling stumm auf sie herunter.

»Was hat es eigentlich mit dem Namen auf sich?«, fragte er seine Mutter in ihrem letzten Lebensjahr.

»Mit dem Namen?«

»Ja. Kras.«

»So hieß dein Vater«, antwortete sie.

»Wie noch?«

»Bernt«, sagte sie.

Als sie tot und das Begräbnis vorüber war, sah er sich eines Nachmittags in einem Keller Grabsteine und Holzkreuze an. Ein Beamter wartet diskret auf seine Entscheidung. Bertil deutet mit dem Kopf auf einen Granitstein am äußeren Ende einer Reihe. Der Beamte nennt flüsternd einen Preis, und Bertil nickt zögernd. Danach sitzen sie im Büro einen Stock höher, und der Mann will von ihm wissen, welcher Text in den Grabstein gemeißelt werden soll.

»Anna Kras«, sagt er nach einer Weile.

Mit dem Stift in der Luft hält der Beamte inne.

»Können Sie das buchstabieren?«

»K r a s«, sagt Bertil.

Der Beamte füllt das Formular aus. Bertil bezahlt und erhebt sich.

Zwei Wochen später war der Stein an Ort und Stelle. Tags darauf hatte er angefangen, die Wohnung aufzuräumen. Abend für Abend sortierte er den Inhalt der Schränke und Kommoden und brachte schließlich drei große Säcke zum Müllplatz. Überraschende Entdeckungen hatte er keine gemacht.

Kurz bevor Bertil die kleine Gemeinde erreicht, läuft bei Sonnenaufgang ein Fuchs über die Straße. Der Fuchs hält abrupt inne und sieht ihn an. Dann verschwindet er lautlos ins Dickicht. Bertil bleibt einen Moment lang reglos stehen und versucht, noch einen Laut zu erhaschen, doch alles ist still.

Danach geht er weiter, geradewegs in seine Hölle.

3.

Am Donnerstag sucht ihn Herbert Nilsson an seinem Arbeitsplatz hinten bei den Holzstapeln auf.

»Kannst du mal nach vorn ins Büro kommen, wenn du hier fertig bist?«, sagt er.

Bertil blickt ihn fragend an.

»Sieht so aus, als gäbe es eine Unterkunft für dich«, fügt Nilsson hinzu.

Gleich nach der Arbeit geht Bertil los, um ein Zimmer im ersten Stock eines Hauses zu besichtigen, das dem Forstunternehmen gehört und vom Sägewerk angemietet wird. Wenn ihm das Zimmer zusagt, kann er am fünfzehnten Oktober einziehen. Bertil nimmt den Weg entlang des Flusses, kommt leise pfeifend an jener Uferstelle vorbei, an der er am Sonntag seiner Ankunft eingeschlafen ist, und erreicht schließlich das Haus. Es hat zwei

Geschosse und ein Walmdach. Vermutlich wurde es zu Beginn des Jahrhunderts errichtet. Im Erdgeschoß sind Waldarbeiter und Flößer untergebracht. Bertil hat Zentralschlüssel an einer Schnur bekommen und betritt damit das Gebäude. Über eine knarrende Treppe steigt er nach oben und sucht die richtige Zimmertür. Er dreht am Lichtschalter, doch die Deckenlampe mit dem mattweißen Schirm geht nicht an.

Das Zimmer, das man ihm zur Miete anbietet, ist niedrig, und auf den Tapeten hat die Feuchtigkeit gelbe Flecken hinterlassen. In dicken Schichten klebt der Staub auf einem wackligen Tisch und dem Bettsofa. Es riecht muffig, in den Ecken liegt Rattendreck. Bertil Kras tritt ans Fenster und blickt hinaus. Er sieht einen zugewachsenen Hinterhof und ein kaputtes, durchgerostetes Fahrrad mit verbogenem Lenker. Der Kiefernwald reicht bis dicht an den Drahtzaun heran. Zwischen den Stämmen kann er das dunkelblaue Wasser des Flusses erkennen.

Als er sich aufs Sofa setzt, spürt er, wie eine abgenutzte Bettfeder in seinen Oberschenkel sticht. Er schaut sich um und trifft seine Entscheidung.

Nilsson ist noch in seinem Büro, als er zurückkommt. Er sieht mit fragendem Blick auf.

»Ich nehme es«, sagt Bertil.

»Also gut«, sagt Nilsson. »Allerdings kannst du erst nächsten Monat einziehen.«

»Bis dahin bleibe ich in der Pension«, sagt Bertil.

»Das ist ja wohl bezahlbar?«

»Es geht.«

Er füllt ein Formular aus und verschwindet. Draußen ist die Luft kühl, er fröstelt und bekommt am ganzen Körper Gänsehaut.

Schrittweise macht er sich mit dem Ort vertraut. Er spaziert die Straßen entlang, bleibt vor den Schaufenstern stehen und besucht die Geschäfte. An den Abenden sitzt er in Helmer Gustafssons Küche, sie hören Radio und sprechen über das, was in den Illustrierten steht. Am Stapelplatz kommt er in Kontakt mit den anderen Arbeitern. Er redet nicht viel, antwortet nur, wenn er angesprochen wird, und stellt hin und wieder kurze Fragen. Er liest das Lokalblatt und achtet darauf, was auf den Anschlagtafeln des Ortes steht. An einem der Abende geht er ins Kino im Gemeindehaus.

Er kann noch nicht sagen, ob alles so gekommen ist, wie er es sich vorgestellt hat, oder nicht.

4.

Es war Svante Eriksson, der die Initiative zu dem Treffen der ehemaligen Lagerinsassen ergriff. Er hatte lange darüber nachgedacht, mehrere Jahre, ehe er damit begann, die Leute aus dem Marktflecken und den umliegenden Orten zusammenzubringen. Er hatte mit niemandem über seine Pläne gesprochen, sondern machte die Angelegenheit mit sich allein aus. Er wollte gegen das, was geschehen war, vorgehen. Die Vorstellung, das Lager würde stillschweigend in Vergessenheit geraten, erschreckte ihn. Er wollte persönlich Rache nehmen und dachte, so ginge es allen, mit denen er eingesperrt gewesen war und auf den Sieg der Deutschen und die Vernichtung der roten Sowjetunion gewartet hatte. Doch er war auch auf eine zweite Anklage aus, wollte das Geschehene ans Licht bringen. Aufmerksam hatte er den Nürnberger Prozess verfolgt und täglich die Agenturmeldungen gehört. Nachdem die Urteile verkündet und die Hinrichtungen vollstreckt waren, wuchs das Gefühl, vergleichbare Verbrecher gäbe es auch weniger weit weg, in seiner Gemeinde wie auf anderen Ebenen der Gesellschaft. Das kompakte Schweigen, das den eben erst beendeten Krieg umgab, verblüffte ihn. Er wollte diesen unkritischen Geist im politischen Leben nicht akzeptieren. Es schien, als hätte es den Krieg nie gegeben, als wäre er lediglich eine unglückliche Klammer oder ein historischer Blackout gewesen. Manchmal wurde er geradezu wütend darüber, dass die Schuldigen vielleicht nie mit der Anklage der Internierten konfrontiert würden.

Und doch zögerte er mehrere Jahre, ehe er die Sache in Angriff nahm.

Eines Tages im Oktober, im selben Herbst, als Bertil in den kleinen Ort kam, macht Svante sich auf die Suche nach Nils-Erik Erlandsson. Er findet ihn einige Kilometer entfernt in einer Waldhütte. Nils-Erik Erlandsson arbeitet wieder als Holzfäller für den großen Forstbetrieb, weshalb er die meiste Zeit des Jahres allein in dieser Hütte lebt. Svante fährt mit dem Rad (der ramponierte Peugeot ist noch in weiter Ferne) am frühen Nachmittag zu ihm hinaus. Der Nachtfrost hat sich bereits festgesetzt, und der Kies unter den Rädern ist hart und kalt. Er trägt eine dick gefütterte Jacke und eine Pelzmütze. Die Fingerknöchel auf dem eisigen Lenker werden weiß, und er gerät auf dem in Richtung der Berge ansteigenden Weg außer Atem. Als er die Hütte erreicht, ist Erlandsson irgendwo draußen beschäftigt. Svante stellt das Fahrrad ab, geht in die Hütte, setzt sich und wartet. Es ist dämmerig, er nimmt auf der langen Bank unter einem der beiden Fenster Platz und haucht Wärme in seine Hände. Dann zündet er seine Pfeife an und beginnt in einer Zeitschrift zu blättern, die auf dem Tisch liegt. Was er sagen wird, hat er sich gründlich überlegt.

Zwei Jahre hat er sich darauf vorbereitet. Er liest einen langen Artikel über den Astronomen und Bauernschinder Tycho Brahe, dem die Insel Ven im sechzehnten Jahrhundert als Lehen zugesprochen war. Er lässt sich Zeit, wirft hin und wieder einen Blick aus dem Fenster und lauscht nach draußen. Nachdem er etwa zwei Stunden gewartet hat, legt er die Zeitschrift zur Seite, geht zur Anrichte und streicht sich zwei Butterbrote. Er nimmt eine abgeschlagene Tasse und füllt sie mit Wasser aus dem Eimer neben dem Eingang. Als er mit dem Essen fertig ist, geht er hinaus auf die Treppe, um seine Pfeife zu rauchen. Er stopft sie sorgfältig und zündet sie an. Dann setzt er sich auf die Stufen, die Arme um die Knie gelegt, und zieht langsam den Rauch ein. Während er den Rauchschwaden nachblickt, versucht er sich vorzustellen, wie Tycho Brahe aussah.

Viertel nach sechs kehrt Erlandsson zur Hütte zurück. Er ist verschwitzt und müde. Svante, der ihn kommen hört, tritt wieder auf die Treppe hinaus und wartet dort auf ihn.

»Hallo«, sagt er.

Erlandsson bleibt in fünfzehn Metern Entfernung am Waldrand stehen. Dann kommt er näher.

»Sieh einer an, hier ist Besuch«, sagt er.

»Ja, ich bin es.«

Sie gehen hinein und schließen die Tür. Erlandsson nimmt seinen Rucksack ab und stellt Säge und Axt an die Wand. Dann zieht er die Stiefel und den schweren Ledermantel aus.

»Du hast viel zu tun hier«, sagt Svante.

»Mehr als genug«, antwortet Erlandsson. Er wäscht Gesicht und Nacken im Waschbecken und trocknet sich mit einem verschlissenen Handtuch ab. Dann setzt er Kaffee auf. Der Spirituskocher ist klein und handlich. Svante sieht ihn sich genauer an.

»Ist das ein neues Modell?«, fragt er. »So einen hab ich noch nie gesehen.«

»Ja, soll was Neues sein«, antwortet Erlandsson. »Ich habe ihn von Enström gekauft. Er fand, er funktioniert gut. Ob er jetzt so viel anders ist, weiß ich nicht. Auf jeden Fall ist er klein. Du willst doch Kaffee?«

»Klar.«

»Hast du was gegessen?«

»Ja, ich hab mir etwas Brot und Butter genommen.«

Sie setzen sich an die beiden Seiten des Tisches mitten im Raum und blicken zum Kaffeekessel hinüber. Als er zu pfeifen beginnt, steht Erlandsson auf und bläst die blaue Spiritusflamme aus. Sie gießen, jeder für sich, Kaffee in ihre Tassen. In heißen Schlucken trinken sie davon.

»Und was willst du hier bei mir?«, sagt Erlandsson.

»Ein wenig reden. Darüber, wie uns diese Mistkerle während des Kriegs behandelt haben.«

»Gibt es darüber jetzt was zu sagen?«

»Es ist darum viel zu still geworden, finde ich. Niemand will da aufräumen. Dabei gibt es doch eine Menge Schuldige.«

Erlandsson steht auf, geht zu seinem Rucksack und holt daraus etwas Zucker hervor, der in Butterbrotpapier eingewickelt ist.

»Danke, für mich nicht«, sagt Svante. »Denkst du nicht auch manchmal darüber nach?«

»Dass ich es vergessen habe, kann ich jedenfalls nicht behaupten«, antwortet Erlandsson. »Aber ich weiß nicht.«

Er stellt die Tasse ab und betrachtet seine Hände, die mit kleinen Erfrierungswunden übersät sind.

»Heute hab ich einen Elch gesehen«, fügt er hinzu. »Ein richtig großer Kerl, in einer Flurschneise hat er gestanden und geglotzt. Ein Gewehr hätte man halt gebraucht. Das wäre immerhin eine Rache gewesen.«

»Gewildert haben wir doch auch früher schon«, sagt Svante. »Das reicht nicht. Ich glaube, wir müssen uns etwas anderes einfallen lassen.«

Erlandsson sieht ihn an.

»Wir wissen schließlich, wer beteiligt war«, setzt Svante fort. »Wir können sie ja alle vorführen. Einen nach dem anderen. Und dann dürfte es nicht mehr schwer sein, herauszufinden, welche hohen Tiere im Hintergrund standen und welche Ziele sie verfolgten. Außerdem muss es darüber irgendwelche Aufzeichnungen geben.«

»Das ist doch sicher alles verbrannt. Als es für sie brenzlig wurde, haben sie vermutlich alle Dokumente vernichtet.«

Erlandsson schenkt ihnen beiden Kaffee nach. Er gießt vorsichtig ein, um zu verhindern, dass Sud in die Tasse gelangt.

»Irgendwann sollten wir uns zusammentun«, sagt Svante. »Wir sollten gemeinsam verlangen, dass sie vor Gericht kommen. Klar sind das alles hohe Tiere, aber wenn wir uns zusammentun, können wir füreinander zeugen. Und alle wissen schließlich, wer in die Sache verwickelt war.«

»Du glaubst doch wohl nicht im Ernst, dass Lönngren sich selbst verhaftet«, sagt Erlandsson. »Und Olsson und Ekblad und der Direktor. Und der Sozihaufen. Die haben doch längst alle Beweise beseitigt. Nein, daraus wird nichts.«

»Aber irgendwas müssen wir tun.« Svante ließ sich nicht abbringen. »Selbst wenn es schiefgeht und sie ungeschoren bleiben, bringen wir die Angelegenheit immerhin ans Licht. Ich kann doch nicht schweigend mit ansehen, wie sie davonkommen, weil nichts geschieht.«

»Dann musst du halt zu einem dieser einsamen Wölfe werden«, sagt Erlandsson. »Dir einen nach dem anderen in der Dunkelheit der Nacht schnappen. Das Gewehr kann ich dir leihen.«

Sie lachen, kurz und betreten. Svante beugt sich zur Seite und klopft die Pfeife aus. Er stopft sie erneut, zündet sie an. Erlandsson verfolgt seine Bewegungen.

»Damals haben wir trockene Baumnadeln und Moos geraucht«, sagt er.

»Hat auch funktioniert«, antwortet Svante. »Ich werde alle aufsuchen, die dabei waren und nach wie vor hier leben. Ich will sie zusammenbringen und gemeinsam etwas unternehmen. Bist du dabei?«

Erlandsson hat wieder begonnen, seine Finger zu studieren. Dann dreht er sich weg und blickt aus dem Fenster.

»Ich weiß nicht«, sagt er. »Ich weiß nicht, ob das was bringt.«

»Wir müssen es versuchen«, antwortet Svante.

Erlandsson schaut weiter aus dem Fenster. Nach einer halben Minute Bedenkzeit sagt er:

»Also gut, einverstanden. Du sagst Bescheid, falls daraus etwas wird. Du weißt ja, wo du mich findest.«

Gegen halb acht fährt Svante zurück. Nils-Erik Erlandsson steht auf der Treppe und sieht ihm nach.

Anfang Dezember ist Svante Eriksson bereit für den nächsten Schritt. Zu diesem Zeitpunkt hat er mit allen, die in dem Marktflecken und den Nachbarorten wohnen, Kontakt aufgenommen. Jeder Einzelne ist zögerlich und weicht seinem Blick aus. Doch alle wollen dabei sein, falls sich etwas tut.

Svante will bis nach Weihnachten warten. Er plant, einen Brief zu schreiben, der in der Regionalzeitung und vielleicht in einem der großen Stockholmer Blätter veröffentlicht werden soll. Vor Weihnachten wäre das unklug. Der Brief könnte allzu leicht zwischen den Berichten über Festtagsschinken und Laugenfisch verschwinden. Nach Neujahr ist es besser. Da herrscht klirrende Kälte, und die Zeitungen werden aufmerksamer gelesen. Aber das Schreiben formuliert er bereits jetzt.

Am Abend des dreizehnten Dezember geht er aus dem Haus, um sich den Lucia-Umzug anzusehen. Er hat ein paar Kopien eingesteckt und hofft, einigen der Leute, die er zuvor aufgesucht hatte, über den Weg zu laufen. Er trifft Erlandsson, der in der Kneipe sitzt und Schnaps in sein Bier mischt. Er drückt ihm eine Kopie in die Hand, sie wechseln ein paar Worte, wie es weitergehen soll und wie die Reaktion der anderen war. Er bittet Erlandsson, zu ihm zu kommen, wenn er das Schreiben gelesen hat. Erlandsson, der betrunken ist, zwinkert mit geröteten Augen und schiebt das Blatt ungeschickt in die hintere Hosentasche. Doch dann überlegt er es sich anders und steckt es unter den Pullover.

Der Umzug bewegt sich auf zwei alten Kirchenschlitten durch die Straßen der Ortschaft. Im ersten fährt Lucia, umringt von Wichtelmännchen und Sternenknaben, im zweiten hat das Gefolge der Mädchen Platz genommen. Die Kerzen in ihren Händen sind mit einem Karton geschützt, damit kein Wachs auf ihre weißen Pelze tropft. Es ist eisig kalt, minus fünfundzwanzig Grad, aber die Straßen sind voller Menschen. Svante treibt sich gut eine Stunde herum. Von denen, die versprochen haben, mitzumachen, trifft er allerdings niemanden mehr. Als er zu frieren beginnt, geht er heim.

Am sechzehnten Dezember erreicht ihn ein Schreiben, dass er sich innerhalb der nächsten Tage, möglichst noch vor Weihnachten, bei Polizeikommissar Lönngren einzufinden habe.

5.

Um Viertel nach neun am darauffolgenden Morgen nimmt er die wenigen Stufen zum Polizeigebäude und klopft. Ohne eine Antwort abzuwarten, tritt er ein und folgt dem Gang bis zu Lönngrens Tür, die geschlossen ist. Er bleibt davor stehen und horcht. Er klopft vorsichtig an und ergreift die Türklinke, als er von innen Lönngrens Stimme hört.

Lönngren bittet ihn, Platz zu nehmen und seine Lederjacke abzulegen. Svante antwortet mit einem Kopfschütteln, knöpft die Jacke auf und setzt sich auf den Holzstuhl ohne Armlehnen.

Lönngren beginnt ohne Umschweife, die Hände auf der grünen Schreibtischunterlage gefaltet.

»Du hast meinen Brief also bekommen.«

»Gestern.«

»Dass du so schnell erscheinst, wäre nicht notwendig gewesen. Das habe ich ja geschrieben.«

»Du wusstest, dass ich heute kommen würde. Außerdem ist es schon fast halb zehn.«

Lönngren richtet seinen Blick auf den Schreibtisch. Er hört, wie Svante ein Bein über das andere schlägt. Beinahe bedauert er, dass er ihm nicht angeboten hat, auf dem bequemeren Stuhl Platz zu nehmen, einem Ledersessel am Fenster.

»Ich nehme an, du weißt, warum du hier bist.«

Svante lächelt.

»Das weiß ich natürlich nicht.«

»Sicher?«

»Absolut sicher. Ich habe keine Ahnung.«

Lönngren lehnt sich zur Seite und zieht unter dem Federkasten ein Papier hervor. Er liest eine Weile. Dann hebt er den Kopf. Svante sieht ihm direkt in die Augen.

»Ich habe hier ein Schreiben«, sagt er.

»Ja, du hast da ein Schreiben. Und?«

»Es betrifft dich.«

»Ach ja?«

»Genauer gesagt hast du selbst es geschrieben.«

Lönngren schiebt das Schreiben zu Svante hinüber. Dieser beugt sich vor und dreht es zu sich. Natürlich erkennt er es sofort wieder.

»Oder etwa nicht?«

»Was meinst du?«

»Hast du es etwa nicht geschrieben?«

»Wieso?«

Svantes Stimme hat plötzlich einen scharfen Ton. Er legt die Stirn in Falten, beißt die Zähne leicht zusammen, ohne dabei den Mund ganz zu schließen.

»Was hast du dir dabei gedacht?«

»Was geht dich das an?«

»Ich weiß es nicht. Vielleicht nichts. Vielleicht eine ganze Menge. Um das herauszufinden, habe ich dich hergebeten.«

»Zu schreiben, was hier steht, ist nicht verboten.«

»Also stehst du dahinter?«

»Das habe ich nicht gesagt. Ich sage nur, es ist nicht verboten zu schreiben, was hier steht. Das kannst du auch machen, wenn du möchtest.«

»Da bin ich mir nicht so sicher.«

»Und warum?«

»Es hängt davon ab, wie du es meinst.«

»So, wie es da steht.«

»Meinetwegen. Ich weiß, dass du das hier geschrieben hast, aber ich kann damit warten, es zu beweisen.«

»Beweisen? Wieso?«

Lönngren lehnt sich zurück, holt ein Taschentuch hervor und schnäuzt sich. Dann beugt er sich wieder nach vorn.

»Es besteht die Gefahr, dass das, was du geschrieben hast, strafbar ist. Das hängt ganz davon ab, worauf du hinauswillst. Wenn es privat ist, ist es kein Problem. In der Öffentlichkeit könnte es allerdings strafbar sein. Und darum sitzen wir hier.«

»Was daran verstößt gegen das Gesetz?«

Lönngren greift nach dem Blatt Papier, dreht es wieder zu sich zurück und überfliegt den Text. Dann blickt er erneut hoch.

»Du beschuldigst namentlich genannte Personen. Das ist strafbar und kommt übler Nachrede gleich, wenn du deine Behauptungen nicht belegen kannst.«

»Ich kann sie belegen.«

»Das geht aus dem Text nicht hervor. Das hier sind vor allem pauschale Vorwürfe.«

Svante spannt im Sitzen die Muskeln an. Dann sagt er leise, beinahe flüsternd:

»Zum Teufel mit dir.«

»An sich ist es auch strafbar, mich zum Teufel zu schicken. Nur zu deiner Information. Aber ich habe ein dickes Fell.«

Auch Lönngrens Haltung ist plötzlich angespannt. Seine Stimme schlägt Svante scharf entgegen.

»Wo sind deine Beweise?«

»Was geht dich das an? Solange das hier nicht öffentlich ist, kannst du nichts machen.«

»Das stimmt. Aber ich will dich warnen.«

»Einen Dreck willst du! Du willst, dass ich den verdammten Zettel zerreiße und den Mund halte.«

»Das hast du gesagt. Nicht ich.«

»Richtig. Das habe ich gesagt.«

»Was hast du mit diesem Schreiben vor?«

»Dazu sage ich nichts.«

Lönngren zuckt mit den Schultern.

»Wie du willst. Aber du solltest dir im Klaren darüber sein, dass es für dich unangenehm werden kann, falls du irgendwelche Absichten damit verfolgst.«

»Welche Absichten sollten das sein?«

»Das weiß ich nicht. Aber man schreibt nichts ohne Absicht. Man verteilt auch nichts ohne Absicht.«

»Wo hast du das Blatt her?«

»Das kann ich leider nicht sagen.«

»Kann ich es zurückhaben?«

»Ja.«

Lönngren schiebt ihm das Papier hin. Svante beugt sich vor und greift danach. Er faltet es zusammen und steckt es in die Innentasche seiner Lederjacke. Dann steht er auf.

»Eine Sache noch«, sagt Lönngren.

»Ja?«

»Meine persönliche Meinung. Du liegst vollkommen falsch.«

»Interessiert mich null.«

»Mag sein. Ist auch nur meine persönliche Meinung. Aber möglicherweise habe ich recht.«

»Oder ich.«

Lönngren zuckt erneut mit den Schultern und steht auf. Er streckt Svante die Hand entgegen.

»Kann ich jetzt gehen?«

»Ja. Danke, dass du gekommen bist.«

»Ich wünschte, ich könnte dasselbe sagen.«

Svante verlässt das Polizeigebäude. Draußen sieht er auf seine Armbanduhr. Es ist fünf nach halb zehn. Im Fenster erkennt er Lönngren, der ihm nachblickt. Svante stellt den Kragen hoch und geht in die Kälte. Die Sonne ist noch immer nicht zu sehen.

6.

Im Raum hinter Lönngrens Arbeitszimmer befindet sich ein kleines Archiv. Lönngren selbst nennt es die Brandkammer. Der Raum ist nicht größer als eine Vorratskammer oder eine etwas geräumigere Garderobe. Von der Decke baumelt eine nackte Glühbirne. Nachdem Svante Eriksson gegangen ist, beschließt er, die noch vorhandenen alten Unterlagen hervorzuholen. Er nimmt die Schlüssel zum Tresor aus seinem Schreibtisch und öffnet die Tür. Er betritt das Archiv, tastet nach dem Lichtschalter und schließt den Tresor auf. Dann kniet er sich davor und beginnt, die Stapel brauner, staubbedeckter Kartonmappen zu durchsuchen. Einige rostige Messer, eine Axt und den beschrifteten Griff eines Hammers schiebt er zur Seite. Es handelt sich um alte Mordwaffen oder Werkzeuge aus Körperverletzungsdelikten, deren Aufbewahrung gerichtlich angeordnet wurde. Lönngren ist verblüfft, wie viel Staub sich in einem dicht verschlossenen Schrank sammeln kann. Er sucht lange, ehe er die richtige Mappe findet. Als er schließlich aufsteht, ist eines seiner Beine eingeschlafen, und er muss es erst schütteln, um den Blutkreislauf wieder in Gang zu bringen. Die Tresortür lässt er halb geöffnet und geht zu seinem Schreibtisch zurück. Dort knüpft er das Band auf und nimmt die Unterlagen heraus. Er beugt sich in seinem Sessel vor und geht die Papiere langsam durch. Hin und wieder kehrt er zu einem bereits abgelegten Blatt zurück oder überlässt sich einfach seinen Gedanken. Als er fertig ist, ist fast eine Stunde vergangen. Er lehnt sich zurück und streckt die Arme über dem Kopf aus.

Das, wonach er gesucht hat, hat er in den Unterlagen nicht gefunden. Beim Lesen der Berichte, die er vor sieben Jahren schrieb, kann er sich nur vage an das Geschehene erinnern. Er hat keine deutlichen Bilder mehr vor den Augen. Am genauesten erinnert er sich an die Kälte, diese bittere Kälte der Kriegswinter.

Alle Schriftstücke, die sich noch im Archiv befinden, hat er selbst verfasst. Sämtliche Direktiven, die ihm mit der Post oder durch eine Militärordonnanz zugestellt worden waren, mussten nach der Lektüre verbrannt werden. Und wenige Monate nach dem Krieg, im ersten Friedenssommer, gab es neue Anweisungen, aus den Berichten zu den Internierungslagern nur das Notwendigste herauszufiltern. Er erinnert sich daran, wie er in die Sommerwärme hinausging, im Tabakwarengeschäft Streichhölzer kaufte und darauf bestand, immer noch Nichtraucher zu sein. Danach ging er zurück ins Büro und verbrannte die aussortierten Papiere in dem großen grünen Aschenbecher, der seit eh und je auf seinem Tisch stand.

Er bindet die Mappe wieder zu, verstaut sie im Tresor, schließt ab und legt die Schlüssel an ihren Platz im Schreibtisch.

Lönngren weiß, dass es keine Unterlagen mehr gibt, die gefährlich werden könnten, falls Svante Eriksson an die Öffentlichkeit bringt, was sich während des Krieges ereignet hat. Er verlässt das Gebäude und geht unverzüglich ins Hotel Engberg, wo er jeden Tag zu Mittag isst. Unterwegs fragt er sich, ob Svante bereits weiß, wie das Schreiben in seine Hände gelangt ist. Zweifellos wird er es noch im Lauf des Tages in Erfahrung bringen.

Während er an seinem üblichen Tisch im Speisesaal sitzt, ein Bier trinkt und Rindfleischragout mit Kartoffeln isst, blättert Lönngren in der Regionalzeitung. Erst als er den Kaffee umrührt, merkt er plötzlich, wie sich in seinem Kopf der Krieg zurückmeldet. Auf einmal sitzt er wieder im Auto, um Svante Eriksson abzuholen. Er steigt die dunkle Treppe hoch, Olsson und Ekblad hinter sich. In der Nase hat er den Geruch der Zigaretten, von denen Olsson sich eine nach der anderen ansteckt, und er fragt sich, was Olsson mittlerweile wohl macht. Olsson hat die Ortschaft verlassen und eine Stelle in einer mittelschwedischen Stadt angetreten. Lönngren kann sich nicht mehr erinnern, ob es Västerås oder Eskilstuna war.

Ekblad aber ist noch hier. Schneller als sonst trinkt Lönngren seinen Kaffee aus und beschließt, mit Ekblad über Svantes Schreiben zu reden. In den letzten Tagen war Ekblad auf Dienstreise im nördlichen Teil des Polizeibezirks gewesen, um Hinweisen auf Wilderer nachzugehen. Ekblad hatte es nicht besonders eilig gehabt zurückzukommen, sondern die Gelegenheit genutzt, um auf den kleinen Seen eiszuangeln. Jetzt müsste er aber wieder an Ort und Stelle sein.

Lönngren nickt der Kellnerin zu und geht hinaus. Eine eigenartige Unruhe schlägt ihm plötzlich auf den Magen und irritiert ihn. Er kann sich nicht erinnern, wann er sich zuletzt so gefühlt hat.

Im Büro findet er eine Nachricht auf dem Schreibtisch. Svante Eriksson hat angerufen. In diesem Moment wird Lönngren klar, dass Svante die Sache nicht ruhen lassen wird. Er wird weiter in der Vergangenheit wühlen. Lönngren sinkt auf seinen Stuhl, ohne den Mantel auszuziehen.

Er begreift, was mit ihm los ist.

Er hat Angst.

Er geht hinüber zu Ekblad, der an seiner Schreibmaschine sitzt und Berichte tippt. Ekblad trägt sein dünnes weißes Hemd offen, obwohl es im Zimmer eiskalt ist. Eines der Fenster steht weit auf, und die Kälte schlägt ungehindert herein.

»Warum machst du das Fenster nicht zu?«

Lönngren hört sofort, wie idiotisch diese Frage klingt. Ekblad arbeitet immer bei offenem Fenster, egal welche Temperatur draußen herrscht. Er scheint einfach nie zu frieren.

»Ist dir kalt?«, sagt er und blickt von der Schreibmaschine hoch. »Hallo, übrigens. Ich bin gerade erst zurück.«

Lönngren schiebt das Fenster zu und setzt sich auf die Kante eines klapprigen Holzstuhls.

»Wie ist es gelaufen?«

»Es ist wahr, es wurden sowohl Elche als auch Rentiere geschossen. Die Samen sind natürlich aufgebracht, es gibt aber keine Beweise in irgendeine Richtung. Ich habe im Wald mehrere Kadaver gesehen, aber damit kommen wir nicht weit. Zumindest beruhigt ein Besuch da oben normalerweise die Situation. Du weißt ja.«

Lönngren nickt. Auch er weiß, es ist über sieben Jahre her, seit sie zuletzt einen Wilderer aufspüren konnten, obwohl ständig Rentiere und Elche geschossen werden, zu verbotenen Zeiten und in verbotenen Gebieten.

»Und sonst? Wie war's beim Fischen?«

»Gefangen habe ich nicht viel. Aber es ist schön, mit der Angel auf dem Eis zu sitzen.«

Lönngren erhebt sich und geht im Zimmer auf und ab. Er weiß nicht recht, wie er beginnen soll. Doch er bekommt Hilfe von Ekblad.

»Hast du die Nachricht gesehen? Ein Svante Eriksson oder so hat angerufen.«

»Du weißt nicht, wer das ist?«

»Nein … oder ja, das war doch der, den wir abgeholt haben?«

»Genau. Er fängt an, Schwierigkeiten zu machen.«

»Deshalb hat er angerufen? Um darüber zu reden?«

Ekblad lacht in sich hinein und widmet sich dann wieder seinem Bericht.

»Er ist entschlossen, Staub aufzuwirbeln. Er will mit der Sache an die Öffentlichkeit. In einem Schreiben beschuldigt er mehrere Leute. Er war heute Morgen hier. Ich hatte ihn herbestellt.«

Ekblad wendet sich erneut Lönngren zu. Er runzelt die Stirn.

»Oh, verdammt.«

»Ja.«

»Wie hast du davon erfahren?«

»Eine der Kellnerinnen in der Kneipe hat das Schreiben unter einem Tisch gefunden. Es kam ihr merkwürdig vor, also ist sie damit zu mir gekommen.«

»Was steht drin?«

»Eine ganze Menge. Du und ich sind beide namentlich genannt. Der Direktor. Und noch ein paar andere.«

»Hat er Beweise dafür, dass etwas falsch gelaufen ist?«

»Er behauptet, dass es insgesamt falsch war. Ungesetzliche Internierung. Politische Überwachungslager. Sympathie mit den Deutschen.«

»Er hat ja recht, dass es politisch motiviert war. Es war schließlich Krieg.«

»Er will, dass ans Licht kommt, warum manche eingesperrt wurden, andere aber nicht. Er behauptet, das sei alles ungesetzlich gewesen.«

»War es das?«

»Ich weiß es nicht.«

»Das beruhigt sich bestimmt bald. Es wird ihm doch wohl niemand helfen, in dieser Geschichte herumzustochern?«

Lönngren schüttelt den Kopf.

»Ich weiß es nicht. Es gefällt mir einfach nicht.«

»Was hat er gesagt, als du mit ihm gesprochen hast? Und du?«

»Ich habe nur versucht, ihm klarzumachen, dass es auf üble Nachrede hinauslaufen kann, wenn er die Vorwürfe nicht beweisen kann. Er war wütend. Was wollte er übrigens, als er anrief?«

Ekblad überlegt einen Augenblick.

»Nur wissen, ob du da bist.«

»Will er wieder anrufen?«

»Hat er nicht gesagt.«

»Soll ich ihn anrufen?«

»Nein.«

Lönngren nickte. Dann verließ er den Raum. Es war Viertel vor zwei, und ihm war übel. Den restlichen Tag verbrachte er mit der Durchsicht neuer Anweisungen von der Regionalverwaltung. Ständig überlegte er, ob er Svante anrufen oder ob er es bleiben lassen sollte.

Um halb sechs ging er nach Hause. Angerufen hatte niemand.

In der Nacht konnte er nicht schlafen. Eine Zeit lang wälzte er sich in der Dunkelheit hin und her. Um halb drei stand er auf und setzte sich mit einem Buch von Olle Hedberg in seinen Sessel. Es wollte ihm beim besten Willen nicht einfallen, woher er es hatte, und er legte es bald wieder weg. Kurz vor fünf schlief er im Sitzen ein. Das Buch glitt herab und blieb neben seinen nackten Füßen liegen.

7.

Das Treffen findet an einem Sonntagabend im neuen Jahr statt. In Nils-Erik Erlandssons Waldhütte sitzen Svante Eriksson und Erlandsson und warten. Um halb sieben sind alle um den Tisch versammelt und trinken Kaffee. Erlandsson hat im Herd Feuer gemacht, und der Lichtschein flackert auf ihren Gesichtern.

Svante hatte einige Mühe gehabt, sie zusammenzubringen. An diesem Sonntagabend ist es endlich gelungen. Aber die Zeit ist knapp. Einige in der Runde können nur eine Stunde bleiben.

Svante stellt seine Tasse auf den angeschlagenen Porzellanteller. Ein heller Klang, und das leise Gemurmel legt sich.

»Gut, dass wir uns alle zusammen treffen können«, beginnt er. »Für die, die es noch nicht wissen, will ich vorausschicken, Lönngren weiß Bescheid. Er hat eine der Kopien in die Finger bekommen und mich vorgeladen. Er hat mich gewarnt, dass es auf üble Nachrede hinausläuft, falls ich keine Beweise hätte, aber ich habe ihm gesagt, es gibt genügend Beweise.«

An dieser Stelle greift er wieder zu seiner Tasse und nimmt ein paar große Schlucke.

»Wie ist er an die Kopie gekommen?«, will jemand wissen.

»Ich habe sie in der Kneipe verloren«, sagt Erlandsson. »Blöd von mir. Ich weiß nicht, wie das passiert ist.«

Es bedarf keiner weiteren Fragen.

»Das macht aber nichts«, fährt Svante fort. »Es sind schließlich keine Geheimnisse. Im Gegenteil, wir wollen ja, dass es ans Licht kommt. Deshalb treffen wir uns ja auch hier. Ich wüsste gern, was ihr davon haltet, wenn ich mich an die Presse wende, vor allem, ob ihr bereit seid, euren Namen darunterzusetzen. Darüber haben wir ja schon geredet. Es hätte größere Wirkung. Mehrere Namen sind besser als einer. Es wiegt schwerer.«

Svante schweigt. Jemand steht auf und legt ein paar neue Holzscheite nach. Erlandsson hat sie erst heute von draußen hereingeholt, und sie sind vom Schnee, der in der Wärme geschmolzen ist, immer noch feucht, sodass sie im Feuer aufzischen.

»Macht das wirklich einen Unterschied?«, fragt einer. »Ob da ein Name drunter steht oder mehrere, meine ich. Es zählt doch, was drinsteht. Von dir gut geschrieben, übrigens.«

Zustimmendes Gemurmel.

»Dein Name soll nicht genannt werden?«, meint Svante.

»Na ja. Ich frage mich nur, ob es notwendig ist. Niemand will sich schließlich unnötig zur Schau stellen. Ist ja ungewiss, was dabei herauskommt. Und man kann nicht sagen, ob wir in irgendeiner Weise Recht bekommen. Die wissen doch, wie sie etwas verschwinden lassen, wenn sie wollen.«

»Nicht, wenn wir mehrere sind«, antwortet Svante. »Dann müssen sie darauf reagieren. Wenn da nur ein Name steht, sieht es privat aus. Dann brauchen sie es nicht weiter zu beachten.«

»Könnte da statt der Namen nicht ein – na, wie heißt das noch – Kürzel stehen?«, sagt Erlandsson. »Lagerinternierte oder so?«

»Das sieht nach Verlegenheit aus«, antwortet Svante. »Ich finde, dass wir mit unseren Namen an die Öffentlichkeit sollen.«

»Wäre auch schlimm, wenn wir nicht für das einstehen könnten, was wir durchgemacht haben«, sagt ein kleiner Mann am Ende des Tisches. Die Hälfte seines Gesichts liegt im Schatten, er spricht langsam und leise.

»Wäre ja wohl schlimm«, fährt er fort. »Wozu soll es denn sonst gut sein? Mein Name kann da gern stehen. Der meiner Alten auch. Sie findet übrigens, das ist jetzt fällig.«

Svante blickt in die Runde. Die Schatten sitzen unbeweglich da oder wärmen ihre Hände an den Kaffeetassen. Dann nickt einer nach dem anderen. Zuerst langsam und zögerlich, schließlich entschlossener.

»Wir sind also offenbar einer Meinung«, sagt Svante. »Das ist gut, denn dann können wir nun ordentlich Dampf machen. Eine Sache noch. Vielleicht sollten wir darauf verzichten, jeder für sich seinen Kommentar abzugeben, sondern uns lieber wieder treffen, sobald wir die Reaktionen kennen. So können wir uns abstimmen. Oder?«

Wieder werden seine Worte mit zaghaftem Nicken aufgenommen.

»Also gut. Dann schicke ich das hier morgen an die Presse, und alles Weitere werden wir sehen.«

Er blickt in die Runde. Er sitzt in der Nähe des Herds und ist rot im Gesicht.

»Also gut«, sagt er erneut.

Einige Minuten später gehen sie auseinander. Sie zwängen sich in drei Autos, die schlitternd den Waldweg entlangfahren. Nils-Erik Erlandsson steht auf der Treppe und hat die Tür hinter sich geschlossen. Er hebt drei Mal die Hand. Die Scheinwerfer gleiten über den schneebedeckten Wald. Es ist sternenklar und sehr kalt.

8.

Lundgren hielt Bertil Kras die Zeitung vor die Nase, als sie sich zu Mittag in den Geräteschuppen setzten, um ihr Vesper zu essen.

»Hast du das hier gesehen?«, fragt er.

Bertil Kras nimmt die Zeitung und liest.

»Das ist ja nicht zu fassen«, sagt er, als er fertig ist.

»Wirst schon sehen, demnächst geht's hier rund.«

»Weißt du, wer diese Leute sind?«

»Also der hier ist mein Nachbar«, sagt Lundgren und deutet auf einen Namen. »Ich habe dir von diesen Leuten erzählt, erinnerst du dich? Aber dass da jetzt Bewegung reinkommt, damit hätte ich nicht gerechnet.«

»Ist doch gut, oder?«

»Gut? Klar ist das gut. Jetzt kriegen unsere hohen Tiere bestimmt Feuer unterm Hintern und werden behaupten, dass von dem, was hier steht, nichts stimmt. Aber alle wissen es.«

»Seltsam, dass das erst jetzt passiert.«

»Ist das so seltsam? Denen geht doch der Arsch auf Grundeis, wenn man ihnen auf den Kopf zusagt, dass es auch hier Konzentrationslager gegeben hat. Wäre es anders ausgegangen, hätte man die Leute draußen auf dem Brandplatz erschossen. Es gab Gerüchte, dass dort im Wald einige Male Schüsse zu hören waren. Aber bis sie zurückkamen, wusste niemand, was da los war.«

»Davon hatte ich keine Ahnung.«

»Nein. Darüber wissen nicht viele Bescheid. War wohl auch nicht die Absicht. Aber von diesen Lagern gab's ja sicher einige. Jetzt kriegen sie hoffentlich eins auf den Deckel.«

»Was, denkst du, wird passieren?«

»Nicht leicht zu sagen. Man kann nur hoffen, dass es einen ordentlichen Wirbel gibt. Aber ebenso gut kann es auch völlig still bleiben. Das weiß man nie. Dann müssen sie eben noch mal an die Presse gehen. Erstaunlich übrigens, dass das so gedruckt wurde. Ich dachte, diese alten Säcke kontrollieren, was in die Zeitung kommt. Auf mich wirkt das manchmal so. Bin gespannt, was der Direktor dazu sagt.«

»Den habe ich heute noch nicht gesehen.«

»Das muss nichts heißen. Zwischen diesen Kerlen laufen die Leitungen jetzt sicher heiß. Bei der Vermittlung müsste man sitzen und mithören! Die Telefontanten dort könnten glatt eine Zeitung herausgeben. Eine, die sich auch verkaufen ließe. Aber das eine oder andere wird schon durchsickern. Ich rede heute Abend mal mit meinen Nachbarn. Die wissen normalerweise Bescheid. Die alte Nachbarin weiß die Dinge immer schon, bevor sie überhaupt passiert sind. Gut, dass die sich zusammengetan haben. An diesen Lagern war so einiges faul. Wenn der Krieg einen anderen Verlauf genommen hätte, dann hätte es dort draußen bestimmt geknallt. Solange man keine Schüsse hörte, war nichts Besonderes vorgefallen, hieß es immer. Du weißt, was es bedeutet, wenn früh am Morgen geschossen wird?«

»Ich denke schon.«

Den ganzen Tag ist Lundgren aufgekratzt. Pausenlos redet er davon, was alles passieren könnte. Immer wieder unterbricht er seine Arbeit und schleicht sich hinaus auf den großen Sandplatz des Sägewerks, um nachzuschauen, was los ist. Doch da sind nur Herbert Nilsson und die anderen Arbeiter.

Die Sägeblätter fressen sich weiter durch die dicken Baumstämme.

9.

Am selben Tag ging Bertil abends zum Tanz ins Gemeindehaus. In der Woche zuvor hatten ein paar Arbeitskollegen ihm davon erzählt, und er hatte beschlossen hinzugehen. Immer nur in Helmer Gustafssons Pension zu sitzen wurde ihm langsam zu viel, und er wollte etwas unternehmen. Sein Zimmer im Haus des Forstunternehmens hatte er vorübergehend aufgeben müssen. Das Sägewerk benötigte den Platz für ein paar Monteure, deshalb war er für vierzehn Tage wieder zurück in die Pension gezogen.

Und irgendwo tief in seinem Inneren hoffte er auch darauf, ein Mädchen zu treffen. Er zog sich um und ging um acht zum Gemeindehaus. Besonders viele Menschen waren dort noch nicht, und fast bereute er, dass er so früh gekommen war. Im improvisierten Café im Saal C nahm er an einem Tisch Platz, holte sich eine Tasse Kaffee und aß ein Plundergebäck. Als er sich umsah, stellte er fest, dass beinahe alle anderen Gäste Teil einer Gruppe waren. Burschen und Mädchen in seinem Alter versammelten sich an kleinen, runden Stehtischen. Es freute ihn, nach und nach viele wiederzuerkennen. Auch wenn er nicht wusste, wie sie hießen, fühlte er sich zwischen den vertrauten Gesichtern doch weniger fremd. Es schien ihm, dass auch er wiedererkannt wurde.

Bertil drängte sich zur Theke vor, um sich eine weitere Tasse Kaffee zu holen. Als er die Tasse bekam und zurück an seinen Tisch gehen wollte, waren andere gerade dabei, sich dort zu setzen. Mit der Tasse in der Hand blieb er stehen und suchte nach einem neuen Platz, aber alle Tische waren besetzt. Er konnte sich nur auf einer abgenutzten dunkelbraunen Holzbank in einer Ecke des Saals niederlassen. Vermutlich eine alte Kinobank, die man hier vergessen hatte. Dorthin setzte er sich, stellte die Tasse neben sich und begann, einen Fleck aus dem Hosenbein zu reiben. Während er sich durch den inzwischen gut gefüllten Raum drängte, hatte er sich Kaffee darübergegossen. Leise fluchend rubbelte er an dem Fleck.

Dann wollte er nach seinen Zigaretten greifen. Er tastete alle Taschen ab, ehe er verstand, dass er sie auf dem Tisch liegenlassen haben musste. An seinem früheren Tisch herrschte jetzt dichtes Gedränge, und bei der Vorstellung, dort hinzugehen, zögerte er.

Er überlegte einen Augenblick, das Rauchen ganz aufzugeben. Ernsthaft überschlug er, wie viel Geld er sparen könnte, wenn er auf Zigaretten verzichtete. Gleichzeitig war ihm klar, dass er nicht aufhören könnte, ohne sich gründlich darauf vorzubereiten. Ein so plötzlicher Impuls hätte wenig Aussicht auf Erfolg. An diesem Punkt seiner Überlegungen stand er auf und ging zu seinem ehemaligen Tisch hinüber. Er zog die blau gepunktete Krawatte gerade und vergewisserte sich, dass sein Hosenschlitz nicht offen stand. Schon von weitem erkannte er auf dem Tisch eine Schachtel Bill, seine Zigarettenmarke.

»Offenbar habe ich meine Zigaretten vergessen«, sagte er, als er an den Tisch trat.

Drei junge Frauen hatten dort Platz genommen und tranken Pommac.

»Und ich dachte schon, da ist einer so nett gewesen und hat sie für uns liegenlassen«, antwortete eine von ihnen. Alle drei hatten helles Haar und trugen fast exakt die gleichen weißen Blusen und Röcke aus dickem Wollstoff. Bertil schätzte das Mädchen, das geantwortet hatte, auf ungefähr zweiundzwanzig. Die beiden anderen waren bestimmt älter.

Bertil nahm die Packung und bot sie ihnen an. Nachdem jede eine Zigarette genommen hatte, war nur noch eine übrig.

»Jetzt hast du aber keine mehr«, meinte eine der jungen Frauen.

»Dann rauche ich eben weniger«, antwortete Bertil.

Zur selben Zeit fing im großen Saal im Erdgeschoß, der normalerweise für Filmvorführungen genutzt wurde, die Musik an. Fast im selben Augenblick leerte sich der Saal hier oben. Bertil sah, wie die drei Mädchen fast gleichzeitig ihre Zigaretten im metallenen Aschenbecher ausdrückten und die Treppe hinab verschwanden. Als er bemerkte, dass der Sitz noch warm war, schmunzelte er über sich selbst. Er nahm eine der ausgedrückten Zigaretten und betrachtete die Spuren des knallroten Lippenstifts auf dem Papier. Er hielt die Nase daran, konnte aber nichts riechen. Hastig sah er sich um. Dann drückte er einen Kuss auf den Zigarettenstummel und legte ihn zurück in den Aschenbecher. Er zündete sich seine letzte Bill an. Mit einem Mal war er bis auf eine Kellnerin, die zwischen den Tischen umhereilte und aufräumte, der Einzige im Saal. Schließlich nahm sie eine alte Kaffeedose und kippte den Inhalt der Aschenbecher hinein. Sie kam zu Bertils Tisch und wollte wissen, ob sie die halb gerauchten Zigaretten dalassen solle. Bertil schüttelte den Kopf.

Er lauschte der Tanzmusik und fand es nun, nachdem er mit einigen Mädchen gesprochen hatte, leichter, hier zu sein. Er machte die Zigarette aus und ging hinunter in den großen Tanzsaal. Es sah genauso aus wie in anderen Tanzlokalen, in denen Bertil gewesen war. Die Burschen auf der einen Seite, die Mädchen ihnen gegenüber. Darunter jeweils kleine Gruppen, die mit den Rücken zu den anderen standen, um ihre Zusammengehörigkeit zu zeigen und das Revier abzustecken.

Bertil blieb in der Tür stehen und sah sich um. Rasch entdeckte er die drei Mädchen unter den tanzenden Paaren. Sein Blick folgte ihnen der Reihe nach und ruhte am längsten auf der Jüngsten. Sie würde er als Erste zum Tanzen auffordern.

Als das Orchester einen Foxtrott spielte, ging er zu ihr hin und nickte. Das Mädchen nickte ebenfalls, und sie strebten auf die Tanzfläche. Bertil bewegte sich immer am liebsten in der Mitte der Tanzfläche, um von den anderen Paaren umgeben zu sein.

»Willst du mitten hinein?«, sagte sie. »Wie heißt du übrigens?«

Bertil wunderte sich über ihre Direktheit.

»Bertil«, antwortete er. »Und du?«

»Bojan. Ich arbeite im Schlachthof. Dich habe ich hier noch nie gesehen.«

»Ich bin erst vor kurzem hierhergekommen. Ich arbeite im Sägewerk. Eigentlich bin ich aus Stockholm. Vielleicht hört man es?«

»Ich weiß nicht, wie die in Stockholm reden«, antwortete sie. »Aber warum kommst du hierher, wenn du in Stockholm wohnst?«

»Ich will mich ein wenig umsehen.«

»Hier? Bei uns gibt's doch nichts zu sehen. In diesem Loch hier?«

»Vermutlich war ich es einfach leid, in der Stadt zu sein«, antwortete er. »Und ich weiß ja auch nicht, ob ich bleibe.«

Im Gedränge tanzten sie weiter, Bojan klammerte sich an Bertil. Bertil hatte plötzlich den Eindruck, dass sie ihn mit einer Art von Bewunderung betrachtete, nur weil er aus Stockholm kam. Als ließe sich an ihm auf magische Weise die Großstadt erleben. Als Bertil sie fragte, ob sie schon in Stockholm gewesen sei, schüttelte sie den Kopf.

»Ich will aber hin«, sagte sie. »Kannst du mich nicht mitnehmen?«

Ihre selbstverständliche Art verunsicherte Bertil. Sie hatte keine Hemmungen. Sie schien geradeheraus zu sagen, was sie empfand.

»Ich gehe nicht zurück«, antwortete Bertil.

»Wie kannst du dir da so sicher sein?«

»Es fühlt sich nicht so an.«

»Du bist doch gerade erst angekommen. Warte bloß, bis du eine Weile hier gewesen bist. Da wirst du nicht mehr unbedingt bleiben wollen.«

Bertil schüttelte den Kopf und lächelte.

»Vielleicht hast du ja recht. Keine Ahnung. Wir werden sehen. Jedenfalls mag ich meine Arbeit.«

Nach zwei Tänzen begleitete Bertil Bojan zu ihren Freundinnen zurück. Er nickte und ging wieder auf die andere Seite des Saals. Im Lauf des Abends tanzte er noch ein paar Mal mit Bojan und forderte auch ihre Freundinnen auf. Aber vor allem interessierte er sich für Bojan. Als der letzte Tanz des Abends angekündigt wurde, war sie plötzlich verschwunden. Bertil konnte sie weder unter den tanzenden Paaren noch oben im Café finden. Eine Weile trieb er sich vor den Damentoiletten herum, auch dort war sie nicht. Die Räume begannen sich zu leeren. Bertil stand draußen vor der Eingangstür und wollte einfach nicht zurück in sein Pensionszimmer gehen, ohne sie noch einmal getroffen zu haben.

Als ihm jemand an die Schulter tippte, drehte er sich um und sah das Gesicht einer der Freundinnen vor sich.

»Hältst du nach Bojan Ausschau?«, fragte sie und lächelte. »Das hat keinen Sinn. Sie ist bereits gegangen. Ihr Verlobter arbeitet bei der Eisenbahn, er hat manchmal Spätschicht und hat sie abgeholt.«

Bertil ging nach Hause. Es war ihm unangenehm zumute. Er betrat den Hof der Pension und schloss die Tür auf. Er hoffte, dass Gustafsson schlief, denn er hatte nicht die geringste Lust, mit ihm zu reden. Doch sobald Bertil die Tür geöffnet hatte, die in den Angeln quietschte, ging auch die Tür zur Küche auf, und Gustafsson stand da, groß und breit.

»Ich habe gerade Tee gemacht«, sagte er. »Wollen Sie eine Tasse?«

Bertil fiel es leichter, mit Ja als mit Nein zu antworten.

»Ich bringe nur die Jacke nach oben.«

»Die können Sie doch hier in die Küche legen«, sagte Gustafsson.

Bertil folgte ihm in die Küche. Offensichtlich hatte Gustafsson auf ihn gewartet. Zwei blau geblümte Porzellantassen standen bereits auf dem Tisch. Bertil legte seine Jacke auf das Küchensofa und setzte sich. Gustafsson blieb beim Herd stehen, bis das Wasser zu kochen begann. Die breiten Hosenträger schlenkerten über seinem Hintern, und das Hemd war aus dem Hosenbund gerutscht.

»Wie war's denn im Gemeindehaus?«, fragte er, ohne sich umzudrehen.

Mit seiner Antwort ließ Bertil sich Zeit. Konnte er sagen, wie es gewesen war? Wusste er das selbst?

»Es war recht viel los«, sagte er.

»Viele junge Mädchen, nehme ich an«, sagte Gustafsson und grinste Bertil über die Schulter hinweg an.

»Das auch«, antwortete Bertil. »Ich kann nicht klagen.«

Gustafsson goss das heiße Wasser in die Teekanne und stellte sie auf den Tisch.

»Es macht nichts, dass Sie in einer Pension wohnen, falls Sie eine mit nach Hause nehmen wollen«, sagte Gustafsson.

»Ach nein?«, antwortete Bertil. »Gut zu wissen.«

Nachdem Gustafsson Tee eingeschenkt hatte, fiel Bertil ein, dass er keine Zigaretten mehr hatte. Halbherzig tastete er seine Taschen ab. Gustafsson sah ihn an.

»Sind Ihnen die Zigaretten ausgegangen? Ich habe noch ein paar. Ich rauche ja nur Pfeife, aber eine Packung habe ich noch, keine Ahnung, warum.«

Er stand auf und öffnete eine Schublade unter der Spüle. Er wühlte einige Zeit darin, bis er eine zusammengeknüllte Packung Ritz hervorkramte.

»Gehen die?«, fragte er.

»Die gehen sehr gut«, sagte Bertil. »Schmecken genauso, und eigentlich sollte man sowieso aufhören. Ich frage mich, warum ich überhaupt rauche. Gesund kann es ja wohl nicht sein. Und teuer ist es auch.«

»Aber schön ebenfalls«, antwortete Gustafsson. »Ich rauche, seit ich zehn bin. Zuerst Moos in einer Pfeife aus Pappe, dann Tabak. Hab nie bemerkt, dass es mir geschadet hätte. Und schön ist es allemal.«

Während er sprach, kratzte er seine Pfeife aus und füllte sie erneut mit Tabak. Bertil spürte, dass die Zigarette trocken schmeckte, und nahm an, die Packung hatte lange in der Schublade unter der Spüle gelegen.

Gustafsson goss Tee nach. Bertil stoppte ihn nach der halben Tasse.

»Sonst kann ich nicht einschlafen.«

»Vermutlich gibt es den einen oder anderen, der heute Nacht schlecht schläft, auch ohne Tee«, sagte Gustafsson und starrte in den Pfeifenkopf, um zu sehen, ob noch Glut vorhanden war.

Bertil verstand nicht, was er meinte. Doch er musste nicht weiter nachfragen.

»Haben Sie die Zeitung nicht gelesen?«

Da ging Bertil auf, dass Gustafsson auf die Sache mit dem Lager anspielte. Ohne zu wissen, warum, gab er weiter den Ahnungslosen.

»Klar, die Zeitung habe ich gelesen. Ich verstehe aber nicht, wem das den Schlaf rauben sollte.«

»Nein, natürlich nicht. Sie sind ja nicht von hier.«

»Worum geht es denn?«

»Na ja, hier in der Gemeinde sind im Krieg ein paar dumme Dinge passiert. In den ersten beiden Jahren jedenfalls. Einige Leute galten auf einmal als unzuverlässig. Weil sie gegen Hitler waren. Das trifft bei uns eigentlich auf die meisten zu, mit Ausnahme einiger hoher Tiere und Mitläufer. Es waren also die Roten gemeint. Die hat man hier in ein Lager gesteckt, Richtung Björnnäs, und dort festgehalten, in einem Konzentrationslager, muss man wohl sagen. Keiner hier hat richtig durchschaut, was vor sich ging, aber es war nicht ganz geheuer. Man wusste ja, was das Militär wollte. Wissen Sie, im April, als Dänemark und Norwegen besetzt wurden, gab es hier jede Menge Militärs, auf der

Durchreise, beim Bahnhof. Ich kenne jemanden, der dort Dienst hatte. Strömgren heißt er. Arbeitet immer noch da. Und er erzählte, die Offiziere kamen zu ihm in die Gepäckaufbewahrung gelaufen und wollten Wasser mit Schnaps mischen, um auf den Sieg der Deutschen in Norwegen und Dänemark anzustoßen. Schrecklich war das damals hier.

Gustafsson verstummte. Er kratzte sich im Nacken, offenbar dachte er über das, was er erzählt hatte, immer noch nach.

»Über das Lager habe ich etwas in der Zeitung gelesen«, sagte Bertil nach einer Weile. Gustafsson wurde aus seinen Gedanken gerissen.

»Eben. Das meinte ich. Und jetzt haben sie begonnen, in der Sache herumzustochern. Die, die im Lager gesessen haben, wollen, dass alles ans Licht kommt.«

»Das ist wohl ganz natürlich.«

»Ja, sicher. Aber warum haben sie damit so lange gewartet? Der Krieg ist doch schon seit zwei Jahren vorbei. Und da kommen sie jetzt erst daher. Aber trotzdem ist es gut. Und man weiß ja auch, wer in die Sache verwickelt war. Denen ist nun nicht zum Lachen. Als Elsa, meine Frau, noch lebte, hat sie dem Pfarrer den Haushalt gemacht. Schon Mitte der dreißiger Jahre gab es hier Leute, die von Hitler ganz hingerissen waren. Auf dem Schreibtisch des Pfarrers stand ein Hitlerporträt, und wenn er Besuch bekam, nahm er ein Foto seiner Frau und stellte es davor. Fünf Jahre vor dem Krieg. Und es war nicht nur der Pfarrer. Ich könnte eine ganze Menge Leute nennen, viele davon sind noch am Leben. Denen passt das jetzt überhaupt nicht.«

Gustafsson machte eine Pause, um seine Pfeife anzuzünden. So aufgeregt hatte er Gustafsson zuvor nie erlebt, dachte Bertil. Er sagte nichts und wartete, bis dieser seine Pfeife wieder in Gang brachte. Bertil schenkte sich den verbliebenen Tee ein. Er warf einen Blick auf die Küchenuhr und sah, es war bereits halb eins.

»Die werden heute Nacht wohl nicht so gut schlafen. Die, die mit dem Militär zusammengearbeitet haben.«

»Man weiß, wer das war?«

»Das weiß hier wirklich jeder. Aber was soll's ...«

»Was halten Sie denn von der Sache?« Bertil konnte nicht verbergen, dass er neugierig geworden war.

»Ich zerbreche mir darüber nicht weiter den Kopf. Dafür bin ich zu alt. Ich gehe nur noch bei der Maidemonstration mit. Früher hätte ich vermutlich anders reagiert.«

»Sie selbst waren aber nie in diesem Lager?«

»Ich? Nein, auf mich hatte man es nicht abgesehen. Ich dachte wie die Mehrheit der Leute. Ins Lager kamen die, die aus tiefster Überzeugung Rote waren. Egal, ob sie organisiert waren oder nicht. Aber die meisten waren Kommunisten. Bin gespannt, wie sich der Artikel in der Zeitung jetzt auswirkt.«

»Was, glauben Sie, wird passieren?«

Bertil hörte seine Frage nur wie ein weit entferntes Echo. Schon seit einer Weile dachte er an Bojan. Und ihm wurde bewusst, dass er sie wiedersehen wollte.

»Entweder passiert gar nichts, oder es kommt doch irgendwas an die Oberfläche. Aber vielleicht sollten wir jetzt besser ins Bett gehen. Ich bin tatsächlich müde.«

Bertil nahm seine Jacke über den Arm und wünschte eine gute Nacht. Gustafssons Angebot, die neue Ausgabe der *Allers* mitzunehmen, lehnte er ab.

»Ich werde sicher gleich einschlafen«, sagte er. »Trotzdem danke. Und vielen Dank für den Tee.«

In seinem Zimmer warf er die Jacke auf den Stuhl und setzte sich auf die Bettkante. Er verspürte nicht die geringste Müdigkeit und war irritiert davon, dass ihm Bojan nicht aus dem Kopf ging. Langsam schnürte er sich die Schuhe auf und dachte, dass es ihn nervös machen würde, abends wieder in diesem Zimmer oder in Gustafssons Küche zu sitzen. Er wusste jedoch nicht, wo es ihm gelingen sollte, Kontakte zu knüpfen, außer bei den Tanzabenden im Gemeindehaus.

Er legte sich ins Bett und schauderte unter dem kalten Laken. Um seine Hände zu wärmen, legte er sie in den Schritt. Er versuchte sich vorzustellen, wie das Lager ausgesehen hatte, brachte es aber nur bis zu einer verschwommenen Vorstellung von Stacheldraht, Schotterplatz und schlechtem Wetter. Überhaupt konnte er den Krieg und ein Lager nur mit schweren Wolken und pausenlosem Regen kurz vor dem Gefrierpunkt in Verbindung bringen.

Der Gedanke aber, mit dem er einschlief, war ein diffuses Bild der Tanzveranstaltung, auf der er Bojan in vielen verschiedenen Versionen sah.

10.

An dem Abend, als Bertil im Gemeindehaus tanzte, gab es auch im Haus von Direktor Rader eine kleine Veranstaltung. Sie war im Lauf des Tages in aller Eile angesetzt worden. Um halb acht traf eine Gruppe von acht Personen ein und nahm um den ovalen Tisch im Speisezimmer des Direktors Platz.

Rader, der unverheiratet war, beschäftigte eine Haushälterin, die er noch von seinem Vater, Johan Rader, übernommen hatte. Sie hieß Emma Söderblom und war ebenfalls ledig. Vor kurzem war sie siebzig geworden und hatte, auf Raders direkte Nachfrage, geantwortet, sie habe nicht vor, ihre Arbeit in den nächsten Jahren zu beenden. Sie wohnte nahe der Volksschule mit zwei Katzen in einer kleinen Wohnung im ersten Stock über dem Geschäft des Schusters. Sie arbeitete sechs Tage pro Woche und kochte das sonntägliche Abendessen vor, sofern Rader nicht beschlossen hatte, im Hotel zu essen. Wann immer der Direktor zu Zusammenkünften lud, machte sie Überstunden, ohne dafür mehr Geld zu verlangen. Sie hielt das Haus perfekt in Schuss. Um sieben Uhr morgens kam sie und bereitete Rader das Frühstück zu, das er im Schlafzimmer einnahm. Sobald er sich auf den Weg in sein Büro im Sägewerk begeben hatte, machte sie sauber und ging einkaufen. Im Frühling pflanzte sie Blumen und mähte den weitläufigen Rasen. Punkt fünf war sie mit den Vorbereitungen für das Abendessen fertig. Da Direktor Rader regelmäßigen Gewohnheiten folgte, tat sie es ihm gleich.

An diesem Tag war der Direktor schon am Morgen nach dem Frühstück mit der Mitteilung in die Küche gekommen, sie solle ein Abendessen für rund zehn Personen vorsehen. Er entschuldigte sich, sie so spät informiert zu haben. Emma war klar, dass etwas Außergewöhnliches geschehen sein musste. Als Rader mit der Zeitung in der Hand die Küche betreten hatte, war er ganz weiß im Gesicht gewesen. Zudem hatte er das Haus verlassen, ohne sich zu rasieren. Er eilte zu seinem Auto, ließ es an, schlitterte am eisernen Gartentor vorbei und war weg. Emma schaute ihm durchs Fenster nach, ohne zu verstehen, was geschehen war. Dann ging sie daran, ein Menü für den Abend zu komponieren, zog ihren Mantel an und machte sich auf den Weg zum Einkaufen.

Acht Personen erschienen zum Abendessen. Zuerst gab es Champignoncremesuppe, danach Wiener Schnitzel. Zum Nachtisch eingelegte Birnen. Dazu wurde Wein, Bier und Schnaps getrunken. Als die Gäste schließlich in das Raucherzimmer wechselten, wie die Bibliothek genannt wurde, warteten dort bereits Kaffee und Kognak. Emma zog die Türen zum Speisezimmer zu, räumte das Geschirr in die Küche und wusch ab. Inzwischen war es elf. Sie schlüpfte in ihren Mantel und machte das Licht in der Küche aus. Im Vorzimmer blieb sie stehen und lauschte Richtung Raucherzimmer, doch mehr als ein schwaches Gemurmel, hin und wieder von den Worten des Direktors unterbrochen, war nicht zu vernehmen. Sie hatte den Eindruck, dass seine Stimme heute ungewöhnlich scharf klang. Noch auf dem Nachhauseweg dachte sie über die merkwürdig bedrückte Stimmung nach, die über dem Abendessen gelegen hatte.

Zu Hause setzte sie sich wie immer in ihren Ledersessel und nahm die beiden Katzen in die Arme. Mit geschlossenen Augen saß sie in der Dunkelheit und hörte ihrem Schnurren zu.

Direktor Raders Gäste hatten die Einladung erst am Vormittag telefonisch erhalten. Der Direktor hatte sie an ihren jeweiligen Arbeitsstellen angerufen und sie zum Abendessen zu sich gebeten. Wer erreichbar war, hatte zugesagt, nur zwei, die sich zufällig außerhalb aufhielten, fehlten.

Sämtliche Anwesenden waren Männer. Direktor Rader saß am einen Tischende. Das andere blieb leer. Um den ovalen Tisch hatten Bezirksrichter Fågelberg, Jagdmeister Nilsson, Baubeamter Sunatan, Polizeikommissar Lönngren, Rechtsanwalt Månsson, Postmeister Overberg und Tierarzt Axelsson Platz genommen. Alle gesetzten Alters, alle gleichermaßen aufgewühlt von dem, was am Morgen in der Zeitung gestanden hatte. Während des Essens brachte niemand das Gespräch darauf, obwohl Direktor Rader bereits am Telefon deutlich gemacht hatte, dass er den Zeitungsartikel diskutieren wollte. Alle fanden, das sei eine gute Idee.

Niemand von ihnen hatte zu Hause gesagt, dass er zum Direktor ging. Sitzungen, Schachspiel, Überstunden wurden vorgeschützt. Alle außer Rader und Lönngren waren verheiratet und hatten Kinder. Mit Ausnahme des Bezirksrichters waren auch alle seit vielen Jahren hier ansässig. Fågelberg war erst 1941 in den Ort gekommen, und es war kein Geheimnis, dass es ihm hier nicht gefiel und er wieder wegziehen wollte, sobald sich eine Versetzung ergab.

Es war nicht Rader, sondern Tierarzt Axelsson, der das Gespräch eröffnete. Er hielt seinen Kognakschwenker zwischen den Händen und kaute auf einem Zigarillo.

»Was mich wundert«, begann er, »ist, dass die Zeitung das gedruckt hat, ohne dass dieser Boman mit uns Kontakt aufgenommen hat. Aber er brüstet sich ja immer damit, als Pressemensch sei er völlig frei. Wie nennt er sich gleich noch mal …?«

»Einen Rabulisten«, sagte Overberg.

»Genau«, fuhr Axelsson fort. »Er scheint nicht einmal zu wissen, was das bedeutet. Aber worauf ich hinauswill, ist, dass er überhaupt nicht versucht hat herauszufinden, ob das, was in dem Artikel behauptet wird, stimmt. Er weiß doch, dass wir uns in diesen Fragen auskennen. Du vor allem, Lönngren, zumal du während des Kriegs ja mit dieser Sache betraut warst.«

»Er scheint sich nicht darüber im Klaren zu sein, dass wir als Konsequenz in Zukunft weniger Anzeigen schalten könnten«, warf Rader ein. »Die Zeitung läuft nicht besonders gut, soweit ich weiß. Månsson, du bist dort doch Wirtschaftsprüfer.«

»Ich bin da natürlich zur Verschwiegenheit verpflichtet«, sagte Månsson. »Aber dass die ökonomische Lage der Zeitung nicht gut ist, das ist kein Geheimnis.«

»Richtig schlecht also?« Raders Stimme kam schnell und scharf.

Månsson nickte.

»Vielleicht wollt ihr wissen, wer hinter all dem steckt«, sagte Lönngren nach einer Weile. »Es dürften mehrere sein, aber der Anstifter ist Svante Eriksson. Ihr wisst schon, der Sohn von Egon Eriksson.«

»Hätte man sich denken können«, sagte Tierarzt Axelsson. »Apfel und Stamm, war ja klar. Aber weshalb? Was glaubt er denn, damit erreichen zu können?«

»Ich habe ihn zu mir bestellt«, sagte Lönngren. »Er war mürrisch und kurz angebunden. Vermutlich sinnt er schlicht und einfach auf Rache. Das gilt wohl für alle, die namentlich unterschrieben haben. Sie kennen einander ja schon ewig. Alle zusammen bei den Kommunisten.«

Lönngren spürte, wie sein Mund trocken wurde, und griff nach der Kanne mit dem Kaffee. Er goss sich ein und schenkte dann auch Sunatan neben ihm nach.

»Man weiß ja, warum man sich wünscht, dass der Krieg anders ausgegangen wäre«, sagte Tierarzt Axelsson mit dumpfer Stimme.

Rader erhob sich aus seinem Fauteuil, näherte sich dem Fenster zur Terrasse und öffnete es einen Spalt. Als er sich wieder dem Raum zuwandte, um an seinen Platz zurückzukehren, war klar, er wollte das Wort ergreifen. Mitten im Zimmer blieb er stehen.

»Wir alle hier haben uns vermutlich einen anderen Kriegsausgang gewünscht. Wäre dringend notwendig gewesen. Dagegen lässt sich allerdings nichts machen. Auch für uns wird es einmal andere Zeiten geben. Aber im Moment müssen wir bei diesem üblen Spiel mitspielen und hoffen, dass wir bald eine konservative Regierung haben werden. Ich kann mir nicht denken, dass es diesem dümmlichen Ministerpräsidenten Erlander gelingt, die Arbeiterpartei so stark zu halten, wie Hansson das geschafft hat. Das dürfte uns also in die Hände spielen. Doch erst mal müssen wir die Sache mit diesem Artikel beenden. Wir brauchen ein Dementi, so viel ist klar. Einer von uns, ich kann das gerne übernehmen, setzt sich morgen früh mit Redakteur Boman in Verbindung und erklärt ihm, dass er selbst den Artikel widerrufen muss und nichts mehr in diesem Sinne bringen darf. Ich werde ihn ein wenig härter anfassen, damit er den Ernst der Lage begreift.«

Rader setzte sich und zündete sich eine Zigarre an. Mit derselben dominanten und scharfen Stimme fuhr er fort.

»Ich habe einen guten Freund im Finanzministerium angerufen. Engster Kreis. Ich sagte ihm, was vorgefallen ist, worauf er nur lachte und meinte, das könnten wir doch selbst aus der Welt schaffen. Da hat er wohl recht.«

»Klingt vernünftig, was du da sagst«, meldete sich Jagdmeister Nilsson zu Wort. »Wenn wir anfangen zu diskutieren, wäre das wie ein Eingeständnis, dass in dem Schreiben ein wahrer Kern steckt. Ich sehe es wie du, die Sache muss im Keim erstickt werden.«

»Dann sind wir uns wohl einig«, sagte Direktor Rader. »Sind alle einverstanden, dass ich mit Boman rede? Ich rufe ihn gleich morgen in der Früh an. Tags darauf soll es in der Zeitung stehen.«

Alle nickten. Keiner von ihnen hatte dazu noch etwas zu sagen.

Lönngren lehnte sich zurück und dachte an die Ereignisse damals, als er den Geheimbefehl erhalten hatte, ein Lager einzurichten, eine Arbeitskompanie, wie es genannt wurde. Er erinnerte sich daran, wie er gemeinsam mit Ekblad und Olsson, dem Nazi, die knarrende Treppe zu Svante Eriksson hinaufstieg.

Ihm schien, als hätte er bereits damals vorausgeahnt, was geschehen würde. Alles, was er damals tun sollte, war falsch gewesen, gründete auf dem wirklichkeitsfernen Eindruck, die Neuordnung Deutschlands sei das, wofür sie sich ausgab.

Lönngren sah sich unauffällig unter den anderen um.

Alles Braune, die hier sitzen, dachte er. Im Verborgenen hatten sie ihre Pläne für die neue Zeit gemacht. An ihren Wänden hingen Landkarten, auf denen sie die neuen schwedischen Grenzen einzeichneten, in einem Europa, das unter einer Farbe stand. Und an die deutsche Botschaft lieferte man ein Rentiergeweih.

Lönngren fuhr zusammen, als Baubeamter Sunatan ihm an die Schulter fasste.

»Solltest du nicht nach Stockholm hinunterfahren und diese Sprengungen aufklären, die dort samstags stattfinden? Von diesem Sabbatssaboteur, wie er genannt wird. Verflucht gute Bezeichnung übrigens.«

»Das schaffen sie auch selbst«, antwortete Lönngren. »Früher oder später. Es gibt nur sehr wenige Verbrechen, die nicht aufgeklärt werden. Ich meine, von den Verbrechen, die zur Anzeige gebracht werden. Das werden ja nicht alle. Ich vermute, es handelt sich beim Sabbatssaboteur um eine ganz ungefährliche Person, die ein wenig Spannung im Leben braucht und dabei auf unverantwortliche Weise riskiert, jemanden mit dem Dynamit in den Tod zu reißen.«

Sunatan war 1917 aus Russland emigriert und nach seinem Abschluss in München nach Schweden gekommen. In dem kleinen Ort lebte er seit 1935 und war als fanatischer Gegner von Sozialdemokraten und Kommunisten bekannt. Ein verbohrter Mensch, der sich in Gewaltgeschichten erging, was seiner Meinung nach geschehen war, als die Bolschewisten die Macht in Russland ergriffen. Diese Vorgänge schmückte er in einer Weise aus, dass alle über ihn lachten. Doch niemand wollte sich auf eine Diskussion mit ihm einlassen, denn er ließ sich nicht stoppen. Die lokale rechte Partei, deren Mitglied er war, hatte Mühe, ihn im Zaum zu halten. Mit fanatischem Eifer propagierte er, dass es ihre wichtigste Aufgabe wäre, alle Kommunisten im Land auszurotten, die seinen Worten zufolge »unter der Oberfläche« lauerten.

Gegen halb zwölf setzte sich Direktor Rader an den Flügel, und Postmeister Overberg holte seine Geige hervor. Gemeinsam spielten sie einige kleinere Stücke von Tartini. Das große Raucherzimmer lag im Dunkeln. Lediglich die Gesichter Raders und Overbergs wurden von der Lampe auf dem Flügel erhellt. Die Töne wirbelten zwischen den Wänden umher, der Applaus war träge und kraftlos. Kurz danach brachen alle auf, Rader verabschiedete sie im Vorzimmer und versprach sich zu melden, falls es mit Boman Probleme gab. Ansonsten würde in zwei Tagen ein Dementi in der Zeitung stehen. Rader schloss die Haustür ab und begab sich in sein Schlafzimmer. Er setzte sich an den kleinen Schreibtisch am Fenster und nahm das in schwarzes Wachstuch eingeschlagene Tagebuch aus der untersten Schublade. Er rückte die Lampe zurecht und blätterte bis zur ersten leeren Seite.

Dann schrieb er: »Abends Treffen mit den Freunden. Essen und Tartini. Entschluss gefasst, diese roten Spinner ein für alle Mal in die Deckung zu zwingen. Wenn die Deutschen den Krieg gewonnen hätten, lägen diese Schweinehunde seit langem unter der Erde, wo sie hingehören. Heute frei von Bauchschmerzen. Zum ersten Mal in dieser Woche. Um halb eins ins Bett.«

Er schloss das schwarze Buch weg, zog sich aus und ging zu Bett.

Wie gewohnt lag er lange wach. Aus dem Blumenmuster der

Tapete traten vor seinen Augen Figuren hervor. Die Schreibtischlampe war an. Er schlief immer bei Licht.

Vor der Dunkelheit hatte er Angst.

11.

Redakteur Boman hatte eine verblüffende Karriere gemacht. Er wurde in einem kleinen Ort im Umkreis des Marktfleckens geboren, als Zweitjüngster von sieben Kindern. Die Mutter verlor ihren Mann, als das jüngste Kind ein paar Wochen alt war. Der Mann, ein Waldarbeiter, bekam einen Wurzelstock ins Gesicht und brach sich das Genick. Karl-Erik, damals ein Jahr, hatte keine Erinnerungen an seinen Vater. Sobald er laufen konnte, musste er den älteren Geschwistern auf dem Hof helfen. Die Schule besuchte er sporadisch, und bis zum Alter von dreizehn Jahren war an ihm nichts Auffälliges. Dann teilte er seiner Mutter und seinen Geschwistern plötzlich mit, er wolle Hausierer werden. In einer Illustrierten, die er vor der Kirche auflas, hatte er einen Bericht über Algot Johansson gelesen, der es vom Klinkenputzer zu einem großen Textilunternehmer gebracht hatte. Das wollte Karl-Erik auch und hatte von einem der Händler des Marktfleckens bereits die Zusage erhalten, als Laufbursche anfangen zu können. An einem Herbsttag nahm er seinen Rucksack und machte sich auf den Weg. Er durfte im Warenlager nächtigen, sofern er versprach, nicht zu rauchen und keine Streichhölzer zu verwenden. Zwischen den Mehlsäcken bereitete er sich seinen Schlafplatz. Jeden Abend um halb sieben wurde er vom Händler eingesperrt und musste im Dunkeln ausharren, bis das Geschäft am nächsten Morgen um sieben wieder öffnete. Während dieser Stunden lag er da und malte sich aus, wie er seine Pläne verwirklichen könnte. Er achtete darauf, welche Waren am stärksten nachgefragt wurden, und schrieb alles in ein Notizbuch. Das Geld, das er verdiente, verwahrte er in einer Zuckerdose. Er wollte so lange bleiben, bis er hundertfünfzig Kronen beisammen hätte. Damit würde er eigene Waren anschaffen und sich selbständig machen.

Doch daraus wurde nichts. Eines Tages bekam er den Auftrag, dem Redakteur der Regionalzeitung, der mit gebrochenem Oberschenkel zu Hause lag, Lebensmittel zu liefern. Er blieb eine Weile bei dem alten Vikman sitzen, den Sorgen um die Zeitung quälten. Zwar konnte er vom Bett aus schreiben, die Setzer und Drucker überwachen jedoch nicht. Und obwohl er wusste, dass sie alles Erforderliche taten, machte er sich Sorgen. Er bat Karl-Erik, mit einigen Manuskripten in die Druckerei hinunterzugehen. Karl-Erik war von dem, was er dort sah, so überwältigt, dass er sofort zu Vikman zurückkehrte und fragte, ob er nicht bei ihm arbeiten dürfe. Vikman war einverstanden, und als er drei Jahre später starb, übernahm Karl-Erik mit gerade mal siebzehn seine Redakteursstelle. Das war 1931, und jetzt war er also dreiunddreißig. Unter seiner Leitung hatte sich das Blatt zu einer der größten Lokalzeitungen des Landes entwickelt und wurde auch außerhalb der Region vielfach gekauft und zitiert. Das zu Zeiten Vikmans konservative Blatt war unter Karl-Erik ein unabhängiges und liberales Organ geworden. Mit Nachdruck betonte er, eine Zeitung hätte ein stets lebendiger Ausdruck der Presse- und Meinungsfreiheit zu sein. Den Bemühungen der liberalen Volkspartei zum Trotz, die ihm nahelegte, eine liberale Zeitung müsse an eine politische Partei gebunden sein, blieb Karl-Erik bei der Auffassung, zwischen einer liberalen politischen Partei und einer liberalen Zeitung bestehe ein großer Unterschied. Eine politische Partei und die Unabhängigkeit, die notwendig sei, um eine wahrhaftige und wichtige Zeitung zu machen, wären zwei Paar Schuhe.

»Ich will Leser haben, während ihr auf Stimmen aus seid«, sagte er. »Das ist ein verdammter Unterschied und wird es auch immer bleiben.«

Was Karl-Erik unter Liberalismus verstand, ging vorwiegend aus seinen eigenen Beiträgen hervor. Zu Beginn hatte er ein nahezu anarchistisches System ausprobiert, um seine Thesen von der Unabhängigkeit der Zeitung zu untermauern. Er ließ die Leitartikel der Reihe nach von sämtlichen Mitarbeitern der Zeitung schreiben, vom Setzer bis zum Laufburschen. Wie er allerdings bald merkte, scheiterte das an der einfachen Tatsache, dass ein Teil derer, die bei der Zeitung angestellt waren, sich schriftlich nicht ausdrücken konnte. Die Leitartikel verfasste er daher wieder selbst, ließ aber viele Reportagen von Druckern oder Setzern schreiben. Er fand heraus, wofür sich die Angestellten interessierten und welche verborgenen Spezialkenntnisse sie besaßen, sodass etwa einer der Setzer häufig die Fußballberichte schrieb, während einer der Laufburschen seine eigene Rubrik über das Briefmarkensammeln hatte. Karl-Erik war bestrebt, die acht Seiten der Zeitung so populär und verständlich wie möglich zu halten. Bereits früh hatte er verstanden, wie wichtig viele Bilder und kurze schlagkräftige Berichte waren. Damit war er Vorreiter der Abendzeitungen, vor allem von *Expressen*. Als man dort startete, bekam er ein Angebot, doch er blieb lieber beim Regionalblatt. Selbst das war ein Resultat seines fanatischen Glaubens an die Unabhängigkeit, inklusive seiner eigenen.

Als Svante Eriksson mit seinem Text über das Internierungslager in die Redaktion kam, las Karl-Erik ihn unverzüglich. Wie immer hielt er den Rotstift bereit und hatte eine übelriechende

Pfeife im Mundwinkel. Sein Büro versank in Zeitungspacken, Rezensionsexemplaren, Manuskriptstapeln und Fotos. Der Papierkorb quoll von zusammengeknüllten Blättern über. Wenn er schrieb, stellte er die Schreibmaschine auf seinen Schoß.

Er las Svantes Manuskript und machte mit dem Rotstift kleine Korrekturen zu Zeichensetzung und Rechtschreibung. Dann legte er das Blatt vor sich hin und dachte nach.

»Diese Namen hier unten. Eigentlich müssten das eigenhändige Unterschriften sein. Die stehen also alle zu dem Text?«

Svante nickte.

»Gut. Dann werden wir das so bringen. Morgen haben wir wohl noch Platz. Was denkst du, sollen wir dir dafür etwas bezahlen?«

»Nein«, antwortete Svante.

»Du hast also selbst in diesem Lager gesessen?«

»Ja.«

»Und die anderen auch?«

»Ja. Alle miteinander.«

»Und was ist mit den Namen derer, die du beschuldigst? Sind die zutreffend?«

»Natürlich. Ich würde das doch nicht behaupten, wenn es nicht wahr wäre.«

»Kommt bei der Presse leider manchmal vor. Aber ich glaube dir.«

Als Svante das Zeitungsgebäude wieder verließ, dachte er, dass er das alles wohl nicht geschafft hätte, wenn die anderen nicht mitgemacht hätten. Doch jetzt fühlte es sich wie eine Befreiung an. Er ging in die Kneipe, wo er auf Nils-Erik Erlandsson traf, und setzte sich zu ihm.

»Jetzt ist es geschafft«, sagte er.

»Wirklich?«

»Habe es eben abgegeben. Boman glaubt sogar, dass es bereits morgen erscheinen kann.«

»So schnell?«

»Ja. So schnell.«

»Was hat er gesagt?«

»Er wollte nur wissen, ob das, was ich geschrieben habe, wahr ist.«

»Nicht zu fassen. Mehr hat er nicht gesagt?«

»Nein.«

»Und was glaubt er?«

»Was er glaubt?«

»Ja. Wie die reagieren werden?«

»Davon hat er nichts gesagt. Aber das kann man sich ja denken. Darum geht's ja schließlich.«

»Ja, darum geht's. Dann werden wir uns morgen wohl die Zeitung kaufen.«

»Warum sitzt du eigentlich hier?«

»War beim Arzt, diesem Müntzer oder wie er heißt. Mir tut der Rücken weh. Er wollte mich krankschreiben, aber ich will es lieber noch ein wenig versuchen. Er hat mir ein Medikament verschrieben. Das Rezept habe ich eben abgegeben, aber es ist erst am Nachmittag fertig. Für ein paar Stunden in den Wald rauszufahren, hat keinen Sinn. Also bin ich hier. Aber von diesen schiefen Sesseln hier werden die Schmerzen auch nicht besser. Ein Elend, dass man so klapprig wird. Bei dem Gedanken, nicht mehr arbeiten zu können, bekomme ich es mit der Angst. Was soll man denn dann machen? Das ganze Jahr wildern?«

Svante lachte. Er merkte, dass es ihm schwerfiel, sich auf das zu konzentrieren, was Erlandsson sagte. In Gedanken ging er ein ums andere Mal seinen Text durch und war in Sorge, dass etwas falsch war oder er etwas Wichtiges vergessen hatte. Er bezahlte sein Bier, verabschiedete sich von Erlandsson und ging schnurstracks nach Hause, wo er sich mit einer Kopie seines Schreibens hinsetzte und es noch einmal Zeile für Zeile durchlas.

»In diesen Tagen, in denen der Nürnberger Prozess zu Ende ging, in Norwegen Quisling hingerichtet wurde und die Verantwortlichen für den Krieg benannt werden, der als bisher grausamstes Verbrechen des Faschismus gegen die Menschheit in die Geschichte eingehen wird, ist es merkwürdig, dass in Schweden nichts geschieht. Zwar sind wir von direkten Kriegshandlungen verschont geblieben, doch gab es den Krieg auch bei uns. Deutsche Truppen sind mit dem Zug durch unser Land gefahren, an der Grenze zu Finnland fielen Bomben auf schwedisches Territorium, Flüchtlinge kamen massenhaft hierher oder wurden in einigen tragischen Fällen aus falschen Gründen ausgewiesen. Nicht zu vergessen die Auslieferung der Balten. Sollte man sich da nicht auch die schwedische Politik während des Krieges genauer ansehen, jene Neutralitätspolitik, die uns die ganze Zeit über hätte Richtschnur sein sollen?

Bekanntlich ist damit nicht alles zum Besten gelaufen. Einige Zeitungen, die aktiv gegen den Nazismus kämpften, wurden mit Auslieferungsverboten belegt. Sogar in Karl Gerhards Revuen mischten sich die Machthaber ein. Um die Deutschen ja nicht gegen unser Land aufzubringen. Nie geschah etwas zur Unterstützung Russlands, dessen Kriegseinsatz maßgeblich dazu beitrug, dass die Herrschaft Hitlers zerschlagen wurde. Waren es nicht die Russen, die Norwegen unter unfassbaren Opfern befreit haben?

Die Unterzeichner dieses Schreibens wollen eine öffentliche Debatte darüber führen, was in unserem Land während des Krieges geschah. Alle, die hier mit ihrem Namen zeichnen, saßen in den Anfangsjahren in sogenannten Arbeitskompanien – in der Zeit, als die Verantwortlichen glaubten, dass Hitler den Krieg gewinnen würde. Nach Stalingrad drehte sich dann der Wind, und die Internierungslager wurden eins ums andere aufgelöst. Wir, die hier in diesem Ort leben, saßen in einem dieser Lager, nur wenige Kilometer entfernt. Dort hat man uns als politisch unzuverlässig verwahrt. Viele von uns bekamen keinerlei Erklärung, warum sie in diesem Konzentrationslager eingesperrt wurden. Aufgrund unserer politischen Ansichten galten wir als gefährlich. Die Ansichten der Nazis hielt man nicht für gefährlich. Die herrschende Klasse samt ihren Politikern hatte den Beschluss zu diesen Lagern gefasst. Hätte der Krieg unter der Fahne des Deutschen Reichs geendet, wären wir vermutlich heute nicht mehr am Leben. Als aber der Krieg plötzlich umschlug, hat man diese Lager einfach ausgelöscht, wie eine Kreideschrift von einer Tafel. Doch das darf nicht geschehen. Die Verantwortlichen für die Lager und andere Verbrechen gegen unsere Neutralität, gegen unsere Demokratie, für die Zugeständnisse an die Deutschen müssen Rede und Antwort stehen. Sollen sie etwa ungestraft davonkommen? Als ehemalige Lagerhäftlinge fordern wir, dass die Zuständigen zur Rechenschaft gezogen werden. Wir wissen, dass Regierung, Polizei und Militär die Letztverantwortung für diese Beschlüsse trugen, doch gab es auch in unserer Nähe Mitverantwortliche. Polizeikommissar Lönngren setzte die Befehle um, zusammen mit den Polizisten Ekblad und Olsson – Letzterer ein aktiver Nationalsozialist. Tragen sie etwa keine Verantwortung? Sägewerksdirektor Gustav Rader, Tierarzt Mats Axelsson, Postmeister Olof Overberg, Jagdmeister Stig Nilsson und Baubeamter Nikolaj Sunatan waren ausnahmslos Nazis und traten für Zugeständnisse an die Deutschen ein. Diese Menschen, die im Gegensatz zu uns tatsächlich bereit waren, ihr

Land zu verraten – sollen sie herumlaufen dürfen, als wäre nichts geschehen? Nein, wir verlangen, dass alles, was im Zusammenhang mit diesem Lager geschah, ans Licht kommt und die Verantwortlichen auf allen Ebenen dafür bestraft werden. Wir fordern, dass sie in dieser Demokratie Rede und Antwort stehen, was während des Krieges geschah. Erst dann werden wir den Krieg vergessen und in einer Weise nach vorn blicken können, die es unmöglich macht, dass sich so etwas wiederholt.«

Er ließ den Blick über die Namen gleiten. Bei jedem tauchten Erinnerungsbilder aus der Zeit im Lager auf. Die langen, sorgenvollen Tage, die vielen makabren Witze, die schlaflosen Nächte und der Tag der Freilassung, jener Tag, den später jemand die Zeit des Huflattichs nennen sollte. Svante legte das Blatt auf den Tisch. Plötzlich war er fest überzeugt, dass das, was er geschrieben hatte, richtig war.

12.

Morgens um Viertel vor neun rief Direktor Rader Karl-Erik Boman an. Er musste es drei Mal versuchen, bis er durchkam. Als er Bomans Stimme hörte, wusste er nicht, was er sagen sollte. Boman meldete sich mehrmals mit einem zunehmend irritierten Hallo und wollte gerade wieder auflegen, als sich Rader räusperte und antwortete.

»Redakteur Boman?«

»Ja, am Apparat.«

»Hier spricht Direktor Rader vom Sägewerk.«

»Aha. Guten Morgen.«

Rader ließ sich Zeit. Der scharfe Ton in Bomans Stimme verunsicherte ihn. Er suchte nach einem Einstieg. Hilfe bekam er von Boman selbst.

»Ich nehme an, Sie rufen wegen des Artikels an. Wegen des offenen Briefes.«

»So ist es.«

»Falls Sie etwas entgegnen möchten, stelle ich Ihnen dafür selbstverständlich Platz zur Verfügung.«

»Eine Entgegnung wäre jedenfalls angebracht. Was da steht, ist ja von Anfang bis Ende gelogen.«

»Das scheint mir doch etwas übertrieben. Es ist doch bekannt, dass es hier in der Nähe ein Lager und während des Krieges auch einige Gefangene gab.«

»Ich beziehe mich auf die Unterstellungen und namentlichen Erwähnungen, einschließlich meiner Person. Ich spreche im Auftrag aller.«

»Sieh an. Sie haben das also bereits diskutiert.«

Rader hörte zu seinem großen Erstaunen, wie Boman am anderen Ende der Leitung lachte. Genau das brauchte er, um in Wut zu geraten.

»Das ist überhaupt nicht zum Lachen. Ich dachte, aus journalistischer Moral wäre es eine Selbstverständlichkeit, Quellenangaben zu prüfen und ein Ereignis so objektiv wie nur möglich darzustellen. Das ist hier definitiv nicht geschehen.«

»Ich sage Ihnen doch, dass ich Ihnen Platz für eine Gegendarstellung einräume.«

»Indem wir namentlich genannt wurden, ist das Übel ja bereits angerichtet.«

Pause. Rader erstarrte, als er Bomans Antwort hörte.

»Sie wollen aber hoffentlich nicht behaupten, Tierarzt Axelsson beispielsweise sei kein glühender Nazi gewesen? Das weiß nun wirklich jeder. Dass Lönngren die Verhaftungen vornahm, ebenfalls. Und was Sie selbst betrifft, so waren Ihre politischen Sympathien ja bekannt. Ich darf Sie vielleicht an Ihre Antwort auf eine Umfrage erinnern, die wir im Winter 41 gemacht haben. Sie meinten, es brauche eine Neuordnung. Dass Sie das Wort ›zweifellos‹ verwendeten, habe ich noch deutlich im Gedächtnis.«

Rader dachte rasch nach. Ihm war klar, dass er nun eine passende Antwort finden musste, damit dieses Telefonat nicht in einem Fiasko endete.

»Ich werde eine Erwiderung liefern«, sagte er. »Ich komme am Nachmittag in die Redaktion.«

»Das ist, wie gesagt, kein Problem. Ich reserviere Ihnen Platz. Kommen Sie aber vor vier.«

Als Rader auflegte, bemerkte er, dass seine Hand, die den Hörer gehalten hatte, feucht war. Während er sie am Taschentuch abwischte, fragte er sich, warum das Gespräch so unglücklich verlaufen war. Dass er sich darauf eingelassen hatte, mit einer Gegendarstellung zu kommen, war ein Rückzieher, aber die einzig verbliebene Möglichkeit. Er wusste, dass er Boman am Telefon nicht gewachsen war.

Doch was sollte er schreiben? Er erhob sich von seinem Schreibtischstuhl, trat ans Fenster und blickte über das Sägewerksgelände. Dank der Doppelglasscheiben hörte er den durchdringenden Lärm der Kreissägen kaum. In der Nacht war eine dünne Schicht Neuschnee gefallen, und Rader störten die Fußspuren, die diese reine, weiße Oberfläche verunreinigten. Dabei ging ihm auf, wie unruhig er war. Er kehrte zu seinem Stuhl zurück und nahm ein weißes Blatt, um mit dem Schreiben zu beginnen. Seine Bewegung war so heftig, dass der Stiftehalter zu Boden fiel. Die Schachtel mit den Büroklammern konnte er retten. Er ging um den Tisch und sammelte die Stifte ein.

Als er sich eben wieder hingesetzt hatte, um seine Antwort zu formulieren, klingelte das Telefon. Tierarzt Axelsson war dran.

»Wie ist es gelaufen?«, fragte er.

»Nicht besonders gut. Ich soll der Zeitung am Nachmittag einen Text liefern. Dieser verfluchte Boman. Wenn ich eine Gegendarstellung haben will, muss ich mich nach seinen Vorgaben richten.«

»Wenn das Sägewerk doch eine Aktiengesellschaft wäre und Boman auf ein paar Aktien säße«, sagte Axelsson. »Dann wäre das einfacher gegangen.«

»Es wird auch so gehen.«

»Was wirst du schreiben?«

»Weiß ich noch nicht. Ich wollte eben damit anfangen.«

»Kannst du dich melden, wenn du fertig bist? Ich muss jetzt für zwei, drei Stunden weg, um nach ein paar Schweinen zu sehen. Gegen eins bin ich zurück.«

»Ja, mache ich.«

Doch Gustav Rader wurde nicht fertig. Eine Stunde saß er da und starrte auf das weiße Blatt, ohne ein einziges Wort zu schreiben. Als die Standuhr in der Ecke des Arbeitszimmers elf schlug, erhob er sich, schlüpfte in seinen Pelz und ging hinaus. Auf dem Weg durch das Vorzimmer teilte er seiner Sekretärin mit, er wolle eine Runde durch den Betrieb machen. Draußen fühlte sich die Luft kühl an. Er ging zwischen den hohen Holzstapeln durch den knirschenden Neuschnee und suchte nach einem Anfang, einem Einstieg in die Erwiderung, die er zuwege bringen musste. Vor einem Stoß roher Kiefernbretter blieb er stehen und bemerkte irritiert zwei achtlos hingeworfene Spaten. Er sah sich nach jemandem um, den er darauf hinweisen konnte, aber das Sägewerksgelände war verlassen. Herbert Nilsson hatte vor einigen Tagen erwähnt, dass wegen der vielen Aufträge alle Arbeiter für ein paar Wochen drinnen in der Halle aushelfen mussten. Die große Halle wollte er jedoch nicht betreten, denn er wusste, dass alle da drinnen den Artikel in der Zeitung gelesen hatten. Und er wollte seine Arbeiter nicht treffen, bevor er nicht darauf reagiert und lauter gebrüllt hatte als alle anderen. Sein Vater hatte ihn die simple Regel gelehrt, seinen Untergebenen gegenüber keine Schwäche zu zeigen. Mit vierundsechzig hatte der Vater eine Gehirnblutung erlitten und war erst wieder vor seine Arbeiter getreten, nachdem er sich erholt hatte.

Er versetzte den beiden Spaten im Schnee einen Tritt und beschloss, ins Büro zurückzukehren und Nilsson anzurufen. Er wollte mit jemandem reden, und der Einzige, der dafür in Frage kam, war Herbert Nilsson. Ganz gleich, worum es sich handelte, von ihm konnte er uneingeschränkte Loyalität erwarten. In all den Jahren hatte Rader stets bemerkt, wie groß Nilssons Sorge war, seine Arbeit zu verlieren oder auf einer schlechteren Position zu landen. Gustav Rader trat den Schnee von seinen Stiefeln und ging in sein Büro zurück. Beim Blick auf die Uhr stellte er zu seinem Erstaunen fest, dass er nicht länger als zehn Minuten draußen gewesen war. Er nahm den Telefonhörer ab und rief Nilsson an.

»Kannst du rüberkommen?«, fragte Rader.

»Jetzt gleich?«

»Ja. Sofort.«

Keine fünf Minuten später kam Nilsson hereingestürzt. Rader musste insgeheim grinsen, als er Nilssons banges Gesicht sah. Einen Moment lang hatte er die bösartige Lust, ihn zu erschrecken, doch er ließ es bleiben. Es wäre zu offensichtlich, dass er seine Wut mit einer Gemeinheit gegen Nilsson kompensierte.

»Setz dich«, sagte er knapp.

Rader wollte sofort zur Sache kommen.

»Du hast die Zeitung gelesen, nehme ich an?«

»Das ließ sich ja kaum vermeiden.«

»Und was hast du dazu zu sagen?«

Nilssons Antwort kam rasch. Offensichtlich hatte er sie bereits vorbereitet.

»Ich halte es für eine Dummheit, in der Sache herumzustochern. Der Krieg ist ja jetzt vorbei, wozu soll das also gut sein? Die Leute haben doch Wichtigeres zu tun. Die Industrie muss laufen. Wäre besser, wenn alle stattdessen arbeiten würden.«

Rader war über diese törichte Antwort verblüfft. Er ließ es sich aber nicht anmerken.

»Was sagen die Arbeiter dazu?«, fuhr er fort.

»Ja, ich dachte mir schon, dass das für den Herrn Direktor von Interesse wäre, also habe ich mich gestern und heute ein wenig umgehört. Wie üblich ist es wohl vor allem Lundgren, der viel redet. Er arbeitet allerdings auch sehr gut. Aber …«

Nilsson brach mitten im Satz ab.

»Was?«

»Na ja, ich denke über diesen Neuen nach. Den aus Stockholm. Bertil Kras. Der Herr Direktor hat ihn getroffen, als er hier anfing. Draußen bei den Holzstapeln.«

»Ja. Was ist mit ihm?«

»Man kann wohl sagen, er ist politisch ziemlich rabiat.«

»Politisch rabiat?«

»Ja. Als ich ihm bei der Einstellung alles gezeigt und erzählt habe, dass das hier ein altes Unternehmen in Familienbesitz ist, meinte er, das sei für ihn so ungefähr das Schlimmste. Seiner Meinung nach müsste das verboten sein. Damit ist wohl klar, wo er hingehört. Hätte ich das früher gewusst, dann hätte ich ihn nicht eingestellt. Doch welche Ansichten die Leute haben, lässt sich ja schlecht vorher kontrollieren.«

»Du denkst also, dieser Kras ist Kommunist?«

»Ja. Daran besteht eigentlich kein Zweifel.«

Rader richtete sich energisch in seinem Stuhl auf. Einen Augenblick lang blickte er Nilsson direkt ins Gesicht.

»Du kannst jetzt gehen«, sagte er dann. »Ich wollte nichts weiter von dir.«

Nilsson stand auf, nickte und ging. Vorsichtig schloss er die Tür hinter sich.

Plötzlich war Gustav Rader die Idee gekommen, die ihm bisher gefehlt hatte, der Einstieg in die Gegendarstellung. Jetzt hatte er ihn gefunden.

Bertil Kras.

Er ging eine Weile in seinem Zimmer auf und ab und dachte nach. Um Viertel vor zwölf setzte er sich an den Schreibtisch, nahm den Stift und begann zu schreiben.

Als Tierarzt Axelsson um halb zwei anrief, erfuhr er von der Sekretärin, der Direktor sei außer Haus und wolle gegen halb drei wieder zurück sein.

Zur selben Zeit betrat Rader die Redaktion der Lokalzeitung. Er durchquerte die Druckerei und klopfte an Redakteur Bomans Tür, die zur Hälfte offen stand. Im Inneren hörte er es rattern und trat ein. Boman saß mit dem Rücken zur Tür und tippte etwas auf der schweren Schreibmaschine, einer Halda, die er auf dem Schoß hatte. Er wandte sich Rader zu und musterte ihn durch seine Brille. Boman war nicht kurzsichtig, aber er glaubte, dass eine Brille mit Fensterglas zur Grundausstattung eines Zeitungsredakteurs gehörte. Er hob die Schreibmaschine hoch und stellte sie mit einem Knall auf die grüne Schreibtischunterlage.

»Da kommt sie also, die Gegendarstellung«, sagte er.

Rader nickte und hielt ihm ein braunes Kuvert hin. Boman

öffnete es und überflog die beiden Blätter. Raders Handschrift war gleichmäßig und gut lesbar. Als Boman mit dem Lesen fertig war, legte er die Blätter auf die Schreibmaschine.

»Donnerwetter!«, sagte er.

»Nicht wahr?«

»Und das stimmt tatsächlich?«

»Selbstverständlich stimmt das. Das soll morgen in die Zeitung. Und an ebenso prominenter Stelle wie der verlogene Artikel gestern.«

Boman sah verwirrt zwischen den Blättern und Rader hin und her, der Entschlossenheit und Ruhe ausstrahlte. Nach einem kurzen Schweigen nickte er.

»Wir werden es morgen bringen«, sagte er. »Auf der zweiten Seite.«

»Gut.«

Gustav Rader drehte sich um und ging aus dem Zimmer. Auf dem Rückweg nahm er sich die Zeit, in der Druckerei noch kurz den Setzern zuzusehen. Er blieb bei den Maschinen stehen und beobachtete die Männer bei der Arbeit, ehe er auf die Straße trat, sich in sein Auto setzte und zurück ins Sägewerk fuhr. Dort teilte man ihm mit, dass Axelsson angerufen hatte, und er rief ihn zurück. Es wurde ein ziemlich langes Telefonat.

Rader und Axelsson lachten viel. Als das Gespräch zu Ende war, begann Rader, die Tagespost zu öffnen. Gegen vier bat er seine Sekretärin, Kaffee zu kochen und ihm ein paar Brote zu richten.

13.

An jenem Abend lernte Bertil Kras Margot kennen. Nach Arbeitsschluss ging er zum Bahnhof und kaufte sich eine Zeitung. Er setzte sich in die Konditorei Kronberg, um sie zu lesen und einen Kaffee zu trinken. Im Lokal waren ungewöhnlich wenige Gäste, Bertil saß allein im hinteren Zimmer. Bei seinen früheren Besuchen war er vom Besitzer selbst bedient worden, doch heute kam eine junge Kellnerin mit kurzen dunklen Haaren. Sie war etwa einen Meter sechzig und kräftig gebaut, ohne pummelig zu sein, hatte graue Augen und ein breites Lächeln. Bertil bestellte etwas Buttergebäck zum Kaffee und wollte weder Zucker noch Sahne.

»Nehm ich auch nie«, sagte sie, als sie die Bestellung aufnahm.

»Schmeckt ohne besser.«

»Genau, das finde ich auch.«

Als sie den Kaffee brachte, blieb sie noch einen Moment stehen. Sie rieb einen Fettfleck vom Tisch.

»Dich habe ich bisher noch nie gesehen«, sagte sie.

»Nein, ich bin erst vor kurzem gekommen.«

»Arbeitest du hier?«

»Im Sägewerk. Zurzeit wohne ich in der Pension Gustafsson, aber das Sägewerk hat mir eine Unterkunft organisiert. Die brauchen sie aber jetzt für andere.

»Du kommst aus Stockholm?«

»Hört man das?«

»Ja.«

»Stimmt jedenfalls.«

Pause. Schweigen.

»Wenig los hier heute Abend«, sagte Bertil.

»Sind alle beim Eishockey. Sie kommen nachher. Falls sie gewinnen, gibt's was Süßes zum Kaffee. Das hier ist ihr Treffpunkt, egal ob sie gewinnen oder verlieren.«

Plötzlich war gellendes Kindergeschrei aus der Küche zu hören. Bertil sah sie verwundert an.

»Das ist nur Rubinchen«, lächelte sie.

»Rubinchen?«

»Meine Tochter. Sie ist erst ein Jahr. Ich nehme sie mit, wenn ich arbeite. Sie hat einen Korb in der Küche.«

»Sie heißt aber nicht wirklich Rubinchen?«

»Nein, ihr Name ist Kristina. Aber für mich ist sie Rubinchen.«

»Schöner Kosename.«

»Finde ich auch. Jetzt muss ich mich um sie kümmern. Wahrscheinlich hat sie Hunger.« Bertil sah ihr nach, als sie durch die Schwingtür in die Küche verschwand. Das Weinen hörte rasch auf.

Bertil blieb ungefähr eine Stunde sitzen. Neue Gäste kamen, und die Kellnerin hatte alle Hände voll zu tun. Erst als Bertil zahlen wollte, kam sie wieder an seinen Tisch.

»Sind das die Eishockeyspieler?«, fragte er.

»Die kommen erst in einer Stunde. Aber das Match läuft wohl nicht so gut.«

»Also gibt's heute nur Kaffee.«

»Ja. Wie so oft. In diesem Jahr verlieren sie meistens. Sind auf dem vorletzten Tabellenplatz.«

»Die Mannschaft braucht Verstärkung. Vielleicht sollte man sich da mal melden«, sagte Bertil.

»Aber wissen die Stockholmer überhaupt, wie man Eishockey spielt?«

»Doch, doch, das wissen die. Zum Beispiel die von Djurgården. Die können das.«

»Ja, vielleicht. Macht eins fünfundzwanzig.«

»Der Rest ist für Rubinchen«, sagte Bertil, als er das Geld auf den Tisch legte.

»Vielen Dank«, sagte sie lächelnd und ging in den vorderen Raum, um eine Bestellung aufzunehmen. Bertil erhob sich, ließ die Zeitung liegen und machte sich auf. Er begegnete ihr in der Tür, und sie lächelten einander an.

»Wenn deine Tochter Rubinchen genannt wird, was sagt man dann zu dir?«

»Gar nichts«, antwortete sie. »Ich heiße Margot.«

Bevor er heimkehrte, machte Bertil noch einen Spaziergang durch den Ort. Zu seiner Verwunderung musste er dabei unentwegt an Margot denken. Er versuchte sich Rubinchen vorzustellen, wie sie zwischen den Arbeitsutensilien und Edelstahltöpfen in ihrem Korb in der Küche lag. Er überlegte, ob er an Margots Hand einen Ehering gesehen hatte, konnte sich aber an keinen erinnern. Auch hatte sie sich nicht benommen, als wäre sie verheiratet.

Die Mannschaft verlor das Eishockeyspiel haushoch, und es war eine trübsinnige Versammlung von Spielern und Vereinsleuten, die bei Margot Kaffee tranken. Sie blieben bis elf. Um Viertel vor zwölf hatte Margot aufgeräumt und den Abwasch erledigt. Rubinchen schlief in ihrem Korb. Margot machte alle Lichter aus, nahm den Korb unter den Arm und trat ins Freie. Sie wohnte nur einen Häuserblock von der Konditorei entfernt und war noch vor Mitternacht zu Hause. Sie fachte den Koksofen an, setzte sich aufs Sofa und legte die Beine hoch. Sie war müde, der Körper war wie taub. Sie schloss die Augen, und hinter ihren Lidern wirbelte der Abend vorbei. Zerstreut dachte sie an den Mann aus Stockholm, der weder Zucker noch Sahne nahm.

Um halb eins drehte sie die Lampe aus und schlief sofort ein.

14.

Die Zeitung erschien an drei Tagen die Woche, dienstags, donnerstags und samstags. Am Donnerstagmorgen um neun blättert Redakteur Boman das druckfrische Exemplar durch.

Gustav Raders Schreiben stand auf Seite zwei. Gegen Schluss entdeckte Boman einen dummen Rechtschreibfehler. Er markierte ihn rot für sein Memo, das alle Angestellten einmal in der Woche erhielten. Mit diesen Memos, auch Strafregister genannt, übte er seine Kritik an der Zeitung der vergangenen Woche, sagte, was gut war und was hätte besser sein müssen. Zudem ermutigte er die Angestellten zu eigenen Vorschlägen, um die Zeitung noch lesenswerter zu machen. Und es kamen auch welche. Einer der beiden Typografen hatte beispielsweise vor einigen Jahren das neue Layout entworfen. Jede dieser Initiativen wurde von Boman mit fünfzehn Kronen belohnt. Die Summe blieb konstant, egal ob die Verbesserung groß oder klein war.

Boman las die Ausgabe gründlich durch. Danach ging er hinaus und überwachte, dass die Zeitungen richtig sortiert und gebündelt wurden. Er stellte sich in dem engen Raum an einen Platz in der Ecke, ohne etwas zu sagen. Um elf waren die elftausend Exemplare sortiert, und er ging weiter in die Druckerei, wo die Maschinen jetzt stillstanden und von einem Monteur überprüft wurden. Die Fenster standen weit auf, um die Wärme und den schweren Geruch nach Druckfarbe hinauszulassen. Boman drehte seine Runde und wechselte mit jedem in der Halle ein paar Worte. Einer der Typografen hatte Geburtstag, und über dergleichen wusste Boman immer Bescheid. Zu jedem Jahreswechsel übertrug er seine Anmerkungen vom alten Kalender in den neuen, Geburtstage der Angestellten, Jubiläen und andere Anlässe, die für die Mannschaft wichtig waren.

»Da sollte es heute zum Nachmittagskaffee aber Torte geben«, sagte Boman zum Setzer, der seinen zweiundfünfzigsten Geburtstag hatte.

»Ah, danke, das ist ja nett.«

»Schickst du jemand in die Konditorei Kronberg, dass er sie abholt? Tosca oder Sahnetorte?«

»Ich fürchte, ich weiß nicht, was der Unterschied ist.«

»Dann nehmen wir Tosca. Kronberg macht eine gute Tosca, mit einer knusprigen Mandelschicht.«

Svante Eriksson kaufte die Zeitung am Bahnhofskiosk. Noch im Stehen las er Raders Entgegnung. Er las sie zwei Mal. Dann steckte er die Zeitung in die Jackentasche und ging langsam Richtung Zentrum, verhalten wie einer, der nicht wusste, wohin er wollte. Vor der Blumenhandlung in einem schiefen Holzhaus neben der Kneipe stieß er auf Harpo, der in der Fleischerei gerade ein halbes Schwein gekauft hatte und es nach Hause trug. Die Schweinehälfte lag unverpackt über seiner Schulter. Harpo kaufte sein Essen immer in großen Mengen. Während des Krieges war er häufig mit einem Fuchs aufgetaucht. Außerdem hatte er damals Kaninchen gezüchtet, an denen er nicht schlecht verdiente. Jedes Frühjahr trommelte er eine Schar kleiner Jungen zusammen, nach Löwenzahnblättern zu suchen. In einem Holzschuppen an der Hinterseite des Bankhauses, wo er im ersten Stock wohnte, waren die Käfige untergebracht. Als der Krieg zu Ende ging, verkaufte er sie mit Gewinn an einen Hühnerbauern in Südschweden. Er hatte sie selbst gebaut, sie erwiesen sich als besonders funktionstüchtig.

Harpo war das Original der Gemeinde. Keiner konnte sagen, wie alt er war und welches Blut in seinen Adern floss. Wer über ihn schimpfte, nannte ihn einen Pferdehändler und Zigeuner. Wer ihn mochte, hielt ihn für so schwedisch wie jeden anderen auch. Irgendwann in den dreißiger Jahren war Harpo plötzlich im Ort aufgetaucht. Er schlug sich mit Gelegenheitsarbeiten durch, bis er von der Kirchenverwaltung eine Stelle als Feuerbestatter bekam. Damit hatten die Gemeindeverantwortlichen versucht, ihn ruhigzustellen. Harpo hatte es nämlich auf all jene abgesehen, die irgendwelche Vertrauensposten innehatten. Er war allerdings kein selbstbezogener Querulant, sondern wollte Machtfülle verhindern. Darin war er ebenso effektiv wie starrköpfig und wurde von denen, die ihn schätzten, mitunter auch ein Terrier genannt. Und das taten die meisten Einwohner, die den Beschlüssen ihrer Gemeindeoberen ausgeliefert waren. Es dauerte nicht lange, bis diejenigen, die wussten, was in der Verwaltung geschah, Harpo Hinweise gaben, damit er gegen Beschlüsse vorgehen konnte, die den Interessen der Einwohner widersprachen.

Als ein Feuerbestatter gesucht wurde, war Harpo der einzige Bewerber. Doch wer dachte, seine Wutausbrüche und beharrlichen Angriffe würden mit einer festen Anstellung verschwinden, hatte sich geirrt. Sie wurden noch intensiver.

Harpo war nicht parteipolitisch gebunden, sympathisierte aber mit den Sozialdemokraten. Den Kommunisten gegenüber war er nachsichtig, während er einen fast rabiaten Kampf gegen die bürgerlichen Parteien führte.

Er war ziemlich klein, hatte schwarze Haare, dunkle Augen und ging mit gebeugtem Rücken. Er sprach schnell und aufbrausend, bewies als Zuhörer jedoch große Geduld.

Und jetzt tauchte er also mit einem halben Schwein auf der Schulter auf. Als er Svante sah, blieb er stehen.

»Hallo du«, sagte er. »Hast du es schon gelesen?«

Svante nickte, ohne zu antworten. Er konnte sich das Lachen kaum verkneifen, als er Harpo vor sich sah, in einem voluminösen Mantel, die Ledermütze ins Gesicht gezogen und die große, ausgenommene Schweinehälfte über der Schulter.

»Ich gehe heim, essen. Willst du mitkommen?«

Svante zögerte nicht und willigte ein. Er konnte sich keinen besseren Gesprächspartner vorstellen als Harpo, um über Raders Gegendarstellung zu sprechen.

Svante bot an, das Schwein zu tragen, doch Harpo lehnte ab.

»So schwer ist es gar nicht«, sagte Harpo lachend und zog die Mütze noch ein Stück weiter herunter.

»Kalt«, sagte er, und Svante stimmte murmelnd zu.

Danach redeten sie erst wieder, als sie in Harpos Wohnung waren und das Schwein auf dem Küchenboden lag. Die Hände in die Seiten gestützt, stellte sich Harpo vor die Schweinehälfte.

»Daran werde ich lange zu kauen haben«, sagte er. »Bis ins Frühjahr hinein. Dann gehe ich fischen.«

Er fing an, seinen Mantel und seine warmen Sachen auszuziehen, und Svante tat es ihm gleich. Harpo setzte Wasser für den Kaffee auf, und nachdem er einen Stapel Bücher und Notizblöcke beiseitegeschoben hatte, ließen sie sich am Küchentisch nieder.

»Also, wie willst du – oder ihr – darauf reagieren?«, fragte er. »Man kann sagen, was man will, aber blöd sind sie nicht. Rader hat sich zweifellos was einfallen lassen. Ich frage mich, ob sie sich das alle gemeinsam ausgedacht haben oder ob Rader dazu den Auftrag bekommen hat. Hast du schon gehört, dass sie sich vorgestern bei ihm zu Hause getroffen haben?«

»Wirklich?«

»Ja. Das Treffen hat lange gedauert, man kann sich vorstellen, worüber sie gesprochen haben. Ich hätte einiges dafür gegeben, ihnen zuzuhören.«

Svante schaute auf den Schweinekörper auf dem Boden. Er

war müde. Die Anspannung der letzten Tage hatte ihn nicht richtig schlafen lassen, und jetzt, in Harpos Küche, hatte er Schwierigkeiten, sich zu konzentrieren. Er griff sich an die Stirn und fühlte, dass sie heiß war. Harpo sah ihn scharf an.

»Dir geht's nicht gut«, sagte er. »Hast du Fieber?«

»Ich weiß nicht. Fühlt sich so an.«

»Erkältet.«

»Nein, nicht, dass ich wüsste.«

»Aber du wirkst angespannt.«

»Ist vielleicht nicht so verwunderlich. Du weißt ja, dass ich diese Last so ziemlich allein schleppen musste.«

Harpo nickte. Dann stand er auf, goss das Wasser für den Kaffee weg, nahm zwei Pilsner hervor und gab eines davon Svante. Sie tranken und schwiegen einige Minuten.

Es war Svante, der zuerst das Wort ergriff.

»Ich habe nicht vergessen, was August Lindberg, der Gewerkschafter, zu Kriegsbeginn sagte. Man muss die Kommunisten isolieren und ihnen jeden Einfluss auf die schwedischen Arbeiter nehmen. Haltet euch fern von den Zeitungen und den Schriften der Kommunisten! Nehmt nicht an den kommunistischen Versammlungen teil! Lasst die Kommunisten nicht für euch sprechen! Das ist erst acht, neun Jahre her. Und ich erinnere mich auch an diesen sozialdemokratischen Reichstagsabgeordneten, der Ende 1939, nach Kriegsbeginn, an das Friedenspreiskomitee in Oslo schrieb und allen Ernstes vorschlug, Hitler solle den Friedensnobelpreis bekommen. Das sagt doch alles. Hätten die Deutschen den Krieg gewonnen, so wäre jetzt das ganze Land voller Konzentrationslager. Und du kannst deinen Arsch darauf verwetten, viele von uns lägen bereits unter der Erde. Die hätten sich nicht damit begnügt, meinen Hund zu erschießen. In den USA wird ja in jedem Gebüsch nach Kommunisten gesucht. Und die USA sind die Retter Europas. Haben die Russen denn nichts beigetragen, verflucht noch mal? Wären sie nicht gewesen, sähe es hier in Europa ganz anders aus. Doch in jedem Ort, in dem es etwas gibt, das als Marktplatz oder Park durchgehen kann, stellt man jetzt eine Roosevelt-Statue auf. Und die ganze Scheiße während des Krieges wird unter den Teppich gekehrt. Jetzt sollen wir alle im Hof des Volksheims spielen, als hätte dieser Krieg nie existiert. Als hätte es in diesem Land keine faschistische Bewegung gegeben. Du kannst dir sicher sein, die Uniformen, die Armbinden, Bücher und Fahnen sind nicht verbrannt, sondern bloß in den Schränken verstaut. Eingemottet. Wenn man daran denkt, wie sich unsere Regierung während des Kriegs verhalten hat, dann kann man sich nicht einfach auf allgemeine Feigheit herausreden. Die Beschlüsse, Transitgenehmigungen zu erteilen und desertierte Soldaten auszuliefern, wurden doch ganz bewusst gefasst. Aber jetzt will man plötzlich nicht mehr zurückschauen. Wir, die im Lager gesessen haben und auf den Todeslisten ganz oben standen, sollen den Mund halten. Und sobald wir ein wenig aufräumen wollen, laufen die früheren Nazis Amok, faseln von übler Nachrede und schieben alles einem mysteriösen Fremden in die Schuhe, der angeblich nur kam, um Ärger zu machen. Und diese Herrschaften bekommen auch noch von allen Seiten Unterstützung. Du glaubst doch nicht, dass sich die Sozis um die Rechte von ein paar Waldarbeitern scheren werden, solange es diesen Typen nicht in den Kram passt. Da wird gekatzbuckelt und gekrochen. So hält man das jetzt seit dreißig Jahren, seit die Kapitalisten kapiert haben, dass eine sozialdemokratische Regierung ihre Interessen besser unterstützt, als es eine bürgerliche Regierung je könnte. Indem sie zwar so tut, als würde sie auf der Seite der Arbeiter stehen, aber nur Reformen durchführt, die im Grunde nichts verändern.

Weißt du, Harpo, am meisten tun mir diese alten sozialdemokratischen Kämpfer leid, die man unglaublich hereingelegt hat und die das nicht wahrhaben wollen.«

Svante verstummte. Mit der Bierflasche in den Händen starrte er zu Boden.

»Gefällt mir, was du sagst. Tut gut, jemand zuzuhören, der das, was vor sich geht, auch in Worte fassen kann«, sagte Harpo.

»Ja, aber was nützt das schon. Noch bin ich nicht müde, ich weiß, dass ich mich mit diesen Typen wieder anlegen kann. Doch bei all dem fühle ich mich verdammt allein. Wenn wir an diesem Kartenhaus weiterbauen, liegen noch Jahrzehnte vor uns, bis sich wirklich etwas ändert. Das sind keine vergnüglichen Aussichten, finde ich.«

»Es lässt sich aber auch nicht beschleunigen.«

»Nein, das lässt es sich wohl nicht.«

Pause. Schweigen. Draußen auf der Straße ein Auto, das langsam abbremst.

»Hast du eine Ahnung, wen genau sie meinen?«, fragte Svante.

»Mit dem Fremden?«

»Ja.«

»Das muss Bertil sein. Der Krach.«

»Ja, natürlich. Scheiße. Klar ist er das. Er arbeitet ja bei Rader. Glaubst du, dass er begreift, dass sie ihn meinen?«

»Keine Ahnung. Aber ich finde, du musst so schnell wie möglich zu ihm gehen. Hier in der Gemeinde gibt es viel zu viele, die sich von Raders Worten einwickeln lassen. Du weißt ja, wie schnell so was überkochen kann.«

Svante nickte.

»Ja, das weiß ich.«

Sie teilten sich noch ein Bier, bevor Svante aufbrach. Als er sich die dunkle Treppe hinabtastete, dachte er, wie wichtig es für ihn gewesen war, mit Harpo zu sprechen, seine eigenen Gedanken einmal zu formulieren. Nie zuvor hatte er zu Harpo einen so guten Draht gefunden, als Zuhörer hatte Harpo wirklich Talent. Sein Schweigen war beruhigend, man konnte sich die Zeit nehmen, die nötig war. Darüber dachte er auch auf dem Heimweg nach. Und er beschloss, Bertil aufzusuchen, sobald dessen Arbeitstag zu Ende war.

15.

Um Viertel nach fünf trat Bertil aus der Umkleidebaracke und sah, dass Svante am großen Tor wartete. Verwundert zog er die Augenbrauen hoch. Bereits aus der Entfernung grüßten sie einander mit einem Nicken.

»Wartest du auf jemand?«, fragte Bertil. »Oder suchst du eine Stelle?«

Svante schüttelte den Kopf.

»Nein. Und hier würde ich wohl auch keine finden.«

»Nein. Wahrscheinlich nicht.«

»Auf dich habe ich gewartet.«

»Ach ja? Weshalb denn?«

»Ich muss kurz was mit dir besprechen.«

»Geht es darum?«

»Ja.«

Sie gingen nebeneinander Richtung Ortszentrum. Es war beißend kalt, und sie zogen die Köpfe ein. Unter ihren Füßen knirschte der Schnee. Wenn Autos an ihnen vorüberfuhren, gingen sie hintereinander, dicht neben dem hohen Schneewall.

»Kennst du diese Margot aus der Konditorei Kronberg?«, fragte Bertil.

»Kennen ist zu viel gesagt, aber ich weiß, wen du meinst.«

»Sie hat eine Tochter.«

»Ja.«

»Ist sie verheiratet?«

»Nicht, dass ich wüsste. Interesse?«

Bertil zuckte mit den Schultern.

»Ich weiß nicht. Aber sie scheint mir in Ordnung.«

»Ja, das ist sie bestimmt.«

Svante merkte, dass es ihm schwerfiel, das Gespräch auf das eigentliche Thema zu lenken. Er wusste plötzlich nicht, wie er anfangen sollte. Schweigend gingen sie weiter, und Svante begriff mehr und mehr, Bertil ahnte überhaupt nicht, dass er es war, den Rader in seiner Entgegnung gemeint hatte.

Erst als sie im Ortszentrum waren, brachte Svante den Zeitungsartikel zur Sprache.

»Hast du Lust, in die Kneipe zu gehen?«, sagte er. »Hier im Freien ist es so saukalt.«

»Wollte ich auch gerade vorschlagen. Außerdem bin ich hungrig.«

»Sehr gut.«

Sie traten ein und setzten sich an den Ecktisch vor der zugemauerten Hintertür. Bertil bestellte Frikadellen und Svante nur Kaffee.

Svante ließ Bertil in Ruhe essen, bevor er zu sprechen begann.

»Hast du Raders Entgegnung gelesen?«

»Sicher. Wir haben den ganzen Tag über nichts anderes geredet. Rader war draußen und inspizierte die Holzstapel. Es war ihm nichts anzumerken.«

Svante fuhr ohne Umschweife fort.

»Weißt du, wer in diesem Artikel gemeint ist?«

»Der Strolch oder wie er genannt wird?«

»Ja.«

»Nein.«

»Damit bist du gemeint, Bertil.«

Bertil sah Svante verblüfft an.

»Ich?«

»Ja, genau. Du. Ich bin mir da ganz sicher.«

Bertil wusste nicht, was er sagen sollte.

»Das ist eine Riesenschweinerei«, fuhr Svante fort. »Du hast mit all dem ja überhaupt nichts zu tun. Aber die müssen ein paar Ausreden erfinden und Gerüchte in die Welt setzen, um davon abzulenken, was eigentlich Sache ist. Da kommst du ihnen gerade recht. Du bist von außerhalb und hast Ansichten, die für sie ins Bild passen. Wenn es nach ihnen geht, sollen sich die Leute lieber über dich das Maul zerreißen, als in dieser Geschichte mit dem Lager herumzustochern.«

»Aber warum?«

»Sie haben schlicht keine Ausrede. Alles, was wir geschrieben haben, entspricht ja der Wahrheit. Sie können keinerlei Erklärungen liefern, weshalb das, was wir sagen, nicht wahr sein sollte. Abstreiten können sie es jedenfalls nicht. Keine Ahnung, warum sie sich gerade dich als Sündenbock ausgesucht haben. Es hätte genauso gut jemand anderer sein können. Aber ich dachte, es ist gut, wenn du Bescheid weißt. Und das Bösartige daran ist ja, dass du dich nicht einmal wehren kannst. Wenn du sagst, dass sie dich meinen, würde das nur als Bestätigung gedeutet. Klug genug, klarzumachen, dass sie dich meinen, ohne einen Namen zu nennen, waren sie ja. Nichts verbreitet sich schneller als das Gerücht. Wie eine Krankheit. Vor allem in so einem kleinen Ort.«

Nachdem Svante geendet hatte, blieben beide still. Der Lärm von den anderen Tischen wuchs wie eine hohe Mauer um sie herum. Svante beobachtete Bertil, der sich an seinen Fingern zu schaffen machte. Nach einer Weile blickte Bertil hoch und bemühte sich, ein Lächeln zustande zu bringen, aber es wurde nicht mehr als eine Grimasse.

»Nicht gerade das, was ich mir erhofft hatte, als ich in diesen Ort gekommen bin«, sagte er.

»Nein, das ist mir klar. Eine Riesenschweinerei ist das.«

»Ja, aber es bleibt mir wohl nichts anderes übrig, als es durchzustehen«, sagte Bertil unerwartet heftig und richtete sich auf. »Ein Gerücht soll mich jedenfalls nicht davonjagen. Wenn ich Rader das nächste Mal begegne, stelle ich mich ihm in den Weg und schaue ihm direkt ins Gesicht.«

Svante lächelte.

»Gut so«, sagte er. »Mach das.«

»Was wird bei dieser ganzen Geschichte mit dem Lager herauskommen, denkst du?«, fragte Bertil.

Svante zuckte mit den Schultern.

»Ich weiß es nicht. Eine große Hoffnung, dass es zu etwas führt, habe ich nicht. Vielleicht ist die Zeit noch nicht reif dafür. Früher oder später wird alles bis ins kleinste Detail herauskommen. Aber das kann noch Jahre dauern. Wer weiß, ob ich das noch erlebe. Aber irgendwann ist es so weit, selbst wenn dann alle, die bestraft werden müssten, bereits tot sein sollten.«

»Da hast du wahrscheinlich recht«, sagte Bertil. »Also, dass die Zeit noch nicht reif dafür ist.«

»In gewisser Weise ist es mein – oder unser – Fehler. Wir hätten das sofort in Angriff nehmen müssen. Am besten noch während des Krieges. Nach Stalingrad hat man diese sogenannten Arbeitskompanien ja nach und nach abgeschafft. Bei Kriegsende war keine mehr übrig. Wir hätten von Anfang an dagegen vorgehen müssen. Aber wir waren einfach so verdammt froh, wieder frei zu sein, dass uns alles andere erst mal egal war. Ich wollte jetzt mit diesem Artikel zumindest einen Versuch machen. Ein Zeichen, dass nichts in Vergessenheit geraten ist. Sie sollen sich nicht in allzu großer Sicherheit wähnen.«

»War es schwierig, die anderen dazu zu bewegen?«

»Nicht besonders. Auch wenn einige gezögert haben, ihren Namen darunterzusetzen.«

Sie bestellten Bier und schwiegen, bis die Flaschen auf dem Tisch standen.

»Du lebst ja schon lange hier – was passiert denn, wenn so ein Gerücht entsteht?«, wollte Bertil wissen.

Svante dachte eine Weile nach.

»Es breitet sich aus. Niemand spricht laut darüber. Am wenigsten bemerkst du selbst davon. Es gibt lediglich kleine, kaum wahrnehmbare Andeutungen, und man muss schon sehr aufmerksam sein, um sie zu verstehen. Aber das Gerede verstummt nicht. Zum Glück bist du stark. Ich habe es ein paar Mal erlebt, dass Leute am bösartigen Tratsch zugrunde gegangen sind. Das ging bis zum Selbstmord. Wer in einem so kleinen Ort nur ein bisschen anders ist, kann leicht von allen Seiten unter Beschuss geraten.«

»Nur gut, dass man hier immerhin ein paar Freunde hat.«

»Das wollte ich gerade sagen. Du bist nicht allein, und du kannst sicher sein, wir sind da, wenn es richtig ekelhaft wird. So ist das mit Freunden. Man kann ohne alles Mögliche zurechtkommen, aber wohl nicht ohne seine Kameraden.«

Bertil nickte.

»Wahrscheinlich hast du recht«, sagte er. »Selbst wenn ich bisher nicht gerade viele richtige Freunde hatte.«

»Dann ist es vielleicht an der Zeit, dass du sie bekommst?«

»Vielleicht. Darüber habe ich mir noch keine großen Gedanken gemacht. Verstehst du, ich war mein ganzes Leben in Stockholm. Dort wird man nicht einmal in den Geschäften erkannt. Hier nicken einem die Leute immerhin zu, wenn man einkaufen geht oder in die Kneipe. Schon das ist neu für mich.«

»Was hast du früher gemacht?«

»Ich war bei einer Lieferfirma. Einem Fahrradbotendienst. Bin als Kurier gefahren und solche Dinge.«

»Warum hast du damit eigentlich aufgehört?«

»Das frage ich mich manchmal auch. Wahrscheinlich einfach, weil ich mir nicht vorstellen konnte, ein Leben lang auf dem Fahrrad durch Stockholm zu strampeln. Es waren wirklich verflucht viele Fahrten. Eisig und dreckig und lebensgefährlich mit all den Autofahrern. Außerhalb Stockholms bin ich ja kaum je gewesen. Ich wollte mich ein wenig umsehen, bevor ich dafür zu alt oder unbeweglich bin. Darüber dachte ich nach, wenn ich auf dem Fahrrad durch die Stadt strampelte und das Wetter kalt und widerlich war. Lieber sich selber umziehen als die Sachen anderer Leute. Während meiner Fahrradjahre habe ich wirklich alles transportiert. Von den Fahrten zum Pfandverleiher und in den Spirituosenladen gar nicht zu reden. Man bekommt da wirklich viel Elend mit. Manchmal rufen ältere Menschen einen Boten, nur um jemand zu haben, mit dem sie reden können. In diesen Wohnungen war es finster und kalt. Blasse Gesichter, die in einer so ausgeprägten Isolation lebten, dass sie nicht einmal mehr laut mit sich selbst sprachen, sondern nur noch flüsterten. Also habe ich mich auf den Weg gemacht. Bin in den Zug Richtung Norden gestiegen und den Rest der Strecke gelaufen.«

Svante hatte aufmerksam zugehört. Ihm schien, Bertils Stimme hatte einen anderen Ton, seit er zu erzählen begonnen hatte. Eine plötzliche Lust, etwas zu vermitteln.

»Und hier fühle ich mich wohl«, fasste Bertil zusammen.

»Es wäre mir nicht in den Sinn gekommen, von hier wegzugehen.«

»Das sollst du auch nicht. Diese Gerüchte werden vielleicht nicht verschwinden, aber allmählich nachlassen. Und es passiert bestimmt wieder etwas, das die Leute dann mehr beschäftigt.«

Eine Weile saßen sie still da. Bertil ritzte mit dem Fingernagel das Etikett der Bierflasche ein und schabte es Stück für Stück ab.

»Nur wenige Dinge entwickeln sich so, wie man gedacht hat«, sagte er leise.

Svante verstand kaum, was er sagte, denn in diesem Moment fiel an einem der anderen Tische eine Bierflasche zu Boden und zerbrach. Ein älterer Mann erhob sich und wankte Richtung Ausgang, während die Kellnerin Miene machte, ihn hinauszuwerfen. An der Tür stolperte der Mann, bekam aber den Griff zu fassen und verschwand ins Freie. Schnee wirbelte herein, und etwas von der dicken Rauchschicht zog hinaus.

»Manchmal habe ich den Eindruck, die Leute saufen immer mehr«, sagte Svante. »Aber vielleicht ist das nicht so verwunderlich.«

»Du meinst, sie saufen aus Enttäuschung oder Langeweile oder so?«, sagte Bertil, und Svante nickte.

»Ja, genau«, sagte er. »Aber warum ist man enttäuscht? Weil das, woran man geglaubt und wofür man gearbeitet hat, zu keinem Ergebnis führt? Oder weil man hinters Licht geführt wurde? Oder beides?«

»Ich glaube, es ist das Gefühl, dass man hereingelegt wurde«, sagte Bertil nach einer Weile. »Die Erfahrung zu arbeiten, ohne ein Ergebnis zu sehen, haben die Arbeiter bereits von Anfang an gemacht. Sie – das heißt wir – haben nie etwas anderes kennengelernt. Die Bauern sehen, was wächst, und die Fischer, was sie gefangen haben. Aber die Industriearbeiter haben nie gesehen, wozu ihre Arbeit eigentlich führt.«

»Als ich ungefähr siebzehn war, hat mich mein Vater auf etwas aufmerksam gemacht. Er ist mit mir alle Parteiprogramme der Sozis durchgegangen, die er gesammelt hatte, und zeigte mir, wie mit der Zeit alle wichtigen Ideen und Forderungen durch solche ersetzt worden waren, die auch in bürgerlichen Parteiprogrammen standen. Das solle ich immer in Erinnerung behalten und mich in der Politik nie verirren. Verirren. Das war das Wort, das er verwendete. Er war bei der Eisenbahn und ist schon vor dem Krieg gestorben. Bei den Kommunisten organisiert war er seit 1920, seit sie begonnen hatten, sich aus den Mühlen der Sozis herauszuwinden. Ein unglaublich starker Charakter.«

»Hast du Geschwister?«

Svante schüttelte den Kopf.

»Meine Mutter lebt noch. Aber sonst habe ich niemanden. Mit einigen hier in der Gegend bin ich wohl verwandt. Wir kommen ja von hier. Der Großvater hatte eine kleine Landwirtschaft, die vom Forstunternehmen aufgekauft wurde. Im Suff hat man sie ihm abgenommen, wie so vielen anderen. Ein paar feine Herrschaften sind zu ihm rausgefahren, das ist jetzt sicher vierzig Jahre her, und haben ihn auf Kognak und Zigaretten eingeladen. Gesoffen haben sie, bis er vollkommen breit war und den Kaufvertrag unterschrieb. Und weißt du, was er dafür bekommen hat? Tausend Kronen! Eintausend Kronen für einen Bauernhof! Als ihm bewusst wurde, was er gemacht hatte, bekam er rasch graue Haare. Hat sich in einer Hütte im Wald versteckt. Seine Alte und die drei Kinder bekamen das Geld und sind in den Ort gezogen. Wie die Großmutter das geschafft hat, weiß ich nicht, aber die Kinder sind groß geworden. Der Großvater wurde ein Sonderling und ließ sich nicht mehr blicken. Als sie ihn suchen gingen, fanden sie nur einen Stiefel in der Nähe des Moors. Er hat sich vermutlich ertränkt, aber sicher weiß man das nicht. Dass aber mein Vater durch diese Geschichte zum Kommunisten wurde, daran besteht kein Zweifel. Einmal hat er einem dieser Kognaktypen eine aufs Maul gegeben. Mitten auf der Straße. Vor Gericht sagte er keinen Ton. Saß nur da und glotzte den Richter an. Ein junger stellvertretender Bezirksrichter, furchtbar übereifrig. Aber mein Vater sagte kein einziges Wort. Bei der Urteilsverkündung starrte er nur auf die Schöffen und den Richter. Der Staatsanwalt und einige Großbauern unter den Schöffen hatten für Haft plädiert. Die Sache ging aber mit einer Geldstrafe aus. Als er die Strafe dann bezahlen sollte, stellte mein Vater sich in den Hof und hat auf die Geldscheine gepisst. Klitschnass hat er sie übergeben. Ich sah ihm vom Fenster aus dabei zu. Auf meine Frage, warum er das getan hatte, lachte er nur und sagte, wenn ich ein wenig älter wäre, würde ich es verstehen. Ich war damals vielleicht fünf. Dass ich keine Geschwister habe, liegt daran, dass meine Eltern sahen, wie elend es den Familien mit vielen Kindern ging. Sie fanden es besser, nur ein Kind zu haben, das dafür satt wurde. Meine Mutter lebt noch, wie gesagt. Komm doch einmal mit auf Besuch zu ihr. Ich glaube, sie würde dir gefallen. Sie ist alt, aber immer noch hellwach. Macht sich viele Gedanken. Außerdem ist sie eine gute Ziehharmonikaspielerin und kann singen, dass die Wände beben. Du würdest sie mögen.«

»Klingt gut. Ich komme gern mal mit.«

Eine Weile blieben sie noch sitzen und unterhielten sich. Als sie sich vor dem Lokal verabschiedeten, hatte Bertil nicht mehr dieses Stechen in der Brust, das ihm bei Svantes Eröffnung hineingefahren war.

16.

Um Viertel nach zehn nahm Bertil die wenigen Stufen hinauf zum Eingang der Konditorei Kronberg und trat ein. Die kleine Glocke schellte, zahlreiche Jugendliche saßen in den beiden Räumen des Lokals. Er schlängelte sich durch zu dem Tisch vom letzten Mal und ließ sich nieder. Wenige Minuten später stand Margot neben ihm.

»Hallo«, sagte sie.

»Hallo.«

»Was darf es sein?«

»Eine Tasse Kaffee bitte.«

»Wir haben auch gute Kopenhagener.«

»Dann probiere ich einen.«

»Keinen Zucker und keine Sahne.«

»Das weißt du noch?«

»Aber sicher. Die meisten nehmen wenigstens eins von beiden.«

Er trank den Kaffee, aß sein Plundergebäck und blieb so lange sitzen, bis er der letzte Gast war. Margot begann die Stühle auf die Tische zu stellen und alles für den nächsten Tag herzurichten.

»Wo hast du denn deinen kleinen Edelstein?«, wollte Bertil wissen.

Margot blieb mit einem Stuhl in der Hand stehen und lachte.

»Rubinchen, meinst du?«

»Ja!«

»Sie ist daheim. Heute Abend habe ich jemanden, der auf sie aufpasst. Ein Mädchen aus dem Haus.«

»Ich würde die Kleine gern mal sehen.«

»Dann musst du morgen kommen. Da habe ich sie wieder dabei. Morgen arbeite ich allerdings nur bis acht.«

»Danach könnten wir ja vielleicht tanzen gehen?«, sagte Bertil und war überrascht, diese Worte aus seinem Mund zu hören.

»Ist morgen überhaupt Tanzabend?«, sagte sie.

Bertil zuckte mit den Schultern.

»Ich weiß nicht. Aber falls einer wäre?«

Margot dachte einen Augenblick nach. Sie wunderte sich, wie erfreut sie war, dass er fragte.

»Ich weiß nicht, ob ich einen Babysitter finde«, sagte sie.

»Du könntest es versuchen.«

»Sollten wir nicht zuerst herausfinden, ob überhaupt Tanzabend ist? Ich glaube, ich habe in der Küche eine Zeitung gesehen.« Sie verschwand durch die Schwingtür, und als sie mit der Zeitung zurückkam, glaubte Bertil zu erkennen, dass sie sich gekämmt und den linken Kniestrumpf hochgezogen hatte. Sie legte die Zeitung auf den Nebentisch und begann zu blättern. Bertil stand auf und trat zu ihr. Als er sich nach vorn beugte, streifte er ihre Schulter. Ohne sich wegzudrehen, blätterte sie weiter.

»Hier sind die Veranstaltungen«, sagte sie und schlug die letzte Innenseite auf.

»Immer noch *Vom Winde verweht*«, sagte Bertil. »Könnten sie nicht mal was anderes zeigen?«

»Läuft anscheinend gut«, antwortete sie.

»Aber man will den doch nicht jeden Abend.«

»Hast du ihn gesehen?«

»Ja, in Stockholm.«

»Ist er gut?«

»Ja. Aber auch sehr sentimental.«

Margot lachte, während sie ihren Zeigefinger über die Zeilen mit den Anzeigen gleiten ließ. Die Fingerspitze war vom Nikotin gelb verfärbt.

»Doch«, sagte sie. »Morgen ist tatsächlich Tanzabend. Noch dazu einer mit einer guten Kapelle. Die spielen oft hier.«

»Sie sind also beliebt?«

»Ja, sehr.«

Margot richtete sich auf, und Bertil trat einen Schritt zurück.

»Dann werde ich schauen, ob ich einen Babysitter bekomme«, sagte sie.

»Ich könnte dafür aufkommen«, sagte Bertil.

Margot schüttelte den Kopf und lächelte.

»Nein«, sagte sie. »Das mache ich immer selbst. Wir können uns um halb neun hier treffen. Ich werde schon jemand finden, der auf Rubinchen aufpasst. Vielleicht dieselbe wie heute Abend. Ich gebe ihr jedes Mal zwei Kronen, das ist nicht schlecht.«

Bertil ging durch den nächtlichen Ort nach Hause. Margot verabredete mit dem Mädchen, dass sie das Kind morgen schon am Nachmittag, wenn die Schule zu Ende war, in der Konditorei abholen sollte.

Als das Kindermädchen gegangen und Margot allein war, setzte sie sich aufs Sofa und zog die Beine hoch. Eine Tischlampe mit weinrotem Schirm tauchte das Zimmer in ein angenehmes Licht. Margot langte nach dem Aschenbecher und stellte ihn auf ihren Schoß. Er war aus Metall, mit einer Stahlklammer in der Mitte für die Streichholzschachtel. Ein Aschenbecher aus der Konditorei.

Margot überlegte, Wasser aufzusetzen, die große Wanne hervorzuholen und sich die Haare zu waschen. Aber sie konnte sich nicht aufraffen. Sie spürte eine eigenartige körperliche Anspannung, die wohl mit Bertil und dem morgigen Tanzabend zusammenhing. An der noch brennenden Kippe zündete sie sich eine weitere Zigarette an und betrachtete ihre nikotingelben Finger.

Mit einem der spitzen Nägel kratzte sie an der gelben Haut, aber das Nikotin verschwand nicht.

Sie wusste selbst nicht, warum sie eingewilligt hatte, mit Bertil tanzen zu gehen. Eigentlich hatte sie damit zu etwas anderem Ja gesagt, etwas, das weitreichender und bedeutender war. Seit Örjan sie und Rubinchen verlassen hatte, war sie kaum je ausgegangen. Nach der Arbeit war sie müde, und das Kind beanspruchte ihre gesamte Zeit. Seit gut einem Jahr war sie nun mit Rubinchen allein, konnte sich jedoch nicht erinnern, an mehr als zwei Tanzabenden im Gemeindehaus gewesen zu sein, beide im letzten Frühjahr, direkt nach der Trennung. Es hatte lange gedauert, bis sie wirklich begriff, dass Örjan bereits während ihrer Schwangerschaft ein Verhältnis mit einer jungen Frau aus Nigosby hatte. Es gab für sie keine Anzeichen zu denken, er würde sich nicht aufrichtig auf das Kind freuen und jemand anderes als sie wäre ihm wichtiger. Doch als sie nach der Entbindung nach Hause kam, Blutflecken im Bett und einen zerrissenen Brief im Papierkorb vorfand, war ihr alles klar. Sie war von der Geburt erschöpft, und Rubinchen schrie sich die Seele aus dem Leib. Während sie das Kind auf den Arm nahm, um es zu beruhigen, liefen ihr Tränen über die Wangen, und sie konnte nicht aufhören zu weinen. Als Örjan von seiner Arbeit in der Autowerkstatt heimkam, fand er Margot und Rubinchen schlafend im Bett. Leise machte er sich etwas zu essen und setzte sich mit der Zeitung aufs Sofa. Als Margots Atem nicht mehr dem gleichmäßigen und unablässigen Rhythmus Schlafender folgte, merkte er, dass sie mit offenen Augen dalag und zur Decke starrte. Er stand auf, ging zu ihr und setzte sich auf die Bettkante. Bei seinem Versuch, sie zu berühren, zuckte sie zurück. Sie sagte, sie wisse jetzt alles, und er solle sofort verschwinden. Ihr Tonfall war so entschlossen, dass er nur ein paar Kleidungsstücke einpackte und die Wohnung verließ. Wochen später kam er, während Margot bei der Arbeit war, noch einmal zurück, um seine Sachen zu holen. Er zog, so viel hatte Margot verstanden, zu der jungen Frau nach Nigosby. Einmal im Monat schickte er Geld, und es war immer mehr als die Summe, die ein Gericht ihr zugesprochen hätte. Ein Jahr später war die Scheidung vollzogen. Lediglich beim Schlichtungstermin, im Vorzimmer des Pfarrers, hatten sie sich noch einmal gesehen. Örjan bat um Verzeihung und flehte sie an, er wolle es wiedergutmachen. Doch Margot lehnte ab, und das Vermittlungsverfahren beim Pfarrer war schnell zu Ende. Örjan starrte zu Boden, als Margot seine Untreue zu Protokoll gab. Sie betonte, dass dies auch die Zeit ihrer Schwangerschaft betraf und er sogar so dreist gewesen war, sie in ihrem gemeinsamen Ehebett zu betrügen. Örjan war der kalte Klang in ihrer Stimme nicht entgangen, offenbar war dies ihre Art, sich zu rächen.

Margot machte zwei große Töpfe mit Wasser heiß und säuberte zuerst ihren Körper, bevor sie sich auch die Haare mit gewöhnlicher Seife wusch. Danach setzte sie sich in ihrem hellgelben Bademantel aufs Sofa und bürstete das Haar trocken. Sie hatte die Augen geschlossen und zählte halb flüsternd zweihundert Bürstenstriche.

Als sie im Bett lag und das Licht ausgemacht hatte, konnte sie nicht einschlafen. Sie blickte zur Straßenlaterne hinüber, die im Spalt zwischen dem Fenster und dem heruntergezogenen Rollo zu erkennen war. Die Erwartungen vor dem morgigen Tag machten ihr Angst. Sie schloss die Augen, sah Bertils Gesicht und lächelte.

Mit diesem Bild fiel sie in den Schlaf.

Bertil seinerseits lag in dieser Nacht angekleidet im Bett. Mittlerweile hatte er wieder sein Zimmer im Haus des Forstunternehmens bezogen. Mit einem Stapel Tageszeitungen und Illustrierten vertrieb er seine Nervosität. Mehrmals stand er auf und putzte sich lange und sorgfältig die Zähne. Er spreizte die Lippen auseinander und betrachtete irritiert zwei große graue Plomben im Unterkiefer. Er testete, wie weit er seine Lippen beim Lachen öffnen konnte, und versuchte eine Mundstellung zu finden, sodass man die Plomben beim Reden nicht sah. Dann ging er wieder ins Bett und blätterte in den Zeitungen. Er zwang sich, weder an Margot noch an den Artikel zu denken, der ihn als die treibende Kraft beim Aufreißen alter Kriegswunden darstellte. Das funktionierte allerdings nur so lange, bis er auf die Ausgabe stieß, in der Raders Schreiben abgedruckt war. Nun war eine neuerliche Lektüre unausweichlich. Er setzte sich auf den Rand seines Betts und las, langsam und mit häufigen Wiederholungen. Die Sprache war voller sonderbarer und schwer zu begreifender Wörter und Sätze, und er fragte sich, wie viele das eigentlich alles verstanden. Diese Wörter schienen ebenfalls ein Element auf dem Weg, die Vergangenheit ungeschehen zu machen und wie kalte Asche absinken zu lassen.

Als er fertig war, ließ er die Zeitung fallen und schob sie mit den nackten Füßen unter das Bett. Er stand auf, trat ans Fenster und presste seine Nase an die mit Eiskristallen überzogene Fensterscheibe.

Er fragte sich, ob Margot schlief. Was mochte sie sich gedacht haben? Was erwartete sie? Warum hatte sie zugesagt?

Er ging wieder ins Bett und versuchte zu schlafen. Um Viertel nach fünf stand er auf, wusch sich und machte Kaffee.

Als er beim Sägewerk ankam, spürte er, dass ihn die bevorstehende Begegnung mit den Arbeitskollegen nervös machte. Er fragte sich, wie sich das Gerede bemerkbar machen würde, mit so etwas hatte er keinerlei Erfahrungen. Es war, als müsste er zur Außenwelt aufsehen, solange diese Gerüchte neue Nahrung bekamen.

Er war viel zu früh von zu Hause aufgebrochen und stand an diesem Morgen als Erster in der großen Sägehalle. Der Wind hatte in der Nacht oben unter dem Dach eine Fensterscheibe zerstört und fuhr kalt in den Raum. Sobald die Maschinen stillstanden, ging etwas Bedrohliches von ihnen aus. Bertil glaubte, unterschiedliche Gesichter und Gestalten in der glänzenden Anlage zu erkennen. Er fror, und um sich aufzuwärmen, schlug er mit den Armen kreuzweise über die Brust. Sein Mund war trocken, und er merkte erst jetzt, wie schlecht er in seinen Kleidern geschlafen hatte. Jetzt, da der feuchte Nachtschweiß kalt geworden war, zitterte er. Er ging zu der kleinen Schneidemaschine, an der er für einen erkrankten Sägearbeiter eingesprungen war. Tuberkulose in fortgeschrittenem Stadium, niemand ging davon aus, dass der Mann zurückkehrte, und Bertil rechnete damit, an der Maschine bleiben zu können. Im Winter war es besser, drinnen zu arbeiten, aber im Frühling und Sommer verbanden sich Staub und Sägespäne zu kratzenden Partikeln, die Reizhusten und Halsschmerzen verursachten. Die Sägearbeiter in der Halle hatten schon oft ein neues Belüftungssystem gefordert, doch Rader hatte das jedes Mal abgelehnt. Bertil überlegte, ob die anderen Arbeiter das Gerede vielleicht auf sich beruhen lassen würden, um sich aufgrund ihrer eigenen Opposition zu dem unbeliebten Rader auf seine Seite zu schlagen. Dieser Gedanke munterte ihn auf. Er ging ans rückwärtige Ende der Halle, wo er einen der schweren Torflügel einen Spalt weit öffnete, und sah seine Arbeitskollegen mit eingezogenen Köpfen im Schneegestöber näher kommen. Er betrachtete sie einen kurzen Moment, ehe er das Tor wieder schloss. Dann schritt er eilig zu seiner Maschine, streifte die starr gefrorene Schutzhülle ab, wischte das Sägeblatt trocken und schaltete den Strom ein. Er würde das Kiefernholz, das neben seiner Werkbank lag, zu Brettern sägen. Eben hatte er den ersten Stamm in die Maschine geschoben, als er aufsah, geradewegs in Lundgrens Gesicht, das vom beißend kalten Wind rotblau angelaufen war.

»Warst du die ganze Nacht hier?«, wollte Lundgren wissen, während er seine steifen Finger mit einem Putzlappen knetete.

»Klar, von der Arbeit hier kann man sich ja nicht mal nachts losreißen«, gab Bertil lachend zur Antwort.

»An so einem Tag sollte man zu Hause bleiben«, sagte Lundgren. »Aber wie es aussieht, haben sich auch heute wieder alle heldenhaft aus dem Bett gestemmt.«

Er deutete mit der Hand in die Halle, wo eine Maschine nach der anderen angelassen wurde. Die Stille ging in ein scharfes Heulen über, und es war unmöglich, das Gespräch fortzusetzen. Lundgren nickte Bertil zu und ging zu seinem eigenen Werktisch am anderen Ende des Gebäudes. Bertil zog seine Schutzhandschuhe über und begann, das Holz einzulegen. An Lundgrens Verhalten war nichts Besonderes gewesen. Hatte Svante die Auswirkungen des Geredes vielleicht übertrieben? Und konnte es sein, dass er mit seiner Vorstellung einer schweigenden Loyalität der Sägewerksarbeiter mit ihm und gegen den Direktor recht hatte? Auf jeden Fall war ihm jetzt etwas leichter zumute, als er mit Druck den Stamm anschob, den die Maschine kreischend zerteilte. Bertil kniff die Augen zusammen, um sie vor den Sägespänen zu schützen, und atmete den süßen Harzduft ein. Plötzlich konnte er nachvollziehen, dass die erfahrenen Kollegen am Geruch sowohl den Sägebetrieb als auch die Qualität erkannten.

Auch während der Mittagspause entdeckte Bertil nichts Besonderes. Das Einzige, was möglicherweise auf eine Ausbreitung der Gerüchte hindeutete, war, dass die beiden Artikel mit keinem Wort erwähnt wurden. Zuvor war es in den Pausen oft um das Lager und die Arbeitskompanie gegangen. Als Bertil wieder an seine Maschine trat, fühlte sich sein Körper auf eigenartige Weise leicht an. In der zweiten Tageshälfte arbeitete er schnell und summte dabei vor sich hin.

17.

Drei Minuten nach acht war er bereits vor dem Café. Um aus dem Wind zu kommen, stellte er sich in den Ladeneingang des Herrengeschäfts. Weil die Füße in den dünnen Lederschuhen kalt geworden waren, trat er auf der Stelle und vergrub die geballten Hände tief in den Manteltaschen.

Er merkte, dass er nervös war. Sein Herz klopfte, und er spürte ein Ziehen in der Magengegend. Rasch betastete er Kinn und Wangen, um zu prüfen, ob er sich ordentlich rasiert hatte. Seine Haare fühlten sich steif an, und er bereute, dass er sich nass gekämmt und dazu auch Haarcreme benutzt hatte.

Kurz nach halb neun kam Margot. Bertil hatte gedacht, sie käme von zu Hause, doch sie trat aus der Tür der Konditorei und blickte sich nach allen Seiten um. Er querte im Laufschritt die Straße und wäre beinahe hingefallen.

»Hallo«, sagte er.

»Hallo. Wartest du schon lange? Dir ist wohl kalt?«

»Nein, überhaupt nicht. Wollen wir?«

Sie gingen nebeneinander. Bertil hatte das Gefühl, auf steifen Klumpen zu laufen. Der Wind blies ihnen direkt ins Gesicht, weshalb sie den gesamten Weg wortlos zurücklegten.

Im Gemeindehaus löste Bertil zwei Eintrittskarten, und sie gingen zur Garderobe. An den Kleiderbügeln ließ sich ablesen, dass es voll werden würde, und sie mussten sich im Gedränge anstellen. Margot ging zur Damentoilette, während Bertil seine Krawatte zurechtrückte und sich vor einem zersprungenen Spiegel neben dem schwarzen Brett der sozialdemokratischen Arbeiterpartei die Haare kämmte. Der Anschlag verriet, dass am folgenden Abend ein Treffen stattfinden sollte. Als Margot zurückkam, wurde Bertil verlegen und lief rot an. In seiner Unbeholfenheit wusste er nicht, was er sagen oder tun sollte.

»Wollen wir nicht tanzen?«, sagte Margot und hakte sich bei ihm unter.

Sie gingen in Richtung Kinosaal. Man hatte die Bänke in langen Reihen entlang der Wände und oben auf der Bühne aufgestellt, vor der hellgrünen Kulisse einer Sommerlandschaft mit blauem See. Das Drei-Mann-Orchester, ein Trio aus Ziehharmonika, Bass und Schlagzeug, stand ganz vorne an der Rampe. Als Bertil und Margot in den Saal kamen und über das abschüssige Parkett zur Tanzfläche hinuntergingen, hatte das Orchester eben mit einem Slowfox begonnen. Rasch füllte sich die Fläche mit tanzenden Paaren. Bertil nahm Margots Hand, legte seinen Arm um ihre Taille und versuchte, mit ihr in die Mitte zu gelangen. Er spürte ihre verschwitzte Handfläche und fürchtete, dass er selbst nach Schweiß riechen könnte. Sie tanzten ohne Unterbrechung vier Mal hintereinander und sprachen dabei über das Orchester. Margot nickte einigen Bekannten zu und erklärte Bertil, wer sie waren. Bertil selbst entdeckte niemanden, den er hätte grüßen können. Nach den vier Tänzen fragte er Margot, ob sie etwas trinken wolle. Sie nickte, und die beiden drängten sich hinaus ins Foyer. Während sie am Getränkestand warteten, fiel Bertil ein, dass Svante ihm erzählt hatte, hier würden gewöhnlich auch ihre

Parteitreffen stattfinden. Über diesen Kontrast musste er lachen. Margot blickte ihn verwundert an.

»Was amüsiert dich denn so?«, wollte sie wissen.

»Nichts Besonderes. Ich habe nur an etwas gedacht.«

»Nun sag schon.«

»Nein, es ist wirklich nicht der Rede wert.«

»Du willst es mir also nicht sagen.«

»Du bist hoffentlich nicht beleidigt?«

»Nein. Es sah einfach danach aus, als hättest du es sehr lustig.«

»Manchmal lache ich einfach ohne besonderen Grund.«

»Und ich weine manchmal ohne besonderen Grund. Das ist nicht halb so lustig.«

Bertil schien, als hätte sie zum ersten Mal etwas wirklich Persönliches zu ihm gesagt. Er fühlte sich ihr plötzlich nahe und nahm ihre Hand, während sie langsam zur Theke vorrückten.

Was dann geschah, würden weder Margot noch Bertil je vergessen. Die kommende Stunde wurde zu einem Mahlstrom, der sie unerbittlich in die Tiefe zog. Noch oft sollten sie künftig schweißnass aus ihren Albträumen davon erwachen.

Für Bertil wurde es ein Wendepunkt. Zum ersten Mal bereute er es, dass er Stockholm verlassen hatte und hierhergekommen war. Margot hingegen würde nie Bertils banges und hilfloses Gesicht vergessen, wie er auf der Treppe zwischen dem Saal im ersten Stock und dem unteren Foyer lag.

Sie hatten eben ihre Getränke bekommen, und während Bertil bezahlte, hielt Margot nach zwei Sitzplätzen Ausschau. Da kein Tisch mehr frei war, nahmen sie zwei Stühle und stellten sie oben neben die Treppe. Margots Stuhl war beschädigt. Bertil tauschte mit ihr den Platz, damit sie sich an dem Nagel, der aus einer der Holzlatten ragte, nicht die Strümpfe zerriss. Ihre Limonade tranken sie mit Strohhalmen aus der Flasche und beobachteten dabei die anderen Gäste. Margot beugte sich zu Bertil hinüber und erzählte ihm, dass sich auf dem Damenklo jemand übergeben hatte.

Bertil schnitt eine Grimasse und schüttelte den Kopf.

»Ich trinke selten und wenig«, sagte er.

»Ich auch«, antwortete Margot.

Sie sogen an ihrem Pommac und hörten von unten die Musik.

»Kannst du Walzer tanzen?«, fragte Margot.

»Nicht besonders gut, aber ich weiß, wie es geht«, antwortete Bertil. Er nahm die beiden leeren Glasflaschen und brachte sie weg. Margot wartete auf der obersten Treppenstufe, bis er zurückkam. Bertil ergriff ihre Hand, um mit ihr die Holztreppe nach unten zu gehen.

Später würden sie sich daran erinnern, dass das Orchester das alte Hårgalied spielte, von dem Bertil lediglich die Melodie kannte, Margot hingegen auch den Titel.

Alles geschah innerhalb weniger Sekunden. Bertil spürte, wie ihn ein harter Schlag zwischen die Schulterblätter traf, und er fiel kopfüber die Treppe hinunter. Da er Margots Hand festhielt, stürzte sie ebenfalls. Während er mit dem Gesicht auf eine der Stufen knallte und sich an der eisenbeschlagenen Kante die Lippen aufschlug, konnte Margot sich am Treppengeländer festhalten und landete auf den Knien. Sie schrie auf, als sie Bertils blutiges Gesicht sah. Er starrte nur hilflos auf das obere Ende der Treppe.

Dort oben stand eine Mauer aus fünf Burschen und zwei Mädchen, alle um die zwanzig, die Gesichter waren stumm und weiß. Das Hårgalied aus dem Tanzsaal zog wie eine schwarze Wolke über sie hinweg.

Plötzlich kicherte eines der beiden Mädchen, eng an einen der

Burschen gedrängt. Bertil lag vollkommen reglos auf der Treppe. Das Blut rann ihm aus Nase und Mund und bildete auf dem weißen Hemd rote Flecken. Margot begann zu weinen, setzte sich auf eine Stufe und verbarg den Kopf zwischen Armen und Knien.

Da gab oben einer der jungen Männer den ersten Kommentar von sich. Er war stark angetrunken und hatte krampfhaft den Arm um das andere Mädchen gelegt.

»Geschieht dir recht, du Mistkerl«, sagte er zweimal. Dann machte er mit der Faust eine Drohgebärde in Bertils Richtung. Das Mädchen hielt ihn zurück.

»Es reicht jetzt«, sagte sie. »Hört auf, euch zu prügeln.«

Sie zog ihn zurück, und die Mauer der Jugendlichen löste sich auf. Eine Kellnerin schob sich zwischen den Schaulustigen am Treppenabsatz durch.

»Ist er das?«, fragte sie, und als die anderen nickten, nahm sie ein Serviertuch und warf es die Treppe hinunter, sodass es auf Margots Kopf landete. Margot fuhr zusammen und sah auf.

»Da, wisch ihm das Gesicht ab. Und den Boden. Danach verschwindet ihr! Wir wollen hier keinen Ärger von irgendwelchen Auswärtigen.«

Margot half Bertil auf die Beine. Gefolgt von den Blicken aller schafften sie es hinaus auf die Straße. Sie gingen um die nächste Ecke, wo Bertil sich an die kalte Hausmauer lehnte. Seine Hände zitterten. Margot schloss die Augen und umarmte ihn. Sein Blut blieb an ihrer Wange kleben. Bertil schauderte vor Kälte. Margot hielt ihn umfangen und presste ihn gegen die Wand. Als sie den Blick in sein blutiges und frierendes Gesicht hob, sah sie, er stand unter Schock.

»Ist ja gut«, flüsterte sie in sein Ohr. Sie musste sich dazu auf die Zehenspitzen stellen.

»Wir gehen jetzt nach Hause, Bertil«, sagte sie. »Wir gehen jetzt.«

»Unsere Mäntel«, sagte er.

»Die holen wir morgen«, erwiderte Margot. »Komm jetzt.«

Sie griff nach seiner Hand, führte ihn von der kalten Hausmauer weg und stützte ihn, als er auf schwachen Beinen unsicher loslief.

In Margots Wohnung sank er aufs Sofa. Er zitterte immer noch und tastete mit den Fingerspitzen sein Gesicht ab. Als er die Oberlippe berührte, zuckte er zusammen. Margot setzte Wasser auf und riss ein altes Leintuch in Streifen. Das Kindermädchen hatte sie bezahlt und nach Hause geschickt. Sie hatte ihr erklärt, es sei nichts Ernstes, und ihr eine Krone extra gegeben, damit sie den Mund hielt. Als das Wasser kochte, ging Margot vor Bertil in die Hocke und begann mit den Leinenlappen sein Gesicht abzutupfen. Sie hatte eine desinfizierende Lösung ins Wasser gemischt, die auf der Haut brannte. Bertil verzog das Gesicht. Margot musste kräftig aufdrücken, um das Blut wegzubekommen.

»Es ist doch nichts gebrochen?«, fragte sie leise. »Was ist mit den Zähnen?«

Bertil befühlte alles vorsichtig und schüttelte dann den Kopf.

Nachdem Margot das Blut abgewaschen hatte, trug sie ihm Wundsalbe um Nase und Lippen auf, die bereits geschwollen und bläulich verfärbt waren.

»Leg dich ein wenig hin«, sagte sie. »Ich mache dir Tee.«

Bertil legte sich auf den Rücken, und Margot breitete eine Decke über ihn. Er zog sie bis unters Kinn und zitterte trotzdem. Margot bewegte sich mit leisen Schritten zwischen Rubinchens Bett und der Küche hin und her. Als der Tee fertig war, goss sie Bertil eine Tasse ein und setzte sich neben ihn aufs Sofa. Er richtete sich halb auf und schlürfte die heiße Flüssigkeit in kleinen

Schlucken. Nach der halben Tasse sank er zurück und schloss die Augen, die Hände in die Decke gekrampft. Margot blieb neben ihm sitzen und strich ihm vorsichtig über die Stirn. Sie schwiegen lange, dann beugte sie sich zu Bertil hinunter und fragte, ob er eingeschlafen sei. Er schlug die Augen auf, versuchte, mit seinen geschwollenen Lippen ein Lächeln zustande zu bringen, und schüttelte den Kopf.

»Willst du darüber reden?«, fragte Margot.

Bertil brachte sich mühevoll in eine sitzende Haltung, und Margot stopfte ihm ein Kissen hinter den Rücken.

Dann schwiegen sie erneut.

»Wie ist das bloß passiert?«, murmelte er schließlich.

»Ich weiß es nicht«, sagte Margot.

»Irgendjemand hat mich gestoßen«, sagte er.

»Ich hatte keine Chance«, fuhr er fort. »Zum Glück hast du dir nicht wehgetan.«

»Aber warum hat er das getan?«

Bertil sah sie lange an, bevor er antwortete.

»Du weißt nichts darüber?«, fragte er und sah Margot verständnislos die Stirn runzeln.

»Über dieses Lager während des Kriegs? Was darüber in der Zeitung stand? Rader vom Sägewerk behauptet, es steckt eine bestimmte Person dahinter, dass dieses geheime Arbeitslager plötzlich wieder an die Oberfläche kommt. Eine bestimmte Person. Ich!«

Es dauerte eine Weile, ehe Margot wirklich verstand, was er gesagt hatte. Die beiden Artikel hatte sie in der Zeitung gelesen und gehört, wie im Café darüber gesprochen wurde. Kronberg selbst hatte gemeint: »Was soll denn das jetzt für einen Sinn haben? Ist doch nichts Schlimmes passiert. Und im Krieg muss man schließlich vorsichtig sein, oder etwa nicht, Margot?« Sie hatte nur zerstreut genickt. Dass von Bertil die Rede sein könnte, hatte sie niemals in Erwägung gezogen. Dies war so unwirklich, sie konnte es auch jetzt kaum glauben.

Bertil streckte die Hand nach der Tasse aus und trank den restlichen Tee. Er spuckte ein Teeblatt aus und ließ sich wieder ins Kissen sinken.

»Das war der Grund«, sagte er. »Irgendjemand wollte mir eine Abreibung verpassen, weil ich hierhergekommen bin. Es tut mir leid, dass ich dich da mit hineingezogen habe. Das war absolut nicht meine Absicht. Aber wie hätte ich so etwas ahnen können?«

Der Schockzustand ließ allmählich nach. Schlagartig tauchte der Wunsch nach Vergeltung auf. Aus Hilflosigkeit wurde hilfloser Hass. Wie im Film sah Bertil sich aufstehen, die wenigen Stufen ins Obergeschoss hinaufrennen und dem Burschen, der ihn gestoßen hatte, mit der Faust mitten ins Gesicht schlagen. Bertil glaubte sich zu erinnern, dass er an einem der Tische im oberen Saal gelehnt und zu ihm und Margot herübergestarrt hatte.

»Kennst du jemand von denen?«, wollte Bertil wissen.

»Nein, kennen nicht. Aber ein paar von diesen Gesichtern habe ich schon im Café gesehen. Ich weiß allerdings keine Namen. Könnte ich aber herausfinden. Du musst das anzeigen. Du hättest ja tot sein können.«

»Eine Anzeige bringt nichts. Was wird die Polizei schon tun? Dieser Lönngren?«

»Irgendwas muss er tun. Das war schließlich ein Angriff. Wenn du nichts unternimmst, kann ja ich es tun.«

»Nein, Margot«, sagte er. »Das macht es nur schlimmer.«

Aus Rubinchens Bett war ein Wimmern zu hören. Margot stand auf und ging zu ihr. Als sie zurückkam, setzte sie sich dicht neben Bertil.

»Da ist Blut auf deiner Bluse«, sagte Bertil. »Ich kaufe dir eine neue.«

»Das lässt sich bestimmt wieder auswaschen«, antwortete sie. »Stimmt es denn, was in der Zeitung über dich steht?«

Bertil schüttelte den Kopf.

»Nein«, sagte er. »Nichts davon stimmt. Es ist einfach eine Unterstellung von Rader. Er kann das, was die Lagerinsassen geschrieben haben, nicht entkräften. Also erfindet er etwas, um die Leute gegen mich aufzubringen.«

»Das ist ja ekelhaft.«

»Ja, das kann man wohl sagen.«

Mehr sprachen sie in dieser Nacht nicht. Bertil schlief auf dem Sofa ein, und Margot kroch in ihr Bett. Wenn sie den Kopf drehte, konnte sie Bertils dunklen Umriss sehen und wie sich sein Brustkorb hob und senkte.

Sie dachte, dass sie immer noch nicht wirklich begriff, was sich zugetragen hatte.

Sie dachte auch, dass er ihr leidtat.

Sie spürte, dass sie ihn gernhatte.

Dann sanken die klaren Gedanken hinab, und an der Schwelle zum Schlaf stiegen freie Bilder in ihrem Kopf auf. Dieses Grenzland zwischen Wachen und Schlaf hatte sie sich immer als eine karge Wüste vorgestellt, in der die Sonne eben hinter dem Horizont verschwunden war. Der Sand, der zuvor weiß in der Hitze gelegen hatte, ergraute in der nächtlichen Kälte zu Gebirgsformationen. Dazwischen schlugen schwarze Brandungen auf, wie kleine Miniaturmeere, aber mit Wellen, die es an Stärke und Höhe mit der großen See aufnehmen konnten. Doch nirgendwo waren Laute zu vernehmen. Nichts als Stille, die etwas von einem heulenden, fast unhörbaren Ton hatte.

An diesem Punkt fiel sie in den Schlaf. Ihr Atem strömte mit dem von Rubinchen und Bertil zusammen. Es war halb zwei Uhr nachts.

18.

Als ich viele Jahre später Rubinchen traf, oder Kristina, wie sie sich jetzt nannte, sagte sie, sie könne sich an jenen Morgen erinnern, als Bertil mit blau angeschwollenem, schmerzendem Gesicht auf dem Sofa lag. Und auch daran, dass Margot die blutige weiße Bluse in eine Waschschüssel gelegt hatte. Doch das muss ein Irrtum sein, denn sie war damals noch keine zwei Jahre alt.

»Aber die Bluse habe ich tatsächlich immer noch«, sagte Kristina. »Ich habe sie behalten, als Margot starb. Wegen der schönen Stickereien. Ich glaube, Mama hat sie selbst gemacht. All die Jahre über hat sie diese Bluse getragen, daran erinnere ich mich, und sie war darin immer so fröhlich.«

Ich fragte Kristina, ob sie etwas von Bertil wisse. Sie schüttelte den Kopf.

»Nein«, sagte sie. »Weiß irgendjemand, was aus ihm geworden ist?«

Ich wusste darauf keine Antwort.

Wir tranken den Kaffee aus, und Kristina ließ eine Krone in die Büchse des Soldaten der Heilsarmee fallen, der an unseren Tisch kam.

Kurz darauf verabschiedeten wir uns. Mein letztes Bild von ihr ist, wie sie über die Straße rannte und es gerade noch in ihren Bus schaffte. Es war ein warmer Tag im September. Nach mehreren missglückten Versuchen hatten wir es geschafft, unsere Arbeit so zu legen, dass wir uns an diesem Nachmittag sehen konnten. Wir hatten nur wenige Stunden Zeit, und Kristina kam vierzig Minuten zu spät. Sie war außer Atem und erzählte kopfschüttelnd, dass sie zuerst zu einem anderen Restaurant gefahren war, dort bereits einen Heringsteller bestellt und erst dann bemerkt hatte, dass sie am falschen Ort war. Sie musste sich eine Weile mit dem Oberkellner streiten, bis sie wegkonnte.

»Aber ich bin davongekommen, ohne zu bezahlen«, sagte sie und strich sich die braungelockten Haare aus der Stirn.

Und am Ende verschwand sie in dem roten Bus, und ich habe sie seither nicht mehr gesehen. Nicht einmal eine Postkarte habe ich von ihr bekommen, obwohl sie zu den Leuten gehört, denen ich auf Reisen immer Ansichtskarten schicke. Ich bitte Kristina jedes Mal, sich zu melden. Aber sie bleibt stumm.

19.

Als Margot am Morgen wach wurde, war Bertil verschwunden. Er hatte die Decke zusammengefaltet und aufs Sofa gelegt. Auf dem Küchentisch hatte er eine Nachricht hinterlassen. Er sei früh aufgewacht und hätte das Bedürfnis gehabt, nach Hause zu gehen. Er würde sich melden und sei verzweifelt, dass er sie in die Ereignisse gestern Abend mit hineingezogen habe.

Darunter hatte er ein B gesetzt.

Mit Schmerzen im Magen bereitete Margot das Frühstück und zog dann Rubinchen an. Jetzt, am Morgen danach, machte sich die Unruhe bemerkbar. Mit dem Abstand der Nacht waren die Dinge noch erschreckender und noch weniger zu begreifen. Ein ums andere Mal ließ sie die wenigen Sekunden Revue passieren, um einen Anhaltspunkt zu finden, den Vorfall zu verstehen. Doch da gab es nur den Sturz, Bertils blutiges Gesicht, die starren Jugendlichen oben an der Treppe, die Kellnerin, die ihr das Serviertuch an den Kopf geworfen hatte, und Bertils zitternden Körper, gegen den kalten Verputz der Hausmauer gepresst. Mit dem Löffel auf halbem Weg zu Rubinchens Mund saß sie da. Sie verstand es noch immer nicht.

Um zehn nahm sie den Korb mit dem Kind und ging in die Konditorei, wo ihre Schicht begann. Die blutige Bluse ließ sie eingeweicht in der Waschschüssel.

Als sie auf die Straße trat, hatte es aufgehört zu schneien. Die Kälte lag schwer unter dem klaren Himmel.

20.

Zu Hause kroch Bertil in sein Bett. Es war kurz nach fünf, und um sich warm zu halten, war er gerannt und dabei immer wieder ausgerutscht. Da sein Mantel im Foyer des Gemeindehauses geblieben war, trug er lediglich sein dünnes Sakko. Seine Füße waren wie reglose, gefrorene Klumpen. Er massierte sie, bevor er den Pyjama anzog und unter die Decke schlüpfte. Ihm war nicht danach, sein Gesicht im Spiegel zu sehen. Er überlegte, ob er arbeiten gehen sollte oder nicht, kam aber zu keinem Entschluss. Er zögerte lange, ehe er aufstand, vor den Spiegel trat und sein Gesicht betrachtete. Die Lippen waren geschwollen und mit rotbraun verkrusteten Wunden überzogen. Um die Nase und das Nasenbein hatte er große blaue Flecken. Über die Stirn lief ein schmaler roter Streifen, so als hätte er sich mit einer Nähnadel die Haut aufgeritzt. Trotzdem sah es besser aus als erwartet. Er drehte den Kopf hin und her und merkte, dass seine Halsmuskeln schmerzten. Doch davon abgesehen hatte er lediglich einen blauen Fleck über der linken Kniescheibe. Nichts, weshalb er nicht hinausgehen und bei der Arbeit mit beiden Händen zupacken könnte. Er kochte Kaffee und überlegte, was er statt des Mantels tragen sollte. Das Einzige, was er besaß, waren eine kaputte Regenjacke und ein paar dicke Wollpullover. Er zog den grauweißen Pullover über den Blaumann und ließ die Regenjacke hängen. Dann strich er sich seine Brote für die Mittagsmahlzeit, machte sein Bett und verließ das Haus.

Am Eingang zum Sägewerksgelände traf er auf Herbert Nilsson. Der schleppte eine Schreibmaschine mit, die er sich aus dem Büro geliehen hatte, um zu Hause Schreibarbeiten für den Fischereiverein zu erledigen. Die Schreibmaschine war schwer, und schon aus der Ferne sah Bertil, wie Nilsson sich abmühte.

»Soll ich dir mit diesem Ungetüm helfen?«, sagte Bertil.

»Was hast du denn angestellt?«, fragte Nilsson. »Haben wir vielleicht schon März?«

»März?«

»Ja, da raufen sich die Katzen. Bist du angefahren worden?«

»Nein. In eine Prügelei bin ich geraten.«

»Ach ja? Da hat aber jemand ziemlich hart zugeschlagen.«

»Man hat mich die Treppe runtergestoßen. Im Gemeindehaus. Du kennst doch die Treppe ins obere Stockwerk?«

»Die ist verdammt steil.«

»Ja. Vor allem, wenn man auf den Kopf fällt.«

»Warst du betrunken?«

»Nein, ich wurde angegriffen.«

Bertil bemerkte, wie sich Nilssons Gesichtsausdruck veränderte. Als Bertil das Wort Angriff benutzte, hatte er verstanden.

»Soll ich mit anfassen?«, fragte Bertil.

»Das wäre nicht schlecht. Sie ist wirklich schwer. Ich muss sie zurück ins Büro bringen.«

»Schreibst du in der Nacht Bücher?«

»Ja, klar. Da kämen bestimmt tolle Romane raus. Nein, es

war für das Protokoll und den Jahresbericht des Fischereivereins. Aber jetzt werde ich als Schriftführer zurücktreten. Die Schreibarbeit ist mir zu mühsam. Ein langweiliges Freizeitvergnügen.«

»Wusste gar nicht, dass du so ein überzeugter Angler bist.«

»Ich fische kaum mehr. Aber im Verein bin ich immer noch. Kein Ahnung, warum.«

Sie gingen über die Treppe zum Büro, und Bertil hielt die Schreibmaschine, während Nilsson in seinem Bund nach dem richtigen Schlüssel suchte und aufsperrte.

»Dort muss sie hin«, sagte er und zeigte auf einen kleinen Schreibtisch neben dem Regal. Bertil stemmte die schwere Remington zurück auf ihren Platz. Nilsson stand an der Tür und blies sich in die Hände. Nachdem Bertil die Maschine so zurechtgerückt hatte, dass sie das staubige Viereck auf dem Schreibtisch bedeckte, streckte er den Rücken durch.

»Ziemlich schwer, nicht wahr?«, sagte Nilsson.

Bertil nickte. Dann setzte er sich vorsichtig auf die Schreibtischkante.

»Was, denkst du, passiert jetzt mit mir?«, fragte er. Er sah, dass Nilsson sofort kapierte, worauf er hinauswollte. Dieser hielt die Finger immer noch vor dem Mund, hatte aber zu blasen aufgehört.

»Also?«, wiederholte Bertil.

Erst langsam nahm Nilsson die Hände herunter.

»Ich weiß nicht recht, was du meinst?«, sagte er.

»Doch, das weißt du.«

Bertil war selbst überrascht, dass seine Stimme so bestimmt klang.

»Du weißt, dass der Alte es auf mich abgesehen hat. Und woher er seine Informationen hat, kann man sich ja denken! Ich mache dir das nicht zum Vorwurf. Ich will nur wissen, was jetzt mit mir passiert. Rechnet er damit, dass ich von mir aus gehe, oder werde ich gekündigt?«

»Ich weiß darüber überhaupt nichts«, murmelte Nilsson.

Bertil war unsicher, ob er verstanden hatte, was Nilsson gesagt hatte. Er bat ihn, es zu wiederholen.

»Aber irgendetwas wirst du wohl wissen«, sagte Bertil und merkte, dass er wütend wurde. Die Haut spannte in seinem Gesicht, und seine Lippen waren steif vom Wundschorf.

»Du brauchst mich ja bloß anzusehen! Kannst den Alten grüßen und ihm sagen, dass ihm das gelungen ist mit seinen Verdächtigungen! Du kannst ihm aber auch bestellen, dass er damit weder mich noch die Kollegen fertigmachen wird. Früher oder später kommt die Sache mit diesem Lager heraus. Er soll persönlich in die Sägehalle hinunterkommen und mich kündigen oder mir erklären, warum ich nicht weiterarbeiten darf! Die Männer werden die Maschinen anhalten und jedes Wort vom Alten hören. Sag ihm das!«

Bertil hatte sich erhoben, und die Worte waren ihm aus dem Mund geschossen. Er fühlte, wie ihm von den Wunden und der Aufregung die Hitze ins Gesicht stieg. Nilsson stand mit einwärts gerichteten Fußspitzen da und starrte auf seine Hände. Als Bertil fertig war und zur Tür ging, blickte er ihm betreten hinterher. Bertil knallte die Tür so fest zu, dass die Glasscheibe klirrte. Er verlangsamte seinen Schritt erst, als er schon fast bei dem schweren Tor zur Sägehalle war.

Er schob es auf und ging hinein. Das Erste, was ihm auffiel, war, dass nur zwei der Maschinen in Betrieb waren. Die Arbeitskollegen standen um Lundgrens stumme Kappsäge versammelt. Als Bertil das Tor zuzog, wandten sie sich um und sahen ihn an. Die Vorstellung, er sei die eine Partei einer Art Duell im Sägewerk, amüsierte ihn. Er verzog das Gesicht zu einer Grimasse, hob eine Hand zum Gruß und ging zu der Gruppe.

»Ja«, sagte er. »So sehe ich aus.«

Lundgren betätigte den Schalter einer Schneidemaschine, die Zähne des Schneideblatts verlangsamten ihren Biss. Erst als sie stillstand, ging er zurück zu den anderen.

»Ja, wir haben gerade davon gesprochen. Verfluchte Sache. Wir haben gehört, wer das war. Diese Rotzbuben sollte man in einen Ameisenhaufen stecken. Du bist die Treppe hinuntergestürzt, nicht wahr? Das Mädchen ebenfalls? Wie geht es ihr?«

»Gut. Sie hat natürlich Angst gehabt.«

»Ist ja verdammt noch mal kein Wunder.« Es war immer noch Lundgren, der sprach. Die anderen standen stumm da. Sie wollten sich nicht anmerken lassen, dass sie Bertil ins Gesicht starrten. Wenn er den Blick erwiderte, schlugen sie die Augen nieder.

»Ja, aber so leicht gönne ich Rader den Sieg nicht. Er hat mir das alles angedichtet, aber ich war gerade bei Nilsson drinnen und habe mich zur Wehr gesetzt.«

Bertil bemerkte, welche Wirkung seine letzten Worte hatten. Alle spitzten die Ohren.

»Wirklich?«, sagte Lundgren. »Und was hat er gesagt?«

»Keinen Mucks hat er herausgebracht«, sagte Bertil. »Ich habe ihm gesagt, er soll dem Alten ausrichten, dass er sich schon hierher bequemen muss und es mir persönlich sagen, wenn er mich rauswerfen will. Und dann werde ich von ihm eine Erklärung verlangen. Und ihr werdet die Maschinen abschalten und zuhören.«

»Donnerwetter«, sagte Lundgren, ohne zu versuchen, seine Bewunderung zu verbergen. »Seht euch diesen Teufelskerl an!«

Die Gruppe stimmte murmelnd ein.

»Wirst du Anzeige erstatten?«, wollte Lundgren wissen.

»Bei wem? Lönngren?«

»Nein, das lohnt sich wohl nicht.«

»Bei wem denn sonst?«

»Nein, da gibt es vermutlich niemand. Nicht für kleine Leute wie uns. Wäre einer von uns Raders siamesischer Katze auf die Pfoten getreten, käme sicher der Bezirksrichter mit dem Gesetzbuch in der Hand daher. Eigentlich müsste man ins Büro raufgehen und dem Alten eins von seinen Kiefernbrettern an den Kopf knallen. Er jammert ohnehin ständig über den Verschnitt. Dann könnten wir ihm sagen, dass wir endlich herausgefunden haben, wofür man die Stumpen verwenden kann.«

Bertil konnte sich ein Grinsen nicht verkneifen. Einen derartigen Redeschwall Lundgrens, eine solche Wärme, die von der gesamten Mannschaft ausging, hatte er zuvor noch nie erlebt. In ihrer ganzen Bockigkeit stand sie schweigend da. Doch in diesem Schweigen war eine freundliche Hand zu erkennen, die ihm entgegengestreckt wurde. Er strich sich über die Stirn.

»Ja, das sollte man wohl tun«, sagte Bertil, da ihm nichts Besseres einfiel.

Im selben Augenblick wurde das Tor zur Halle vorsichtig geöffnet, und Herbert Nilsson streckte den ergrauten Kopf herein. Als er sah, dass alle um Lundgrens Werkbank standen und ihn anstarrten, machte er die Tür rasch wieder zu und verschwand.

»Der rennt jetzt so schnell zum Alten, dass ihm sein falsches Gebiss um die Ohren fliegt«, sagte Lundgren. »Aber du kannst drauf wetten, der kommt nicht hierher. Stattdessen schnauzt er lieber Nilsson an. Stark von dir, dass du heute gekommen bist. Hast du Schmerzen?«

»Nein«, sagte Bertil. »Brennt nur ein wenig.«

»Du willst es diesen Rotzbuben bestimmt heimzahlen?«

»Ich weiß nicht.«

»Haben sie dich nicht von hinten gestoßen?«

»Doch.«

»Was ist das denn für eine Art, sich zu prügeln! Zu meiner Zeit zog man das Sakko aus und wartete, bis der andere seins ebenfalls abgelegt hatte, bevor man zuschlug. Von hinten! Man sollte ihnen die Ohren langziehen. Waren da nicht auch Mädchen dabei?«

Bertil nickte.

»Was man mit denen machen müsste, kann man nicht laut sagen«, sagte Lundgren.

»Die haben nichts getan«, sagte Bertil. »Sind mir auch scheißegal. Ich habe eher Sorge, dass es wieder passiert.«

»Das Risiko besteht, klar. Vielleicht ist es doch das Beste, wenn du hinaufgehst und dem Alten eine reinhaust. Ich habe da gerade eine besonders astige Partie Bretter. Eins a unbrauchbares Holz. Wir können damit aber auch einen Galgen bauen.«

Lundgren war nun so aufgebracht, dass er stotterte. Bertil musste lachen.

»Gut, dass du da schon Vorschläge hast«, sagte er. »Aber vielleicht sollten wir uns noch ein paar Extrakronen zusammensägen, bevor der Alte die Armee einberuft.«

Die Gruppe löste sich langsam auf. Eine Maschine nach der anderen wurde angeworfen. Herbert Nilsson, der eine Leiter an eine der Schmalseiten der Halle gelehnt und ihnen durch eine staubige Glasscheibe zugesehen hatte, kletterte herunter und lief zum Bürogebäude. Er ging auf direktem Weg zu Direktor Rader, der sich gerade über die neu eingelangten Verkaufsberichte beugte. »Nur herein«, rief er, als Nilsson anklopfte.

»Guten Morgen, Chef«, sagte er und schloss vorsichtig die Tür.

»Ja, was gibt's?«

»Also, ich dachte, Sie sollten wissen, dass dieser Kras bei mir im Büro war und rumgemeckert hat. Er hat gesagt, der Herr Direktor muss schon selbst kommen und ihn kündigen. War ziemlich unverschämt. Und dann haben sich die Männer vor der Arbeit quatschend zusammengerottet. Aber jetzt arbeiten sie.«

»Du hast dich dagegen verwahrt?«

»Ja«, murmelte Nilsson und starrte zu Boden.

»Was stehst du hier herum?«, brummte Direktor Rader. »Setz dich doch, verdammt noch mal!«

Nilsson plumpste in den Besuchersessel. Über ihm thronte Rader hinter seinem Schreibtisch.

»Kras war also hier und ist dich grob angegangen«, sagte er. »Aha. Aber ich sage dir, dass ich ihn überhaupt nicht kündigen werde, solange er ordentlich arbeitet. Ich werde mich großmütig zeigen, auch wenn er so viel Ärger macht.«

Nilsson war nicht wohl dabei, dennoch musste er die Frage stellen, die ihn beschäftigte.

»Ist wirklich er das gewesen?«

»Was?«

»Ja, also ... das mit diesem Schreiben, meine ich.«

»Selbstverständlich war er das. Oder glaubst du, dass ich mit Unterstellungen daherkomme? Es war von meiner Seite reine Rücksicht, dass ich ihn nicht namentlich genannt habe. So wie er das getan hat.«

»Aber er ist ja keiner von denen, die unterschrieben haben.«

»Natürlich nicht. So dumm ist er nicht. Was dahintersteckt, sieht man oft nicht. Das solltest du wissen.«

»Ja.«

Nilsson spürte, dass Rader über Bertil Kras' morgendlichen Besuch gerne mehr gewusst hätte, sich aber nicht übermäßig interessiert zeigen wollte. Was Rader dann sagte, bestätigte diesen Eindruck.

»Jetzt haben wir dafür aber keine Zeit. Jetzt müssen wir uns überlegen, was wir gegen die ständigen Verspätungen bei den Lieferungen nach Gävle tun können. Ich frage mich, ob wir uns nicht andere Fahrer suchen sollten. Seit Wochen sind sie kein einziges Mal pünktlich gewesen.«

»Die Straßen sind schlecht«, nuschelte Nilsson.

»Sprich ein wenig deutlicher«, sagte Rader irritiert. Als Nilsson die Veränderung in seiner Stimme bemerkte, richtete er sich im Sessel auf.

»Die Straßen sind in einem schlechten Zustand«, sagte er.

»Das sind doch alles Ausreden. Nein, die Fahrer nutzen uns in dieser Zeit des Jahres immer aus. Da trödeln sie herum, um mehr Stunden bezahlt zu bekommen. Aber ich denke nicht im Traum daran, dafür zu bezahlen, dass nicht Frühling ist. Sobald sie wieder mehr zu transportieren haben, klappt das, und keiner redet mehr von schlechten Straßen.«

»Mag sein«, sagte Nilsson und stand auf. »Ich muss die Unterlagen holen.«

»Wir machen das nach dem Mittagessen. Ich habe jetzt noch ein paar andere Dinge zu erledigen. Und sag mir sofort Bescheid, falls dieser Kras wieder Ärger macht. Dann fliegt er unverzüglich raus.«

Nilsson nickte. Als er die Tür hinter sich schloss, fühlte er sich noch unwohler. Er ging auf die Toilette, klappte den Deckel herunter, setzte sich hin und zündete sich eine Zigarette an.

Über eine Viertelstunde blieb er sitzen, ehe er in sein Büro zurückkehrte.

Während er sich über seine Papiere beugte, kam er sich plötzlich feig und schwach vor. Er schnitt eine Grimasse und kaute auf seinem gelben Bleistift herum. Er wünschte sich, bald Rentner zu sein.

Seine Unlust hielt den ganzen Tag an.

Unmittelbar nach der Arbeit ging Bertil ins Gemeindehaus, um die Mäntel abzuholen. Zuerst versuchte er es am Haupteingang, doch der war mit einem in die Jahre gekommenen Vorhängeschloss versperrt. Dann ging er in den Hof und rüttelte an mehreren Hintereingängen. Er überlegte, ob er den Hausmeister kontaktieren sollte. Die letzte Tür, an der er es probierte, war der Eingang zur Bühne. Er drückte die Klinke hinunter, die Tür ging auf. Er trat ein, tastete sich im Dunkeln voran, und hinter der bemalten Kulisse wusste er plötzlich, wo er war. Mit den Fingerspitzen strich er über die verstaubte Leinwand, die herb und muffig roch. Er folgte ihr und stand auf der Bühne. In der Kammer des Filmvorführers brannte Licht. Bertil blieb stehen und ließ den Blick über den leeren Zuschauerraum gleiten. Die Bänke waren wieder an ihren Plätzen, offenbar wurde am Abend ein Film gezeigt. Vom Plakat glaubte er sich zu erinnern, dass es ein Western war.

In einer plötzlichen Eingebung öffnete er den Mund und stieß einen Schrei aus. Er stand zum ersten Mal auf einer Theaterbühne, und der Ton lief im Kreis die Wände entlang. Er trat nach vorn an die Rampe, sie war viel höher, als er gedacht hatte. Also ging er zu der kleinen Holztreppe, die ins Parkett hinabführte. Die Treppe knarzte unter seinen Schritten. Dann wandte er sich in Richtung Foyer. Beim Gedanken an die Ereignisse des gestrigen Abends erschauderte er. Vorsichtig stieß er eine der Foyertüren auf.

Die Putzfrau und Bertil entdeckten einander im selben Moment. Sie kniete putzend vor der Damentoilette. Beide fuhren zusammen.

»Entschuldigung«, sagte Bertil. »Ich wusste nicht, dass jemand hier ist.«

Die Putzfrau, die schon älter war, blieb auf den Knien und richtete den Rücken auf.

»Was machen Sie hier?«, sagte sie energisch.

»Ich will nur meinen Mantel holen. Ich habe ihn gestern Abend hiergelassen.«

Sie sah ihm ins Gesicht.

»Ach, du bist das«, sagte sie und stand auf. Sie warf den Putzlappen in den Eimer, trocknete sich die Hände an ihrer dunkelblauen Schürze ab und ging auf Bertil zu.

»Du hast also die Prügel bekommen?«, fragte sie.

Bertil war von ihrer direkten Art überrumpelt. Noch bevor er eine Antwort herausbrachte, fuhr sie fort:

»Solche Schlägereien sind einfach idiotisch. Ich habe das Blut dort von der Treppe gewischt. Das hab ich zwar schon oft gemacht, aber es ist jedes Mal wieder scheußlich.«

Während sie sprach, tastete sie unter der Theke bei der Garderobe nach einem Schlüssel.

»Die Mäntel habe ich eingesperrt«, sagte sie. »Der andere war doch der von deiner Freundin?«

»Ja«, antwortete Bertil. Eine eigentümliche Wärme stieg in ihm auf, als sie von Margot als seiner Freundin sprach.

Mit dem Schlüssel öffnete sie einen Schrank neben der Herrentoilette und nahm zwei Kleidungsstücke heraus.

»Die hier?«

Bertil nickte und nahm ihr die Mäntel ab.

»Sie ist kleiner als du«, sagte die Putzfrau und grinste. »Ich heiße Elna«, fügte sie hinzu. »Elna Andersson.«

»Ich heiße Bertil Kras.«

»Mit den Jahren habe ich einiges gelernt«, sagte sie. »Ich putze hier schon lange. Jacken bleiben oft hängen. Da kann man sich dann seinen Reim drauf machen. So wie gestern. Blutflecken auf der Treppe und zwei Mäntel dicht nebeneinander. Da hat es jemand übel erwischt, seine Freundin hat ihm hinausgeholfen, und an die Garderobe haben sie nicht mehr gedacht. Oder es sind zwei Mäntel übrig, weit voneinander entfernt. Dann waren vielleicht zwei so glücklich miteinander, dass sie alles um sich herum vergessen haben. Man sieht auch viel Trauriges. Einen Mantel einsam in einer Ecke. In den Taschen sind Löcher, und der Aufhänger ist abgerissen. Am schlimmsten aber war ein leichter Mantel nach einer Tanzveranstaltung im Frühling. Ganz hinten hing er. In einer der Taschen steckte ein blutiges Taschentuch. Nie ist jemand gekommen und hat ihn abgeholt. Die junge Frau, der er gehörte, kann höchstens siebzehn gewesen sein.«

Während sie erzählte, betrachtete Bertil ihr Gesicht. Ihre Augen waren von einer Klarheit, die ihm gefiel. Ihre Stimme war weich, aber entschlossen. Ununterbrochen wischte sie ihre Hände an der dunkelblauen Schürze ab. Die Gummigaloschen an den Füßen hatte sie aufgeknöpft. Graue Wollsocken hingen darüber.

»So ist das also«, sagte sie und lächelte Bertil an. Ihre Zähne waren schwarz. Beim Gedanken, wie eitel er selbst sich benommen hatte, als er im Spiegel seine Plomben zu verbergen suchte, genierte er sich plötzlich.

»Wenn man das hier eine Zeit lang macht, weiß man, wie ein Tanzabend verlaufen ist oder ob den Leuten der Film gefallen hat«, fuhr sie fort. »Beim Aufräumen kann ich Spuren verfolgen. Aus dem Abfall erfahre ich, wie es den Leuten geht.«

Bertil lächelte. Gerne hätte er sie umarmt.

»Du machst einen netten Eindruck«, sagte sie. »Und von hier bist du auch nicht. Bei uns sagt man immer, dass es in den Großstädten so viel Böses gibt. Hier gibt es davon aber auch eine ganze Menge. Ich weiß, wovon ich rede. Ich bin hier zur Welt gekommen und lebe seit fünfundfünfzig Jahren hier. Da werde ich es wohl wissen.«

»Bestimmt«, sagte Bertil.

»Und dich verprügeln sie, weil man ihnen weisgemacht hat, du seist hierhergekommen, um Schwierigkeiten zu machen. Ich weiß das. Scher dich nicht darum. Wenn du dir sicher bist, dass du nichts Unrechtes getan hast, solltest du dich nicht beugen.« Sie verstummte plötzlich und sah Bertil mit zugekniffenen Augen an.

»Hast du es eilig?«, wollte sie wissen.

»Nein, nicht besonders.«

»Dann werde ich dir etwas zeigen. Komm mit.«

Mit kurzen, schnellen Schritten ging sie zur Treppe.

»Du musst dich allerdings überwinden, wieder über die Stiege zu gehen«, sagte sie. »Die Mäntel kannst du dort hinlegen.«

Sie zeigte neben den Ticketschalter.

Bertil legte die Mäntel ab und folgte ihr. Im ersten Stock ging sie hinter den Schanktisch.

»Gleich wirst du es sehen«, sagte sie und öffnete eine Tür, die Bertil zuvor nicht bemerkt hatte. Sie machte das Licht an und ließ Bertil eintreten.

Es war eine kleine Abstellkammer. Schadhafte Kinobänke, Rollen von Filmplakaten, Kaffeekartons und weiteres Gerümpel lagen unter einer dicken grauen Staubschicht auf dem Boden.

»Dort«, sagte sie und zeigte mit dem Finger.

Bertil sah eine gerahmte Fotografie, die schief in der Ecke lehnte. Er ging in die Hocke, um sie zu betrachten. Sie blieb dicht hinter ihm stehen.

»Sieh genau hin«, sagte sie.

Es war ein altes, vergrößertes Foto, das ein Gebäude im Bau

zeigte. Neben dem Fundament stand der Bautrupp. Es musste in den ersten Frühlingswochen aufgenommen sein. Vor den Arbeitern sieht man zwischen den Schubkarren und einem Haufen von Ziegelsteinen Schneereste. Etwa fünfzehn Männer starren in die Kamera, die etwas erhöht zu stehen schien. Sie tragen graue Westen und Arbeitsmützen. Alle Altersstufen sind vertreten, von ein paar bleichen kleinen Jungen bis zu bärtigen Greisen mit langen Lederschürzen.

»Sie alle hier«, sagte sie, »haben dieses Haus gebaut. Die Arbeiterpartei hat den Fotografen bezahlt und den Beschluss gefasst, dass das Foto in einem der Räume hier einen Ehrenplatz bekommen soll. Das Bild hing recht lange. Jetzt aber steht es da in der Ecke. Und weißt du, was stattdessen an der Wand hängt? Ein Bild vom König. Mit all seinen Orden. Dafür gab es vor sieben oder acht Jahren ebenfalls einen Beschluss des Vorstands.«

Bertil richtete sich auf.

»Damals bin ich aus der Arbeiterpartei ausgetreten«, sagte sie. »Da konnte ich nicht mehr Mitglied bleiben.« Sie beugte sich hinunter und nahm die Fotografie in die Hand.

»Komm, hier ist Licht«, sagte sie und ging zur Tür. Bertil folgte ihr. Sie zeigte auf einen der Männer in der hintersten Reihe. Er war zur Hälfte von der Schulter des Vordermannes verdeckt.

»Das da«, sagte sie, »ist Jonas, mein Mann. Hat als Flößer gearbeitet. Als sie verkeilte Baumstämme lossprengen mussten, ist er abgerutscht. Nur seine Mütze brachten sie mir nach Hause. Er ist einer der wenigen Flößer, die man nie fand. Andere sind unten bei der Pfadfinderhütte in der Flussbiegung hängengeblieben, Jonas nicht. Wir hatten nicht einmal Zeit, Kinder zu bekommen.«

Sie stellte das Foto wieder zurück und wischte sich den Staub von den feuchten Fingern. Dann lächelte sie Bertil an.

»Das war's, was ich dir zeigen wollte«, sagte sie. »Jetzt musst du aber deiner Freundin den Mantel bringen, und ich muss weiterarbeiten.«

Sie stiegen die Treppe hinunter. Bertil nahm die beiden Mäntel, nickte zum Abschied und durfte den Haupteingang benutzen. Er trug die Mäntel den gesamten Weg zur Konditorei über dem Arm. Erst dort schlüpfte er in seinen.

Als er eben die Tür öffnen wollte, beschloss er, den hinteren Eingang zu nehmen. Margot hatte erwähnt, Kronberg sei zwischen fünf und acht Uhr selten im Café. Er konnte also zu Margot in die Küche gehen, ohne an den Gästen vorbeizumüssen.

Bertil nahm den Weg durch den Gastgarten. Die weißen Gartenmöbel waren unter einer zerrissenen Plane neben den Mülltonnen gestapelt. Er ging vorsichtig durch den Schnee zur Küchentür. Durch die Wand hörte er die Jukebox wimmern.

Als er die Tür öffnete, schlug ihm die Wärme entgegen. Die Küche war leer, nur die Kaffeemaschinen blubberten. Neben der Registrierkasse lag Rubinchen in ihrem Korb. Sie war wach und spielte mit ihren Holzpferden. Bertil gab acht, nicht in ihr Blickfeld zu treten, damit sie nicht zu schreien begann. Als er über eine Zuckerkiste stieg, stieß Margot die Schwingtür mit dem Fuß auf und kam mit einem Tablett voller Kannen und Tassen herein. Vor Schreck hätte sie beinahe das Tablett fallen gelassen. Bertil stolperte und prallte im Sturz gegen den Eisenherd. Er stieß sich die linke Schulter und blieb in Margots Mantel verheddert am Boden sitzen. Margot stellte das Tablett neben die Spüle und ging zu ihm.

»Hallo«, sagte sie und nahm ihm den Mantel ab. Er stand auf und bürstete sich die Hosenbeine ab.

»Ich habe die Mäntel geholt«, sagte er. »Die Putzfrau hat sie mir gegeben.«

Margot hängte den Mantel neben die Tür. Bertil stand unbeholfen in der Mitte der Küche.

»Sieht gar nicht so schlimm aus«, sagte sie.

»Nein. Ist so weit ganz gut.«

Schweigen.

»Ich hatte vor, meinen Mantel selbst abzuholen.«

»Ach ja?«

»Nach der Arbeit. Ich habe heute um acht Schluss. Dann kommt Kronberg.«

»Verstehe.«

»Ein Glück, dass sie noch da waren. Der Mantel ist nämlich fast neu.«

Wieder schwiegen sie.

»Willst du eine Tasse?«

»Ja … Hast du Zeit dafür?«

»Heute ist nicht so viel los.«

»Kann ich ihn hier bei dir trinken?«

»Klar. So war's gedacht.«

»Ich dachte, du meinst drinnen.«

»Nein. Setz dich hierhin.«

Sie zeigte auf einen Stuhl neben der Registrierkasse. Bertil ließ sich vorsichtig nieder, als wäre er besorgt, der Stuhl könnte entzweibrechen.

»Einen Moment musst du noch warten«, sagte Margot, während sie schnell eine Bestellung auf ihrem Serviertablett vorbereitete. Kaffeetassen, Löffel, Kaffeekanne, Zucker, Sahne, zwei süße Hefebrötchen und ein Glas Wasser. Sie nahm das Tablett in die Hand und stieß die Tür zum Gastraum auf. Bertil hörte die Jukebox, eine Melodie, die er vom gestrigen Tanzabend zu kennen glaubte. Margot war rasch wieder zurück, machte Bertil eine Tasse Kaffee und reichte sie ihm.

»Das ist wieder typisch«, sagte sie. »Jetzt strömen auf einmal die Gäste herein. Kannst du noch bleiben?«

Bevor Bertil antworten konnte, war er wieder allein. Er hielt die Tasse und wechselte einen Blick mit Rubinchen, die brav im Korb lag, ein Holzpferd in jeder Hand. Margot erschien ihm ganz anders, hier bei der Arbeit. Er hatte das Gefühl, im Weg zu sein, und wollte am liebsten weg.

Margot musste eine ganze Weile zwischen Küche und Gastraum hin und her laufen, bevor sie kurz bei Bertil verweilen konnte. Er hatte den Kaffee ausgetrunken und die Tasse in die Spüle gestellt.

»Musst du auch den Kaffee kochen?«, fragte er unbeholfen.

»Wer sonst?«, sagte Margot und lächelte. »Ich mache alles selbst. Vom Kaffeekochen bis zum Abwasch.«

Bertil nickte.

»Wirkt anstrengend. Von dieser Seite habe ich das noch nie betrachtet.«

»Nein. Es gibt einige, denen es nicht schaden würde, hier mal einen Einblick zu bekommen. Manche sind so ungeduldig, dass sie ihre Bestellung auf dem Tisch haben wollen, noch bevor sie richtig sitzen. Aber jetzt habe ich eine kleine Verschnaufpause.«

Sie kniete sich neben Rubinchens Korb. Bertil saß da und überlegte, was er sagen könnte. Er strich sich vorsichtig über die geschwollenen Lippen und atmete durch die Nase, um die verstopften Luftwege frei zu bekommen. Margot sah, wie er schnaufte, und legte die Stirn in Falten.

»Wie geht es?«, sagte sie.

»So einigermaßen. Es brennt nur ein wenig.«

Margot stand auf und richtete sich die Schürze.

»Es ist wohl keine besonders gute Idee, wenn Kronberg dich hier sitzen sieht. Mir macht es nichts aus, aber er ist damit vielleicht nicht einverstanden. Kannst du nicht Rubinchen nehmen und zu mir nach Hause gehen? Ich komme ja bald nach.«

Bertil war überrascht, mit welcher Sicherheit sie ihm den Vorschlag machte. Er erhob sich und blickte vom Korb zu Margot, die es eilig zu haben schien.

»Schaffe ich das denn?«, fragte er.

»Hier hast du den Schlüssel«, sagte Margot und gab ihm ihre Hausschlüssel. »Sie ist wirklich brav. Wenn sie zu weinen anfängt, nimmst du sie einfach eine Weile auf den Arm. Ich bin ja bald da. Du darfst sie bloß nicht fallen lassen. Aber so ungeschickt wirst du schon nicht sein. Du weißt ja, wie es sich anfühlt, wenn man auf die Nase fällt. Kleiner Scherz.«

»Dann werde ich wohl den Versuch wagen«, sagte Bertil.

»Findest du den Weg?«

»Ja, ich denke schon.«

Bertil nahm den Korb mit Rubinchen und ging.

21.

Rubinchen schlief ein, kurz nachdem Bertil sie in Margots Wohnung hinaufgetragen hatte. Er hatte den Eindruck, dass bei Margot alle Möbel und Kleider, die Vorhänge und Lampen frisch gewaschen rochen. Bertil setzte sich aufs Sofa und stellte fest, dass ihm die Wohnung vom Vorabend nicht in Erinnerung geblieben war. Er nahm ihren Taschenspiegel, der auf dem Tisch lag, und richtete die Lampe so ein, dass er sein Gesicht betrachten konnte. Mit den Fingerspitzen tastete er es ab. Die blauen Flecken hatten einen dunkleren Ton angenommen und waren deutlich empfindlicher als vorher. Einen Moment war er in Sorge, das Nasenbein könnte vielleicht doch gebrochen sein, aber dann hätte er viel stärkere Schmerzen haben müssen. Er erinnerte sich nur dunkel an den verstauchten Knöchel bei der Lieferfirma, dafür umso besser an das Wartezimmer des Arztes und die Illustrierte, die ihn hierhergeführt hatte. Das schien eine Ewigkeit her zu sein.

Schließlich kam Margot nach Hause.

»Wie läuft's bei euch?«, fragte sie.

»Sie schläft«, sagte Bertil. »Sie hat fast die ganze Zeit geschlafen.«

»Da siehst du's«, sagte Margot aus der Küche, während sie den Mantel auszog. »Möchtest du Tee?«

»Ja, aber nur, wenn du für dich ohnehin welchen machst.«

»Ich trinke abends immer Tee«, sagte sie und füllte den Kessel mit Wasser.

Bertil stand auf und ging zu ihr in die Küche. Er nahm die Tassen und trug sie auf den Tisch im Wohnzimmer, das zugleich Schlafzimmer war.

»Bist du hungrig?«, fragte Margot.

»Ja, tatsächlich.«

»Ich auch. Ich mache uns Brote. Magst du Leberwurst?«

»Klar. Ich bin nicht wählerisch.«

»Das ist gut.«

Bertil hatte plötzlich das Gefühl, als würde er mit Margot in dieser Wohnung schon sehr lange zusammenleben. Alles schien auf selbstverständliche Weise vertraut.

Schweigend tranken sie ihren Tee. Bei der zweiten Tasse zog Margot ihre Zigaretten hervor und begann zu reden.

»Ich komme kaum zum Rauchen. Aber vielleicht ist das ja nur gut. Billiger ist es in jedem Fall. Hast du bemerkt, ob Rubinchen nass ist?«

»Ich weiß es nicht.«

»Nein, natürlich nicht. Sie lag ja die ganze Zeit im Korb. Aber wenn sie nicht geweint hat, ist es gut. Willst du noch etwas essen?«

Bertil schüttelte den Kopf.

»Mehr Tee?«

Sie tranken noch einige Tassen Tee, bevor sie zu Bett gingen. Ohne ein Wort zu sagen, standen sie auf und machten sich für die Nacht fertig. Margot knipste das Licht aus und schlüpfte ins Bett, während Bertil sich in der Küche wusch. Dann kroch er neben Margot unter die Decke. Sie hatten alle Lampen ausgemacht.

Langsam näherten sie sich einander. Wortlos tasteten sie sich in der Dunkelheit des warmen Bettes vor.

Nachher, als sie in seinem Arm lag, flüsterte er, dass er sie sehr gernhabe, und sie strich ihm behutsam über die Brust und wiederholte seine Worte. Lange lagen sie so da.

Margot schlief als Erste ein, während Bertil noch eine Weile wach lag.

22.

Tags darauf fingen sie an, ein gemeinsames Leben aufzubauen. Immer öfter ging Bertil von der Arbeit direkt in Margots Wohnung, und sie konnte Rubinchen zu Hause lassen, anstatt sie in die Konditorei mitzunehmen. Ihr Zusammensein, mit dem Kind als Mittelpunkt, war von Wärme und Vertrauen geprägt. Bertil dachte oft, dass er ohne Margot und Rubinchen in dem Marktflecken bestimmt nicht hätte bleiben können. Die Gerüchte, die über ihn in Umlauf waren, quälten ihn nach wie vor, auch wenn sie nie mehr solche drastischen Folgen hatten. Doch überall war er misstrauischen Blicken ausgesetzt, überall schien ihm, als würden hinter seinem Rücken Zeichen gemacht. Er zog die Schultern hoch und hielt den Blick geradeaus, sobald er durch den Ort ging oder ins Lebensmittelgeschäft kam.

Die Monate vergingen. Der erste Winter, den Bertil hier verbrachte, lockerte allmählich seinen eisernen Griff. Jeden Sonntag gingen die drei spazieren und glaubten, den zaghaft nahenden Frühling bereits zu erahnen.

Der Erste Mai brachte kaltgraues, unfreundliches Wetter. Als Bertil aufwachte, saß Margot auf der Bettkante und hatte begonnen, ihm vorsichtig Malerfarbe von den Fingern zu reiben. Es roch nach Nitroverdünnung, und als er verwundert die Augen aufschlug, lächelt sie ihn an.

»Ich habe gesehen, dass du sowieso gleich aufwachen wirst. Du hast die Nase gekräuselt.«

»Kann man das, die Nase kräuseln?«, murmelte er.

»Du jedenfalls schon«, sagte sie. »Kaffee ist fertig. Sara war bereits hier und hat Rubinchen geholt.«

Bertil richtete sich im Bett auf und rieb sich mit der freien Hand die Augen.

»Sara?«

»Kronbergs Tochter. Sieh jetzt zu, dass du wach wirst.«

Bertil schüttelte den Schlaf ab und blinzelte zum Wecker hinüber. Es war halb zehn.

»Halb zehn?«, sagte er, als könne er es nicht glauben. »So lange habe ich geschlafen?«

»Du bist ja nicht vor drei ins Bett gekommen«, antwortete sie. »Ich dachte, du sollst endlich einmal ausschlafen können.«

Bertil blickte sie an. Dann zog er die Hand zurück, die sich von dem Lösungsmittel kalt anfühlte, und sprang aus dem Bett.

Er ging zum Fenster und öffnete das Rollo. Schwere Wolken hingen am Himmel, und das Thermometer zeigte neun Grad plus.

»Hundserbärmliches Frühlingswetter«, sagte er und lief in die Küche, um sich Gesicht und Brust zu waschen. Margot legte ihm ein frisches Handtuch und saubere Unterwäsche zurecht. Sie summte vor sich hin, setzte sich an den Tisch und sah ihm zu.

»Nach dem Kaffee musst du dich rasieren«, sagte sie, nachdem er sich angezogen und zu ihr gesetzt hatte. In der Mitte des Tisches stand eine angeschlagene Tasse mit Huflattich.

»Die hat Sara mitgebracht. Sind hübsch, nicht?«

Bertil nickte.

»Eigentlich sollten sie rot sein. Aber sonst, ja.«

Er nahm mehrmals von den Broten und trank drei Tassen Kaffee. Währenddessen musterte Margot seine Haare.

»Ist etwas nicht in Ordnung?«

»Ich sollte dir die Haare schneiden. Sie stehen in alle Richtungen.«

»Ich habe mich ja auch noch nicht gekämmt.«

»Das ändert nicht viel. Ich habe aber keine gute Schere. Nimm ein wenig Haarwasser.«

Bertil zog seinen guten Anzug an, den er erst seit ein paar Monaten besaß. Er griff in die Sakkotaschen und fand sein Postsparbuch.

»Ach, hier ist es?«, sagte er verwundert.

»Du warst doch Geld abheben, als du den Anzug gekauft hast«, antwortete sie. »Danach hast du es nicht mehr gebraucht.«
Bertil legte das Sparbuch in die Küchenschublade und stellte sich im Vorzimmer vor den Spiegel, um die Krawatte zu binden. Dann kämmte er sich und zeigte sich Margot. Sie richtete ihm den Kragen und sagte, er müsse noch seine Schuhe putzen.

»Ist das wirklich nötig?«, fragte er. »Bei diesem Wetter?«

»Und wenn es besser wird?«

Brummend nahm er die Bürste und die braune Schuhcreme aus dem Putzschrank.

»Leg eine Zeitung drunter«, sagte Margot.

Bertil grinste und tat, was sie sagte. Er breitete eine Zeitung über seinen Oberschenkel und stellte den linken Schuh darauf. Direktor Rader präsentierte auf der Seite den neuen Lastwagen des Sägewerks. Bertil schnitt eine höhnische Grimasse und wies mit dem Zeigefinger auf einen Punkt etwa zwanzig Zentimeter außerhalb der Seite.

»So groß müsste das Foto sein, damit ich ebenfalls drauf gewesen wäre. Ich oder einer der anderen Arbeiter. Nilsson musste natürlich in der Nähe herumscharwenzeln. Ist das nicht sein Fuß da im Bild? Das sähe ihm ähnlich.«

Margot hatte das Radio eingeschaltet, ein Männerchor sang ein deutsches Arbeiterlied. Sie und Bertil summten mit.

»Weißt du was?«, sagte sie, als das Lied zu Ende war. »Ich gehe mit.« Bertil fiel vor Verwunderung beinahe die Schuhbürste aus der Hand.

»Ich gehe mit«, sagte sie noch einmal. »Seit einigen Tagen denke ich darüber nach, und ich habe mich dazu entschlossen.«

Langsam breitete sich ein Lächeln auf Bertils Gesicht aus.

»Eine bessere Nachricht kann es gar nicht geben«, sagte er und stellte den zur Hälfte geputzten Schuh weg. Dann zog er Margot von ihrem Stuhl hoch und umarmte sie so fest, dass sie kaum mehr Luft bekam. Er fasste sie bei den Schultern und sah ihr in die Augen.

»Das ist gut, Margot.«

Um Viertel nach zwölf machten sie sich auf den Weg. Der Sturm zerrte an ihrer Kleidung, und Margot hielt ihr blaues

Kopftuch fest. Sie kämpften sich bei Gegenwind Richtung Bahnhof hinauf.

»Warum trefft ihr euch dort?«, rief sie laut.

»Für die Kommunisten hier im Ort war die Eisenbahn immer der wichtigste Arbeitsplatz«, antwortete er. »Bist du nervös?«

»Ein wenig. Du musst an meiner Seite bleiben.«

»So viele, dass wir einander verlieren könnten, werden wir wohl nicht sein«, sagte er. »Wann kommt diese Sara mit Rubinchen zurück? Haben wir Zeit, noch essen zu gehen?«

»Das können wir uns nicht leisten.«

»Leisten können wir uns ohnehin gar nichts. Da können wir das Geld ebenso gut verfressen«, antwortete er und hakte sich bei ihr unter. »Aber zumindest Fahnen wird es heute geben.«

Die Sozialdemokraten würden ihren Treffpunkt wie gewohnt auf dem Sandplatz vor der Volksschule haben. Zwischen den Versammlungsorten beider Demonstrationszüge lagen nur ein paar Häuserblocks. Auf ihrem Treffen am Abend zuvor hatten die Kommunisten beschlossen, den anderen Zug abzuwarten. Dann würden sie den Gemeindepark erreichen, wenn die Sozialdemokraten gerade ihre Reden hielten. Einige meinten, dies mache die Sache unnötig kompliziert, aber Svante Eriksson und seine Mutter waren auch dafür, und das gab den Ausschlag.

Vor dem Bahnhofskiosk standen etwa fünfzehn Personen. Bereits aus der Ferne erkannte Bertil alle Anwesenden. Zum ersten Mal fühlte er sich im Ort einer Gruppe wirklich zugehörig. Er und Margot wurden von weitem winkend empfangen, und Margot griff fester nach Bertils Unterarm.

In der Mitte stand Eisenwarenhändler Erik Enström, der Vorsitzende der Ortsgruppe. Er war groß, von kräftiger Statur und unwirscher Entschlossenheit. Als er sah, dass Bertil und Margot sich durch den Wind herankämpften, nickte er beifällig.

Bertil hatte Enström in seiner Eisenwarenhandlung besucht, gleich nachdem er im Sägewerk zu arbeiten begonnen hatte. Er war kurz vor Ladenschluss aufgetaucht. Sie hatten im kleinen Büroraum hinter dem Geschäftslokal gesessen, und Bertil hatte erklärt, dass er mit der Partei sympathisiere und gern aktives Mitglied werden wolle. Enström hatte wortlos zugehört. Danach war Bertil mehrere Abende hintereinander in den Laden gekommen, und über die Arbeit für die Partei hinaus hatte sich zwischen ihm und dem griesgrämigen Eisenwarenhändler eine Freundschaft entwickelt. Sie gingen gemeinsam zum Eisangeln, streiften durch die Wälder und saßen abends lange in dem kleinen Raum hinter dem Eisenwarengeschäft beisammen und unterhielten sich. Enström, der auch Leiter der freiwilligen Feuerwehr im Ort war, schien fast nie nach Hause zu gehen. Er wohnte mit seiner Frau Linnea in einem Einfamilienhaus einige Kilometer außerhalb. Die beiden waren kinderlos. Bertil hatte manchmal das Gefühl, dass Enström sein Zuhause mied. Er fragte aber nie nach, über private Dinge sprachen sie selten. Hin und wieder dachte Bertil, dass dies sogar die eigentliche Voraussetzung ihrer Freundschaft war.

Bertil und Margot gingen auf Enström zu, der den Kopf eingezogen hatte.

»Der Wind pfeift«, sagte Bertil.

»Gut für die Fahnen«, sagte Enström. »Hallo, Margot.«

Sie waren übereingekommen, dass Enström ein paar Worte sagen sollte, bevor sich der Zug in Bewegung setzte. Auch die Fahnen und Plakate, die an der einsamen Birke neben dem Kiosk lehnten, sollte er verteilen.

Punkt ein Uhr war Blasmusik vom Sandplatz vor der Volksschule zu hören.

»Nun macht sich das Familienquartett auf den Weg«, sagte

Enström mit lauter Stimme. Er wartete, bis die Musik schwächer wurde, ehe er weitersprach. Er war auf einen Fahrradständer geklettert.

»Genossen«, brüllte er. »Wir sind nicht viele, aber im Gegensatz zu den Sozialdemokraten sind alle von uns hier. Und das ist eine Stärke. Es bedeutet, unsere Politik ist nach wie vor lebendig und keine leere Routine. Das soll man unserer Abordnung auch ansehen. Wir fünfzehn werden ihnen genau dies zeigen. Wir wissen, dass im Zug der anderen viele Menschen schwanken. Viele, die dort mitgehen, gehören eigentlich zu uns. Unserer Partei weht ebenso viel Wind entgegen, wie hier bläst. Doch dieser Wind lässt nach. Wir Kommunisten wissen das. Dazu müssen wir nicht erst den Wetterbericht hören.«

Er machte eine Pause und strich sich die Haare aus dem Gesicht.

»Ich wiederhole noch einmal, wie es ablaufen soll«, fuhr er fort. »Wenn wir den Park erreichen, stellen wir uns hinter den Sozis in einer Reihe auf. Dort bleiben wir mit den Bannern stehen, bis sie auseinandergehen. Da das Wetter so schlecht ist, wird das recht schnell passieren. Ich halte dann eine kurze Rede, aber erst, wenn sie weg sind, und das war's. Eine Sache noch: Alle, die möchten, lade ich danach bei mir zum Kaffee ein. Das wird nicht der übliche Kirchenkaffee. Vor ein paar Tagen habe ich einige Grammofonplatten mit Reden von Lenin bekommen. Lenin selbst spricht. Es gibt dazu auch Übersetzungen. Ich denke, es ist interessant, ihm zuzuhören. Die Aufnahmen sind von 1921. Ihr seid also alle willkommen.«

An dieser Stelle wurde er von Applaus unterbrochen, der im Wind verhallte.

»Ich glaube, wir können jetzt gehen. Lasst uns jeweils zu viert marschieren, auch wenn es so nur wenige Reihen werden. Es sieht besser aus. Wer eine Fahne trägt, der geht vorne. Dann haben wir noch Plakate für alle. Und denkt daran, wir sind es, die die wirkliche Arbeiterbewegung repräsentieren. Noch sind wir nicht so viele, aber es werden mehr und mehr. Das war's fürs Erste.«

Der kleine Trupp formierte sich. Bertil, der eigentlich in der ersten Reihe eine der Fahnen tragen sollte, tauschte mit einem Waldarbeiter namens Kullberg Platz, da Margot unbedingt neben ihm gehen wollte. Als ihr Bertil ein Plakat in die Hand drückte, nahm sie es nur zögernd.

»Hier steht, wir kämpfen weiter gegen den Faschismus, das heißt, irgendwelche Nazis dürfen hier nicht wieder frech werden. Dafür bist du sicher auch«, sagte er. Er selbst trug ein Plakat mit der Aufschrift, die Volksheimphilosophie der Sozialdemokraten sei nichts anderes als eine Verkleidung bürgerlicher Politik. Das Wort »prachtbürgerlich« auf dem Plakat hatte am Abend zuvor eine lange Debatte hervorgerufen. Enström und Svante fanden, das sei ein unklarer Ausdruck, während Bertil und vor allem Nils-Erik Erlandsson es für gut hielten. Entschieden wurde die Sache durch den Einwurf Erlandssons.

»Alle, die nur nach bürgerlicher Pracht schielen, wissen verdammt noch mal, was das Wort bedeutet. Und deshalb sagen wir ihnen, was wir davon halten.«

Danach hatte er ohne weitere Diskussion einen Pinsel genommen und das Wort in großen Schwüngen aufzumalen begonnen. Dabei beeilte er sich so, dass ihm ein Rechtschreibfehler unterlief und er von neuem beginnen musste. Erlandsson sprach selten mehr als das, was absolut notwendig war. Dennoch, oder vielleicht gerade deshalb, schwiegen alle, wenn er etwas sagte. Er strich sich dabei über die Hosenbeine, als wolle er sich die Hände abtrocknen. Sein singender Dialekt verriet seine finnische

Herkunft. Als nach dem Bürgerkrieg 1918 die Weißen massenhaft die Roten abschlachteten, war Erlandsson nach Schweden gekommen, aber er sprach selten darüber. Enström zufolge wurden bei Kriegsende sowohl sein Vater als auch seine Mutter und einige seiner Geschwister hingerichtet.

Zwanzig nach eins setzte sich der kleine Trupp in Bewegung. Der Wind zerrte an den Fahnen, und Margot musste ihr Plakat mit beiden Händen festhalten, damit es nicht davongeweht wurde. Bertil ging neben ihr, und ihr beharrliches Ringen ließ ihn lächeln.

»Es ist gut, dass man es spürt«, sagte er. »Danach fühlt man sich zufrieden. Schade, dass wir so wenige sind, weil es dann mit dem Singen nichts Richtiges wird. Aber dafür werden wir Lenin hören. Ich bin gespannt. Seine Stimme habe ich noch nie gehört.«

Sie bogen in jene Straße ein, auf der kurz zuvor auch die Abordnung der Sozialdemokraten marschiert war. Einige Menschen standen trotz des schlechten Wetters am Straßenrand und sahen zu, wie der kleine Trupp vorbeizog. Vor dem Herrengeschäft entdeckte Margot Kronberg. Sie verhielt den Schritt und stieß dabei Bertil mit dem Plakat an den Kopf. Er blickte sie verwundert an und erkannte dann Kronberg. Als sie an Kronberg vorbei waren, beugte er sich zu ihr und flüsterte ihr ins Ohr:

»Jetzt bist du getauft. Und das gehört zu den allerwichtigsten Dingen.« Wortlos hielt Margot die Stange mit dem Plakat so fest, dass ihre Fingerknöchel weiß hervortraten. Bei Kronbergs Anblick hatte sie Herzklopfen und Angst bekommen. Zugleich war da aber auch ein Gefühl von Freude und Stärke. Zunächst konnte sie das eine vom anderen nicht trennen. Aber als Kronberg aus dem Bild verschwunden war, empfand sie eine seltsame Befriedigung. Instinktiv spürte sie, dass es richtig war, sich dem Aufmarsch anzuschließen. Anfangs hatte sie gedacht, das Entscheidende sei, gemeinsam mit Bertil zu marschieren, doch nach der Begegnung mit Kronberg, den sie als Konservativen kannte, brauchte sie Bertils Nähe nicht mehr unbedingt. Selbst wenn Bertil nicht anwesend wäre, würde sie wohl wieder mitgehen. Als sie zwischen Kirche und Pfarrhof durchzogen, überquerte gerade Probst Lindgren die Straße. Er blieb vor dem Gartentor des Pfarrhofs stehen und hielt den Blick auf die Vorbeiziehenden gerichtet. Er musterte jeden einzelnen und schüttelte den Kopf. Seine Kiefer bewegten sich, als spräche er mit sich selbst.

Svantes Mutter ging neben Bertil. Sie schnaubte in Richtung des Pfarrers.

»Dastehen kann er und den Kopf schütteln«, zischte sie. »Und schaut euch sein Maul an. Ein starkes Vorhängeschloss sollte man ihm da dranhängen. Und die Pfarrersfrau steckt sicher hinter den Gardinen und glotzt zu uns herüber.«

Bertil hörte ihr amüsiert zu. Manchmal wünschte er sich, seine eigene Mutter wäre wie sie gewesen. Sie passierten die Brücke über den Fluss und bogen auf den schmalen Steg ein, der hinüber zu der kleinen Insel mit dem Gemeindepark führte. Margot hatte in den klammen Händen fast kein Gefühl mehr, aber sie hielt das Plakat unvermindert fest. Durch das geschwungene Portal, wo kaputte farbige Glühbirnen von der Stromleitung baumelten, betraten sie den Park. Sie marschierten den Hügel hinauf bis zu einer freien Wiesenfläche, neben der sich der Tanzboden und verschiedene, mit Holzbrettern zugenagelte Stände befanden. Hinter dem Tanzboden fiel der Hügel steil zum Flussbett ab. Das Wasser stand hoch, und wild aufschäumend rauschte der Fluss nach Süden.

Als sie die Kuppe erreichten, verstummte mit einem Schlag der Redner, der auf der Treppe zum Tanzboden stand. Die Zuhörer auf den Bänken davor drehten sich um und betrachteten, wie der kleine Trupp sich zu einer Reihe formierte. Zwischen ihnen und den hinteren Bänken lagen nicht mehr als fünfundzwanzig Meter. Die Parolen auf ihren Plakaten waren für alle sichtbar und gut zu lesen.

Der Redner, der Ortsvorsitzende der Arbeiterpartei, fuhr fort und schrie mit dünner Stimme gegen den Sturm an. Vieles von dem, was er sagte, wurde von den Windstößen verweht, die zwischen den Schuppen auf dem Festgelände hindurchfegten.

Bertils Gedanken schweiften zu jenem Herbsttag zurück, an dem er hier über das verlassene Gelände gestreift war. Er erinnerte sich, wie er in der Dämmerung auf Lose und anderen Papierabfall trat, der über die Wiese wehte. Unwirklich lange schien das her. Wieder erfasste ihn das beunruhigende Gefühl, dass die Zeit in rasender Eile an ihm vorüberflog. Er warf einen Blick zu Margot hin, die den aufbrausenden Fluss betrachtete. Zärtlich strich er ihr über den Nacken. Sie drehte langsam den Kopf in seine Richtung und sah ihn an.

»Alles in Ordnung?«, sagte er.

Sie nickte wortlos und wandte sich wieder dem Fluss zu.

Als der Ortsvorsitzende der Arbeiterpartei mit seiner Rede fertig war, erntete er einen kurzen Applaus. Dann spielte die Blasmusik in schleppendem Tempo die Internationale, und der Gesang wurde fast zur Gänze vom Wind davongetragen. Das Lied war kaum zu Ende, als die Anwesenden bereits begannen, sich auf den Ausgang zuzubewegen. Sie mussten an der kleinen Schar auf der Kuppe vorbei. Bertil kam die ganze Szene vor wie in einem Indianerfilm, wenn die Indianer rund um eine Gruppe Soldaten aufmarschiert sind und dort mit zum Boden gewandten Speeren abwartend stehen. Am liebsten hätte er einen Indianerschrei ausgestoßen.

Die sozialdemokratischen Anhänger vermieden es, zu den Kommunisten hinzuschauen. Lediglich Postmeister Overberg schnitt im Vorbeigehen wütende Grimassen. Bertil sah, wie sich Svantes Gesicht verfinsterte. Für einen kurzen Moment dachte er, Svante würde auf Overberg losstürzen. Doch Overberg ging weiter, direkt hinter dem Ortsvorsitzenden der Arbeiterpartei. Wenige Zuschauer waren geblieben und hatten bei den Lotterieständen Schutz vor dem Wind gesucht. Enström ergriff seine Fahne, und die kleine Schar zog Richtung Tanzboden. Enström verzichtete darauf, hinaufzusteigen, und blieb zwischen Bänken und Treppe im Gras stehen. Die anderen stellten sich in einem Halbkreis um ihn auf.

»Wenn ihr direkt vor mir steht, hören die Leute dort bei den Ständen nichts, und das wäre doch schade«, sagte Enström und ging ein Stück zurück. Er zog einen Zettel aus seiner Brusttasche. Seine Stichworte hatte er auf der Rückseite einer Rechnung seiner Eisenwarenhandlung festgehalten. Er räusperte sich, knüllte den Zettel zusammen und begann zu sprechen.

»Genossen«, eröffnete er. »Wir haben gerade gesehen, wie nicht nur die Bürgerlichen, sondern auch die Sozialdemokraten den Arbeitern den Rücken kehren. Der Erste Mai ist der Kampftag der Arbeiterklasse. Die heutige Kundgebung ist die jährliche Musterung unserer Kräfte. Viele klagen darüber, dass die Arbeiterklasse in Sozialdemokraten und Kommunisten gespalten ist, doch das ist falsch. Spaltung ist nicht immer ein Übel, sondern manchmal eine Notwendigkeit. Wie könnten wir mit einer Partei zusammenarbeiten, die die Arbeiter täglich hinters Licht führt? Wir müssen den schwedischen Arbeitern zeigen, wer auf ihrer Seite steht. Noch sind wir wenige, aber wenn die Zeit reif ist, werden wir hier genauso viele wie nötig sein, um den Arbeitern ein für alle Mal die Kontrolle zu geben. Wir haben keine Eile, denn wir wissen, dass wir als Sieger aus diesem Gefecht hervorgehen werden.«

Enström sprach mit klarer und lauter Stimme, und seine Worte reichten bis hin zu den neugierigen kleinen Grüppchen, die sich geduckt im Schutz der Lotteriehütten und Schießstände aufhielten. Er erwähnte die Sowjetunion als das große Vorbild für ihre Partei und gegen Schluss auch China.

»Bald werden auch in China die imperialistischen Klauen ihren Griff lockern müssen und die Kommunisten die Macht übernehmen. Wir wissen nicht im Detail, was dort vor sich geht, doch wohin der Wind weht, daran besteht kein Zweifel. Er weht in unsere Richtung.«

Enström beendete seine Rede, indem er laut die Parolen wiederholte, die auf den Plakaten standen. Dann nahm er noch einmal Haltung an.

»Und zum Schluss will ich betonen, dass mit der alten Wahrheit aus dem Manifest nach wie vor das Wichtigste gesagt ist. Wir Arbeiter oder Proletarier aller Länder müssen uns vereinigen. Es lebe der Kommunismus.«

Er erntete langen Applaus, und Bertil bemerkte, dass einige der Zuhörer bei den Hütten ebenfalls applaudierten.

Nachdem Enström seine Rede beendet hatte, stellten alle ihre Plakate und Fahnen ab und wärmten sich die Hände. Einige holten Zigaretten und Pfeifen hervor. Bertil legte den Arm um Margot, und sie steckte ihre Hand in seine Manteltasche. Erlandsson schlich hinter den Tanzboden, um zu pinkeln. Anscheinend wollten alle zu Enström mitkommen. Bertil sah fragend Margot an.

»Wir gehen doch auch mit?«

»Sicher. Dort gibt es Kaffee. Dann brauchen wir nicht noch etwas essen zu gehen. Es ist besser, wenn wir stattdessen neue Schuhe für Rubinchen kaufen.«

Bertil nickte und rieb ihr den Rücken, um sie zu wärmen und seine steifen Finger zu bewegen.

Erlandsson tauchte von der Rückseite des Tanzbodens her wieder auf. Ein Zipfel seines Hemds hing weiß aus seinem Hosenschlitz. Doch es war sein Gesicht, das alle verstummen ließ. Es war vollkommen fahl und strahlte Entsetzen aus.

Enström begriff als Erster, dass etwas passiert war.

»Was ist los?«, fragte er.

Erlandsson hob die Hand und deutete wortlos nach hinten. Enström verstand und ging an ihm vorbei um den weißen Tanzboden herum. Er kletterte den Steilhang hinunter und entdeckte sofort, was Erlandsson gesehen hatte. Er hörte, wie sich die anderen oben näherten. Er drehte sich um und hielt sich an einer Birke fest, um in dem steilen Ufergelände den Halt nicht zu verlieren.

»Wartet dort!«, rief er, und alle blieben stehen.

»Svante und Viktor! Kommt her zu mir«, fuhr er fort. Dann ließ er die Birke los und glitt vorsichtig zum Fluss hinab.

Der Fluss hatte sich unter das Ufer gegraben, und an der Kante lag ein Gewirr aus Wurzeln und Ästen. Das Wasser war über zwei Meter tief, und der Schaum verhinderte, dass man bis auf den Grund sehen konnte.

Doch das war gar nicht nötig.

Der tote Körper, der sich zwischen den Wurzeln verfangen hatte, war deutlich sichtbar. Er lag auf dem Bauch, doch der Kopf war so zur Seite gedreht, dass die leeren Augenhöhlen Enström anstarrten. Er wurde von Übelkeit erfasst und atmete tief ein, um nicht ohnmächtig zu werden.

Svante und Viktor kamen schlitternd den Hang herab. Enström blickte in ihre stummen Gesichter.

»Seht um Himmels willen zu, dass keines der Weiber das sieht«, stieß er zischend hervor, und Viktor kletterte wieder nach oben.

Svante und Enström betrachteten den halb verwesten Körper. Die Kleidung hing in Fetzen über dem aufgeschwollenen, faulenden Rumpf. Das Skelett schien an Armen und Rücken durch, ein Fuß fehlte, während am anderen ein grüner, halb vergammelter Stiefel hing. Das Schädelhaar war verschwunden, und grüne Wasserpflanzen umflossen das Gesicht. Im Mund oder dem, was davon noch übrig war, zeigten sich die verbliebenen Zähne.

»Verdammte Scheiße«, sagte Enström. »Es muss ihn jetzt an die Oberfläche getrieben haben. Das wird dieser verschwundene Flößer sein.« Svante nickte, ohne seinen Blick von dem Körper im Fluss abwenden zu können.

»Ja, ich erinnere mich«, sagte er mit kaum hörbarer Stimme.

»Sie haben eine Leiche gefunden«, sagte Viktor, als er oben bei der wartenden Gruppe angekommen war. Erlandsson hatte sich auf die Stufen zum Tanzboden gesetzt und war gerade dabei, zitternd seine Pfeife anzuzünden. Sein Hosenschlitz stand immer noch offen. Bertil fühlte, wie Margot erschauderte. Er nahm sie fester in den Arm, und sie presste ihr Gesicht an seine Brust.

»Ich hole Hilfe«, sagte Viktor und lief über den Hügel davon.

Keiner sprach. Enström und Svante kamen vom Fluss herauf, und ihre Gesichter waren so unmissverständlich, dass niemand eine Frage stellte.

Sie alle warteten die zwanzig Minuten ab, bis Polizeikommissar Lönngren und Bezirksarzt Müntzer auftauchten. Als Lönngren zu der kleinen frierenden Gruppe hinsah, deutete Enström nach hinten.

»Dort unten«, sagte er.

Sie blieben stehen, bis Lönngren und Müntzer ihre erste Untersuchung abgeschlossen hatten und wieder oben angekommen waren.

»Das ist vermutlich dieser Flößer«, sagte Lönngren. »Erkennt ihn jemand von euch?«

»Den soll man noch erkennen? Das ist wohl ziemlich schwierig«, sagte Enström vor Kälte zitternd.

Lönngren sah Müntzer an, der sich die Hände mit einem Taschentuch abtrocknete.

»Er liegt lange im Wasser, ja«, sagte er in gebrochenem Schwedisch. Müntzer schien vollkommen ungerührt, und Bertil dachte, dass er während des Krieges vermutlich so einiges zu Gesicht bekommen hatte.

Lönngren zögerte.

»Wir werden ihn wohl heraufholen müssen«, sagte er schließlich. »Ein Wagen muss her, mit einer Bahre und einer Plane. Kann einer von euch mithelfen?«

Enström, der die Frage erwartet hatte, machte einen Schritt nach vorn, während Erlandsson aufstand und sich den Hosenschlitz zuknöpfte.

»Er ist es«, sagte Erlandsson. »Kalle Pettersson. Ich kannte ihn. Doch ihr anderen solltet gehen, finde ich, und auf keinen Fall dabei zusehen. Es reicht doch mit uns dreien, oder?«

Lönngren nickte. Enström war im Begriff, Mantel und Sakko auszuziehen.

»Das mit dem Kaffee lassen wir wohl besser«, sagte er. »Könnte jemand bei Linnea anrufen und absagen? Und nehmt die Fahnen mit! Und die Plakate!«

Er krempelte die Ärmel hoch und ging als Erster den Steilhang zum Fluss hinunter. Zur selben Zeit kam der große schwarze Wagen die Anhöhe herauf.

Die anderen warteten nicht länger, sondern sahen zu, dass sie wegkamen. Mit eingerollten Fahnen gingen sie Richtung Zentrum, wo sich einer nach dem anderen verabschiedete. Bertil und Margot nahmen eine der Fahnen mit nach Hause.

»Essen gehen wird wohl nichts«, sagte er.

Schweigend gingen sie über die knarzende Holztreppe in die Wohnung.

»Aber einen Kaffee könnten wir trinken, nicht?«, fügte er hinzu.

Ohne zu antworten, öffnete Margot die Tür.

»Ausgerechnet heute muss das passieren«, sagte Bertil. »Verfluchte Scheiße.« Margot zog schweigend ihren Mantel aus. Bertil hielt eine Weile die Fahne in der Hand und wusste nicht, wohin damit. Schließlich ging er ins andere Zimmer und legte sie aufs Bett.

Wortlos tranken sie Kaffee. Bertil machte das Radio an, schaltete es aber gleich wieder aus. Margot war einsilbig und saß mit ihrer Tasse in der Hand bedrückt da.

»Hat jemand bei Linnea angerufen?«, fragte sie.

»Wahrscheinlich. Wir haben ja ohnehin kein Telefon.«

Mittlerweile war es halb vier, und der Wind hatte an Stärke zugelegt. Bertil stand am Fenster und blickte auf die menschenleere Straße. Bald würde es regnen, die Temperatur war auf sechs Grad gesunken.

»Was wollen wir im Sommer machen?«, fragte er vom Fenster her. Als von Margot keine Antwort kam, drehte er sich um. Sie sah ihn direkt an.

»Warum musst du da am Fenster stehen?«, sagte sie.

Bertil war von ihrer Frage irritiert.

»Ich muss überhaupt nicht hier stehen«, sagte er und ließ sich aufs Sofa fallen.

»Bist du verärgert?«, sagte Margot.

»Nein, aber ich fand deine Frage unglaublich dumm«, murrte er und bereute bereits die heftige Antwort.

Nach fünf Minuten fragte er erneut, was sie im Sommer unternehmen sollten.

»Ich weiß es nicht«, sagte sie. »Eine Reise?«

»Könnten wir nicht mit den Rädern an einen See fahren und zelten?«, schlug er vor.

Margot dachte nach.

»Mit Rubinchen auf dem Rad?«, sagte sie. »Wie soll das gehen?«

»Wir können sie ja in einen Korb legen«, antwortete Bertil, klang dabei aber nicht überzeugend.

»Ein Auto müsste man haben«, sagte Margot.

»Dann kaufen wir eben eins«, sagte Bertil.

»Können wir uns das leisten?«, fragte sie verwundert.

»Muss ja kein teures sein«, sage er. »Ich kann mich mal umhören. Und damit kämen wir auch weiter weg. Lundgren, mein Arbeitskollege, wollte mir verraten, wo ich eine Hütte an einem See finde, der gut zum Angeln ist. Ein unbewohntes kleines Gehöft, das klingt doch gut?«

Zum ersten Mal, seit sie den toten Flößer gefunden hatten, lächelte Margot.

»Du glaubst, das ist wirklich möglich?«, fragte sie.

»Wenn wir ein wenig sparen, müsste es schon gehen.«

Sie planten ihren Sommer und waren damit immer noch beschäftigt, als Sara Rubinchen brachte. Sie fütterten sie und legten sie schlafen. Bertil versuchte auszurechnen, was alles kosten würde, und sie kamen zu dem Schluss, dass ein billiges Auto vielleicht doch bezahlbar wäre.

Sie tranken Tee und machten sich für die Nacht fertig. Nachdem sie sich geliebt hatten, lagen sie dicht beieinander und sahen zur Decke.

»Weißt du, woran ich denke?«, sagte Margot nach einer Weile.

»Nein, woran denn?«

»Ich habe Harpo gar nicht gesehen. Du vielleicht?«

»Nein«, antwortete Bertil. »Ich tatsächlich auch nicht.«

»Was glaubst du, wo er gesteckt hat?«

»Keine Ahnung. Eigentlich hätte er kommen müssen. Aber er denkt sich wohl einfach, dass es überhaupt keine Partei gibt, die zu ihm passt. Das sagt er auch oft. Ein eigenartiger Kerl. Ich weiß nicht so recht, ob man sich auf ihn wirklich verlassen kann. Was denkst du?«

»Vermutlich kann man das. Es gibt aber so viele Geschichten über ihn, dass man nicht weiß, was davon wahr ist.«

»Gut, dass es auch solche Gerüchte gibt«, sagte Bertil mit einem schiefen Lächeln.

Margot gab keine Antwort, und als sie in Bertils Gesicht blickte, sah sie, dass er die Augen geschlossen hatte. Sie lag wach, bis er eingeschlafen war. In der Nacht träumte sie vom Sommer und den Plänen, die sie dafür geschmiedet hatten. Im Traum lief sie mit Rubinchen auf dem Arm durch zwei Meter hohes Gras. Bertil ging vor ihr und trug die rote Fahne über die Wiese zu einer Hütte. Die Sonne war wie ein riesiges goldenes Meer über ihren Köpfen. Was sie im Traum jedoch am meisten erstaunte, waren die lauten Schreie seltsam bunt gefärbter Vögel, die auf dem Dach der Hütte saßen.

Am nächsten Morgen konnte sie sich an nichts davon erinnern.

23.

Tags darauf bekam Bertil die Mitteilung, er solle sich in Herbert Nilssons Büro begeben. Viertel nach neun trat er dort ein. Der graue Buchhalterrücken war wie immer über sein Pult gebeugt, und Bertil fiel auf, dass er gar nicht recht wusste, wie das Gesicht des Buchhalters aussah.

Nilsson forderte ihn auf, sich zu setzen.

»Zwei Dinge«, sagte er. »Das eine betrifft deine Unterkunft. Ich habe gehört, dass du dir eine Freundin zugelegt hast, und ich wollte nur fragen, ob du das Zimmer nach wie vor brauchst.«

Bertil antwortete, ohne zu zögern.

»Ja, ich möchte es gern behalten. Geht das nicht?«

»Doch, du hast ja einen Vertrag. Es ist bloß so, dass ich Platz für einige Waldarbeiter bräuchte.«

»Ich möchte das Zimmer gern behalten.«

»Dann müssen wir das nicht weiter besprechen. Aber da ist noch eine andere Sache. Ich habe Bescheid bekommen, dass der Arbeiter, den du vertrittst, wohl nicht zurückkommen wird.«

»Ist er so krank?«

»Er wird wohl sterben. Es ist Krebs, und der Arzt macht ihm keine Hoffnungen. Was ich also sagen will, du kannst diesen Posten nun als deine reguläre Stelle betrachten.«

Bertil schnitt unfreiwillig eine Grimasse. Er hätte lieber wieder im Freien bei den Holzstapeln gearbeitet.

»Du freust dich wohl nicht.«

»Aber nein«, antwortete Bertil. »Ich habe einfach an die Krankheit gedacht.«

»Ja, verdammt unangenehme Sache. Aber was soll man machen?«

»Da hilft wohl nichts. Dann übernehme ich den Posten.«

»Fein. Das war alles.«

Als Bertil wieder in der Halle war, stellte er seine Maschine ab, das übliche Zeichen, dass jemand etwas sagen wollte. Seine Arbeitskollegen kamen zu ihm, und Bertil berichtete, was er eben gehört hatte. Beklommenes Schweigen machte sich breit. Die Nachricht setzte allen zu, und ohne Kommentar kehrten sie an ihre Arbeitsbänke zurück.

24.

Ende Mai machte Bertil ein Auto ausfindig, das so billig war, dass er es kaufen konnte. Einer seiner Arbeitskollegen wies ihn auf die Anzeige hin. Bertil rief den Besitzer an und besichtigte den Wagen noch am selben Abend. Vorne war er verbeult, es gab Lackschäden, und die Motorventile schienen verschlissen. Ein Hund hatte die Rückbank aufgerissen. Bertil erbat sich ein paar Tage Bedenkzeit. Er besprach die Sache mit Margot, die meinte, er müsse diese Entscheidung allein treffen, von Autos verstehe sie nichts. Bertil wollte sich den Wagen noch einmal gemeinsam mit Enström ansehen. Enström meinte, ein Autokauf wäre immer ein Risiko, aber der Preis sei angemessen. Tags darauf hob Bertil Geld ab und kaufte den Wagen. Am Abend fuhren er und Margot gemeinsam aus. Fast jede freie Minute verbrachten sie von nun an mit Reparaturarbeiten. Margot nähte einen neuen Überzug für die Rückbank, und Bertil überholte alles, so gut er konnte. Wenn er nicht mehr weiterwusste, fragte er Enström um Rat.

An einem der ersten richtig warmen Juniabende ließen sie das Auto stehen und gingen spazieren, während das Kind in der Wohnung schlief. Sie kamen an der Volksschule vorbei und sahen, dass in den Klassenzimmern Licht brannte. Am nächsten Tag war Schuljahresabschluss, und am Vorabend schmückten die Schulkinder ihre Unterrichtsräume mit Blumen und brachten alles in Ordnung. Die beiden blieben stehen und winkten Sara zu, die den Kopf aus einem der Fenster streckte.

»Ich freue mich schon darauf, wenn Rubinchen in die Schule geht«, sagte Margot. »Vor allem aus einem Grund.«

Ein wenig verlegen lächelte sie Bertil an.

»Wenn alle am letzten Tag vor den Sommerferien *Nun kommt das große Blühen* singen«, fügte sie hinzu. »Dieses Lied ist so schön. Ich habe immer einen Kloß im Hals, wenn ich es höre. Du hast es sicher auch gesungen?«

»Aber klar, jedes Jahr wieder. Das vergisst man wohl nie.«

Margot rechnete, während sie weitergingen.

»Stell dir vor«, sagte sie. »Wenn Rubinchen mit der Volksschule fertig ist, haben wir schon die sechziger Jahre.«

»Zuvor muss sie mit der Schule erst einmal anfangen«, lachte Bertil.

Sie getrauten sich nicht, länger als eine gute halbe Stunde von zu Hause wegzubleiben. Doch als sie zurückkamen, schlief die Kleine immer noch, und sie tranken Kaffee bei geöffnetem Fenster. Lange saßen sie beieinander und planten ihre Sommertour. Bertil hatte eine Karte gekauft, auf der Lundgren die verlassene Hütte einzeichnete. Da das Dach nach Lundgrens Auskunft einigermaßen dicht war, beschlossen sie, das Risiko einzugehen und auf ein Zelt zu verzichten. Margot machte sich Sorgen wegen Rubinchen, aber Bertil meinte, es wäre gut für sie, an die frische Luft zu kommen.

25.

An einem der ersten Julitage brachen sie frühmorgens auf. Gepackt hatten sie am Abend zuvor, und als Rubinchen aufwachte, fuhren sie los. Margot saß auf der Rückbank, die nun mit einem gelb geblümten Stoff bezogen war, und hatte das Kind auf dem Schoß. Die andere Hälfte der Rückbank und der Beifahrersitz waren mit dem Gepäck beladen. Die Hütte lag etwa sechzig Kilometer von dem kleinen Marktflecken entfernt. Eine Straße führte bis auf zwei Kilometer heran. Den Rest mussten sie zu Fuß gehen. Gegen zehn erreichten sie eine Lichtung, und dort endete der befahrbare Weg. Es war warm und sonnig. Bertil nahm so viel Gepäck, wie er gerade noch tragen konnte, so müsste er nur zwei Mal gehen, bis alles bei der Hütte wäre. Margot nahm Rubinchen auf den Rücken, und sie kletterten, einem alten Viehsteig folgend, den Berghang hinauf. Eine Dreiviertelstunde später breitete sich oben eine herrliche Wiese vor ihnen aus. Als Erstes erblickten sie einen halb eingestürzten grauen Schuppen. Etwas weiter entfernt lag leicht erhöht die eigentliche Almhütte, ein niedriger Bau aus grauen Holzstämmen mit einem kleinen Stall und einem weiteren Nebengebäude. Es duftete nach Blumen, und Schmetterlinge und Hummeln surrten im Gras. Die Tür zur Hütte hing nur noch an einem Scharnier, die Fensterscheiben waren kaputt und mit Sackleinen zugestopft. Es roch muffig, doch Margot meinte, es wäre nicht schwierig, die Hütte bewohnbar zu machen. Bertil stellte das Gepäck ab und ging hinunter zu dem kleinen See, um zwei Eimer Wasser heraufzutragen. Margot fing an sauberzumachen, während er die Sachen holte, die noch im Wagen waren.

Als er zurückkam und verschwitzt die Last von seinem Rücken hob, hatte sie bereits im Herd Feuer gemacht und Kaffee gekocht. Rubinchen lief nackt vor dem Haus herum. Sie ließen sich auf der Holztreppe nieder, die einen ausgezeichneten Sitzplatz abgab, und tranken ihren Kaffee. Bertil hatte das Hemd ausgezogen und saß mit bloßem Oberkörper in der Sonne. Die Wärme dampfte über der kleinen Hütte, es war vollkommen windstill.

»Was sagst du zu all dem hier?«, fragte Bertil.

Margot lächelte und nahm seine Hand.

»Was glaubst du?«, sagte sie.

»Ich denke, es gefällt dir.«

Sie nickte, und sie blieben lange sitzen und sahen in der Ferne Berge und Seen glitzern. Erst als Rubinchen Hunger bekam, fuhren sie mit dem Aufräumen fort. Margot hatte Schmierseife verwendet, und in den beiden niedrigen Räumen lag ein frischer Duft. Bertil untersuchte den Kamin und holte mehr von dem Holz herein, das er im Stall gefunden hatte. Margot breitete Heu unter ihre Schlafsäcke. Es gelang ihr, einen wackligen Tisch mithilfe von ein paar Schnüren zu reparieren, und Bertil zimmerte aus einigen Brettern und Baumstümpfen Sitzgelegenheiten. Als die Säcke aus den kaputten Fensteröffnungen verschwunden waren, wurde es drinnen hell. Bertil bereitete die mitgebrachte Petroleumlampe vor, und um fünf aßen sie zu Abend. Während Margot den Abwasch erledigte, machte Bertil die Angelrute fertig. Mit einem Stab wühlte er in der Erde hinter dem Stall und sammelte die Würmer, die er fand, in einer verrosteten Dose. Ein paar Stunden später befestigte er die Köder am Haken und legte die Angelrute zwischen zwei Steinen im See aus. Der Schwimmer lag reglos auf der dunklen Wasseroberfläche. Dann ging er wieder hinauf, und Margot und er saßen im Freien, bis die Mücken zu lästig wurden. Als Schutz vor den Insekten hatte Bertil ein paar Hemden und eine von Margots Blusen vor die kaputten Fenster gehängt.

Dann krochen sie in ihre Schlafsäcke. Das Kind lag zwischen ihnen. Sie waren beide müde und fielen fast augenblicklich in den Schlaf. Kurz vor dem Einschlafen sagte Bertil noch, dass es morgen Fisch zum Abendessen gebe.

Es wurden zwei sonnige Wochen auf der Alm. Nur an zwei Tagen regnete es, und manchmal hörten sie nachts entferntes Donnergrollen. Die Zeit verging wie im Flug, und alle drei waren bald braungebrannt.

Ohne Margot etwas zu sagen, hatte Bertil eine Flasche Schnaps mitgenommen. Sie war für einen ihrer letzten Abende bestimmt. Zwei Tage vor der Abreise holte er sie hervor. Margot war überrascht, kochte jedoch sogleich eine große Kanne Kaffee und stellte zwei Gläser bereit.

Keiner von ihnen konnte danach sagen, wer das Gespräch auf so ein heikles Thema gebracht hatte. Unversehens waren sie da hineingeraten.

Als die Flasche halbleer war, ging Bertil raus, um zu pinkeln. Er stolperte auf der Treppe, konnte sich aber noch auf den Beinen halten. Als er beim Pinkeln zu den Sternen schaute, fühlte sich sein Kopf überraschend klar an. Auf einmal konnte er alle Fragen formulieren und alle Antworten begreifen. Als er zurückkam, füllte Margot die Gläser erneut mit Schnaps.

»Prost Bertil!«

»Prost Margot! Auf Rubinchen!«

»Auf uns!«

»Auf diese Hütte!«

»Auf den, der sie gebaut hat!«

»Auf die Zukunft!«

Sie tranken und spülten mit Kaffee nach. Margot hatte ihn absichtlich schwach zubereitet.

Bertil stellte sein Glas ab.

»Wie kommt es, dass du nie etwas über Rubinchens Vater erzählst?«

Margot blickte ihm überrascht ins Gesicht, das im Schimmer der Petroleumlampe lag.

»Warum fragst du das gerade jetzt?«

»Warum nicht? Bald fahren wir zurück, und dann haben wir dazu weniger Zeit.«

»Es schien mir wohl nicht so wichtig, etwas über Örjan zu sagen. Da gibt es ja auch nicht viel. Es gibt bloß Rubinchen.«

»Verstehst du nicht, dass ich das wissen möchte? Wir sind jetzt seit einem halben Jahr zusammen.«

Bertil merkte, dass seine Stimme scharf klang, versuchte aber nicht, sie zu dämpfen.

»Wenn es so wichtig ist, hättest du ja früher fragen können.«

Margot hatte ihr Glas weggeschoben.

»Trinkst du nichts mehr?«, sagte er und sah sie an.

Ihr fiel auf, dass seine Augen ganz rot waren.

»Nein, das will ich nicht, wenn wir da jetzt darüber reden sollen.«

»Trinken kannst du wohl trotzdem.«

»Musst du so laut reden?«

»Sie schläft doch.«

»Bist du verärgert?«

»Nein. Aber ich finde es schon verdammt eigenartig, dass du nichts von dir aus sagst. Jetzt, da wir zusammenleben, ist es doch wichtig zu wissen, wo wir stehen. Ich habe nicht den blassesten Schimmer. Und schließlich bin ich es, der sich jetzt um Rubinchen kümmert.«

»Das schaffe ich auch allein.«

Bertils Gesicht verfinsterte sich noch mehr.

»Ach ja? Es spielt also überhaupt keine Rolle, was ich mache.«

»Selbstverständlich tut es das.«

»Dann sag etwas. Ich warte.«

»Aber was willst du denn hören?«

»Wie war er? Örjan.«

»Ich mochte ihn natürlich. Aber ich konnte mir ja nicht vorstellen, dass es so werden würde. Als er mich betrogen hat, war das schlimm. Jetzt gibt es nur noch Rubinchen. An ihn denke ich fast nie.«

»Bloß fast?«

»Was ist denn los mit dir, Bertil? Du benimmst dich so seltsam. Es ist doch ganz unmöglich, nicht hin und wieder an ihn zu denken.«

»Und was genau denkst du dann?«

»Ist das etwa ein Verhör?«

Plötzlich knallte Bertil sein Glas so hart auf den Tisch, dass es zerbrach und Schnaps auf den rußigen Zylinder der Petroleumlampe spritzte. Margot fuhr zusammen. Auch wenn es nicht das erste Mal war, dass er oder sie beide Branntwein tranken, so hatte sie ihn zuvor noch nie gesehen.

»Du drückst dich doch einfach drum herum. Irgendetwas ist verdächtig. Warum hast du denn nie was erzählt? Warum antwortest du mir nicht?«

Margot beugte sich zu ihm und versuchte, Bertils Hand zu nehmen, doch er zog sie weg und starrte stumm auf die Tischplatte. Margot dachte eine Weile nach, bevor sie einen neuen Anlauf nahm.

»Sollten wir nicht besser morgen darüber reden, wenn wir nüchtern sind? Bertil!«

Bertil stand wortlos auf und ging mit schnellen Schritten stolpernd den Steilhang zum See hinunter. Er setzte sich auf einen Stein, ohne auf die Moskitos und Kriebelmücken zu achten, die ihn umschwärmten. Auf Margots Rufen reagierte er nicht. Auch mitten im Juli war es kühl, und er fröstelte.

Das schlechte Gewissen plagte ihn bereits. Er konnte sich keinen Reim darauf machen, warum er so wütend geworden war. An Margots früheres Leben, vor dem Zeitpunkt, als er sie traf, hatte er hin und wieder gedacht. Er hatte dabei jedoch weder Eifersucht noch Aggression empfunden.

Etwa zehn Minuten saß er so auf dem Stein. Als Margot abermals rief, stand er auf und ging hinauf in die Hütte.

»Verzeih mir«, murmelte er.

Er vermied es, ihr in die Augen zu schauen. Er setzte sich auf seine selbstgezimmerte Bank und zog die Sandalen aus.

»Wir legen uns besser schlafen«, sagte er und sah Margot dabei nach wie vor nicht an.

Während er in seinen Schlafsack kroch, wünschte er ihr grummelnd eine gute Nacht. Margot blieb am Tisch sitzen und hatte den Docht der Petroleumlampe so weit heruntergeschraubt, dass sie nur noch mit winziger Flamme brannte. Die Ecke, in der Bertil und Rubinchen lagen, war dunkel. Bertil lag mit halb geschlossenen Augen da und wartete, bis sich Margot schließlich erhob, die Lampe ausblies und leise in ihren Schlafsack schlüpfte. Er fühlte eine leichte Übelkeit und lag weiterhin wach. Ihm war, als könne Margot auch nicht einschlafen.

Bereits um drei erwachte Bertil. Sein Mund war trocken, und er hatte Kopfweh. Er stand auf, nahm seine Kleider und Schuhe, trat in die morgendliche Kälte vor dem Haus und zog sich dort an. Feuchter Nebel trieb in langsamen Schwaden über die Alm. Die Sonne war in einen diesigen Schleier gehüllt. Als er angekleidet war, ging er zum Wasser hinunter und wusch sich das Gesicht, ohne dass die Kopfschmerzen nachließen. Er setzte sich auf einen Stein und kauerte sich zusammen. Doch es war zu kalt, und er stand wieder auf.

Da erst entdeckte er, dass der Schwimmer unter der Wasseroberfläche war. Jede Nacht hatte er die Angel ausgelegt, und zumeist hing morgens ein kleiner Barsch oder ein Rotauge am Haken. Er holte die Angelrute zwischen den Steinen hervor, mit denen sie fixiert war, und beim Hinunterbeugen pochte es in seinen Schläfen. Doch als er die Schnur einholen wollte, erwachte er plötzlich zu neuem Leben. Am Haken war etwas, das jetzt heftig Widerstand leistete. Die Schnur war so gespannt, dass er fürchtete, sie könne reißen. Da es selbst dann an der Schnur ruckte, wenn Bertil nachließ, musste es sich um einen Fisch handeln, und zwar um einen großen Fisch. Einen, der in diesem dunklen See mit großer Kraft nach unten zog. Bertil war gespannt. Glücklicherweise hatte er eine eigentlich viel zu dicke Schnur verwendet.

Der Fisch zerrte weiter, und damit die Angel nicht abbrach, stieg Bertil plumpsend mit den Schuhen ins Wasser, um die Rute parallel zur Seeoberfläche zu halten. Der Fisch hatte den Boden aufgewühlt und das Wasser trüb und schlammig gemacht, sodass Bertil seine Beute nicht sehen konnte. Schließlich begann er vorsichtig, dem Fisch ein wenig Widerstand zu leisten. Er war überzeugt, dass da unten ein großer Hecht hing.

Plötzlich brodelte das Wasser auf, und Bertil bekam einen großen Fischschwanz zu Gesicht, der ein paar Sekunden lang die Seeoberfläche peitschte. Der Schwanzflosse nach war es ein viel größerer Hecht, als Bertil je gesehen hatte. Doch die eigenartige Färbung war für einen Hecht viel zu dunkel. Doch was sonst konnte es sein?

Allmählich schien es Bertil, als würde der Widerstand nachlassen. Die Abwärtsbewegung hatte nicht mehr dieselbe Kraft. Bertil hielt die Angelrute so fest, dass seine Fingerknöchel weiß hervortraten. Das ließ ihn kurz an die Maidemonstration denken.

Bertil hatte Sorge, die Schnur könnte reißen, obwohl sie so dick war. Er überlegte, ob er Margot rufen sollte, um den Fisch gemeinsam an Land zu hieven. Er hatte nicht gedacht, dass ein Kescher nötig wäre, aber jetzt hätte er ihn gut gebrauchen können.

Zwanzig Minuten später war der Widerstand des Fischs so weit erlahmt, dass Bertil begann, die Angel einzuholen. Knapp unter der Wasseroberfläche konnte er den Schwimmer erkennen, und er beugte sich nach vorn, um im Schlamm den Fisch zu sehen. Falls der sich doch noch befreien sollte, wollte er zumindest einen Blick auf ihn geworfen haben. Doch er brachte ihn an Land, und als er ihn mit den Händen ans Ufer gekippt hatte, bekam er es beinahe mit der Angst zu tun. Das war kein Hecht. Offenbar hatte er soeben einen der seltenen, von mythischen Erzählungen umrankten Welse gefangen. Er war sehr groß, Bertil schätzte ihn auf mehr als neunzig Zentimeter. Der Fisch hatte den Haken verschluckt. Bertil versetzte ihm mit einem großen Stein einen Schlag auf den Kopf und schnitt dann direkt am Maul die Angelschnur durch. Erst jetzt fiel ihm auf, dass sein Herz raste und er am ganzen Körper schweißnass war. Er holte tief Luft, ehe er den schleimigen Körper mit beiden Händen packte und ihn an seine Brust gepresst hinauf Richtung Hütte trug. Als er den schweren Fisch schließlich auf der Treppe ablegte, war er atemlos und erschöpft. Der Fisch sah unheimlich aus, wie er da tot mit starrenden Augen und halboffenem Maul auf der Treppe lag. Bertil fragte sich, ob der Anblick Rubinchen ängstigen würde. Er lauschte nach drinnen, doch die beiden schienen immer noch zu schlafen. Es konnte kaum später als fünf sein. Die Kopfschmerzen hatten nicht nachgelassen, und er lehnte sich gegen die Wand und schloss die Augen.

Als er Margot schreien hörte, wachte er auf. Ihr Blick wanderte vom Fisch zu Bertil, und er war sofort hellwach.

»Ich war ein wenig angeln«, sagte er und bemühte sich, ungerührt zu wirken.

»Was ist denn das?«, sagte Margot.

»Ein Wels. Der größte Fisch, den es in schwedischen Binnengewässern gibt. Er ist sehr selten und kann unglaublich alt werden. Er hing einfach so am Haken. Du kannst dir vorstellen, wie schwer es war, ihn an Land zu bringen.«

»Von einem Wels habe ich noch nie gehört. Kann man ihn essen?«

»Ja, ich denke schon. Allerdings habe ich keine Ahnung, wie er schmeckt.«

Bertil drehte den Wels um, sodass er mit dem Bauch nach oben lag.

»Ich weiß nicht, wie man ihn ausnimmt«, sagte er. »Aber ich werde es auf die übliche Art versuchen.«

»Du musst das aber nicht gerade hier vor der Tür machen, wo Rubinchen normalerweise liegt. Kannst du mit dem Ausnehmen nicht noch warten, damit sie den Fisch vorher noch sehen kann?«

»Glaubst du nicht, dass sie sich fürchtet?«

»Ich weiß nicht. Warum sollte sie?«

»Er sieht doch ziemlich schrecklich aus und ist größer als sie. Und schwer. Fass ihn mal an.«

»Er ist so klebrig.«

»Dann lassen wir ihn einfach da liegen, bis sie aufwacht.«

Bertil stand auf und spürte, wie es in den Schläfen pochte. Er stöhnte und verzog das Gesicht. Margot sah ihn mit einem Lächeln an.

»Und wie geht's dir?«

»Der Kopf.«

»Willst du ein Aspirin?«

»Hast du welches dabei?«

»Ja, klar. Ich hole eins.«

Sie ging hinein, und Bertil setzte sich wieder auf die Treppe. Er war erleichtert, dass Margot wegen des gestrigen Abends offenbar nicht mehr sauer war.

Doch er irrte sich. Margot hatte die Sache nicht vergessen. Sie wollte damit lediglich warten, bis es wieder Abend wurde, und ließ sich nichts anmerken.

Als sie mit zwei Aspirin und einem Becher Wasser zurückkam, lächelte sie wie zuvor. Bertil spülte die Tabletten mit dem Wasser hinunter.

»Dann sollten wir jetzt vielleicht Kaffee trinken und frühstücken«, sagte sie. »Eigenartig, wie lange Rubinchen hier morgens schläft.«

»Das ist sicher die Luft«, sagte Bertil.

Während Margot alles fürs Frühstück vorbereitete, brachte Bertil den schleimigen Wels weg und legte ihn auf die schattige Seite des Hauses. Die Fliegen, die bereits über den glitschigen Körper krochen, verjagte er und bedeckte den Fisch mit ausgerissenen Grasbüscheln.

Der Tag versprach schön zu werden, und am warmen Himmel stieg langsam die Sonne auf. Bertil hatte die Hände in die Seiten gestützt und beobachtete, ob es den Fliegen gelang, wieder zu dem Fisch vorzudringen. Dann machte er sich auf den Weg zum Stall, um dort nach einer besseren Bedeckung zu suchen. Vorsichtig stieg er auf dem Lehmboden des dunklen, baufälligen Verschlags umher. Dabei blieb sein Blick in der Ecke an einem blanken Gegenstand hängen. Er bückte sich und sah, dass es ein halb in der Erde vergrabenes, poliertes Stück Holz war. Er meinte, auf der hellen Oberfläche so etwas wie Markierungen oder

Schriftzeichen zu erkennen. Er scharrte die Erde rund um das längliche, ovale Holzstück zur Seite und nahm es mit hinaus ans Licht. Tatsächlich befand sich darauf eine Inschrift. Die Schriftzeichen waren mit einem scharfen Messer herausgeschnitzt. Ohne größere Mühe konnte er die Zeichen erkennen, musste den Text jedoch mehrfach lesen, ehe er den Sinn erfasste. »Hir in disem Sennstall huste der Landstreicher Jöns Jönsson im Monat Juli anno 1867 in groszer Not, ohne das geringste zu beiszen. Dises Stück Holtz lasse ich hir. Am Holtz schwer zu nagen war ich genöthiget.«

Bertil wischte die Erde von dem Holz weg und fand dort deutliche Spuren von Zähnen, die daran genagt hatten. Ein beklemmender Schauder lief ihm über den Rücken. Er ging, um es Margot zu zeigen, die gerade mit Kaffee, Brot und gekochten Eiern auf die Treppe trat. Bertil hielt ihr das Stück Holz hin und half ihr dabei, den altertümlichen Text zu entziffern.

»Das ist ja grauenhaft«, sagte sie. »Wo hast du es gefunden?«

Bertil wies zum Stall hin.

»Dort drinnen in einer Ecke. Der Regen muss einen Teil der Erde weggespült haben. Es war bestimmt vergraben. Sonst hätte es sicher schon früher jemand entdeckt.«

»Er hat also wirklich daran genagt?«

»Hier steht 1867. Das waren Notjahre. Viele sind damals nach Amerika geflohen.«

Sie setzten sich auf die sonnige Treppe und versuchten, sich diesen Landstreicher mit dem Namen Jöns Jönsson vorzustellen, der einen Sommer lang hier gelebt hatte und an einem Stück Holz nagte, um seinen Hunger zu stillen. Bertil hatte sich noch nie darüber Gedanken gemacht, dass das, womit er täglich arbeitete, vor nicht allzu langer Zeit auch ein Bestandteil der Nahrung gewesen war.

»Ich werde mich bei Lundgren erkundigen«, sagte er. »Er weiß vielleicht, wer dieser Landstreicher war. Manche waren ja echte Originale, und die Leute haben von ihnen erzählt und die Erinnerung weitergegeben.«

»Hätte er sich nicht von Fisch ernähren können?«, rätselte Margot.

»Er hat vielleicht nichts gefangen«, sagte Bertil. »Es beißt ja nicht immer etwas an. Und was hätte er als Köder verwenden können? Er hatte wahrscheinlich nicht einmal einen Haken oder eine Angelschnur.«

Etwa zur selben Zeit wurde Rubinchen wach. Margot ging hinein und nahm sie hoch, während Bertil das blanke Holzstück behutsam neben die Treppe legte.

26.

Am Abend machten sie eine Runde um den stillen, schwarzen Waldsee. Bertil ging voran und trug Rubinchen auf seinen Schultern. Der Wald reichte bis dicht an den See, und Bertil tastete auf dem weichen, federnden Moorboden vorsichtig nach festen Grasbüscheln, auf die er treten konnte. Margot folgte ihm. Es war vollkommen ruhig. Man hörte nur das schwache Zischen der Mücken und einen Eistaucher irgendwo in der Ferne.

»So klingt es in den Kriminalgeschichten im Radio«, sagte Margot, und Bertil nickte. »Ein wenig unheimlich.«

»Das ist der Eistaucher«, sagte Bertil. »Man hört ihn, bekommt ihn aber fast nie zu Gesicht. Vermutlich hat er deshalb so einen geheimnisvollen Ruf.«

Sie setzten ihren Spaziergang schweigend fort. Obwohl es ein warmer Tag war, hing Feuchtigkeit zwischen den Fichten, und die dampfende Luft sog alle Gerüche des Moores in sich auf. Ihre Stiefel wurden mit einem aufseufzenden Geräusch bei jedem Schritt tief in den Grund gesaugt. Sie brauchten etwa eine Stunde, um einmal um den See zu laufen, und Rubinchen schlief mit den Armen fest um Bertils Hals geklammert ein.

»Das war wirklich schön«, sagte Margot, als sie beide beim Kaffee saßen und das Kind in seinem Schlafsack lag. »Alles war so still.«

Bertil nickte mit einem abwesenden Blick auf das prasselnde Feuer. Er malte sich aus, wie der Landstreicher Jöns Jönsson vor achtzig Jahren hier wohnte und Hunger litt.

»Woran mag er gedacht haben?«, sagte Bertil.

»Wer?«

»Der, der am Holz nagte. Landstreicher Jönsson.«

»Ans Essen vielleicht.«

»Ja, sicher. Aber woran sonst? Wer war er? Wo ist er hingegangen? Wo kam er her?« Sie saßen beide stumm da und suchten nach Antworten.

»Bin gespannt, ob Lundgren etwas weiß«, sagte Bertil schließlich, nachdem er noch ein paar trockene Birkenäste ins Feuer geworfen hatte. »Ich werde mich bei ihm erkundigen. Ich nehme dieses Holz mit und zeige es ihm.«

»Ist dir aufgefallen, dass er es so geschnitzt hat, dass es beinahe wie ein Brotlaib aussieht?«, sagte Margot. Bertil nickte.

»Ja, stimmt. Daran habe ich gar nicht gedacht.«

»Ist vielleicht auch nur Zufall.«

»Du kannst durchaus recht haben. Ein wenig gruselig als Dekoration.«

»Mein Vater hatte einen Bruder, der nach Amerika ausgewandert ist«, sagte Margot nach einer Weile. »Angeblich war er neunzehn Jahre alt, als er einfach verschwand. Zuerst schrieb er noch ein paar Briefe. Danach kam nichts mehr. Vater stellte Nachforschungen an, aber ohne Erfolg. Auch er hatte eine Zeit lang die Absicht auszuwandern, aber nachdem sein Bruder verschwunden war, bekam er es mit der Angst zu tun. Er war zehn Jahre jünger.«

»Das hast du nie erzählt«, sagte Bertil.

»Ich denke an unseren Streit gestern Abend«, sagte Margot zögernd. »Ich habe darüber nachgedacht, und du liegst bestimmt richtig damit, dass ich nicht viel erzählt habe. Aber das hast du auch nicht. Und du hast kein Recht, deshalb so wütend zu werden.«

»Das ist bloß passiert, weil ich getrunken hatte«, antwortete Bertil. »Ich begreife selbst nicht, was mit mir los war. Es war dumm.«

»Ich weiß, dass du das so siehst. Aber vielleicht sollten wir die Sache nicht mit Stillschweigen übergehen. Ich habe auch schon daran gedacht, dass wir eigentlich recht wenig voneinander wissen.«

»Was glaubst du, warum das so ist?«

Margot antwortete nicht. Sie betastete Jöns Jönssons Holzstück.

»Es wäre wahrscheinlich keine so gute Idee, wenn wir auf einmal über alles zu reden beginnen, wovon wir früher nie gesprochen haben. Ich zumindest bringe das jetzt nicht fertig. Doch wenn wir uns das einfach klarmachen, dann kommt es vielleicht von allein. So sehe ich das.«

Bertil nickte.

»Klingt gut«, finde ich. »Und das gestern war wirklich verdammt dumm.«

»Dann brauchen wir also nicht weiter darüber zu reden?«

»Nein, lieber nicht.«

Margot beugte sich über den Tisch und lächelte ihn an.

»Es war noch etwas Schnaps übrig. Den habe ich weggeschüttet.«

»Das war gut.«

Der wacklige Tisch hielt dem Druck von Margots Armen plötzlich nicht mehr stand, krachte entzwei, und die Kaffeetassen gingen auf dem holprigen Fußboden zu Bruch. Margot stürzte vornüber, und Bertil fuhr so heftig zurück, dass er von dem Baumstamm fiel, auf dem er saß. Beide waren so verdutzt, dass sie einen Moment am Boden liegen blieben. Dann begannen sie fast gleichzeitig zu lachen. Bertil blickte hinüber in die Schlafecke, aber Rubinchen schien nichts bemerkt zu haben. Er rückte näher an Margot heran und umarmte sie. Sie schob ein paar Scherben zur Seite und schmiegte sich an ihn.

»Ein Glück, dass wir bald nach Hause fahren«, sprach er in ihr Haar hinein. Er hörte, wie sie ein Lachen unterdrückte.

Die klaren, geöffneten Augen aufeinander gerichtet, streiften sie hastig ihre Kleider ab und liebten sich gleich dort, direkt auf dem Fußboden. Wie eine ruhige, langgezogene Dünung, ohne großes Aufheben oder Worte.

»Weißt du was«, sagte Bertil, als sie später zusammen in einen der Schlafsäcke krochen. »Ich wünsche mir fast, dass heute ein Kind entstanden ist. Hier auf der Alm, wo einst der Landstreicher Jönsson lebte und auf ein Stück Holz biss.«

Margot lächelte, ohne etwas zu erwidern.

»Wieso sagst du nichts?«, sagte Bertil.

Sie antwortete nicht.

»Was denn?«, versuchte er es erneut.

»Was gibt es denn da zu sagen?«, sagte sie und drückte ihn an sich.

»Du hast sicher wie immer recht«, murmelte er und hatte dabei seine Nase in ihrer Achselhöhle. »Und morgen fahren wir heim.«

27.

Sie zögerten ihre Abreise so weit hinaus wie möglich. Erst um vier Uhr ging Bertil mit dem ersten Teil ihres Gepäcks zum Auto hinunter. Der Wagen stand noch dort, wo er ihn abgestellt hatte, und abgesehen von ein paar Ästen, die der Wind auf das Dach geweht hatte, wirkte er unverändert. Bertil startete ihn probehalber, und der Motor sprang sofort an. Eine Weile ließ er ihn warmlaufen, ehe er sich wieder auf den Weg hinauf zur Hütte machte.

Auf der Fahrt nach Hause lag Jöns Jönssons Holzstück neben Bertil auf dem Vordersitz. Um Viertel vor sieben erreichten sie die Ortschaft, und ihr erster gemeinsamer Urlaub ging zu Ende.

Lundgren wusste tatsächlich, wer der Landstreicher Jöns Jönsson gewesen war. Bertils Erzählung faszinierte ihn so, dass er nach der Arbeit mit zu Bertil nach Hause kam, um sich das Holz anzusehen. Jöns Jönsson war ein Original gewesen, das jahrzehntelang im Land umherstrich und im Sommer stets in ihre Gegend kam. Ein intelligenter Kerl, der aber nur ungern von sich selbst sprach. Lundgren zufolge war er irgendwann in den 1850ern von der Küste heraufgekommen und von Hof zu Hof gezogen, um für eine warme Mahlzeit Holz zu hacken. Berühmtheit erlangte er als erfahrener Wünschelrutengänger, der oft angeheuert wurde, um nach Wasseradern zu suchen, und unterirdische Quellen entdeckte, wo man zuvor nie solche gefunden hatte. Bezahlt werden wollte er für diese Arbeit nicht, er begnügte sich mit etwas Essen und einem Schlafplatz. Zudem erwies er sich als geschickter Wanderarzt, der sowohl Tiere als auch Menschen heilen konnte. Er war still und bescheiden, und man erzählte sich, dass er an warmen Tagen oft im Straßengraben lag und Volkslieder summte. Lundgren meinte auch, dass er auf dem Friedhof der Gemeinde begraben wurde, ohne dass man die Grabstelle gekennzeichnet hatte. Jöns Jönsson war wohl bereits vor der Jahrhundertwende gestorben.

»Er war also wie du«, schloss Lundgren. »Kam auch eines Tages von der Küste hier herauf.«

Am Abend erzählte Bertil Margot, was Lundgren gesagt hatte, und gemeinsam suchten sie nach einem geeigneten Platz für Jöns Jönssons Holz. Schließlich legten sie es einfach auf das Radio.

»Damit hätte er wohl nicht gerechnet«, sagte Bertil. »Und es gab damals ja auch noch kein Radio. Vielleicht sollte man es machen wie er. Vielleicht nicht gerade an einem Holzstück nagen. Aber etwas in der Erde vergraben, das später jemand ausgraben kann. Oder etwas in den Fels hauen.«

»Ein paar Jahre können wir damit schon noch warten«, sagte Margot.

»Alle machen doch solche Sachen, Namen in Baumstämme ritzen, zum Beispiel.«

»Wie wär's mit einem Herz?«

Dann diskutierten sie, ob sie das Auto weggeben sollten oder nicht, und fanden, sie wollten den Wagen noch eine Weile behalten. Damit könnten sie im Herbst hinausfahren, um Beeren und Pilze zu sammeln.

Also behielten sie das verbeulte Auto.

28.

Eines Abends im Oktober fand Bertil keinen Schlaf. Er war in seiner eigenen Wohnung. Rubinchen hatte Keuchhusten, und Bertil wollte zu Hause aufräumen und Wäsche waschen. Er hatte sämtliche Töpfe, Waschbecken und Eimer verwendet, um alles sauber zu bekommen. Als er fertig war, war es bereits nach elf. Er fühlte sich jedoch nicht müde, auch wenn er am nächsten Tag frühmorgens aufstehen musste. Er machte sich einen schwachen Kaffee und setzte sich auf die Bettkante. Ohne den Grund dafür zu kennen, war er unruhig und rastlos. Der Kaffee schmeckte grauenhaft, und er hatte den Eindruck, in dem muffigen Raum kaum Luft zu bekommen. Er spülte die Tasse und beschloss, einen Abendspaziergang zu machen. Das Thermometer zeigte vier Grad minus. Vor dem Haustor blieb er stehen und wollte hinauf zu den Sternen sehen. Aber der Himmel war mit Wolken bedeckt und hing wie eine bleigraue Plane über seinem Kopf. Er vergrub die Hände in den Manteltaschen und ging Richtung Ortszentrum. Eine Weile erwog er, trotz des Keuchhustens zu Margot und Rubinchen nach Hause zu gehen, doch er ließ es bleiben und streifte aufs Geratewohl umher. Außer ihm war niemand unterwegs. In der brütenden Stille hörte er nur das Knirschen seiner Schuhe auf dem Kies. Als er gerade am Hotel Engberg um die Ecke bog, stieß er fast mit einem Menschen zusammen, der von der anderen Seite kam. Es war Svante Eriksson.

»Also du bist das?«, sagte Bertil.

»Ja, ich gehe spazieren.«

»Kannst du auch nicht schlafen?«

»Doch. Aber das Wetter ist schön. Und ich mag es, im Freien zu gehen. Das habe ich dir doch erzählt?«

»Ja, das hast du.«

Schweigend begleiteten sie einander, bis sie an jener Stelle vorbeikamen, an der Bertil damals, bei seiner Ankunft im Ort, angehalten hatte, um nach dem Kirchturm und einer Uhr Ausschau zu halten. Er blieb auch diesmal stehen und bildete sich ein, das Muster im Steinpflaster wiederzuerkennen.

»Hier habe ich an meinem ersten Tag in der Gemeinde gestanden«, sagte er zu Svante.

»Hier stand ich und hatte Hunger. Ich habe nach der Kirchturmuhr gesucht. Aber da gab es ja keine. Komisch, dass man sich an so was erinnert, nicht?« Er lachte kurz auf, dann setzten sie ihren Weg fort.

»Weißt du, woran ich denke?«, sagte Svante. »Als ich klein war, also, da waren wir eine Gruppe von Spielkameraden. Die meisten waren Eisenbahnerkinder. Wir waren viel zusammen. Spielten Zirkus im Park, jagten Katzen oder bauten Schneehöhlen. Doch eines Tages im Juni, ich glaube, es war kurz nach Schuljahrsende, wussten wir überhaupt nichts mit uns anzufangen. Wir saßen auf den leeren Benzinfässern vor dem Eisenbahndepot. Da kam mein Vater und wollte wissen, warum wir hier bloß wie tot herumhingen. Wir sagten ihm, wie es war, dass uns nichts einfiel. Fast im gleichen Moment hörten wir einen Donnerschlag. Vielleicht hatte es an der Gewitterschwüle gelegen, dass uns nichts eingefallen war. Jedenfalls schlug Vater vor, dass wir einen Donnerklub gründen sollten. Einen Klub, der sich immer dann treffen sollte, wenn es gewitterte. Er ging ins Depot und fragte einen der Vorarbeiter, ob es in Ordnung wäre, wenn wir uns im alten Draisinenhaus aufhielten, das nicht mehr verwendet wurde. Wir bekamen die Erlaubnis, mein Vater ging mit uns hinüber und sperrte das Vorhängeschloss auf. Drinnen gab es jede Menge Gerümpel, und das Gebäude sah aus, als könnte es jederzeit einstürzen. Als Erstes fanden wir zwei tote

Ratten. Aber wir gründeten den Klub und trafen uns immer, wenn es gewitterte. So richtig wussten wir nicht, was wir mit unserem Klub anstellen sollten, außer dass er selbstverständlich geheim bleiben musste. Wir erfanden eine Geheimsprache und stellten in der Gemeinde geheime Briefkästen auf. Wenn wir uns trafen, machten wir bestimmte Fingerzeichen. Wir brachten eine Kiste und Kerzenlicht in unser Klubhaus und benutzten die schweren Draisinenräder als Sitzgelegenheiten. Dort saßen wir dann bei Gewitter. Man war immer nass, wenn man nach Hause kam, weil das Dach undicht war. Wir müssen etwa zu siebt gewesen sein, aber einer fehlte immer. Eigentlich ist es mir ein Rätsel, warum ich mich an all das erinnere. Klubs gründete man ja massenhaft, und viele davon waren viel aufregender als der Donnerklub. Und trotzdem ist das meine stärkste Kindheitserinnerung. Wenn ich daran denke, wie lange das her ist, werde ich manchmal fast panisch. Es ist doch zum Verzweifeln, dass das Leben so rasend schnell vergeht. Dann muss ich raus. So wie jetzt.«

Er schwieg. Sie waren zum Krankenhaus hinaufgegangen und folgten dem Weg zu den alten Häusern auf dem Hügel, man nannte sie das Heimatmuseum. Sie öffneten das Gartentor. Svante blieb mit der Hand auf dem Tor stehen und sah zum Himmel hoch.

»Jetzt dauert es nicht mehr lange, bis der Schnee kommt und man wieder seinen Winterpelz braucht. Hast du mal an die vielen Extrakilo Kleidung gedacht, die man das halbe Jahr mit sich herumschleppt? Nicht gut für den Rücken.«

»Sieht nach Schneewolken aus«, antwortete Bertil.

Sie gingen hinein, es handelte sich um eine Rekonstruktion des angeblich ältesten Bauernhofs der Region, und machten vor dem Hauptgebäude halt.

»Es ist zu kalt«, sagte Bertil zitternd. »Ein Wetter wie heute fühlt sich viel schlimmer an als im Januar, wenn es richtig klirrt und kracht. Vielleicht, weil man nur zu Beginn des Winters so sehr friert.«

Sie gingen zurück Richtung Straße, langsamer als zuvor, in gleicher Schrittgeschwindigkeit und auf gleicher Höhe.

»Ich frage mich, warum ich dir das mit dem Donnerklub erzählt habe«, sagte Svante, als sie die Landstraße wieder erreichten. »Mein Vater hat mir beigebracht, ein Kommunist habe zwar auch ein Privatleben, aber das Wichtigste sei immer die große Masse. Ich habe nie wirklich verstanden, was er damit meinte. Wie man es auch dreht und wendet, Dinge wie diese, an die man sich erinnert, sind doch von Bedeutung für einen. Und seit sich nun der Versuch, gegen diese alten Nazis und das Konzentrationslager vorzugehen, als ein solches Fiasko erweist, erscheint mir das umso wichtiger.«

»Was denkst du darüber, wie das gelaufen ist?«, sagte Bertil.

»Ja, was soll man denken. Man muss es wohl einfach hinnehmen, dass sie immer noch die Möglichkeit haben, das, was ihnen nicht passt, unter den Teppich zu kehren. Man muss warten, bis die Zeit reif ist, und das ist ja auch in Ordnung. Doch manchmal ist es schwer zu ertragen, dass die Dinge so verdammt langsam reifen. Was ist denn deine Meinung?«

»Ich kann nicht behaupten, dass es mich stört, wenn diese Gerüchte langsam beginnen zu verschwinden. Nicht so sehr wegen mir, sondern wegen Margot. Sie hat sich die ganze Sache sehr zu Herzen genommen, und das ist ja auch verständlich. Seit dem Tanzabend im Gemeindehaus, als sie uns die Treppe hinuntergestoßen haben. Weißt du, dass das tatsächlich das erste Mal war, dass Margot und ich miteinander ausgegangen sind? Ein toller Start für ein Verhältnis. Aber abgesehen davon sehe ich das wie du.«

Sie setzten ihre Runde fort und folgten der Straße am Fluss entlang, der schwarz und still dahinfloss. Ohne dass einer von ihnen daran gedacht hatte, fanden sie sich plötzlich vor der Zufahrt zu Direktor Raders Haus. Sie blieben stehen und grinsten einander an. Svante ging auf das Gebäude zu und öffnete den Briefkasten, der an einem Pfosten neben dem Gartentor hing.

»Hier liegen Zeitungen«, sagte er. »Wie wär's, wenn wir als kleinen Gruß ein Streichholz hineinwerfen?«

Bertil dachte, dass Svante einen Scherz machte.

»Könnten wir nicht ebenso gut gleich eine Dynamitstange reinwerfen? Du hast doch welche bei der Straßenmeisterei?«

Svante sah ihn mit einem schwachen Lächeln an.

»Ich mache keine Scherze«, sagte er. »Ich meine das ernst.«

Er nahm eine Packung Streichhölzer aus einer seiner Taschen und sah sich um. Dann öffnete er den Briefkasten und hielt ein Streichholz hinein. Er ließ es fallen, und Bertil sah, wie es aufflammte. Svante wartete noch einen Augenblick, ehe er die Klappe vorsichtig schloss. Einen kleinen Spalt ließ er offen, damit es durchziehen konnte.

Jetzt beeilten sie sich wegzukommen. Erst bei der Brücke hielten sie an. Svante war etwas außer Atem, doch sein Gesicht strahlte.

»Verdammte Scheiße, das hat sich richtig gut angefühlt«, sagte er. »Es ist natürlich völlig sinnlos, aber lustig war es schon. Und jetzt mache ich noch etwas, bevor ich ins Bett gehe. Warte du hier.«

Er eilte auf einen der Brückenbogen zu und begann hinaufzuklettern. Erst als er ganz oben in der Mitte des Halbbogens angekommen war, hielt er inne. Er krallte sich fest und blickte rundum, als suche er etwas. Wie hoch es war, begriff Bertil erst, als er auf der Brücke direkt unter ihm stand.

»Komm runter«, rief er. »Wenn du herunterfällst, schlägst du dir den Schädel ein.«

»Ja«, rief Svante zurück. Dann begann er, den Brückenbogen langsam wieder hinunterzurobben. Er lag auf dem Bauch und klammerte sich mit Armen und Beinen fest. Als es nur mehr wenige Meter waren, lockerte er den Griff und rutschte runter.

»Das habe ich zuletzt gemacht, als ich zehn war«, sagte er und lachte. »Weißt du, damals habe ich dort meinen Namen mit einem Messer eingeritzt. Und er ist immer noch da. Wenn die Brücke stehen bleibt, wird er mich überleben.«

»Warum hast du das gemacht?«

»Jetzt oder damals?«

»Dass man das als Junge macht, kann ich schon verstehen. Aber jetzt?«

»Ich hatte einfach Lust dazu«, antwortete er.

Sie gingen weiter, bis in die Nähe des Eisenbahnübergangs. Dort blieb Svante plötzlich stehen. Bertil sah ihn fragend an.

»Jetzt kommt er gleich«, sagte Svante.

Bertil wusste nicht, was er meinte. Svante blickte zurück.

»Der Schnee«, sagte er. »Spürst du es nicht? Jetzt kommt der Schnee.«

Bertil sah zu der bleigrauen Wolkendecke hinauf. Eine dünne Schneeflocke landete auf seiner Stirn.

»Ja, tatsächlich«, sagte er.

Sie standen da und beobachteten, wie der Schnee kam. Anfangs als einzelne, kaum merkliche Flocken, dann immer dichter.

Sie blieben lange dort stehen, schweigend. Erst als sie beide zu frieren begannen, trennten sie sich und gingen in verschiedene Richtungen weiter. Zu Hause kochte sich Bertil einen Kaffee. Die Uhr neben dem Bett zeigte, dass er nur gut eine Stunde draußen gewesen war, obwohl es sich viel länger anfühlte. Er kroch unter die Decke, machte das Licht aus und legte die Arme unter den Kopf. Das Fenster war einen Spalt geöffnet, und er fühlte, wie die kalte Luft über sein Gesicht strich. Er dachte darüber nach, dass er und Svante gemeinsam, vielleicht als Einzige in dem kleinen Ort, wie ein nächtliches Willkommenskomitee draußen gewesen waren, als der erste Schnee kam. Vielleicht würde er eines Tages mit solch einer Erinnerung sterben, und die dünnen, leichten Schneeflocken wären gewissermaßen das Letzte, das in ihm leuchtete wie ein rasch aufflammendes Irrlichtern.

Er dachte, dass er zu alt war, um jetzt noch ein Tagebuch zu führen. Doch an solch einem Abend bedauerte er, dass er nie damit begonnen hatte.

Er überlegte, wer von seinen Bekannten vielleicht Tagebuch schrieb. Kurz bevor er einschlief, kontrollierte er, ob er den Wecker richtig gestellt hatte. Um sechs Uhr musste er aufstehen, um ins Sägewerk zu gehen.

An diesem ersten Wintertag im Jahr 1948.

29.

Eines Nachmittags Mitte Dezember war Bertil nach der Arbeit auf dem Weg zu Margot. Als er an der Eisenwarenhandlung vorbeiging, kam ihm plötzlich der Gedanke, Enström zu besuchen. Sie hatten sich ein paar Wochen nicht gesehen, und Bertil wollte sich eine Weile im hinteren Zimmer am Kamin wärmen. Als er die Tür zum Geschäft öffnete, stieß er beinahe mit Helmer Gustafsson zusammen, dessen Gesicht sich aufhellte, als er Bertil sah.

»Na, sieh einer an. Hallo! Das ist aber lange her.«

»Ja, das ist es«, antwortete Bertil, aufrichtig erfreut, auf den

Menschen zu treffen, mit dem er hier im Ort als Erstem in irgendeine Beziehung getreten war. Oft dachte er an seine Anfangszeit, als er in der Pension des ständig schlaflosen Helmer Gustafsson saß, Abendnachrichten hörte, die Illustrierten las und Tee trank. Er hatte Helmer Gustafssons schwere Arme vor sich, die auf dem Wachstuch ruhten, und seine blinzelnden Augen, unter deren dicken Tränensäcken stets ein Schatten von Wehmut lag. Er konnte sich sogar noch an einige der Nachrichten erinnern, die sie gehört und kommentiert hatten, während das Teewasser kochte.

»Wie kommst du denn ohne meine *Allers* zurecht?«, sagte Helmer Gustafsson lachend. Bertil konnte sich nicht entsinnen, wann er zuletzt jemanden so herzlich hatte lachen hören.

»Es muss halt auch so gehen«, antwortete Bertil.

»Du hast dir offenbar eine Freundin zugelegt«, sagte Gustafsson. »Helmer weiß alles.«

Bertil lachte ebenfalls und nickte gleichzeitig zu Enström hinüber, der hinter der Theke amüsiert ihrem Gespräch zuhörte.

»Ich habe einen Ständer für den Weihnachtsbaum gekauft«, sagte Helmer Gustafsson und zeigte auf ein braunes Paket unter dem Arm. »Dieser Enström ist leider teuer geworden. Aber alles ist ja teurer geworden. Bald muss man sich damit begnügen, ein paar Fichtennadeln in ein Schnapsglas zu legen und bei einem Streichholz statt bei Kerzenlicht zu sitzen. Ich verstehe nicht, warum die Leute ihre Kerzen nicht selber gießen. Aber Frohes Fest, falls wir uns vorher nicht mehr sehen.«

Während er redete, knöpfte er umständlich seinen dicken Mantel zu und zog die Pelzmütze bis zu den kräftigen Augenbrauen herab. Er ging hinaus und schlug die Tür hinter sich zu.

»Stimmt, du hast bei ihm ja gewohnt«, sagte Enström, als sie allein waren. »Hallo übrigens!«

»Wollen wir uns nicht nach hinten zum Kamin verziehen?«, sagte Bertil.

»Mach das ruhig. Ich kann noch nicht richtig schließen.« In dem Moment, in dem er das sagte, klingelte die Türglocke, und ein neuer Kunde kam herein. Bertil schlich hinter die Theke, fischte sich neben der Kasse die Zeitung und ging in das hintere Zimmer, in dem wie vermutet der Kohlenofen glühte. Er spürte, wie ihm die Hitze entgegenschlug. Bertil streifte seinen Mantel ab, sank in den knarrenden Korbsessel und schob ihn so nah wie möglich an den Kamin. Er schlug die Zeitung auf und begann zu lesen. Immer, wenn er das Regionalblatt in der Hand hatte, stockte er vor der Seite zwei, auf der seinerzeit die beiden Artikel über das Lager erschienen waren. Doch heute standen da nur einige Buchbesprechungen, für die Bertil sich nicht interessierte, und jede Menge Weihnachtsangebote. Bei einem Foto von einem Mannequin in einem neuen Pelz hielt er inne. Im Weiterblättern überlegte er, was er Margot kaufen könnte. Für Rubinchen wollten sie gemeinsam einen Schlitten besorgen, und natürlich würde sie auch ein paar Spielsachen bekommen. Sie hatten aber noch nicht beschlossen, was sie einander schenken sollten. Margot hatte Bertil zwar gefragt, doch er hatte nur den Kopf geschüttelt und gesagt, dass er nichts haben wolle. Und auch für Margot war ihm nichts eingefallen.

Er legte die Zeitung zur Seite, als Enström hereinkam.

»Alles erledigt«, sagte er und setzte sich, wie es seine Angewohnheit war, auf die Schreibtischkante. »Und du, wie geht es bei dir?«

»Geht so«, sagte Bertil. »Nicht so schlecht eigentlich.«

»Scheint, als hätte sich alles ein wenig beruhigt.«

»Das liegt vielleicht an Weihnachten.«

»Dann hat das also auch seine positiven Seiten.«

»Bei dir läuft das Geschäft doch jetzt zu Weihnachten bestimmt gut.«

»Ja, sicher, aber ich mag Weihnachten nicht. Es hat so etwas Künstliches, diese Einkauferei.«

»Ich überlege gerade, was ich Margot schenken könnte. Keine Ahnung.«

»Wünscht sie sich etwas?«

»Soweit ich weiß, nicht.«

»Dann kannst du ja etwas Nützliches kaufen.«

»Ja, aber was. Na, ein bisschen Zeit habe ich ja noch. Es wird mir schon etwas einfallen.«

Enström sah ihn forschend an.

»Svante war gestern hier. Er hat erwähnt, dass ihr euch vor einiger Zeit getroffen habt.«

»Ja, das war beim ersten Schnee. Da waren wir am selben Abend draußen.«

»Er wirkt niedergeschlagen«, sagte Enström. »Vielleicht merkt man es nicht so deutlich, aber mich täuscht er nicht.«

»Die Sache mit diesem Lager geht ihm wohl nicht aus dem Kopf«, antwortete Bertil nach einer Weile. »Dass nichts dabei herausgekommen ist, muss übel für ihn gewesen sein«, fügte er hinzu. »Ich verstehe ihn.«

»Das ist jetzt fast genau ein Jahr her«, sagte Enström.

»Ja, die Zeit vergeht.«

»Aber dir ist das ja sicher recht, nicht?«

»Ich weiß nicht. Klar ist es schön, dass sich die Gerüchte gelegt haben. Doch zugleich bedrückt es mich, dass nichts dabei herausgekommen ist. Nun verläuft vielleicht alles einfach im Sand. Man möchte denen da oben ja doch einmal an den Kragen. Ist schon eine Sauerei, wenn es zu nichts führt. Die Leute sollten Bescheid wissen. Eigenartig übrigens, dass an den anderen Orten keiner reagiert hat. Es gab ja recht viele solcher Lager. In Storsien und Långmora und wie sie alle heißen.«

»Vermutlich ist es überall das Gleiche«, antwortete Enström. »Svante mit seiner Hartnäckigkeit ist ja recht ungewöhnlich, würde ich meinen. Er ist wie ein Terrier. Meine Frau findet, ich soll mir so einen kaufen.«

»Und? Machst du das?«

»Nein, ich glaube nicht. Aber Linnea braucht wohl Gesellschaft. Doch, ja, ich weiß es nicht. Ich habe darüber noch nicht richtig nachgedacht.«

Sie verstummten, als sie hörten, wie jemand probierte, die Eingangstür des Geschäfts zu öffnen. Es folgte ein kräftiges Pochen am Türglas. Enström schnitt eine Grimasse, ging hinaus und machte auf.

»Wenn man vom Teufel spricht«, sagte er, als er mit Svante zurückkam. Über einem Auge hatte Svante eine schwarze Klappe.

»Ist nur ein Gerstenkorn«, sagte Svante. »Es juckt, verschwindet aber bald wieder. Ich war beim Arzt.«

Er setzte sich auf Enströms knarrenden Schreibtischsessel und rieb sich die Hände.

»Ich bin tatsächlich gekommen, um etwas zu kaufen«, sagte er und grinste. »Ich will meiner Mutter einen Staubsauger schenken. Hast du einen, der etwas taugt?«

»Bestimmt, da finden wir schon was. Wir können sie uns ja gleich mal anschauen.«

»Ich würde gern erst noch ein wenig hier sitzen. Hast du es eilig, nach Hause zu kommen?«

»Nein, ich muss noch ein paar Sachen aus dem Lager holen, bevor ich gehe«, antwortete Enström.

»Was schenkt man sich denn dieses Jahr?«, fragte Bertil.

»Also, diesmal scheint es so zu sein, dass jeder einen Toaster haben will. Diese englische Radioserie hat offenbar alle auf den Geschmack gebracht. Ich musste bereits zweimal nachbestellen.«

»Vielleicht wäre das ja eine Idee«, sagte Bertil.

»Wozu braucht ihr denn einen Toaster? Wenn man warmes Brot haben will, kann man das doch wohl in einer Pfanne machen? Ich jedenfalls werde mir keinen Toaster anschaffen.«

Enström kramte aus einem Aschenbecher, der unter einem Haufen Papiere begraben war, einen Zigarettenstummel.

»Du rauchst?«, fragten Bertil und Svante wie aus einem Mund.

»Nur zu Weihnachten«, antwortete Enström und wühlte weiter, bis er eine Schachtel Streichhölzer fand, die jedoch leer war. Er spuckte die Kippe aus und warf sie in den Papierkorb.

»Sollen wir uns jetzt die Staubsauger ansehen?« Er ging ins Geschäft, und Svante folgte ihm. Bertil blieb sitzen und machte die Augen zu. Zerstreut lauschte er den beiden Stimmen, die undeutlich aus dem Verkaufsraum herüberdrangen.

Er wurde davon wach, dass Enström ihm auf die Schulter tippte. Bertil fuhr zusammen und sah sich verwundert um.

»Du musst eingeschlafen sein«, sagte Enström. »Das war bestimmt die Wärme. Svante hat seinen Staubsauger gekauft und ist gegangen. Ich soll dich grüßen.«

Bertil sah, dass Enströms Gesicht von der Glut des Ofens rot war.

»Habe ich tatsächlich geschlafen?«, sagte er.

Enström nickte.

»Du hast geschnarcht. Aber ich gehe jetzt gleich nach Hause.« Er beugte sich hinunter und sah in den Ofen, bevor er die Belüftungsklappe ganz öffnete. Bertil kratzte sich am Kopf und versuchte, die Müdigkeit abzuschütteln.

»Wie spät ist es?«, murmelte er.

»Zehn vor sieben«, antwortete Enström.

»Oh, Scheiße. Da fragt Margot sich bestimmt schon, wo ich bleibe.« Er sprang auf und griff nach seinem Mantel.

Gemeinsam verließen sie das Geschäft durch die Hintertür, und Bertil sah zu, wie Enström absperrte. Dann traten sie auf die Straße. Enström blieb stehen, und Bertil sah, dass er noch etwas sagen wollte.

»Ich will nur, dass du weißt, Bertil, wie sehr wir uns alle darüber freuen, dass diese Gerüchte anscheinend verstummt sind. Das ist schließlich ein kleiner Sieg für uns. Und obwohl wir in der Partei mit solchen Schwierigkeiten zu kämpfen haben, werden wir die Dinge nächstes Jahr mit neuer Kraft anpacken. Wir müssen stark auftreten. Bald sind die vierziger Jahre vorbei. Wenn es nach mir geht, dann werden die Fünfziger unser Jahrzehnt. Vielleicht bin ich zu optimistisch, die Sozis werden wohl nicht so leicht lockerlassen, aber ohne Optimismus geht es nicht. Mein Vorsatz fürs neue Jahr ist, die Parteiarbeit wieder schärfer anzugehen. Wir dürfen uns nicht auf Nebenschauplätzen verzetteln. Und es wäre gut, wenn du mir dann hilfst, die Sache voranzutreiben. Ich mache mir ein wenig Sorgen um Svante. Er wirkt so niedergeschlagen. Doch vielleicht gelingt es uns, auch ihn wieder in Schwung zu bringen. Was bleibt uns anderes übrig, als fleißig und rege zu sein? Jetzt muss ich aber nach Hause. Grüß Margot und die Kleine.«

Er deutete ein Nicken an und ging zu seinem Auto auf der anderen Straßenseite. Bertil blieb stehen und sah ihm nach. Dann drehte er sich um und eilte nach Hause zu Margot und Rubinchen, die bereits zu Abend gegessen hatten, als er kam. Er gab zu, dass er im Eisenwarenladen gewesen und dort im Sessel eingeschlafen war. Margot lächelte nur und fragte, ob sie für ihn was aufwärmen sollte. Das war Bertil recht. Er setzte sich mit dem Kind aufs Sofa und wartete, bis das Essen fertig war.

Margot war müde und schlief mit Rubinchen ein. Bertil breitete eine Decke über sie und legte Rubinchen in ihr eigenes kleines Bett. Dann stellte er das Radio leise an und machte es sich auf dem Sofa bequem. Ohne dass er wusste, warum, kehrte er in Gedanken immer wieder zu seinem ersten Arbeitstag im Sägewerk zurück.

Schwere Schritte auf der Treppe rissen ihn aus seinem Schlummer. Als er es an der Tür klopfen hörte, ging er hinaus, um zu öffnen. Eine Alte wollte die Zeitschrift einer religiösen Sekte verkaufen. Aus reinem Mitgefühl mit der mitgenommenen, frierenden Frau kaufte er ein Exemplar. Die Zeitschrift warf er in den Abfalleimer. Als er wieder ins Zimmer kam, war Margot aufgewacht. Beide gingen zu Bett und schliefen fast sofort ein.

Am zweiten Sonntag im Dezember, als alle durch den Ort flanierten, um die festlich dekorierten Schaufenster anzusehen gingen Bertil und Margot zum Gebäude des Handwerksvereins, in dem der Lions Club seinen Weihnachtsmarkt abhielt. Fackeln im Schnee beleuchteten den frisch geschaufelten Gang hinunter zu dem gelben Haus nahe am Fluss. Im Inneren herrschte dichtes Gedränge. Im Unter- wie im Obergeschoß waren lange Tische aufgestellt. Dort wurden unter anderem die vielen kleinen, gespendeten Dinge präsentiert, die man bei verschiedenen Lotterien gewinnen konnte. Postmeister Overberg hatte eine kleine Ausstellung organsiert, die auf Texttafeln über die Ziele des Lions Clubs informierte. Bertil und Margot blieben stehen und lasen sich die Beschreibungen durch.

»Scheint ja eine gute Idee zu sein«, sagte Margot.

Bertil legte die Stirn in Falten.

»Findest du? Das ist doch bloß wieder so ein neuer Oberschichten-Schwachsinn. Auf ein paar Hunderter kommt es bei denen doch nicht an. Und ihre Frauen haben ja ohnehin nichts zu tun.«

»Bertil!«

»Jaja. Ich weiß! Lass uns nicht weiter darüber reden. Ich hätte lieber einen Kaffee.«

Sie tranken Kaffee, spazierten umher und kauften einige Lose. Margot gewann ein kleines Deckchen, Handarbeit. Als sie den Eindruck hatten, alles gesehen zu haben, gingen sie hinunter und trafen beim Eingang auf Lönngren. Bertil entdeckte, dass auch er das kleine Lionsabzeichen auf dem Revers trug.

»Aha, er ist also auch dabei«, sagte Bertil, während sie zwischen den Fackeln hinauf zur Straße gingen.

»Wobei denn?«

»Bei diesen Lions. Er hatte auch so ein Abzeichen wie Rader und Sunatan und die anderen. Die haben sich also alle hohen Tiere hier im Ort gekrallt, auch die Polizei. Das ist doch echt zum Kotzen.«

»Warum bist du denn so negativ?«

»Ich glaube halt, dass ich dieses Spiel durchschaue.«

Er sah, dass seine Antwort Margot bedrückte, und legte den Arm um sie.

»Jetzt reden wir nicht mehr darüber«, sagte er. »Wenn wir uns beeilen, schaffen wir es heute Abend noch, einen Baum zu kaufen.«

»Es sind aber auch wieder diese Lions, die die Bäume verkaufen.«

»Das spielt jetzt keine Rolle.«

Auch Bertil hatte kein Interesse mehr, weiter über die Lions zu streiten. Sie gingen zum Postgebäude, wo im Innenhof Bäume in verschiedenen Größen dicht an dicht standen. Auch dieser Platz wurde von Fackeln beleuchtet. Unwillkürlich fuhr Bertil zusammen, als er Direktor Rader vor sich sah. Rader hatte eine Kellnerbörse für das Wechselgeld vor dem Bauch und verkaufte Weihnachtsbäume. Auch Margot hatte ihn erkannt und sah Bertil an.

»Sollen wir es bleibenlassen?«, fragte sie.

»Es bleibenlassen?«, sagte Bertil scharf. »Nein, kommt nicht in Frage. Wir werden Rader einen Baum abkaufen.«

Er zog Margot mit sich und ging entschlossenen Schritts auf Rader zu, der sich gerade nach neuen Kunden umsah. Zuerst dachte Bertil, Rader hätte ihn nicht erkannt, aber dann glaubte er doch, eine leichte Veränderung in dessen Gesicht zu bemerken.

»Wir möchten einen Baum«, sagte Bertil. Er merkte, dass seine Stimme angespannt klang.

»Nicht zu groß«, fügte Margot hinzu.

»Ja«, sagte Rader. »Sucht euch einfach den aus, den ihr haben wollt.«

»Aber …«

»Es gibt keinen fixen Preis«, unterbrach Rader Bertil. »Wir haben eine Untergrenze, aber hoffen natürlich, dass alle Kunden ein paar Kronen drauflegen. Geht ja alles ohne Abzug an Lions. Sagt mir einfach Bescheid, wenn ihr eine Wahl getroffen habt, dann komme ich.« Er lächelte kurz und wandte sich anderen Interessenten zu. Bertil und Margot sahen sich die kleinen Weihnachtsbäume an. Schließlich fand Margot eine Tanne mit dicht und gleichmäßig gewachsenen Ästen. Bertil nickte und ging zu Rader hinüber, der bei einer lodernden Feuerschale stand und sich die Hände wärmte.

»Also, wir haben einen Baum«, sagte Bertil.

Rader folgte ihm, ohne ein Wort zu sagen. Margot hob den Baum hoch. Er war höchstens eineinhalb Meter groß, mit dünnem Stamm.

»Für den hier ist der Mindestpreis eins fünfzig«, sagte Rader, und Bertil holte zwei Kronen aus seinem Portemonnaie.

»Stimmt so«, sagte Bertil.

»Danke«, sagte Rader. »Ihr habt unseren Weihnachtsmarkt schon besucht?«, fügte er hinzu.

Margot nickte, während Bertil den Baum schulterte.

Daheim ließen sie ihn im Hausflur stehen und betraten die Wohnung. Sara spielte mit Rubinchen, sie legten die Mäntel ab, und Margot setzte Teewasser auf. Bertil trat ans Fenster und dachte darüber nach, dass er von dem Mann, der ihn selbst und viele andere in so große Bedrängnis brachte, einen Baum gekauft hatte. In gewisser Hinsicht nahm er sich das übel. Er erinnerte sich an den Angriff im Gemeindehaus und all die üblen Gerüchte danach. Und jetzt kaufte er einen Baum von diesem alten Nazi Gustav Rader. Etwas an dieser kurzen Begegnung ließ ihn beunruhigt in die Zukunft blicken. Raders starres Gesicht, das nichts verriet.

30.

Das alte Jahr war zu Ende. Sie hatten den Baum vors Fenster gestellt. Die Kerzen flackerten in der Zugluft. Bertil hatte vergeblich versucht, die undichten Fenster mit Watte, getrocknetem Moos und Klebebändern zu isolieren. Rubinchen lag zusammengekauert in einer Ecke des Sofas, Margot hatte eine Decke über sie gebreitet.

Bertil nahm den Nussknacker, kramte eine Walnuss hervor und brach sie auf.

»Möchtest du eine?«

Sie griff nach der Nuss und knabberte daran. Sie saß neben

ihm auf dem Sofa. Keiner sagte etwas. Bertil knackte Nüsse, die sie abwechselnd aßen.

Es war nach zwei, am Neujahrstag 1949.

Während Margot die Schalen einsammelte und in den Abfalleimer warf, löschte Bertil die Kerzen. Gemeinsam brachten sie danach Rubinchen in ihr Bett. Sie ließen die Lampe auf dem Tisch brennen und gingen ebenfalls zu Bett. Bertil zog das neue Nachthemd an, das er von Margot zu Weihnachten bekommen hatte.

Sie lagen ganz still da, die Hände ineinandergeflochten. Rubinchen schnaubte. Durch die Wand konnten sie den Wind draußen auf der Straße hören. Ein Schneesturm zog über die Gemeinde hinweg. Er kam von den Bergen im Nordwesten herangerollt und näherte sich den Waldrücken, die dem Tal und dem kleinen Marktflecken vorgelagert waren. Der Schnee wirbelte durch die Baumwipfel und wurde vom Wind auf den Ort herabgedrückt. Schnee und Sturm tobten die Gassen entlang, bildeten Verwehungen in den Straßenecken und Hauseingängen. Ein achtlos an die Wand des Postgebäudes gelehnter Besen wurde über die vereiste Straße fortgetragen. Als die Nachtschwester im Krankenhaus das Fenster einen Spalt öffnete, um zu lüften, bekam sie eine Ladung Schnee ab. Mit dem Sturm war die Temperatur auf etwa sechs Grad minus gestiegen, danach fiel sie wieder auf zwölf Grad unter null.

Draußen auf der alten Brandstätte, wo das Lager gewesen war, lag ein gleichmäßiger weißer Teppich. Die Schneedecke war einen halben Meter hoch. Nur die alten Zaunpfähle ragten aus dem Schnee empor.

In den Häusern der Ortschaft war es dunkel. Nur in Harpos Wohnung über der Bank brannte Licht. Harpo saß über einem Buch, seine Thermoskanne mit Kaffee in Griffweite. Er hatte sich in ein Lammfell gewickelt und eine Mütze aufgesetzt. Pfeife rauchend las er langsam Seite um Seite. Ein in Wachstuch eingeschlagenes Notizbuch lag geöffnet vor ihm, aber er trug nur selten etwas ein.

Direktor Rader schlief in seiner geräumigen Villa. Der blankpolierte Tisch im großen Speisezimmer war mit Gläsern, leeren Likörflaschen und überquellenden Aschenbechern bedeckt. Raders siamesische Katze hatte sich auf einem Stuhl neben dem offenen Kamin zusammengerollt. Die Zugleine an der Fahnenstange draußen im Garten schlug im Wind.

Das Zentrum der kleinen Gemeinde ruhte in stillem und sanftem Schlaf. Der Sturm hämmerte gegen die Fenster und Hausmauern, aber er stieß auf taube Ohren.

Bertil hatte den einen Arm vors Gesicht gelegt, der andere ruhte auf Margots Bauch. Margot schlief zur Seite gedreht mit angezogenen Beinen, den Rücken an Bertil gepresst.

Beide würden sich tags darauf, am zweiten Januar, wenn Bertil wieder ins Sägewerk musste und Margot Spätdienst in der Konditorei hatte, an ihre Träume nicht mehr erinnern. Der Wecker stand auf zehn nach sechs. Über dem Stuhl neben dem Bett hingen Margots weiße Bluse und ihr schwarzer Rock, Bertils Arbeitskleidung lag auf dem Sofa in der Küche.

Um Viertel nach fünf strampelte Rubinchen ihre Decke weg und begann zu weinen, weil sie fror.

Der Brand

1.

Bertil Kras rennt durch die Dunkelheit. Die Kälte ist rau, der eisige Nebel kratzt im Hals. Er ist zu ausgepumpt, um durch die Nase zu atmen, und keucht vor Erschöpfung, denn er ist eine weite Strecke gerannt. Während er durch die verlassenen Straßen läuft, denkt er daran, dass die Temperatur gesunken sein muss. Am Morgen hatte das Thermometer neunzehn Grad minus gezeigt. Jetzt muss die Quecksilbersäule noch weiter gefallen sein, auf mindestens fünfundzwanzig.

Kurz zuvor war sein Auto liegengeblieben. Er fuhr langsam die Waldstraße entlang, zurück von dem kleinen zugefrorenen See, an dem er den Sonntag mit Eisangeln verbracht hatte. Plötzlich blieb das Auto stehen und wollte nicht mehr weiter. Zwanzig Minuten lang hat er versucht, das Problem zu finden, und im Schein der Taschenlampe am Motor herumgeschraubt. Schon nach ein paar Minuten waren seine Hände so steif, dass er nicht mehr spürte, wenn die Fingerspitzen das Metall berührten. Völlig allein stand er auf dem Waldweg, nur ein schwaches Zischen der Hochspannungsleitung war aus der Schneise direkt hinter ihm zu hören.

Schlagartig gibt er auf und lässt die Motorhaube zufallen. Der Knall wird vom Schnee und den dunklen, schweren Fichten gedämpft. Er zieht sich die dicken Fäustlinge über, streckt den Rücken durch und blickt sich um. Es ist stockfinster, und er hofft, dass die Taschenlampe nicht versagt. Dann zieht er rasch den Zündschlüssel aus dem Schloss, sperrt mit wachsender Unruhe das Auto ab und macht sich auf den Weg. Er läuft in schnellem Tempo, rutscht den Weg entlang. Bis nach Hause sind es sechs Kilometer.

Als er auf die Hauptstraße kommt, beginnt er zu rennen, ein weicher, federnder Laufschritt. Er will versuchen, noch etwas zu essen zu bekommen, bevor das Hotel zumacht. Das Engberg schließt um zehn. Er kommt sieben Minuten zu spät und hämmert an die Tür. Die einzige Reaktion ist, dass das Licht im Flur hastig gelöscht wird.

Zur Hölle, denkt er. Verfluchter Mist.

Er ist verschwitzt und erschöpft. Seine Brust schmerzt von der Kälte und der rauen Luft, die er einatmet. Er lehnt sich an die Tür und hämmert ein weiteres Mal dagegen. Da erlischt auch das Licht vor dem Hoteleingang, und er steht in der Dunkelheit. Dabei entdeckt er, dass die Taschenlampe immer noch brennt, er hat vergessen, sie auszuschalten.

»Mist, verfluchter«, flüstert er noch einmal.

Dann macht er sich auf den Weg nach Hause. Auf dem Anstieg zu dem weißen Volksschulgebäude rutscht er aus und fällt auf die schneebedeckte Fahrbahn. Er hat die Hände in den Jackentaschen vergraben und kann sie nicht mehr rechtzeitig herausziehen. Er schlägt mit der linken Hüfte auf und bleibt einen Moment lang sitzen, bevor er sich erhebt und den Schnee abbürstet.

Als er an den Eisenbahnübergang kommt, stürzt er ein weiteres Mal. Er stolpert über eine Unebenheit und gleitet auf den Schienen aus. Wieder bekommt er die Hände nicht rechtzeitig aus den Taschen. Doch er verletzt sich nicht. Er setzt seinen Weg fort, biegt links ab und folgt der abschüssigen Straße Richtung

Fluss. Kurz nach halb elf betritt er sein Zimmer im ersten Stock des grauen Holzgebäudes, das dem Forstunternehmen gehört.

Er knipst die Lampe am Bett an, zieht sich aus und kriecht unter die Decke. Während er an seinen Volkswagen im Wald denkt, wärmt er die geballten Hände im Schritt. Dann löscht er das Licht und schläft ein.

Er ist müde. Er ist einer der wenigen, die nicht aufwachen werden.

Auch das wird gegen ihn verwendet werden.

Es ist der 7. Januar 1951. In der Nacht von Sonntag auf Montag brennt das Sägewerk bis auf die Grundmauern nieder. Die Flammen zischen in der Kälte, die Katastrophe hat ein Herz aus Eis. Der Sonntag mit seiner leuchtend blauen Lackfarbe liegt plötzlich weit zurück.

2.

Eisenwarenhändler Enström träumt, dass jemand mit dem Brecheisen auf ihn einprügelt. Als er im Dunkeln die Augen öffnet, ist ihm sofort klar, es sind feste Schläge an der Tür, die ihn geweckt haben. Er wirft einen Blick auf die leuchtenden Zeiger des Weckers. Zehn vor zwei.

Ihm ist klar, dass man ihn nicht als Eisenwarenhändler, sondern als Leiter der freiwilligen Feuerwehr geweckt hat. Er stemmt den schweren Leib aus dem Bett und nimmt sich nicht die Zeit, Pantoffeln oder einen Morgenmantel anzuziehen, ehe er sich im Dunkeln die Treppe hinabtastet. Er spürt, wie sein Herz in der Brust dröhnt, dreht den Schlüssel um, ruft »Herein!« und öffnet die Tür.

»Das Sägewerk brennt.«

Enström sieht Backman an.

»Scheiße, nein«, sagt er nur. »Scheiße, nein.«

»Es brennt im Sägewerk und bei den Holzstapeln.«

Backman war Waldarbeiter und wohnte neben dem Werk.

»Ich hab Angst um mein Haus«, sagt er.

Enström blickt in Backmans atemloses und schreckensstarres Gesicht. In seinen Augen erkennt er das große Feuer, die gewaltsame Katastrophe. Er macht auf dem Absatz kehrt, geht in die Küche und greift zum Telefon. Hastig wählt er. Als sich die Vermittlung meldet, zögert er einen Augenblick, als hoffe er, jemand würde ihm sagen, es gibt keinen Brand, es ist alles ein fataler Irrtum. Aber niemand sagt etwas, und durch die Küchendecke hört er, dass seine Frau aufgestanden ist und die Treppe herunterkommt.

»Unkontrolliertes Feuer im Sägewerk«, sagt er. »Enström hier. Hallo.«

Die Sirenen waren an vier unterschiedlichen Stellen im Ort angebracht. Vom ersten Heulen wurden sämtliche Mitglieder der Feuerwehr wach, ihre Familien und ein Großteil der Erwachsenen im Zentrum.

Enström fährt mit einem Bein in die Hose, und Backman läuft entlang der Eisenbahn zu seinem Haus.

Ein Brand ist ausgebrochen. Wo, das wissen bislang nur die Telefonistin, Backman und Enström.

3.

Das falunrote Holzhaus der Feuerwehr mit dem hohen Turm lag zwischen Pfarrhof und Kirche. Es war alt und undicht, Enström hatte erst vor einigen Monaten Finanzverwalter Åke Matsson darauf hingewiesen, dass es den Löschschläuchen schadete, wenn Schnee und Eis in den Turm wirbelten. Matsson hatte versprochen, es bei der Sitzung zur Sprache zu bringen, aber bisher war nichts geschehen.

Enström kam als Letzter bei dem Feuerwehrgebäude an. Das Löschfahrzeug war bereits herausgefahren, die Feuerwehrmänner saßen darin, die Blicke nach Nordwesten auf den roten Schein gerichtet. Enström kam immer als Letzter, er wohnte am weitesten entfernt. Aus diesem Grund hatte es Diskussionen gegeben, ob er sich als Leiter der Feuerwehr überhaupt eignete. Aber als gewählt werden sollte, hatte keiner etwas gesagt.

Er lehnte sein Fahrrad an die Hauswand und rannte zu dem roten Auto. Von Abgasnebel umwabert schwang er sich auf den Platz neben dem Fahrer.

»Zum Sägewerk«, sagte er nur.

Während er mit dem Rad zur Feuerwehrwache fuhr, hatte er sich zu erinnern versucht, wo beim Sägewerk die Löschteiche und Wasserbrunnen waren. Der größte Teich befand sich neben der Baumschule, nur etwa fünfzig Meter entfernt von dem Bereich, in dem das meiste Holz lagerte, aber der war jetzt zugefroren. Wahrscheinlich mussten sie das Wasser in Backmans Haus entnehmen. Mit der Wassermenge des Löschautos war gegen einen so großen Brand nicht viel auszurichten.

Er fühlte sich unsicher. In den Jahren, seit er die Feuerwehr leitete, war es lediglich zu kleineren Bränden gekommen. Ein paar Mal hatte sich im Sommer das dürre Gras entzündet, es hatte im Holzschuppen beim Altersheim gebrannt und auf Niklassons Schrottplatz. Aber von größeren Bränden war er glücklicherweise verschont geblieben. Doch nun hatte ihn die Katastrophe eingeholt. Die einzige Sicherheit, an die er sich halten konnte, war, dass keine unmittelbare Gefahr für Menschenleben bestand. Das sagte er auch.

»Backman war bei mir, Nils Backman. Aber keine Lebensgefahr.«

»Er wohnt ja nebenan«, kam es vom Rücksitz. Das Löschfahrzeug rumpelte, Enström sah unentwegt nach vorn und hielt sich am Türgriff fest, um die schaukelnden Bewegungen auszugleichen.

»Er hat gesagt, es brennt nicht nur im Sägewerk, sondern auch beim Holzlagerplatz. Das dürfte also schwierig werden.«

»Woher holen wir das Wasser?«, fragte jemand.

»Vermutlich bei Backman«, antwortete er. »Woher sonst?«

Als sie hinter dem Krankenhaus auf dem Hügel angekommen waren, sahen sie das Feuer.

Backman hatte nicht übertrieben. Das gesamte längliche Sägewerksgebäude brannte, und die Flammen schlugen hoch hinauf in die Dunkelheit. Die Holzstapel in nächster Nähe waren vom Feuer ebenfalls erfasst worden. Durch die Lüftungsschlitze drang der Brandgeruch auch ins Löschfahrzeug. Enström nestelte an dem grauen Stahlhelm herum, den er auf dem Schoß hielt. Reglos starrte er vorwärts, geradewegs in die Katastrophe.

Sie brachten das Fahrzeug auf der abschüssigen Zufahrt zum Sägewerk zum Stehen, direkt neben Backmans Haus. Als sie aus dem Löschauto stiegen, schlug ihnen die Hitze entgegen, fremd wie eine heiße Nachtsonne. Sie begriffen, dass dies kein Feuer war, das man löschen konnte, sondern eine Feuersbrunst, deren weitere Ausbreitung verhindert werden musste. Sie müssten einen Ring darum ziehen, damit sie, wenn alles abgebrannt wäre, langsam von selbst erlosch.

Wie ein Saufgelage, dachte Enström. Wenn der Schnaps aus ist, ist alles aus. Vorher nicht.

Bertil Kras lag im Bett und schlief. Er hatte sich zusammengekauert wie ein Säugling und die Hände zwischen die Beine gepresst. Sirenen hörte er keine. Ganz ungestört schlief er in Erwartung des morgigen Tages, ein Montag, ein Arbeitstag.

Bereits in dem Augenblick, in dem Enström von dem Brand erfuhr, hatte er sich nach der Ursache gefragt. Während er sich unbeholfen ankleidete und die Knöpfe seinen nervösen Händen entglitten, während er seine Frau anknurrte, die im Morgenmantel und mit Lockenwicklern neben ihm stand, die ganze Zeit über suchte er nach der möglichen Ursache des Brandes. Denn solange er nicht verstand, was das Feuer ausgelöst hatte, konnte er es nicht beherrschen. Auch jetzt, da er im Schneematsch herumlief und Hitze und Kälte abwechselnd auf seinem Gesicht brannten, fragte er sich nach der Ursache. Er rannte nach hinten zum Löschteich bei der Baumschule, sah die Eisschicht und begriff, dass die Hitze nicht ausreichte, um den zugefrorenen Tümpel aufzuschmelzen. Als er zur Brandstelle zurückkam und gerade zum Auto laufen und nach seinem Schlauch greifen wollte, hielt er inne. Er erkannte, dass er sich einen Überblick verschaffen musste. Es lag an ihm, einen Bericht abzuliefern, und dazu musste er alles gesehen haben. Im selben Moment entdeckte er, dass Polizeikommissar Lönngrens Wagen hinter dem roten Löschfahrzeug in einer Schneewehe stand. Er sah, wie Lönngren vom Fahrersitz kletterte und mit vorgehaltener Hand in das starke Licht schaute.

Aus unterschiedlichen Richtungen umkreisten sie den Brand, bevor sie sich trafen. Sie nickten beide, und der Feuerschein warf Schatten auf ihre Gesichter.

Lönngren machte den Anfang.

»Hallo. Furchtbar, das hier.«

»Ja. Übrig bleiben wird da absolut nichts.«

Enström wollte Lönngren zu verstehen geben, dass er einen Überblick über die Katastrophe hatte. Er sah Lönngren mit schmalen Augen an und wartete auf seine Reaktion.

»Kannst du mir eine schnelle Beschreibung der Lage geben«, sagte Lönngren.

»Das muss warten. Ich habe jetzt keine Zeit«, antwortete Enström und ging rasch zu den Schläuchen, die sich wie Schlangen im nassen Schnee wanden. Mit einem Sprung zur Seite musste er einem Haufen brennender Kiefernbretter ausweichen, der mit einem heftigen Knall zusammenfiel.

Dieser Mistkerl hat sich Zeit damit gelassen, hier aufzutauchen, dachte er und bückte sich nach einem Schlauch. Es war zu wenig Druck darin, der Schlauch lag fettig und schlaff in seinen Händen.

Sie arbeiteten schweigend. In respektvollem Abstand zum Brand und den Feuerwehrmännern hatten Schaulustige sich versammelt, eine schwarze Masse.

Enström grübelte immer noch. Was bedeutete der Brand? Was hatte ihn verursacht? Er biss die Zähne zusammen, als er in das eigentliche Sägewerksgebäude blickte, das mehr und mehr einem schwarzen Holzskelett ähnelte. Die runden Sägeblätter bogen sich vor Hitze, und eigenartige Geräusche drangen aus dem Brandherd. Die schweren Schneidemaschinen und Kappsägen lösten sich krachend aus ihren Befestigungen. Er sah zum Dach hinauf. Es würde nicht mehr lange standhalten. Er überprüfte hastig, ob bei dem Einsturz jemand zu Schaden kommen könnte. Dabei traf sein Blick den von Backman, der vollkommen reglos dastand, wie eine Statue, als weigerte er sich, das, was er sah, zu akzeptieren. Enström versuchte zu lächeln, brachte aber nur eine Grimasse zustande.

»Deine Bude bleibt ungeschoren«, rief er.

Backman reagierte nicht. Als er schließlich mit einem langsamen Nicken antwortete, hatte Enström sich bereits abgewandt.

Alles hielt den Atem an, kurz bevor das Dach nachgab. Alle Anwesenden ahnten, was geschehen würde. Bedächtig wie ein schwerer, schwarzer Rußnebel stürzte das Dach ein, und glühende Ziegel regneten herab.

Es war ein verheerender Brand. Nach fünf Stunden loderten nur noch einzelne Stellen, wie Lagerfeuer. Die Erde glühte, und der Schnee rahmte die Reste des Sägewerks ein. Backmans Haus blieb unbeschadet, nur ein paar Fensterscheiben waren in der Hitze gesprungen. Die Löscharbeiten waren beendet, mit einem Mal gab es Zeit, sich mit den Konsequenzen auseinanderzusetzen.

Enström ließ über die um den Brandherd Versammelten den Blick gleiten. Er sah seine Frau in einer der Gruppen, er sah Harpo an ein Auto gelehnt. Er sah Pfarrer Lindgren mit Backman reden und eine Übernachtungsmöglichkeit für ihn und seine Familie organisieren.

Plötzlich fiel ihm auf, dass einer fehlte. Einer, den er nirgends sah, der aber hätte anwesend sein müssen. Er hatte den Gedanken noch nicht richtig gefasst, als er wusste, um wen es sich handelte.

Es war der Direktor, der Eigentümer des Sägewerks. Direktor Rader.

Er runzelte die Stirn und schaute sich ein weiteres Mal um. Er suchte den Reserveoffizier mit dem schütteren Haar, den kleinen, blassen Mann, der seit dreißig Jahren über das Sägewerk herrschte. Aber Rader war nicht da. Alle anderen konnte er sehen. Alle außer Rader.

Er zögerte einen Augenblick. Schließlich ging er auf Lönngren zu, der an der Seite des Pfarrers stand und sich im Nacken kratzte.

»Rader?«, sagte er nur.

Lönngren sah ihn fragend an, bevor er begriff, was er meinte. Dann schaute er sich rasch um, bevor er Enström wieder in das verschwitzte Gesicht blickte.

»Nicht zu sehen?«

»Nein.«

»Das ist seltsam.«

»Er müsste hier sein. Verreist ist er jedenfalls nicht.«

Lönngren war einen Moment verwirrt. Dann rief er laut.

»Hat jemand Direktor Rader gesehen?«

Hier und da hörte er ein gemurmeltes Nein. Er dachte kurz nach, ging zu seinem Auto und fuhr zum nächsten Telefon. Als er eine Viertelstunde später zurückkam, sah Enström ihn fragend an.

»Geht keiner dran«, sagte Lönngren.

4.

Sie fanden ihn zufällig, am Montagmorgen, ungefähr zur selben Zeit, als Bertil Kras mit einem Ruck erwachte. Einer der Feuerwehrmänner, der sich in der Nähe der Baumschule in die Büsche geschlagen hatte, um zu pinkeln, trat mit dem Stiefel mitten in sein Gesicht. Der Körper lag auf dem Rücken im Schnee. Die Augen waren geöffnet und der Mund wie in einer Grimasse nach links verzogen. Der Feuerwehrmann rief nach Enström, der im Löschfahrzeug saß und Kaffee aus einer Thermoskanne trank. Enström schien zu ahnen, dass etwas passiert war. Obwohl er eigentlich langsam gehen wollte, rannte er auf den zitternden Feuerwehrmann zu.

Rader ist tot, war Enströms erster Gedanke, als er vor dem Körper stand und mit der Taschenlampe in sein Gesicht leuchtete. Sein zweiter Gedanke war, dass die Katastrophe offenbar größer war, als man vermutet hatte. Sein dritter Gedanke war schlicht und einfach, dass Rader ermordet worden war.

»Er ist tot«, sagte er nur. »Fass nichts an. Lauf zurück und ruf diesen verfluchten Lönngren an.«

Es verwunderte ihn, mit welcher Selbstverständlichkeit er Lönngrens Namen verfluchte. Er stand da, schaute in das Gesicht des toten Direktors und sah die Rußspuren des Stiefelabdrucks.

Als Lönngren nach etwa zwanzig Minuten eintraf, hatte er Bezirksarzt Müntzer bei sich. Der Arzt war Este und mit einem der Boote gekommen, die es bei Kriegsende an die Südküste Schwedens getrieben hatte. Er trug seine Tasche mit der linken Hand, und als er sich dicht hinter Lönngren klatschend durch den schwarzen Schneematsch bewegte, fiel Enström auf, dass er

Halbschuhe anhatte. Müntzer beugte sich hinunter, setzte die Brille auf und begann Raders Körper zu untersuchen. Lönngren und Enström warteten gespannt. Das Gerücht, dass Rader tot aufgefunden worden sei, hatte schnell die Runde gemacht, und nach und nach kehrten die Leute zur Brandstelle zurück.

»Du solltest etwas zu ihnen sagen«, meinte Enström.

Lönngren blickte auf. Er sah, dass einige besonders Neugierige immer näher kamen. Er richtete sich auf und machte mit der Hand ein Stoppzeichen. Damit hielt er sie auf Abstand.

»Er ist tot«, sagte Müntzer und stand auf.

Enström starrte ihn misstrauisch an.

»Das habe ich bereits gesehen«, sagte er.

»Sieht aus, als hätte ihn der Schlag getroffen«, fuhr Müntzer fort, ohne auf Enströms mürrischen Gesichtsausdruck zu achten.

»Kein Verbrechen also«, sagte Lönngren.

»Nein«, sagte Müntzer. »Wohl ein Schlaganfall. Alles deutet darauf hin. Und er hat keine Verletzungen. Außerdem war er mein Patient. Sein Herz war nicht besonders kräftig.«

Enström starrte abwechselnd auf den toten Direktor, der mit seinen aufgerissenen Augen im Schnee lag, und auf den jungen estnischen Arzt, der so gut Schwedisch sprach.

»Kann man ihm nicht die Augen schließen?«, sagte Enström nach einer kurzen Pause.

Müntzer beugte sich hinunter und schloss Rader die Augen. In diesem Augenblick war Enström überzeugt, dass es sich so verhielt, wie der Arzt sagte. Kein Verbrechen, nur ein Schlaganfall.

»Vermutlich hat er den Schock nicht verkraftet«, sagte Lönngren und steckte die Hände in die Taschen. »Sein Lebenswerk, das Sägewerk der Familie, in Rauch aufgehen zu sehen.«

Enström sagte nichts. Er fühlte sich plötzlich hundemüde und blickte auf die Uhr. Viertel nach sieben. Er dachte daran, dass er in knapp zwei Stunden sein Geschäft öffnen musste, und die Tatsache, dass er gerade mitten in der Inventur war, der schlimmste Zeitpunkt im Jahr, verdross ihn.

»Da wird wohl eine Obduktion nötig sein«, sagte Lönngren, nahm eine Hand aus der Tasche und schob die Pelzmütze in den Nacken. »Wir sollten ihn jetzt von hier wegbringen«, sagte er mit einem Blick zu Müntzer. »Ich rufe in der Taxizentrale an, die sollen mit dem Rettungswagen kommen.« Er ging los, und Müntzer folgte ihm federnden Schritts in seinen Halbschuhen durch den Matsch.

Enström zitterte vor Kälte und kehrte zum Löschfahrzeug zurück. Er nahm auf dem Rücksitz Platz und griff nach seiner Thermoskanne. Dabei stellte er fest, dass er vergessen hatte, den Deckel zuzuschrauben, als er loslief. Der Kaffee war kalt. Einen Augenblick betrachtete er die rote Thermoskanne und goss dann den Kaffee in den Schneematsch, der allmählich wieder festzufrieren begann.

Als er aufsah, stand Bertil Kras vor ihm.

»Hallo«, sagte er.

»Grüß dich«, antwortete Enström. Das erste Mal in dieser Katastrophennacht brachte er ein Lächeln zustande.

»Was ist denn los?«, fragte Bertil.

Enström runzelte die Stirn.

»Das weißt du nicht? Ich dachte, es hat sich bis ins letzte Eck herumgesprochen, dass das Sägewerk abgebrannt und Rader tot ist. Ein Schlaganfall, sagt der Doktor, der Este.«

Er sah an Bertils ernstem und angespanntem Gesicht, dass dieser von nichts wusste.

»Hast du die Sirenen nicht gehört?«, sagte er.

»Nein«, antwortete Bertil. »Ich habe geschlafen. Ich war todmüde. Das Auto ist liegengeblieben.«

Enström erzählte, was während der Nacht geschehen war. Zugleich nutzte er die Gelegenheit, sich den Ablauf der Ereignisse noch einmal einzuprägen.

Als er fertig war, fing es langsam an, hell zu werden. Die Nachtschwärze wich zaghaft einem dichten, grauen Nebel. Die Kälte hatte nachgelassen. Einige Stunden später setzte Schneefall ein. Es war Montag, der 8. Januar 1951.

5.

Abends um sechs drehte Enström den Schlüssel in der Eingangstür um und zog das Rollo herab, das in schwarzen Buchstaben mitteilte, dass der Eisenwarenladen geschlossen war. Er griff zum Schalter neben der Tür, und im Geschäftraum ging das Licht aus. Das Straßenlicht, das durchs Schaufenster hereinkam, fiel in unregelmäßigen Streifen über die Verkaufstheke, den braunen Boden und die Regale mit ihren unzähligen kleinen Schubladen. Enström trat hinter die Theke, wischte eine vergessene Rechnung in den Papierkorb und ging dann in das hintere Zimmer, sein kleines Büro. Müde ließ er sich in den Korbstuhl neben dem Kamin fallen und betrachtete seine Hände. Obwohl seit dem Brand vier Tage vergangen waren, zeigten sie immer noch Rußspuren und kleine Schrammen von den Eisenmanschetten der Schläuche. Er streckte eine Hand ins Licht der Tischlampe und sah, dass sie zitterte. Es zuckte in den Gelenken und im Winkel zwischen Daumen und Zeigefinger.

Seine Hand war groß und massiv.

Eine Enströmhand, dachte er. Groß und massiv und behaart

wie alles an mir. Erik Enström, Eisenwarenhändler, Feuerwehrmann.

Er ließ die Hand in den Schoß fallen, machte es sich in dem knarrenden Korbstuhl bequem und blickte auf die Uhr über dem Schreibtisch. Entweder musste er nun bald nach Hause gehen oder anrufen und Bescheid geben, dass er noch eine Weile im Büro zu tun hätte. Doch er fühlte sich antriebslos und nicht einmal in der Lage, eine so unbedeutende Angelegenheit zu entscheiden.

Er fragte sich, woher das kam. Diese Unlust und Müdigkeit waren neu. Noch vor wenigen Wochen hatte er die gewohnte Lebensfreude empfunden, die ihn sein bisheriges fünfzigjähriges Dasein hindurch begleitet hatte. Mutlosigkeit oder Gleichgültigkeit kannte er nicht. Er konnte sich kaum erinnern, wann er das letzte Mal in diesem Korbstuhl gesessen hatte. Normalerweise war er vornübergebeugt am Schreibtisch beschäftigt.

Erik Enström spürt, dass ihm die Lust abhandengekommen ist. Er sitzt in der Dunkelheit und fragt sich, woher dieses sonderbare Gefühl rührt, so wie er sich auch seit einigen Tagen fragt, was die Ursache für den verheerenden Brand und den Tod des Direktors ist.

Plötzlich geht ihm auf, dass es zwischen seiner merkwürdigen Unlust und dem abgebrannten Sägewerk einen Zusammenhang gibt. Die Gedanken rasen wie wilde Spitzmäuse in seinem Kopf hin und her. Er wechselt in seinem Korbstuhl die Position. Von der Kaminwärme hat er angefangen zu schwitzen. Außerdem fällt ihm in regelmäßigen Abständen ein, dass er zu Hause anrufen muss.

Der Brand des Sägewerks geht ihm wieder durch den Kopf. Er wird in der Nacht geweckt, ist sich einen Moment unsicher und hofft, dass alles nur Einbildung sei, dann greift er zum Telefon und lässt die Sirenen anstellen. Die Löscharbeiten laufen so gut wie möglich. Alles brennt nieder, doch sie können das Feuer daran hindern, sich weiter auszubreiten. Dann sitzt er mit seiner Thermoskanne auf dem Fahrersitz des Löschfahrzeugs, und man hat die Leiche von Direktor Rader gefunden. Einen Augenblick denkt er an Mord, einen schrecklichen Zusammenhang zwischen Feuer und Tod. Schließlich bekommt er die beruhigende Mitteilung des Arztes. Vier Tage vergehen abwechselnd mit Besichtigungen des Brandorts, Gesprächen mit dem verhassten Polizeikommissar Lönngren und der ermüdenden Inventur im Eisenwarenladen.

Für ihn gehören die Dinge auf merkwürdige Weise zusammen. Wenn er Schrauben und Hammerstiele zählt, denkt er darüber nach, was den Brand und Raders Tod verursacht haben könnte. Wenn er die Brandstätte inspiziert, muss er an den Laden und die laufende Lagerinventur denken.

Erik Enström sitzt mit zunehmender Unruhe da. Der Kamin ist überheizt, und er schwitzt.

Plötzlich hat er das Bedürfnis nach Gesellschaft. Vielleicht handelt es sich um eine Flucht, eine Ausflucht, um nicht weiter nach der Ursache des Brandunglücks und seiner eigenen Müdigkeit suchen zu müssen. Doch gleichzeitig denkt er, dass ihm das im Moment völlig egal ist.

Er ruft zu Hause an und sagt, er brauche noch einige Stunden.

»Bleib nicht auf und warte«, sagt er. »Es kann spät werden.«

Er zieht die Jacke an, macht das Licht aus und sieht noch einmal nach dem Kamin. Durch die Hintertür der Eisenwarenhandlung tritt er ins Freie und spürt, wie ihm die Kälte ins Gesicht schlägt. Mit der Hand am Türgriff bleibt er stehen und versucht, sich den Frühling vorzustellen.

Dann schließt er ab und macht sich auf den Weg zu Bertil.

Bertil hat auf dem Bett Platz genommen und Enström auf dem einzigen Stuhl, den es in Bertils Zimmer gibt. Sie trinken Tee und essen Zwieback. Das Fenster steht einen Spalt offen, damit der Rauch von Bertils Zigaretten abziehen kann. Es ist inzwischen zehn Uhr. Gemeinsam hören sie die Abendnachrichten. Ohne zu fragen, schaltet Bertil den Radioapparat ein, der dreißig Sekunden braucht, um warm zu werden. Dann hören sie die neuesten Pressemeldungen aus Korea.

Es folgt der Wetterbericht. Es soll kalt bleiben, die Kälte wird wohl sogar noch strenger werden.

Bertil macht das Radio aus und schließt das Fenster.

»Noch Tee?«

Enström schüttelt den Kopf.

»Ich muss an das Feuer denken«, antwortet er. »Und ich fühle mich so verflucht lasch.«

Bertil erwidert nichts. Dies ist das erste Mal, dass er Enström etwas über sich sagen hört, etwas Privates, obwohl sie einander kennen, seit Bertil ein halbes Jahr im Ort war. Eines Nachmittags kam Bertil in Enströms Eisenwarenladen und bat ihn um ein Gespräch. Er sagte, dass er mit Enströms Partei sympathisiere und sich ihr anschließen wolle. Seitdem kennen sie einander. Im Winter gehen sie gemeinsam fischen, und sie arbeiten zusammen in der Partei.

»Was wirst du jetzt machen?«, fragt Enström. »Warum bist du eigentlich nicht bei Margot?«

Bertil stößt das Fenster wieder ein wenig auf und sagt, er wisse es nicht.

»Es gibt ja kaum Arbeit«, sagt er. »Und mit meinem Parteibuch erst recht nicht. Vielleicht muss ich fortgehen. Rubinchen kränkelt ein wenig, deshalb bleibe ich ein paar Tage hier bei mir.«

Enström nickt und spürt, wie sein Unbehagen wächst. Dass

Bertil möglicherweise verschwindet, trägt dazu bei. Er sieht die Schublade der Eisenwarenhandlung mit dem Wirrwarr an dicken und dünnen Schnüren vor sich. Ihm fällt ein, wie er vor langer Zeit einmal beschlossen hat, ein Knäuel zu entwirren, obwohl es unmöglich schien. Doch es gelang ihm, und er gewann verblüffend viele Meter Schnur.

So ist es auch jetzt. Es geht darum, den Fisch von den Gräten zu befreien, den Knoten zu lösen. Die Ursachen zu finden.

»Als überzeugter Kommunist glaube ich, dass alles zusammenhängt«, sagt er. »Dass sich alles erklären und begreifen lässt. Ganz gleich, ob es sich um eine Feuersbrunst handelt oder einen Direktor, der tot im Schnee liegt, oder um meine Müdigkeit. Aber ich kriege es nicht in den Griff. Ich spüre lediglich, dass es zusammenhängt.«

Bertil sitzt schweigend da. Er zieht nur sacht das Fenster wieder zu und lehnt sich an die graue Tapete mit dem schwachen, kaum sichtbaren Muster.

»Es hätte nicht brennen dürfen. Die elektrischen Leitungen waren ziemlich neu, niemand hat fahrlässig gehandelt. Keine explosiven Stoffe, nicht einmal ein Benzinkanister. Dennoch fängt der ganze Scheiß Feuer. Und brennt so eigenartig. Viel zu schnell und viel zu stark. Es war windstill. Trotzdem springt der Brand auf den Stapelplatz über. Als ob es überall gleichzeitig begonnen hätte.«

Er verstummt und blickt finster in seine Tasse, wo die Teeblätter langsam eintrocknen.

»Was sagt Lönngren?«, fragt Bertil.

»Lönngren sagt nichts«, antwortet Enström. »Dieser Idiot hat doch keine Ahnung. Er kann nicht einmal die richtigen Fragen stellen. Den beschäftigt vermutlich am meisten, wer Rader bei den Lions ersetzen soll.«

Dann schnell, fast überraschend:

»Ich glaube, dass jemand das Feuer gelegt hat. Ich weiß nicht, wer oder wie, aber ich glaube, dass da nachgeholfen wurde. Eine genauere Theorie habe ich dazu nicht.«

Bertil sieht ihn aufmerksam an.

»Aber du hast eine Vermutung«, sagt er.

Enström nickt. Er schiebt die leere Tasse auf dem Tisch zur Seite und legt die gefalteten Hände vor sich auf die gelbe Plastikdecke.

»Ich habe am Tag danach bei der Telefonvermittlung nachgefragt, ob an dem Abend, bevor der Brand entdeckt wurde, jemand bei Rader angerufen hätte. Doch das war nicht der Fall. Ich glaube, dass das Feuer von jemand gelegt wurde, der Rader zur Brandstelle gelockt hat, weil er glaubte, der habe ein schwaches Herz, womit er ja auch ganz richtig lag. Aber wer und weshalb?«

»Weshalb?«, wiederholt Bertil. »Rader war ja trotz allem Rader.«

Enström sieht Bertil an.

»Es gibt jede Menge Motive«, fährt Bertil fort. »Es gibt viele, die einen persönlichen Grund haben. Mindestens zehn hier in der Gemeinde, mindestens hundert im Umkreis von hundert Kilometern. Wie du selbst gesagt hast. Alles lässt sich begreifen. Rader war Reserveoffizier. Alle wissen doch, was er über Deutschland und über solche wie uns gesagt hat. Ich hätte Grund zur Rache. Du ebenso. Das Lager, Erik.«

Schweigen. Das Fenster wird wieder einen Spalt geöffnet, der Zigarettenrauch zieht hinaus.

»Es fällt mir schwer, das zu glauben«, sagt Enström

»Welche Fragen stellt Lönngren denn?«, fragt Bertil.

»Gar keine. Oder auch völlig falsche«, antwortet Enström.

»Dann sag ihm, dass er nach einem Brandstifter suchen soll«, sagt Bertil.

Enström sieht auf die Uhr. Es ist bald elf.

»Ich bin so verdammt antriebslos«, sagt er. »Es fühlt sich so an, als hätte alles keinen Zweck mehr. So wenige, wie wir aktuell in der Partei sind, waren wir seit unseren Anfängen nicht.«

»Alles lässt sich begreifen«, antwortet Bertil nach einer Weile. »Auch das.«

Erik Enström geht nach Hause. Er geht langsam, um nicht außer Atem zu kommen, und hält sich eine Hand wärmend vor Mund und Nase. Als er eben den Schlüssel hervorkramt und ins Schloss steckt, fällt ihm ein, dass er sich nicht nach Bertils Auto erkundigt hat. Dass er vergaß zu fragen, ob es abgeholt und repariert wurde, was denn das Problem damit gewesen sei. Vorsichtig schließt er die Tür hinter sich und horcht nach Geräuschen aus dem ersten Stock. Er geht in die Küche, setzt sich auf die Bank und beginnt sich die Stiefel aufzuschnüren. Er denkt, dass sein Unbehagen morgen nicht verschwunden sein wird, er sich aber jetzt, da er mit seinem Freund gesprochen hat, dennoch erleichtert fühlt. Morgen wird er die Sache richtig in Angriff nehmen, den Fisch von den Gräten befreien, das Wirrwarr zu fassen kriegen.

Er legt sich im Wohnzimmer aufs Sofa und schlüpft unter die Decke. Bevor er einschläft und vom Frühling träumt, fragt er sich mit leisem Erstaunen, ob Bertil Kras das Feuer im Sägewerk gelegt haben könnte.

Direktor Rader wird am Samstag bestattet. Sein nächster Angehöriger, ein sehr alter Cousin, ist in dem kleinen Ort eingetroffen und sitzt in der Kirche allein in der ersten Reihe. Pastor

Lindgren hat ihn am Vorabend persönlich vom Zug abgeholt. Der Sarg ist weiß und verschwindet unter Kränzen. Da es sich um ein großes Begräbnis handelt, ist die Kirche beinahe voll besetzt. Lönngren sitzt in der dritten Reihe, ganz in Schwarz gekleidet. Er schaut sich um, wer in der Kirche ist und wer fehlt. Über keinen der Anwesenden oder der Abwesenden ist er verwundert.

Raders Familiengrab liegt auf der Südseite des Friedhofs. Es ist eine steinerne Krypta, vier Meter tief in der Erde. Den großen Granitblock, der die Öffnung bedeckt, hat man mithilfe eines Krans aus dem Forstbetrieb zur Seite gehoben.

Der Sarg wird an der vorgesehenen Stelle platziert, und damit ist das Begräbnis vorüber. Ein Sägewerk und ein Direktor sind Geschichte. Siebenunddreißig Männer haben ihre Arbeit verloren. Da sich das Sägewerk in Raders alleinigem Besitz befand, weiß keiner, ob es je wiederaufgebaut werden wird. Am kommenden Montag wird der Gemeinderat sich treffen und die neue Situation diskutieren.

Es ist Mitte Januar 1951.

Am Samstag des Begräbnisses geht Erik Enström zu Lönngren hinauf und rät ihm, nach einem Brandstifter zu suchen. Es ist später Nachmittag und bereits dunkel. Danach begibt er sich nach Hause und isst zu Abend.

Zu diesem Zeitpunkt hatte sich das Gerücht bereits in der Gemeinde zu verbreiten begonnen. Das Gerücht, das von Mord spricht, obwohl bei der Obduktion von Schlaganfall und einem schwachen Herzen die Rede war.

Aber auch jenes andere Gerücht, dass das Feuer kein Unfall gewesen sei.

Man sucht nicht mehr nach einer Erklärung, wie der Brand entstanden ist.

Man sucht nach einem Brandstifter.

Und mit einem Mal ist auch die Vergangenheit wieder da. Das elastische Band zieht sich zusammen, der Augenblick des Huflattichs rückt wieder näher. Die unterdrückten Zusammenhänge werfen an der Oberfläche erneut Blasen. Die Wolken hängen tief, die Kälte lässt allmählich nach. Mit der Wärme kommt der Gestank zurück.

Das Volksheimprojekt schreitet unaufhaltsam fort. Tage Erlander spricht vom roten Palast, in dem alle Platz finden sollen.

Die Worte sind hinreichend deutlich: Zusammenarbeit, ein gemeinsames Ziel.

Strammes Nicken nach rechts, nachsichtige Blicke nach links.

6.

Samstags hatte die Konditorei Kronberg bis elf geöffnet, und Margot konnte frühestens um halb zwölf weg, wenn die letzten Gäste fort waren und sie für Sonntag alles vorbereitet hatte. Manchmal hatte sie Rubinchen dabei, doch jetzt, da Bertil ohnehin nichts zu tun hatte, passte er zu Hause auf. Um sechs ging sie kurz heim, um das Kind zu füttern.

In der Wohnung war es warm. Bertil saß neben Rubinchen auf dem Fußboden und spielte mit ihr. Die vielen kleinen Wunden, die er sonst von der Arbeit an der Säge an den Händen hatte, waren verschwunden. Trotz der Arbeitshandschuhe hatte er sich immer an Zweigen und Spänen und der rauen Rinde verletzt.

Margot hatte es eilig. Sobald sie mit dem Essen fertig waren, musste sie wieder los.

»Viel zu tun?«, fragte Bertil.

»Ist immerhin Samstag«, sagte Margot und ließ ihr etwas schiefes und müdes Lächeln sehen. »Ich komme so kurz nach elf. Du kannst ja Radio hören.«

Bertil nickte.

Margot zog wieder ihren Mantel über den schwarzen Rock und die weiße Bluse.

»Du hast ein Loch im Strumpf«, sagte Bertil.

»Wo?«

Margot bückte sich und blickte auf ihre Beine mit den Krampfadern. Das Loch befand sich direkt unter dem Knie.

»Ich habe keine Zeit, mich umzuziehen«, sagte sie. »Außerdem glaube ich nicht, dass ich noch neue Strümpfe habe. Ich muss jetzt los.«

Sie beugte sich hinunter und küsste Bertil auf die Wange. Er lächelte. Dann eilte sie davon. Bertil hörte ihre Schritte auf der Treppe.

Er brachte Rubinchen ins Bett, die bald darauf schlief. Bertil stand noch einige Minuten bei ihr und betrachtete sie, ehe er vorsichtig davonschlich und sich aufs Sofa setzte. Er zog den elektrischen Heizkörper etwas näher heran und nahm eine Zeitschrift vom Tisch. Als er sah, dass es sich um eine Ausgabe der *Allers* handelte, grinste er bei der Erinnerung an die ersten Abende in Helmer Gustafssons Küche, wo sie Radio gehört hatten und er immer wieder die Frage beantworten musste, ob etwas Interessantes in der *Allers* gestanden hätte.

Er zündete sich eine Zigarette an, ließ die Zeitschrift auf dem Schoß liegen, und sein Blick folgte dem Rauch, der in alle Richtungen kroch. Es zog in der Wohnung, und er dachte, dass er bald einmal nachsehen sollte, ob das Kind seine Decke weggestrampelt hatte.

Er war froh, ein paar Stunden allein sein zu können. Es fiel ihm dann leichter, über die Ereignisse der letzten Woche nachzudenken. Angefangen hatte es mit dem Auto, das auf der Waldstraße liegengeblieben war. Dass die Ursache lediglich ein defektes Zündkabel war, amüsierte ihn. Wäre es nicht so finster und kalt gewesen, hätte er den Fehler sicher gleich entdeckt. Als Lundgren ihn am nächsten Tag zu seinem Auto gebracht hatte, war er sofort darauf gestoßen, und Bertil hatte selbst nach Hause fahren können.

Er fragte sich, wie es weitergehen sollte. Sein Geld würde, wenn er vorsichtig damit umginge, sicherlich einen Monat reichen. Aber würde er danach Arbeit finden? Er hatte Lundgren darauf angesprochen, aber der hatte nur stumm dagesessen und vor sich auf die Straße gestarrt. Schließlich hatte er geantwortet, dass er es nicht wisse. Es gab kaum Arbeit, auf jede Stelle kamen mehrere Bewerber. Und jetzt nach dem Brand waren viele auf der Suche. Ein Großteil davon stammte aus der Gemeinde. Arbeitgeber würden ihnen wohl den Vorzug geben.

»Denn du hast ja was Fremdes an dir«, hatte er mit einem ironischen Lachen gesagt. »Und außerdem hast du Ansichten, die sich in den Ohren vieler nicht so gut anhören. Das weißt du ja.«

Bertil hatte nicht geantwortet. Er begriff, dass es schwierig werden würde.

Er steht auf, weil er hört, wie Rubinchen sich in ihrem Bett bewegt. Er geht vorsichtig hinüber und sieht nach, aber sie ist zugedeckt und schläft.

Auf dem Weg zurück schaltet er das Radio ein. Als die Klänge einer Ziehharmonika aus dem braunen Kasten dringen, dreht er die Lautstärke herunter und setzt sich wieder aufs Sofa.

Er weiß, dass er heute Abend mit Margot über die Zukunft sprechen muss. Sobald sie daheim ist, wenn sie ihren Tee getrunken haben und bevor sie zu Bett gehen, muss er mit ihr sprechen.

Er will nicht länger warten. Doch was soll er sagen? Er weiß nichts über die Zukunft. Es ist unsicher, ob er überhaupt hier im Ort bleiben kann.

Er fragt sich, wie Margot reagieren wird. Sie haben seit dem Feuer kaum Zeit gehabt, miteinander zu reden. Aber ihm ist klar, dass ihr dieselben Dinge durch den Kopf gegangen sein müssen wie ihm.

Er liegt auf dem Sofa, und das Radio rauscht leise im Hintergrund. Die Stunden vergehen, ohne dass er die richtigen Gedanken zu fassen kriegt, um ein Tor zu seiner Zukunft zu finden. Sobald er sie festzuhalten versucht, entschlüpfen sie ihm. Er grübelt darüber nach, was den Brand im Sägewerk verursacht haben könnte. Er fragt sich, was mit Rader geschehen ist, der tot im Schnee gefunden wurde. Es gibt keinen Hinweis in irgendeine Richtung. Das Sägewerk brannte, und der Direktor starb und wurde begraben. Keiner weiß, warum es brannte. Die Theorie eines Unglücksfalls war genauso unbewiesen wie der Verdacht auf Brandstiftung. Und mitten in dieser unklaren Situation ist ihm auch seine eigene Zukunft abhandengekommen.

Nach einer Weile schlummert er ein. Er wacht erst wieder auf, als Margot neben ihm in die Hocke geht und sanft die Hand auf seine Brust legt. Da kommt er auf einen Schlag zu sich und blickt ihr verwundert ins Gesicht. Sie lächelt ihn an.

»Du hast geschlafen«, sagt sie.

»Nein, wirklich?«, antwortet er, setzt sich auf und reibt sich die Augen.

»Ihr habt beide geschlafen, als ich kam«, sagt sie.

Er sieht sie an und stellt fest, dass sie bereits im Bademantel ist. Außerdem hat sie Tee zubereitet und zwei Tassen und einen Teller mit Plundergebäck auf den Tisch gestellt. Sie folgt seinem Blick, steht auf, setzt sich auf den Stuhl und zieht die Beine hoch.

»Die beiden Plunderteile waren übrig. Ich habe sie mitgebracht.«

Bertil ist immer noch nicht richtig wach und reißt die Augen weit auf, um den Schlaf zu vertreiben.

»Ich muss geträumt haben«, sagt er.

»Was denn?«, fragt sie, nimmt die weiße Porzellankanne und gießt Tee in die beiden Tassen, die er ihr zu Weihnachten geschenkt hat.

»Ich erinnere mich nicht genau. Aber ich glaube, es hatte mit dem Brand zu tun. Dass es keinen Brand gab oder so«, sagt er, nimmt mit dem Löffel ein Stück Zucker und lässt es in die Tasse gleiten.

Sie trinken. Margot lehnt sich im Stuhl zurück und schließt die Augen.

»Bist du müde?«, fragt er.

Sie nickt langsam.

»Du kannst beide Plunderteile haben«, sagt sie, ohne dabei die Augen zu öffnen.

Er isst bedächtig und trinkt den Tee in langen Zügen. Margot hält ihre Tasse zwischen den Händen, ihr Kopf ist auf die Schulter gesunken. Als Bertil eben fragen will, ob sie schläft, sagt sie:

»Heute Abend gab's eine Schlägerei.«

Sie öffnet die Augen und setzt sich gerade hin.

»Ich weiß nicht, was passiert ist. Plötzlich sind sie aufeinander losgegangen. Es waren zwei. Sie haben sich geprügelt, bis einer von ihnen geflohen ist, hinaus auf die Straße. Der andere lief ihm hinterher, aber wie es dann weiterging, weiß ich nicht. Sie waren ziemlich jung, fünfundzwanzig vielleicht. Keinen der beiden habe ich zuvor je gesehen. Aber sie hatten bezahlt. Ich musste das Blut aufwischen, bevor ich ging. Widerlich.«

Bertil nickt.

»Was für eine Scheiße«, sagt er dann.

Margot greift nach einer Zigarette, bereut es aber in dem Moment, als Bertil ihr ein Streichholz hinhält.

»Ich will sie eigentlich gar nicht. Nimm du.«

Bertil zündet sich die Zigarette an und raucht.

»Siehst du, wie es hier zieht«, sagt er.

Margot schaut dem blaugrauen Rauch nach und nickt.

»Die Fenster sind undicht«, sagt sie. »Kannst du die Ritzen morgen vielleicht zukleben?«

Als er fertiggeraucht hat, steht er auf und schaltet das Radio aus. Er wirft einen Blick auf Rubinchen und bleibt dann mitten im Zimmer stehen.

»Sollen wir ins Bett gehen?«, sagt er.

Sie nickt und erhebt sich.

Als sie unter der Decke liegen, sich an den Händen halten und beide abwarten, ist sich Bertil im Klaren darüber, dass er jetzt einen Anfang finden muss. Wenn er jetzt weiter zögert, würde erst morgen etwas gesagt werden, und selbst dann vielleicht nicht.

»Ich frage mich, was ich tun soll«, sagt er. Er dreht den Kopf zu ihr. Ein Lichtstreifen von der Straßenlaterne fällt auf ihr Gesicht. Das dunkelblaue Rollo ist durchlässig. Sie blickt ihn mit weit geöffneten Augen an.

»Ich meine, ich muss ja einen Job finden. Und das könnte ziemlich schwierig werden.«

Sie sagt noch immer nichts. Sie mustert ihn, und er empfindet plötzlich ein starkes Gefühl der Zärtlichkeit. Doch er zwingt sich, es nicht zu zeigen, sondern spricht mit leiser Stimme weiter.

»Es sind über zwanzig, die jetzt keine Arbeit haben. Und sie werden alle vor mir drankommen. Ich bin schließlich nicht von hier.«

»Glaubst du, dass das etwas ausmacht?«, sagt sie. »Du bist doch noch so jung. Jünger als viele von ihnen.«

»Aber meine Ansichten, du weißt schon«, sagt er dann.

»Ja, ich weiß«, sagt sie und dreht rasch den Kopf zur Seite.

Ihm ist nicht klar, was er sagen soll. Vergeblich versucht er nachzudenken. Und plötzlich spürt er, und ein Ruck geht durch seinen Körper, wie groß seine Angst ist, sie zu verlieren. Plötzlich begreift er, dass dies ebenfalls eine Folge des Brandes sein könnte.

Er berührt sie an der Schulter und lässt die Hand zu ihren Haaren hinaufwandern. Da wendet sie sich ihm zu und sieht ihm in die Augen.

»Bertil«, sagt sie. »Ich weiß tatsächlich nichts über dich. Und du weißt nichts über mich. Unser Zusammensein hat einfach wie selbstverständlich begonnen. Ohne groß zu fragen. Hast du darüber schon mal nachgedacht?«

»Ich habe Angst, dich zu verlieren«, sagt er eine Weile später.

»Und ich dich«, antwortet sie leise.

Mit einem Mal beginnt sie zu weinen. Er spürt, wie ihr Körper bebt, und weiß nicht, was er machen soll.

»Margot«, sagt er. »Margot.«

Er fühlt sich hilflos. Er zieht sie an sich, und sie verbirgt ihr nasses Gesicht in seiner Achselhöhle.

Plötzlich stellt er fest, dass sie sich in den Schlaf geweint hat. Als er seinen Arm, der taub geworden ist, unter ihr vorzieht, dreht sie sich schlafend auf die andere Seite und igelt sich mit dem Rücken zu ihm ein.

Nach einer Weile steht er auf, geht über den kalten Fußboden zum Sofa hinüber und verkriecht sich dort. Der rote Heizkörper glüht, und er lauscht Margots und Rubinchens Schlafgeräuschen.

Meine Familie, denkt er.

Bevor er in den Schlaf fällt, beschließt er, mit dem Rauchen aufzuhören, denn er hat davon Halsschmerzen bekommen.

Am Sonntagmorgen sitzen sie in der Küche und trinken Kaffee, während vor dem Fenster der Schnee fällt und Rubinchen in ihrem Bett spielt.

»Ich weiß nicht, warum ich gestern geweint habe«, sagt Margot. »Es ist einfach so über mich gekommen. Dann muss ich eingeschlafen sein. Ich war schrecklich müde.«

»Du bist sofort eingeschlafen«, sagt er. »Geweint hast du kaum.«

Und dann beginnen sie zu reden. Plötzlich macht es ihnen keine Schwierigkeiten mehr, und sie diskutieren leise darüber, was geschehen ist und wo Bertil eine neue Stelle finden könnte.

»Im Schlachthof vielleicht«, sagt sie. »Hast du daran schon gedacht?«

»Nein. Glaubst du, dass die jemand brauchen?«

»Ich weiß nicht. Aber du könntest es einfach probieren. Und der Chef dort, Asp also, soll nett sein. Viele der Burschen aus dem Fußballverein arbeiten für ihn. Im Café sprechen sie immer gut über ihn.«

»Ich kann es ja morgen mal versuchen. Aber er hat vielleicht auch Angst vor meinen Ansichten. Soweit ich weiß, ist er bei den Sozialdemokraten.«

»Vielleicht macht ihm das nichts aus.«

»Nein. Vielleicht nicht. Ich werde morgen mit ihm reden.«

Am Nachmittag fahren sie mit dem Auto hinaus an einen See. Bertil angelt, während Margot Ski läuft und Rubinchen in einem kleinen Schlitten hinter sich herzieht. Er sieht sie den See umrunden, und sie winken einander immer wieder zu. Der Himmel ist klar, und die Sonne wärmt. Als Margot von ihrer Runde zurück ist, essen sie Orangen und trinken Kaffee aus der Thermoskanne. Bertil hat vier Barsche gefangen, die Rubinchen mit großen Augen betrachtet.

Als das Auto für die Rückfahrt nicht anspringen will, sieht Bertil, dass sich das Zündkabel erneut gelockert hat. Er befestigt es wieder, sie kehren heim und essen die vier Barsche mit Salzkartoffeln. Zwischen sechs und neun Uhr abends hat Margot Dienst in der Konditorei und nimmt das Kind mit. Bertil lässt das Auto vor dem Haus stehen und geht zu Fuß in seine Unterkunft.

Unterwegs denkt er, dass sie einander nun seit drei, beinahe vier Jahren kennen und trotzdem noch immer so weit voneinander entfernt sind. Unbewusst halten sie sich bedeckt, vermeiden es, einander zu nahe zu kommen. Sie erlauben es ihrer Beziehung nicht zu wachsen, sich nach innen zu öffnen. Sie essen zusammen, kümmern sich zusammen um Rubinchen, schlafen zusammen, unternehmen zusammen Sonntagsausflüge. Nur ganz selten sprechen sie über Gedanken und Gefühle.

Ich weiß ja nicht einmal, wovon sie träumt, denkt er. Mit einem Mal merkt er, dass ihm Margot fremd ist, dass er sich kaum an ihr Gesicht erinnern kann, obwohl er erst vor einer Viertelstunde bei ihr war. Und er fragt sich, ob das für sie genauso ist.

Plötzlich ist er sich nicht mehr sicher, ob er am nächsten Tag zum Schlachthof gehen und nach einer Stelle fragen soll. Es kommt ihm vor, als hätte er den kleinen Ort bereits hinter sich gelassen, als hätte er vielleicht nie existiert. Unversehens ist er wieder an jenem Tag, als er im Wartezimmer des Arztes saß und in der Zeitschrift den Bericht über die Sägewerke entdeckte.

Genauso gut könnte ich einfach von hier aufbrechen, denkt

er. Wahrscheinlich sollte ich mir eingestehen, dass einiges schiefläuft, dass mein Leben mit Margot sogar ernsthaft schiefläuft. Vielleicht sieht sie das ja auch so. Vielleicht wäre sie lieber mit Rubinchen allein.

Er hat keinen festen Boden mehr unter den Füßen. Das Sägewerk ist weg, und ihm ist nicht mehr klar, was ihm Margot bedeutet.

Und ich weiß auch nicht, was ich ihr geben kann, denkt er.

Abrupt bleibt er unter einer Straßenlaterne stehen und spürt, wie sich seine Brust zusammenzieht. Er hat Angst und würde am liebsten weglaufen, die Gemeinde verlassen, Margot, Rubinchen, Enström, das Café, die Angeltouren, das Auto, alles.

Das wäre allerdings Flucht, denkt er. Aber ist es immer feig zu fliehen? Kann es nicht manchmal auch das Richtige sein?

Er geht weiter. Sein Blick haftet am Schnee.

Margot war wie immer eine Viertelstunde vor der abendlichen Öffnungszeit in der Konditorei. Sie schloss die hintere Tür auf und ging in die Küche. Rubinchen lief zu ihrer Spielzeugkiste neben dem Herd. Margot trat durch die Schwingtür ins Lokal und wusste plötzlich nicht mehr, was sie dort wollte. Sie fühlte sich vollkommen leer. Obwohl sie sich hätte beeilen müssen, die große Kaffeemaschine und den Kessel mit dem Teewasser in Betrieb zu nehmen, setzte sie sich auf einen der klapprigen braunen Stühle und sah sich im Café um. Hier arbeitete sie nun schon sieben Jahre, seit sie siebenundzwanzig war. Als sie hier anfing, hatte es Rubinchen nicht gegeben, und auch Rubinchens Vater oder Bertil nicht. Aber das Café war die ganze Zeit gleich geblieben. Dieselbe braune Farbe, von den Holzwänden bis zur Möblierung. Derselbe säuerliche Geruch nach Tabak und Asche. Dieselben Aschenbecher mit der Limonadenreklame. Nur der Radiolautsprecher unter der Decke über den Mantelhaken war neu angeschafft worden, und der Tisch an der Wand, auf dem sich die verschmutzten und zerrissenen Illustrierten und Comichefte stapelten.

Als Margot auf ihrer Armbanduhr sah, dass es schon sieben vor sechs war, ging sie hinaus in die Küche und setzte die großen, silbergrauen Kessel auf. Unterdessen kam Kronberg herein. Er nickte ihr zu und klopfte sich den Schnee von den Stiefeln.

»Viele werden es heute Abend wohl nicht werden«, sagt er.

»Nein, vermutlich nicht«, antwortet sie und füllt zwei Packungen Kochkaffee ein.

»Vielleicht musst du gar nicht so viel aufbrühen«, sagt er.

»Ich nehme die übliche Sonntagsmenge«, antwortet sie.

Er blickt zur Uhr über dem Herd. Es ist zwei nach sechs. Er geht hinaus, schließt auf und zieht dabei das gelbe Rollo hoch.

Margot bindet sich die Servierschürze um und nimmt ein sauberes Geschirrtuch aus der Kiste. Sie fühlt sich traurig und leer, ohne genau zu wissen, warum. Am Vorabend hat sie geweint.

Doch auf einmal spürt sie, dass sie Bertil vermisst.

Wenn er doch der Vater wäre, denkt sie. Da kommt Kronberg zurück.

»Kundschaft«, sagt er.

Margot fährt sich durchs Haar und stößt die Schwingtür ins Lokal mit dem Fuß auf. Dort, wo ihre Fußspitze auftrifft, ist die Farbe abgeblättert, und sie fragt sich, wie oft sie wohl schon durch diese Tür gegangen ist.

Am Tisch in der Ecke sitzen Antero und Sten-Arne. Sie nickt ihnen zu und fragt, ob sie etwas Süßes möchten.

»Bloß Kaffee«, antwortet Antero.

»Und zwei offene Bill«, fügt Sten-Arne hinzu.

Margot weiß, dass die beiden zur Eishockeymannschaft der

Gemeinde gehören. Antero soll außerdem sehr gut im Tennis sein. Was sie über diese und die meisten anderen Gäste weiß, hat sie aus den Bruchstücken zusammengefügt, die sie beim Servieren aufschnappt. Es ist, als ob sie die Gäste, die sie fast täglich im Café sieht, nur als Teile eines halbfertigen Puzzles kennt. Zeit, einen vollständigen Menschen unter ihnen wahrzunehmen, bleibt ihr nie.

Kronberg steht in der Küche und dreht am Radio. Sie nimmt zwei Tassen heraus, Teller, Kanne und Zuckerschale, und stellt alles auf das kleine braune Tablett. Auf das Sahnekännchen verzichtet sie. Sie weiß, wer den Kaffee mit und wer ihn ohne Sahne trinkt.

Als sie die Gäste bedient hat und zurückkommt, ist Kronberg in seinem kleinen Büro neben der Küche verschwunden und hat die Tür hinter sich geschlossen. Sie hört das Rattern der alten Rechenmaschine.

Sie gießt sich selbst ebenfalls eine Tasse Kaffee ein und merkt, wie sie ruhiger wird. Sie denkt an Bertil und fragt sich, ob er wohl im Schlachthof Arbeit fände. Sie hat keinen Zweifel, dass er dort hingehen und es versuchen würde.

Um neun schließt Kronberg das Lokal und zieht das Rollo herunter. Margot stellt die Stühle auf die Tische und fegt den Fußboden. Es waren so wenige Gäste hier, dass sie nicht feucht aufzuwischen braucht. Kronberg lehnt an einem der Tische, trommelt mit den Fingern auf ein Stuhlbein und sieht ihr zu, wie sie methodisch den Besen von einer Ecke zur anderen führt.

»Hast du etwas Neues über den Brand gehört?«, fragt Kronberg.

»Nein«, antwortet Margot. »Ich weiß nichts. Sollte ich?«

»Nein. Aber die Leute sprechen schließlich darüber. Viele finden es sonderbar.«

»Ist es vermutlich auch. Schon komisch, dass im Sägewerk Feuer ausgebrochen ist. Und dann noch das mit dem Direktor.«

»Er ist wohl gestorben, weil er ein schwaches Herz hatte. Aber dass es überhaupt zu dem Brand kam, ist merkwürdig. Als ich heute Abend auf dem Weg hierher war, sah ich, wie Lönngren die Polizeistation betrat. Er hat wohl alle Hände voll zu tun.«

Margot weiß nicht, was sie erwidern soll. Sie schiebt den Schmutz auf die Kehrschaufel und richtet sich auf.

»Die meisten glauben, dass jemand das Feuer gelegt hat«, sagt Kronberg und geht zum Ablagetisch hinüber, wo er einen Packen Zeitungen an die Wand schiebt.

»Ach ja?«

»Ist schon verdammt seltsam, dass etwas aus dem Nichts zu brennen beginnen kann. Aber wer sollte denn das Sägewerk abfackeln? Das will mir nicht in den Kopf. Von hier kann das jedenfalls niemand sein.«

Margot geht in die Küche, und Kronberg macht die Leuchtstoffröhren im Gastraum aus. Als er in die Küche kommt, ist Margot gerade dabei, sich den Mantel anzuziehen.

»Ein Glück, dass man versichert ist«, sagt er.

»Versichert?«

»Ja. Wenn es hier brennt, bekomme ich das ersetzt.«

»Ach.«

»Ja, im Moment sehen wohl viele nach, ob sie ordentlich versichert sind. Also dann. Danke für heute.«

»Ja, gute Nacht.«

Kronberg hält die Tür auf. Die Kälte schlägt ihnen entgegen.

»Es soll so kalt bleiben«, sagt er.

»Sieht so aus«, antwortet Margot und macht sich mit dem schlafenden Rubinchen auf den Weg. Als sie auf die Straße tritt, sieht sie Licht in der Polizeistation. Sie läuft schnell, weil Rubinchen schwer ist und sie friert. Sie hofft, dass der Kohleofen in ihrer Wohnung nicht erloschen ist.

7.

Am Sonntagmorgen wacht Enström mit hartnäckigen Kopfschmerzen auf. Er schließt die Augen wieder und hört, wie seine Frau in der Küche mit den Kaffeetassen klappert. Er liegt vollkommen reglos da und fragt sich, warum ihm der Kopf wehtut. Er hat am Abend zuvor nichts getrunken und ist auch nicht erkältet. Dennoch schmerzt und pocht es in beiden Schläfen. Er fasst sich an die Stirn, um zu fühlen, ob er Fieber hat, aber die Temperatur scheint normal. Mit geschlossenen Augen bleibt er liegen, bis von unten aus der Küche das Pfeifen des Kaffeekessels zu hören ist. Dann steigt er aus dem Bett und zieht sich an. Er geht die Treppe hinunter ins Badezimmer und dreht den Kaltwasserhahn auf. Er befeuchtet ein Handtuch und streicht sich damit über die Stirn. Das lindert den Schmerz, lässt ihn aber nicht verschwinden. Er blickt in den Spiegel und denkt, er sollte sich rasieren. Er findet, dass er ungepflegt aussieht. Doch er lässt es sein und putzt sich schnell die Zähne, ehe er in die Küche geht, wo seine Frau bereits begonnen hat, ihren Kaffee zu trinken.

»Wie du aussiehst«, sagt sie.

»Ich habe Kopfweh. Aber erkältet bin ich nicht.« Er gießt sich ein und lässt zwei Zuckerstücke in die Tasse plumpsen, wodurch Kaffee auf die Tischdecke spritzt.

»Pass doch ein bisschen auf.«

»Ja, zum Teufel. Ist doch ein Wachstuch.«

»Du musst ja trotzdem nicht so eine Sauerei machen.«

»Nein.«

Er trinkt von seinem heißen Kaffee und denkt, dass er einfach nur in Ruhe gelassen werden möchte. Seit dem Brand vor einer knappen Woche hat er versucht, seiner Frau aus dem Weg zu gehen. Das macht ihm ein schlechtes Gewissen, aber der Grund dafür liegt in der Feuersbrunst, die ihn pausenlos beschäftigt. Er ist zunehmend davon überzeugt, dass jemand vor Ort war, der das Feuer gelegt hat. Ein ums andere Mal ist er den Ablauf der Ereignisse durchgegangen, und dabei ist ihm immer klarer geworden, dass ohne Brandstiftung das Feuer nicht jene Entwicklung hätte nehmen können, die es genommen hat.

Die Uhr auf dem Fensterbrett zeigt fünf vor halb acht.

»Ich muss wohl auch heute arbeiten.«

Sie stellt ihre Tasse ab und schaut ihn irritiert an, und er weiß, dass ein verbitterter Kommentar folgen wird.

»Was hast du denn bloß immer zu tun? Du bist die ganze Woche keinen einzigen Abend zu Hause gewesen. Soll das jetzt auch am Sonntag so sein? Was soll ich denn machen?«

»Du weißt doch, dass ich gerade Inventur mache und wegen diesem verfluchten Brand spät dran bin. Aber wenn ich heute arbeite, werde ich mit der Inventur fertig.«

Er weiß, dass das, was er da sagt, gelogen ist.

»Wirst du den ganzen Tag weg sein?«

»Ja, fast.«

»Kann ich dir nicht helfen?«

»Nein.«

Sie tut ihm leid. Er versteht vollkommen, dass es kein Vergnügen ist, den ganzen Tag allein zu Hause zu sitzen. Er findet, sie sollte sich um ein paar Freunde bemühen.

»Kannst du nicht jemand besuchen?«, sagt er und beißt sich dabei beinahe in die Zunge.

»Du weißt, dass ich niemand habe, zu dem ich gehen könnte«, sagt sie vergrämt und steht vom Tisch auf. Sie verlässt die Küche, und er hört, wie sie sich aufs Sofa setzt und in der Zeitung blättert.

Scheiße, denkt er. Mist, verfluchter.

Schnell trinkt er seinen Kaffee aus, ohne etwas zu essen. Er spült seine Tasse ab und stellt sie ins Abtropfgestell. Dann steigt er die Treppe hoch, um seine Stiefel und eine dicke Jacke anzuziehen.

Als er wieder herunterkommt, wartet sie im Flur auf ihn. Sie hat nach wie vor eine saure Miene, und er denkt, er sollte etwas Freundliches zu ihr sagen.

»Vielleicht geht es schneller als erwartet. Dann können wir noch eine Tour mit dem Auto machen.«

»Das glaube ich erst, wenn ich es sehe. Bist du zum Abendessen zu Hause?«

»Ja.«

Als er draußen auf der Treppe ist, bemerkt er, dass er die Handschuhe vergessen hat. Er will aber nicht zurück ins Haus. Er geht über den verschneiten Hof zur Garage. Eigentlich hätte er den Schnee wegschaufeln sollen. Außerdem hätte er Holz hacken sollen, das Haus neu streichen und die Dachziegel reparieren. Es gibt allzu vieles, was er seit langem hätte tun sollen. Als er am zugefrorenen Garagentor rüttelt, fragt er sich, woher es kommt, dass in letzter Zeit so vieles unerledigt geblieben ist. Es ist nicht die Arbeit, vor der er zurückschreckt, er ist nicht faul geworden, es ist ihm einfach egal. Er weiß nicht, warum.

Der Opel springt an, kaum dass er den Zündschlüssel umdreht und aufs Gaspedal tritt. Er fährt rückwärts aus der Garage und weiß, einen Sonntagsausflug wird es nicht geben, denn dafür hat er zu wenig Benzin.

Er biegt in die Straße ein. Seine Frau steht hinter dem Vorhang und beobachtet, ob er sich tatsächlich Richtung Zentrum zum Eisenwarenladen aufmacht. Er nimmt also die Straße durchs Zentrum und fährt danach auf derselben Strecke, auf der sie eine Woche zuvor mit dem Löschfahrzeug unterwegs waren, zum Sägewerk. Es ist ein Umweg, den er wählt, um sich Fragen zu ersparen und um hinter dem Steuer noch ein wenig nachdenken zu können. So früh am Morgen ist die kleine Gemeinde verwaist.

Wie unglaublich öde, denkt er. So ist das hier alle Jahre und jeden Sonntagmorgen gewesen, so weit ich zurückdenken kann. Und erst jetzt fällt mir auf, wie öde es ist. Er verzieht das Gesicht, wirft einen Blick in den Rückspiegel und fährt um das Krankenhaus herum. Auf der Straße zum Sägewerk hinunter lehnt er sich im Fahrersitz zurück und gähnt. Die Kopfschmerzen sind verschwunden.

Um nicht stecken zu bleiben, parkt er sein Auto an der Stelle, wo das Löschfahrzeug stand und kein Schnee mehr liegt. Backmans Haus ist leer und verriegelt. Bis es wieder instand gesetzt ist, wohnen sie bei Verwandten.

Als er den Motor abstellt, ist es nach wie vor dunkel. Die Sonne ist noch nicht über den Waldrücken aufgetaucht, die sich wie eine Mauer um den kleinen Ort ziehen. Eigentlich hätte er rasch in den Laden fahren und eine oder zwei Stunden arbeiten können. Bis hier etwas zu sehen ist, dauert es noch eine Weile.

Doch er bleibt sitzen, startet alle paar Minuten mal den Motor und lässt ihn laufen, bis ihm wieder warm ist.

Zum soundsovielten Mal geht er im Kopf durch, was er über den Brand weiß. Er ist überzeugt, dass das Feuer gelegt wurde. Wie das vor sich gegangen ist oder wer das getan hat, weiß er nicht, dazu hat er nur vage Vermutungen. Aber er ist sicher, dass es sich um kein Brandunglück handelt, und entschlossen, dafür auch Beweise zu sammeln.

Der Brand ist zwischen ein und zwei Uhr nachts ausgebrochen. Laut Backman, der wach wurde, weil es ganz hell im Zimmer war, hatte sich das Feuer da bereits über das gesamte Sägewerk und den Stapelplatz ausgebreitet. Auf die Frage, ob Backman tief schlafe, antwortete der, dass er normalerweise vom geringsten Geräusch aufwache, sogar ein tropfender Wasserhahn würde ihn stören.

»Es muss also verdammt schnell gegangen sein«, hat er gesagt, und Backman hat genickt.

»Es können kaum mehr als ein paar Minuten gewesen sein.«

Das war für Enström der entscheidende Punkt, dass der Brand kein Unfall war. Wären beispielsweise Benzinkanister oder Gasflaschen explodiert, wäre der Knall so laut gewesen, dass Backman ihn gehört hätte. Außerdem wäre das Feuer von Beginn an heftiger gewesen. Glaubt man Backman, so brannte es ziemlich ruhig, allerdings im gesamten Sägewerksbereich.

Alles spricht dafür, dass das Feuer gelegt wurde, und zwar von jemandem, der sich darauf verstand. Aber von wem? Und wie?

Er startet erneut den Motor und reibt die Hände, um sich aufzuwärmen. Langsam wird es hell, und bald wird er sich auf der Brandstelle umsehen können. Was glaubt er zu finden? Seit letztem Montag ist er jeden Tag hier gewesen, und alles ist mehrmals untersucht worden. Er hat einen Bericht verfasst und im Lauf der Woche drei Mal mit Lönngren gesprochen. Zuletzt gestern, nach Raders Begräbnis, als er zu Lönngren ins Büro ging und sagte, dass er überzeugt sei, ein Brandstifter müsse vor Ort gewesen sein. Lönngren hatte die Stirn gerunzelt und auf den Tisch gestarrt. Er hätte gern gewusst, was Lönngren dachte, aber er hatte nicht danach gefragt.

Kurz nach halb neun steigt er aus seinem Wagen. Es ist jetzt hell, und die Sonne ist auf der oberen Kante der bewaldeten Hügel aufgetaucht.

Die Absperrung rund um die Brandstätte ist noch immer vorhanden, er steigt nicht ohne Mühe über das Seil und rutscht dabei beinahe aus.

Dann bleibt er stehen.

Vor ihm liegen die Überreste des Sägewerks.

Jetzt wird's ernst, denkt er. Jetzt gilt es, klar zu denken, sich systematisch einen Überblick zu verschaffen. Du behauptest schließlich, dass sich die Wirklichkeit immer begreifen und erklären lässt. Das Unklare ist stets das Falsche, das Klare das Richtige. Das, was du als deine Moral und politische Heimat verteidigst, musst du jetzt zur Anwendung bringen. Als Kommunist bist du nicht nur ein hervorragender Eisenwarenhändler, sondern auch unschlagbar als Leiter der freiwilligen Feuerwehr. Ob es in diesem Land noch einen Feuerwehrhauptmann gibt, der Kommunist ist? Unter den Eisenwarenhändlern wohl schon, aber einen Hauptmann der Feuerwehr?

Er grinst vor sich hin und begibt sich zwischen die schwarzen Ruinen. Im Inneren der ehemaligen großen Werkshalle bleibt er stehen und schiebt mit dem Fuß einige verkohlte dicke Klumpen zur Seite, die von der Befestigung einer Sägemaschine stammen. Als er innen an der früheren Schmalseite der Halle steht, schätzt er den Abstand zu dem am weitesten entfernten Bretterstapel auf beinahe zweihundert Meter. Bei welchem Brandunglück kann sich das Feuer über eine solche Distanz gleichzeitig entzünden?, denkt er. Das ist doch nicht möglich.

Er versucht sich vorzustellen, wie er selbst vorgegangen wäre, wenn er das Sägewerk in Brand hätte stecken wollen.

Zunächst hätte er sich zwischen zwei Dingen entscheiden

müssen. Nämlich, ob er das gesamte Werk bis auf die Grundmauern abbrennen will, oder ob er eher zufällig vorgeht. Das ist ein entscheidender Unterschied. Hier muss es sich um die erste Variante handeln, eine detailliert geplante und ausgeführte Brandstiftung. Und hier hat derjenige, der das Feuer gelegt hat, einen gravierenden Fehler gemacht. Denn um ein so umfassendes Ergebnis zu erzielen, muss man ein Feuer legen, von dem niemand glauben kann, es sei aus Fahrlässigkeit entstanden. Es ist offensichtlich, dass es sich um Brandstiftung handelt. Und wer will dieses Risiko eingehen?

Wer?

Die andere Möglichkeit kann man sofort ausschließen. Denn wenn jemand ohne größere Ambitionen hier gewesen wäre, hätte das Feuer niemals so rasch ein so großes Ausmaß annehmen können.

Plötzlich wird für Enström, während er auf der Brandstätte umhergeht, alles sehr klar. Es besteht für ihn nicht mehr der geringste Zweifel, dass der Brand des Sägewerks das Resultat des vorsätzlichen Versuchs ist, es mithilfe der Flammen vollkommen zu zerstören.

Die Frage ist also nur, von wem.

Von wem und warum?

Er überlegt, was er über Brandstiftung weiß. Normalerweise gibt es zwei Motive. Das eine ist Rache und das andere wirtschaftlicher Nutzen. Von diesen beiden Kernmotiven gibt es jede Menge Varianten, die momentan aber nicht wichtig sind.

An Rache hat er schon gedacht. Er hat sich darüber mit Bertil Kras unterhalten und in schlaflosen Nächten dazu Gedanken gemacht. Aber das andere zentrale Motiv, das ökonomische; wie steht es damit? Ein Prickeln lässt ihn ahnen, dass er im Begriff ist, die Zusammenhänge zu sehen.

Er geht ins Unterholz, wo Direktor Raders Leiche im Schnee gelegen hatte, bis der Stiefel eines Feuerwehrmanns gegen sie stieß. Dessen Urinspuren sind immer noch im Schnee zu sehen. Enström fragt sich flüchtig, ob der Feuerwehrmann zu Ende pinkeln konnte, ehe er den Körper im Schnee entdeckte.

Was weiß er eigentlich über Direktor Rader? Was weiß er von den Geschäften des Sägewerks? Alle dachten, dass es gut lief, wie in den meisten holzverarbeitenden Betrieben nach dem Krieg. Etwas anderes ist niemandem je in den Sinn gekommen.

Hier ist der nächste Fehler, denkt er. Man darf niemals etwas als gegeben ansehen.

Könnte der Direktor das Feuer selbst verursacht haben? Ging es dem Sägewerk schlecht, ohne dass jemand etwas davon ahnte? Wollte Rader so an die Versicherungssumme kommen? Wie hoch ist die? Was wissen die Finanzprüfer? Wo müsste man sie suchen? In Stockholm oder in Sundsvall? Hatte der Herr Direktor vielleicht Geld veruntreut?

Kann die Erklärung so einfach sein?

Ihm wird mit einem Mal bewusst, dass er viel zu wenig weiß, um das als mögliches Motiv auszuschließen. Doch wen soll er fragen? Und ist das nicht eigentlich Lönngrens Aufgabe? Hat Lönngren daran überhaupt gedacht? Er bemerkt, wie er friert, seine Hände sind ganz weiß geworden. Er geht zum Auto zurück, den Zündschlüssel ungeschickt zwischen den tauben Fingern.

Als er den Motor startet, fällt ihm Herbert Nilsson ein. Einer, der so lange im Sägewerk beschäftigt war, müsste schließlich etwas wissen. Wo steckt er überhaupt? Enström kann sich nicht erinnern, ihn während der Löscharbeiten oder einer seiner späteren Besichtigungen am Brandort gesehen zu haben. Ein so langjähriger Mitarbeiter hätte doch irgendwann auftauchen müssen.

Könnte Bertil etwas wissen?

Enström spürt plötzlich eine neue Energie. Er beschließt, zu Bertil zu fahren und mit ihm zu reden. Doch als er eben die Handbremse lösen will, fällt ihm ein, dass Sonntagmorgen ist und Bertil vermutlich bei Margot schläft. Er lässt die Handbremse angezogen und denkt, er selbst hätte auch nichts dagegen, bei jemandem zu schlafen, den er wirklich gernhat. Und bei dieser Überlegung packt ihn erneut das schlechte Gewissen seiner Frau gegenüber.

Das ist bloß Mitleid, denkt er. Aber vielleicht wünscht sie sich auch jemanden, mit dem sie gern die Nacht verbringen möchte.

Plötzlich würde er am liebsten die Gemeinde verlassen und alles vergessen. Er malt sich aus, wie er den Laden verkauft, das Auto belädt und sich einfach auf den Weg macht, ohne die leiseste Absicht, je wieder zurückzukehren. Doch wohin sollte er fahren? Er, der im Süden nie weiter als bis Göteborg und im Westen bis Norwegen gekommen ist?

Er kratzt sich an der Stirn und starrt finster auf den Zündschlüssel, der neben dem Lenkrad baumelt.

Ich fahre nach Hause und schaufle den Schnee weg, denkt er. Schnee schaufeln, Holz hacken, das ganze verfluchte kaputte Zeug reparieren. Mit meiner Frau reden, mich freundlich erkundigen, wie es ihr geht, ihr meine Liebe beteuern.

Von hinten ist das Geräusch eines Autos zu hören, das diesen Gedankengang unterbricht. Er schaut nicht in den Rückspiegel, sondern wendet schwerfällig den Kopf und wirft einen Blick durch die Heckscheibe.

Als er Lönngrens Auto erkennt, spürt er einen stechenden Schmerz in der Brust.

8.

Am Samstag sitzt Lönngren abends in seinem trostlosen Zuhause und versucht, ein Schachproblem aus der Zeitung zu lösen, wobei sein Blick hin und wieder zu einer Ansichtskarte wandert, die er heute mit der Post bekommen hat. Die Karte ist schwarzweiß und zeigt eine Kirche in irgendeiner mittelschwedischen Stadt. Auf der Rückseite ist ein Schachzug angegeben, der schwarze Läufer hat einen von Lönngrens Bauern geschlagen. Darunter steht ein unleserlicher Name. Vor sich auf dem Tisch hat Lönngren eine unbeschriebene Ansichtskarte liegen, auf die er seinen Gegenzug schreiben soll. Doch ihm ist keiner eingefallen, und er überlegt, ob er schreiben soll, dass er aufgebe und sich für das Spiel bedanke. Auf dem Tisch liegt ein Stapel weiterer Ansichtskarten, alle mit demselben Motiv, dem Zentrum des kleinen Marktfleckens, sofern man von einem Zentrum hier überhaupt sprechen kann.

Das Schachproblem aus der Zeitung löst er nach langem Nachdenken. Als er ins Bett geht, ist es fast drei. Obwohl er müde ist, kann er nicht einschlafen. Er liegt da und starrt an die Decke. Erst nach Stunden fällt er in einen unruhigen Schlaf.

Mit einem schalen Geschmack im Mund wird er am Sonntagmorgen wach. Sein Kopf fühlt sich schwer an, und bei der Zubereitung des Kaffees fällt ihm ein Porzellanteller zu Boden. Als er seinen Kaffee getrunken hat, geht er ins Schlafzimmer und legt sich mit den Armen unter dem Kopf aufs ungemachte Bett. Mit dem Blick folgt er dem feuchten Fleck an der Decke und überlegt, ob er heute zu Hause bleiben oder sich auf die Polizeistation begeben soll. Nach einer Weile des Abwägens beschließt er jedoch, zum Brandort hinauszufahren.

Er steht auf und schlüpft in seine Wintersachen. Er muss lange suchen, bis er seine Mütze findet, die aus irgendeinem Grund in der Speisekammer gelandet ist. Er hat den Eindruck, dass ihm so etwas nicht zu ersten Mal passiert. Und er verspürt ein starkes Bedürfnis, sich einen Hund anzuschaffen. Jemanden, der ihm Gesellschaft leistet.

Das Auto hat er an der Vorderseite des Hauses geparkt. Bevor er die Wagentür öffnet, bleibt er kurz vor dem Schaufenster der Farbenhandlung stehen und schaut sich die Waren in der Auslage an. Vor allem eine Badezimmerwaage, die er sich anschaffen möchte, betrachtet er eingehend. Er wird langsam dick und will nach Möglichkeit verhindern, noch weiter zuzulegen. Als er sich in seinen Wagen setzt, denkt er, wie verdammt teuer alles geworden ist. Er startet, biegt um die Ecke und wirft einen Blick auf das Filmplakat vor dem Kino im Guttemplerhaus. Doch es ist zu weit weg, und er kann nicht lesen, was dort steht. Er überlegt, wie lange es her sein mag, seit er zuletzt im Kino war.

Sobald der Opel in sein Blickfeld kommt, weiß er, dass Enström auch am Brandort ist. Er erkennt das Nummernschild und denkt, dass Enström dieses Auto nun schon ziemlich lange fährt. Dicht dahinter hält er an und überlegt, was er jetzt machen soll. Er muss Enström natürlich begrüßen, hat aber keine Lust, sich länger als nötig mit ihm zu unterhalten. Als Enström gestern im Büro plötzlich vor ihm stand und sagte, er solle nach einem Brandstifter suchen, fühlte er sich unterlegen und war irritiert. Und diese Irritation hat sich bis jetzt nicht gelegt.

Er klettert aus dem Auto und zieht sich die Pelzmütze tiefer in die Stirn. Unterdessen steigt auch Enström aus seinem Wagen. Mit einem Nicken grüßen sie sich und gehen aufeinander zu.

»Sieh einer an, hallo«, sagt Lönngren. »Du auch hier?«

»Ja, ich habe einen kurzen Abstecher gemacht«, antwortet Enström.

»Die Kälte bleibt uns wohl erhalten.«

»Ja, sieht ganz danach aus.«

Sie stehen ein paar Meter voneinander entfernt und schauen auf die schwarz verbrannte Fläche.

»Von allein ist das hier nicht in Brand geraten«, sagt Enström und tritt von einem Fuß auf den andern, da er zu frieren beginnt.

»Ja, das hast du schon erwähnt. Aber was genau sagt dir das.«

»Das liegt doch auf der Hand.«

Enström merkt, dass er es nicht lassen kann, Lönngren gegenüber einen spitzen Ton anzuschlagen. Doch Lönngren scheint das nicht aufzufallen. Oder er verbirgt es einfach nur geschickt.

Enström setzt ihm alles auseinander und legt dar, wie er zu dem Schluss gekommen ist, dass es sich um Brandstiftung handeln muss. Lönngren hört zu, die Augen starr auf einen Punkt irgendwo in den Ruinen des Sägewerks gerichtet. Als Enström zum Ende gekommen ist, sagen beide lange Zeit nichts.

Lönngren ist es, der schließlich das Schweigen bricht.

»Was du sagst, klingt, als wäre es eine Möglichkeit. Das allein reicht aber nicht. Für das eine oder das andere müssen Beweise her. Ich würde eine schlechte Arbeit machen, wenn ich von Anfang an ausschließe, dass es ein Unfall war. Ich muss alle Möglichkeiten berücksichtigen. Bis es Beweise gibt. Und Beweise gibt es keine.«

Enström kann sich eine schnippische Antwort nicht verkneifen.

»Also, wie gehst du dabei vor?«, sagt er.

»Ich untersuche das Material«, antwortet Lönngren und wirft Enström einen kurzen Blick zu. Enström bemerkt, dass auch Lönngrens Stimme einen arroganten und verärgerten Ton angenommen hat.

»Könnte es sein, dass Rader selbst das Feuer gelegt hat?«,

fragt Enström und wundert sich, dass seine Worte so ruhig und entspannt klingen.

Lönngren sieht hoch. Sein Blick ist mit einem Mal kalt und lauernd.

»Wie meinst du das?«, sagt er scharf. »Worauf willst du damit denn hinaus, der Direktor hätte das selbst getan?«

»Wenn du das Gegenteil beweisen kannst, dann glaube ich dir«, antwortet Enström.

Lönngren steht schweigend da und wendet die Augen nicht von Enströms Gesicht. Als er erneut zu reden beginnt, ist auch seine Stimme ganz ruhig.

»Vielleicht hast du recht, das Sägewerk könnte in Brand gesteckt worden sein. Ist eine Möglichkeit. Ich schließe beim jetzigen Stand der Ermittlungen nichts aus. Aber falls es so sein sollte, dass das Feuer gelegt wurde, dann weiß ich schon, wo ich den Brandstifter suchen muss. Das weiß ich.«

Er schweigt. Einen Augenblick hat Enström den Eindruck, dass er noch etwas sagen will. Lönngrens Lippen bewegen sich, als halte er etwas zurück.

»Gut, dass du weißt, wo du suchen musst«, sagt Enström. »Ich glaube trotzdem, dass ich, nur so zum Vergnügen, mal versuchen würde herauszufinden, wie es eigentlich um die Geschäfte des Sägewerks stand.«

Lönngrens heftige Reaktion überrascht Enström.

»Das wirst du schön bleibenlassen. Ich bin derjenige, der für die Untersuchung verantwortlich ist. Du hast kein Recht, dich in die Arbeit der Polizei einzumischen.«

Lönngrens Stimme hat sich überschlagen. Er ist rot im Gesicht, und seine Lippen zittern. Einen Moment hat Enström den Eindruck, dass Lönngren drauf und dran ist, in Tränen auszubrechen.

»Ich mische mich nicht in die Arbeit eines anderen ein. Aber es ist ja wohl noch erlaubt, mit Leuten zu sprechen. Oder etwa nicht? So steht es schließlich im Gesetz. Das Recht auf freie Meinungsäußerung! Ich sehe diesen Brand auf meine Weise. Du auf deine.«

»Deine Weise gehört verboten«, sagt Lönngren gedämpft.

»Wie bitte?« Enström lächelt plötzlich und bewegt sich auf Lönngren zu. »Das ist ja interessant. Ich dachte, die Polizei sollte ein unpolitisches Organ sein. Aber vielleicht irre ich mich. Sicher sogar. Im Krieg war es ja mit der neutralen Polizei nicht besonders weit her.«

»Wir führen nur unsere Befehle aus«, antwortet Lönngren.

»Ja, ja. Mich interessieren aber diejenigen, die die Befehle geben. Auch wenn ich in diesem Fall glaube, dass die Art, wie du mir die Leviten liest, ganz allein auf deinem Mist gewachsen ist.«

»Mir ist scheißegal, was du denkst. Das hier ist meine Arbeit. Davon lässt du besser die Finger.«

»Ich darf vielleicht nicht einmal innerhalb der Absperrung sein?«

»Als Feuerwehrhauptmann darfst du das.«

»Als Privatperson aber nicht.«

»Nein.«

»Und wie unterscheidest du das eine vom anderen?«

Lönngren verzieht das Gesicht.

»Wie dumm kann man eigentlich sein?«

»Nicht so dumm, dass ich Rader von vornherein von jeder Verantwortung freisprechen würde. Ich sehe das wie du. Auf zu den Beweisen.«

»Dann nur zu. Warum nicht? Wenn du dich lächerlich machen willst. Als Feuerwehrmann und als Eisenwarenhändler.«

»Es kümmert mich nicht, was die Leute sagen.«

»Wirklich?«

»Ich stehe zu dem, was ich tue. Habe ich das irgendwann nicht getan? Im Unterschied zu anderen? Zu dir zum Beispiel.«

Lönngren zuckt zusammen. Er und Enström stehen plötzlich sehr dicht beieinander.

»Was meinst du damit? Drohst du mir?«

»Nein, das ist keine Drohung. Aber du brauchst dir nicht einzubilden, dass alles vergessen sei. Selbst wenn die Wahrheit nie herausgekommen ist. Doch dafür ist es ja nicht zu spät. Es ist nie zu spät.«

»Hast du immer noch nicht aufgegeben?«

»Bilde dir das mal nicht ein. Verfluchtes Nazischwein, du.«

Die letzten Worte würgt Enström hervor. Dann wendet er sich ab und geht.

»Was in Amerika geschieht, kann auch hier geschehen. Wie du vielleicht weißt, befreit man dort gerade das Fell von den Läusen.«

Enström hält abrupt an.

Langsam dreht er sich um. Er sieht Lönngren in die Augen.

»Was hast du da über Läuse gesagt?«

»Vielleicht ist dir bekannt, was unamerikanische Umtriebe sind. Es gibt vielleicht auch so was wie unschwedische Umtriebe.«

Enström muss nur einen Schritt weitergehen, um unmittelbar vor Lönngren zu stehen.

Diesen Schritt macht er.

Als er sich später ins Gedächtnis zu rufen versucht, was in den folgenden Sekunden genau geschah, verliert sich alles im Nebel. Er erinnert sich nur an den Schmerz in den Knöcheln und steif gefrorenen Fingern, als seine Faust auf Lönngrens linke Wange trifft. Er erinnert sich an das unangenehm schnalzende Geräusch und an Lönngrens verwunderten Gesichtsausdruck, als dieser taumelt und rücklings auf einen Haufen rußig verbrannter Schnittholzreste fällt. Er erinnert sich an Lönngrens leisen Schmerzensschrei und an das Blut, das ihm aus Mundwinkel und Nase lief.

Danach hatte er kehrtgemacht und war zu seinem Auto gegangen, um wegzufahren. Es kostete einige Mühe, an Lönngrens Wagen vorbeizukommen, der mitten auf der Straße stand. Er hatte es riskiert, sein Auto durch den weichen Schnee zu lenken, und war nicht stecken geblieben.

Dann war er auf und davon. Viel zu schnell, in Anbetracht der glatten Straßen. Er hatte gespürt, wie das Herz in seiner Brust hämmerte. Er hatte sich nicht mehr umgedreht.

Erst als er in seinem Büro in den Korbstuhl sank, ohne Mütze oder Jacke auszuziehen, wurde ihm klar, was passiert war.

Er hatte Lönngren niedergeschlagen. Er war wütend geworden, als man ihn mit einem Ungeziefer verglich. Aber hatte er deshalb zugeschlagen? Er wusste, dass das nicht der Grund war. Es waren die alten Geschichten, die in ihm hochgestiegen waren. Die Vergangenheit, die unter dem Deckel gehalten wurde. Bis jetzt.

Er überlegte, wie sich das angefühlt hatte, während er zugleich seine Hand betrachtete.

Aber er fühlte nichts.

Auch Angst vor den Folgen hatte er nicht.

Nach einer Weile spürte er sogar so etwas wie ein Gefühl der Befriedigung, dass es endlich getan war. Das, von dem er wusste, dass so viele es sich wünschten. Dann fuhr er nach Hause.

Lönngren machte sich auf den Weg zur Polizeistation. Dort wusch er sich das Gesicht mit kaltem Wasser und kramte Baumwolltupfer aus dem Erste-Hilfe-Kasten, der irgendwo zwischen den unzähligen Ordnern und Papieren steckte. Er nahm einen Tupfer und schob ihn in das verletzte Nasenloch.

Dann betrachtete er auf der Toilette sein Spiegelbild. Er sah an seiner Miene, dass er es Enström zurückzahlen würde.

Allerdings nicht mit den Fäusten.

Jedenfalls nicht mit seinen eigenen.

Danach fuhr er heim.

Kurz vor dem Einschlafen ging Bertil Kras wieder einmal seine Lage durch. Er dachte an Margot und Rubinchen. Er stellte Überlegungen an, die er sonst oft zur Seite schob.

Auch der Rucksack, den man ihm vor Jahren gestohlen hatte, kam ihm wieder in den Sinn.

Die Vorstellung, jetzt danach zu suchen, ließ ihn schmunzeln.

Seine Überlegungen führten zu dem Entschluss, dass er am Montagmorgen zum Schlachthof gehen würde.

Dann richtete er sich im Bett kurz auf und schaltete das Licht aus.

Er schlief fast augenblicklich ein.

Enström saß in der Küche und trank eine Flasche Bier. Glücklicherweise war seine Frau draußen und ging spazieren. Er würde Zeit haben, sich zu beruhigen, bevor sie zurückkam.

Und er nahm sich vor, morgen mit Bertil zu reden.

Vielleicht wären die Gerüchte vor ihm da.

Der Schlachthof lag neben der Baumschule, wo man unter kommunaler Leitung Fichten und Kiefern züchtete. Es war ein langgezogenes, gemauertes Gebäude, das sich parallel zum Zaun des großen Baumschulareals erstreckte. Der zweistöckige Bau war relativ neu und bei seiner Errichtung mit einem großen Neonschild versehen worden, das nur für den Forstmeister und die Angestellten der Baumschule leuchtete. Harpo hatte sich wegen der Gelder, die für so ein Schild verschwendet wurden, erfolglos bei der Gemeinde beschwert.

Es war ein genossenschaftlich organisierter Schlachthof mit etwa zwanzig bis fünfundzwanzig Mitarbeitern, die sich auf Verwaltung, Schlachthalle und den Betrieb dreier Lastfahrzeuge für den Transport der Tiere verteilten. Auch in der Frage dieser Tiertransporte hatte Harpo eine Debatte entfacht. Er war der Meinung, die Abholung des Schlachtviehs wäre billiger, wenn man sie einem Subunternehmen überließe. Doch auch in diesem Punkt hatte die Gemeinde auf die Kritik nicht reagiert.

Es war Viertel vor neun, als Bertil die Tür zur Verwaltung öffnete und eintrat. Im Vorraum hatte er den Eindruck, dass das Büro jenem im Sägewerk ähnelte.

Er nickte der Sekretärin zu, die vor einem der Fenster zur Baumschule an der Schreibmaschine saß. Er kannte sie von den Tanzabenden im Gemeindehaus, und zum Zeichen, dass auch sie ihn erkannte, lächelte sie zurück.

»Hallo«, sagte sie. »Willst du zu Asp?«

»Hallo«, sagte Bertil. »Ja, ist er drinnen?«

»Er ist noch nicht hier, aber es dauert bestimmt nicht mehr lange. Er geht jeden Morgen zuerst in die Schlachthalle, bevor er raufkommt. Die unten reißen darüber Witze und sagen, er muss den Tag mit einer Prise Blutgeruch beginnen. Aber er will sicher nur nach dem Rechten sehen. Du kannst dich so lange setzen.«

Bertil ließ sich auf einer Holzbank nieder, und die junge Frau wandte sich wieder ihrer Schreibmaschine zu. Er war fasziniert, wie schnell sie tippte, und es irritierte ihn, dass ihm ihr Name nicht einfiel. Er wusste, dass er mit ihr früher ein paar Mal getanzt hatte. Sie war nicht besonders hübsch und ein wenig pummelig, aber er glaubte sich zu erinnern, dass sie gut tanzte und dass ihr Name mit B begann.

Barbro?

Bojan?

Die Tür wurde geöffnet, und Betriebsleiter Asp kam herein. Er trug seine Winterjacke über dem Arm. Die dicke Pelzmütze hatte er noch auf. Er legte die Stirn kurz in Falten, als sein Blick auf Bertil fiel, der aufgestanden war, und schaute ihn fragend an.

»Ja, bitte?«

»Ich möchte fragen, ob der Herr Betriebsleiter kurz Zeit für mich hat«, sagte Bertil.

»Das lässt sich machen. Nach Ihnen, bitte.«

Er öffnete sein Arbeitszimmer und hielt Bertil die Tür auf. Das Büro war spartanisch eingerichtet. Ein voluminöser Schreibtisch, zwei Dokumentenschränke an der fensterlosen Wandseite. Ein paar Mantelhaken und ein einfacher Besuchersessel. Das Einzige, das Abwechslung ins triste Grau brachte, war ein großer Kaktus mitten auf dem Schreibtisch.

»Nehmen Sie Platz«, sagte Betriebsleiter Asp, während er seine dicke Jacke aufhängte. Als Bertil sich gerade setzen wollte, fiel die Jacke zu Boden, und er hörte ein paar Münzen klimpern. Betriebsleiter Asp wandte sich abrupt um und hob die Jacke auf.

»Der Henkel«, sagte er und grinste zu Bertil hinüber. Dann hängte er die Jacke am Kragen auf und setzte sich an seinen Schreibtisch.

»Also?«, sagte er. »Worum geht's?«

»Bertil Kras ist mein Name«, sagte Bertil.

»Ja, habe ich verstanden. Asp.«

Beide nickten kurz.

»Ich war im Sägewerk beschäftigt«, fuhr Bertil fort. »Und bin jetzt ohne Arbeit. Ich wollte mich erkundigen, wie es hier im Genossenschaftshof aussieht. Ob vielleicht etwas frei ist.«

»Fast niemand benutzt den Ausdruck Genossenschaftshof«, unterbrach ihn Asp. »Ich dachte, ich wäre der Einzige. Das hier bloß einen Schlachthof zu nennen ist völlig falsch. Schlachthöfe gibt es in unterschiedlicher Form. In Privatbesitz oder als Kooperativen. Bei diesem hier handelt es sich um eine Kooperative. Also Genossenschaftshof.«

»Ja, ich weiß«, sagte Bertil. »Vielleicht kann man es auch einen sozialdemokratischen Schlachthof nennen.«

Betriebsleiter Asp zog die Augenbrauen hoch und schaute Bertil verwundert an.

»Ich meine, dass der Schlachthof in etwa so funktioniert wie die Sozialdemokratie. Eine Mischung aus privaten und staatlichen Unternehmern.«

»Herr Kras ist politisch interessiert?«

»Ja.«

»Das sind zurzeit nicht viele. Von den Politikern mal abgesehen. Das ist bedauerlich. Wirklich sehr bedauerlich. Aber ich selbst bin vermutlich auch nicht besser. Man wird lasch. Zur Sozialdemokratie bekenne ich mich allerdings.«

Asp nahm eine Pfeife aus der Sakkotasche. Sie war bereits gestopft, und er zündete sie an.

»Ja. Ich weiß nicht so recht, was ich Ihnen sagen soll. Derzeit haben wir volle Belegschaft. Ich sehe im Moment keine Möglichkeit, jemand Neuen einzustellen. Und Herr Kras ist nicht der Erste, der fragt. Aber ich kann Namen und Adresse vormerken. Frei werden kann ja immer was. Möglicherweise wird es auch eine Erweiterung geben. Haben Sie denn mit Schlachthöfen schon Erfahrung? Oder einen Führerschein?«

Auf die letzte der beiden Fragen antwortete Bertil mit einem Nicken.

»Das mit diesem Brand ist ja schrecklich. Wie viele sind dadurch arbeitslos geworden? Fünfundzwanzig? Und dazu noch Raders Tod. Mit ihm haben wir einen hervorragenden Mann verloren.«

Während er sprach, nahm er ein Papier aus der Schreibtischschublade.

Bertil nannte Namen und Adresse. Er hatte einen Moment lang den Eindruck, dass der Betriebsleiter stutzte, so als wäre ihm etwas plötzlich wieder eingefallen. Doch er fuhr ungerührt fort, das Papier auszufüllen.

»Ja«, sagte er, als er fertig war. »Das ist leider alles, was ich augenblicklich für Sie tun kann. Aber wenn etwas frei wird, melde ich mich. Und Sie können davon ausgehen, dass Sie ganz oben auf der Liste stehen. Arbeitslose Fleischer wird es ja im Sägewerk wohl kaum geben.«

»Nein«, sagte Bertil und stand auf. »Die gibt es wohl tatsächlich nicht. Viele haben dort schon sehr lange gearbeitet. Für die tut es mir besonders leid.«

Betriebsleiter Asp stand ebenfalls auf und streckte die Hand aus.

»Das Ganze ist unerfreulich, ja. Verflucht unerfreulich. Es geht übrigens das Gerücht, dass der Brand gelegt worden sei. Falls das wahr ist, wäre die Sache ja richtig übel. Welcher verfluchte Idiot würde so etwas tun?«

»Tatsächlich?«, sagte Bertil. »Ich habe keine solchen Gerüchte gehört.«

»Nicht? Doch, doch, mir ist da einiges zu Ohren gekommen. Natürlich werden keine Namen genannt. Auch keine Motive. Aber unangenehm ist das. Lönngren hat es sicher nicht leicht. Ich habe übrigens auch gehört, er habe Streit mit dem Feuerwehrhauptmann gehabt.«

»Enström?«

»Ja, Enström. Dem der Eisenwarenladen gehört.«

»Gestritten?«

»Ja. Ich weiß auch nicht. Aber jemand hat sie gesehen, gestern in der Früh, draußen beim Sägewerk. Genaueres weiß ich nicht. Vielleicht alles nur Gerede. Heutzutage wird so verdammt viel zusammengelogen.«

Erst jetzt ließ er Bertils Hand los.

»Bitten Sie Bojan draußen um eine Broschüre über den Genossenschaftshof. Die ist sehr informativ. Nicht nur für die, die hier arbeiten, sondern für alle, die sich für Wirtschaftspolitik interessieren, und Herr Kras scheint ja interessiert.«

Bertil verließ das Zimmer, schloss die Tür hinter sich und fragte bei Bojan nach der Broschüre. Er steckte sie in die Manteltasche und trat ins Freie.

Ein Tiertransport ist gerade angekommen, und er bleibt stehen und sieht zu, wie zwei Männer eine Kuh über die rutschige Rampe aus dem Wagen ziehen. Die Kuh stemmt sich dagegen und entleert dabei den Darm. Sie scheint zu wissen, was sie erwartet. Bertil geht ein paar Schritte näher. Einer der beiden Männer schiebt die Kuh von der Ladefläche aus, der andere zerrt sie am Schwanz. Er muss zur Seite springen, als der Darminhalt aus der Kuh platscht, kriegt aber trotzdem einen großen Fladen auf seine Stiefel. Er flucht und grinst zu Bertil herüber.

Bertil glaubt einen norwegischen Akzent herauszuhören. Er

kann sich nicht daran erinnern, den Kerl schon einmal gesehen zu haben.

Als die Kuh abgeladen ist, wird sie mit einem Mal ganz ruhig, und die Männer können sie ohne weitere Schwierigkeiten in die Schlachthalle führen. Bertil geht am Zaun zur Baumschule entlang und überlegt, was er tun soll. Welche Möglichkeiten hat er noch, eine Stelle zu finden?

Plötzlich denkt er, dass er Svante schon lange nicht mehr gesehen hat. Und vielleicht gibt es ja bei der Straßenmeisterei Arbeit? In ihm keimt wieder etwas Optimismus, und er wundert sich, dass er daran nicht früher gedacht hat.

Auf dem Weg Richtung Ortszentrum fällt ihm ein, dass er sein Postsparbuch bei sich hat, um Geld abzuheben. Als er am Morgen seinen Kaffee trank, hat er darin geblättert. Seine Mutter hatte es angeschafft und am Tag seiner Taufe zehn Kronen eingezahlt. Auch in den folgenden Jahren hatte sie Geld aufs Sparbuch gelegt, und ab seinem fünfzehnten Geburtstag war es in seiner Obhut. In den Jahren hier im Ort war es ihm besonders nützlich gewesen. Es war jetzt beinahe voll beschrieben und hatte nur noch eine freie Seite. Wenn er es durchblätterte, war es wie ein Tagebuch. Ihm fielen beinahe alle Anlässe ein, bei denen er Geld abgehoben oder eingezahlt hatte. Jetzt steckte das graugrüne Büchlein in seiner zugeknöpften Gesäßtasche. Er überprüft mit der Hand, ob es noch da ist.

Auf der Post füllt er das Formular aus, um Geld abzuheben, und blickt sich suchend um, welche der Kassiererinnen ihn kennt. Er hat keinen Ausweis bei sich und möchte nicht abgewiesen werden. Er geht zu einem Schalter, an dem eine ältere Dame sitzt. Bei ihr ist er schon mehrere Male gewesen und weiß, dass sie ihn kennt. Er hebt fünfzig Kronen ab und fragt sich, wem er nun seine Miete bezahlen soll. Bisher hat er das jeden Monat im Büro erledigt, bei Herbert Nilsson oder dem Buchhalter. Er nimmt fünf Zehn-Kronen-Scheine entgegen und legt sie ins Postsparbuch, das er wieder in die Gesäßtasche steckt.

Auf dem Weg zum Gebäude der Straßenverwaltung kommt er an Enströms Eisenwarenladen vorüber. Er überlegt kurz, ob er hineingehen soll, lässt es bleiben und geht weiter. Er meidet auch die Strecke, die an der Konditorei vorbeiführt. Er weiß immer noch nicht, was er Margot sagen soll. Er denkt daran, wie sie geweint hat, und macht sich Sorgen, dass etwas zwischen ihnen aus der Spur geraten könnte.

In der Straßenmeisterei erfährt er von einem Vorarbeiter, dass Svante Eriksson an diesem Tag nicht da ist. Vermutlich sei er krank. Schon am Samstag war er erkältet. Als sich Bertil nach Arbeit erkundigt, bekommt er eine abschlägige Antwort. Den einzigen freien Platz haben sie gleich am nächsten Morgen mit einem anderen Arbeiter aus dem Sägewerk besetzt. Weitere Stellen gebe es derzeit nicht. Doch auch hier wird sein Name für eine mögliche Verwendung in der Zukunft notiert. Und auch hier spricht man von einer möglichen Erweiterung, über die aber noch nichts Näheres bekannt ist.

Während Bertil wieder in Richtung Ortszentrum geht, spielt er in Gedanken systematisch alle erdenklichen Arbeitsplätze durch. Vom Sägewerk abgesehen gibt es hier keine Industriebetriebe. Bleibt nur noch der Versuch, Arbeit als Gemeindemitarbeiter zu finden.

Da kommt ihm Harpo in den Sinn. Harpo müsste etwas wissen. Da er ohnehin in der Nähe ist, schlägt er den Weg zur Kirche und zum Krematorium ein. Vielleicht findet er Harpo dort.

Schon von weitem sieht er, dass die braunen Tore einen Spalt weit geöffnet sind. Er geht zuerst über den Friedhof und bleibt vor Raders offenem Grab stehen. Berge von Kränzen liegen rundherum, und er liest die Schriftzüge auf den verschiedenfarbigen Seidenschleifen. Als er aus dem Krematorium Geräusche hört, richtet er sich auf und geht weiter.

Harpo nickt zu ihm herüber und öffnet die quietschenden Tore. Er ist dabei, die Asche von der letzten Verbrennung auf einen Haufen zu rechen.

»Hallo«, sagt er. »Ich will das nur noch rasch versorgen.«

Bertil sieht, wie er eine weiße Urne nimmt, sie mit der Asche füllt und dann den Deckel wieder verschließt.

»Landwirt Göran Melin, geboren 1863, gestorben im Januar 1951. Ein schlechteres Datum hätte er sich nicht aussuchen können. Jetzt heulen sich doch wegen Herrn Rader alle die Augen aus.«

Harpo grinst und stellt die Urne auf ein leeres Brett an der Wand. Dann spuckt er in die Hände und wischt sie an der blauen Arbeitshose ab.

»Lass uns hinausgehen«, sagt er. »Heute muss ich keinen mehr verbrennen. Wie läuft's bei dir?«

Er fasst Bertil an der Schulter und scheucht ihn hinaus. Dann schließt er die Tür, zieht eine Schachtel John Silver heraus und bietet Bertil eine an, der aber den Kopf schüttelt.

»Ich dachte, du rauchst«, sagt Harpo und steckt sich eine Zigarette in den Mund.

»Nein, ich habe vor ein paar Tagen aufgehört«, antwortet Bertil. »Ist mir zu teuer, und ich kriege davon Halsweh.«

»Fällt es dir schwer?«

»Nein, nicht besonders. Eigentlich nicht.«

Harpo betrachtet die Zigarette und seinen gelben Zeigefinger.

»Ja, man sollte wohl damit aufhören. Sehr gesund kann es ja nicht sein.«

Er blickt zum Himmel und kneift die Augen zusammen.

»Also, was wirst du jetzt machen?«, fragt er.

»Ich hatte gehofft, dass du mir das sagen kannst.«

Harpo schaut ihn an und hat dabei sein übliches verquältes Lächeln im Gesicht.

»Ich?«

Bertil erklärt, dass er sich überlegt, eventuell bei der Gemeinde Arbeit zu suchen. Harpo nickt nachdenklich.

»Ja, das ginge vielleicht«, sagt er. »Schon möglich, dass es was gibt. Normalerweise gibt's immer was. Geh doch mal in diese neue Hütte und erkundige dich.«

Die Hütte war Harpos herablassende Bezeichnung für den großen, laut Harpo viel zu großen, neu errichteten Ziegelbau am Fluss, in dem die Gemeindeverwaltung untergebracht war.

»Du weißt also nichts Genaues«, sagt Bertil.

»Nein, leider nicht.«

Er grinst vor sich hin. Bertil versteht nicht, warum.

»Woran denkst du?«

»Daran, dass wir bald Frühling haben.«

»Das dauert wohl noch.«

»Man muss nach vorn schauen. Nach vorn, du weißt schon.«

Harpo raucht schweigend seine Zigarette zu Ende und lässt den Stummel dann zu Boden fallen, ohne ihn auszutreten. Die Kippe glüht noch einen Augenblick im Schnee, bevor sie erlischt.

»Ich kann dir da leider nicht weiterhelfen. Aber frag bei der Verwaltung nach.«

Bertil will sich bereits verabschieden und gehen, als Harpo ihn zurückhält.

»Was denkst du denn über den Brand?«, fragt er.

»Ich weiß es nicht. Eigenartig ist es schon. Und echt hart, die Arbeit zu verlieren.«

»Hat es dir dort gefallen?«

»Ja. Es war eine gute Stelle. Jedenfalls ist schwer zu begreifen, wie es überhaupt zu dem Brand kam. Es gibt da wohl gewisse Gerüchte.«

Harpo sieht ihn aufmerksam an.

»Du hast davon gehört?«, fragt er.

»Ja. Asp aus dem Schlachthof hat es erwähnt. Ich habe dort wegen einem Job nachgefragt.«

»Was hat er denn gesagt?«

»Nicht sehr viel. Bloß, dass es Gerüchte gibt. Dass das Feuer gelegt worden sein soll.«

Harpo nickt.

»Ja, habe ich auch gehört«, sagt er.

»Das war schon alles, was er gesagt hat.«

Harpo nimmt erneut eine Zigarette und zündet sie an. Das Streichholz schnippt er mit den Fingern weg.

»Und was hältst du davon?«, will er wissen.

»Ja, was soll man davon halten. Das mit dem Brand ist merkwürdig. Ich habe mich mit Enström darüber unterhalten. Er versteht es offenbar auch nicht. Wer soll denn das Sägewerk in Brand gesetzt haben?«

»Ja, wer könnte das sein?«, murmelt Harpo leise vor sich hin. Bertil hört nicht, was er sagt, macht sich aber auch nicht die Mühe zu fragen. Harpo geht ein paar Schritte durch den Schnee. Bertil sieht, dass er nachdenkt.

»Klar hat da jemand nachgeholfen«, sagt Harpo plötzlich, ohne Bertil anzusehen.

»Glaubst du?«

»Natürlich. Der Brand ist doch viel zu seltsam. Unnatürlich.«

»Unnatürlich?«

Harpo erklärt, was er meint. Die schnelle und eigenartige Ausbreitung des Brandes. Bertil runzelt die Stirn und nickt.

»Aber wer kann das getan haben?«, sagt er, als Harpo schweigt.

»Ja. Das ist die Frage. Wer kann einen Grund gehabt haben?«

»Ich finde das alles merkwürdig.«

»Vielleicht ist es das aber gar nicht. Man kann sich schließlich fragen, ob jemand gegen das Sägewerk oder gegen sonst was vorgehen wollte?«

»Sonst was?«

»Na, dann eben gegen sonst wen. Rader zum Beispiel.«

Bertil beißt sich auf die Lippe und schaut zu Harpo hinüber, der ihn mit zusammengekniffenen Augen ansieht.

»Daran habe ich überhaupt noch nicht gedacht.«

»Nein. Andere aber schon. Gerüchte dazu gibt es, wie gesagt.«

»Ich habe selbst keins gehört.«

»Nein. Das wundert mich nicht.«

Harpo wird mit einem Mal ernst.

»Wie meinst du das?«, fragt Bertil.

»Gerüchte zu deuten ist nicht so schwer. Ein Gerücht macht die Runde. Am Ende wissen alle, worum es geht. Alle bis auf einen oder einige wenige.«

Als Bertil fragt, wen er denn meine, kennt er die Antwort bereits.

»Die, auf die sich die Gerüchte beziehen«, sagt Harpo.

Bertil starrt ihn an. Noch fällt es ihm schwer, den Inhalt dessen, was Harpo da sagt, ganz zu begreifen.

»Ehrlich gesagt, Bertil, es wundert mich nicht, dass du nichts gehört hast.«

Er verstummt und lässt die Asche fallen.

»Aber du bist nicht der Einzige. Ich kann mir da noch ein paar vorstellen, die nichts gehört haben. Jedenfalls nicht direkt.«

»Wer?«

»Ja. Svante Eriksson. Nils-Erik Erlandsson. Oder …«

Er überlegt einige Sekunden, bevor er weiterspricht.

»Oder Enström, wenn er nicht Chef der Feuerwehr wäre. Siehst du einen Zusammenhang?«

Natürlich sieht Bertil den Zusammenhang. Doch er kann nicht glauben, dass diese Möglichkeit überhaupt besteht.

»Deiner Meinung nach könnte also die Polizeistation, nur als Beispiel, genauso abbrennen wie das Sägewerk.«

»Im Prinzip, ja.«

Bertil tritt auf der Stelle. Er hat kalte Füße.

»Fällt mir schwer, das zu glauben. Wie zum Teufel kann man denn solche Gerüchte in die Welt setzen? Gibt es irgendetwas, was dafür spricht?«

»Nur die Tatsache, dass das Sägewerk abgebrannt ist und es für den Brand keine Erklärung gibt. Sonst nichts.«

»Ja, aber wer bringt so was in Umlauf?«

»Das kann man sich ja leicht ausrechnen.«

»Damit hast du wohl recht.«

Bertil denkt an das morgendliche Treffen mit Asp. Da fällt ihm plötzlich eine Sache ein, die er vorhin vergessen hat.

»Asp hat doch noch etwas erwähnt«, sagte er. »Es gab ein Gerücht, dass Enström und Lönngren gestern früh beim Sägewerk einen Streit gehabt hätten. Hast du davon etwas gehört?«

»Ja«, sagt Harpo. »Das Gerücht habe ich auch gehört. Aber eigentlich ist es kein Gerücht. Das war tatsächlich so.«

Er sieht, dass Bertil verdutzt ist.

»Enström hat Lönngren gestern früh ordentlich eine verpasst. Jemand, der mit dem Hund draußen war, hat es gesehen. Ich habe es gestern irgendwann erfahren.«

Bertil weiß nicht, was er sagen soll.

»Scheiße«, sagt er schließlich.

»Du bist mit Enström doch befreundet. Rede mit ihm. Du kannst ihm ruhig erzählen, was ich gesagt habe. Aber ich vermute, dass er daran selbst auch schon gedacht hat. Enström ist nicht dumm.«

Bertil verspürt plötzlich den Drang, zusammenfassen zu müssen, was Harpo gesagt hat.

»Meinst du das alles wirklich so?«

»Sicher. Jedes Wort.«

»Das ist ja schrecklich.«

»Ja, das ist es. Aber vielleicht kommt dabei auch etwas Gutes heraus.«

Bertil sieht ihn an. Er hat Angst.

»Ich gehe am besten kurz bei Enström vorbei«, sagt er.

Doch er ging nicht zu Enströms Eisenwarenladen, sondern stattdessen direkt zur Konditorei Kronberg. Als er dort eintraf, waren im Lokal keine Gäste. Margot war verwundert, ihn zu sehen. Er bestellte Kaffee und eine Zimtschnecke und teilte ihr mit, dass er weder im Schlachthof noch bei der Straßenverwaltung Arbeit gefunden hatte. Er erwähnte, dass er mit Harpo gesprochen habe und zur Gemeindeverwaltung gehen wolle, sobald er seinen Kaffee getrunken hätte. Als er sich dann bei Margot erkundigte, ob sie irgendwelche Gerüchte gehört hätte, schüttelte sie den Kopf und fragte, worauf er hinauswolle. Er berichtete, was ihm zu Ohren gekommen war, und sie wirkte erschrocken und unangenehm berührt. Er war mit seiner Erzählung kaum fertig, als zwei Schornsteinfeger ins Lokal kamen und belegte Brote, Milch und Kaffee bestellten. Margot und Bertil mussten das Gespräch abbrechen. Als sie bei ihm kassierte, sagte er, dass er am Abend kommen würde.

Auch bei der Gemeindeverwaltung gab es für ihn keine Arbeit. Bertil bekam nicht einmal ein vages Versprechen für die

Zukunft, obwohl man auch dort von einer möglichen Expansion sprach. Danach wusste er nicht, was er machen sollte. Es war ein Uhr, doch seltsamerweise verspürte er keinen Hunger. Er kaufte sich eine Zeitung und einen Schokoriegel mit Nüssen, ging nach Hause und legte sich aufs Bett. Er dachte über das nach, was er gehört hatte, und fragte sich zunehmend beunruhigt, welche Möglichkeit ihm noch blieb. Ihm fiel keine Stelle mehr ein, bei der er Arbeit suchen könnte. Als er es im Bett nicht länger aushielt, putzte er gründlich seine Wohnung. Wischte den Boden, reinigte die Fenster, wechselte die Bettwäsche. Um halb fünf ging er ins Ortszentrum und setzte sich an seinen Ecktisch in der Kneipe. Er aß zu Abend, Beefsteak mit Zwiebeln und Kartoffeln, und trank drei Bier. Danach blieb er einfach sitzen und wartete, bis es Zeit war, zu Margot zu gehen. Während er so dasaß und wartete, bereute er, dass er Enström nicht besucht hatte. Er beschloss, das gleich am nächsten Tag zu tun.

Er bezahlte sein Essen und ging zu Margots Wohnung. Rubinchen übernachtete bei einer Freundin, und Margot war gerade dabei, Tee zu kochen. Sie fragte, ob er hungrig sei, doch er schüttelte den Kopf und sagte, er habe bereits gegessen. Während sie ihren Tee tranken, hörten sie unkonzentriert Radio. Erst später begannen sie miteinander zu reden. Bertil erzählte im Detail, was er tagsüber getan und in Erfahrung gebracht hatte. Margot saß still auf ihrem Stuhl, hörte aufmerksam zu und sagte lange nichts. Als sie schließlich doch den Mund aufmachte, fragte sie nur, ob er noch Tee wolle. Er bejahte, und sie ging zur Kochnische und setzte Wasser auf. Sie wartete, bis es kochte, und ließ dann den Tee einige Minuten ziehen. Erst danach kam sie wieder zurück.

»Und was wirst du nun machen?«, sagte sie.

Bertil zuckte mit den Schultern.

»Ich weiß es nicht. Irgendwas.«

»Das mit diesen Gerüchten ist abscheulich. Wenn es überhaupt wahr ist.«

»Glaubst du mir nicht?«

»Selbstverständlich glaube ich dir.«

»Morgen werde ich mit Enström reden. Aber es stimmt, die Sache mit den Gerüchten ist wirklich total beschissen. Sind auch so schon genug Probleme.«

Margot rauchte eine Zigarette, bevor sie wieder etwas sagte.

»Falls du von hier fortmusst. Möchtest du, dass Rubinchen und ich mitkommen?«

Bertil war überrascht und froh über die Frage.

»Selbstverständlich will ich das«, sagte er mit Wärme in der Stimme. »Natürlich will ich das.«

Er beugte sich über den Tisch, strich ihr mit der Hand übers Bein und lächelte.

Um elf gingen sie zu Bett.

Am Dienstagmorgen rief Lönngren bei der Kriminalpolizei in Stockholm an und sprach mit einem Brandexperten. Lönngren fragte unumwunden, ob es nicht das Beste wäre, wenn jemand aus Stockholm zu ihnen raufkäme. Jemand mit Spezialkenntnissen und technischen Hilfsmitteln.

Er leitete das Gespräch damit ein, dass er den ernsthaften Verdacht habe, der Brand im Sägewerk wäre gelegt worden.

Die Antwort war, dass man so schnell wie möglich jemanden schicken wolle. Man würde ihm in einem, höchstens zwei Tagen Bescheid geben.

Als Bertil am Dienstag gegen zehn zum Eisenwarenladen ging, saß Enström im hinteren Zimmer und unterhielt sich mit Svante Eriksson. Sie nickten Bertil zu und machten ihm ein Zeichen, sich zu ihnen zu setzen. Dann besprachen sie die Gerüchte.

Es stellte sich heraus, dass auch Svante nicht auf direktem Weg davon erfahren hatte. Die Gerüchte waren über Umwege bei ihm gelandet.

Auf dem Tisch vor ihnen lag ein anonymer Brief, den Svante am Morgen im Briefkasten gefunden hatte.

Bertil schaute auf das Kuvert. Es war in der Gemeinde abgestempelt. Der Brief bestand aus einem einzigen Stück Papier, auf dem lediglich ein Wort stand, geschrieben mit stumpfem Bleistift in großen Druckbuchstaben: PYROMANE.

Um zwölf gingen sie in die Kneipe und aßen zu Mittag. Als sie sich umsahen, merkten sie, dass viele Blicke auf sie gerichtet waren.

Enström hatte keinen Appetit und stocherte lustlos in seinem Brathering mit Kartoffeln. Nach einer Weile stand er auf und holte sich die Zeitung zwischen Tellern und Soßenflecken vom Nebentisch. Er legte sie vor sich hin und blätterte die Seiten durch, ohne sich an irgendeiner Stelle zu vertiefen. Während der Viertelstunde, die es dauerte, bis sie fertiggegessen und die erste Tasse Kaffee getrunken hatten, sagte keiner von ihnen ein Wort. Im Lokal war es laut und verraucht. Bertil begann plötzlich zu niesen. Als der Anfall endlich aufhörte, waren seine Augen gerötet. Enström goss Kaffee nach.

»Was die Gerüchte betrifft«, sagte er, »so kommen ihnen die jetzt doch gerade gelegen. Ein Brand und ein Todesfall, die beide rätselhaft sind. Da findet doch niemand mehr, man müsste darüber reden, dass Rader im Hotel so besoffen war, dass sie ihn zum Taxi tragen mussten. Dass er seinen Frack und die ganze

Rückbank vollgekotzt hat. Jetzt gibt es ein Gerücht über uns. Und über die Partei.«

»Glaubst du wirklich?«, sagte Bertil.

»Bestimmt ist das so. Kannst du dir für die Sozis eine bessere Gelegenheit vorstellen, um gegen uns zu hetzen? Ich nicht.«

Svantes Antwort war ein stummes Nicken. Er rührte mit dem Löffel langsam in der Tasse mit dem nur noch lauwarmen Kaffee.

»Aber der Brief?«, sagte er nach einer Weile leise. »Wer, zum Teufel, schickt einen solchen Brief?«

»Das kann jeder gewesen sein«, antwortete Enström. »Wirklich absolut jeder. Das ist genauso leicht, wie einem Gerücht aufzusitzen. Es ist ja fast unmöglich, sich dem zu entziehen, wenn das Gerücht einen nicht selbst betrifft. Auch ich habe schon Gerüchten geglaubt, ohne mir darüber im Klaren zu sein. Und ihr vermutlich auch.«

»Aber wie sollen wir dem denn ein Ende machen?«, sagte Svante mit überraschend unsicherer Stimme. Bertil hatte plötzlich den Eindruck, dass er enorm eingeschüchtert war. Sein Blick war unruhig, und seine Augen irrten rastlos hin und her. So hatte Bertil ihn zuletzt in den Jahren nach dem Krieg gesehen, nachdem der Kampf, die Ereignisse rund um die Lager aufzuklären, gescheitert war, zunichtegemacht von den einflussreichsten Bürgern der Gemeinde. Nun glaubte er, an Svante den gleichen Ausdruck zu erkennen.

»Am besten, indem wir uns einfach nicht darum scheren«, sagte Enström nach einem Moment des Schweigens. »Uns nichts anmerken lassen. Irgendwann wird es schon aufhören. Das ist anstrengend, aber ich wüsste nicht, was wir sonst tun sollten. Wenn wir widersprechen, bringen wir die Gerüchte erst recht in Schwung. Dann denken doch alle, wir haben in jedem Fall etwas damit zu tun.«

»Kommt mir schwierig vor«, sagte Svante mit leiser Stimme.

»Schwierig?« Enström runzelte die Stirn.

»Sagst du ja selbst.«

Bertil hörte den beiden zu. Er hatte sich auf dem Stuhl zurückgelehnt und spürte die klobige Holzlehne im Rücken. Plötzlich hatte er den Eindruck, dass einige Gäste ihr Gespräch belauschten. Er sah sich vorsichtig um, konnte aber nichts Auffälliges entdecken. Dennoch war er sich sicher. Er zögerte einen Augenblick, bevor er sich über den Tisch beugte.

»Vielleicht sollten wir hier nicht darüber reden«, sagte er.

Enström sah ihn fragend an. Er warf einen Blick ins Lokal und auf die Gäste, die über ihren Tellern und Biergläsern saßen. Dann nickte er Bertil zu.

Nachdem sie bezahlt hatten, gingen sie zurück in den Eisenwarenladen. Vor der Tür im Hinterhof blieben sie stehen, während Enström den Schlüssel hervorkramte. Bertil sah, dass Svante unbehaglich zumute war. Es schien, als hätte er es eilig, hineinzukommen und sich drinnen zu verstecken. Enström ließ den Schlüssel in den Schnee fallen, und Svante bückte sich rasch und hob ihn auf.

Nachdem sie eingetreten waren, behielt Svante seine Jacke an. Er blieb an den Türpfosten gelehnt stehen und sah zu, wie Enström in einem der Papierstapel auf seinem Schreibtisch zu wühlen begann.

»Wonach suchst du?«, fragte Svante, ohne sich zu bewegen. Bertil saß im Korbsessel und sah zu Boden.

»Was meinst du?«, sagte Enström. »Was soll ich suchen?«

»Ach, nichts«, sagte Svante. »Ich glaube, ich muss in die Arbeit. Ich habe einfach keine Ruhe. Seid ihr etwa nicht nervös?«

Bertil und Enström bewegten sich eine Zeit lang nicht und schüttelten dann im exakt gleichen Moment die Köpfe.

»Sie können uns schließlich nichts nachweisen«, sagte Enström. »Wir haben doch jeder ein Alibi. Meine Frau weiß, dass ich geschlafen habe. Du, Svante, warst draußen in der Hütte bei Erlandsson, hast du gesagt. Und Bertil, ich nehme an, du warst bei Margot.«

Bertil spürte, wie sich in seinem Inneren etwas zusammenzog. Bislang war er nicht auf den Gedanken gekommen, dass er ein Alibi bräuchte. Als er erneut Enströms Stimme hörte, erstarrte er.

»Oder nicht?«

Bertil zögerte kurz. Dann nickte er.

»Na, also. Solange man ein Alibi hat, ist man auf der sicheren Seite. Pfeif doch auf diesen Brief, Svante.«

Dann zeigte er auf die Uhr an der Wand und erhob sich.

»Ich muss jetzt den Laden öffnen«, sagte er. »Bleibt ihr noch?«

Bertil und Svante machten sich auf. Als sie durch die Hintertür gingen, hörten sie noch, wie Enström das Rollo am Eingang hochzog. Sie verabschiedeten sich mit einem Kopfnicken voneinander und gingen in unterschiedliche Richtungen davon.

Als Margot nach Hause kam, erwähnte Bertil sein fehlendes Alibi mit keinem Wort. Er war schweigsam und abwesend.

Margot fragte ihn nicht, was los sei.

Am Donnerstagmorgen traf der Stockholmer Brandexperte mit dem Nachtzug aus dem Süden ein. Lönngren hatte am Mittwochnachmittag ein Telegramm erhalten und war zur Stelle, um ihn abzuholen. Die Kälte hatte wieder angezogen, und der Mann aus der Hauptstadt fror in seiner viel zu dünnen Kleidung. Sie fuhren in Lönngrens Wagen zur Polizeistation. Der Ermittler aus Stockholm war großgewachsen und hager. Er hatte dichtes graues Haar und eine schneidende und durchdringende Stimme. Sein Name war Nils Spjut. Sie saßen einander am Schreibtisch gegenüber. Spjut hatte Lönngrens Frage, ob er frühstücken oder zuerst ins Hotel wolle, mit einem Kopfschütteln verneint.

»Lassen Sie uns lieber sofort anfangen«, sagte Spjut. »Ich habe wenig Zeit. Geben Sie mir einen Überblick?«

Lönngren referierte, was in den Berichten stand, und zeigte ihm die unscharfen und schlechten Bilder, die am Brandort aufgenommen waren. Er bildete sich ein, dabei einen schwachen Anflug von Missbilligung auf Spjuts Gesicht zu sehen. Während Lönngren holprig Bericht erstattete, selbst irritiert darüber, dass er sich so unzureichend ausdrückte, saß Spjut zurückgelehnt in seinem Stuhl und hatte die Hände an die Nase gepresst. Lönngren fiel plötzlich auf, dass Spjut den Illustrationen aus den Sherlock-Holmes-Büchern ähnelte, die er vor vielen Jahren gelesen hatte. Er konnte das Lachen kaum zurückhalten. Da richtete sich Spjut mit einem Ruck auf und sah Lönngren direkt ins Gesicht.

»Ich halte es für das Beste, wenn wir sofort an den Brandort fahren, damit ich mir eine eigene Meinung bilden kann. Bevor ich einen Ort nicht gesehen habe, kann ich dazu nichts sagen.«

Sie gingen wieder zu Lönngrens Wagen, Spjut hatte seine kleine Tasche dabei. Lönngren überlegte, wie er ihm den Ort präsentieren sollte. Es stellte sich jedoch heraus, dass er vorerst nicht gebraucht wurde.

»Ich sehe mich eine Weile um«, sagte Spjut. »Die Fragen können wir anschließend erörtern.«

Ohne eine Antwort abzuwarten, stieg er über das Absperrseil und ging sofort in die Ruine der abgebrannten Sägewerkshalle hinein. Lönngren blieb stehen und schaute ihm nach. Er sah, wie Spjut sich bückte und in einem unregelmäßigen Muster den Brandplatz beschnupperte. Einen Augenblick lang befiel ihn die

Sorge, dass er bei seinen eigenen Untersuchungen etwas Grundlegendes übersehen haben könnte. Er merkte, wie er fror, setzte sich in den Wagen und startete den Motor. Durchs Fenster sah er Spjut zwischen den schwarzen, umgestürzten Bretterstapeln im Randbereich des früheren Sägewerks verschwinden.

Nach einer guten halben Stunde kam Spjut zurück. Lönngren konnte aus der Entfernung erkennen, dass ihm kalt war. Die Hand, die den Griff der kleinen Ledertasche umfasste, war ganz weiß. Lönngren öffnete ihm die Wagentür, und Spjut setzte sich, ohne sich den Schnee abzubürsten, der an seinen Hosenbeinen klebte.

»Kalt?«, fragte Lönngren.

»Zweifelsohne«, antwortete Spjut.

Lönngren zögerte.

»Sollen wir fahren?«, sagte er schließlich.

»Ja. Die Fragen können wir ja auch an einem wärmeren Ort besprechen. Und jetzt wäre wohl auch Zeit für einen Kaffee. In meinem Hotel?«

Lönngren nickte und legte den ersten Gang ein. Er warf Spjut verstohlene Blicke zu, um herauszufinden, welche Fragen wohl auf ihn zukommen würden. Er parkte auf dem Hof des Hotels. Sie traten in den Speisesaal und bestellten Frühstück. Spjut sagte, das Zimmer brauche er erst nach dem Frühstück zu sehen. Er blickte flüchtig auf seine Armbanduhr. Zehn vor elf. Schweigend aßen sie ihr Frühstück. Erst beim zweiten Kaffee eröffnete Spjut das Gespräch.

»Was sind denn Ihre eigenen Schlussfolgerungen?«, fragte er.

»Na ja, also … dass der Brand merkwürdig ist. Unnatürlich. Wie weit er sich ausgebreitet hat. Wie schnell er übergriff. Für nichts davon gibt es einleuchtende Erklärungen.«

Spjut nickte.

»Am Beginn der Ermittlungen«, sagte er, »sollte man immer versuchen, Beweise zu finden, dass der Brand ein reiner Unfall ist. Erst wenn die Beweise nicht zusammenpassen, sollte man nach Beweisen für Brandstiftung suchen. Oder nicht?«

Lönngren nickte und glaubte, in Spjuts blassem Gesicht zum ersten Mal ein schwaches Lächeln zu erkennen. Spjut zog ruckartig an einem schmalen Zigarillo. Mit Bedacht streifte er die Asche am Rand des Aschenbechers ab.

»Hier bin ich tatsächlich schon einmal gewesen«, sagte er.

Lönngren war überrumpelt.

»Muss fünfzehn Jahre her sein. Mitte der Dreißiger. Auf dem Weg noch weiter in den Norden habe ich hier übernachtet. Es gab dort einen Brand in einer Eisenhütte. Der Direktor hatte ihn selbst gelegt. Sie erinnern sich vielleicht. Ein ziemlich bekannter Fall.«

Lönngren dachte einen Moment nach.

»Ja, ich glaube, daran erinnere ich mich«, sagte er, ohne dass es tatsächlich der Fall war.

»Damals habe ich hier in diesem Hotel Station gemacht. Zimmer neunzehn, wenn ich mich nicht irre. Der Speisesaal sah genauso aus wie jetzt. Aber die Aschenbecher sind neu.«

Lönngren nickte. Die Aschenbecher aus Stahl waren in der Tat erst vor wenigen Jahren angeschafft worden.

»Sie scheinen ein gutes Gedächtnis zu haben«, sagte er.

Spjut lächelte.

»Ja, allerdings«, sagte er. »Allerdings.«

Sein Zigarillo war erloschen. Er zündete ihn wieder an. Als er das Streichholz in den Aschenbecher fallen ließ, begann er zu sprechen.

»Wie gesagt, erst scheitert man mit der Beweisführung für den Unglücksfall, dann beginnt man mit der Suche nach dem

Verbrechen. Und ich bin mit Ihnen einer Meinung, dass alles hier merkwürdig ist. Bei einem unbeabsichtigten Brand gibt es immer eine Kette von Ereignissen, die man nachvollziehen kann und die zum eigentlichen Auslöser des Unglücks führen. Ein Brand ist gewissermaßen immer logisch. Ein unbeabsichtigter Brand ist auf seine Weise logisch. Und Brandstiftung folgt einer anderen Logik.«

Er überlegte kurz.

»Oder, besser gesagt, der Logik eines Brandstifters.«

Der Zigarillo war jetzt zur Hälfte runtergebrannt. Lönngren fand, dass der Tabak gut roch.

»Soweit ich sehen kann«, fuhr Spjut fort und senkte die Stimme, weil Gäste an den Nebentisch gekommen waren, »soweit ich sehen kann, ist dieser Brand hier an mehreren, voneinander isolierten Stellen gleichzeitig entstanden. Nur so konnte er sich so rasch ausbreiten. Die isolierten Brandherde waren so angeordnet, dass sie einander bereits nach kurzem berührt und auf diese Weise eine Kettenreaktion ausgelöst haben. Und für keinen dieser Brandherde scheint es eine natürliche Erklärung zu geben. Keiner scheint der erste gewesen zu sein. Zudem habe ich ein Stück Bauholz gefunden, das nur an der Oberfläche verkohlt war. Das Holz im Inneren war nicht durchgebrannt. Auch das deutet in eine bestimmte Richtung.«

Er sah Lönngrens fragenden Gesichtsausdruck.

»Sicher haben Sie schon einmal im Freien ein Feuer gemacht«, sprach er weiter. »Ein Feuer, bei dem Sie ein Holzscheit beispielsweise mit Petroleum übergossen haben. Wenn Sie das nachlässig machen, also nicht darauf achten, dass sich das Holz ordentlich vollsaugt, erlischt die Flamme ziemlich rasch.«

»Wollen Sie sagen, Sie haben Beweise gefunden, dass jemand Petroleum verschüttet hat?«, fragte Lönngren.

Spjut schüttelte den Kopf.

»Keine Beweise«, sagte er. »Nur Dinge, die dafür sprechen, dass der Brand kein Unfall war.« Dann schwieg er und legte die Stirn in Falten. Lönngren schob sich ein Stück Zucker in den Mund und ließ es auf der Zunge zergehen.

»Ich bin mir ziemlich sicher«, sagte Spjut nach einer Weile. »Doch es ist ein verdammt geschickt gelegter Brand. Es gibt keine Spuren, die deutlich genug sind, um als Beweis zu dienen.«

Lönngren schluckte den Rest des Zuckers herunter.

»Sind Sie sich sicher?«, fragte er.

»Sicher?«

Spjut dachte einen Moment lang nach.

»Dass der Brand gelegt wurde?«

»Natürlich«, sagte er. »Das war mit Sicherheit Brandstiftung.«

Nach dem Frühstück ging Spjut auf sein Zimmer. Sie verabredeten sich für zwei Uhr in der Polizeistation. Als Lönngren fragte, ob Spjut mit dem Feuerwehrhauptmann sprechen wolle, hatte dieser bereits ein Bein auf der Treppe.

»Nein«, sagte Spjut. »Dazu gibt es keinen Grund. Noch nicht.«

Um zwei saßen sie sich an Lönngrens Schreibtisch wieder gegenüber. Lönngren sah, dass sich Spjut unter dem dunkelblauen Sakko einen Pullover übergezogen hatte. Spjut legte sofort los.

»Gibt es denn irgendein Motiv?«, sagte er.

»Nein. Nichts. Keine Unregelmäßigkeiten. Keiner, der einen Nutzen daraus hätte ziehen können, dass das Sägewerk brennt. Keiner außer Rader, auf den die Versicherungen liefen. Ich weiß nicht, was mit dem Geld passiert, jetzt, wo er tot ist. Es läuft alles über Banken in Stockholm. Und die werden das Feuer ja nicht gelegt haben.«

»Nein, wohl kaum. Gibt es hier irgendeine Person, die krank ist? Einen Verrückten?«

Lönngren dachte nach.

»Nein«, sagte er. »Nicht, dass ich wüsste. Es gibt ein paar zurückgebliebene Mädchen. Aber von denen hat keines je etwas Unrechtes getan. Auch sonst niemand.«

»Hatte Rader Feinde?«

Lönngren hatte diese Frage erwartet. Doch obwohl er sich darauf vorbereitet hatte, kam seine Antwort stockend. Er beschrieb, was während des Krieges geschehen war, und erzählte von der Fehde vor einigen Jahren. Spjut hörte aufmerksam zu.

»Haben die Beteiligten Alibis?«, fragte er, nachdem Lönngren geendet hatte.

»Ich habe sie noch nicht befragt«, antwortete Lönngren. »Es hat dazu ja keinen konkreten Anlass gegeben. Bis jetzt zumindest.«

»Befragen Sie sie«, sagte Spjut. »Versuchen Sie, Zeugen zu finden.«

»Zeugen?«

»Ja. Irgendwen, der in dieser Nacht wach war. Der jemand gesehen hat. Der jemand gehört hat. Was ist mit diesem Backström?«

»Backman.«

»Ja. Backman. Hat er geschlafen?«

»Ja.«

Spjut dachte einen Augenblick nach.

»Ich glaube, so sollten Sie vorgehen. Und versuchen Sie herauszufinden, warum Rader am Brandort war. Dort müssen Sie Hinweise finden. Sehr viel mehr, glaube ich, kann ich nicht tun. Ich werde jetzt am Nachmittag noch einmal rausfahren und einige Proben nehmen. Morgen in der Früh reise ich ab. Aber ich kann noch einmal wiederkommen, wenn nötig.«

Sie aßen gemeinsam zu Abend. Zum Kaffee trank Spjut zwei Gläser Kognak und übernahm die Rechnung für sie beide.

»Geht auf mein Spesenkonto«, sagte er, als sie vom Tisch aufstanden. Im Flur gaben sie einander die Hand und verabschiedeten sich.

»Dann alles Gute«, sagte Spjut. »Sie bekommen direkt aus dem Labor Bescheid. Ich muss schon wieder weiter. Nach Malmö.«

Lönngren nickte. Er ertappte sich bei dem Wunsch, am nächsten Morgen selbst abzureisen.

Auf dem Heimweg fragte er sich, wo er mit seinen Nachforschungen beginnen sollte.

Doch am nächsten Tag bekam er unerwartete Hilfe. Als er am Freitag morgens um acht ins Büro kam und eben seinen Mantel aufhängen wollte, läutete sein Telefon. Kurz war er irritiert über die Störung. Er warf den Mantel zu Boden, überlegte einen Moment lang, es läuten zu lassen, dann aber langte er nach dem schwarzen Hörer.

»Lönngren«, sagte er.

»Ja, ich grüße Sie, Lönngren. Hier ist Viktorsson.«

Lönngren runzelte die Stirn. Viktorsson war der Freikirchenpastor, der Pfarrer der vergleichsweise großen Pfingstgemeinde des Marktfleckens. Lönngren hatte ihn vor einigen Jahren in Zusammenhang mit einem Diebstahl als Zeugen vernommen, aber sonst nichts mit ihm zu tun gehabt. Viktorsson war knapp über vierzig und seit den dreißiger Jahren in der Gemeinde. Lönngren wusste, dass ihn alle, die nicht zu den Pfingstlern gehörten, unausstehlich fanden. Von den Mitgliedern jedoch wurde er verehrt. Eine blasse und gefällige Erscheinung, etwa so, wie nicht nur in Karikaturen, sondern auch in Lönngrens Vorstellung ein schwindsüchtiger religiöser Fanatiker aussehen musste.

»Guten Tag«, sagte Lönngren.

»Störe ich?«

»Nein, überhaupt nicht. Womit kann ich dienen?«

Lönngren fand, dass er klang, als wolle er Kartoffeln verkaufen.

»Ja, also, da wäre eine Sache. Ich weiß gar nicht, ob sie von Bedeutung ist. Aber ich dachte, ich rufe trotzdem mal an. Wie gesagt habe ich keine Ahnung, ob es überhaupt wichtig ist.«

»Das kann ich natürlich auch nicht sagen, bevor ich nicht weiß, worum es geht«, erwiderte Lönngren.

»Nein, selbstverständlich. Ich bitte um Entschuldigung. Es geht um den entsetzlichen Brand. Meine Anteilnahme.«

»Anteilnahme?«

Lönngren wurde wütend. Er umfasste den Hörer fester und merkte, wie er zu schwitzen begann.

»Es ist wichtig, dass dieser Brand aufgeklärt wird. Es sind ja einige Gerüchte im Umlauf, dass nicht alles mit rechten Dingen zugegangen sei. Und da dachte ich, dass der Polizei vielleicht jede Information, die sie bekommen kann, weiterhilft.«

»Zweifelsohne«, sagte Lönngren und stellte fest, dass er ein Wort verwendete, das Spjut während seines Besuchs mehrmals benutzt hatte. Er seufzte bei dem Gedanken, dass Spjut jetzt in einem Zug Richtung Süden saß.

»Also die Nacht, in der es brannte«, fuhr Viktorsson fort. »In dieser Nacht tat mir ein Eckzahn weh. Mittlerweile ist er gezogen. Deshalb konnte ich nicht schlafen. Erst als der Feueralarm losging, bin ich eingeschlummert. Aber immerhin. Irgendwann gegen Mitternacht habe ich aus dem Fenster geschaut. Es war eine so herrliche Nacht, trotz meiner grauenhaften Zahnschmerzen.«

Viktorssons leiernder Ton wurde Lönngren zunehmend zur Qual. Eine Art aufgezwungene Telefonpredigt. Aber Lönngrens Interesse war erwacht, als Viktorsson den Brand erwähnte.

»Ich habe also am Fenster gestanden. Der Herr Polizeikommissar weiß ja, wo unsere Kirche liegt.«

Lönngren nickte in den Telefonhörer.

»Und als ich dort stand, sah ich eine Person auf der Straße vorbeigehen«, sagte Viktorsson weiter und machte dann eine Pause.

»Ach ja«, sagte Lönngren. »Eine Person?«

»Ja. Ich habe versucht zu erkennen, wer es war um diese späte Uhrzeit. Ich nehme an, dass nicht allzu viele von uns in der Nacht draußen unterwegs sind. Also habe ich hinterhergeschaut.«

»Und?«

»Ja. Ich weiß jetzt nicht, ob es von Bedeu…«

»Wer war es?«

»Ja. Dazu wollte ich gerade kommen. Ich bin mir ziemlich sicher, dass der Mann, natürlich war es ein Mann, dass dieser Mann Kras heißt. Das weiß ich zufällig. Warum, kann ich nicht genau sagen. Der Pfingstgemeinde gehört er nicht an.«

»Sind Sie sich sicher?«

»Ja. Das bin ich.«

»Wie spät war es?«

»Etwa Mitternacht. So genau weiß ich das nicht. Ich habe aber nicht gehört, dass die Uhr im Kirchensaal zwölf schlug. Ich wohne ja im ersten Stock.«

Lönngren dachte einen Moment nach.

»Als Sie diesen Mann vorbeigehen sahen, war das eher gegen Mitternacht oder zu dem Zeitpunkt, als der Feueralarm losging?«

Viktorsson war ein paar Sekunden stumm, ehe er antwortete.

»Ungefähr fünf vor zwölf, würde ich meinen.«

Lönngren hatte seine nächste Frage bereits formuliert.

»In welche Richtung ist er gegangen?«

»Herr Kras?«

»Ja. Welche Richtung?«

»Stadtauswärts. Er wohnt sicher irgendwo am Fluss.«

Lönngren hatte keine weiteren Fragen.

»Herr Viktorsson«, sagte er. »Gut, dass Sie sich gemeldet haben. Wären Sie so freundlich, Ihre Beobachtung an niemanden weiterzugeben? Oder haben Sie das bereits getan?«

»Nein. Ich habe nichts gesagt. Ich habe ja gezögert, überhaupt anzurufen. Ich weiß ja, wie gesagt, nicht, ob es von Bedeu…«

»Alles kann von Bedeutung sein. Melden Sie sich jederzeit wieder, sollte Ihnen noch etwas einfallen. Vielen Dank für den Anruf.«

»Auf Wiederhören.«

Lönngren legte den Hörer auf die Gabel und blieb stehen.

Das Wochenende ließ er vorübergehen, ohne etwas zu unternehmen. An seinem freien Tag blieb er zu Hause. Er erledigte seine Schachkorrespondenz, löste einige Schachrätsel aus der Zeitung und wusch seine Wäsche. Irgendwann am Sonntagnachmittag hatte er keine Lust mehr, sich mit seinen Schachfiguren zu beschäftigen. Auf gut Glück ging er zum Bücherregal und hockte sich davor. Er schob einen wackeligen Hocker zur Seite und strich mit dem Finger über die staubige Buchreihe. Aus einem alten Schulbuch, das er herauszog, fiel ein gepresster Rittersporn zu Boden. Von der Blüte waren nur noch Staub und kleinste Partikel geblieben. Er legte das Buch zur Seite und sammelte mit der Hand die Reste auf. Er wusste noch genau, wann er die Blüte gepresst hatte. Vor über dreißig Jahren hatte er im Frühling plötzlich den starken Drang verspürt, ein umfangreiches Herbarium anzulegen. Hunderte von Blumen hatte er gepresst, die fertigen Exemplare umsichtig sortiert und in ein Notizbuch geklebt. Er hatte in der Nordischen Enzyklopädie nachgeschlagen und die lateinischen Bezeichnungen der verschiedenen Blumen mit großen Druckbuchstaben dazugeschrieben. Aber die Lust an dem Herbarium war ebenso schnell verschwunden, wie sie aufgetaucht war. Die Sammlung wanderte in einen Schuhkarton und wurde ganz nach hinten unters Bett geschoben. Den Rittersporn hatte er damals vergessen einzukleben. Nun, dreißig Jahre später, war er zu Pulver zerfallen. Er ging zu seinem Bett, setzte sich und starrte auf den Staub in seiner Hand. Die Blüte, die aus dem Buch gefallen war, ließ auf einen Schlag die letzten Jahrzehnte verschwinden, und beim Gedanken an seine Kindheit befiel ihn ein leises Gefühl der Angst. Der Eindruck, das Leben und die Zeit würden davonstürzen wie ein fliehendes Pferd, überwältigte ihn, wie so oft. Doch heute hatte er Schwierigkeiten, sich dagegen zu wehren. Normalerweise fiel es ihm nicht besonders schwer, die verstörenden Erinnerungen zu verdrängen. Aber an diesem Sonntagnachmittag fühlte er sich hilflos. Er blieb mit dem Blütenpulver in der Hand auf dem Bett sitzen und schaute reglos vor sich hin.

Spjut fiel ihm ein, und er dachte daran, dass er ihn bestimmt nie mehr sehen würde. Er versuchte sich vorzustellen, wie es für Spjut war, einen Kommissar wegen eines Falls von Brandstiftung in einem verlassenen Ort auf dem Land zu besuchen und dazu etwas Sinnvolles zu sagen. Aber alles, was er zustande brachte, war ein Bild von Spjut, der allein in einem ruckelnden Schienenbus saß. Der Neid auf ihn war plötzlich verschwunden. Wohin hätte er denn reisen sollen? Und wozu? Er seufzte, stand auf, ging in die Küche und wischte sich über dem Abfalleimer das Blütenpulver von der Hand. Dann trank er ein Glas Milch, ging zurück, legte sich ins Bett und starrte zur Decke. Er dachte an das Verhör, das er am nächsten Tag durchführen wollte.

Lönngren bat Ekblad, Bertil Kras ausfindig zu machen. Als er dessen fragende Miene sah, sagte er, dass es sich um ein Routineverhör handle.

»Soll er sofort kommen?«, fragte Ekblad in der Tür.

»Falls er kann, ja. Er wird wohl noch keine neue Stelle gefunden haben. Vermutlich hat er also Zeit.«

»Ja, vermutlich.«

Ekblad fand Bertil vor dem Café. Bertil begleitete ihn sofort auf die Polizeistation.

»Weißt du, worum es geht?«, fragte er Ekblad.

»Keine Ahnung.«

»Du weißt es also nicht?«

»Nein. Keine Ahnung.«

Als Bertil Lönngren gegenüber Platz nahm und hörte, wie Ekblad die Tür schloss, bekam er Angst.

»Das hier ist nur eine Routinebefragung«, begann Lönngren.

»Ach ja?«

»Ich will bloß wissen, was du an dem Sonntag gemacht hast, als das Sägewerk abbrannte.«

»Ich war fischen.«

»Fischen?«

»Ja. Im Veman. Ich fuhr in der Früh raus und war den ganzen Tag dort. Gefangen habe ich nichts. Auf dem Heimweg hat mein Auto gestreikt. Ich musste die gesamte Strecke zu Fuß gehen.«

»Tatsächlich?«

»Lundgren hat mich dann am nächsten Tag zu meinem Auto gebracht. Es war nicht weiter schlimm. Ich konnte es selbst reparieren. Es war nur das Zündkabel.«

»Wann bist du am Sonntag wieder im Ort gewesen?«

»Das weiß ich nicht mehr. Ich musste ja, wie gesagt, zu Fuß

gehen. Ist ziemlich weit. Und kalt war es auch. Ich wollte noch rechtzeitig ins Hotel kommen, um etwas Warmes zu essen. Doch ich war zu spät dran. Sie waren gerade dabei zu schließen. Ich habe mich darüber sehr geärgert.«

»Tatsächlich?«

»Ja. Weil sie nicht aufgemacht haben. Danach bin ich heimgegangen.«

»Wo wohnst du noch mal?«

»Unten am Fluss. In einem der Forstbetriebshäuser.«

»Ach ja, genau. Wann warst du daheim?«

»Weiß ich nicht. Ich bin direkt nach Hause gegangen. Vom Hotel braucht man dafür vielleicht zwanzig Minuten.«

Lönngren überlegte. Er nahm einen Bleistift zur Hand.

»Warst du allein?«, fragte er dann.

Bertil nickte. Er merkte, wie sein Herz schneller schlug.

»Ja. Den ganzen Tag. Ich war allein fischen.«

»Und du wohnst allein?«

»Ja.«

»Hat dich jemand gesehen? Hast du am Abend jemand getroffen?«

»Nein. Es war ja spät. Und kalt.«

Lönngren nickte.

»Das heißt also, niemand weiß, dass es tatsächlich so gewesen ist, wie du sagst.«

»Doch. Es gibt einige, die das wissen«, sagte Bertil. »Aber keiner hat es gesehen. Das ist ein Unterschied.«

»Wie meinst du das?«

»Für gewöhnlich lüge ich meine Freunde nicht an.«

Lönngren legte den Stift zur Seite.

»Du hast nichts Besonderes bemerkt? Niemand gesehen? Oder etwas gehört?«

»Nein. Nichts.«

»Du bist also nach Hause gegangen und hast dich hingelegt und bist erst wieder aufgewacht, als der Feueralarm losging.«

»Ich bin davon nicht aufgewacht.«

»Nicht?«

»Nein. Mein Schlaf ist manchmal sehr tief. Und ich war ja müde vom langen Gehen. Bis Montag kurz vor sieben, als ich zum Sägewerk kam, habe ich nichts mitgekriegt.«

Lönngren dachte nach. Er hatte das Gefühl, dass ihm das Verhör zu entgleiten drohte.

»Ist es nicht ein wenig eigenartig, dass du die Sirenen nicht gehört hast?«

»Weiß nicht. Jedenfalls habe ich sie nicht gehört. Ich habe wie ein Stein geschlafen.«

Lönngren wusste nicht mehr, was er fragen sollte, und stand unentschlossen auf.

»Das wäre dann wohl alles«, sagte er.

Bertil stand ebenfalls auf und begann, sich den Mantel anzuziehen, den er auf dem Schoß liegen gehabt hatte.

»Kann ich etwas fragen?«, sagte er.

»Ja?«

»Warum dieses Verhör?«

Lönngren antwortete nach einem kurzen Zögern.

»Ein Zeuge«, sagte er.

»Zeuge?«

»Ja. Jemand, der wach war und dich in der Nacht gesehen hat. Als du, wie du sagst, nach Hause gingst.«

»Ich bin tatsächlich nach Hause gegangen. Wer ist dieser Zeuge? Stimmt es nicht, was ich sage?«

»Doch. Es stimmt. Aber wer der Zeuge ist, kann ich nicht sagen.«

Bertil rätselte einen Moment, zuckte dann mit den Schultern und knöpfte den Mantel zu.

»Ich melde mich möglicherweise noch einmal«, sagte Lönngren. »Behältst du deine Adresse? Arbeitest du?«

»Ich bleibe da wohnen. Aber Stelle habe ich keine. Jedenfalls noch nicht.«

Beide standen schweigend da.

»Macht dir der Brand Probleme?«, fragte Bertil.

Lönngren nickte, bevor er antwortete.

»Es waren Experten hier und haben sich die Sache angesehen. Aus Stockholm. Es sieht nicht nach einem Unfall aus.«

»Du meinst, dass das Feuer gelegt wurde?«

»Ich meine überhaupt nichts. Ich stelle lediglich Untersuchungen an.«

»Irgendwelche Spuren?«

»Ja.«

Lönngren war selbst überrascht, dass er die Frage bejahte.

»Aber ich kann dazu nichts sagen«, fügte er hinzu.

Sie verabschiedeten sich, Bertil ging und schloss die Tür. Am Eingang traf er auf Ekblad, der mit einem Korb in der Hand das Gebäude betrat.

»Ja?«, sagte dieser fragend.

»Nichts«, antwortete Bertil und ging an ihm vorbei auf die Straße. Er zog die Fäustlinge an und wusste nicht, was er nun tun sollte. Margot war in der Arbeit, und er hatte keine Lust, bei ihr in der Konditorei herumzusitzen. Er beschloss, nach Hause zu gehen und nachzudenken. Er hatte keine Arbeit, die Polizei hatte ihn verhört. Er war beunruhigt.

Mit raschen Schritten ging er durch den Ort bis in seine Wohnung. Er kochte Kaffee und legte sich mit der Tasse auf der Brust aufs Bett.

Es fiel ihm erstaunlich leicht, das, was sich ereignet hatte, auf geordnete Weise Revue passieren zu lassen.

Erst als der Kaffee bereits kalt war, nahm er davon einen ersten Schluck und leerte die Tasse dann in ein paar Zügen.

Am Abend erzählte er Margot, dass er verhört worden war. Bertil beschrieb detailliert, worüber sie gesprochen hatten. Sie blickte zu Boden, während er redete, und erst als sie den Kopf hob und ihre Miene sah, merkte er, wie besorgt sie war. Er konnte sich nicht erinnern, sie je so erschrocken gesehen zu haben. Er rückte auf dem Sofa näher zu ihr hin und nahm sie in die Arme. Langsam begann sie zu weinen. Bertil drückte sie an sich und strich ihr über die Wange, ohne ein Wort zu sagen. Rubinchen schlief, und über Margots Schulter hinweg konnte er ihr Gesicht sehen.

Am Nachmittag rief Lönngren Ekblad zu sich ins Zimmer. Er erzählte ihm von dem Verhör mit Bertil und dem Besuch des Brandexperten. Als er mit seinem Bericht fertig war, fragte er Ekblad ohne Umschweife nach seiner Meinung.

»Ich weiß es nicht«, antwortete dieser unsicher. »Gelegt wurde der Brand vermutlich. Aber von wem?«

Er sah Lönngren forschend an.

»Was denkst du denn darüber?«, fragte er.

»Dasselbe wie du.«

»Nämlich?«

»Dass das Feuer von einer oder mehreren Personen gelegt wurde, die wollten, dass das Sägewerk abbrennt.«

Beide blieben schweigend sitzen. Dann stand Lönngren auf, trat ans Fenster und trommelte mit den Fingerspitzen auf das kalte Fensterbrett.

»Glaubst du, dass er es war?«, hörte er Ekblad von hinten sagen. Lönngren fand, dass seine Stimme unsicher und nervös klang.

Ohne sich umzuwenden, antwortete Lönngren.

»Ja, sicher!«, sagte er. »Bestimmt war er das.«

Das Altarbild

1.

Der Winter in diesem Jahr war streng. Die kleine Marktgemeinde fror in einer eisigen Stille fest. Eishockeyspiele mussten mehrfach abgesagt werden, weil die Temperatur auf minus dreißig Grad fiel. Eines Nachts ging die Heizanlage der Volksschule kaputt, sodass Kinder und Lehrer zu Hause bleiben mussten. Die beißende Kälte hielt wochenlang an. Ein kristallklarer Himmel breitete sich reglos über das Tal. Große Mengen Schnee waren bislang nicht gefallen, die Schneedecke im Wald war kaum höher als einen halben Meter. In der Gemeinde war der Winter die Zeit des Stillstands. Sobald die Dämmerung hereinbrach, verschwanden die Menschen aus dem Zentrum, und in der Dunkelheit sah man nur noch ein paar Kinogänger. Die Straßenlaternen tauchten den Schnee in blauweißes Licht. Man behielt die Hand vor dem Mund und wartete darauf, dass die Luft sanfter werden und wieder leichter zu atmen sein würde. Das einzige Ereignis, das den Stillstand unterbrach, war ein alter Waldarbeiter, der auf dem Eis eingebrochen war. Seine Fußspuren endeten in der Mitte des zugefrorenen Flusses. Was genau passiert war, fand man nie heraus. Aber Leute, die sich aufs Eis und den Fluss mit seinen unberechenbaren Unterströmungen verstanden, sagten, dass er in eine Spalte gefallen sein musste, die sich unerwartet auftat und danach sofort wieder zugefroren war. Im Frühjahr würde er irgendwo weiter südlich an die Oberfläche treiben.

Lönngren machte einige Routineanrufe bei den Polizeibezirken entlang des Flusses.

Ende Februar bekam Bertil eine Vertretungsstelle in der Schlachtereigenossenschaft. Einer der Angestellten hatte sich bei einem Skiausflug den Oberschenkel gebrochen, Bertil erfuhr davon an einem Dienstag. Er könne bleiben, bis das Bein wieder in Ordnung wäre. Betriebsleiter Asp deutete an, dass das wohl bis zum Sommer dauern würde. Bertil begann an einer Arbeitsbank in der Fleischzerlegung und hatte bald gelernt, den Blutgeruch zu ertragen und mit den großen und schweren Schlachtbeilen umzugehen.

Solange die strenge Kälte alles im Griff hatte, köchelten auch die Gerüchte zu dem verheerenden Brand auf Sparflamme.

Bertil hatte von Lönngren nichts mehr gehört. Das Gerede über seine Vernehmung, das die Spekulationen über Brandstiftung genährt hatte, legte sich langsam. Margot schlief wieder ruhiger, und Bertil suchte seine Wohnung am Fluss kaum mehr auf. Die Abende verbrachten sie in stiller Beschaulichkeit. Sie unterhielten sich leise, um Rubinchen nicht zu wecken. Nur vereinzelt traf sich Bertil mit Enström und Svante.

Der Überfall erfolgte eines Nachts Ende März ohne Vorwarnung. Die Kälte war unverändert hartnäckig, und unter den Einwohnern konnte man sich an keinen Winter erinnern, der so beharrlich angehalten hatte.

Es begann damit, dass einige Kinder behaupteten, auf dem Friedhof eine schwarz gekleidete Dame gesehen zu haben. In regelmäßigen Abständen tauchten in der Gemeinde Geistergeschichten auf. Diesmal war es also eine schwarze Dame. Alle, die sie gesehen haben wollten, behaupteten, dass sie an verschiedenen Gräbern Kerzen entzündete. Und wie immer bei Geistergeschichten schlich sich ein beklemmender Unterton ein. Es war ja nicht ausgeschlossen, dass die schwarze Dame tatsächlich existierte. So reifte bei einigen Gemeindebewohnern eine Idee heran. Es handelte sich um eine Gruppe von Leuten, die in der Lastwagenzentrale Arbeit gefunden hatten, noch keine dreißig Jahre alt waren und die zählebige Winterstarre endlich in die Luft jagen wollten. Sie arbeiteten miteinander, spielten Eishockey miteinander, gingen gemeinsam zum Tanzen. Keiner von ihnen war verheiratet oder hatte eine feste Freundin. Während ihrer Gespräche, die sie beim Reparieren der Lastwagen in der fetten und schmierigen Wärme führten, fassten sie einen düsteren Plan. Was als harmloses Hirngespinst begann, wurde als Gewaltvorstellung in die Tat umgesetzt.

Kurz gesagt lief es darauf hinaus, einen Menschen zu verprügeln. Jemanden im Schutz der Nacht zu misshandeln. Vom ersten Moment an schob sich dafür ein bestimmter Mensch ins Bild. Das Opfer stand von Anfang an fest. Als sie merkten, dass die Ausführung der Tat nicht ausbleiben würde, fingen sie an, nach Rechtfertigungen zu suchen. Die Gerüchte über den Brand des Sägewerks gaben ihnen Deckung. Darin fanden sie einen überzeugenden Vorwand.

Eines Freitagabends sollte es ein Heimspiel der Eishockeymannschaft gegen eines der Spitzenteams der Liga geben, das aus einem Küstenort anreiste. Vom Thermometer ließen sich bei Spielbeginn um halb acht mit etwas gutem Willen fünfundzwanzig Grad minus ablesen. Die beiden Mannschaften zogen sich in zwei Baracken um, die man für eine symbolische Summe von der Straßenmeisterei anmietete. Die Baracken standen direkt neben dem Eis, waren mit Elektroheizkörpern und einigen nackten Glühbirnen ausgestattet, die an losen Kabeln von der Decke hingen. Zu Matchbeginn waren etwa fünfzig Zuschauer um die Spielfläche versammelt. Keiner davon hatte irgendeine Hoffnung, dass das Team der Gemeinde gewinnen könnte. Die Frage war lediglich, wie groß die Niederlage ausfallen würde.

Als das Spiel abgepfiffen wurde, hatte das Küstenteam 12:2 gewonnen. Schon zu Beginn des letzten Drittels lagen sie mit 9:0 in Führung. Den Schluss des Spiels bestritten die Gäste mit nur zwei Reihen, während die restlichen Spieler in der Baracke blieben, sich umkleideten und Poker spielten. Die Heimreise war lang, und sie würden die Küste erst spät in der Nacht wiedersehen.

Nach dem Ende des Matchs blieben vier der lokalen Eishockeyspieler in ihrer Baracke sitzen. Zur Niederlage gab es nichts zu sagen. Es herrschte eine unausgesprochene Befriedigung darüber, dass der Rückstand nicht noch größer ausgefallen war. In Windeseile hatten sich alle umgezogen und waren hinaus in die Kälte verschwunden. Auch die vier hatten ihre Straßenkleidung bereits an. In einigem Abstand voneinander saßen sie auf den schmalen Holzbänken an der Wand. Als der Hausmeister hereinkam, um das Licht abzuschalten und die Baracken zuzusperren, sagten sie, das würden sie schon selbst erledigen. Er müsse nicht auf sie warten.

»Wollt ihr nicht nach Hause?«, fragte er.

»Doch«, sagte einer. »Aber eine Weile bleiben wir noch sitzen.«

Der Hausmeister nickte und meinte, sie sollten nicht vergessen, ihm den Schlüssel zu bringen. Tags darauf würde reichen.

»So schlecht ist es ja gar nicht gelaufen«, sagte er, bevor er ging. »Wie viel haben wir auswärts gleich verloren?«

»15:1«, bekam er zur Antwort.

Nachdem er sie allein gelassen hatte, wurden sie mit einem Mal nervös. Jetzt gab es kein Zurück mehr.

Die vier, die an diesem Abend nach der Niederlage sitzen blieben, hießen Åke, Lennart, Kristian und Sven-Erik.

»Was gibt es denn noch zu bereden?«, sagte Åke. »Ist schließlich auch nicht schlimmer, als jemand heimlich in den Tee zu pissen.«

»Wieso pissen?«, fragte Lennart verwundert.

»Ich verstehe nicht, warum wir hier rumsitzen. Wir müssen doch nur einen Zeitpunkt festlegen und ihn dann abpassen.«

Åke saß mit einem seiner Schlittschuhe in der Hand da und zerrte an einem Riemen.

»Bist du dir auch sicher, dass er nachts draußen rumläuft?«, fragte Lennart.

»Klar. Ich bin ihm ja nachgegangen. Mehrere Nächte lang.«

»Sollen wir es also morgen tun?«

Sven-Erik hatte sich in die Ecke gesetzt und biss auf seiner Unterlippe herum.

»Ja, warum nicht?«

Åke sah sich um.

Keiner sagte etwas. Auf der Straße vor dem Eishockeyplatz fuhr ein Wagen vorüber. Das Motorengeräusch war deutlich zu hören.

»Klippstens Auto«, sagte Kristian. »Erkenn ich am Motor. Das habe ich irgendwann im letzten Jahr repariert.«

Niemand gab dazu einen Kommentar. Das Motorengeräusch wurde vom Schnee gedämpft und verschwand bald darauf.

»Also dann? Was machen wir jetzt?«

Åke stand auf und steckte die Hände in die Taschen.

»Sollen wir uns morgen im Kaffeehaus treffen?«, fügte er hinzu.

Die Antwort war ein Nicken. Einer nach dem anderen. Zögernd, nervös.

»Um neun dann«, fuhr Åke fort. »Und jetzt lasst uns endlich abhauen.«

Er bot an, abzuschließen und tags darauf den Schlüssel abzugeben. Als die anderen weg waren und er sich eine Weile an dem vereisten Schloss zu schaffen gemacht hatte, fiel ihm ein, dass er seine Mütze drinnen vergessen hatte. Er fluchte und stocherte erneut mit dem Schlüssel im Schloss. Die Mütze fand er unter der Bank. Er setzte sie auf, löschte das Licht und sperrte zu.

Neben dem Eishockeyfeld, das nun in der Dunkelheit lag, nur schwach beleuchtet von einer Straßenlaterne, blieb er einen Augenblick stehen. Er ließ den Blick übers Eis gleiten und schauderte. Dann ging er nach Hause.

Zur selben Zeit etwa, als Margot wieder ruhiger schlief, hatte Bertil das Problem, keine Ruhe mehr zu finden. Abends im Bett bekam er Herzrasen. Er versuchte es mit warmer Milch, doch ohne Erfolg. Nach einigen Tagen fing er an, nächtliche Spaziergänge zu unternehmen. Es stellte sich heraus, dass das half, und er machte es sich zur Gewohnheit. Üblicherweise ging er gegen Mitternacht los, eine halbe Stunde ungefähr. Er drehte eine Runde durch den Ort und nahm auf dem Heimweg die Abkürzung über den Friedhof. Auch Bertil hatte von der einsamen schwarzen Dame gehört, von der es hieß, sie treibe sich nachts mit einer Kerze in der Hand auf dem Friedhof herum, doch das bereitete ihm kein ernsthaftes Unbehagen. Dass er seine Schritte auf dem Friedhof beschleunigte, quittierte er mit einem Lächeln.

Nachdem er diese Runde an die zehn Mal gemacht hatte, beschlich ihn plötzlich das Gefühl, dass er beschattet wurde. Eines Nachts blieb er abrupt stehen und wandte sich um. Doch auf dem finsteren Friedhof, wo die Grabsteine die schwärzesten Schatten warfen, war nichts zu entdecken. Er schob die dicke Mütze über die Stirn hinauf, um besser zu hören, aber nichts regte sich. Er grinste, schüttelte den Kopf und ging auf das eiserne Friedhofstor zu, das meist klemmte. Wie immer achtete er darauf, es hinter sich gut zu schließen, und warf einen Blick zurück.

Der Friedhof lag leer da. Auf dem Weg nach Hause zu Margot und Rubinchen fragte er sich, was er sich eingebildet hatte.

In der darauffolgenden Nacht hatte er erneut den Eindruck, dass ihm ein lautloser Schatten folgte. Diesmal kümmerte es ihn nicht, und er drehte sich auch nicht mehr um.

Am Samstag kam Margot erst spät von der Arbeit heim. Es war viel zu tun gewesen, und sie ging zu Bett, ohne den Tee zu trinken, den Bertil gekocht hatte. Sie schlief sofort ein. Bertil blieb sitzen und las in der Illustrierten, die Margot aus der Konditorei mitgebracht hatte. Danach zog er den Mantel an und trat leise aus der Wohnung. Er ging seine übliche Runde und erreichte den Südeingang des Friedhofs. Es war kurz nach Mitternacht, und er fühlte sich angenehm müde. Er freute sich darauf, unter die Decke zu schlüpfen und sich an Margots warmen Körper zu schmiegen. Er schloss das Eisentor hinter sich und hielt die Augen zu Boden gerichtet, um nicht über einen Grabstein zu stolpern. An der Sakristei bog er in den Hauptweg ein, der dicht an der dunklen Kirche verlief. Er ballte die Hände in den Taschen und atmete durch den Schal.

Er sah den Schlag, der ihn zwischen Mütze und Mantelkragen im Nacken traf, nicht kommen. Als er wieder zu sich kam, fühlte er als Erstes den kalten Schnee an seiner Wange. Die Misshandlungen in der Kirche würden erst sehr viel später schwach in seinem Gedächtnis aufblitzen.

Der seitliche Kircheneingang war nie verschlossen. Sie zogen ihn rasch ins Innere und schoben die schwere Tür wieder zu, vorsichtig, damit sie nicht quietschte. Einer der vier hielt eine Taschenlampe abgeschirmt in der Hand. Sie schleiften ihn nach vorn auf den Steinboden zwischen der ersten Bankreihe und der Altarschranke. Dann schlugen sie auf ihn ein, einer nach dem anderen. Zum Schutz ihrer Finger trugen sie Handschuhe. Die Taschenlampe wanderte von einem zum nächsten, wobei sie darauf achteten, dass kein Licht auf ihre Gesichter fiel. Als sie der Meinung waren, dass es reichte, schleppten sie Bertil hinaus in den Schnee. Drei von ihnen machten sich sofort in unterschiedliche Richtungen aus dem Staub. Einer zündete noch rasch eine Kerze an und steckte sie neben einem großen Grabstein in den Boden. Der Vierte wartete, bis Bertil anfing, sich zu bewegen. An die Kirchenmauer geduckt sah er so lange zu ihm herüber, bis er sich sicher war, dass Bertil wieder zu sich kam. Dann schlich er leise davon.

Bertil wusste später nicht mehr, was er gedacht hatte, als er die Straße zum Krankenhaus hinaufkroch. Er erinnerte sich nur an die Schmerzen im Gesicht, im Nacken und am Brustkorb. Mit Tränen und eingetrocknetem Blut um die Augen kroch er bis zur Stationstür. Dort krallte er sich in einem Mauerspalt fest, richtete sich auf und hämmerte an die Tür. Als sie von einer Nachtschwester geöffnet wurde, fiel er ihr vornüber entgegen. Er kam erst wieder zu Bewusstsein, als er in einem Bett lag, in einem leeren und stillen Zimmer, umgeben von einem weißen Licht. Langsam bewegte er den Kopf und schaute sich um. Er wusste nicht, was geschehen war. Sein Gesicht schmerzte, und als er mit der Hand über Stirn, Nase und Mund strich, spürte er die rauen Wundnähte. In seinem Kopf herrschten Leere und Erschöpfung. Nach einer kurzen Weile schlief er ein.

Am nächsten Tag erwachte er von einer weichen Hand, die ihn vorsichtig an der Schulter berührte. Als er die Augen öffnete, sah er in das Gesicht einer Krankenschwester.

»Der Doktor kommt gleich«, sagte sie.

Er machte die Augen wieder zu und hörte, wie die Krankenschwester aus dem Zimmer ging und die Tür schloss. Nach etwa zehn Minuten ging sie wieder auf, und ein grauhaariger Arzt, von dem Bertil wusste, dass er Andersson hieß, trat ein, neben ihm die Schwester, die ihn geweckt hatte. Der Arzt legte seine Hand auf das eiserne Fußende des Betts und nickte zur Begrüßung.

»Wie fühlen wir uns heute?«, fragte er.

Bertil wusste nicht, was er antworten sollte.

»Na ja«, sagte er zögernd, mit wenig Vertrauen in die eigene Stimme. Wenn er die Lippen bewegte, spannte die Haut.

»Da hat uns jedenfalls jemand ganz schön übel zugerichtet«, sagte der Arzt und kniff die Augen zusammen. Bertil fragte sich, wie er wohl aussah.

»Wie ist das denn passiert?«

Bertil konnte nichts sagen. Er bewegte lediglich die Lippen, als kaute er.

»Bitte?«, hörte er erneut die Stimme des Arztes.

»Ich weiß es nicht«, sagte Bertil.

»Irgendetwas müssen Sie doch wissen, wenn Sie so aussehen. Schlägerei?«

»Ich weiß es wirklich nicht.«

»Alkohol?«

»Nein.«

Bertil überlegte. Die Erinnerung endete am Friedhof.

»Ich war nur draußen spazieren«, sagte er. »Ich ging über den Friedhof …«

»Ach. Dann war es ja vielleicht diese schwarze Dame?«

»Ich weiß es nicht.«

Der Arzt runzelte die Stirn und sah Bertil forschend an.

»Sie haben einen ordentlichen Bluterguss im Nacken. Und großflächige blaue Flecken im Gesicht und auf der Brust. Sieht nach Faustschlägen aus.«

Bertil sagte nichts.

»Also. Sie können heute noch nach Hause. Kommen Sie in ein paar Tagen vorbei, damit wir die Fäden ziehen. Schonen Sie sich. Falls Sie Kopfschmerzen kriegen, kommen Sie her. Aber ich glaube nicht, dass es eine Gehirnerschütterung ist. Frostschäden haben Sie auch keine.«

Bertil sah dem Arzt direkt ins Gesicht. Sozusagen als Spiegel, um zu sehen, wie er aussah. Doch es kam keine Reaktion.

»Vielleicht sollten wir die Sache der Polizei melden?«, sagte der Arzt. »Es muss ja ein Überfall von hinten gewesen sein, wenn Sie selbst keine andere Erklärung haben.«

Er drehte sich zu der Krankenschwester um, die einen Schritt hinter ihm stand.

»Ruf Lönngren an, er soll sich das anschauen. Wäre er im Schnee ohnmächtig geworden, könnte er jetzt tot sein.«

Er wandte sich wieder Bertil zu und wiederholte:

»Wenn Sie nicht aufgewacht wären, hätten Sie erfrieren können.«

Er überlegte eine Weile.

»Sie können sich anziehen und nach Hause gehen, wenn Sie wollen. Halten Sie einfach etwas Ruhe. Ich kann Sie krankschreiben, wenn Sie das wünschen. Notwendig ist es nicht. Aber es würde vielleicht helfen, bis die Schwellungen zurückgegangen sind.«

Als er wieder allein war, stieg Bertil aus dem Bett und trat an den Spiegel über dem Waschbecken. Beim Anblick seines Gesichts zuckte er zusammen. Es war durchgängig blau. Um die Augen, den Mund und die Nase war er mit mehreren Stichen genäht worden. Beide Augenbrauen waren aufgeplatzt. Er zog das Hemd hoch und sah, dass auch der ganze Brustkorb blau und geschwollen war. Er ließ das Hemd wieder fallen und setzte sich auf die Bettkante.

Er verstand nichts. Als die Krankenschwester mit seinen Kleidern ins Zimmer kam, fragte er, welcher Tag heute sei. Sie antwortete, es sei Sonntag.

»Das wissen Sie also auch nicht mehr?«, fragte sie und legte die Kleidung aufs Bett.

»Ich weiß wirklich überhaupt nicht, was geschehen ist«, sagte Bertil und sah Hilfe suchend zu ihr auf.

»Können Sie es mir nicht sagen?«

»Sie sind in der Nacht hierhergekommen. Die Nachtschwester hat gehört, wie Sie an die Tür gehämmert haben. Als sie öffnete, sind Sie ohnmächtig geworden. Danach hat man Sie zusammengenäht, und bis gerade eben haben Sie geschlafen.«

Bertil hörte ihr zu. Langsam begann er sich zu erinnern, was vorgefallen war. Wie er über den Friedhof gegangen war. Wie ihn dort ein weißer Blitz traf. Wie er mit der Wange im kalten Schnee aufgewacht war.

»Ich muss überfallen worden sein«, murmelte er vor sich hin.

»Haben Sie etwas zu mir gesagt?«

Bertil sah sie an.

»Nein. Ich will einfach wissen, was passiert ist.«

»Sie sollten mit der Polizei reden«, war die Antwort. »Einer solchen Attacke muss ja nachgegangen werden.«

Bertil nickte. Ihm fiel plötzlich Margot ein.

»Wie spät ist es?«, fragte er.

»Halb zehn«, antwortete sie.

Margot würde sich Sorgen machen, was los war. Er stand auf und kleidete sich rasch an. Als er auf den Korridor hinaustrat, merkte er, wie ihm schwindlig wurde. Er tastete sich hinunter zur Eingangstür, blieb dort eine Weile stehen und versuchte sich zu erinnern, wie er hier in der Nacht angekommen war. Aber ihm fiel nichts ein.

An der Türeinfassung sah er allerdings etwas, das nach Blutspuren aussah.

Sein Brustkorb schmerzte, als er nach Hause ging. Wenn er jemanden traf, drehte er das Gesicht zur Seite und blickte zu Boden. Die ganze Zeit versuchte er, sich die gestrige Nacht ins Gedächtnis zu rufen. Doch es blieb dunkel. Nur einen plötzlichen weißen Blitz sah er vor sich. Als er die Holztreppe hinaufstieg, überlegte er, ob sein Anblick Margot und Rubinchen Angst einjagen würde. Ein paar Minuten blieb er unschlüssig stehen, zuckte dann mit den Schultern und nahm die letzten Stufen. Er wollte die Tür öffnen. Sie war versperrt. Er beugte sich hinunter und verzog das Gesicht, als er den Schmerz im Oberkörper fühlte. Er fingerte den Schlüssel unter der Fußmatte hervor und steckte ihn ins Schloss. Margot und Rubinchen waren fort. Auf dem Küchentisch hatte sie auf einer braunen, zerrissenen Tüte mit Bleistift eine Nachricht für ihn hinterlassen.

»Sind draußen«, las er. Darunter ein M und die Uhrzeit. Er ging weiter und sank aufs Sofa, ohne den Mantel auszuziehen. Die Mütze warf er auf den Tisch. Er strich sich mit der Hand übers Gesicht, tastete die Wunden ab und dachte plötzlich, dass es gut wäre, Enström zu sehen.

Bertil merkte, dass er fror. Er legte sich aufs Bett und zog sich die Tagesdecke über. Mit den Fingern nestelte er an der gestrickten Bordüre herum. Nach einer Weile schloss er die Augen und schlief ein.

Als er sie wieder öffnete, sah er Margot und Rubinchen. Sie standen in ihren Wintermänteln nur wenige Meter vom Bett entfernt. Margot hielt das Kind an der Hand. Beide waren ernst und starrten ihn mit weit geöffneten Augen an.

»Bertil«, sagte Margot. »Was ist passiert?«

Bertil richtete sich auf und verzog vor Schmerz das Gesicht. Er schüttelte den Kopf.

»Ich weiß es nicht«, sagte er. »Ich weiß es einfach nicht.«

Margot setzte sich ans Fußende des Betts, Rubinchen blieb stehen. Bertil sank ins Kissen zurück.

»Ich war im Krankenhaus«, sagte er. »Dort sagen sie, dass ich in der Nacht ankam und am Eingang ohnmächtig geworden sei. Ich weiß noch, dass ich über den Friedhof spaziert bin. Dann war da ein seltsamer weißer Blitz. Ich muss überfallen worden sein. Von hinten.«

Margot und Rubinchen sahen ihn schweigend an.

»Jemand muss auf mich eingeschlagen haben«, sagte er. »Ich weiß nicht, wer das war. Ich habe nicht die leiseste Ahnung.«

Margot saß eine Weile still da. Dann begann sie, gedankenverloren den Mantel des Kindes aufzuknöpfen. Rubinchen hatte den Daumen im Mund und musterte Bertils zerschlagenes Gesicht mit großen Augen.

»Tut's weh?«, fragte Margot.

»Ein wenig. Auf der Brust.«

»Sind dort auch Wunden?«

»Wunden nicht. Aber es ist alles ziemlich geschwollen.«

»Was hat der Doktor gesagt?«

»Dass ich heimgehen kann. Wenn ich will, kann ich mich krankschreiben lassen. Aber notwendig ist es nicht.«

»Um Himmels willen«, sagte sie. »Was ist bloß passiert?«

Bertil hatte plötzlich den Eindruck, dass er etwas unternehmen musste. Mit einem Ruck setzte er sich auf und versuchte, keine Miene zu verziehen. Er schlug die Tagesdecke zurück und stand auf. Seine Knie fühlten sich weich an.

»Ich mach uns Kaffee«, sagte er. »Ich habe heute noch keinen getrunken. Hallo, Rubinchen.«

Er brachte ein schiefes Lächeln für das Kind zustande, das immer noch mit dem Daumen im Mund dastand.

»Es ist nichts Schlimmes«, sagte er. »Jetzt frühstücken wir erst mal.«

Er ging in die Küche und setzte Wasser auf. Von drinnen hörte er Margot leise mit Rubinchen sprechen.

»Möchtest du Kaffee?«, rief er.

Es dauerte einige Sekunden, ehe Margot antwortete.

»Ja«, sagte sie. »Ja, bitte. Den kann ich jetzt brauchen. Lass ein wenig Wasser übrig für Rubinchens Kakao.«

An diesem Abend hatte Margot frei. Das, was passiert war, brachten sie erst wieder zur Sprache, als Bertil Rubinchen ins Bett gebracht hatte und das Kind eingeschlafen war. Margot saß mit angezogenen Beinen auf dem Sofa. Sie hatte das Gefühl, dass sich um sie herum etwas zusammenbraute. Als sie Bertils aufgeschlagenes und geschwollenes Gesicht sah, war es ihr vorgekommen, als hätte sie nur darauf gewartet, dass so etwas passierte, dass sich die Gerüchte und Verleumdungen in kaltblütige Fäuste verwandelten, die Bertil ins Gesicht trafen. Nun, da der erste Schreck vorüber war und sie frierend auf dem Sofa saß, fragte sie sich, warum sie nicht überrascht war. Wenn sie das hier schon beinahe vorhergesehen hatte, was ahnte sie sonst noch?

Als Bertil sich vom Stuhl neben Rubinchens Bett erhob, war ihr klar, dass sie ihm die Frage direkt stellen musste. Das Risiko, dass er es ihr übelnahm, musste sie eingehen. Nachdem Bertil im Sessel Platz genommen hatte, wandte sie sich ihm zu.

»Bertil«, sagte sie. »Da ist etwas, das ich dich fragen muss. Vielleicht wirst du verstehen, dass ich das tue. Du darfst es nicht missverstehen.«

Bertil sah sie fragend an.

»Hast du das Feuer im Sägewerk gelegt?«, fragte sie mit zitternder Stimme.

Bertil sah sie an, ohne eine Miene zu verziehen. Lange saß er vollkommen still mit den Händen im Schoß da.

»Nein«, sagte er. »Ich bin es nicht gewesen. Wäre ich es gewesen, hätte ich es gesagt. Und ich missverstehe dich auch nicht. Es ist gut, dass du gefragt hast.«

»Aber warum passiert all das hier? Wem fällt ein, dich so zu misshandeln? Warum?«

»Ich weiß es nicht, Margot. Ich habe keine Ahnung.«

»Du musst zur Polizei gehen.«

»Ja. Das werde ich. Morgen.«

»Warum will man dir etwas antun? Wer will das?«

Bertil schüttelte resigniert den Kopf. Er sagte nichts. Er hatte keine Antwort.

»Hast du mit jemand darüber gesprochen?«

Er schüttelte erneut den Kopf.

»Ich glaube nicht, dass irgendjemand davon weiß. Abgesehen von den Leuten im Krankenhaus, natürlich. Und denen, die es getan haben.«

Still saß er da. Margot sagte nichts. Sie sah, dass er nachdachte.

»Ich weiß nicht«, fing er nach einer Weile an. »Ich bin mir nicht sicher. Aber mir kommt vor, als könnte ich mich jetzt an etwas erinnern.«

Er verstummte wieder, ehe er fortfuhr.

»Es muss auf dem Friedhof passiert sein. Dort bin ich gewesen, das weiß ich, und mir scheint, dass ich in der Nacht dieses … na, das Altarbild gesehen habe.«

Er sah unsicher zu ihr hinüber, als suchte er nach einer Bestätigung.

»In der Kirche?«, sagte sie nur. »Das große Bild hinter dem Altar?«

»Ja«, sagte er. »Genau das.«

»Du bist also in der Kirche gewesen?«

»Das weiß ich nicht. Ich erinnere mich ja nicht. Aber das Altarbild. Als hätte ich es vor mir gehabt. Aber vielleicht habe ich es auch geträumt. Ich weiß wirklich absolut nichts mehr.«

Margot sah ihn an.

»Warum redest du so leise?«, fragte sie.

Bertil blickte hoch.

»Mach ich das?«, sagte er.

Sie nickte.

Als sie im Bett lagen, fragte sie ihn, ob er Angst habe. Er antwortete erst nach einer Weile.

»Ja«, sagte er leise. »Natürlich habe ich eine Scheißangst. Aber nicht so, dass …«

Er brach mitten im Satz ab.

»Dass was?«

»Dass ich aufgebe. Einfach davonlaufe. Du weißt schon. Irgendwie ist mir das, woran ich glaube, politisch also, ja doch eine Hilfe. Ich bilde mir ein, es gibt für alles eine Erklärung. Und dann fürchte ich mich weniger. Das Dumme ist bloß, dass ich nicht damit rechnen kann, von der Polizei irgendeine Unterstützung zu bekommen. Was wird Lönngren schon ausrichten können?«

»Was wird er schon ausrichten wollen, meinst du.«

»Ja. Eben. Genau so ist das.«

2.

Am Montagmorgen trafen sie sich schon vor sieben in der Lastwagenzentrale, noch bevor die Arbeit begann. Alle vier waren früher dran, ohne es abgesprochen zu haben. Sie schauten einander unsicher an und schlüpften in ihre Arbeitsoveralls, ohne ein Wort darüber zu verlieren, was in der Nacht auf Sonntag geschehen war. Erst beim Mittagessen, als sie in der kleinen dunklen Kantine allein waren, sagte Åke, sie müssten an der Sache dranbleiben.

»Sollen wir ihm einen Brief schreiben?«, sagte er. »Einen Drohbrief? Dass er von hier verschwinden muss, wenn er nicht will, dass es noch einmal passiert. Oder?«

Niemand antwortete. Alle waren mit ihren Lunchpaketen beschäftigt und hofften, dass Åke von allein weiterreden würde.

»Oder was?«, sagte er noch einmal.

Lennart nickte zögernd.

»Solange es nicht herauskommt«, sagte er. »Klar, dann können wir einen Brief schreiben.«

»Was soll drinstehen?«, fragte Sven-Erik.

»Was ich gesagt habe. Dass er sich in Acht nehmen soll. Von hier abhauen. Und wir können ja auch seiner Braut eine kleine Warnung schicken.«

»Margot?«

»Ja. Und ihrer Kleinen.«

»Sie hat ein Kind?«

»Das weißt du doch. Das Blag, das immer im Kaffeehaus herumläuft.«

Åke hatte den Eindruck, dass die anderen von diesem Brief nicht besonders begeistert waren. Er merkte, wie er plötzlich wütend wurde.

»Ich kann ihn auch selbst schreiben«, sagte er. »Ist euch das lieber?«

Für die anderen kam es wie eine Erlösung. Alle nickten.

»Na dann«, sagte Åke.

Sie aßen ihre Brote zu Ende. Niemand kommentierte, was beschlossen worden war.

3.

Am Montag ging Margot in die Konditorei, und Rubinchen kam mit. Bertil würde sich ums Essen kümmern. Als er allein in der Wohnung war, legte er sich wieder hin. Er nahm die Decke und zog sie sich bis über Kinn und Mund. Er überlegte, was er tun sollte. Er hatte Margot versprochen, zur Polizei zu gehen, doch er zögerte. In gewisser Weise schien es sinnlos, mit Lönngren zu reden. Er überlegte probehalber, was er sagen würde, aber seine Gedanken gerieten durcheinander. Da er sie nicht ordnen konnte, stieg er verärgert aus dem Bett. Er zog den Mantel an, schob die Mütze in die Stirn und wickelte sich den Schal um Mund und Nase.

Er ging zur Kirche. Die wenigen Stufen der Vortreppe nahm er im Laufschrift und öffnete die schwere Eisentür. Er blieb einen Augenblick stehen, um zu horchen, doch unter dem Gewölbe war es ganz still. Er schlich in den Vorraum. Hier war es kalt, und er drückte eine der Schwingtüren auf, durch die man in den eigentlichen Kirchenraum kam. Das Licht, das durch die bemalten Fenster fiel, tauchte den gemauerten hohen Raum mit seinen Gewölbebogen in ein rosa Halbdunkel. Langsam ging er durch den Mittelgang zur Altarschranke vor. Zwischen den ersten Sitzreihen blieb er stehen und betrachtete das Altarbild. Rostbraun und Schwarz waren die Grundfarben. Das Gemälde zeigte die Festnahme Jesu in Gethsemane. Der weißgekleidete Jesus war umgeben von römischen Soldaten, die ihn mit ihren kurzen Schwertern bedrohten. Er blickte geradeaus, knapp über Bertils Kopf hinweg. Ein Schaudern erfasste Bertil, ohne dass er richtig wusste, warum. Er ging so nah an das Bild heran, dass er mit den Knien gegen die rote Altarschranke stieß. Das Bild ragte vor ihm auf, und er dachte, dass es in der Absicht gemalt worden sein musste, dem, der in die Kirche kam, Angst einzujagen. Die dunklen und bedrohlichen Soldaten, die rätselhaft lichte und innerlich abwesende Christusgestalt. Schon als Kind, als er mit seiner Mutter in einer Kirche war, hatte er sich vor dem großen Altarbild gefürchtet. Er weiß noch, dass er nach jenem Besuch Albträume hatte. Nun aber, vor dem Altarbild der kleinen Gemeinde, kehrt eine andere, näher liegende Erinnerung langsam und von ihm selbst fast unbemerkt zurück. Er dreht sich um und blickt zum Taufbecken hin. Und er erinnert sich, dass er es irgendwann im Verlauf der Nacht zum Sonntag gesehen hat. Er ist sich plötzlich sicher, dass er in der Kirche war. Er setzt sich in die vorderste Reihe und hebt ein Psalmenbuch vom Steinboden auf. Jetzt hat er nicht mehr den geringsten Zweifel, dass er sich hier drinnen aufgehalten hat.

Er weiß nicht, wie lange er dagesessen hat, als er zusammenfährt, weil das schwere Kirchentor ins Schloss fällt. Danach werden die Innentüren aufgestoßen. Er dreht sich rasch um und steht auf. Er sieht, dass jemand den Mittelgang entlangkommt, und erkennt Kirchendiener Norrman. Plötzlich fällt ihm ein, dass er seine Mütze nicht abgenommen hat. Doch es wäre peinlich, das jetzt zu tun. Er nickt Norrman zu, und der nickt freundlich zurück. Im Abstand von einigen Metern bleibt er stehen. Bertil ist sich nicht sicher, ob Norrman in seinem Gesicht die Spuren der

Schläge erkennen kann. Die Beleuchtung ist schlecht, und Norrman trägt eine Brille. Bertil senkt das Kinn zur Brust und sieht Norrman von unten an. Ihm geht eine Frage durch den Kopf.

»Also, da ist eine Sache, über die ich nachdenke. Ist die Kirche eigentlich auch in der Nacht geöffnet?«

Er glaubt zu erkennen, dass Norrman ein wenig verwundert schaut.

»Ja. Die Seitentüren sind normalerweise offen. Die Sakristei mit den Wertgegenständen schließen wir ab. Wir gehen aber nicht davon aus, dass hier drinnen jemand etwas kaputtmacht. Zwei Türen sind also immer offen.«

»War bloß eine Frage«, murmelt Bertil. »Eine schöne Kirche ist das.«

»Ja. Schön ist sie. Aber mit den Jahren ist sie auch etwas zu groß geworden.«

»Ach so?«

»Ja. Es werden ja nicht gerade mehr, die regelmäßig in die Kirche kommen. Nein, auf gar keinen Fall.«

»Tatsächlich?«

»Nein. Der Besuch ist in den letzten Jahren stark zurückgegangen. Liegt wohl am Radio, denke ich.«

»Ja. Vielleicht.«

»Ja.«

Bertil tritt aus der Bankreihe heraus und nickt Norrman zu.

»Also dann. Auf Wiedersehen.«

»Auf Wiedersehen.«

Er geht durch den Mittelgang zurück. Als er sich kurz vor den Schwingtüren noch einmal umdreht, sieht er Norrman hinter dem Altarbild verschwinden.

Erst als Bertil den Brief bekommt, sucht er Lönngren auf. Ein paar Tage nach dem Angriff, als er im Schlachthof fertig ist, wo er auf Nachfragen und Anspielungen seiner Arbeitskollegen hartnäckig bestritt, dass man ihn misshandelt hat, geht er an seiner Unterkunft beim Fluss vorbei, um frische Hemden zu holen. Im Briefkasten findet er ein Kuvert, ohne Briefmarke oder Poststempel. Er setzt sich auf die Bettkante und öffnet den Brief, der mit einem kleckernden Federhalter geschrieben ist. Die blaue Tinte ist zerronnen, und der Schreiber hat kein Löschpapier verwendet. Er liest ihn ein ums andere Mal durch und spürt, wie sich sein Herz zusammenzieht. Als er ihn schließlich faltet und in die Tasche steckt, hat er sich entschieden. Er geht auf kürzestem Weg zur Polizeistation. Die Eingangstür ist abgeschlossen, er schlägt mit der Faust dagegen. Einen Augenblick später kommt Lönngren und öffnet. Es ist kurz nach sieben.

»Kann ich hereinkommen?«

»Ja, sicher.«

Lönngren geht voraus, Bertil einige Schritte hinter ihm. Er setzt sich in den Besuchersessel und legt die Tüte mit den Hemden auf den Fußboden. Dann zieht er den Brief aus der Tasche und reicht ihn Lönngren, ohne ein Wort zu sagen. Lönngren greift danach und überfliegt den Text.

»Lag im Briefkasten. Es gibt keinen Poststempel. Aber er muss heute oder gestern gekommen sein. Oder in der Nacht.«

Lönngren schaut ihm ins Gesicht. Es ist blaurot, geschwollen und entstellt. Bertil erzählt ohne Umschweife, was passiert ist. Er erwähnt auch, dass er sich sicher sei, im Verlauf jener Nacht in der Kirche gewesen zu sein. Wie er erfahren habe, sei sie auch nachtsüber geöffnet.

»Du hättest sofort kommen sollen«, sagt Lönngren.

Bertil zuckt mit den Schultern.

»Hab ich nun mal nicht gemacht. Was wirst du wegen dem Brief unternehmen?«

Lönngren überlegt.

»Ich muss der Sache wohl nachgehen. Du hast keine Ahnung, wer das geschrieben haben könnte?«

»Natürlich nicht. Aber wahrscheinlich dieselben, die mich verprügelt haben. Ich glaube, das war mehr als einer.«

Lönngren nickt nachdenklich.

»Kannst du in ein paar Tagen wiederkommen? Und bist du telefonisch zu erreichen?«

»Ja. Im Schlachthof zu den Betriebszeiten.«

»Ach. Du hast dort also Arbeit bekommen.«

»Nur eine Vertretung.«

Lönngren steht auf.

»Viel mehr kann ich heute nicht tun. Aber morgen werde ich mich um die Sache kümmern.«

Als Bertil sich verabschiedet hat, nimmt Lönngren seine Brieftasche aus dem Sakko. In dem Brief glaubte er etwas wiederzuerkennen. Er blättert die zusammengefalteten Rechnungen durch. Es dauert eine ganze Weile. Er hört, dass Ekblad geht und die Tür hinter sich zuschlägt. Als er die gesuchte Rechnung gefunden hat, breitet er sie neben dem Brief aus. Er richtet die Schreibtischlampe auf die beiden Blätter und beugt sich dicht darüber. Dann nimmt er sie nacheinander zur Hand und hält sie gegen das Licht. Als er damit fertig ist, faltet er sie und steckt sie in die Brieftasche. Er knipst die Schreibtischlampe aus und überlegt einen Moment, bevor er das Telefonbuch zu sich zieht und eine Nummer nachschlägt. Er hat bereits an der Kurbel gedreht, als er plötzlich, noch bevor sich die Telefonvermittlung meldet, den Hörer wieder fallen lässt. Er steht auf, löscht das Licht und geht nach Hause.

Tags darauf, früh am Morgen, klopft er an die Glastür des Büros der Lastwagenzentrale. Durch die matt geschliffene Scheibe kann er den Chef, Klas Göransson, erkennen. Er öffnet und tritt ein. Göransson, der jung ist, gerade mal dreißig, sitzt mit dem Rücken zur Tür an der Schreibmaschine. Als er sieht, dass es Lönngren ist, steht er auf.

»Guten Tag«, sagt Lönngren und bereut, dass er es nicht bei einem Hallo belassen hat.

»Hallo«, antwortet Göransson.

Lönngren kommt gleich zur Sache.

»Es gibt da was, wo du mir vielleicht helfen kannst. Und ich möchte, dass das, worum ich dich bitte, unter uns bleibt.«

Göransson legt die Stirn in Falten.

»Ja?«

»Ich hätte gern Muster von allen Papiersorten, die ihr hier benutzt. Papier, auf dem ihr schreibt, meine ich«, ergänzt er in dem ungeschickten Versuch, sich klarer auszudrücken. Göransson wirkt zunehmend skeptisch.

»Ja, das kann ich dir schon geben. Aber …«

»Ich brauche es für eine Ermittlung. Das ist alles. Und du darfst, wie gesagt, nicht darüber reden. Später kann ich es wohl erklären.«

»Ist etwas passiert?«

»Nein. Nur eine Routineuntersuchung.«

Lönngren ist sich mittlerweile sicher, dass Göransson nichts mit dem Brief an Bertil zu tun hat. Er streckt die Hand nach drei verschiedenen Blättern aus, die Göransson aus einem Aktenschrank zieht.

»Briefumschläge auch?«, fragt er.

Lönngren denkt rasch nach.

»Ja, bitte«, sagt er.

Er steckt die Papierbögen und die Umschläge in die Manteltasche, dankt und verabschiedet sich und verlässt das Büro durch die Glastür.

Schon in diesem Moment weiß er, dass er richtig lag. Das hat er bereits erkannt. Als er wieder auf der Polizeistation ist, nimmt er einen Bogen und ein Kuvert und vergleicht sie mit Bertils Brief. Es besteht kein Zweifel, sowohl das Blatt als auch das Kuvert sind von derselben Sorte. Und es ist dieselbe Sorte wie die Quittung über die Reparatur des Polizeiautos, die er von der Lastwagenzentrale vor gut einem Monat erhalten und in seiner Brieftasche verwahrt hat. Das Papier ist rau und ziemlich dick. Lönngren kann sich nicht erinnern, es hier im Ort schon gesehen zu haben.

Einer aus der Lastwagenzentrale also, denkt er. Verfluchte Scheiße auch.

Er lehnt sich im Stuhl zurück und trommelt mit den Fingern nervös auf die grüne Schreibtischunterlage. Aber wer?, denkt er. Wie viele Angestellte gibt es dort? Abgesehen von Göransson? Zehn? Mehr? Oder kann jemand anderes an das Papier gekommen sein? Vermutlich gehen dort im Büro jede Menge Leute aus und ein. Göransson sitzt mit dem Rücken zur Tür, wenn er schreibt. Geht er zum Mittagessen raus? Schließt er dann ab? Woher beziehen sie das Papier?

Auf einmal hat er große Lust herauszufinden, wer den Brief geschrieben und offenbar auch Bertil misshandelt hat. Genau genommen ist es der erste richtige Hinweis, den er im Zusammenhang mit dem Brand bekommen hat. Wieder spielt Bertil Kras dabei eine Rolle, und jetzt ein anonymer Brief, der ihn als Brandstifter bezeichnet. Er versucht sich zu erinnern, wer alles in der Lastwagenzentrale arbeitet. Als er dort war, um das Auto abzugeben, hatte ihn jemand mit Doppelnamen bedient. Sven-

Olof? Sven-Erik? Er erinnert sich auch, dass hauptsächlich junge Burschen in der Werkstatt arbeiteten. Spielten nicht mehrere von ihnen Eishockey? Er hatte sie auf einem Foto in der Zeitung gesehen. Könnte es einer von ihnen gewesen sein? Aber warum? Er liest den Brief noch einmal, Wort für Wort. Ihm scheint, dass der Brief von jemandem stammt, der sonst nicht viel schreibt. Die Buchstaben sind rund wie eine Kinderschrift, und die Worte winden sich unregelmäßig über das Papier.

Lange bleibt er mit den beiden Briefbögen auf dem Tisch sitzen und prüft noch einmal, ob er sich auch nicht geirrt hat. Kurz nach halb elf schließt er die Blätter in seiner Schreibtischschublade ein und ruft Göransson an. Der hebt sofort ab. Er bittet ihn im Lauf des Tages zu ihm zu kommen, wann immer es ihm passt. Im Hörer ist es kurz still, bis Göransson sagt, er könne um zwei bei ihm sein. Lönngren schärft ihm noch einmal ein, niemandem gegenüber etwas zu erwähnen.

Fünf vor zwei kam Göransson. Lönngren glaubte, dass er die Information, worum es ging, nicht länger zurückhalten könne. Göransson hörte gespannt zu.

»Du verstehst also«, sagte Lönngren. »Deshalb ist es notwendig, dass du über die Sache keinen Ton von dir gibst. Nicht einmal deiner Frau gegenüber.«

Göransson lächelte schwach.

»Ich bin gar nicht verheiratet.«

»Umso besser. Was ich brauche, ist eine Liste aller Mitarbeiter in der Lastwagenzentrale. Jeder einzelne samt Wohnadresse. Und dann muss ich wissen, wer in den letzten Tagen bei dir im Büro war. Schaffst du das?«

Göransson nickte, und Lönngren schob ihm Papier und Stift hinüber. Mit einem raschen Blick sah er, dass Göransson einen Füllfederhalter aus der Brusttasche nahm.

»Ich hol uns in der Zwischenzeit Kaffee«, sagte Lönngren.

»Tee wär mir lieber«, sagte Göransson.

Als Lönngren mit zwei Tassen zurückkam, schrieb Göransson immer noch. Lönngren ließ sich an seinem Platz nieder und trank seinen Kaffee in langen Zügen.

»Fertig?«, fragte er mit der Tasse in der Hand.

Göransson nickte. Lönngren griff nach dem Blatt, während Göransson den Tee trank. Lönngren las, was Göransson mit gleichmäßiger, gut leserlicher Handschrift geschrieben hatte, eine Art Mittelding zwischen Druckbuchstaben und Schreibschrift. Er zählte neun Namen. Auf der Rückseite hatte Göransson die Namen von vier Personen notiert, die die Lastwagenzentrale besucht hatten. Lönngren kannte alle Personen und dachte kurz, dass ein kleiner Ort trotz allem seine Vorteile hatte. Er ließ das Papier auf die Schreibtischunterlage sinken und nickte Göransson zu.

»Gut.«

»Das sind alle. Die Telefonnummern weiß ich natürlich nicht auswendig.«

Lönngren klopfte mit der Hand auf das Telefonbuch, das immer noch aufgeschlagen neben dem Apparat lag.

»Das macht nichts. Ich danke dir. Und du …«

»Ich werde zu keinem etwas sagen. Das habe ich doch bereits versprochen.«

»Hervorragend. Ich melde mich, wenn ich etwas weiß.«

Göransson stellte die Tasse weg.

»Und was denkst du?«, fragte er.

»Bisher noch nichts.«

Als Lönngren allein war, nahm er Göranssons Liste noch einmal zur Hand. Er war überzeugt, dass derjenige oder diejenigen, die Bertil Kras misshandelt und ihm den anonymen Brief geschickt hatten, unter den Namen auf der Liste waren. Vor allem bei einem Namen stutzte Lönngren. Åke Nilsson.

Er hatte nicht gewusst, dass Herbert Nilssons Sohn in der Lastwagenzentrale arbeitete. Konnte es da irgendeinen Zusammenhang geben?

Lönngren war erneut verunsichert. Die plötzliche Lust an der Aufklärung war in Schwermut übergegangen. Er hatte keine Ahnung, wie er bei all diesen Namen vorgehen sollte. Unbewusst hoffte er tief in seinem Inneren, dass keiner von ihnen mit der Sache etwas zu tun hätte. Ihm war klar, dass er ein schlechter Ermittler, vielleicht sogar ein erbärmlicher Polizist war. Sehr oft war sein einziger Wunsch, den Schuldigen nicht zu finden. Allerdings wusste er nicht, ob das unter Polizisten ein verbreitetes Gefühl war. Er hatte mit Ekblad nie darüber gesprochen. Nun befiel ihn wieder dieses quälende Bedürfnis, die Untersuchung zu den Akten zu legen, Bertil Kras anzurufen und ihm zu sagen, bedauerlicherweise sei es nicht möglich herauszufinden, wer den Brief geschrieben habe. Der Fall sei nicht aufzuklären, und die Ermittlungen müssten leider eingestellt werden. Doch ihm war bewusst, dass das unmöglich war. Er hatte den Hinweisen nachzugehen, in diesem Fall dreizehn Namen, unter denen sich der Briefschreiber befinden musste. Aber wie sollte er es anstellen? Der Name, der als erster einen Zusammenhang aufwies, war Åke Nilsson. Den Vater, Herbert Nilsson, kannte Lönngren von früher. Er erinnerte sich, dass sie im Raucherzimmer im ersten Stock des Hotels einmal eine Partie Schach miteinander gespielt hatten. Beide waren sie Mitglieder bei den Lions und von Anfang an dabei. Herbert Nilsson war ein freundlicher und ruhiger Kerl. Er hatte jahrelang im Sägewerk gearbeitet und hätte vermutlich in der nächsten Zeit in Rente gehen sollen, wenn der Brand nicht dazwischengekommen wäre. Dass er einen Sohn hatte, wusste Lönngren, aber eben nicht, dass der Sohn in der Lastwagenzentrale beschäftigt war.

Lönngren stand auf, trat ans Fenster und schaute hinaus auf die Straße. Er erschrak, als er plötzlich glaubte, auf dem Bürgersteig ausgerechnet Herbert Nilsson gerade auf das Polizeigebäude zukommen zu sehen. Doch er war es nicht, sondern jemand, den Lönngren nicht kannte.

Wenn Verbrechen doch einfach verschwinden könnten, dachte Lönngren. Schließlich kann alles andere auch verschwinden. Menschen, Kleidungsstücke, Autos. Alles. Oft verschwinden sowohl Täter als auch Opfer, oder Mordwerkzeuge. Könnte nicht auch das Verbrechen als solches verschwinden, sich in nichts auflösen, in etwas, das keine Anforderungen an Untersuchung und Ermittlung stellte? Es gab schließlich so viel anderes, das sich verbergen ließ. Nicht nur hier, in dieser kleinen Gemeinde, sondern in der Gesellschaft insgesamt. Er dachte daran, wie man den Krieg zum Verschwinden gebracht hatte, einige Jahre zuvor. Aus den Radioapparaten und in den Wochenschauen im Kino hatten forsche Stimmen auf eine Weise vom Krieg und vom Schwedentum gepredigt, dass die Menschen schwarze Pappe vor die Fenster klebten und Schilf zu sammeln begannen, mehr als Spiel denn als Ausdruck einer ernsten Lage. Probleme ließ man verschwinden und holte sie nur in Wahlzeiten oder als Argument gegen die Opposition hervor. Alles hatte man weggezaubert.

Lönngren ging zurück an den Schreibtisch. Er ließ sich in den Stuhl fallen und schloss die Augen. Wer?, dachte er. Und, vor allem, warum?

Morgen, dachte er. Morgen muss ich diesen ganzen Scheiß in Angriff nehmen. Und bald ist Frühling. Der Schnee verschwindet, und die Ertrunkenen tauchen auf. Dann kommt der Herbst, danach irgendwann die Wahl, und die Opposition wird wohl wieder dieselbe sein.

4.

Herbert Nilsson wohnte im Hauptgebäude eines alten Bauernhofs etwa drei Kilometer außerhalb der Gemeinde. Die Straße nach Norden wand sich über einen bewaldeten Bergrücken, auf dessen Anhöhe ein kleiner Waldweg abzweigte. Dieser Weg führte am Rücken entlang, bis er über einen sanften Hang zum Fluss hin abfiel. Etwa hundert Meter vom Flussufer entfernt lag der Hof. Herbert Nilsson hatte ihn von einem Bruder seines Vaters geerbt. Schon damals war der Betrieb stillgelegt. Nilsson hatte nur das Wohngebäude und einen Holzschuppen instand gehalten. Die anderen Nebengebäude, den Stall, den Getreidespeicher und die Scheune ließ er verfallen. Bei diesen war das Dach mittlerweile eingestürzt, die Holzwände standen schief, und der rote Anstrich hatte sich blätternd gelöst. Die Wiesen und schmalen Ackerfluren waren mit jungen Fichten und Gestrüpp zugewachsen. Nur ein Kartoffelfeld und ein kleiner Gemüsegarten an der Giebelseite wurden noch bestellt. Unten am Ufer gab es einen baufälligen Steg, der einige Meter weit in den Fluss hinausragte. Wenn der Fluss nicht gefroren war, hatte Nilsson dort ein Ruderboot liegen. Das Wohngebäude bestand aus zwei Etagen. Im ersten Stock gab es drei Schlafzimmer. Unten lagen Küche, Diele und Wohnstube. Nilsson hatte im Lauf der Jahre frisch tapeziert, neue Fenster eingesetzt und die Küche modernisiert. Geheizt wurde mit elektrischen Radiatoren und einem Kohleofen. Die Zimmer im Obergeschoß hatte er im Großen und Ganzen so belassen, wie sie waren.

Als Lönngren früh am Morgen die Abzweigung und den kleinen Waldweg erreichte, schien es ihm riskant, hier mit dem Auto weiterzufahren. Er stieg aus und ging auf dem schlecht gepflügten Weg einige Schritte in den Wald hinein. Die Füße versanken nur leicht im gefrorenen Schnee, und er beschloss, zu Fuß zum Hof hinunterzugehen. Es war klirrend kalt, und er dachte einen Moment lang, dass bei diesen Temperaturen der Motor einzufrieren drohte. Doch das nahm er in Kauf und stapfte los. Es dauerte eine Viertelstunde, bis er den Hang erreichte und sah, dass Rauch aus dem Schornstein stieg. Er warf einen Blick auf die Uhr. Fünf vor zehn. Es war bewölkt und ungewöhnlich dunkel. Er fragte sich, ob das am Wald liegen könne, blieb stehen und schaute zum Fluss hinunter. Der Schnee leuchtete, das helle Flussbett bahnte sich seinen Weg Richtung Süden, zu beiden Seiten ragten Waldrücken auf. Er ging langsam zum Wohngebäude, schlug an der Treppe den Schnee von den Schuhen und klopfte an die Tür. Er hörte etwas, das wie eine Aufforderung zum Eintreten klang, öffnete und trat in die dunkle, unbeleuchtete Diele. Drinnen fühlte es sich noch kälter an als draußen. Er ging weiter in die Küche. Herbert Nilsson saß am Tisch und trank Kaffee.

»Hallo«, sagte Lönngren.

Nilsson stand auf und sah ihn mit einem Stirnrunzeln an.

»Na so was, du bist draußen unterwegs?«, sagte er. »Möchtest du Kaffee?«

Bei dieser Frage hob er den Deckel des grauen Kessels und lugte hinein, um zu sehen, ob der Kaffee reichen würde oder er neuen aufsetzen musste.

»Nur wenn noch welcher übrig ist«, sagte Lönngren und setzte sich auf die Küchenbank unter dem Fenster. Er spürte, dass es zog, und schlug den gefütterten Kragen seines Mantels hoch.

Nilsson holte eine Tasse und goss Kaffee ein. Lönngren fand, dass er dünn aussah. Kochte Nilsson den Sud auf? War er knausrig? Oder vielleicht einfach sparsam, jetzt, wo er so plötzlich und unerwartet keine Arbeit hatte?

»Ich dachte mir schon, dass du zu Hause bist«, sagte Lönngren.

»Ja. Das bin ich leider. Ich habe ja jetzt im Ort nicht so viel zu tun.« Er wirkte müde und alt. Zuvor hatte Lönngren in ihm immer einen wachen und gut erhaltenen Sechzigjährigen gesehen. Nun schien er plötzlich viel älter. Lönngren schlürfte den lauwarmen Kaffee und schaute verstohlen zu Nilsson hinüber, der gerade Holz nachlegte. Als er wieder saß, stellte Lönngren die Tasse auf den Tisch und begann.

»Ich bin eigentlich hier, um mit Åke zu reden«, sagte er.

»Åke?«

Lönngren sah, dass Nilsson eine plötzliche Beunruhigung nicht verbergen konnte.

»Ja. Eine Routinebefragung. Ich muss mit allen aus der Lastwagenzentrale reden. Mit ihm wollte ich den Anfang machen. Aber er ist wahrscheinlich nicht daheim?«

Lönngren merkte, mit welcher Leichtigkeit er log. Er hatte überhaupt nicht vor, mit allen zu reden.

»Routinebefragung? Aber um irgendwas wird es wohl gehen?«

Lönngren nickte.

»Tut es natürlich. Aber ich kann nicht sagen, worum es sich handelt. Mit Rücksicht auf die Ermittlung.«

»Aber wie kannst du dann irgendwelche Fragen stellen?«

Lönngren hatte darauf keine Antwort. Er nahm einen Schluck Kaffee, um Zeit zu gewinnen.

»Das geht schon«, sagte er und hatte den Eindruck, dass seine Stimme verriet, wie fragwürdig diese Auskunft war.

Sie schwiegen eine Weile. Lönngren sah aus dem Fenster, und Nilsson zündete sich seine Pfeife an.

»Åke arbeitet«, sagte Nilsson, nachdem er die Pfeife in Gang gebracht hatte.

»Ja. Das habe ich mir gedacht.«

Plötzlich ging ihm auf, was für eine sinnlose Idee es war, hier herauszufahren, wenn er doch von Anfang an wusste, dass Åke nicht zu Hause sein würde. War das etwa auch eine Ausflucht? Er merkte, wie ihn sein eigenes Verhalten irritierte.

Nilsson half ihm aus der Klemme.

»Hat es mit dem Sägewerk zu tun?«, fragte er.

»Ja. Möglicherweise. Weißt du vielleicht, was Åke letzten Samstag gemacht hat?«

»Am Samstag? Ja. Da war er im Gemeindehaus, glaube ich. Tanzen, also. In der Regel geht er da samstags hin. Aber wenn er am nächsten Tag ein Auswärtsspiel hat, kommt er meistens früh nach Hause.«

»Hat er denn am Sonntag auswärts gespielt?«

«Ja. Älvgården. Sie haben ordentlich was einstecken müssen. Neun Tore haben sie kassiert.»

Lönngren zögerte einen kurzen Moment, bevor er die nächste Frage stellte.

»Hast du eine Ahnung, ob Åke zufällig Bertil Kras kennt?«

»Der, der im Sägewerk gearbeitet hat? … Nein. Das glaube ich nicht. Warum?«

»Na ja, es hat mit der Ermittlung zu tun.«

»Ach ja? Dann ist es wohl das Beste, du fragst ihn selbst.«

»Ja, das ist es wohl.«

Lönngren fand die Situation langsam peinlich. Wie erbärmlich durfte man sich als Polizist bei seinen Nachforschungen eigentlich anstellen? Er machte Anstalten zu gehen.

»Dann werde ich ihn also auf der Arbeit besuchen. Danke für den Kaffee. Schön hast du's hier.«

Herbert Nilsson stand auf, ohne etwas zu erwidern. Lönngren trat auf die Treppe vor dem Haus. Als er sich eben die Mütze aufsetzte, merkte er, dass sich Nilsson hinter ihm räusperte.

»Du, Lönngren.«

»Ja?«

»Kann ich dich etwas fragen?«

»Ja, klar.«

»Warum bist du eigentlich hierhergekommen?«

Lönngren gab keine Antwort. Er brachte nicht mehr als ein schiefes Lächeln und ein Nicken zustande. Dann marschierte er los, ohne sich umzudrehen. Er hörte nicht, dass Nilsson die Tür schloss. Als er zurück in die Gemeinde fuhr, dachte er, dass er die Untersuchung bereits in den Sand gesetzt hatte. Wenn Åke mit dem Brief etwas zu tun haben sollte, so wäre er jetzt gewarnt. Nilsson besaß ein Telefon. Er hatte bestimmt schon in der Lastwagenzentrale angerufen und von dem Besuch erzählt. Åke hätte also Zeit, sich etwas zurechtzulegen. War es das, was er wollte? Dass Åke sich eine Schutzbehauptung einfallen ließ? Dass die gesamte Ermittlung zum Teufel ging?

Als er vor der Lastwagenzentrale hielt, war ihm unwohl. Sein Magen schmerzte, und er hatte Herzklopfen.

Er ging direkt zur Werkstatt, schob das Tor zur Halle auf und schlüpfte hinein. Im selben Moment fragte er sich, ob er Åke erkennen würde. Wie sah der eigentlich aus? Die Werkstatt war groß und voller Lastwagen und Personenautos. Sie waren an den Montageplätzen aufgebockt oder dicht nebeneinander auf dem schwarzen, schmierigen Zementboden geparkt. Beim Eintreten hörte Lönngren unterschiedliche Arbeitsgeräusche, ohne einen einzigen Menschen zu sehen. Er ging einige Schritte weiter und sah zwei Beine unter einem gelben Lastwagen der Straßenmeisterei hervorragen. Er fühlte sich wie ein Idiot, als er sich hinunterbückte und unter den Wagen schaute, um das Gesicht des Mannes zu sehen. Als er sich eben hinknien wollte, sprach ihn jemand von hinten an.

»Kann ich vielleicht behilflich sein?«

Lönngren richtete sich auf und drehte sich um. Da stand ein blasser junger Mann mit pickeliger Haut in blauer Arbeitskleidung und wischte sich die Hände mit einem Putzlappen ab. Er hatte Ölspuren im Gesicht.

»Ich bin auf der Suche nach Åke. Åke Nilsson.«

»Er ist dort hinten.«

Lönngren schaute zum anderen Ende der Halle.

»Klopft an dem Lastwagen dort herum«, erklärte der junge Bursche im Blaumann.

Lönngren bahnte sich einen Weg durch die Autos und entdeckte schließlich einen dunkelblauen Overall zwischen der zementfarbenen Außenwand und einem aufgebockten Lastwagen. Er ging hin und schaute Åke einen Augenblick lang dabei zu, wie er den Rost von der Antriebswelle schlug. Åke war blond und sah seinem Vater überhaupt nicht ähnlich. Lönngren wollte eben grüßen, als Åke ihn entdeckte. Er war nicht überrascht, das verstand Lönngren sofort. Hatte Herbert Nilsson angerufen, oder erwartete Åke ohnehin seinen Besuch?

»Åke? Nicht wahr?«

»Ja.«

Åke stand auf und wischte sich die Hände an der Hose des Overalls ab. Er war mindestens zehn Zentimeter größer als Lönngren.

»Ich würde mich gern ein wenig mit dir unterhalten. Du weißt ja, wer ich bin?«

»Ja, ja. Sollen wir rausgehen oder hierbleiben? Man kann hier nirgends sitzen.«

»Ich kann stehen. Ich will dich nur ein paar Kleinigkeiten fragen. Reine Routine.«

»Ja, also?«

»Kennst du vielleicht Bertil Kras?«

Lönngren konnte an Åkes Reaktion nichts Unnatürliches entdecken.

»Nein. Aber ich weiß, wer das ist. Er hat mit meinem Alten im Sägewerk gearbeitet.«

»Getroffen hast du ihn nie?«

»Nein. Ich glaube nicht einmal, dass er zu den Spielen kommt.«

Das tat auch Lönngren nicht, und er fragte sich, ob das einen schlechten Eindruck machte.

»Was hast du denn letzten Samstag gemacht?«

»Gemeindehaus.«

»Und am Sonntag?«

»Da hatten wir ein Match in Älvgården.«

»Wann seid ihr von dort zurückgekommen?«

»Gegen halb elf. Ich bin direkt nach Hause. Ich hab ein Moped.«

»Wann warst du zu Hause?«

»Um elf ungefähr. Ich bin langsam gefahren. Es war glatt, und der Scheinwerfer hat nicht so funktioniert, wie er sollte. Ist jetzt aber repariert.«

Den letzten Satz schob Åke mit einem Grinsen hinterher.

»Ich hatte nicht vor, dich wegen eines Scheinwerfers dranzukriegen.« Lönngren versuchte, die Situation mit einem Scherz aufzulockern, merkte aber, dass es ihm nicht gelang.

»Kann jemand bezeugen, dass das stimmt, was du sagst?«

»Sicher stimmt das! Mein Alter hat mich wahrscheinlich gehört, als ich kam. Er schläft nicht besonders fest.«

Lönngren hatte keinen Grund zu bezweifeln, was Åke sagte. Er konnte keinerlei Zeichen von Besorgnis oder Nervosität bei ihm erkennen.

»Nein, mehr wollte ich auch nicht.«

»Warum willst du das alles wissen?«

»Wie gesagt, reine Routine.«

Lönngren merkte, wie unglaubwürdig seine Worte klangen. Er schaute zu Boden und kickte mit der Fußspitze einen Schraubenzieher zur Seite. Dann sah er rasch auf, drehte sich um und ging. Er war sich sicher, dass Åke ihm nachblickte.

Am nächsten Tag spürte Lönngren, dass er einen großen Pickel unter der linken Achsel hatte. Lange stand er vor dem Spiegel im Flur und befühlte ihn. Er richtete die Wandlampe so aus, dass sie seinen Oberkörper beleuchtete. Mit den Fingerspitzen tastete er um die Schwellung herum und drückte drauf. Der Pickel war hart und noch nicht reif. Als er den Arm wieder fallen ließ, sah er, wie dick und schlaff sein Körper geworden war. Er zog den Bauch ein und streckte die Brust heraus, aber die Proportionen waren, obwohl er die Luft anhielt, nicht wirklich gut. Bedrückt ließ er den Bauch wieder heraus und zog sich Unter- und Oberhemd an.

Um neun kam er in sein Büro, nachdem er zuvor einen Blick in Ekblads leeres Zimmer geworfen hatte. Er hatte sich eben erst an seinem Schreibtisch niedergelassen und die Zeitung zur Hand genommen, als er hörte, dass jemand das Polizeigebäude betrat. An der Art, wie die Eingangstür zugeschlagen wurde, erkannte er, dass es nicht Ekblad war. Schritte näherten sich und hielten vor seiner Tür. Es klopfte in dem Moment, in dem er die Zeitung sinken ließ. Er fuhr sich mit der Hand durch die Haare und rief, es sei offen. Die Tür ging auf, und Herbert Nilsson trat über die niedrige Schwelle. Er blieb stehen und sah sich mit einem raschen Blick um. Dann ging er auf Lönngren zu und nahm auf dem Stuhl ihm gegenüber Platz.

»Hast du Zeit?«, fragte er knapp.

»Ja. Sicher.«

»Wenn nicht, wär mir das auch egal«, fügte er hart hinzu. Lönngren zuckte zurück und merkte, wie er erstarrte. Der Pickel in seiner Achselhöhle rieb am Saum des Unterhemds.

»Ich habe mitbekommen, dass du gestern bei Åke warst. Er hat es mir erzählt, als er nach Hause kam. Bei der Arbeit haben sie gefragt, was du von ihm wolltest. Er war ziemlich verärgert. Und du hast ihm auch nicht gesagt, dass du bei mir draußen warst. Ich finde, du musst schon ein wenig mehr dazu sagen, was los ist. Mir leuchtet nicht ein, dass das alles so geheim sein soll, wie du tust.«

Er hatte ohne Pause geredet. In seinen Worten klang jede Menge Wut. Er hatte mit leiser Stimme gesprochen und sich dabei die Hände gerieben.

»Also worum geht's? Bertil Kras? Was ist mit ihm?«

Lönngren überlegte einen Augenblick. Ihm war klar, dass er nicht weiter lügen oder sich hinter Ausflüchten verstecken konnte. Er wollte lediglich etwas Luft holen, bevor er das Wort ergriff. Als Nilsson Anstalten machte weiterzureden, hob er eine Hand und wehrte ab.

»Ja. Vielleicht kann ich jetzt etwas mehr darüber sagen. Vorausgesetzt, du behältst es für dich.«

Nilsson zeigte keinerlei Reaktion. Lönngren fuhr fort.

»Ich habe einen anonymen Brief vorliegen. Eine Drohung. Geschrieben auf Papier, das ziemlich sicher aus der Lastwagenzentrale kommt. Ich ermittle da also, und das schließt auch Åke ein.«

Nilsson reagierte noch immer nicht.

»Es geht also um einen anonymen Brief«, wiederholte Lönngren noch einmal.

»An dich?«

»Nein. An eine andere Person.«

»Bertil Kras also?«

»Das kann ich nicht beantworten.«

»Ist doch klar, dass er das sein muss.«

Herbert Nilsson stand unerwartet rasch auf.

»Falls Åke etwas damit zu tun hat, werde ich es herausfinden. Ich glaube, dass ich um einiges besser mit ihm reden kann als du. Nur, dass du das weißt. Und lass ihn bis dahin in Ruhe.«

Er wandte sich um und verließ das Büro. Er vermied es mit Absicht, die Tür hinter sich zu schließen. Lönngren blieb sitzen und wusste, dass seine Ermittlung im Begriff war zu scheitern. Zur Ablenkung unternahm er den Versuch, aus den größten Büroklammern, die er auf der Stiftablage zusammenkratzen konnte, eine Halskette zu basteln.

Ist mir auch egal, dachte er. Ich kümmere mich jetzt nicht mehr um diesen Brief. Meinetwegen soll diesen verfluchten Hund verprügeln, wer will. Mit ihm habe ich genug Scherereien gehabt.

Er wusste, was dieser Gedanke bedeutete. Er musste die Zähne zusammenbeißen, um nicht mit den Fäusten auf den Schreibtisch zu hämmern.

Lange harrte er so aus, bis er das vertraute Türschlagen Ekblads unten am Eingang hörte. Da riss er sich zusammen, nahm die Zeitung und fing an, den Bericht über ein Skispringen zu lesen, bei dem die ersten sechs Plätze von Norwegern und Finnen belegt wurden. Ekblad trampelte mit einem gewaltigen Niesen ins Zimmer.

»Sieh an, du bist jetzt sportinteressiert«, sagte er und schnäuzte sich. »Hallo, übrigens. Alles unter Kontrolle?«

»Aber ja doch. Nichts Besonderes.«

»Na dann, immerhin. Willst du Kaffee? Ich dachte, ich mach welchen.«

»Ja. Eine Tasse würd ich nehmen.«

Als der Kaffee vor ihm stand, ging er im Kopf durch, was sich seit dem Brand vor zwei Monaten ereignet hatte. Er holte seinen dicken Ordner mit den Berichten hervor und begann zu blättern. Mit einem Stift notierte er die wichtigsten Anhaltspunkte. Auch wenn er sie mittlerweile auswendig kannte, schrieb er sie auf. Als er den Ordner durch hatte, legte er ihn zur Seite und lehnte sich seufzend in den Stuhl zurück. Den Bleistift warf er so unachtsam von sich, dass er zu Boden fiel. Lönngren stieß ihn mit dem Fuß weg, und er rollte bis zum Papierkorb. Es gab da nur eine Sache, die ihn wirklich verblüffte.

Er verstand nicht, warum er sich nicht schämte. Die gesamte Ermittlung war vollkommen dilettantisch. Ungeschickt und schlecht durchgeführt. Der Gedanke an seine Vernehmungen ließ ihn schaudern. Es gab keine einzige Situation, in der er methodisch, besonnen und gründlich vorgegangen wäre. Überall nur Schlamperei. Und der Tiefpunkt war erreicht mit dieser Spur, die verschiedene Fragen hätte beantworten, das ganze Durcheinander vielleicht sogar aufklären können. Doch daraus war nichts geworden. Der anonyme Brief würde ohne Absender bleiben. Bertil Kras würde nicht erfahren, wer ihn zusammengeschlagen hatte und warum. Der Brand würde sich im Bewusstsein der Gemeinde langsam setzen, und nur noch einige unbestätigte Gerüchte würden als Glutreste übrig bleiben.

Lönngren hätte gern gewusst, was er selbst eigentlich glaubte. Aber er war sich nicht einmal über seine eigenen Ansichten im

Klaren. Sicher war nur, dass der Brand kein Unfall war und dass Åke etwas mit dem anonymen Brief zu tun hatte.

Was sagte ihm der Brand? Lönngren stand auf und ging mit der Tasse in der Hand zum Fenster. Er dachte an die zehn Jahre nach dem Ausbruch des Krieges. Er dachte an das Lager und die, die dort einsaßen. Sie tauchten aus den Schatten der Vergangenheit hervor und bildeten eine Vorgeschichte des Brandes. Als die Vorwürfe der früheren Insassen vor einigen Jahren im Sand verliefen, hatte er geglaubt, der Krieg und das Lager wären ein für alle Mal erledigt. Damals war er sich sicher gewesen, dass niemand mehr in der Angelegenheit herumstochern würde. Das hatte ihn beruhigt. Der gesellschaftliche Aufbau würde weitergehen. Der Vorsprung, den es bedeutete, nicht am Krieg beteiligt gewesen zu sein, sollte zur Gänze ausgeschöpft werden. Zusammenhalt und stetiger Fortschritt waren die einzig akzeptablen Parolen. Niemand sollte zurückblicken. Nur im äußersten Fall konnte man darüber sprechen, wie der Krieg für jene ausgesehen hatte, die aktiv betroffen waren.

Natürlich war keiner Nationalsozialist gewesen. Weder als organisiertes Mitglied noch als Sympathisant. Lönngren ging zu seinem Schreibtisch zurück und stellte die Tasse ab. Scham fühlte er nach wie vor nicht. Er zog sich den Mantel über und ging hinaus. An Ekblads Tür, die einen Spalt offen stand, schlich er vorbei. Die Eingangstür ließ er geräuschvoll ins Schloss fallen.

Er begab sich ins Hotel und nahm an seinem Tisch in der Ecke Platz. Missmutig griff er zu der Speisekarte und bestellte Rindergulasch mit roten Rüben. Als die Kellnerin fragte, ob er Milch oder Bier trinken wolle, sagte er, das sei ihm gleich. Sie sah ihn verwundert an und ging in die Küche.

Sie entschied sich dafür, ihm ein Bier zu bringen.

Lönngren war überzeugt, dass Herbert Nilsson noch einmal auftauchen würde. Dass dies allerdings bereits am nächsten Vormittag der Fall wäre, hatte er nicht erwartet. Doch um zehn klopfte Nilsson an seine Tür und kam herein. Er achtete darauf, die Tür von innen sorgfältig zu schließen, und Lönngren konnte an seinem Gesicht erkennen, dass etwas geschehen war.

»Du wirst mir jetzt genau zuhören«, fing er an. »Åke hat mir erzählt, dass er Bertil Kras einen anonymen Brief geschrieben hat und auch daran beteiligt war, ihm eine kleine Abreibung zu verpassen. Wer die anderen waren, hat er nicht gesagt, aber das ist ja nicht so schwer zu erraten. Als ich nach dem Grund gefragt habe, meinte er, sie wollten es diesem Neuankömmling heimzahlen, weil er das Sägewerk in Brand gesteckt und der Gemeinde solche Scherereien gemacht hat. Nur deshalb.«

Er strich sich über die Nase, ehe er fortfuhr.

»Ich habe den Stier bei den Hörnern gepackt, er hatte keine Chance, mir auszuweichen. Die Sache hat jetzt nur einen Haken.«

»Nämlich?«, sagte Lönngren.

»Du darfst darüber keinen Ton verlieren.«

Lönngren blieb ruhig sitzen. Er hatte dazu absolut nichts zu sagen.

»Kann ich mich auf dich verlassen?«

Lönngren schaute auf.

»Eine Frage nur«, sagte er.

»Ja?«

»Was machst du, wenn ich Nein sage?«

»Dann sorge ich dafür, dass das hier eine solche Hölle für dich wird, dass du nicht mehr bleiben kannst. Das weißt du.«

»Weiß Åke, dass du zu mir gekommen bist?«

»Natürlich nicht. Und er wird es auch nicht erfahren. Er soll ruhig eine Weile nervös sein. Das legt sich wieder.«

Dann fuhr er heftig fort:

»Lönngren!«

»Ja?«

»Wer hat das Sägewerk abgefackelt? War das dieser Kras?«

Bei diesen Worten, die plötzlich kalt und feindselig klangen, zuckte Lönngren zusammen.

»Ich weiß es nicht«, antwortete er. »Ich glaube es allerdings kaum. Jetzt nicht mehr. Hast du was gegen ihn?«

Die Antwort kam erst, als Nilsson bereits die Türklinke in der Hand hatte.

»Er ist schließlich Kommunist«, sagte er und ging.

Am selben Tag kam Bertil nach der Arbeit auf die Polizeistation. Lönngren sagte, dass sich nichts Neues ergeben habe, er sich aber weiter mit der Angelegenheit beschäftige. Ob Bertil vielleicht ein anderes Mal wiederkommen könne?

Bertil nickte. Er hatte sich gar nicht erst die Mühe gemacht, sich zu setzen. Nach wenigen Minuten war er wieder weg. Lönngren ging zum Fenster und ließ das kaputte Rollo herunter. Dann setzte er sich an den Tisch und verbrannte alle Unterlagen, die mit dem anonymen Brief zu tun hatten. Das Verbrechen wurde nicht aufgedeckt, es wurde ganz einfach beseitigt. Der Ordner war wieder leer, und auf dem Boden des Papierkorbs lag eine dicke, schwarze Schicht Asche.

Margot stellte Bertil nur eine einzige Frage.

»Hast du eine andere Antwort erwartet?«

»Nein. Natürlich nicht.«

Am Abend bekamen sie beide Kopfschmerzen. Margot vermutete, dass eine Grippe im Anzug sei. Kronberg war letzte Woche krank gewesen, ebenfalls mit Kopfschmerzen. Bertil kontrollierte seine Temperatur und stellte fest, dass er kein Fieber hatte. Die Quecksilbersäule blieb bei 37,2. Als er das Thermometer an Margot weiterreichen wollte, schlief sie bereits. Dachte er.

Während er sich auf seine Seite des Bettes legte, atmete sie gleichmäßig und tief weiter.

Sie lag mit dem Rücken zu ihm. Ihre Augen waren offen.

Es dauerte lange, bis sie einschlief.

Die Witterung

1.

Eines Herbsttages, als Margot und Bertil im Wald Preiselbeeren sammelten, erzählte er ihr, dass er sich trotz allem entschieden hatte, auch in diesem Jahr an der Jagd teilzunehmen. Rubinchen war bei einer Freundin. Ihren Ausflug unternahmen sie während der Woche. Die Konditorei war geschlossen, da die elektrischen Leitungen erneuert werden sollten, und Margot hatte frei. Schon zu Beginn des Sommers hatten sie davon gesprochen, dass sie Zeit zum Beerensammeln finden wollten, und als sich Margots freie Woche abzeichnete, ging Bertil zu Asp und bat darum, zur selben Zeit Urlaub zu bekommen. Asp machte keine Schwierigkeiten. Margot kannte gute Preiselbeerplätze ein Stück außerhalb der Gemeinde, und sie fuhren mit dem Auto einen holprigen, feuchten Waldweg entlang, vorbei an mehreren Schlägen, die zum großen Forstunternehmen gehörten. Unterwegs begegneten sie einem Pferdefuhrwerk und mussten ein paar hundert Meter zurücksetzen, um den Ardenner und die Baumstämme, die er zog, vorbeizulassen. Nach einer beschwerlichen Fahrt, bei der die Räder in der nassen Erde immer wieder durchdrehten und das Auto an knorrigen Wurzeln seitlich wegrutschte, erreichten sie eine Anhöhe. Von dort ging es bergab, bis das Flussbett zwischen den Bäumen sichtbar wurde. Die Luft war klar und die Sonne nach wie vor kräftig. Feuchter Nebel hing zwischen den Kiefern. Während der Fahrt schwiegen sie.

Bertil hielt das Lenkrad mit beiden Händen, Margot saß neben ihm und schaute geradeaus durch die Windschutzscheibe. Auf dem Rücksitz stapelten sich Eimer und Körbe, die aneinanderschlugen, sobald das Auto über eine Unebenheit fuhr. Als sie am Fluss waren, bog der Weg scharf ab und lief danach am Ufer entlang, direkt auf der Sandbank. Einige Kilometer weiter kamen sie zu einer neu errichteten Brücke und parkten auf der anderen Seite. Margot zeigte mit der Hand nach vorn, und Bertil sah, dass rund um das Auto der Boden voller roter Beeren war. Sie nahmen jeder einen Eimer und einen Preiselbeerrechen und gingen ein paar hundert Meter in den Wald hinein. Von dort wollten sie sich pflückend wieder zurück zum Auto bewegen. Der Boden war feucht und dampfte. Bertil hatte sich von Svante Eriksson einen Regenmantel geliehen, der jedes Mal, wenn er sich bückte und mit dem Rechen durch die Beerendecke fuhr, ein knisterndes Geräusch von sich gab. Um den Mantel zu holen, hatte er am Abend zuvor Svante zu Hause aufgesucht. Dabei hatten sie auch über die Jagd gesprochen. Er war bis weit nach Mitternacht bei ihm und seiner Mutter geblieben. Sie hatten Kaffee getrunken und lange miteinander geredet. Bertil fand, dass Svante verhalten und müde wirkte. Er sagte wenig, saß mit gesenktem Blick in der dunkelsten Ecke der Küche, nickte hin und wieder und murmelte eintönige, kurze Antworten. Seine Mutter hingegen schien von Bertils Besuch belebt, sie sprach klar und freundlich und war kaum zu stoppen. Bertil hatte in ihrer Gegenwart plötzlich ein eigentümliches Gefühl der Nähe und Geborgenheit, das er seit langem nicht mehr gespürt hatte. Fast vergaß er, dass Svante daneben saß. Er war überrascht, wie spät es war, als Svante fragte, ob er Lust hätte, mit hinauszukommen und das neue Motorrad anzusehen.

Bertil bedankte sich, umarmte Svantes Mutter, nahm den Regenmantel unter den Arm und folgte Svante die Treppe hinunter. Das Motorrad stand unter einer verbeulten Blechplatte, die als notdürftiger Schutz für den an der Hausmauer aufgeschichteten Holzstoß diente. Svante hatte die Scheite inzwischen woanders gestapelt, um Platz zu schaffen. Er hielt eine Taschenlampe in der Hand und beleuchtete das Motorrad, ohne ein Wort zu sagen. Bertil ging in die Hocke und betrachtete es eingehend. Es hatte Kratzer am Tank und einen geflickten Riss auf dem schwarzen Ledersitz, aber es war das neueste Modell. Svante hatte es in der nächsten Stadt von einem Geschäftsmann gekauft, der aufs Auto umstieg. Das Motorrad war kaum gefahren, aber er hatte es günstig bekommen. Als Bertil sich wieder aufrichtete, begann Svante plötzlich übergangslos von der Jagd zu reden. Er hatte die Lampe zu Boden gerichtet, sie standen in der Dunkelheit. Svante fragte Bertil, ob er in diesem Jahr wieder mitmachen wolle oder ob sich die Gruppe nach Ersatz umschauen solle. Es sei dieselbe Mannschaft wie in den Jahren zuvor. Auch dasselbe Gebiet und dieselbe Elchquote. Bertil zögerte, bevor er antwortete. Er konnte kein so großes Interesse mehr aufbringen wie früher. Doch als sie im Dunkeln nebeneinanderstanden und er antworten sollte, war ihm klar, dass er dabei sein wollte. Er sagte zu und sah an den Bewegungen der Taschenlampe, dass Svante nickte. Danach hatten sie sich verabschiedet. Svante hatte ihm den Weg beleuchtet, bis er an der Straße war.

Als Margot und er früh am Morgen die Eimer und Körbe im Auto verstauten, hatte er nichts gesagt. Er wollte damit warten, auch wenn es keinen Grund gab. Es war nichts Ungewöhnliches daran, auf Elchjagd zu gehen, seit ihm vor drei Jahren der Platz in der Gruppe angeboten worden war. Zweimal war er mit Elchfleisch nach Hause gekommen, ohne selbst geschossen zu haben. Beide Male hatte er auf seinem Posten ausgeharrt und den Schuss nur gehört. Aber auch er bekam seinen Anteil, den Margot weiterverarbeitet hatte. Doch nun war er unsicher, wie er ihr sagen sollte, dass er in diesem Jahr wieder mitmachen würde. Als sie ihre Eimer zur Hälfte gefüllt hatten, gingen sie zum Auto zurück, um die Thermoskanne zu holen. Sie setzten sich etwas entfernt voneinander auf zwei Baumstümpfe. Margot hatte ein Tuch um den Kopf geschlungen, das am Haaransatz eng anlag. Sie trug einen Skianorak und Stiefel, die sehr klein wirkten. Bertil fand, sie sah schön aus. Sonnenstrahlen fielen schräg durch die Bäume, der Nebel hatte sich verzogen. In der Tiefe des Waldes war das Licht eigentümlich rein. Als Margot auf die Thermoskanne zeigte und fragend die Augenbrauen hob, ob er noch Kaffee wolle, nickte er mit zusammengekniffenen Augen. Er ging zu ihr und hockte sich, während sie nachschenkte, vor sie hin. Dabei fielen ein paar Tropfen auf seine Hand mit der Tasse, und als er kurz zurückzuckte, schwappte Kaffee auf ihre Skihose. Doch sie reagierte nicht, sondern goss weiter ein, bis seine Tasse voll war. Er kehrte zurück zu seinem Baumstumpf und sah, wie sie lediglich einen kurzen Blick auf den Fleck auf ihrem Oberschenkel warf und sich dann selbst einschenkte. Eine Weile lauschten sie dem Heulen eines Seetauchers, das irgendwoher aus dem Wald kam, vielleicht von der anderen Seite des Hügels. Als sich der Luftzug auf der verschwitzten Haut kalt anzufühlen begann, standen sie auf. Sie stellten die Tassen zurück in den Korb, und Margot schraubte die Thermoskanne zu. Danach hoben sie ihre Rechen auf, nahmen zwei leere Eimer und marschierten wieder los.

Unterwegs erwähnte Bertil, dass er mit Svante gesprochen und sich entschieden hatte, in diesem Jahr wieder an der Jagd teilzunehmen. Margot schaute ihn an und nickte lächelnd. Dann erkundigte sie sich, ob die Gruppe dieselbe sei wie zuletzt. Weiter wurde nichts gesagt. Den Rest des Tages pflückten sie Preiselbeeren, bis ihre Rücken zu schmerzen anfingen. Gegen vier gaben sie auf. In den Eimern war mehr zusammengekommen, als sie gedacht hatten. Während der Rückfahrt schwiegen sie. Bertil warf hin und wieder einen Blick zu Margot. Sie hatte den Kopf ans Seitenfenster gelehnt und die Augen geschlossen. Sie lächelte, und Bertil hätte gern gewusst, woran sie dachte. Ihr Körper war entspannt und folgte dem Ruckeln des Autos auf dem holprigen Waldweg. Sie begegneten einem weiteren Pferdefuhrwerk, mussten diesmal aber nicht zurücksetzen. Bertil hob grüßend die Hand. Er hatte den Eindruck, den Mann, der neben dem Pferd ging und mit einer Hand die Zügel hielt, schon einmal gesehen zu haben.

»Kennst du ihn?«, fragte Margot.

Ihre Augen waren weiterhin geschlossen, und auf ihrem Gesicht lag noch dasselbe schwache Lächeln. Bertil hatte plötzlich das Bedürfnis, sie zu berühren, und strich ihr mit dem Handrücken über Stirn, Nasenrücken und Lippen. Margots Gesicht fühlte sich verschwitzt an. Gleichzeitig nahm er den Fuß vom Gas, und erst als das Auto beinahe stehen blieb, zog er die Hand zurück und trat wieder aufs Pedal.

»Ich dachte, du schläfst?«, sagte er.

Sie schüttelte den Kopf.

Am Abend, als Rubinchen im Bett war und sie die Preiselbeeren von den losen Blättern gereinigt und mit Wasser bedeckt hatten, bereiteten sie ein schnelles Abendessen zu. Bertil briet Spiegeleier, während Margot belegte Brote machte. Als Bratenheber benutzte Bertil einen alten Käsehobel. Er betrachtete den schwach roten Streifen, der an Margots Haaransatz verlief. Das Tuch, das sie den ganzen Tag stramm um den Kopf geknotet trug, hatte die Haut aufgescheuert und einen Abdruck hinterlassen.

Nach dem Essen fragte Margot plötzlich, wie es denn mit Svante gewesen sei. Bertil war überrascht und wusste zuerst nicht, was er sagen sollte. Doch dann erwähnte er Svantes störrische Schweigsamkeit und erzählte von der Begegnung mit dessen Mutter, die ihn mit so großer Wärme erfüllt hatte. Im Schein einer Taschenlampe hätten sie Svantes neues Motorrad besichtigt, und ihm sei vorgekommen, Svante hätte es als Vorwand benutzt, um mit ihm kurz allein sein und über die Elchjagd reden zu können. Mehr konnte Bertil nicht berichten. Margot saß mit hochgezogenen Beinen im Sessel, das Kinn in eine Hand gestützt, während Bertil mit einem Kissen unter dem Kopf auf dem Sofa lag. Aus Rubinchens Bett war ein Murmeln zu hören. An diesem Abend blieb das Radio ausnahmsweise stumm. Sie waren beide müde vom langen Tag im Wald und hatten steife Rücken. Beim Essen hatten sie überlegt, was sie mit den restlichen freien Tagen machen wollten. Bertil hatte vorgeschlagen, noch einmal zum Beerenpflücken hinauszufahren, doch Margot war der Meinung, sie hätten genug gesammelt. Die Frage blieb also unbeantwortet. Margot hatte sich geräkelt und gemeint, vielleicht wäre es gut, sich einfach einmal auszuruhen. An nichts denken zu müssen, nichts zu unternehmen. Einfach ausruhen.

Aus heiterem Himmel erkundigte sie sich dann nach der Jagd. Sie setzte sich im Sesel zurecht und bat Bertil, ihr von seinen früheren Elchjagden zu erzählen. Ihre Augen verengten sich zu neugierigen Schlitzen. Der Eifer, mit dem Margot etwas von ihm erfahren wollte, was nur ihn und nicht sie beide betraf, war Bertil neu. Er wusste nicht, wie er darauf reagieren sollte.

»Aber ich bin doch jedes Jahr jagen gewesen«, begann er. »Alle, die dabei waren, sind dir ja bekannt. Du musst dir also nur sie und mich vorstellen, eine Woche im Freien, früh am Morgen und früh am Abend auf einsamen Posten im Wald, stundenlanges Warten und vereinzelte Gewehrschüsse in der Ferne. Denk dir uns in der Waldhütte, bei offenem Feuer und bei einem Essen, wie es nur von Jungs gekocht wird, Schnaps und literweise Kaffee. Dazu irgendwelche albernen Geschichten, in der einen Ecke die Gewehre an der Wand, in der anderen die winselnden Hunde. Dazu noch das Schnarchen in der Nacht, eine nassfeuchte Hütte mit stinkenden Schweißfüßen und unrasierten Gesichtern. So ist das dort. Recht viel mehr gibt es da nicht zu erzählen.«

Margot lächelte und nickte ihm zu.

»Das reicht«, sagte sie. »Ich kann es mir lebhaft vorstellen. Mehr muss ich wirklich nicht wissen.«

Ihre freie Woche verging, ohne dass sie noch einmal in den Wald hinausfuhren. Gemeinsam kochten sie die Preiselbeeren ein, machten Saft und Marmelade daraus. An den Abenden blieben sie lange auf, und nachdem sie sich geliebt hatten, lagen sie noch eine Weile wach und redeten miteinander.

In einer dieser Nächte schlug Margot vor, die Jagdgruppe zu sich zum Essen einzuladen. Bertil fragte nach dem Grund, und Margot zuckte mit den Schultern und sagte, dass sie es einfach nett fände. Bertil zögerte und meinte schließlich, einer aus der Gruppe würde auch reichen, Enström zum Beispiel. Margot erkundigte sich, ob Bertil Enströms Frau kenne. Er antwortete, er habe sie bisher nur gelegentlich bei Enström zu Hause getroffen, aber sie habe immer nur kurz gegrüßt und sich dann verzogen. Sie sei im Obergeschoß herumgegangen, und Enström habe nur mit Mühe verbergen können, dass ihn ihre Schritte von oben irritierten. Mehr wisse er nicht über sie.

Am nächsten Tag ging Bertil in den Eisenwarenladen. Als er das Geschäft betrat, gab ihm Enström, der beschäftigt war, mit einem Kopfnicken zu verstehen, er solle ins hintere Zimmer weitergehen. Dort saß er fast zwanzig Minuten im Korbstuhl, bevor

Enström kurz das Gesicht in die Türöffnung steckte und sagte, vor Mittag hätte er keine Zeit, mit ihm zu reden. Bertil nickte und nahm sich eine Zeitung vom Schreibtisch. Aus dem Verkaufsraum hörte er, wie die Türglocke immer wieder klingelte, und dachte, dass Enströms Laden offenbar gut lief. Um zwölf verstummte die Glocke, Enström schloss ab und zog das Rollo herunter. Er kam mit einem Bündel Geldscheine herein, schob auf dem Schreibtisch einen Packen Papier zur Seite und setzte sich auf die Kante. Er erkundigte sich, ob Bertil mit ihm zu Mittag essen wolle. Bertil nickte und stand auf. Enström zog den Mantel an und bat Bertil, für ihn schon mal etwas zu bestellen, während er hinüber zur Bank lief, um das Geld einzuzahlen.

»Ich schaffe das fast nie«, sagte er. »Jedenfalls jetzt nicht, wo ich im Laden keine Hilfe habe. Du darfst aber nicht denken, dass das der Umsatz eines halben Tages ist. Das ist der einer Woche. Bestell mir was Warmes, irgendetwas.«

Auf der Straße trennten sie sich, und Bertil ging in die Kneipe. Er setzte sich an seinen Ecktisch und bestellte für sie beide Gulasch und zwei Bier. Als das Essen gebracht wurde, kam Enström herein. Nun erwähnte Bertil, warum er ihn sprechen wollte. Enström hielt mit der Gabel inne, dachte kurz nach und sagte, sie würden kommen. Dann nahm er einen Bissen und meinte, er hätte gehört, Bertil käme auch in diesem Jahr mit zur Jagd. Da fiel Bertil ein, dass er Enström ja noch fragen musste, ob er sich von ihm wieder ein Gewehr leihen könnte. Noch bevor er mit seiner Frage fertig war, hatte Enström genickt.

»Steht dort, wo es immer steht«, sagte Enström. »Geölt und einsatzbereit. Klar kannst du es haben. Ich werde dieses Jahr übrigens ein neues Gewehr ausprobieren. So ein jugoslawisches Ding. Ich habe schon probegeschossen, und es scheint gut zu sein. Ob es auch mehr Elche anlockt, ist eine andere Sache.«

Nach dem Essen tranken sie Kaffee, und Enström erzählte, dass es Nils-Erik Erlandsson gelungen sei, einen Hund aufzutreiben, der aus derselben Linie stammte wie Svantes Rapp. Eine von Rapps Hundeschwestern hatte geworfen, und Erlandsson hatte einen Welpen gekauft, der jetzt groß genug war, um mit zur Jagd zu kommen. Bertil erkundigte sich, ob Enström von jenem Hund sprach, den man Svante im Krieg erschossen hatte. Enström nickte. Als sie wieder vor dem Laden standen, versprach Enström, dass er am Samstagabend, wenn sie zu Besuch kämen, für Bertil auch schon genauere Informationen zur Jagd hätte. Sie einigten sich auf sieben Uhr und gingen auseinander. Bertil erledigte anhand der Liste, die Margot ihm mitgegeben hatte, die Einkäufe und machte sich auf den Heimweg. Vor dem Haus sah er, dass Margot und Rubinchen im Fenster standen und winkten. Er winkte zurück und ging die Treppe hinauf. Wie immer zählte er die Stufen, obwohl er genau wusste, dass es sechzehn waren.

Sechzehn Stufen zu meinem Glück, dachte er. Schon im Stiegenhaus fühlte er sich jedes Mal leicht. Das Halbdunkel gab ihm ein Gefühl der Geborgenheit, und mit der Zeit hatte er begonnen, den herben Geruch der Treppe zu mögen. Hin und wieder überlegte er, wie sich Gerüche beschreiben ließen. Er hatte Margot gefragt, ob sie schon einmal eine treffende Beschreibung für den Duft einer Blume oder den Gestank einer Toilette gelesen hätte. Sie hatte gelacht und gesagt, sie sei schließlich keine Schriftstellerin. Bertil war sich nicht im Klaren darüber, ob sie überhaupt verstanden hatte, was er meinte.

2.

Zu dem Abendessen am Samstag kam Enström mit der Nachricht, dass es Pläne gebe, das abgebrannte Sägewerk wiederaufzubauen. »Wieder« sei vermutlich nicht der richtige Ausdruck, meinte er, da die neuen Eigentümer mit Rader nichts zu tun hatten. Soweit er gehört habe, handle es sich um einen Holzkonzern von der Küste, der bereit sei, in der Gemeinde ein Sägewerk zu errichten. Dessen Vertreter waren angeblich schon hier gewesen und hatten den Platz des alten Sägewerks besichtigt, der sich im Sommer in einen Spielplatz für die Kinder aus dem Ort verwandelt hatte. Daraus würde nun also wieder ein Sägewerk werden, und offenbar wolle man mit dem Bau im nächsten Frühjahr beginnen. Für Bertil war das die beste Nachricht, die er bekommen konnte. Die Arbeit im Schlachthof der Genossenschaft hatte wenig Zukunft und konnte jederzeit enden, die Kündigungsfrist betrug sieben Tage. Glücklicherweise konnte er die Stelle viel länger behalten, als ihm zu Beginn in Aussicht gestellt worden war, doch die Unsicherheit blieb. Außerdem mochte er die Arbeit im Freien lieber. Sie stießen auf die guten Neuigkeiten an, und Enströms Frau Linnea leerte ihr Schnapsglas in einem Zug. Margot hatte Fleischbällchen zubereitet, nach einem Rezept aus einer Illustrierten. Zum Nachtisch hatte sie eine große Schale mit Obst angerichtet. Rubinchen durfte an diesem Abend bei Kronberg übernachten.

Zum Kaffee setzten sie sich ins Zimmer an den runden Tisch. In ihrer Mitte thronte eine Flasche Kognak. Enströms Frau stellte sich als vergnügt und redselig heraus. Ihr lautes Lachen hallte durch die Wohnung. Bertil glaubte zu bemerken, dass Enström irritiert war. Sobald sie redete, beteiligte er sich nicht am Gespräch, sondern lehnte sich mit dem Kognakglas zurück ins Sofa.

Als sich Margot und Linnea spät am Abend über Rubinchen unterhielten, nutzte Enström die Gelegenheit, um Bertil ein paar Details zur Jagd mitzuteilen. Um halb eins brachen die beiden Enströms auf, und Bertil begleitete sie hinunter. Danach standen Margot und er Arm in Arm am Fenster und winkten den Gästen hinterher, bis das Auto verschwand. Enström hatte nicht mehr als ein Glas Kognak und einen Schnaps getrunken und konnte noch fahren. Als Bertil zum Abschied scherzend meinte, dass es für Lönngren ein gefundenes Fressen wäre, Enström alkoholisiert am Steuer dranzukriegen, hatte Enström ihn nur wortlos angesehen.

In der Nacht träumte Bertil, dass das Sägewerk brannte. Inmitten der Flammen sieht er Margot und Rubinchen. Als er auf sie zuläuft, um sie aus der Hitze und dem Rauch zu retten, fällt er über eine Treppe, die wie eine tote Kulisse im Wald steht. Mehr war ihm am nächsten Morgen von diesem Traum nicht in Erinnerung geblieben. Er musste aufstehen, um Rubinchen abzuholen. Margot schlief beim Klingeln des Weckers einfach weiter, während Bertil sich eine Tasse Kaffee machte, bevor er aufbrach. Sein Kopf tat weh, und er musste in den Küchenschubladen eine Weile nach einem Schmerzmittel suchen. Er spülte die Tabletten mit einem Schluck Kaffee hinunter und zog sich Svante Erikssons Regenmantel über. Unten beim Auto bemerkte er, dass er die Schlüssel in der Wohnung vergessen hatte.

Margot schlief immer noch, als Bertil mit Rubinchen nach Hause kam. Er flüsterte dem Kind zu, dass sie leise sein müssten, um Margot nicht zu wecken. Sie verbrachten die Zeit mit verschiedenen Spielen, die Bertil sich für Rubinchen einfallen ließ und die alle etwas mit Schweigen zu tun hatten. Erst um zehn schlug Margot die Augen auf. Sie glaubte einen Moment, dass sie verschlafen hätte und zur Arbeit müsste. Rubinchen kletterte zu ihr, und als der Kaffee fertig war, rückten alle drei im Bett zusammen.

3.

Die Jagdgruppe traf sich an einem Montagmorgen um vier an der nördlichen Ausfahrt der Gemeinde. Die Kälte fühlte sich rau an, feuchter Nebel breitete sich über das Tal und legte sich schwer auf den kleinen Marktflecken. Bertil traf als Zweiter ein. Nur Svante Eriksson war früher gekommen. Sie begrüßten einander, und Bertil sah, dass Svante ein neues Gewehr trug. Das Futteral war anders als im Vorjahr, und auch an den schwarzen Lauf, der aus der dunkelgrünen Hülle ragte, konnte er sich nicht erinnern. Svante schien guter Laune und ein ganz anderer als der Mann, mit dem Bertil in der Dunkelheit das Motorrad besichtigt hatte. Svante lachte und musterte Bertil.

»Kommst du ohne Gewehr? Willst du den Elch mit dem Rucksack fangen?«

»Ich kann ein Gewehr von Enström leihen. Er will es mir mitbringen. Ist deines neu?«

»Ja. Von Enström gekauft. Ein jugoslawisches.«

»Ich dachte, er war das mit dem neuen Gewehr.«

»Ja, er hat das gleiche.«

Svante stocherte mit der Spitze des Gummistiefels auf der kalten Fahrbahn herum. Den riesigen Rucksack hatte er an den Straßenrand gestellt. Bertil behielt das Gepäck auf dem Rücken.

Innerhalb von zehn Minuten war die gesamte Jagdgruppe versammelt. Nacheinander trafen Nils-Erik Erlandsson, Harpo und Enström ein. Als sechstes Mitglied schließlich Paulus Blomgren, der Filialleiter des Konsums. Bertil hatte sein Auto zu

Hause gelassen. Die Gruppe verteilte sich auf die Autos von Enström und Blomgren. Svante würde allein fahren. Als alle beisammen waren und sich begrüßt hatten, startete Svante das Motorrad, zurrte den Rucksack auf dem breiten Gepäckhalter fest und fuhr schon mal los. Die anderen blickten ihm hinterher und gingen dann zu den Autos. Bertil und Erlandsson fuhren bei Enström mit, während Harpo neben Blomgren Platz nahm. Enström fuhr voraus. Blomgren folgte ihm in einem Abstand von hundert Metern, verschwand aber auf der kurvigen Straße bald aus dem Rückspiegel.

Die Jagdgruppe bestand seit vielen Jahren. Bertil war der Einzige, der neu dazugestoßen war. Enström hatte sich für ihn eingesetzt. Nicht ohne Grund sprach man von ihnen als der Roten Jagdgruppe. Fünf der Mitglieder waren Kommunisten, das sechste, Paulus Blomgren, war das schwarze Schaf der Familie. Er war aktiver Sozialdemokrat mit wechselnden Vertrauensposten innerhalb der Partei. Ein riesenhafter Kerl mit enormen Oberarmen. In der Gemeinde lachte man darüber, als er Leiter des örtlichen Konsums wurde. Davor hatte er verschiedene Gelegenheitsjobs, sich aber vor allem mit Politik beschäftigt. Als er die Stelle in der Konsumfiliale übernahm, brachte er dafür keinerlei Erfahrung mit. Aber der Laden lief gut und war vor einem Jahr in größere Räumlichkeiten gegenüber dem Bahnhof umgezogen. Blomgren hatte seinen Platz in der Gruppe Svante Erikssons Vater zu verdanken und seit Anfang der dreißiger Jahre keine Jagd verpasst. Mittlerweile waren er und Erlandsson mit ihren gut sechzig Jahren die Ältesten im Team, weshalb sie auch am häufigsten schossen. Mit dem Vorrecht des Alters waren sie auf die besten Posten gerückt. Als Neuling war Bertil der entlegenste Stand nach Norden hin zugewiesen worden, und er hatte in den letzten beiden Jahren nicht einmal die Spur eines Elchs gesehen.

Er hatte im raschelnden Wald gesessen, in der Entfernung die Hunde gehört und war einige Male von den Schüssen aufgeschreckt worden.

Die Waldhütte, die ihnen für die Dauer der Jagd als Unterkunft diente, gehörte dem Forstunternehmen. Sie war in gutem Zustand, da sie das ganze Jahr hindurch von Waldarbeitern genutzt wurde. Die Hütte bestand aus einem quadratischen Raum mit einem gemauerten offenen Herd an einer Wand. Entlang der Seitenwände waren je zwei Holzpritschen übereinander angebracht. Fast die gesamte verbleibende Fläche wurde von einem großen Tisch und zwei Sitzbänken eingenommen.

Viertel vor sechs waren alle dort. Erlandsson hatte die Hütte aufgeschlossen, sie hatten ihre Rucksäcke drinnen abgestellt und nahmen nur die Gewehre und die Proviantbeutel mit, aus denen sie sich untertags draußen im Wald versorgen wollten. Jeder sollte so rasch wie möglich auf seinen Posten, alle hatten es eilig. Die beiden Hunde, die Erlandsson gehörten, zogen und rissen an den um einen Baum gebundenen Leinen. Es waren zwei graue Spitze, nordische Elchhunde. Einer davon, Pila mit dem langen Fell, war seit vielen Jahren dabei. Den neuen Hund, der mit Svantes Rapp verwandt war, hatte Erlandsson Cato getauft.

Sie versammelten sich vor der Hütte, Erlandsson breitete die Karte aus, auch wenn alle wussten, wo sie hinsollten. Sie gingen die Positionen noch einmal durch und kontrollierten ihre Armbanduhren. Dann konnte es losgehen. Während der Atem in Wolken von ihren Gesichtern aufstieg, sahen sie schweigend zu, wie Erlandsson mit festem Griff die Hundeleinen packte. Erlandsson nickte, und sie gingen in den Wald hinein. Etwa hundert Meter blieben sie in einer Reihe beisammen, bis Harpo als Erster abzweigte und zwischen den Fichten verschwand. Die anderen liefen weiter, kletterten über große Steinblöcke und zwängten sich durch dichtes Gestrüpp. Blomgren hatte Pila von Erlandsson übernommen, der Hund zerrte mit hängender Zunge an der Leine. Sie gingen in der Reihenfolge, in der sie zu ihren Posten abbiegen würden, Bertil bildete das Schlusslicht. Zuletzt waren nur noch er und Blomgren übrig. Blomgren sollte sich an einem Kahlschlag postieren. Er stellte sich direkt an den Waldrand, von wo er nach allen Richtungen mehrere hundert Meter freie Sicht hatte. Der Wind wehte von ihm weg, und die Chancen standen gut, den Elch in Richtung des Schlags zu treiben. An dieser Stelle erlegten sie fast jedes Jahr ein Tier. Mittlerweile hatte das Elektrizitätswerk parallel zum Kahlschlag eine Schneise in den Wald gezogen und damit die Aussicht, ein Tier in Schussweite zu bekommen, noch erhöht.

Blomgren nahm den Rucksack ab. Den Hund hatte er an Enström weitergegeben, der ihn zu einer festgesetzten Uhrzeit von der Leine lassen sollte. Die Hunde sollten dann das Wild winkelförmig auf die Linie zwischen den Posten zutreiben. Blomgren schaute auf die Uhr und meinte, Bertil habe genug Zeit, um seinen Posten rechtzeitig zu erreichen. Dann nahm er die Büchse ab und begann sie zu laden.

Bertil lief schräg über den Kahlschlag und verschwand auf der anderen Seite im Wald. Er wusste, welche Richtung er einschlagen musste, und verlangsamte das Tempo. Die Sonne hatte zu wärmen begonnen, und er öffnete den Kragen seines Ledermantels. Er ging durch Fichtenwald, der Boden unter ihm war weich und federnd. Sumpfige Moorstellen mied er, und bald war er in der Nähe seines Postens auf einem kleinen Hügel angekommen, unmittelbar an der Grenze des benachbarten Jagdreviers. Im ersten Jahr hatte er einige flache Steine entdeckt, die sich gut als Sitzplatz eigneten. Ringsum war der Wald offen, und die Sonne schien ungehindert herab.

Er blieb stehen, lauschte und sah auf die Uhr. Es blieben ihm noch fünfzehn Minuten, bevor die Hunde von der Leine gelassen würden. Er nahm das Gewehr ab, lud es und legte es mit abgewandtem Lauf vorsichtig auf einen der flachen Steine. Dann breitete er eine Zeitung aus und setzte sich darauf.

Das Warten hatte begonnen.

Beim ersten Geräusch der Hunde in der Ferne spürte er, wie seine Anspannung stieg. Er richtete den Rücken gerade, zog das Gewehr näher zu sich und spähte in den Wald, der zum Kahlschlag hin lichter wurde. Er ließ den Blick langsam hin und her wandern. Es war, als säße er in einem Schützengraben und versuchte, einen unsichtbaren, aber dennoch anwesenden Feind zu erspähen. Um ihn war alles ruhig. Im ersten Jahr hatte ihn diese kompakte Stille beinahe geängstigt. Sie erinnerte ihn an eine Empfindung aus seiner Kindheit, wenn er Angst vor der Dunkelheit hatte. Der Wald mit seinem gleichmäßigen Rauschen schuf eine unwirkliche Reglosigkeit. Er saß da und ließ den Blick über die Bäume gleiten. Ein Strom von Gedanken und Bildern zog hinter seiner Stirn vorüber.

Er sah auf die Uhr. Die Hunde waren pünktlich losgelassen worden. Die Jagd war im Gang. Sie würden eine Spur wittern und ihr folgen. Das Wild auf dem Gelände würde fliehen und an einem der Posten erlegt werden oder in angrenzenden Jagdgebieten verschwinden. Bertil stand von seinem Stein auf, ging einige Schritte auf den Waldrand zu und blickte mit zusammengekniffenen Augen zum Kahlschlag. Selbst wenn die Hunde weit weg waren, könnte ihr Gebell Tiere in seiner Nähe unruhig machen. Ab jetzt konnte jederzeit ein Elch auftauchen. Wahrscheinlicher war allerdings, dass Bertil kein Wild zu Gesicht bekommen würde. Sein Stand war abgelegen und unwegsam. Wo er saß, verlief kein Elchwechsel. Er bildete nur den äußersten

Grenzposten. Er setzte sich wieder hin, behielt das Gewehr nahe bei sich und dachte über die Mitglieder der Jagdgruppe nach, ohne die Lichtung in dem Waldstück aus dem Blick zu lassen. Alle, die mit der Zeit zu seinen engsten Freunden geworden waren, befanden sich in dieser Gruppe. Und jetzt, ein halbes Jahr nach dem Brand und inmitten dieser üblen Gerüchte, die ihn zum Brandstifter erklärten, jetzt, da er sich vollständig an den Rand der Gemeinde gedrängt fühlte, hatte er, abgesehen von Margot und Rubinchen, in dieser Jagdgruppe seine letzten Außenposten.

Plötzlich dachte Bertil, dass er über Enström sehr wenig wusste. Obwohl sie vieles gemeinsam machten und einige Vertraulichkeiten ausgetauscht hatten, blieb Enström dennoch ein Unbekannter, ein Mensch, den er nicht vorbehaltlos verstand und dem gegenüber er sich nie ganz sicher fühlte. Er konnte nicht sagen, woran das lag.

Während Bertil auf seinem Posten ausharrte, versuchte er, die unvollständigen Bilder einzufangen, die er von seinen Freunden hatte. Das Sägewerk würde vielleicht wiederaufgebaut, und wenn er hierbleiben und sein Leben mit Margot und Rubinchen verbringen wollte, dann müsste er lernen, mit seinem Misstrauen umzugehen und seine Freunde als Menschen zu sehen, die ihm im Kern vertraut waren. Doch sein Bild von Enström flackert. Er denkt an die Müdigkeit und den Überdruss, in die sich Enström so oft flüchtet, wenn sie abends beisammensitzen und reden. Ein Überdruss, der manchmal in eine graue, lebensfeindliche Gleichgültigkeit umschlägt. Er fragt sich, was es zu bedeuten hat, wenn Enström davon spricht, dass er anfange, den Glauben zu verlieren, und das mit einer schleichenden Krankheit vergleicht, einem heimtückischen Krebs, der einen an der Kehle packt. Enström sagt, dass sein Vertrauen nur noch eine

Glaubensfrage sei, er empfinde seine Ansichten nicht mehr als selbstverständlich, sondern nur noch wie quälende Erinnerungen an etwas Verlorenes. Als Bertil einmal nachfragte, sprach Enström von seiner zunehmenden Selbstverachtung. Es gab einen Zusammenhang zwischen dieser Selbstverachtung und seinem wachsenden Überdruss. Mit einem ironischen Grinsen erzählte er, dass auch er, wie alle anderen, das Radio abschaltet, sobald die Parteivorsitzenden reden.

Für Bertil stellt sich die Frage, ob Freundschaft in so einem Zustand überhaupt möglich ist. Wird sie nicht von diesem Überdruss erfasst, anstatt von etwas Positivem? Eigentlich muss er zugeben, dass er seinen Feinden oder einem beliebigen Menschen wie etwa Enströms Frau Linnea mehr vertraut als seinen Freunden und Enström selbst. Mit den anderen, mit Erlandsson und Svante, verhält es sich ebenso, nicht aber mit Harpo. Er ist sehr zurückhaltend und in vieler Hinsicht Bertil ähnlich. Auch er weiß, wie es ist, in einer feindlich gesinnten Umgebung zu leben und in ihrer kleinen Gemeinde nirgends wirklich dazuzugehören.

Bertil späht weiter zum Kahlschlag hin und wandert in seinem Kopf von einem Posten zum nächsten. Zusammen mit den anderen bildet er im Wald eine unsichtbare Kette. Zwischen ihnen besteht eine Gemeinschaft, ein Netz. Aber dieses Netz ängstigt ihn. Immer deutlicher nimmt er wahr, dass es einen Zusammenhang zwischen dem Unsichtbaren und der Bedrohung und Feindschaft gibt. Nur das Sichtbare, das Begreifbare kann er beherrschen. Er steht wieder auf und geht ein paar Schritte. Ein trockener Ast knackt unter seinen Füßen. Er schaut zum Waldrand und merkt, dass er nicht mehr nach Elchen Ausschau hält, sondern nach Gesichtern zwischen den Bäumen.

In diesem Moment stürzt die Elchjagd in sich zusammen,

und er ist nun überzeugt, dass die anderen aus der Gruppe auf ihren Posten liegen und mit kaltem Blick zu ihm herüberspähen. Eine eisige Starre erfasst ihn. Er scheint verrückt zu werden, das sind wahnsinnige Gedanken, die er wegschieben muss. Langsam geht er zu seinem Stein und setzt sich wieder auf die Zeitung. Er atmet tief durch und schämt sich, als wäre er bei etwas Unanständigem oder Peinlichem ertappt worden. Er stopft seine Hosenbeine zurück in die Stiefel und schreckt auf, als er einen der Hunde von weitem bellen hört.

Die Sonne wärmt jetzt noch stärker. Der Morgen ist vorüber, und der Wald steht bereits in vollem Licht.

Der erste Tag endet, ohne dass die Hunde ein Tier aufgestöbert hätten. Die Fährten sind kalt geblieben, die witternden Nasen der Hunde, die jetzt in der Waldhütte vor dem Feuer liegen, sind zur Ruhe gekommen. Es ist halb acht, die Männer haben zu Abend gegessen und Kaffee getrunken. Drei liegen auf ihren Pritschen und rauchen Pfeife. Harpo kommt mit einem Schwung Brennholz zur Tür herein, und Erlandsson sitzt am Tisch und legt eine Patience. Die Stiefel stehen am Eingang aufgereiht, und an der Hüttenwand hängen ihre Gewehre. Harpo legt Holz nach, reguliert am Gitter den Luftzug und geht zu Bett.

»Vergesst nicht, die Lampe zu löschen«, sagt er, zieht die Decke hoch und dreht den Kopf weg. Erlandsson schaut auf, nickt und beugt sich wieder über seine Spielkarten. Zehn Minuten später macht er die Petroleumlampe aus und streichelt die Hunde. Dann verzieht er sich in seine Schlafkoje.

Bertil liegt mit dem Gesicht zur Wand im oberen Bett. Er lässt die Finger über das raue Holz gleiten und fragt sich, wie viele der Männer noch wach sind. Bislang ist nur vereinzeltes Schnarchen zu hören. Er zieht sich die Decke enger um den Rücken und hält die Augen offen. Der Schein der Flammen tanzt schwerelos über die Balken, und er spürt, wie müde er ist.

Um vier haben sie Kaffee getrunken und sind wieder auf dem Weg nach draußen, jeder zu seinem Posten. Es ist kälter als am Vortag, und Bertil zittert vor Müdigkeit. Er geht schnell, damit ihm warm wird. Keiner von ihnen ist zu Scherzen aufgelegt. Alle wissen, dass sich Unruhe ausbreiten wird, wenn sie heute keinen Elch erlegen. Diese eigentümliche Nervosität, der Jagderfolg könnte ausbleiben. Blomgren ist der Erste, der sich einen Schnaps genehmigt. Dann hält er die Flasche in die Runde. Doch alle lehnen ab.

An diesem Morgen nimmt Cato sofort Witterung auf. Als Erlandsson ihn loslässt, zischt er wie ein Strich davon und verschwindet im Wald. Sie hören, wie das Gebell nach einiger Zeit in Jaulen übergeht. Alle halten angespannt ihre Gewehre in den Händen. Doch nichts geschieht. Von Cato kommt kein Geräusch mehr, und auch dieser Tag endet ohne Elch. Am Abend bleiben sie nach dem Essen und dem Kaffee um den Tisch sitzen, trinken Schnaps und diskutieren, warum die Witterung die Hunde nach wie vor nicht zur richtigen Fährte geführt hat. Svante erzählt, dass er eine frische Elchlosung gesehen habe, und alle sind sich einig: Untertags war die Anwesenheit der Elche deutlich zu spüren. Es sind also Tiere im Wald. Bislang hat sich aber noch keines gezeigt.

Tags darauf schießen sie den ersten Elch, einen alten Bullen mit elf Enden an der Schaufel. Es passiert kurz nach zwei am Nachmittag. Es regnet, ist jedoch warm und windstill. Svante hat das Tier entdeckt, das zwischen den Bäumen umherstreift. Er gibt zwei Schüsse ab. Der erste verfehlt sein Ziel. Der andere trifft den Riesen direkt ins Herz. Er geht mit einem Krachen zu Boden und kommt auf der Seite zu liegen. Eine gute Stunde später sind alle an der Schussstelle versammelt. Gemeinsam brechen sie den Elch mit ihren Messern auf. Der Regen wird stärker, und sie arbeiten schnell, um ins Trockene zu gelangen. Die Hunde sind an einen Baum gebunden, und Pila, der den Elch aufgestöbert hat, bekommt das erste Stück. Als sie zurück zur Hütte gehen, denkt Bertil über die Witterung des Hundes nach. Er fühlt sich an etwas erinnert, weiß aber nicht genau, woran. Den ganzen Tag war ihm unbehaglich zumute, und er hat erneut den Waldrand nach Gesichtern abgesucht.

Der nächste Tag, ihr vierter, ist von anhaltendem Unwetter geprägt. Es regnet kräftig, zerrissene Wolken jagen über die Baumspitzen hinweg. Im kalten Wind gehen sie gebückt zu ihren Posten. Als Letzte trennen sich Blomgren und Bertil ohne ein Wort des Abschieds.

Auf halber Strecke zu seinem Stand hat Bertil plötzlich das Gefühl, dass ihm jemand folgt. Inmitten eines dichten Gestrüpps aus jungen Fichten bleibt er abrupt stehen. Er geht ein paar Schritte zur Seite und sucht hinter dem Wurzelballen einer umgestürzten Kiefer Schutz vor dem Wind. Regen schlägt ihm ins Gesicht, und von seinem Hut tropft ihm das Wasser auf die Nase. Die Kälte lässt ihn schaudern. Er starrt in die Richtung, aus der er kam. Der Wald ist noch dunkel, obwohl es bereits kurz nach halb fünf ist. Zu hören ist nur der Wind, der durch die Bäume fährt. Die Kiefern wanken in den Sturmböen, und von Bertils Hut hat sich einer der Riemen gelöst, der ihm gegen den Mund schlägt. Er hockt lange da, bevor er zu seinem Posten weitergeht. Dort sagt ihm ein Blick auf die Uhr, dass die Hunde bereits von der Leine sein müssen. Er drängt sich dicht an eine Kiefer, scheuert mit dem Rücken am Stamm und hält das Gewehr in den Händen.

Er hat Angst. Er ist überzeugt, dass ihm jemand hinterhergeschlichen ist. Einer aus der Jagdgruppe ist nicht an seinen Platz gegangen, sondern ihm mit lautlosen Schritten durch den Wald gefolgt. Er glaubt, knackende Zweige hinter sich gehört zu haben, aber vor allem sagt ihm sein Kopf, dass einer ihm nachstellt, vorsichtig, aber zielstrebig. Nicht nur heute, sondern auch an den Tagen zuvor, einer, der auf eine Gelegenheit lauert. Gestern, als der Elch erlegt wurde, hätte genauso gut er selbst einen sauber gezielten Schuss in den Kopf bekommen können. Von einem, der später sagen würde, er habe die Kuh des Elchbullen gesehen und sei sich sicher gewesen, ein Tier zu erlegen. Ein Jagdunfall, nichts weiter. Bertil wischt sich mit der Hand den Regen aus dem Gesicht, während er sich darauf konzentriert, den kalten Blick eines Augenpaars zu entdecken, das ihm von der anderen Seite des Waldes her auflauert. Wenn er zwischen den Steinen und Büschen ein Gesicht zu sehen glaubt, fährt er zusammen.

Die Witterung, denkt er. Irgendjemand hat nicht vom Elch, sondern von mir Witterung genommen.

Er merkt, dass die Angst stärker geworden ist. Sein Herz pocht, und die Hände um Gewehrkolben und Lauf werden weiß. Einen kurzen Moment stellt er sich vor, sich den schwarzen Lauf in den Rachen zu stecken und abzudrücken. Doch der nasskalte Lauf mit der dunklen Mündung erschreckt ihn mehr als die Vorstellung zu sterben. Die Fantasie erlischt wie ein Irrlicht, und er wendet sich wieder dem Waldrand zu. Er zwingt sich zu der Überzeugung, dass der Verfolger nur eine absurde Gestalt seiner Einbildung ist. Bertil versucht herauszufinden, ob er dem Fantasiegesicht mehr als vage Konturen entlocken kann. Wie in einer Rückblende sieht er jenen Augenblick wieder, als er sich schützend hinter den Wurzelballen hockte. Er steht als unsichtbarer Betrachter einige Meter entfernt, verborgen sowohl dem Opfer als auch dem Mörder. Doch er sieht niemanden kommen. Der Wald ist leer. Er versucht, die anderen an ihren Posten auszumachen, abwartend und spähend wie er selbst. Stunde um Stunde harrt er so aus und hält seine Angst mit vernünftigen Argumenten in Schach. Er lenkt seine Konzentration auf die Bewegungen eines Elchs. Er umschließt die anderen Mitglieder der Jagdgruppe mit sanften Bildern, hüllt sie in warme Decken mit einem Muster aus Frühlingsblumen. So wacht er lange Zeit über sich selbst, das Gewehr zu Boden gerichtet.

Am Nachmittag lässt der Wind nach, und der Regen schlägt ihm nicht mehr mit derselben Heftigkeit entgegen. Er lauscht auf Hundegebell. Einige Male glaubt er, auch Schüsse zu hören, doch er bleibt auf seinem Stand und befolgt die Elchjägerregel, sich nicht vor der vereinbarten Zeit in die Schusslinie zu begeben, jedenfalls nicht, bevor hundertprozentig feststeht, dass der entscheidende Schuss gefallen ist. Erst Viertel nach vier macht er sich auf den Weg zurück zur Hütte.

Dabei muss er an eine Geschichte denken, die Enström erzählt hat. Irgendwann in den zehner Jahren war es während einer Herbstjagd zu einer Tragödie gekommen. Eine zehn Mann starke Gruppe aus der Gemeinde hatte sich in die Waldgebiete Richtung Süden aufgemacht. Teil der Gruppe waren auch zwei Brüder und ihr Vater. Eines Nachmittags waren im Abstand von zehn Minuten zwei Schüsse gefallen. Keiner verstand, was das zu bedeuten hatte, und man ging suchend in die Richtung, aus der die Schüsse gekommen waren. Neben einem großen Granitblock fand man den Vater und einen der Söhne tot auf. Der Sohn saß mit dem Rücken an den Fels gelehnt. Ein Schuss hatte ihn ins Auge getroffen und ihm den Hinterkopf weggerissen. Vor ihm auf dem Boden lag der Vater in eigenartiger Stellung. Er hielt sein Gewehr, die Finger mit eisernem Griff um Kolben und Lauf geklammert. Auch von seinem Hinterkopf fehlte die Hälfte. Er hatte sich in den Mund geschossen. Daneben saß der Bruder und schluchzte. Als man sah, dass beide Patronen aus dem Gewehr des Vaters stammten und das des Sohns nach wie vor geladen war, wusste man, wie es gelaufen war. Der Vater hatte aus Versehen den Sohn erschossen. Als er dann an der Stelle eintraf, wo er geglaubt hatte, ein totes Tier zu finden, war er so verzweifelt, dass er sich selbst erschoss. Danach kam der andere Sohn und musste das Ganze mit eigenen Augen ansehen. Es hieß auch, die eigenartige Stellung des Vaters deutete darauf hin, dass er vor dem toten Sohn auf die Knie gegangen war, bevor er sich das Leben nahm.

Bertil tastete sich durch das Gestrüpp und dachte über diese Geschichte nach. Er hatte etwa die Hälfte der Strecke zur Hütte zurückgelegt, als er stehen blieb und die Luft anhielt. Von schräg hinter ihm war ein Geräusch zu hören gewesen. Er drehte sich um und starrte in diese Richtung. Langsam, fast in Zeitlupe, kauerte er sich hinter eine breite, moosbewachsene Fichte. Erneut hörte er ein Geräusch, und jetzt war er sich sicher, dass es Fußtritte waren, vorsichtige Schritte. Er spürte seinen wilden Herzschlag und presste sich eng an den stechend rauen Stamm. Dann entdeckte er, dass sich zwischen den Bäumen etwas bewegte, dessen Färbung anders war als die der Umgebung. Kurz darauf wurde Blomgren sichtbar, der trotz seiner Leibesfülle erstaunlich leichtfüßig vorankam. Von seiner Schulter hing das Gewehr, und der Rucksack baumelte an nur einem Riemen auf seinem Rücken. Mit einer Hand fasste er sich an die linke Wange. Bertil konnte erkennen, dass er verwundet war. Die gesamte linke Gesichtshälfte war blutverschmiert. Blomgren kam an der Fichte vorbei, hinter der Bertil hockte, und verschwand wieder im Wald. Bertil lauschte seinen Schritten nach, und erst als sie fast nicht mehr zu hören waren, kroch er aus seinem Versteck und ging hinterher. Als er den Weg erreichte, war Blomgren außer Sichtweite.

In der Hütte sah er, dass alle bereits zurück waren. Enström versorgte eben die Wunde in Blomgrens Gesicht und säuberte sie mit einem Handtuch und Desinfektionsmittel. Die anderen waren mit der Zubereitung des Abendessens beschäftigt. Bertil grüßte und fragte Blomgren, was denn passiert sei. Blomgren antwortete, er sei gestolpert und habe dabei den Gewehrlauf wie einen Spieß ins Gesicht bekommen.

»Aber die Büchse war zum Glück nicht geladen«, sagte er mit einem Grinsen.

An diesem Abend machen sie mit dem Trinken zum ersten Mal Ernst. Alle holen ihre Schnapsflaschen hervor, und gegen neun sind sie leicht betrunken. Zwischen den roten und verschwitzten Gesichtern schwirren Jagdanekdoten hin und her. Dabei werden ihre Bewegungen immer ruckartiger und heftiger. Parallel zu den Schatten, die an den Wänden tanzen, heben und senken sich ihre Stimmen. Erst gegen zwölf liegen alle auf ihren Pritschen, und die Hunde sind vor der Feuerstelle zur Ruhe gekommen.

Am fünften Tag fallen drei Schüsse. Harpo erlegt mit zwei Schüssen eine Elchkuh, der eine trifft die Brust, und der andere zersplittert ihr das Rückgrat.

Den dritten Schuss holt Bertil aus dem Stamm einer Kiefer hinter sich. Er stochert die plattgedrückte Kugel mit seinem Taschenmesser hervor.

Auch an diesem Tag herrscht Unwetter. Der Wind ist genauso heftig und böig wie tags zuvor, nur der Regen hat nachgelassen. Bertil steht auf seinem Posten und späht. Von Zeit zu Zeit, wenn der Wind das Gebell in seine Richtung trägt, hört er die Hunde jagen. Er wandert zwischen den flachen Steinen, der Kiefer und der Waldkante hin und her. Nachdem er gestern, ohne selbst gesehen zu werden, mit Blomgren zusammengetroffen war, hatte sich sein Gehörsinn etwas beruhigt. Blomgren war aus der Richtung gekommen, in der sein Posten lag. Er hatte sich aufgrund des Unfalls mit dem Gewehr verspätet. An seinem Auftreten war nichts Unnatürliches oder Bedrohliches. Dennoch wollte sich Bertils Unruhe nicht vollständig legen. Er bildete sich immer noch ein, im Wald Gesichter zu sehen. Kurz vor halb drei hört er die beiden Schüsse, die die Elchkuh erlegen. Er versucht, die Richtung zu orten, und tippt auf Enström oder Harpo. Nach dem zweiten Schuss wartet er noch etwa fünf Minuten. Dann schultert er sein Gewehr und bückt sich, um den Rucksack hervorzuholen, den er in eine Spalte unter einem der Granitblöcke gezwängt hat. Er steht auf und schiebt die Arme unter die Riemen.

Er wird nie mit Sicherheit sagen können, ob er den Schuss gehört hat. Er weiß, dass der Wind in dem Moment heftig blies, und er erinnert sich daran, dass er dachte, es würde ihm gleich den Hut vom Kopf wehen. Der Aufprall in dem Kiefernstamm hinter ihm ist aber nicht zu überhören. Er zuckt zusammen und dreht sich um. Er steht ein paar Meter von der Kiefer entfernt und kann in der unregelmäßigen Struktur der Rinde nichts ausmachen. Doch als er verwundert näher tritt, entdeckt er den Einschlag in Augenhöhe sofort. Er starrt auf das Loch, bevor er sich wieder zurückdreht. Instinktiv geht er in die Hocke und blickt in den Wald.

Er wird nie mit Sicherheit wissen, ob es wirklich ein Mensch war, den er Sekunden nach dem Schuss am Waldrand durchs Dickicht schimmern sah. Mit rasendem Herzen hockt er so eine Weile, bis er es wagt, sich erneut der Kiefer zuzuwenden. Er streift Rucksack und Gewehr ab und holt sein Taschenmesser heraus. Er entfernt die Rinde und schneidet die platte Kugel aus dem Holz. Als er sie in der Hand hält, spürt er, dass sie immer noch warm ist. Das flache Metallstück ist nicht größer als eine Zwei-Öre-Münze. Er steckt es ein, stellt sich mit dem Rücken zum Baum und späht noch einmal in den Wald. Aber nichts ist zu sehen.

Nach einer Dreiviertelstunde ist er an der Abschussstelle und sieht die Elchkuh, die Harpo mit seinen beiden Schüssen erlegt hat. Alle anderen Mitglieder der Jagdgruppe sind bereits dort, und er packt mit an, das Tier zu zerlegen. In seiner Tasche brennt die flache Kugel.

Auf dem Weg zur Hütte beschließen sie, noch eine weitere Nacht zu bleiben, auch wenn sie ihre Quote bereits erreicht haben. Es ist spät, sie werden Zeit brauchen, alles in Ordnung zu bringen und aufzuräumen, und außerdem ist noch genügend Schnaps übrig. Sie einigen sich darauf, erst am nächsten Vormittag zurückzufahren.

Als das gesamte Elchfleisch verstaut ist, legen sie ihre restlichen Lebensmittel zusammen und bereiten daraus ihr Abendessen zu. Der Schnaps wird hervorgeholt, die Hunde bekommen große Fleischbrocken, und Harpo entfacht im Ofen ein beeindruckendes Feuer. Bertil beobachtet heimlich seine Jagdkollegen. Er weiß, dass jemand auf ihn geschossen hat, entweder um ihn zu töten oder um ihm Angst einzujagen. Aber er hat keine Ahnung, wer das war. Er weiß nur, dass er eine flache Kugel in der Tasche hat. Und dass er es den anderen gegenüber nicht erwähnen wird. Einen Moment lang hatte er das Bedürfnis gehabt, Enström zu erzählen, was geschehen war, mit ihm vor die Hütte zu gehen und ihm die Kugel zu zeigen. Aber er ist verunsichert. Er kann nicht ausschließen, dass sie aus Enströms Gewehr stammt. Die Tatsache, dass es ein meisterhafter Schuss war, der den schmalen Kiefernstamm aus so großer Distanz traf, macht ihn stutzig. Sind vielleicht diese neuen jugoslawischen Büchsen so gut, dass sie solche Schüsse erlauben?

Unbeteiligt stochert er mit einer Gabel in den Topf, um zu prüfen, ob die Kartoffeln fertig sind.

4.

Was spätabends geschah, als alle betrunken waren und Erlandsson bereits mit dem Kopf auf der Tischplatte schlief, wurde für Bertil zu einem Wendepunkt. Während er draußen war, um zu pinkeln, und plötzlich zusammenfuhr, als Svante stumm die Hand auf seine Schulter legte, begann etwas, was ihn immer steiler bergab führen sollte. Als er Jahre später am gefrorenen Fluss stand und seinen Blick zu der Hügelkette hob, die das Tal mit der kleinen Marktgemeinde umschloss, würde er das Gefühl haben, sich auf dem Grund eines tiefen Brunnens zu befinden, aus dem er nicht mehr herausklettern konnte. Der weiße Schnee würde wie die rutschigen und glatten Steinwände des Brunnens wirken, voll mit schlammigem Wasser und weißen Aalen. In diesem Moment vor der Hütte wendete sich alles.

Vom Schnaps innerlich gewärmt und etwas taumelig, war er zum Pinkeln hinausgegangen. Der Gedanke an die flache Kugel in seiner Hosentasche hatte sich zu einem nebligen Rätsel eingetrübt.

Er hörte Svante nicht kommen und zuckte zusammen, als er dessen Hand auf seiner Schulter spürte. Svante sah Bertil mit glasigem Blick an, stellte sich neben ihn und pinkelte ebenfalls. Er hatte eine Taschenlampe in der Hand und ließ das Licht den gelben Harnstrahl entlanggleiten. Als sich Bertil die Hose zuknöpfte, bat Svante ihn mit leiser und scheinbar völlig nüchterner Stimme, noch einen Moment zu warten. Der Harnstrahl verschwand aus dem Licht der Taschenlampe. Svante fasste Bertil am Arm und zog ihn ein Stück von der Hütte weg. Aus dem Türspalt fiel der Schein der Petroleumlampe. Neben dem Brennholzhaufen blieben sie stehen. Svante horchte auf das schwache Gemurmel, das aus der Hütte drang.

»Ist dir in den letzten Tagen etwas Besonderes aufgefallen?«, begann er.

Bertil legte die Stirn in Falten und betrachtete Svantes ernstes Gesicht. Svante richtete die Taschenlampe nach oben und schirmte den Lichtkegel mit der Hand ab.

Bertil beantwortete die Frage nicht.

»Irgendwas Eigenartiges?«, fuhr Svante fort. »Dann sag es mir.«

Bertil hatte den Eindruck, dass Svante bereits wusste, was geschehen war. Zugleich schien ihm, als müsste er Svante gegenüber nicht länger auf der Hut sein. Bei ihm fühlte er sich plötzlich sicher. Er zögerte nur kurz. Dann holte er die flache Kugel hervor und öffnete die Hand. Svante richtete die Stablampe darauf.

»Meinst du das hier?«, fragte Bertil.

Er sah, wie sich Svantes Gesicht verfinsterte.

Svante drückte Bertil die Lampe in die Hand, griff in die Hosentasche und zog eine Kugel heraus, die jener glich, die ihm Bertil gezeigt hatte.

Bertil konnte sich später nicht mehr genau erinnern, wie lange sie dort gestanden und sich angesehen hatten. Aber er würde nicht vergessen, dass Cato in der Hütte einen kurzen, bellenden Laut von sich gab und er dachte, jemand hätte ihn wohl versehentlich getreten. Vielleicht waren es nur ein paar Minuten, doch sie schienen endlos.

»Irgendjemand hat geschossen«, sagte Bertil. »Ich habe diese Kugel aus dem Stamm einer Kiefer geholt. Steckte ziemlich tief drin. In Augenhöhe.«

»Genau wie bei mir«, erwiderte Svante mit kaum wahrnehmbarer Stimme. »Jemand hat auf uns geschossen. Ich habe schon vermutet, dass ich nicht das einzige Ziel gewesen bin. War also richtig.«

»Es könnten auch noch mehr sein«, sagte Bertil. »Derjenige hat ja möglicherweise auf noch einen oder sogar zwei weitere geschossen.«

»Aber wie war das mit den Schüssen? Hast du irgendeinen davon gehört?«

Bertil schüttelte den Kopf.

»Nur die, die dem Elch galten«, sagte er dann.

In dem Moment wurde die Tür der Waldhütte geöffnet. Bertil knipste die Lampe aus, und sie sahen, wie Enström sich hinstellte und direkt vor den Eingang pinkelte. Dann ging er wieder hinein und zog die Tür fest zu. Bertil machte die Lampe nicht wieder an.

»Aber wer?«, sagte Bertil.

»Ich weiß es nicht. Und die Frage ist: Wollte uns jemand einen Schreck einjagen oder uns töten? Waren das zwei Treffer oder zwei Fehlschüsse?«

Bertil ging als Erster in die Hütte zurück, Svante kam ein paar Minuten später hinterher. Drinnen hatte sich die aufgekratzte

Stimmung gelegt. In den Flaschen waren nur noch wenige Schnapsreste.

Erlandsson wurde von Enström und Harpo zu seiner Pritsche getragen. Blomgren verwickelte Svante unvermittelt in eine heftige und aggressive Diskussion darüber, was er den kommunistischen Wahnsinn nannte. Er schlug mit seiner enormen Faust auf den Tisch, und Bertil bemerkte, dass sich die Wunde auf Blomgrens Wange mit einer rötlich schwarzen, struppigen Kruste bedeckt hatte. Die Bartstoppeln standen wie Stacheln in dem verschwitzten Gesicht. Svante reagierte auf den plötzlichen Angriff ausweichend und vage. Als sich Enström einschaltete und meinte, Blomgren solle das Maul halten, sie müssten jetzt endlich schlafen, wenn sie es morgen überhaupt nach Hause schaffen wollten, verstummte dieser, ohne zu widersprechen. Bertil war der Letzte, der sich auf eine der langen Tischbänke sinken ließ, um sich die Socken auszuziehen. Dabei sah er, dass Svante von seiner Schlafkoje aus zu ihm herüberschaute. Er erwiderte den Blick, stand auf und legte noch ein paar Holzscheite nach. Als das Feuer aufflammte, drehte sich Blomgren um.

»Mir wird es hier zu warm«, stöhnte er. »Viel zu warm.«

Erst gegen Morgen schlief Bertil ein.

Sie trennten sich an derselben Stelle, an der sie eine knappe Woche zuvor zusammengekommen waren. Wie immer bedankte sich Erlandsson bei den anderen für die Jagd. In diesem Jahr waren er und Harpo an der Reihe, das Fleisch zu verteilen. Bertil begleitete Enström bis zum Eisenwarenladen, der während der Jagd geschlossen geblieben war, weil Enström keine Aushilfe mehr hatte. Sie gingen in den hinteren Raum. Bertil legte Gewehr und Patronen auf den Schreibtisch und dankte dafür, dass er sich beides hatte leihen dürfen.

»Man sieht sich«, sagte Enström, als Bertil aufbrach.
Bertil nickte und verabschiedete sich.

Zuerst ging er zu seiner Unterkunft am Fluss, um frische Kleidung anzuziehen. Die zusammengedrückte Kugel steckte er ein. Auf einmal hatte er das Bedürfnis, sich eine neue Hose zu kaufen. Er ließ das Postsparbuch in die Innentasche des dunklen Sakkos gleiten und machte sich auf den Weg ins Zentrum.

Um Viertel vor zwei nahm er die sechzehn Glücksstufen, die zu Margots und Rubinchens Wohnung hinaufführten. Schon im Stiegenhaus hörte er, dass Rubinchen wütend schrie.

5.

Margot hatte sich für die Woche der Elchjagd vorgenommen, mit ihrem Leben und vor allem mit ihrem Verhältnis zu Bertil ins Reine zu kommen. Sie wollte die Tage, an denen sie mit Rubinchen allein war, gut nutzen. Seit dem Sommer hatte sie das dringende Bedürfnis nach etwas Zeit für sich. Was Bertil betraf, so wollte sie mit ihm nicht länger zusammen sein, wenn es nicht ganz selbstverständlich, ohne Einschränkungen und Vorbehalte möglich war. In ein paar Tagen hatte sie Geburtstag, dieses Datum sollte eine Trennlinie zwischen der Vergangenheit und einer möglichen Zukunft bilden. Sie fühlte sich in einem sumpfigen Grenzland gefangen, in dem sie ständig Gefahr lief, zu stürzen und zu versinken.

An Bertils erstem Jagdtag hatte Margot abends Besuch von Birgit, ihrer besten Freundin, bekommen. Sie waren die gesamte Schulzeit hindurch in derselben Klasse gewesen und hatten viele Jahre in unmittelbarer Nachbarschaft gewohnt. Der Genossenschaftsbau hinter dem Postgebäude war fertiggestellt worden, als Margots Mutter mit Margot schwanger war. Birgit, sechs Monate älter als Margot, wohnte im Erdgeschoß, während Margots Eltern eine Wohnung im ersten Stock bezogen hatten. Von Beginn an spielten Birgit und Margot miteinander. Birgits Vater, der Hausmeister der Anlage, hatte ihnen einen Sandkasten gezimmert. Sie waren die einzigen Kinder im Haus, und der Sandkasten wurde für lange Zeit zu ihrem wichtigsten Treffpunkt. Später diente ihnen der Holzrahmen als Stütze, um sich auf das erste Fahrrad zu schwingen, und auch in den unzähligen Wintermonaten, wenn aus der Sandfläche ein Mini-Eislaufplatz wurde, auf dem sie mit an die Stiefel geschnallten Kufen herumrutschten. Als sie älter wurden, vierzehn oder fünfzehn vielleicht, saßen sie oft kichernd auf der Holzeinfassung und versteckten die Kippen der ersten verbotenen Zigaretten in den hohlen Händen. Margot wohnte in diesem Haus, bis sie neunzehn war. Als ihre Eltern sich trennten und die Mutter in den Süden ging, blieb sie beim Vater und bezog mit ihm eine Wohnung über der Bäckerei. Birgit war damals bereits in die Stadt gezogen, um die Realschule und danach das Gymnasium zu besuchen. Sie und Margot wollten aber auf jeden Fall Kontakt halten. Sie schrieben sich und schenkten einander zum Geburtstag und an Weihnachten geblümtes Briefpapier. Wenn Birgit in den Ferien in den kleinen Ort zurückkehrte, mussten sie jedoch feststellen, dass es weniger Gesprächsstoff gab, dass die gemeinsamen Erfahrungen immer seltener wurden. In dem Jahr, als Birgit ihr Abitur machte und Margot ganztags in Rooths Lebensmittelladen anfing, kam Birgit über Ostern nach Hause. Die Schule hatte ihr zusätzlich drei Tage frei gegeben, da sie gerade erst von einer Lungenentzündung genesen war. Margot hatte nach einigem Bitten Urlaub bekommen, und sie machten gemeinsam lange Skitouren oben auf den Hügeln, zu denen sie früh am Morgen aufbrachen und erst bei Einbruch der Dunkelheit zurückkamen. Dass ihre unterschiedlichen Lebensläufe der Freundschaft unvermeidlich im Weg standen, war eine Tatsache, die sie inzwischen beide in Worte fassen konnten. Es war aber vor allem Birgit, die sprach. Sie hatte sich in ihrer Schule eine neue Ausdrucksweise angeeignet. Margot hegte dafür heimliche Bewunderung, gemischt mit einer Spur Neid, dass Birgit so anders heranwuchs als sie selbst. Sie hatte in ihrer Freundschaft mehr die Rolle der Zuhörerin übernommen. Nur wenn gemeinsame Erlebnisse und Ereignisse zur Sprache kamen und sie ihre Eindrücke vergleichen konnten, redete Margot genauso viel wie Birgit. Sobald das Gespräch abstrakter wurde, um Träume oder Ansichten kreiste, lehnte Margot sich zurück.

Auf einer dieser Skitouren kamen sie darauf, dass sie eigentlich durch zwei sehr unterschiedliche Lebensphasen verbunden waren. Sie saßen in einer Schneewehe oben auf dem Hügel, der Orrspitze hieß, hatten Ski und Stöcke in den Schnee gesteckt und aßen Orangen. Birgit zündete sich eine Zigarette an und sog gierig den Rauch ein. Margot betrachtete sie heimlich und sah dann widerwillig auf die Orange in ihrer eigenen Hand. Ohne den Grund zu verstehen, stand sie auf, stapfte ein paar Schritte weiter und warf die Orange weg, die im weichen und tiefen Schnee versank. Als sie sich umdrehte, saß Birgit da und lachte.

Sie sprachen davon, dass das Band zwischen ihnen auf die gemeinsamen Erinnerungen an die Kindheit und die frühen Jugendjahre zurückging. Anschließend hatte es eine Lücke gegeben, in der ihre Leben getrennt voneinander verliefen. In den Briefen, die sie einander in dieser Zeit schrieben, Margot war beim Zählen auf beinahe zweihundert gekommen, ließen sie die jeweils andere an ihrer Gegenwart nicht teilhaben. Diese Briefe führten ein Eigenleben und schufen nichts Gemeinsames, an das sie anknüpfen konnten, wenn sie sich sahen. Erst jetzt, als Achtzehnjährige, schien ihnen der Anfang einer neuen Phase ihrer Freundschaft zu gelingen.

Birgit würde in den Süden des Landes gehen, um an der Universität zu studieren, und Margot würde bleiben und die Kunden in Rooths Laden bedienen. Als Birgit von ihren Erwartungen für die Zeit nach dem Abitur sprach, wollte Margot das eigentlich nicht hören. Sie wollte die lange Skitour an diesem Karfreitag in der Erinnerung bewahren, sie ins Unendliche dehnen. Sie sah vor sich, wie sie beide als alte Frauen in der Schneewehe saßen und die Wintersonne kräftig vom Himmel schien. Orangenschalen, die sich vom Weiß abhoben. Gekreuzt im Schnee aufragende Ski, Stöcke, auf denen Fäustlinge saßen.

Es dauerte beinahe zwei Jahre, bis sie einander wiedersahen. Inzwischen machte Birgit Abitur und reiste ins Ausland. Danach war sie direkt an ihren Studienort gefahren. Nach Ablauf der beiden Jahre stieg an ihrer Seite ein Verlobter aus dem Zug. Die Briefe, die sie und Margot einander geschrieben hatten, waren in immer größeren Abständen gekommen. Und die Antworten fielen immer kürzer aus. Der Ton hatte sich geändert, und Margot fand, dass die Briefe auf beiden Seiten mit jedem Mal kühler und unpersönlicher wurden. Sie wusste nicht, dass Birgit kommen würde, und noch weniger, dass sie einen Verlobten mitbringen würde, einen dünnen Mann mit Pickelnarben im Gesicht. Die beiden trafen an einem Freitagvormittag ein und stießen gleich am Samstag zufällig auf Margot, die von der Arbeit nach Hause ging. An einer Kreuzung, zwischen Bibliothek und Kirche, standen sie einander plötzlich gegenüber. Margot schüttelte dem großen Blonden die Hand und erfuhr, dass er Medizin studierte, um in die Forschung zu gehen. Birgit hatte sich bei ihm untergehakt, und ihre Augen wanderten unentwegt zwischen Margot und dem Gesicht ihres Verlobten hin und her. Margot lud sie am Abend zu sich ein. Ihr Vater lag nach einem Sturz mit einem gebrochenen Bein im Krankenhaus, und Margot lebte seit Wochen allein in der Wohnung über der Bäckerei.

Nach diesem Abend sollten elf Jahre vergehen, bis Birgit und Margot einander wiedersahen. Hin und wieder schrieben sie sich Weihnachtskarten, und im siebten Jahr erhielt Margot ein Hochzeitsfoto, auf dem Birgit mit einem ganz anderen als dem großen Blonden zu sehen war. Aber Margot erfuhr nur seinen Namen und dass er Tierarzt war, Tierarzt Axel Fritz. Die Briefe, die langen Berichte, die sie früher ausgetauscht hatten, gab es nicht mehr. Bis zum Tod von Birgits Vater hatten sie keinen Kontakt. Margot war zu dieser Zeit gerade mit Rubinchen hochschwanger. Birgit hatte ihr mitgeteilt, dass sie zum Begräbnis komme, und gefragt, ob sie sich nicht treffen könnten. Sie wolle nur wenige Tage bleiben, doch sei es ihr wichtig, Margot zu sehen. Das Begräbnis fand an einem Samstag statt, und sie hatten sich für Sonntag um eins am Sandkasten verabredet.

Als Margot eintraf, saß Birgit bereits auf dem Holzrahmen. Es war Mai, und am Himmel hing eine dünne Wolkendecke. Birgit saß mit dem Rücken zu ihr. Als Margot näher kam, sah sie, dass Birgit Tränen in den Augen hatte. Margot setzte sich neben sie, und Birgit griff nach ihrer Hand. Eine ganze Weile sagten sie kein Wort. Margot musste an ihre Kindheit und an das Gefühl von Geborgenheit denken, das von diesem rechteckigen Sandkasten ausging, der sie vor einer Außenwelt beschützte, an der sie noch nicht teilhatten. Sie machten einen langen Spaziergang, an der starken Strömung des Flusses entlang. Birgit sagte nicht, warum sie geweint hatte. Sie gingen nebeneinanderher, und Margot fand, dass Birgit müde und traurig aussah, was aber nicht am Tod ihres Vaters zu liegen schien. Dafür waren die Augenringe zu tief. Ihr Gespräch verlief einsilbig. Birgit erwähnte nur, dass sie von ihrem Mann geschieden sei und dass ein mühevolles Trennungsjahr hinter ihr liege. Der Tierarzt war ein Säufer gewesen und hatte sie von Beginn ihrer Ehe an betrogen. Sie erzählte, dass sie derzeit als Sekretärin bei einem Anwaltsbüro in Örebro arbeite. Das Gehalt sei in Ordnung, sie könne sich nicht beklagen. Margot wiederum erzählte, dass sie sich um ihr zukünftiges Kind allein kümmern werde. Seinen Vater werde sie niemals heiraten.

Sie gelangten an eine Uferstelle, wo das Hochwasser in jenem Frühjahr ein Weiterkommen unmöglich machte. Als sie dort standen und beobachteten, wie das Wasser über die Steine im Flussbett rauschte und an Wurzeln und Ästen riss, sagte Birgit, dass sie den früheren Kontakt mit Margot gern wiederaufnehmen würde. Sie sah ihr dabei in die Augen und sagte, dass sie ihre beste Freundin sei. Margot fiel es schwer, den Blick zu erwidern, doch sie antwortete leise, sie wolle es versuchen, auch wenn es vielleicht nicht einfach wäre.

Danach waren sie in den Ort zurückgegangen und hatten sich von da an wieder Briefe geschrieben. Margot schickte Fotos von Rubinchen und erzählte, dass sie einen Mann namens Bertil getroffen hatte, der neu in ihrem Ort war.

Einige Tage vor der Elchjagd kam ein Brief von Birgit, in dem sie mitteilte, dass sie vorhabe zu kommen. Sie nannte den Grund nicht, aber Margot glaubte, in ihren Worten einen betrübten Ton zu erkennen. Sie saß mit dem Brief auf dem Sofa, als Bertil vom Schlachthof nach Hause kam. Margot erklärte ihm, dass der Brief von Birgit stammte, jener Birgit, mit der sie seit so vielen Jahren befreundet war. Bertil nickte. Margot und er waren mit Rubinchen einmal an dem Sandkasten beim Genossenschaftsbau vorbeigekommen. Der Holzrahmen war kaputtgegangen.

als Bertil sich setzte, und Margot hatte ihm lachend erzählt, dass dies Birgits und ihr Reservat gewesen sei und Birgits toter Vater den Sandkasten für sie gezimmert habe, als sie noch klein waren. Sie hatte Bertil auch die wenigen Fotos gezeigt, die sie von Birgit besaß. Von den vielen Briefen erfuhr er allerdings nichts. Die hatte sie in einem Schuhkarton ganz hinten im Schrank verstaut.

Als Birgit zu Besuch kam, schlief Rubinchen schon. Margot hatte Kaffee und Sandwiches vorbereitet. Ihr Wiedersehen begann dieses Mal völlig anders. Die Vorbehalte, die sie bei früheren Treffen erst nach einigen Tagen auflösen konnten, waren gar nicht erst aufgetreten. Alles war ganz natürlich, als Birgit in der Tür stand, eintrat, zu Rubinchens Bett ging und das Kind lange anschaute. Sie sah sich in der Wohnung um, in der sie zuvor noch nie gewesen war, während Margot auf dem Sofa saß und ihr erzählte, dass Bertil auf Elchjagd war. Sie tranken Kaffee, und Birgit war so hungrig, dass Margot ihr noch weitere Brote machte. Sie unterhielten sich bis weit in die Nacht hinein. Margot hatte das Deckenlicht ausgeschaltet und Kerzen angezündet. Birgit hockte zusammengekauert im Sessel. Sie sah Margot mit ernstem Blick an und erzählte von ihrer Situation in Örebro. Sie komme mit der Arbeit nicht mehr zurecht und habe sich krankschreiben lassen. Sie schlafe schlecht, sei rastlos und nervös. Die Arbeit komme ihr sinnlos vor, und sie fühle sich in der Stadt isoliert. Sie wolle weg von dort und habe beschlossen, hierher zurückzukehren.

»Oder ich gehe ins Ausland«, sagte sie, und Margot sah auf ihre unruhigen Finger, die sie nach einem heimlichen Muster zu verschränken schien.

»Vielleicht kann ich hier am Bezirksgericht eine Stelle bekommen«, fuhr sie fort. »Die Ausbildung, die ich habe, ist recht gut, und meine Qualifikationen sollten ausreichen.« Sie erzählte, dass sie sich auf eine ausgeschriebene Stelle beworben hatte und morgen den Bezirksrichter zu einem Gespräch treffen würde.

An diesem Abend war es vor allem Birgit, die sprach. Erst als Birgit ein paar Tage später erneut zu Besuch kam, war Margot an der Reihe. Rubinchen war auf ihrem Schoß eingeschlafen, und sie brachte sie nicht ins Bett, sondern legte sie in eine Ecke des Sofas und deckte sie zu. Margot erzählte von Bertil. Sie beschrieb, wie sie sich kennengelernt hatten und wie rasch er Rubinchen ein Vater geworden war. Ruhig und bedachtsam redete sie über die Gerüchte, die Bertil umgaben, über seine politischen Überzeugungen, über den Brand im Sägewerk, die Misshandlung und die Probleme, mit denen sie zu kämpfen hatten. Sie berichtete auch, wie verzweifelt sie über ihre unsichere Zukunft war. Wie sollte sie es ertragen, falls die Gerüchte nicht aufhörten? Und wie lange würde Bertil es ertragen? Was passierte, wenn Rubinchen alt genug wäre, um zu verstehen, was man über ihn erzählte? Es dauerte lange, bis sie ein Ende fand. Nachdem sie eine Weile schweigend dagesessen hatten, erwähnte Birgit ganz nebenbei, dass sie mit der Stelle am Bezirksgericht rechnen könne und wohl zurückkommen werde. Danach redeten sie weiter über Bertil und die Gerüchte und darüber, wie krankhaft es sei, wenn jeder jeden kenne, weshalb es in abgeschotteten Orten immer zu Hexenjagden gekommen sei. Sie erinnerten einander daran, wie sie sich als kleine Mädchen zu Ostern die Wangen rot angemalt, sich als alte Weiber verkleidet hatten und mit der Kaffeekanne durch ihr Genossenschaftshaus und die angrenzende Nachbarschaft gezogen waren. Sie lachten darüber, und Margot begann zu erzählen, was aus ihren ehemaligen Klassenkameraden und den Lehrerinnen und Lehrern geworden war. Jede Abzweigung, die ihr Gespräch nahm, wurde zu einer eigenen langen Geschichte. Birgit blieb bis zwei Uhr. Dann stand sie auf und ging ins Hotel Engberg. Sie hatten sich dort für den nächsten Tag zum Mittagessen verabredet, bevor Margot in die Konditorei musste. Als Birgit gegangen war, trug Margot Rubinchen ins Bett. Danach zog sie sich aus und legte sich ebenfalls hin. Da sie nicht einschlafen konnte, stand sie bald wieder auf und stellte sich ans Fenster, zog das Rollo vorsichtig ein Stück hoch und schaute auf die Straße. Hier, in diesem Ort und in diesem Augenblick, dachte sie, lag der Mittelpunkt ihres Lebens. Hier nahm alles seinen Anfang, von hier bezog alles seine Kraft. Einen anderen Ausgangspunkt gab es für sie nicht. Die schwarze nachtleere Straße, das schlafende Rubinchen, die Sehnsucht nach Bertil, die Klarheit, nach der sie suchte. All das kam zusammen, während sie mit dem Kettenzug des Rollos in der Hand dastand und hinaussah.

Als Margot am nächsten Tag mit Birgit zu Mittag aß, erfuhr sie, was Birgit in der Nacht noch erlebt hatte. Im Hotel gab es keinen Nachtportier, und Birgit benutzte ihren eigenen Schlüssel für den Haupteingang, als sie kurz nach zwei ankam. Sie ging am leeren Speisesaal vorbei und über die Treppe in den ersten Stock. Auf der Höhe des dunklen Raucherzimmers glaubte sie, Geräusche zu hören. Sie blieb im Flur stehen, um zu lauschen. Nach ungefähr einer Minute war ihr klar, dass in dem Zimmer jemand weinte. Sie schob vorsichtig die Glastüren auf. Im Licht, das vom Flur hineinfiel, sah sie in der finstersten Ecke des Zimmers eine Frau in einem Ledersessel. Die Frau hatte den Kopf auf die Hände gelegt, und Birgit hörte und sah jetzt, wie heftig sie weinte, winselnd wie ein geschlagener Hund. Sie zögerte einen Augenblick, bevor sie hineinging und leise, um die Weinende nicht zu erschrecken, fragte, ob sie helfen könne. Die Frau sah mit geröteten Augen auf. Birgit setzte sich auf einen Stuhl neben sie, legte ihr die Hand auf die Schulter und fragte noch einmal, ob sie etwas für sie tun könne. Die Frau schüttelte nur den Kopf, dann wurde sie von einem neuen Weinkrampf erfasst. Birgit war ratlos und blieb einfach mit der Hand auf der Schulter der Frau sitzen. Es sei so eigenartig gewesen, mit dieser unbekannten weinenden Frau in dem verlassenen Hotel, meinte sie. Als hätte alles andere zu existieren aufgehört. Allmählich waren die Tränen versiegt, die Frau hatte sich im Sessel zurückgelehnt und ausgeatmet, wie jemand, der sich gerade übergeben hatte. Die Tränen begannen zu trocknen und hinterließen schimmernde Spuren in ihrem Gesicht.

Nach einer Weile hatte die Frau ihr den Kopf zugewandt und sie angesehen. Mit krächzender Stimme fragte sie, wer Birgit sei. Birgit sagte ihren Namen und dass sie im Hotel wohne. Die Frau im Sessel schwieg wieder und sprach dann von ihrer Einsamkeit. Ihr Mann sei auf Elchjagd, und sie habe es am Abend nicht mehr ertragen, allein zu Hause zu sitzen, also habe sie sich umgezogen und sei zum Abendessen ins Hotel gegangen. Dabei hatte sie zu viel und zu schnell getrunken, das war sie nicht gewohnt, und es war ihr nicht bekommen. Sie hatte ihre Rechnung bezahlt und war in den ersten Stock gegangen, um sich im dunklen Raucherzimmer noch einen Moment auszuruhen. Hier war sie eingeschlafen, und als sie wieder aufwachte, war niemand mehr da. Das Personal war gegangen, und offenbar waren keine anderen Gäste im Hotel. Sie war durchs Haus geirrt und hatte in dem dunklen Speisesaal plötzlich zu weinen begonnen. Anstatt nach Hause zu gehen, hatte sie sich hier ins Raucherzimmer gesetzt und den Tränen freien Lauf gelassen. Sie sprach ohne Pause. Birgit hatte den Eindruck, in ihrer Verzweiflung habe diese Frau den Mut gefasst, sich ihr anzuvertrauen.

Sie erzählte, sie hätte keine Kinder und sei den ganzen Tag allein zu Hause. Aber sie fühle sich auch einsam, wenn ihr Mann da sei. Sie und ihr Mann hätten keinen Kontakt zueinander. Plötzlich hatte sie traurig gelacht und gemeint, sie verstehe gar nicht, warum sie so panisch geworden sei, sie sei doch seit Jahrzehnten an diese Einsamkeit gewöhnt. Aber auf einmal habe sie den Eindruck gehabt, kein Gesicht mehr zu besitzen. Als sie im Badezimmer in den Spiegel schaute, habe sie gedacht, ihr Gesicht sei zersprungen. Ihre gesamte Identität habe sich aufgelöst, und sie habe Angst vor den eigenen Händen bekommen. In ihrer Verzweiflung sei sie dann ins Hotel gegangen.

Birgit war in dieser Situation ziemlich ratlos gewesen. Die Frau tat ihr leid, und sie schlug ihr vor, sie nach Hause zu begleiten. Doch die Frau schüttelte nur den Kopf. Nach einer Weile stand sie auf, Birgit half ihr in den Mantel und bemerkte dabei, dass die Frau immer noch betrunken war. Als Birgit ihr noch einmal anbot, sie zu begleiten, schüttelte sie erneut den Kopf und tätschelte Birgit mit einem betrübten Lächeln die Wange. Danach war sie die Treppe hinuntergegangen und auf der nächtlichen Straße verschwunden.

Während Birgit all dies erzählte, rannte Rubinchen zwischen den Tischen herum und durfte die Kellnerinnen in die Küche begleiten. Birgit zündete sich eine Zigarette an und meinte, sie habe in der Nacht neben dieser Frau ein merkwürdiges Glück empfunden. Sie konnte es nicht recht erklären.

»Aber muss man denn für alles eine Erklärung haben?«, fragte sie und schaute Margot an. »Reicht es nicht, dass ich glücklich war? Dass ich ihr helfen konnte? Du kannst dir nicht vorstellen, wie lange es her ist, seit ich so etwas zum letzten Mal empfunden habe. Hier im Ort gehören die Dinge zusammen. Nichts ist so groß, dass man den Überblick verliert. Manchmal glaube ich, dass das nur hier möglich ist, wo ich meine Wurzeln habe. Ich bin ja schon über dreißig. Ich sollte endlich erwachsen genug sein, um einzusehen, dass ich nicht länger davonlaufen kann.«

Sie drückte die Zigarette aus und lächelte Margot an. Sie amüsierten sich über Rubinchen, die im Speisesaal Verstecken spielte. Margot wollte wissen, ob die Frau ihren Namen genannt habe. Birgit verneinte. Auch als sie ihr das Aussehen der Frau beschrieb, fiel Margot nicht ein, um wen es sich handeln könnte. Doch Birgit war sich sicher, dass sie aus dem Ort stammte. Sie schätzte sie auf etwas über fünfzig. Sie war kräftig gebaut und hatte schwarzes, zurückgekämmtes Haar.

Als sie gerade aufbrechen wollten, erinnerte sich Birgit, dass die Frau erwähnt hatte, ihrem Mann gehöre der Eisenwarenladen. Da begriff Margot, dass es um Linnea Enström ging. Birgit merkte Margots plötzliche Irritation. Margot sagte, sie wisse nun, um wen es sich handle, sie kenne diese Frau, ihr Mann sei in Bertils Jagdgruppe. Sie blieben einen Moment stumm sitzen. Margot schien unangenehm berührt, und Birgit stand auf, um Rubinchen einzufangen und ihr den Mantel anzuziehen. Gemeinsam gingen sie zur Konditorei Kronberg, wo sie sich verabschiedeten. Birgit wollte sich den Rest des Tages um Rubinchen kümmern, und Margot übergab ihr die Wohnungsschlüssel. Als Birgit bereits im Gehen war, hielt Margot sie fest und gab ihr einen Kuss auf die Wange. Birgit strich ihr kurz über den Nacken. Dann gingen sie in unterschiedliche Richtungen davon.

6.

Am Freitag, einen Tag, bevor Bertil von der Jagd zurückkam, reiste Birgit ab. Margot und Rubinchen begleiteten sie zum Nachtzug, der abends um sieben Uhr ging. Sie standen im Rauch der Dampflok und versprachen, einander zu schreiben. Margot würde sich nach einer Wohnung umhören. Birgit wollte an Weihnachten oder in den ersten Januartagen kommen. Margot bot an, dass sie anfangs auch bei ihr wohnen könnte, falls sie keine geeignete Unterkunft fände. Dann stieg Birgit in den Zug, und Margot und Rubinchen machten sich auf den Heimweg. Kurz darauf hörten sie, wie der Zug über die Flussbrücke donnerte. Als Margot im Bett lag, dachte sie, dass mit Birgits Besuch und ihrer geplanten Rückkehr alles leichter geworden war. In gewisser Weise würde sich ein Kreis schließen, wie ein schützender Ring, der Margots Leben zusammenhielt. Was auch immer mit ihr und Bertil geschah, sie wäre nicht allein. Sie würde nicht wie Linnea im dunklen Raucherzimmer des Hotels Engberg sitzen und weinen, war ihr letzter Gedanke vor dem Einschlafen.

Am nächsten Tag hatte sie Spätschicht. Rubinchen war quengelig und widerspenstig. Sie wollte nicht nach draußen zum Spielen, sondern im Bett bleiben. Während einer ihrer Wutanfälle betrat Bertil die Wohnung. Margot hörte ihn erst, als er bereits im Zimmer war. Sie zuckte zusammen, als sie ihn plötzlich im Türrahmen stehen sah. Rubinchen hörte zu weinen auf, und Bertil umarmte sie beide. Er berichtete nur kurz von der Jagd und ging dann noch rasch zum Einkaufen, bevor die Geschäfte schlossen.

Margot kehrte erst gegen ein Uhr zurück. Die Fußballsektion des Gemeindesportvereins hatte die Konditorei für ihr Jahrestreffen gebucht. Als sie heimkam, lag Bertil auf dem Sofa und schlief. Das Radio rauschte. Das Programm war zu Ende, der Apparat zischte nur noch. Margot drehte ihn ab, und Bertil wurde mit einem Schlag wach. Die plattgedrückte Kugel lag auf dem Sofatisch. Margot entdeckte sie, während Bertil auf der Toilette war. Als er wieder ins Zimmer kam, hielt sie sie in der Hand.

»Was ist das hier?«, fragte sie.

Bertil setzte sich neben sie aufs Sofa und legte den Arm um sie.

»Eine Kugel aus einem Gewehr«, sagte er.

Ausführlich erzählte er ihr, was geschehen war. Wie er sich verfolgt gefühlt hatte, welche Angst er gehabt hatte und dass er von seinem Posten aus nach Gesichtern im Wald Ausschau hielt. Und er erzählte von der Kugel, die am fünften Tag im Stamm der Kiefer hinter ihm eingeschlagen war. Dass sie in Augenhöhe eindrang und entweder ein Fehlschuss oder ein meisterhafter Treffer war. Auch von Svante erzählte Bertil und davon, dass auch er eine Kugel in einem Baumstamm gefunden hatte.

»So war das«, endete er.

Margot war verstummt. Sie wollte einfach nicht glauben, dass das, was Bertil ihr da erzählte, wahr sein konnte. Ein Mordversuch? Jemand aus der Jagdgruppe, der versuchte, Bertil und Svante zu erschießen oder zumindest einzuschüchtern? Sie sah, dass Bertil niedergeschlagen war, und merkte, wie eine große Wärme in ihr aufstieg. Sie rückte näher zu ihm und streichelte mit der Hand seine Wange.

»Es sieht also nicht so aus, als ob die Sache ausgestanden wäre«, sagte er nach einer Weile. »Offenbar ist alles beim Alten. Ich bin immer noch der Brandstifter und Kommunist, von dem man denkt, man muss ihn ausrotten. Aber eben das verstehe ich nicht. In der Jagdgruppe sind doch alle Kommunisten, außer Paulus Blomgren natürlich. Der ist aber immerhin Sozialdemokrat. Die teilen zwar nach links härter aus als nach rechts, aber trotzdem.«

»Aber wer kann das denn gewesen sein? War es nur einer? Oder mehrere?«

Bertil schüttelte den Kopf.

»Ich weiß es nicht«, antwortete er. »Man kann das ja eigentlich gar nicht glauben.«

»Das muss angezeigt werden. Du musst am Montag zu Lönngren gehen.«

Bertil schaute sie an und schüttelte erneut den Kopf.

»Lönngren?«, sagte er. »Das kümmert doch Lönngren nicht. Was kann er schon groß machen? Es gibt keine Spuren. Bloß zwei flache Kugeln in zwei Kiefern.«

»Aber was willst du denn tun?«

»Ich weiß es nicht. Ich muss darüber nachdenken.«

Am Sonntag fragte Margot, ob sie die Kugel, die noch auf dem Tisch lag, wegwerfen solle, doch Bertil nahm sie und steckte sie in die Hosentasche. Er war unruhig, trat immer wieder ans Fenster und schaute auf die Straße hinunter. Als Margot ihn fragte, ob sie nicht spazieren gehen wollten, sagte er, dass er dazu keine Lust habe.

7.

Eines späten Abends, in der Woche nach der Elchjagd, klopfte jemand an Margots und Bertils Tür. Sie waren schon zu Bett gegangen, und Bertil schlich hinaus in die Küche und öffnete. Vor der Tür stand Nils-Erik Erlandsson.

»Tut mir leid, falls ich euch geweckt habe«, sagte er.

»Nein, nein, komm ruhig herein«, sagte Bertil. »Setz dich.«

Er wies auf einen Küchenstuhl.

»Ich gebe nur schnell Margot Bescheid«, sagte er und ging ins Zimmer. Er teilte Margot mit, wer der Besuch war, und zog sich Hemd und Hose an.

Erlandsson war gekommen, um zu erzählen, dass er einen Brief von Svante Eriksson aus Stockholm erhalten habe. Svante hatte ihn gebeten, seine Freunde zu grüßen und vor allem seine Mutter zu informieren. Er wollte auf einem Schiff anheuern. Erlandsson zufolge hatte Svante den Druck nicht mehr ausgehalten. Kommunist hin oder her, auch für ihn gebe es eine Grenze. Seiner Einschätzung nach hätten sich Sozialdemokraten und Bürgerliche zusammengetan, um die Kommunisten auszurotten. Er glaube nicht, dass es in Amerika schlimmer sein könnte. Zunächst habe er überlegt, in den Norden zu gehen und in einer der Erzgruben anzufangen, wo sie den stärksten politischen Rückhalt hätten, aber dann habe er die Seefahrt gewählt. Und er schloss seinen Brief mit dem Satz, der Mensch, den er mittlerweile am meisten bewundere, sei Hilding Hagberg, ihr Parteivorsitzender. In einem PS hatte er noch etwas ergänzt, das Erlandsson nicht recht entziffern konnte. Doch er hielt es für eine Mitteilung an Bertil, etwas in dem Sinne, dass die Kugeln von Blomgren stammten.

Als sich Erlandsson wieder auf den Weg machte, fragte er, ob Bertil sich einen Reim auf diese Bemerkung machen könne, aber Bertil schüttelte den Kopf. Er habe keine Lust gehabt, Erlandsson von dem Vorfall zu erzählen, sagte er später im Bett zu Margot. Erlandsson hatte seiner Aussage zufolge auch Svantes Mutter aufgesucht, die sich über die Nachricht gefreut hatte. Svante, meinte sie, wäre bestimmt in nicht allzu langer Zeit wieder hier. Im Frühling, wiederholte sie ein ums andere Mal.

Sie lagen noch lange wach und redeten miteinander. Bertil

kündigte an, dass er am nächsten Tag Enström besuchen wolle und dass Erlandsson ebenfalls komme. Auf Margots Frage, wie denn Harpo zu all dem stehe, erwiderte er, Harpo halte sich da heraus. Die Tatsache, dass Svante in dem Brief Paulus Blomgren beschuldigte, kommentierte Bertil nicht, auch wenn Margot an nichts anderes denken konnte.

Zehn Minuten nach sechs klopfte Bertil an die Tür des Eisenwarenladens. Enström sperrte auf, und zusammen gingen sie in das hintere Zimmer, wo Erlandsson bereits saß und an seiner Pfeife zog. Bertil legte den Mantel ab und setzte sich auf den Hocker neben dem Kamin. Enström nahm auf dem Stuhl hinter dem Schreibtisch Platz. Vom Kamin strahlte Wärme aus.

»Du hast schon zu heizen begonnen?«, fragte Bertil.

Enström antwortete mit einem Nicken.

»Mittlerweile fange ich jedes Jahres früher damit an. Ist vermutlich das Alter. Da friert man viel leichter.«

Bertil fand, dass Enström tatsächlich älter aussah. Er hatte Tränensäcke unter den Augen, und die Haut in seinem Gesicht schuppte, als hätte er sie mit einer harten Bürste bearbeitet. Bertil fand auch, dass sich sein Blick verändert hatte. Nicht mehr so direkt wie früher, sondern unruhig hin und her wandernd. Außerdem schien der Schreibtisch ungewöhnlich aufgeräumt. Die Unterlagen waren ordentlich gestapelt und lagen nicht mehr auf einem verrutschten Haufen durcheinander. Der Schreibtisch erinnerte Bertil auf eigenartige Weise an die Eisschmelze auf dem Meer, und er hatte das Enström gegenüber sogar erwähnt, der erst verwundert die Augenbrauen hob und dann lachte, ohne dass Bertil wusste, ob Enström damals den Vergleich eigentlich verstanden hatte.

Erlandssons Stimme unterbrach seinen Gedankengang. Er hatte die Pfeife aus dem Mund genommen und fragte, ob Bertil denn diesen schwer zu entziffernden Kommentar am Ende von Svantes Brief verstehe.

»Paulus«, sagte er. »Die Kugeln? Was meint er damit?«

Enström schaute prüfend zu Bertil hinüber, der plötzlich das Gefühl hatte, dass Enström Bescheid wusste, sich aber nichts anmerken lassen wollte.

»Als Kind hatte ich solche farbigen Tonkugeln zum Werfen«, antwortete Bertil. »Mit denen haben wir gespielt. Meistens Mulde oder Pyramide. Ich habe gesehen, das spielen sie hier auf dem Schulhof immer noch. Und immer noch schummeln die älteren Buben oder nehmen den jüngeren die Pyramide weg. Ich weiß nicht, was Svante genau meint, aber ich nehme an, dass man bei Blomgren im Konsum solche Spielkugeln kaufen kann. Weiß einer von euch, was die heutzutage kosten?«

»Kinderspielzeug?«, sagte Erlandsson. »Das meint er bestimmt nicht.«

»Wenn er Patronen gemeint hätte, dann hätte er wohl Patronen geschrieben«, sagte Enström kurz angebunden.

Bertil schaute ihn überrascht an. Wusste er Bescheid? Aber warum tat er dann so, als hätte er keine Ahnung? Bertil merkte, wie sich etwas in ihm sträubte. Er sah auf einmal keinen Grund mehr, die Sache für sich zu behalten. Er saß hier zwischen zwei Menschen, die mehr sein sollten als seine Freunde, die seine Weltanschauung, seine Moral und seine Ziele teilten. Warum sollte er es ihnen nicht erzählen? Je länger er damit wartete, umso seltsamer würde es erscheinen. Das Elchfleisch war schon zu mehreren Mahlzeiten verarbeitet, und bald hätten alle das Gefühl, die nächste Jagd läge zeitlich näher als die letzte.

»Ich glaube, ich weiß, was er meint«, sagte Bertil schließlich. »Während der Jagd, am letzten Tag, etwa zu der Zeit, als Harpo die Elchkuh schoss, hat auch ein anderer zwei Schüsse abgegeben. Innerhalb einer Stunde. Keiner hat es gehört, jedenfalls hat keiner etwas gesagt. Zwei Schüsse. Einer ging in einen Baum unmittelbar hinter mir, auf meinem Posten. Der andere traf einen Baum in Svantes Nähe. Beide in Augenhöhe. Entweder knapp danebengeschossen oder meisterhaft getroffen. Da wollte uns jemand töten oder einen Schrecken einjagen. Aber warum gerade uns beiden? Warum nicht euch beiden? Oder Harpo und Blomgren? Wer war der Schütze? Oder die Schützen?«

Er holte die plattgedrückte Kugel hervor, wischte die Fusseln ab und legte sie auf den Schreibtisch. Sie hob sich scharf von dem weißen Papier ab. Enström saß reglos da und starrte auf das kleine Stück Metall. Erlandsson nahm die Pfeife aus dem Mund, schaute Bertil ungläubig an und beugte sich dann in seinem Sessel vor, um die Kugel ebenfalls zu betrachten. Der Korbsessel knarzte geräuschvoll, als er sich bewegte.

»Hör doch auf!«, stieß er am Ende hervor. »Was ist denn das für eine Scheißgeschichte?«

Bertil zuckte mit den Schultern.

»Es war, wie ich es sage. Du wolltest eine Erklärung haben. Da hast du die Antwort.«

»Aber warum hast du denn nichts gesagt? Wir sind doch schon über eine Woche wieder zurück.«

»Weiß ich nicht. Wie du dir denken kannst, war das Ganze ziemlich unangenehm.«

Enström war weiß im Gesicht geworden. Er hatte die Lippen zusammengepresst und starrte ununterbrochen auf die flache Kugel.

»Darauf habe ich gewartet«, sagte er leise, fast zischend. »So weit ist es also gekommen.«

»Es muss doch möglich sein herauszufinden, wer das war«, sagte Bertil. »Ich habe hin und her überlegt. Es muss jemand aus der Jagdgruppe gewesen sein. Ich kann mir nicht vorstellen, wer sonst in Frage käme. Es muss sich doch feststellen lassen, aus welchem Gewehr oder welchen Gewehren die Schüsse stammen. Und warum niemand etwas gehört hat. Gibt es für eines dieser Gewehre einen Schalldämpfer? Für welches? Das muss man doch testen können. Ich glaube, man nennt das ballistische Prüfung. Man muss doch herausfinden können, wer dieser Jemand ist. Wir müssen Lönngren dazu bewegen, etwas zu unternehmen. Der, der geschossen hat, war sich offenbar sicher, dass niemand etwas unternehmen würde. Es wäre doch falsch, politisch falsch, da nicht nachzuforschen.«

Bertil merkte, dass er die Hürde genommen hatte. Er war jetzt nicht mehr allein. Jetzt zog er seine Freunde zu Hilfe.

»Oder etwa nicht?«, fügte er hinzu.

Erlandsson ließ ein Streichholz aufflammen und zündete sich damit die Pfeife an. Enström starrte auf den Tisch.

»Wer ist es gewesen?«, fragte Enström.

»Blomgren«, antwortete Bertil. »Wissen tu ich's nicht, ich kann es ja nicht beweisen. Aber wenn ich mich selbst, Svante, euch beide und Harpo wegrechne, bleibt, wie man die Sache auch dreht, nur mehr einer übrig. Paulus Blomgren, Leiter der Konsumfiliale. Und Sozialdemokrat. Genauer gesagt also politischer Feind. Das werden wir Lönngren so nicht sagen. Wir werden einfach Anzeige erstatten, erzählen, was passiert ist, und ihm diese Kugel geben. Ist ja seine Aufgabe, die Wahrheit herauszufinden.«

»Aber warum hat er es getan?«

Bertil wusste nicht, was er antworten sollte. Er hoffte, dass einer der beiden anderen etwas sagen würde. Als ihn die Situation plötzlich an die Zeitungsartikel über das Lager und die Zeit nach dem Brand erinnerte, wurde ihm unwohl. Wenn es wichtig war, sich zu Wort zu melden, hielten immer alle den Mund.

Auch jetzt sprach niemand. Wieder war es Bertil, der das Schweigen brach.

»Enström«, sagte er. »Erlandsson. Wie steht es um die Partei? In unserem Bezirk, meine ich. Wie viele sind wir noch? Sieben? Acht? Mehr keinesfalls. Von uns dreien und Svante abgesehen, noch zwei, drei weitere. In einer Bezirksorganisation, die noch vor ein paar Jahren hundertfünfzig Mitglieder hatte. Hätte man Svante und mir den Schädel weggeschossen, wären es nur mehr fünf oder sechs. Und zu den Versammlungen wärt nur ihr zwei gekommen. Zwei! Das wäre wirklich ein Witz, und das ist es auch jetzt vermutlich schon. Wer tritt einer Bezirksgruppe bei, die zwei aktive Mitglieder hat. Würde ich das tun? Einer von euch? Wenn ich wirklich etwas erreichen wollte, würde ich dann glauben, meine Ziele mit einer Partei zu verwirklichen, die zwei Mitglieder hat? Ich glaube nicht! Wie kommt es, dass die Partei so geschrumpft ist? Woher diese Agonie? Wir kennen die Ursache. Wir können auch Hatz dazu sagen. US-amerikanische Einflüsse. Und vor allem liegt es an den Sozialdemokraten, die die Partei ständig attackieren. Die Sozis wollen uns ausrotten. Ihr Kampf gilt nicht den Bürgerlichen, da führt man nur hin und wieder kleinere Scharmützel. Zum Spaß. Aber gegen uns kämpfen sie mit vollem Ernst. Blomgren oder irgendein anderer, wer, ist mir scheißegal. Hier geht es um Parteimord, nicht darum, uns den Kopf wegzublasen. Wenn wir nicht wollen, dass unsere Bezirksgruppe untergeht, müssen wir zurückschlagen. Auch wenn wir nur so wenige sind. Es geht darum, einen Mörder zu finden, der Kommunisten jagt und keine Elche. So müssen wir das sehen. Das müssen wir bei Lönngren anzeigen. Klar, dass er steht, wo er steht. Aber er kann sich nicht einfach vor seiner Arbeit drücken.«

Bertil schwieg einen Augenblick, ehe er weitersprach. Sein Mund fühlte sich trocken an, und er merkte, wie er schwitzte.

»Beim Fahrradbotendienst in Stockholm habe ich gehört, dass man an abgelegenen Orten, auf den Schären oder in den Wäldern, früher das Leben der Alten und Schwachen dadurch beendete, dass man einen Nagel kappte und ihnen den Stift in den Schädel trieb. Das blutete nicht, und die Wunde oder Einschlagstelle war so klein, dass man es kaum sah. Und niemand kam auf die Idee, einen alten Menschen zu obduzieren, der ohnehin bald gestorben wäre. Als es hier im Ort darum ging, einen Brandstifter zu finden, war das ähnlich. Die Gerüchte galten nicht in erster Linie mir persönlich. Sie richten sich gegen unsere Partei. Das dürfen wir nicht vergessen. Auch wenn alles dafür spricht, dass Rader das Feuer selbst gelegt hat, die Schuldigen sind immer die Kommunisten. Nicht ich, sondern wir. Ganz selbstverständlich. Und nicht schlecht ausgedacht. Vor knapp zwanzig Jahren hat in Deutschland der Reichstag gebrannt. Das Feuer hatte die SS gelegt und es dann den Kommunisten in die Schuhe geschoben. Zwischen einem Sägewerk und einem Reichstagsgebäude besteht kein riesiger Unterschied, auch wenn auf den Brand hier kein Weltkrieg folgt. Die Art des Vorgehens ist dieselbe. Um uns herum wollen die Sozialdemokraten ihr Volksheim bauen. Sie kleiden sich rot, aber dahinter leuchtet es blau. Das wird ihnen natürlich nicht gelingen. Aber es wird lange dauern, bis das Kartenhaus einstürzt. Sie werden jahrelang daran herumflicken. Wer sagt denn laut, dass das Volksheim ein einziger Bluff ist? Wir! Sonst niemand. Und wenn unsichtbare Nägel in die Schädel zu schlagen nicht reicht, greift man zur sichtbaren Gewalt. Ich weiß nicht, ob ihr versteht, was ich meine.«

Enström stand auf, um das Fenster einen Spalt zu öffnen. Im Zimmer war es warm und verraucht. Erlandsson saß da und schaute seine erloschene Pfeife an. Bertil hatte ein heftiges Verlangen zu rauchen. Es war nun bald ein Jahr her, seit er es aufgegeben hatte.

»Der größere Teil unserer Bezirkspartei ist praktisch hier versammelt«, sagte er und lachte leise. Zugleich schüttelte er den Kopf.

»Ich muss nachdenken«, sagte Enström. »Das geht mir alles zu schnell. Ich begreife es nicht. Ich muss nachdenken.«

Erlandsson nickte.

»Bloß nicht zu lange«, sagte Bertil.

»Ich begreife einfach nicht, warum Svante wegwollte«, sagte Enström.

»Das verstehst du nicht?«, fragte Bertil.

»Nein. Du vielleicht?«

»Ja. Er hatte wohl Angst. Ganz einfach. Ich fürchte mich auch. Und dir würde es genauso gehen. Grüble also nicht zu lange.«

Bevor sie sich an diesem Abend trennten, beschlossen sie zwei Dinge. Sie würden sich zwei Tage später wiedersehen, um noch einmal über die abgegebenen Schüsse zu reden, und sie wollten für Montag in drei Wochen eine ordentliche Parteisitzung einberufen.

Als Bertil am nächsten Tag in den Schlachthof der Genossenschaft kam, erwartete ihn ein Brief. Bojan rief ihm durchs Fenster etwas nach und wedelte dabei mit einem braunen Kuvert. Es stand kein Absender darauf, und Bertil öffnete es erst in der Mittagspause. Er setzte sich im Heizraum auf eine ausrangierte Bank, aß sein Vesperbrot, wischte sich die Hände ab und öffnete den Umschlag. Er hatte bereits am Poststempel gesehen, dass der Brief aus Stockholm kam, und ihm war klar, dass er von Svante sein musste. So war es auch. Er las den langen Brief zwei Mal hintereinander. Wenn dieser Brief bei Bertil einträfe, schrieb Svante, habe er bereits als Jungmann auf einem der Eisenerztanker aus der Grängesbergsflotte angemustert. Der Tanker nehme Kurs auf Gent und weiter nach Narvik. Die anderen Stationen kenne er nicht. Er sitze bereits in der Kajüte, mit Ausblick auf die Brücke nach Lidingö. Svante beschrieb die Angst, die er empfand, das Gefühl, feig gehandelt zu haben, weil er sich einfach aus dem Staub gemacht hatte. Aber er habe es einfach nicht mehr ausgehalten, jetzt im Moment, habe Zeit gebraucht und allein sein wollen, um zu sich selbst zu finden. Für ihn sei es so, als hätte die Kugel, die in den Kiefernstamm ging, ihn tatsächlich getroffen. Er könne nicht schlafen und leide unter ständigen Kopfschmerzen. Seine Abreise sei nicht das Ergebnis einer bewussten Entscheidung gewesen. Er habe die Gründe, heimlich, hinter dem Rücken seiner Mutter zu verschwinden, selbst nicht richtig verstanden. Es sei ihm so vorgekommen, als wäre er von sich selbst gekidnappt worden. Eine bessere Formulierung finde er dafür nicht. In seinen Gedanken sei er hin- und hergerissen. Er zweifle an jedem Wort, das er hier schreibe, zwei Briefe habe er bereits zerrissen. Am Ende des vierten und letzten Blatts schrieb er, dass er sich vor seiner eigenen neuen, unbegreiflichen Angst fürchte. Aber er werde nicht zurückkommen, bevor er nicht herausgefunden hätte, was ihm so zusetzte. Er habe geträumt, seine Haut sei zu eng für seinen Körper, etwas wolle aus ihm heraus, sich einen Weg sprengen, wie man einen Tunnel in einen Berg sprengt. Schweißgebadet sei er aufgewacht. Er bat Bertil, seine Mutter zu besuchen und sie von ihm zu grüßen, den Brief aber für sich zu behalten. Falls Bertil wolle, könne er ihm an die Büroadresse der Reederei in Stockholm schreiben. Abschließend entschuldigte er sich dafür, dass der Brief so verworren sei, aber er wolle diesen letzten nicht auch zerreißen.

Den Rest des Tages stand Bertil an seiner Arbeitsbank und zerteilte die Rücken der frisch geschlachteten Schweine mit einem Beil, das sich ungewohnt schwer anfühlte. Er schnitt sich an einem spitzen Knochen und musste sein Handgelenk bandagieren.

In Gedanken versetzte er sich in seine Zeit bei dem Stockholmer Fahrradbotendienst zurück. Er dachte darüber nach, was geschehen wäre, wenn er sich damals nicht den Knöchel verstaucht hätte und nicht im Wartezimmer eines Arztes beim Durchblättern der Zeitschriften auf die Idee gekommen wäre, sich eine Stelle in der Holzverarbeitung zu suchen. Aber in seinem Kopf gab es keine Alternativen. Aus diesem Wartezimmer führte der Weg nirgendwohin außer in diesen Ort, zu dem gestohlenen Rucksack und einem Sägewerk, das eines Morgens als rauchende, stinkende Brandruine vor ihm lag.

Am Abend ging er ins Kino, um *12 Uhr mittags* zu sehen. Der Kinosaal im Gemeindehaus war beinahe vollbesetzt, und er hatte einen schlechten Platz weit hinten. Die Bänke knarzten, und die Tonspur schien nicht synchron zu laufen.

Als er nach der Vorführung auf die Straße trat, fühlte sich die laue Luft wie eine Befreiung an. Die letzten Tage waren ungewöhnlich mild gewesen. Obwohl die Straßen trocken waren, knirschte unter seinen Füßen eine dünne Eisschicht. Er machte sich auf den Weg zum Bahnhofskiosk und kaufte eine Abendzeitung und einen Nuss-Schoko-Riegel. Während er die Zeitung in die Tasche steckte, fiel ihm ein, er könnte Svantes Mutter besuchen. Er erinnerte sich, dass Svante irgendwann erwähnt hatte, dass seine Mutter stets lang aufblieb und abends vor acht Uhr gar nicht richtig munter war. Er ging zu dem Kiosk zurück, der eben schließen wollte, und kaufte noch eine kleine Tafel Schokolade, die er ihr mitbringen wollte.

»Du bist das also, Bertil«, sagte sie, griff nach seinem Arm und zog ihn in den dunklen Flur, der nach Naphtalin und alter Kleidung roch.

»Ich hoffe, ich störe nicht«, sagte Bertil. Brita packte seinen Arm wie mit einer Klaue. Er spürte, wie sich ihre Nägel in den Verband an seinem Handgelenk gruben.

»Überhaupt nicht«, sagte sie. »Über Besuch freue ich mich immer. Zum Schlafen und Alleinsein habe ich Zeit genug. Du möchtest doch bestimmt Kaffee. Komm herein. Zieh den Mantel aus und häng ihn auf. Dort, ja. Und jetzt komm.«

Sie redete ohne Unterbrechung und ließ Bertils Arm erst los, als er anfing, sich aus dem Mantel zu schälen. Bertil dachte an ihre letzte Begegnung kurz vor der Elchjagd, als er hier war, um sich von Svante einen Regenmantel zu leihen. Mit Wärme erinnerte er sich daran, wie gut er sich bei ihr aufgehoben fühlte, während Svante so still und verschlossen war. Beim Aufhängen des Mantels fragte er sich kurz, wo Svantes Motorrad wohl stand. Vor dem Haus hatte er es nicht gesehen. Er nahm die Schokolade, setzte sich in einen Ledersessel und überlegte, was alles passiert war, seit er Brita zuletzt gesehen hatte. In diese Gedanken war er so versunken, dass er gar nicht merkte, wie sie mit einem Kaffeetablett hereinkam.

»Alles fertig«, rief sie vergnügt und setzte sich auf einen Stuhl dicht neben ihn. Er überreichte ihr die Schokolade. Sie öffnete die Tafel sofort und bot ihm davon an.

Erst bei der zweiten Tasse erwähnte er, dass er gekommen war, weil er heute einen Brief von Svante erhalten hatte. Er erzählte ihr, dass Svante angeheuert habe und bei welcher Reederei, dass es ihm gutgehe und er sicher bald wieder hier wäre. Bertil spürte einen kleinen Stich, weil er Brita damit vielleicht falsche Hoffnungen machte. Svante hatte ja nur erwähnt, dass er erst zurückkäme, wenn er aus seiner chaotischen Situation herausgefunden hätte, aber keinen Zeitpunkt genannt

»Ja, im Frühling«, sagte Brita. »Das habe ich die ganze Zeit gewusst. Ist schon richtig, dass er sich ein bisschen herumtreibt. Tut ihm sicher gut, eine Weile von hier wegzukommen.«

Brita verblüffte Bertil auch jetzt wieder. An ihr, ihrem Alter, ihrem abgearbeiteten, aber zähen Körper war etwas so Unbekümmertes. Eine Ruhe umgab sie, die auch Bertil erfasste. Langsam ließ sie die Schokoladestücke im Mund schmelzen und trank dann einen Schluck Kaffee. Sie wirkte hellwach, und die Tageszeitungen auf dem Tisch zeigten, mit welch großem Interesse sie das Weltgeschehen verfolgte. Er beschloss, ihr auch die Abendzeitung hierzulassen. Brita erkundigte sich nach verschiedenen Leuten und Ereignissen im Ort, ohne dabei an Klatsch interessiert zu sein. Bertil brachte sie, so gut er konnte, auf den neuesten Stand.

Es war elf, als er sagte, dass er nun aufbrechen müsse. Die Zeit war schnell vergangen, und der viele Kaffee, den er getrunken hatte, stieß ihm sauer auf. Sie hörten gemeinsam die Abendnachrichten, schüttelten beide den Kopf über die neuesten Berichte aus Korea, und erst beim Wetterbericht stand Brita auf und machte das Radio aus. Sie begleitete Bertil auf den Flur hinaus und freute sich sichtlich, als er die Zeitung aus der Manteltasche nahm und sie ihr gab. Als sie ihn fragte, ob er sie schon gelesen hätte, bejahte er.

»Haben wir es nicht gut hier?«, fragte sie, als er schon auf der Treppe war.

»Doch«, sagte er und lächelte. »Das haben wir wirklich.«

Sie wünschten einander eine gute Nacht, und Bertil trat auf den Kiesweg. Er blieb stehen und sah sich in der Dunkelheit nach dem Motorrad um, konnte es aber nirgends entdecken.

Er und Margot kamen gleichzeitig nach Hause. Sie sah müde aus. Es sei ungewöhnlich viel los gewesen, und außerdem hätte etwas an einem Herd nicht funktioniert, erzählte sie. Aber das Trinkgeld an diesem Abend sei gut gewesen, und sie glaube, dass es nun auch für einen neuen Mantel für Rubinchen reichen müsse. Als sie ihn später fragte, ob er etwas von Svante gehört habe, war er so überrascht, dass er bejahte, obwohl er eigentlich vorgehabt hatte, den Brief ihr gegenüber nicht zu erwähnen. Er wollte sie mit seinen Problemen nicht belasten. Er wusste ja, wie sehr sie unter den Gerüchten litt, und wollte sie nicht immer wieder an die Schatten erinnern, die auf seiner Existenz im Ort lagen. Aber jetzt kam er nicht umhin, über den Brief zu reden und in groben Zügen zu erzählen, was Svante geschrieben hatte. Eine Falte erschien auf Margots Stirn, sie kommentierte aber nichts von dem, was Bertil sagte.

»Woran denkst du?«, fragte Bertil.

Margot hielt inne und sah zu Boden, als suche sie dort nach der Antwort.

»Ich weiß es nicht«, sagte sie nach einer Weile. »Ich weiß es wirklich nicht. Ich mache mir einfach große Sorgen. Geht es dir nicht so? Man denkt ständig, dass irgendwas passieren wird. Es gibt keinen konkreten Hinweis, aber man ist sich trotzdem sicher. So fühlt sich das an. Ich mache mir Sorgen.«

»Und du weißt gar nicht, warum?«

»Nein. Aber es ist ja nicht verwunderlich, dass all die Gerüchte und die Sache mit der Gewehrkugel mir nachgehen. Es wundert mich eher, dass ich nicht noch mehr Angst habe. Hast du mit Enström geredet?«

»Ja. Mit ihm und mit Erlandsson. Morgen Abend treffen wir uns wieder. Ich habe ihnen vorgeschlagen, dass wir zu Lönngren gehen.«

»Gut. Du darfst damit nicht länger warten.«

Margot schaute ihn ernst an, und er begriff, wie sehr sie sich sorgte.

8.

Als Bertil am nächsten Abend in den Eisenwarenladen kam, herrschte Schweigen. Enström saß an seinem überfüllten Schreibtisch, und Erlandsson hockte im Korbsessel neben dem Kamin. Im Raum war es dunkler als sonst, und es dauerte eine Weile, ehe Bertil entdeckte, dass eine der beiden Glühbirnen in der Deckenleuchte kaputt war.

Das Schweigen irritierte ihn. Er hatte den Eindruck, dass sich die beiden von ihm gestört fühlten.

»Also?«, sagte er.

Erlandsson drehte ihm den Kopf zu und schaute ihn an.

»Wie sollen wir jetzt vorgehen?«, fuhr Bertil fort. »Hat einer von euch einen guten Vorschlag?«

»Vorschlag?« Erlandsson fixierte Bertil.

Mit einem Mal fand Bertil die Situation bedrohlich. Eine seltsame Kälte schlug ihm von den beiden Gestalten im Raum entgegen. Er merkte, wie er Angst bekam und sich zugleich über sie ärgerte.

»Es gibt nur eine einzige Frage, die wir klären müssen«, sagte er. »Ob wir gemeinsam handeln wollen oder nicht. Ich weiß nicht, worauf wir eigentlich warten. Und worüber ihr beiden da noch nachdenken müsst. Aber jetzt hattet ihr Zeit dazu. Wie habt ihr es euch also vorgestellt?«

»Warum bist du so wütend?«, fragte Erlandsson.

»Weil ich von all dem genug habe. Wenn man dir ein solches

Elend beschert hätte wie mir, glaubst du nicht, dann hättest du auch genug?«

Bertil merkte, dass er dabei war, die Fassung zu verlieren.

Er stand auf, murmelte eine Entschuldigung und ging hinaus in den Verkaufsraum. Neben dem Ladentisch blieb er stehen und starrte auf eine Quittung, die am Boden lag. Aus dem hinteren Zimmer hörte er, wie Erlandsson seine Pfeife auskratzte und sie vorsichtig gegen den Aschenbecher auf dem Schreibtisch schlug. Er fragte sich, ob Erlandsson dabei absichtlich so leise war. Nach ein paar Minuten hatte er sich beruhigt und kehrte zu den beiden zurück. Weder Enström noch Erlandsson schauten ihn an, als er sich wieder auf den Hocker setzte.

»Ja?«, sagte er. »Was machen wir also?«

Keiner antwortete. Bertil hatte plötzlich das Gefühl, er sei ganz allein. Als setzten Enström und Erlandsson alles daran, sich unsichtbar zu machen.

»Morgen gehe ich zu Lönngren«, sagte er.

Enström sah ihn skeptisch an. Erlandsson blickte mit der Pfeife in den Händen zu Boden. Der säuerliche Geruch des Tabaksuds hatte sich im Zimmer ausgebreitet.

»Ich habe gesagt, dass ich morgen zu Lönngren gehe.«

»Hab ich gehört«, sagte Erlandsson unerwartet scharf.

»Ja? Und was sagst du dazu?«

»Was soll ich dazu sagen. Ich verstehe dich.«

»Verstehen? Was heißt das denn, du verstehst mich? Findest du es richtig, oder hast du einen anderen Vorschlag?«

Erlandsson zuckte mit den Schultern.

»Natürlich sollst du zu Lönngren gehen«, sagte er leise.

Bertil fixierte ihn kurz, bevor er sich Enström zuwandte. Er konnte Enströms Gesichtsausdruck nicht deuten. Das Gefühl, allein und isoliert zu sein, wurde immer stärker.

»Was ist mit dir?«, sagte er. »Verstehst du mich auch?«

Enström vermied es, ihn anzusehen.

»Natürlich sollst du zu Lönngren gehen«, sagte dann auch Enström und starrte dabei auf den Schreibtisch. Bertil sah von einem zum anderen. Er hatte zwei gesenkte Schädel mit äußert spärlichem Haarwuchs vor sich. Das wirkte so komisch, dass er sich ein Lachen nicht verkneifen konnte. Erlandsson hob den Kopf.

»Worüber lachst du?«, fragte er.

»Nichts«, sagte Bertil. »Über absolut nichts.«

Er hatte keine Lust, noch länger in dem stickigen Zimmer zu bleiben, und wollte nach draußen. Die beiden waren ihm plötzlich zuwider. Er bückte sich nach seinem Mantel und stand auf.

»Ich komme dann hier vorbei und lasse euch wissen, was Lönngren gesagt hat«, sagte er und zwängte sich in den Mantel. »Und falls nicht, sehen wir uns eben bei der Sitzung.«

In der Mitte des Zimmers blieb er kurz stehen. Erneut sah er die zwei beginnenden Glatzen.

»Adieu also«, sagte er und ging. In der Tür hörte er das Knarzen des Korbsessels.

»Adieu«, hörte er von hinten.

9.

Lönngren kam um halb acht Uhr morgens in sein Büro. Er war erkältet und hatte Halsschmerzen. Als er zum Drehschalter neben der Tür griff, um das Licht anzumachen, bekam er einen Stromschlag. Bei genauerem Hinsehen stellte er fest, dass die Leitung kaputt war. Er rief bei Mogren an, dem Elektriker, wo man ihm versprach, dass so rasch wie möglich jemand vorbeikommen werde. Erst nachdem er den Hörer aufgelegt hatte, zog er sich den Mantel aus. Den Schal behielt er um den Hals und dachte kurz daran, auch die Pelzmütze aufzubehalten. Aber schließlich zog er sie doch vom Kopf und warf sie auf einen Stuhl am Fenster. Er setzte sich an seinen Schreibtisch, schnäuzte sich und legte den Handrücken auf die Stirn. Er hatte Fieber. Er griff nach einem schwarzen Aktenordner und schlug ihn auf. Es ging um einen Bericht über einen Einbruch in einer Waldhütte. Er las durch, was Ekblad geschrieben hatte, und unterzeichnete mit seinem Namen. Dann ließ er sich im Stuhl zurückfallen und überlegte, ob es nicht besser wäre, nach Hause zu gehen.

Bertil kam um Viertel nach neun. Er klopfte an und öffnete die Tür. Lönngren sah vom Schreibtisch auf. Anstatt Bertil zum Eintreten aufzufordern, musste er niesen.

»Erkältet?«, fragte Bertil und ging auf den Schreibtisch zu.

Lönngren nickte und deutete auf einen Stuhl.

Ohne lange zu zögern, erzählte Bertil von den beiden Kugeln. Als er fertig war, dachte er, dass an Lönngren keinerlei Reaktion zu erkennen war. Er hatte nur dagesessen, an seinem Schal gezupft und auf die Tischplatte gestarrt. Als Lönngren schließlich Anstalten machte, etwas zu sagen, kam der Elektriker zur Tür herein. Lönngren entschuldigte sich, begrüßte Svedberg, den er kannte, mit einem Nicken, stand auf und erklärte ihm, was geschehen war. Nachdem Svedberg mit der Reparatur begonnen hatte, schlug Lönngren Bertil vor, das Gespräch zu einem späteren Zeitpunkt fortzusetzen. Bertil nickte und sagte, er könne aber erst nach der Arbeit wieder vorbeikommen. Er habe sich heute Morgen bereits eine Stunde frei genommen und um mehr Zeit wolle er nicht bitten. Als er durch den Ort zurück in den Schlachthof ging, bedauerte er, dass Lönngren nun einen halben

Tag Zeit zum Nachdenken hatte. Es wäre besser gewesen, wenn er sofort hätte reagieren müssen. Im Schlachthof erwartete ihn eine schriftliche Nachricht. Betriebsleiter Asp wollte ihn oben in seinem Büro sehen. Bertil steckte den Zettel in die Tasche und machte sich sofort auf den Weg. Er grüßte Bojan und klopfte an Asps Tür.

Asp teilte Bertil mit, dass seine Vertretungszeit in Kürze zu Ende gehe. Der verletzte Kollege sei wieder genesen und komme bald zurück. Eine Möglichkeit, Bertil zu behalten, sah Asp nicht. Eine Expansion war im Moment nicht geplant, falls aber etwas frei werden sollte, stehe Bertil natürlich an vorderster Stelle. Asp gab Bertil zu verstehen, dass er mit seiner Arbeit zufrieden war, und fragte ihn, ob er ein Zeugnis benötigte. Bertil bejahte achselzuckend. Er könne seinen Platz noch bis zum fünfzehnten Dezember behalten und bekomme seinen Lohn bis inklusive der ersten Januarwoche ausbezahlt. Bertil dankte und stand auf. Asp schüttelte ihm die Hand und sagte, dass es ihm leid tue, Bertil als Mitarbeiter zu verlieren. Bertil war kurz erstaunt, als er bemerkte, dass er Asp das tatsächlich glaubte.

»Das war's dann also«, sagte er zu Bojan, nachdem er die Tür geschlossen hatte. Sie nickte und wusste offenbar Bescheid.

»Was wirst du jetzt tun?«, fragte sie.

»Weiß ich nicht«, sagte Bertil. »Keine Ahnung.«

»Zur Zeit gibt's wenige offene Stellen.«

»Ja, sieht so aus.«

Als Bertil wieder in Lönngrens Büro kam, hatte dieser den Schal abgenommen. Lönngren eröffnete das Gespräch, sobald Bertil sich gesetzt hatte. An seiner Stimme war nun deutlich zu hören, dass er erkältet war.

»Du behauptest also, dass jemand versucht hat, dich und Svante Eriksson umzubringen?«

»Ja«, sagte Bertil. »Zumindest wollte uns jemand auf eine lebensgefährliche Weise erschrecken.«

»Erschrecken?«

»Ja, wie ich es sage. Es müssen ja keine Fehlschüsse gewesen sein. Es kann sich ja auch um zwei Treffer handeln. Das kann man jedenfalls nicht ausschließen.«

Lönngren nickte, bevor er weiterfragte.

»Wie groß war der Abstand zwischen dir und Svante Eriksson?«

»Vier Kilometer, würde ich meinen. Luftlinie.«

»Luftlinie?«

»Ja, ich weiß nicht, ob da möglicherweise ein Sumpf dazwischenliegt. Ob man also vielleicht einen Umweg gehen muss.«

»Und wie viel Zeit ist zwischen den beiden Schüssen vergangen? Ihr habt sie ja nicht gehört.«

»Fünfzig Minuten, eine Stunde ungefähr.«

»Wie könnt ihr das wissen?«

»Man schaut während der Jagd ja oft nach, wie spät es ist. Das machst du vermutlich auch. Vor allem, wenn es rundherum zu krachen beginnt.«

Lönngren nickte zustimmend. Wenn er jagen war, schaute er oft auf seine Armbanduhr.

»Wie kommt es, dass keiner von euch oder den anderen die Schüsse gehört hat? Die Schüsse, die den Elch trafen, habt ihr doch auch gehört. Nur ein paar Minuten davor.«

»Ich weiß es nicht«, sagte Bertil. »Das ist ja das Komische. Schalldämpfer vielleicht?«

»Möglich, ja. Hatte denn jemand einen Schalldämpfer dabei?«

»Gesehen habe ich keinen.«

»Die beiden Kugeln, glichen die sich?«

»Ja, aber sie sind auf unterschiedliche Weise verformt.«

Lönngren nestelte an der Kugel herum, die Bertil ihm am Morgen dagelassen hatte.

»Ich muss auch mit Svante Eriksson sprechen.«

»Der ist nicht mehr hier.«

»Nein?«

»Er ist weggefahren.«

»Ach ja?«

»Der ist auf See.«

»Auf See?«

»Was passiert ist, hat ihm Angst eingejagt.«

»Hatte er denn einen Grund, Angst zu haben?«

»Was soll das denn heißen?«

»Schon gut. Aber ich müsste ihn ebenfalls befragen.«

»Reicht meine Aussage denn nicht?«

»Doch. Aber reden muss ich schließlich mit allen.«

»Svante wird ja wohl kaum auf mich geschossen haben. Oder ich auf ihn.«

Lönngren antwortete nicht. Er legte die Kugel auf den Tisch, so vorsichtig, als wäre sie aus Glas.

»Wart ihr beide mit einem der anderen übers Kreuz?«

»Nein. Im Gegenteil.«

»Im Gegenteil?«

»Na, du weißt doch, wo wir politisch stehen. Da sind ja nur Freunde dabei.«

Lönngren sagte auch hierzu nichts.

»Mit einer Ausnahme allerdings«, fuhr Bertil fort.

Lönngren schaute auf.

»Ich rede von Paulus Blomgren. Du kennst ihn ja. Aber mit ihm hatten wir keine Probleme, auch wenn man nicht sagen kann, dass wir befreundet sind.«

Lönngren saß eine Weile stumm da und trommelte mit dem Bleistift auf den Tisch. Wie so oft fiel ihm nicht ein, was er noch fragen sollte, und er fühlte sich kränker als noch vor ein paar Stunden.

»Ja, dann wär's das wohl fürs Erste«, sagte er. »Ich muss der Sache nachgehen und melde mich wieder.«

»Behältst du die Kugel?«

»Ja, das muss ich wohl.«

Bertil nickte und stand auf.

»Ich arbeite im Schlachthof der Genossenschaft«, sagte er. »Eine Zeit lang zumindest noch.«

Als er gerade gehen wollte, stellte Lönngren noch eine Frage.

»Hat Svante Eriksson gesagt, wann er zurückkommen will? Kommt er überhaupt zurück?«

»Nein und ja.«

»Warum ist er weg?«

»Ich weiß auch nicht mehr als das, was ich schon gesagt habe.«

»Warum wollte er ausgerechnet zur See?«

»Keine Ahnung.«

»Na gut, also dann.«

Nachdem Bertil gegangen war, blieb Lönngren sitzen, obwohl er eigentlich hätte nach Hause gehen sollen. Er starrte auf den neuen Schalter, den Svedberg montiert hatte, und der Gedanke, den Strom abdrehen zu müssen, beunruhigte ihn. Der Schlag am Morgen war unangenehm gewesen. Und dann auch noch das hier. Er wusste nicht, was er glauben sollte. Es war ihm zuwider, erneut mit Svante Eriksson und Bertil Kras und den anderen zu tun zu haben. Vor allem mit Enström. Lönngren dachte noch oft daran, wie der ihn bei dem verbrannten Sägewerk zusammengeschlagen hatte. Irgendwie schien es zwischen allem eine Verbindung zu geben. Ihm wäre es eigentlich egal gewesen, wenn man die beiden erschossen hätte. Man hätte es dann einfach als Unfall abtun können, und es hätte keine große Rolle gespielt. Dieser Gedanke erschreckte ihn nicht einmal. Er seufzte, griff nach der Zeitung und schlug die Seite mit dem Schachrätsel des Tages auf. Er riss es heraus und steckte es in die Tasche. Dann stand er auf, zog seinen Mantel an und blieb vor dem Lichtschalter kurz stehen, bevor er ihn mit einer schnellen Bewegung betätigte.

Der Schlag blieb aus.

Als er nach Hause kam, nahm er zwei Aspirin und legte sich mit dicken Socken ins Bett. Er schloss die Augen und schlief kurz danach ein.

In der Nacht wurde er frierend wach. Er spürte, dass sich die Erkältung weiter ausgebreitet hatte. Der Hals fühlte sich geschwollen an. Sein Mund war trocken und das Schlucken beschwerlich. Lönngren drehte sich auf die Seite und starrte auf die braune Tapete. Im Zimmer war es hell, denn er hatte vergessen, das Deckenlicht auszuschalten. Er dachte an die beiden Schüsse, die in den Kiefern stecken geblieben waren. Er strengte sich an, die Sache zu verstehen, und überlegte, wo er anfangen sollte. Widerwillig dachte er, dass es wohl nicht zu vermeiden wäre, mit Enström zu reden. Mit den anderen kam er zurecht, mit Enström jedoch war es schwieriger. Lönngren kauerte sich noch enger zusammen und wünschte sich sonst wohin. Er dachte an den Sommer kurz vor dem Krieg, als er zum ersten und bisher letzten Mal in Stockholm gewesen war. In gewisser Weise war das ein Wendepunkt in seinem Leben gewesen, ohne dass er es näher hätte erklären können. Nichts war dort zu Ende gegangen oder hatte begonnen. Er kannte einfach zwei Zeitrechnungen, eine vor diesem Sommer und eine danach.

Seine Gedanken kehrten zu Bertil Kras' Besuch zurück. Er

hatte nicht die Kraft, seine Überlegungen in eine geordnete, logische Reihenfolge zu bringen. Er ließ ihnen ihr Eigenleben, so lange es ihnen beliebte. Danach wollte er nur noch schlafen, bis sich das Fieber gelegt hatte und sein Hals nicht mehr geschwollen war.

Er schlief ein und träumte, er wäre gesund.

Als er am nächsten Tag aufwachte, fühlte er sich unverändert schlecht. Zudem war die Erkältung in die Lunge gewandert. Er stand lange im Badezimmer und hustete gelbgrünen Schleim. Danach war er so erschöpft, dass er sich auf die Toilette setzen und sich ausruhen musste. Schließlich ging er in die Küche und sah nach, ob er Tee hatte, fand aber keinen. Er seufzte und machte stattdessen Milch warm. Als er sie getrunken hatte, fühlte er sich etwas besser. Er überlegte kurz, ob er sich wieder hinlegen sollte, beschloss dann aber, zumindest für ein paar Stunden auf die Polizeistation zu gehen. Aus einer Kommode holte er lange Unterhosen und zog sich so warm an, wie er nur konnte. Er suchte nach einer Ursache für seine Erkältung, kam aber nicht darauf, wer ihn angesteckt haben könnte. Auch in den Regen war er nicht geraten. Er fand keine Erklärung und seufzte erneut, als er sich auf den Weg machte. Um nicht ins Schwitzen zu kommen, lief er langsam. Als er eintraf, war Ekblad zurück. Er war wieder einmal auf einer Ermittlungsreise in die abgelegenen Bezirke des Polizeireviers gewesen. Lönngren fand diese vielen Fahrten irritierend. Er war zwar froh, sie nicht selbst machen zu müssen, darum ging es nicht, aber es störte ihn, dass Ekblad mit diesem Beruf so viel besser zurechtkam als er selbst. Ekblad hatte einen Modus gefunden, mit dem er zufrieden schien. Er kam oft in die Berge und schaffte es immer, noch etwas Zeit zum Angeln oder etwas Ähnlichem zu finden. Beim Betreten des Polizeigebäudes hörte Lönngren an Ekblads Pfeifen, dass sein Kollege im Archiv war. Er erkannte die Melodie, die Ekblad pfiff, aber der Titel fiel ihm nicht ein. Er legte seinen Mantel ab und zögerte kurz, bevor er den Lichtschalter betätigte. Er ließ sich ohne Stromschlag drehen. Dann setzte er sich an den Schreibtisch, öffnete eine Schublade und holte die plattgedrückte Gewehrkugel hervor. Er legte sie vor sich auf den Tisch und dachte nach. Ein paar Minuten später stand er auf, musste niesen und ging ins Archiv, wo Ekblad immer noch saß und vor sich hin pfiff.

»Was für eine Melodie ist das?«, fragte er.

Ekblad blickte hoch.

»Hallo«, sagte er. »Bist du gerade erst gekommen? Was hast du gesagt?«

»Was für eine Melodie pfeifst du da? Ich kenne sie.«

Eklad schaute ihn kurz verwundert an.

»Ach, das meinst du. Ja, weiß der Teufel, wo die her ist. Aus irgendeiner Operette vielleicht?«

»Wenn ich es wüsste, müsste ich ja nicht fragen.«

Lönngren bereute, dass er sich nach der Melodie erkundigt hatte.

»Hast du einen Moment Zeit?«, sagte er.

»Ja, was ist?« Ekblad sah ihn an, während er eine dicke Staubschicht von einem Packen mit vergilbtem Papier blies, der von einem Stoffband zusammengehalten wurde.

»Ich such da nach was«, sagte Ekblad erklärend. »Soll ich mitkommen?«, fügte er hinzu und ließ den Packen fallen.

Lönngren nickte und ging hinaus. Die Erkältung ließ ihn wieder frieren.

In seinem Büro wusste Lönngren plötzlich nicht, was er sagen sollte. Er schnitt eine Grimasse und deutete auf die plattgedrückte Kugel auf der Schreibtischunterlage. Ekblad verstand nicht.

»Was?«, sagte er.

»Sieh dir das an.«

Ekblad nahm das Metallstück mit spitzen Fingern und ließ es dann zurück auf den Schreibtisch fallen. Lönngren schaute ihn finster an.

»Eine Kugel«, sagte Ekblad und konnte sich weiterhin keinen Reim darauf machen.

Lönngren wurde klar, dass er sich zusammenreißen und etwas Vernünftiges sagen musste. Er nahm die Kugel in die Hand und sah wieder zu Ekblad.

»Wurde aus einem Baumstamm geholt, von diesem Bertil Kras, du weißt schon. Er ist hier gewesen und hat gesagt, jemand habe versucht, ihn zu ermorden. Nicht nur ihn übrigens, sondern Svante Eriksson ebenfalls.«

Ekblad starrte ihn misstrauisch an. Er kratzte sich an der Nase, sah kurz auf den Finger und setzte sich dann mit vollem Gewicht auf Lönngrens Schreibtisch.

»Was sagst du da? Jemand soll versucht haben, Svante und diesen Kras kaltzumachen? Wer hätte denn daran Interesse?«

»Genau das wollte Kras auch wissen«, sagte Lönngren.

»Wer war's also?«

»Weiß ich nicht.«

Lönngren machte sich Vorwürfe, Ekblad in diesem frühen Stadium in die Ermittlungen eingeweiht zu haben. Wäre er doch zu Hause im Bett geblieben.

»Ich werde eine Untersuchung einleiten. Ich möchte, dass du Kras' gestrige Aussage durchliest.«

Er schob Ekblad zwei Seiten zu. Ekblad begann zu lesen.

»Nimm sie mit und komm am Nachmittag wieder«, sagte Lönngren müde. Er wollte allein sein.

»Soll ich dich in Ruhe lassen?«

Lönngren nickte angestrengt. Ekblad nahm die beiden Seiten und ging hinaus. In der Tür begann er dieselbe Melodie zu pfeifen wie zuvor. Lönngren legte den Kopf in die Hände und überlegte, was zu tun sei.

Da läutete das Telefon. Lönngren nahm den Hörer ab und räusperte sich.

»Lönngren.«

»Paulus Blomgren hier. Hallo.«

Lönngren fuhr vor Schreck zusammen und ließ den Hörer fallen. Er schlug mit lautem Knall auf den Boden. Lönngren griff danach und hielt ihn wieder ans Ohr.

»Entschuldige«, sagte er. »Mir ist gerade der Hörer runtergefallen.«

»Klingt, als wärst du krank?«, sagte Blomgren.

»Nein, bin ich nicht«, sagte Lönngren und fragte sich, warum er log.

»Schnupfen?«

»Nein. Mir ist nur der Hörer runtergefallen.«

»Störe ich?«

»Aber nein.«

»Ich möchte dich gern etwas fragen. Sicher, dass ich nicht störe?«

»Du störst überhaupt nicht.«

Lönngren begann die Geduld zu verlieren. Blomgren konnte einem manchmal wirklich auf die Nerven gehen.

»Ist irgendwas Besonderes vorgefallen?«

»Was meinst du denn? Was ist denn was Besonderes?«

»Na, du weißt schon. Heute war Enström hier und hat eingekauft. Macht er ja fast immer. So weit ist es mit seinem Kommunismus dann doch wieder nicht her.«

Lönngren hörte, wie Blomgren schallend lachte.

»Ja, also, er war hier im Laden. Ich war gerade mit einem neuen Regalsystem beschäftigt, das wir bekommen haben.«

»Ja, und?«

»Er hat dann etwas gesagt, was ich nicht recht begriffen habe. Er hat sich erkundigt, ob du bei uns im Geschäft gewesen bist.«

»Ach so?«

»Ja.«

»Ach so? Was, glaubst du, hat er damit gemeint?«

»Das wollte ich dich fragen.«

»Ach so?«

»Kannst du nichts anderes sagen als ›Ach so?‹«

»Doch. Aber ich verstehe nicht recht, worauf du hinauswillst.«

Lönngren wollte sich schnäuzen und fragte sich, wie lange dieses Gespräch wohl noch dauern werde. Eigentlich hätte er die Ohren spitzen müssen, als er erfuhr, was Blomgren zu sagen hatte. Aber ihm fehlte die Kraft, und er war nun fest entschlossen, sofort heimzugehen, wenn dieses Telefonat beendet war.

»Ich wollte einfach wissen, warum Enström mich gefragt hat, ob du im Laden warst. Irgendwas muss er damit doch gemeint haben. Du kaufst ja nie bei uns ein.«

»Nein.«

»Solltest du übrigens.«

»Ja, das hast du mir schon öfter gesagt. Es liegt für mich aber nicht auf dem Weg.«

»So beschwerlich kann das wohl kaum sein. Ein Umweg von zwei Minuten.«

»Ja, vielleicht. Aber was genau willst du jetzt wissen? Ich habe keine Ahnung, was Enström gemeint haben könnte. Warum hast du ihn nicht gefragt?«

»Ich bin nicht dazu gekommen. Du weißt also nichts?«

Lönngren dachte einen Augenblick nach.

»Kannst du morgen vorbeikommen?«, sagte er dann. »Heute geht es nicht. Ich muss nach Hause. Ich habe Fieber und fühle mich nicht so wohl.«

»Du hast doch gerade gesagt, dass du nicht krank bist.«

»Hab ich das?«

»Ja.«

»Kann schon sein. Was ist jetzt? Kannst du morgen kommen?«

»Ja, lässt sich einrichten. Wann?«

»Nicht zu früh.«

»Um zwölf?«

»Nein. Zehn ist besser.«

»Worum geht's?«

»Ich möchte dir ein paar Fragen stellen.«

»Ziemlich eigenartig. Ich rufe dich mit einer Frage an. Dazu kannst du nichts sagen, willst mich aber morgen alles Mögliche fragen.«

Lönngren fühlte sich sehr müde. Er wusste nicht mehr, was er sagen sollte. Eigentlich wollte er nur noch auflegen. Er griff zu einer Notlüge.

»Ich kann im Moment nicht so gut reden.«

»Ach so. Ja, verstehe. Jemand ist bei dir im Zimmer.«

»Ja«, sagte Lönngren mit müder Stimme.

»Dann komm ich eben morgen. Aber denk bis dahin darüber nach, was ich dich gefragt habe. Was Enström gemeint haben könnte. Hast du übrigens gehört, dass Svante Eriksson unter die Seefahrer gegangen ist?«

»Ja«, antwortete Lönngren. »Hab ich schon gehört.«

»Tatsächlich?«

»Ja. Wie besprochen also?«

»Ja, ich komme morgen. Bis dann.«

»Bis dann.«

Lönngren legte den Hörer auf die Gabel und wischte sich den Schweiß von der Stirn. Dann stand er auf, sagte Ekblad Bescheid und ging heim.

Am nächsten Tag ging es ihm eine Spur besser, und er aß ein ordentliches Frühstück, ohne dass ihm davon übel wurde. Bereits um acht war er wieder auf der Polizeistation und fest entschlossen, in der Sache der beiden Mordversuche weiterzukommen. Er suchte Ekblad in seinem Zimmer auf und fragte ihn, was er von dem Bericht hielt. Ekblad gab ihm die beiden Seiten zurück und sah ihn skeptisch an.

»Wirkt eigenartig. Wie kann es sein, dass niemand die Schüsse gehört hat?«

»Schalldämpfer.«

»Nein. Glaubst du das?«

»Nein.«

»In meinen Augen sieht das nach einer erfundenen Geschichte aus.«

»Glaub ich nicht.«

»Was glaubst du dann?«

»Nichts.«

»Nichts?«

»Nein, jedenfalls jetzt noch nicht. Aber ich glaube nicht, dass es ein Märchen ist. Nur so ein Gefühl. Dieser Kras scheint nicht zu lügen.«

»Bist du dir da sicher? Vielleicht kannst du ihn jetzt ja wegen dem Sägewerk drankriegen?«

»Er war das nicht.«

»Sicher?«

»Nein.«

»Was hast du jetzt vor?«

»Ich werde wohl auch mit den anderen aus dieser Jagdgruppe reden müssen. Paulus Blomgren kommt gleich vorbei. Kannst du dabei sein?«

»Ja, das müsste gehen. Wenn ich danach gleich wegfahren kann. Ich muss nach Insjöbyn.«

»Insjöbyn?«

»Ja. Dort waren Wilderer unterwegs. Ich hab hier eine Anzeige.«

»Ach so.«

»Ich kann also fahren?«

»Aber ja. Fahr ruhig. Wie lange wirst du bleiben?«

»Zwei, drei Tage vielleicht.«

»Gut. Ich sage dir Bescheid, wenn Blomgren hier ist.«

»Ich werd ihn ohnehin hören. Der stampft ja so furchtbar laut auf.«

Lönngren ging zurück in sein Büro. Als er sich bereits gesetzt hatte, fiel ihm ein, dass der Bericht noch in Ekblads Zimmer lag. Doch er ging ihn nicht holen.

Ekblad wird ihn schon mitbringen, dachte er.

Nun ließ sich das, was zu tun war, nicht länger aufschieben. Irgendwo musste die Untersuchung der angeblichen Schüsse schließlich anfangen.

Die Frage war bloß: wo?

Blomgren kam gegen halb elf. Ohne anzuklopfen, betrat er polternd Lönngrens Zimmer und sank keuchend in den Besuchersessel. Er entschuldigte sich für die Verspätung und meinte, dass er es nicht eilig habe. Lönngren schaute ihn an und wusste plötzlich, wie er die Sache anstellen musste. Es gab da nur eine Methode.

Ohne Umschweife zu fragen.

»Hast du auf der Jagd versucht, jemand umzubringen?«

Blomgren öffnete erstaunt den Mund.

»Was soll das denn heißen?«, fragte er.

»Hast du auf jemand aus der Jagdgruppe geschossen? Was für ein Gewehr benutzt du? Hast du dafür einen passenden Schalldämpfer?«

Blomgrens Gesicht war versteinert. Lönngren sah, wie Ekblad zur Tür hereinschlich und lautlos zum Fenster ging. Blomgren zuckte von dem leisen Geräusch zusammen, als Ekblad sich mit einem Bein auf das Fensterbrett setzte.

»Also?«, sagte Lönngren.

Blomgren schien kein Wort herauszubringen. Er schüttelte nur den Kopf.

»Irgendwas wirst du sagen müssen«, meinte Lönngren und warf Ekblad, der mit ausdrucksloser Miene dasaß, einen Blick zu.

Blomgren antwortete schließlich. Er sprach langsam, fast als buchstabiere er die Wörter.

»Was, zum Teufel, wird das hier? Heißt das, du beschuldigst mich, ich hätte versucht, auf der Jagd jemand umzubringen?«

»Nein, ich beschuldige dich nicht. Ich frage bloß. Ich werde die anderen aus eurer Gruppe genau dasselbe fragen.«

Lönngren öffnete die oberste Schreibtischschublade und holte die Kugel heraus. Er legte sie auf den Tisch und gab Blomgren mit einer Handbewegung zu verstehen, er solle sie sich genauer ansehen.

»Diese Kugel hier«, sagte Lönngren, »hat Bertil Kras auf seinem Posten aus einem Baum geholt. Der Einschlag erfolgte genau auf Augenhöhe. Svante Eriksson hat ebenfalls so eine Kugel aus einem Stamm gekratzt. Die habe ich zwar noch nicht gesehen, aber bis auf weiteres gehe ich davon aus, dass das stimmt.«

Er putzte sich die Nase, ehe er fortfuhr.

»Jetzt will ich herausfinden, wer geschossen hat«, sagte er. »Unangenehme Sache. Hast du etwas dazu zu sagen?«

Blomgren schüttelte wortlos den Kopf.

»Gar nichts?«

Mit der nächsten Frage wartete Lönngren kurz ab. Etwas war ihm eingefallen. Aber er entschied sich, es vorerst dabei bewenden zu lassen.

»Paulus«, sagte er. »Du hast gestern angerufen, weil Enström etwas Eigenartiges zu dir gesagt hat. Er wollte wissen, ob ich bei dir im Laden war. Nicht wahr?«

Als Antwort bekam er ein angedeutetes Nicken.

»Er hat also dasselbe gesagt, was ich eben sagte?«

Blomgren nickte. Ekblad setzte sich im Fenster auf die andere Seite.

»Was, glaubst du, kann er damit gemeint haben? Ich will wissen, was du glaubst.«

»Ich weiß es nicht. Ich habe absolut keine Ahnung.«

Lönngren schaute ihn einen Augenblick an.

»Ich werde mir wohl das Gewehr ansehen müssen, das du auf der Jagd benutzt hast. Die von allen anderen auch. Du kannst es mir morgen hierherbringen. Morgen reicht.«

Blomgren richtete sich im Sessel auf.

»Kann ich jetzt gehen?«

Lönngren nickte. Er hatte eigentlich das Bedürfnis, noch etwas zu sagen. Es fühlte sich ungewohnt und völlig falsch an, mit Blomgren auf diese Weise zu reden. Es war ihm so unangenehm, dass die Hand, in der er den Bleistift hielt, zu zittern begann. Er spürte, wie das Hemd auf seiner Brust klebte, und er wünschte insgeheim, ganz woanders zu sein und sich mit ganz anderen Dingen zu befassen. Aber er sagte nichts weiter, sondern sah nur zu, wie Blomgren seinen massigen Körper aus dem Sessel stemmte und zur Tür ging.

»Ich weiß nicht, ob ich überhaupt auf Wiedersehen sagen soll«, meinte Blomgren, als er die große, fleischige Hand auf die Klinke legte. Dann trat er hinaus und ließ die Tür krachend ins Schloss fallen. Lönngren lauschte dem Knall hinterher und schwieg. Ekblad stand noch eine Weile am Fenster und schaute hinaus.

»Mist«, sagte er nur, als er sich wieder umgedreht hatte und einige Schritte in den Raum machte.

»Was für ein Mist«, sagte er noch einmal.

»Wenn dir nichts anderes dazu einfällt, kannst du genauso gut dein verdammtes Maul halten.«

Lönngren und Ekblad waren gleichermaßen überrascht. Es kam äußerst selten vor, dass Lönngren fluchte, so selten, dass es jedes Mal ein kleines Ereignis war. Als Ekblad eben Anstalten machte, sich zu Wort zu melden, wusste Lönngren auf einmal genau, was zu tun war. Er stand entschlossen auf, stützte die Hände auf der Schreibtischplatte ab und fixierte mit seinem Blick Ekblad.

»Also«, begann er. »Wir müssen die Gewehre einsammeln und untersuchen. Es wäre am besten, wenn du das noch am Vormittag erledigst. Bring auch das von Bertil Kras mit. Alle zusammen. Außer dem von Paulus natürlich. Der wollte es ja morgen selbst vorbeibringen.«

Er machte eine kurze Pause.

»Und das wird er auch tun«, fügte er hinzu und ließ sich geräuschvoll in den Stuhl fallen.

»Irgendwelche Fragen?«, sagte er dann noch und biss auf den Bleistiftstummel. Ekblad schüttelte den Kopf.

»Nein«, antwortete er. »Alles sonnenklar.« Im Hinausgehen

schloss er vorsichtig die Tür. Lönngren hörte, wie sich Ekblads Schritte auf dem schmalen Korridor langsam entfernten.

Zum ersten Mal seit langem spürte Lönngren ansatzweise, dass er zufrieden war.

Zufrieden damit, was er getan hatte.

Am nächsten Tag um halb eins lagen sechs Gewehre auf Lönngrens Schreibtisch. Er hob eins nach dem anderen hoch, während ihn Ekblad informierte, welches Gewehr wem gehörte. Blomgren hatte seines früh am Morgen gebracht, ohne ein Wort zu sagen. Er hatte Lönngren die Hülle mit dem Gewehr in die Hand gedrückt, sich dann schnell umgedreht und war wieder gegangen. Und nun waren auch die Waffen der anderen hier versammelt.

»Was wirst du jetzt machen?«, fragte Ekblad zögerlich.

»Was würdest du tun?«, erwiderte Lönngren.

»Herausfinden, aus welcher Waffe die Kugeln stammen, natürlich.«

Lönngren nickte.

»Genau damit werde ich jetzt beginnen«, sagte er. »Du bleibst hier im Büro, dann kann ich mich auf den Weg machen.«

Ekblad sah auf die Uhr.

»Enströms Laden hat jetzt sicher Mittagspause«, antwortete er. »Falls du dorthin willst.«

Lönngren nickte.

»Dann warte ich eben«, sagte er. »Aber nach dem Mittagessen musst du hier eine Weile die Stellung halten.«

Als Lönngren in die Eisenwarenhandlung kam, legte Enström gerade Batterien in eine Stablampe ein. Er nickte Lönngren zu.

»Was ist?«, fragte er. »Brauchst du noch mehr Gewehre?«

»Nein«, antwortete Lönngren. »Aber Munition. Ich nehme

an, du weißt, womit deine Jagdkollegen schießen. Oder etwa nicht?«

Enström nickte und legte die Taschenlampe auf die Theke. Er ging in das hintere Zimmer und kam mit drei verschiedenen Schachteln zurück.

»Hier«, sagte er. »Das ist alles, was bei uns verwendet wird.«

»Keine anderen Typen?«

Enström schüttelte den Kopf.

»Kann ich die Schachteln mitnehmen? Höchstens für zwei, drei Tage.«

»Sicher.«

»Soll ich es dir schriftlich bestätigen?«

»Ist das bei der Polizei denn nötig?«

»Natürlich nicht.«

Lönngren nahm die Schachteln und ging. Als er sich dem Polizeigebäude näherte, sah er, dass Ekblad am Fenster seines Büros stand und auf die Straße starrte.

Warum glotzt der bloß so, dachte Lönngren. Er ging in sein Zimmer, setzte sich an den Schreibtisch und bemühte sich, die Deckel von den Munitionsschachteln runterzubekommen. Dann war er eine Weile damit beschäftigt, die Patronen nach Kaliber zu sortieren und jeweils neben das richtige Gewehr zu legen. Schließlich lehnte er sich zurück und betrachtete sein Arrangement. Die Waffen hatte er so platziert, dass alle Läufe auf ihn zeigten. Danach ging Lönngren zu Ekblad, um ihm mitzuteilen, dass er ungefähr eine Stunde wegmüsse, und lieh sich das lange Mora-Messer aus Ekblads Schreibtischschublade. Eigentlich handelte es sich dabei um altes Beweismaterial, das ins Archiv des Bezirksgerichts gehörte, aber Ekblad war es irgendwie gelungen, sich das Messer heimlich zu beschaffen. Es war mittlerweile sein bevorzugtes Werkzeug, um Fische auszunehmen.

Lönngren ging auf den Hof und verstaute die Gewehre auf dem Rücksitz seines Autos. Dann verließ er den Ort Richtung Norden. Nach etwa zehn Kilometern bog er in einen knorrigen Waldweg, den er mit dem Auto entlangschaukelte. Er hielt neben dem Wurzelballen einer umgestürzten Kiefer, die den Weg blockierte. Als er ausstieg, ärgerte er sich, dass er keine Stiefel mitgenommen hatte. Er packte die Gewehre auf den Rücken, kletterte über die Kiefer und erreichte nach wenigen Metern den örtlichen Schießstand, der nichts anderes war als ein gerodetes Stück Wald. Im Krieg hatte häufig die Heimwehr hier trainiert. Mittlerweile wurde der Platz fast nur noch vom Schützenverein verwendet. Lönngren wählte eine dicke Kiefer am Rand des Schussfelds. Er legte die Gewehre ab und lud das erste. Zwanzig Meter von der Kiefer entfernt bezog er Position und feuerte einen Schuss ab, der in den Baum einschlug. Der Rückstoß traf ihn hart an der Schulter, und er verzog das Gesicht, als er zu dem Stamm ging und begann, die tiefsitzende Kugel herauszuschneiden. Doch Ekblads Mora-Messer funktionierte einwandfrei, und bald hatte er die plattgedrückte Kugel freigelegt. Er nahm ein Kuvert aus der Manteltasche, legte die Kugel hinein und schrieb einen Namen auf die Vorderseite. Danach wiederholte er die Prozedur so oft, bis er mit allen sechs Gewehren jeden Munitionstyp abgefeuert hatte. Von der Menge an Kuverts wölbten sich seine Manteltaschen nach außen. Er merkte, dass er fror. Eine Weile sah er einer großen Elster zu, die auf einem Baumwipfel saß. Als er vor Kälte zu zittern begann, ging er zum Auto. Auf der Fahrt zurück zur Polizeistation spürte er, wie die Spannung in seinem Körper langsam stieg. In der Küche kochte er Kaffee, setzte sich dann in sein Büro und nahm sich ein Kuvert nach dem anderen vor, bis er sämtliche Kugeln mit der von Bertil Kras verglichen hatte. Er brachte Ekblad das Messer zurück und erkundigte sich, wo die Lupe sei. Ekblad schaute ihn neugierig an, aber Lönngren zog es vor, nichts zu sagen.

Um halb fünf war er mit seiner Untersuchung fertig. Er blieb lange reglos sitzen. Es war bereits nach sechs, als er schließlich Gewehre und Kugeln in das brandsichere Archiv sperrte. Den Schlüssel nahm er an sich, statt ihn wie sonst auf den Haken unter der Schreibtischplatte zu hängen. Obwohl er die Polizeistation sorgfältig abgeschlossen hatte und bereits auf dem Bürgersteig stand, ging er noch einmal zurück und prüfte, ob die Tür tatsächlich verschlossen war. Er nahm den kürzesten Weg ins Hotel Engberg, wo er zu Abend aß und danach mehrere Gläser Kognak bestellte. Gegen zehn ging er nach Hause, machte Kaffee und setzte sich aufs Bett. Erst nach ein Uhr zog er sich aus, wusch Gesicht und Hände, putzte nachlässig seine Zähne und legte sich hin. Die Nachttischlampe ließ er brennen, nahm aber kein Buch mehr zur Hand.

Als er am nächsten Morgen wach wurde, wusste er, dass etwas bevorstand. Er konnte nicht sagen, ob es sich um etwas besonders Schreckliches handelte oder um etwas, das einfach bloß unangenehm war.

Bertil Kras tauchte bereits um Viertel vor neun auf. Lönngren hatte noch nicht einmal die Zeit gehabt, Gewehre und Munition wieder aus der Brandkammer zu holen. Es irritierte ihn, dass Bertil so früh dran war.

Sie begrüßten sich kurz. Bertil setzte sich, nahm Mütze und Schal ab und legte sie auf seinen Schoß.

»Irgendwas herausgefunden?«, fragte er.

Lönngren beobachtete ihn einen Moment. Dann antwortete er.

»Die Untersuchung ist abgeschlossen.«

Bertil erstarrte. Er wusste nicht, was er sagen sollte.

»Ach ja?«, kam es schließlich aus seinem Mund. Seine Stimme überschlug sich. Während er sich räusperte, fing Lönngren zu sprechen an.

»Ja. Ist beendet. Ich habe sämtliche Gewehre untersucht und mit jedem einen Probeschuss abgegeben.«

»Und?«

Bertil spürte, wie sein Herz schneller schlug.

»Was ist dabei herausgekommen?«, hakte er nach, als Lönngren nichts sagte.

»Es hat sich gezeigt, dass die Kugel, die ich von dir bekommen habe, aus keinem der Gewehre eurer Jagdgruppe stammt.«

Lönngren schaute Bertil gespannt an und konnte kaum verhehlen, dass er auf seine Reaktion neugierig war.

»Das kann nicht sein«, sagte Bertil.

»Leider. Oder zum Glück, sollte ich vielleicht sagen. Alles, was sich untersuchen lässt, habe ich getan. Ich hatte sämtliche Gewehre hier bei mir, habe damit geschossen und die Kugeln dann mit deiner verglichen. Es ist nirgendwo die kleinste Übereinstimmung zu finden.«

Bertil saß schweigend da. Er suchte verzweifelt nach einer Erklärung.

»Hast du die Gewehre nach wie vor hier?«, fragte er schließlich.

»Ja, im Archiv. Warum?«

»Kann ich sie sehen?«

»Sicher.«

Lönngren stand auf, und als er eben unter dem Schreibtisch nach dem Schlüssel greifen wollte, fiel ihm ein, dass er ihn in der Tasche hatte. Er sperrte auf, holte die Gewehre und legte sie vor Bertil auf den Tisch. Dann setzte er sich wieder in seinen Stuhl.

Er beobachtete Bertils Gesichtsausdruck, der den Blick von einem Gewehr zum nächsten wandern ließ. Nach einer Weile hob Bertil langsam den Kopf und blickte Lönngren direkt an.

»Hast du genug gesehen?«

Bertil nickte. Dann fing er an.

»Da ist nur eine Sache.«

»Und zwar?«

»Ich glaube dir nicht.«

»Nein?«

»Ich glaube dieser Untersuchung nicht. Jemand hat auf Svante und auf mich geschossen. Ich glaube, du lügst.«

»Du solltest dich in Acht nehmen, bevor du einem Polizisten vorwirfst, er würde nicht die Wahrheit sagen. Meine Untersuchung ist abgeschlossen. Du hast gehört, was ich gesagt habe.«

Bertil spürte, wie sich in ihm eine merkwürdige Sicherheit breitmachte. Als hätte er endlich einen Faden gefunden, der stark genug war, um daran ziehen zu können. Er stand auf und begann den Mantel zuzuknöpfen.

»Ich bin mir sicher, du weißt, wer geschossen hat, Lönngren«, sagte er. »Dir ist klar, wen du mit deiner Behauptung schützt, die Untersuchung sei ergebnislos verlaufen. Du weißt ganz genau, was du da tust. Aber diesmal kommst du nicht damit durch.«

»Drohst du mir etwa?«

»Nenn es, wie du willst. Diesmal wird die Wahrheit herauskommen.«

Bertil setzte die Mütze auf. Er hatte es plötzlich eilig. Wortlos verließ er den Raum. Als Lönngren die Eingangstür ins Schloss fallen hörte, stand er auf und ging zu Ekblad hinüber.

»Kannst du einen Moment zu mir kommen?«, fragte er.

Ekblad nickte und folgte ihm. Er sah Lönngren neugierig an.

»War das Bertil Kras, der eben hier war?«

»Ja. Die Untersuchung ist abgeschlossen. Kam nichts heraus. Alles negativ. Die Kugel stammt aus keinem der Gewehre.«

»Tatsächlich?«

»Tatsächlich.«

Lönngren hatte den Eindruck, dass Ekblad enttäuscht war. Das irritierte ihn. Bertils Worte hallten immer noch nach.

»Kannst du die Gewehre nehmen und zurückbringen?«

»Klar.«

»Und gib Enström auch diese Patronenschachteln und bezahl, was wir ihm schulden. Vergiss aber die Quittung nicht.«

»Die werden wohl alle was von mir wissen wollen.«

»Dann sag einfach, wie es ist. Dass wir die Untersuchung abgeschlossen haben und nichts dabei herausgekommen ist.«

Ekblad nickte und begann, sich die Gewehre über die Schultern zu hängen. Er steckte die Munitionsschachteln in die Taschen und wollte gerade gehen, als Lönngren ihn aufhielt.

»Findest du, dass es hier drinnen kalt ist?«

»Nein. Nicht besonders. Frierst du?«

»Nein. Ich habe mir bloß eingebildet, dass es zieht. Du machst dich jetzt besser auf den Weg.«

Als Lönngren wieder allein war, fragte er sich, was Bertil Kras nun vorhatte. Er fragte sich auch, ob sie sich hier in diesem Büro noch einmal treffen würden. Sein Gefühl sagte ihm, dies werde wohl leider der Fall sein. Er war hungrig und schaute auf die Uhr. Bis zum Mittagessen war es noch lange hin, aber da er keine Ruhe fand, entschied er, früher als sonst aufzubrechen. Außerdem wollte er nicht mehr über die Sache nachdenken. Die Untersuchung war abgeschlossen, und er hoffte, sich weitere Scherereien zu ersparen. Der Bericht, den er bereits verfasst hatte, konnte im Archiv verschwinden. Er ging hinaus und merkte, dass er vor allem einen Kaffee brauchte. Auf dem Weg ins Hotel tauchte vor ihm das Bild auf, wie er mit einem Gewehr in einer riesigen Tasse Kaffee rührte. Er hatte den Lauf mit einer Hand umfasst und löste mit dem hölzernen Gewehrkolben den Zucker auf dem Boden der Tasse auf.

Er, der nicht einmal Zucker verwendete.

Als er nach dem Essen auf den Kiesplatz vor dem Hotel trat, widerstrebte ihm der Gedanke, zur Polizeistation zurückzukehren. Er blieb in der Einfahrt stehen und versuchte herauszufinden, woher dieser Unwille kam. Planlos lief er auf die Straße und weiter in Richtung der südlichen Ortsausfahrt, die Hände in den Manteltaschen vergraben, das Kinn dicht an die Brust gedrückt. Nachdem er die Kirche erreicht hatte, entschied er sich, seinen Spaziergang auszudehnen und den Waldweg zu nehmen, der am Fluss entlangführte. Es war bestimmt über ein Jahr her, seit er das letzte Mal dort gegangen war. Jetzt aber erfasste ihn plötzlich die Lust, einfach zu gehen, und auf der abfallenden Straße zum Fluss steigerte er das Tempo. Der Boden unter seinen Füßen war trocken, und in dem schnellen Takt hielt er sich warm. Es dauerte nicht lange, bis er in die weite Stille des Fichtenwalds eintauchte. Zu seiner Rechten lag braun und zäh das Wasser des Flusses. Der Pfad schlängelte sich zwischen dichtem Gestrüpp hindurch, und obwohl er nur wenige Meter vom Flussbett entfernt ging, entzog dieses sich immer wieder seinem Blick. Ein Eichhörnchen flüchtete an einem Kiefernstamm nach oben, und zwischen den Bäumen war kurz ein schwarzer Vogel zu sehen, von dem Lönngren nicht wusste, ob es eine Elster oder Krähe war. Im Wald lag ein säuerlicher Geruch, den er mit einem wohligen Gefühl einatmete. Er folgte dem Pfad einige Kilometer. Erst als sich der Wald lichtete und er zu der stillgelegten Sandgrube kam, blieb er stehen und stellte zu seiner Verwunderung fest, dass er von dem langen Spaziergang nicht außer Atem war. Er strich sich mit dem Handrücken über die Stirn, fühlte aber nur wenige Schweißtropfen. Er setzte sich auf einen halb verfallenen Baumstumpf, der an der Abbruchkante der Sandgrube verwurzelt war. Die Sonne drang durch die dünne Wolkendecke, und er nahm die Ruhe und Reglosigkeit des Waldes in sich auf.

In dieser Stille stand plötzlich das gesamte Bild deutlich vor ihm. Die undurchsichtigen Zusammenhänge, die ihn seit langem belasteten, breiteten sich in niederschmetternder Klarheit vor ihm aus. Schlagartig begriff Lönngren, wie alles zusammenhing. Das verborgene Muster trat anschaulich hervor. Alle Teile fügten sich zu einem großen Ganzen. Der Brand, Raders Tod im Schnee, die anonymen Briefe, die Schüsse, alles. Er saß reglos auf dem Baumstumpf und folgte den Gedanken, die in seinem Kopf eine schlüssige Kette bildeten. Alles, was er untersucht, was er analysiert hatte, erwies sich als das, was es immer schon gewesen war: Scheinmanöver, sinnlose Nachahmungen tatsächlichen Handelns. Das, womit er sich beschäftigt und seine Arbeitszeit ausgefüllt hatte, war eine Art zeremonielles Verhalten und diente nur dazu, die Merkmale des Verbrechens selbst zum Verschwinden zu bringen. Und wenn sich das Verbrechen einmal näher definieren ließ, hatte er bewusst alle Spuren bis zur Unkenntlichkeit gelöscht. Er hatte kein Verbrechen aufgedeckt, er hatte keine Verbrecher gejagt; er hatte diejenigen bekämpft, die Wahrheit und Transparenz forderten. Ihm fiel ein, was er im Krieg gedacht hatte, als er sich Gesetzen beugen musste, deren Inkrafttreten er mit Widerwillen betrachtete. Aber hatte er diese Gesetze tatsächlich als so belastend empfunden? War es ihm besonders schwergefallen, sie zu befolgen? Hatte ihm seine Beamtenpflicht erkennbare Probleme bereitet? Hatte es ihm viel abverlangt, an der Einrichtung eines politischen Internierungslagers mitzuwirken, einer der größten Eiterbeulen im Gesicht der bürgerlichen schwedischen Demokratie?

Vielleicht war ja auch das passive Unbehagen eine Konstruktion? Damals hatte er gedacht: Das hier, das tust du, weil es ein Gesetz gibt, das besagt, dass du es tun musst. Und die Verfasser dieses Gesetzes verlangen von dir blinden Gehorsam und Loyalität. Genau jene Loyalität, die dich zu einem moralisch ehrenhaften Beamten macht. Solche Gesetze waren für die Politiker Kulissen. Die Gesetze schufen Raum, Handlungsradius, gaben den Aktionen den Takt vor und lieferten ein Alibi, eine unendlich variable Bühne für die politische Inszenierung und um sich die Opposition vom Hals zu schaffen. Ein verlassener Wald, aus dem ein geheimer Nationalpark wird, das Reservat für die Unzuverlässigen. Von diesem Lager führen eindeutige Verbindungslinien in die Gegenwart. Ein Sägewerk brennt ab, vieles spricht dafür, dass das Feuer gelegt wurde. Eine Untersuchung würde Spuren offenlegen, die für die Mächtigen unangenehm sein könnten. Stattdessen wird ein irreführendes Gerücht in die Welt gesetzt, das die tatsächlichen Ereignisse nicht nur verschleiert, sondern auch einem propagandistischen Ziel dient. Die ganze Zeit war er, der in seinem Leben nur ein einziges Mal in Stockholm gewesen war, als Aufpasser auf dieser politischen Bühne hin und her gelaufen. Damals, als er dem Lagergesetz Folge zu leisten hatte, gab es genaue Anweisungen. Anweisungen, die gelesen, interpretiert und dann verbrannt werden mussten. Die Gesetze hingegen, die er jetzt einhalten sollte, kannte er auswendig und befolgte sie automatisch. Die Verbrechen werden ausradiert, hinterlassen nur gerüchteweise noch einen schwachen Widerschein. Raders unnatürlicher Tod bleibt ein Rätsel. Das abgebrannte Sägewerk wird zu einem unerklärlichen Brandunglück. Und auch für die anonymen Briefe und die Gewehrschüsse wird es keine Erklärung geben. In dem Volksheim, das man errichtet, werden die Vorhänge vor die Fenster gezogen.

Als er da auf dem Baumstumpf bei der Sandgrube saß, fiel Lönngren kein Grund mehr ein, warum er diesen Gedanken nicht freien Lauf lassen sollte.

Und plötzlich wusste Lönngren auch, was er war.

Er war schlicht und einfach ein politischer Polizist, an der Leine, ohne das Recht auf eine andere Moral als die der Loyalität.

Er fühlte sich nicht einmal schlecht dabei.

Er dachte nicht nur, dass er ein Polizist war.

Er dachte, dass er vermutlich ein sehr guter Polizist war.

Wieder hörte er Bertils Worte: Dir ist klar, wen du schützt, Lönngren. Er verstand jetzt, dass Bertil völlig recht hatte. Seine Aufgabe als Polizist war nicht der vorbehaltlose Schutz der Bürger. Seine Aufgabe war es, den Wachhund zu spielen. Er sollte darüber wachen, dass die Bürger nicht über den Zaun kämen, in jene Umgebung vorstießen, wo Recht gesprochen und Macht ausgeübt wurde.

Er dachte wieder an die Schüsse. Natürlich hatte jemand geschossen. Natürlich ließe sich mit beharrlicher Arbeit herausfinden, wer das war und wie es sich zugetragen hatte. Aber sein Polizisteninstinkt sagte ihm, dass es besser wäre, den Fall auf sich beruhen zu lassen. In dieser Situation war es besser, einen Unsichtbaren zu schützen.

Auf dem Rückweg glaubte er, den lautlosen Schatten eines Birkhahns zwischen den Bäumen zu sehen. Er blieb lange stehen und atmete so leise wie möglich, in der Hoffnung, der Vogel käme noch einmal zurück. Aber im Wald war nichts als reglose Stille. Er ging zum Fluss hinunter und trank Wasser aus der hohlen Hand. Es war kalt und frisch. Er fuhr sich über die Stirn.

Sein Kopf war plötzlich leicht, und er hatte gute Laune.

Langsam fügten sich seine Gedanken zu einem Schachzug, den er am Abend auf eine Postkarte schreiben wollte. Morgen würde er sie in den Briefkasten werfen. Es war sein zweiter Zug in einer vor kurzem neu begonnenen Partie Fernschach.

Bertil Kras war ohne Zwischenstopp zu seiner Unterkunft am Fluss gegangen. In seinem Inneren hatte sich eine wachsende Wut breitgemacht, das Gefühl, endlich vor der Möglichkeit zu stehen zurückzuschlagen. Jetzt wollte er sich einfach nur ein paar Stunden ausruhen und über alles nachdenken. Er war versucht gewesen, gleich zu Enström zu gehen und ihm von seinem Besuch bei Lönngren zu erzählen, hatte sich aber noch zurückgehalten. Seinen Gedanken folgend, beschleunigte oder verlangsamte er seine Schritte. Wer ihn gehen sah, dachte sicher, was für ein sonderbares Verhalten.

Doch natürlich hatte niemand etwas gesagt.

Als er zu Hause war, trank er Kaffee. Mit der Tasse in der Hand ging er auf und ab und sprach laut mit sich selbst. Er unterhielt sich mit Enström und merkte, wie sein Enthusiasmus und Kampfgeist wuchsen. Dieses Mal würden sie zurückschlagen. Als er sich schließlich auf die Bettkante setzte, merkte er, dass er verschwitzt war. Er legte seine Kleidung ab, wusch sich, zog ein frisches Hemd an und ging zum Eisenwarenladen.

Er hatte Glück. Enström war nicht allein. Erlandsson war ebenfalls da. Bertil warf den Mantel über die Lehne und ließ sich in den Korbsessel fallen.

»Jetzt aber«, sagte Bertil. »Jetzt sind wir am Zug.«

Hastig berichtete er von seinem Treffen mit Lönngren. Enström und Erlandsson saßen reglos in dem dunklen Raum und beobachteten ihn.

»Ich weiß«, sagte Enström, als Bertil schwieg. »Ekblad war mit den Gewehren hier.«

Bertil hatte nicht bedacht, dass die Gewehre natürlich zurückgebracht werden mussten und dass das auch mit einem Kommentar einherging.

»Na, dann wisst ihr ja Bescheid«, sagte er. »Und das heißt, dass wir jetzt endlich die Chance haben, uns zur Wehr zu setzen, eine Möglichkeit, die es seit vielen Jahren nicht gegeben hat.«

Erlandsson richtete sich auf.

»Wie meinst du das?«, fragte er.

Erlandssons Trägheit irritierte Bertil. Seiner Antwort war das aber nicht anzumerken.

»Versteht ihr denn nicht? Das ist doch vollkommen klar. Jemand hat auf Svante und mich geschossen. Lönngren untersucht die Sache, ohne dass dabei etwas herauskommt. Warum kommt nichts dabei heraus? Warum kommt bei Lönngrens Ermittlungen nie was heraus, wenn einer von uns etwas zur Anzeige bringt? Weil Lönngren den Verbrecher schützt. Die Polizei schützt keine Kommunisten. Die Polizei schützt die, die versuchen, uns umzubringen.«

»Wen meinst du, Bertil?«, sagte Enström rasch. Bertil fand, dass Enström hinter seinem Schreibtisch ungewöhnlich angespannt wirkte.

»Paulus Blomgren. Entweder er oder eben ein anderer Paulus Blomgren. Von solchen gibt es ja viele.«

Enström stand mit einem Ruck auf. Eine Quittung segelte zu Boden, ohne dass er sie weiter beachtete. Er blieb stehen und stemmte die Hände auf den Tisch.

»Du hast ja recht, dass hier einiges nicht mit rechten Dingen zugeht«, sagte er. »Aber Blomgren namentlich zu beschuldigen geht dann doch ein bisschen zu weit, oder?«

»Findest du? Wer sollte es denn sonst sein? Du? Oder du, Erlandsson? Es kann natürlich ein Außenstehender gewesen sein, auch wenn das sehr weit hergeholt scheint. Aber genau das wollen wir ja jetzt herauskriegen. Alles muss auf den Tisch. Lönngren lügt diesmal so eindeutig, dass er damit einfach nicht durchkommen kann. Das ist doch unsere Chance, zum Teufel noch mal! Wir müssen einfach nur loslegen.«

Im Raum wurde es still. Erlandsson beschäftigte sich mit seiner Pfeife. Bertil hatte den Eindruck, dass er sie unnötig langsam stopfte. Enström bückte sich mühevoll nach der Quittung, die auf dem Boden lag. Als er sie endlich zwischen die Finger bekam, setzte er sich. Die ganze Situation erschien Bertil auf einmal unbegreiflich. Der überschäumende Enthusiasmus, der ihn bis eben noch erfüllt hatte, wich einem Staunen über die Trägheit seiner Freunde.

»Sollen wir nicht endlich versuchen, in die Gänge zu kommen, verfluchte Scheiße?«, fragte er schließlich.

Enströms Antwort kam unmittelbar, als hätte er sich darauf vorbereitet.

»Was sollen wir deiner Meinung nach tun? Ganz konkret jetzt?«

»Das ist doch ziemlich einfach. Zuerst verlangen wir von Lönngren, die Untersuchung wiederaufzunehmen und offenzulegen, wie er denn zu seinem Ergebnis gekommen ist. Er muss schließlich beweisen können, dass er nichts beweisen kann. Und falls das nichts bringt, wenden wir uns an die nächsthöhere Stelle. Außerdem sollten wir mit dem Fall an die Öffentlichkeit gehen, finde ich. Uns steht alles offen, wir haben ja nichts zu verlieren. Nur verpassen dürfen wir diese Chance nicht! Wenn wir uns nicht völlig zerstören lassen wollen, dann müssen wir jetzt wieder kämpfen! Was für verdammte Kommunisten sind wir denn, wenn wir nicht kämpfen? Oder was denkst du, Erlandsson?«

»Ja. Vielleicht hast du recht.«

Bertil war selbst von der Heftigkeit seiner Wut überrascht, die plötzlich aus ihm hervorbrach und sich nicht aufhalten ließ.

»Vielleicht hast du recht? Was ist das denn für eine Antwort?«

Erlandsson schien unangenehm berührt und beugte sich wieder über seine Pfeife.

»Ich meine es, wie ich es sage. Du hast vermutlich recht.«

Bertil schaute die beiden an. Er merkte, wie ihm der Mut abhandenkam. Die Kraft, die er zuvor so deutlich gespürt hatte, wurde ihm nun zur Last.

»Findet ihr denn, wir sollen das einfach so stehenlassen? Wir sollen nicht kämpfen? Wir sollen uns abschlachten lassen, ohne einen Finger zu rühren? Wollt ihr mir das sagen?«

Enström rutschte auf dem Schreibtischstuhl herum.

»Natürlich nicht, Bertil. Ich finde, wir machen es, wie du sagst. Wir denken zwei, drei Tage darüber nach, und dann machen wir es, wie du sagst.«

»Darf ich dich was fragen?«, sagte Bertil unerwartet schnell.

»Ja?«

»Als du heute von Lönngrens Untersuchung erfahren hast, hattest du da nicht den gleichen Gedanken wie ich?«

»Nein, den hatte ich tatsächlich nicht.« Enström ließ sich mit der Antwort Zeit.

»Warum nicht?«

»Im Laden war viel los.«

Bertil sagte dazu nichts weiter, sondern nickte nur. Er war nahe daran, in seiner rasenden Enttäuschung unterzugehen.

»Fehlt uns wirklich jede Kraft?«, fragte er schließlich. »Sind wir wirklich schon besiegt?«

»Selbstverständlich trifft weder das eine noch das andere zu«, hörte er plötzlich aus Erlandssons Richtung. »Aber wir arbeiten im Moment unter schwierigen Bedingungen. Das dürfen wir nicht vergessen.«

»Arbeiten Kommunisten in einem bürgerlichen Staat nicht immer unter schwierigen Bedingungen?«, fragte Bertil.

»Doch, natürlich. Aber jetzt, wo es den Leuten allmählich besser geht, interessieren sich nicht besonders viele für den Kommunismus.«

Bertil merkte, wie ihn erneut Kampflust erfasste. Er richtete sich in dem Korbsessel auf.

»Aber ist es nicht wichtig, dass wir als Kommunisten dann noch härter arbeiten und den Leuten sagen, dass wir auf diesen Volksheimbluff nicht hereinfallen? Dass der im Grunde nichts ändert?«

»Doch, natürlich. Aber es ist nicht leicht.«

»Ja, was denn sonst, verfluchte Scheiße! Klar ist es nicht leicht. Es ist schwer. Und hart. Aber das sind wir der Sache doch schuldig!«

»Fangt jetzt nicht zu streiten an, Leute«, unterbrach Enström.

»Ach, streiten sollen wir jetzt also auch nicht?«, brüllte Bertil. »Wir sollen überhaupt nichts mehr tun? Ich dachte, diskutieren sei wichtig, um die gegensätzlichen Standpunkte klarzumachen!«

»Beruhig dich jetzt, Bertil«, fuhr Enström fort. »Ich glaube nicht, dass wir so weiterkommen. Wir sind uns ja einig. Wir machen es, wie du sagst.«

»Weil ich es sage, ja.«

»Wie bitte?«

»Scheiß drauf!« Bertil fuhr aus dem Sessel hoch und riss den Mantel an sich. Er blieb kurz stehen und machte Anstalten, noch etwas zu sagen. Aber er überlegte es sich anders und floh aus dem Eisenwarenladen, hinaus in die Kälte des Abends.

So weit sind wir also, dachte er, als er planlos durch die Straßen irrte. Es war kurz nach sieben, und das Ortszentrum leerte sich langsam. Sind wir wirklich so erbärmlich, dachte er weiter, dass uns die Mutlosigkeit völlig beherrscht? Wir sind wenige, vielleicht weniger als je zuvor, aber statt noch härter zu kämpfen, lassen wir uns als Verlierer behandeln, ohne überhaupt gekämpft zu haben. Wie sagt man im Sport dazu? Walk-over?

Bertil schlug eine Richtung ein, die ihn aus dem Zentrum hinausführte. Als er zum Krankenhaus kam, bog er links ab und steuerte auf die Genossenschaftshäuser zu, die sich bis zu den Bahngleisen erstreckten.

Er verlangsamte seine Schritte, ging fast unnatürlich bedächtig, den Blick zu Boden gerichtet. Er versuchte, die widerstandslose Entmutigung zu verstehen, die Enström und Erlandsson ausgestrahlt hatten. Darauf war er überhaupt nicht vorbereitet gewesen. Dass er es als große Chance empfand, den Kampf wiederaufzunehmen, daran hatte er keinen Zweifel gelassen. Er begriff, es war dieses Unvorbereitetsein gewesen, was zu seiner unbeherrschten Flucht geführt hatte. Seine Enttäuschung war so groß, dass er davor zurückschreckte, sie überhaupt anzuerkennen.

Er blieb stehen und dachte nach. Würden sie gezwungen sein, so lange unaufhörlich Schläge einzustecken, bis die Schläger mit ihren unzähligen Armen so müde waren, dass sie eine Pause einlegen mussten? Waren diese wiederkehrenden Niederlagen unabwendbar oder eine Voraussetzung dafür, die Schläger künftig dank ihrer ungenützten Kräfte zu Boden werfen zu können? Es fiel ihm schwer, die Notwendigkeit solcher Schläge einzusehen. Seiner Meinung nach mussten sie den Widerstand verstärken. Den Widerstand gegen die Mutlosigkeit, gegen den äußeren und den inneren Feind. Dieser innere Feind, die Zögerlichkeit, der Zweifel, hatten in einer Weise zugenommen, die er bisher nicht mitbekommen hatte. Er dachte an Svante, der fortgegangen war, der schrieb, dass er es nicht mehr ausgehalten hatte, jetzt im Moment.

Jetzt im Moment? Was heißt das? Ein Jahr, zehn? Bertil wird von eiskalter Angst erfasst, die er kaum unter Kontrolle halten kann. Mit einer Klarheit, die ihn fast zu Boden zwingt, weiß er, dass sich die Frage nach der verbleibenden Kraft nun auch ihm stellt.

Er lässt diesen Gedanken nur kurz zu und geht Richtung Hotel. Auf dem Weg kommt er am Rangierbahnhof vorbei, der von Scheinwerfern gelb erleuchtet ist. Er hält an und schaut zu den frostigen, unbeweglichen Waggons und den schwarzen Lokomotiven hinüber.

Dann geht er weiter.

Im Hotel isst er zu Abend und sieht durch die Türen des Speisesaals, wie nacheinander mehrere alte Menschen die Treppe in den ersten Stock hinaufsteigen, wo ein fahrender Chiropraktiker für einige Tage seine Ordination eingerichtet hat. Er sieht, wie sie ihre Körper mühevoll nach oben schleppen. Er versucht herauszufinden, ob zwischen den Hinaufgehenden und den Herunterkommenden ein Unterschied zu erkennen ist. Aber er findet nichts, was auf eine Veränderung hindeutet, keine Zeichen, die sich als neue Hoffnung oder konkrete Verbesserung deuten ließen. Die Treppe ist eine Altersleiter, die hinauf wie hinunter ins Grab führt.

Nach dem Kaffee, als er bei einem Glas Kognak sitzt und bereits etwas betrunken ist, betritt der Chiropraktiker den Speisesaal und lässt sich an einem Tisch am Fenster nieder. Bertil kann ihn von der Seite beobachten. Der Chiropraktiker ist höchstens vierzig. Er trägt elegante Kleidung und besitzt offenbar viel Selbstvertrauen. Das Essen bestellt er mit lauter Stimme, was Bertil an die Mitglieder einer reisenden Theatergesellschaft erinnert, die er hier einmal antraf und die sich selbstsicher und laut unterhalten hatten. Der Chiropraktiker wirkt gutsituiert und trägt an seinen wunderwirkenden Händen mehrere Ringe. Er raucht lange Zigarillos und beklagt sich darüber, dass das Fleisch nicht gar sei. Er wirft Bertil einen scharfen Blick zu.

Chiropraktiker, denkt Bertil. Knochenbrecher. Sicher hat das, was er tut, auch sein Gutes. Aber genauso sicher ist daran vieles faul. Er lebt von seinem Können, aber auch vom Glauben der Menschen an Märchen und von der nicht kleinzukriegenden Hoffnung auf ein Wunder. Wie er selbst wohl darüber denkt? Bertil hat plötzlich das Bedürfnis, zu seinem Tisch hinüberzugehen und ihn zu fragen. Doch etwas an dieser Gestalt bewirkt, dass er es sein lässt und grübelnd bei seinem Kognak sitzen bleibt. Seiner Auffassung nach wird die Gesellschaft von Politikern geführt, die mit dem Segen der Kapitalisten behaupten, auf stabilem Grund das Projekt Volksheim zu errichten, während es in Wirklichkeit ein Kartenhaus auf sumpfigem Boden ist, ein Kartenhaus, das mit ein paar chiropraktischen Tricks aufgestellt wurde. Am Tisch des Chiropraktikers könnte genauso gut ein wohlsituierter Politiker sitzen, über das Essen klagen und teure Zigarillos rauchen.

Bertil weiß, dass er dem Chiropraktiker mit diesem Gedanken vielleicht unrecht tut, aber das ist ihm im Moment egal. Er betäubt seine Enttäuschung mit Alkohol, er ist aggressiv und hat Angst. Er weiß, dass er zu Margot gehen sollte, kann sich aber dazu nicht durchringen. Es gibt so vieles, das er erst noch verstehen muss. Allein. Er bestellt noch einen Kognak und kritzelt mit einem Kugelschreiber auf der Rückseite einer Stoffserviette herum.

Erik Enström, schreibt er. Feuerwehrhauptmann, Eisenwarenhändler, mutlos.

Dann wirft er die Serviette zur Seite. Er versucht, sich wieder zu konzentrieren, ruhig und methodisch nachzudenken, aber es klappt nicht. Er ist zu unruhig.

Eine der Kellnerinnen nähert sich dem Tisch des Chiropraktikers.

»Herr Aronsson«, sagt sie. »Ein älterer Mann ist am Telefon, der vergessen hat, dass Sie heute den letzten Tag Ordination bei uns haben. Er möchte wissen, ob Sie ihn jetzt noch drannehmen können, auch wenn es schon Abend ist. Was soll ich antworten?«

»Herrgott noch mal«, sagt Aronsson. »Dass die sich aber auch nie meine Termine merken können. Was fehlt dem Kerl?«

»Er hat Rückenschmerzen. Schon seit dreißig Jahren, sagt er. Vor kurzem ist er fünfundachtzig geworden.«

Der Chiropraktiker drückt schlecht gelaunt seinen Zigarillo aus.

»Nein«, antwortet er. »Sagen Sie einfach, ich sei bereits abgereist oder irgendetwas in dieser Richtung. Lügen Sie sich was Passendes zusammen. Bringen Sie es ihm so bei, dass ihm nicht gleich die Luft wegbleibt. Haben Sie mich verstanden?«

Die Kellnerin nickt zögerlich und geht.

Der Chiropraktiker und Bertil sind jetzt allein im Speisesaal. Bertil merkt, dass er im Begriff ist, die Kontrolle zu verlieren. Aronssons Antwort hat ihn erbost. Er hält das Kognakglas fest und kann sich nicht mehr zurückhalten.

»Arschloch«, sagt er laut.

Aronsson dreht sich um und schaut Bertil an.

»Wie bitte? Haben Sie etwas gesagt?«

»Arschloch, habe ich gesagt.«

Aronsson ist verdutzt, behält aber die Fassung.

Im selben Augenblick kommt die Kellnerin zurück. Sie will gerade etwas sagen, als Aronsson die Hand hebt.

»Ich verbitte mir, dass dieser Gast dort Unverschämtheiten gegen mich loslässt. Das werde ich nicht tolerieren.«

Die Kellnerin hat keine Ahnung, wovon er redet. Erst als er sich umdreht und auf Bertil zeigt, versteht sie. Unsicher geht sie auf Bertil zu.

»Ich habe gesagt, dass er ein Arschloch ist. Mehr nicht. Kann ich zahlen?«

Nachdem er die Rechnung beglichen hat, bleibt er sitzen, bis die Kellnerin in der Küche verschwunden ist. Schließlich steht er auf und geht zum Tisch des Chiropraktikers. Er sieht ihm ins Gesicht.

Dann spuckt er ihn an. Die Spucke bleibt auf dem weißen Hemd kleben.

Er verlässt das Hotel, ohne noch ein Wort von Aronsson zu hören.

Auf der Straße merkt Bertil, dass er betrunken ist, aber er wankt noch nicht. Der Schnaps wärmt ihn, und er spürt nicht, wie kalt es ist. Wieder lässt er sich durch die Straßen des Ortes treiben. Er bereut, den Chiropraktiker angespuckt zu haben. Aber kommt es nicht oft vor, dass man einem Unschuldigen mit der Faust ins Gesicht schlägt, wenn der eigentliche Schuft unerreichbar ist? Eigentlich wäre es richtig, jetzt zurückzugehen und sich zu entschuldigen. Zugleich kann Bertil nicht vergessen, wie gleichgültig der Mann im Hotel den Alten, der Hilfe brauchte, abgefertigt hat. Er belässt es also dabei, setzt seine einsame abendliche Wanderung fort und biegt beim Gemeindehaus um die Ecke. Nachdem er sich etwas beruhigt hat, versucht er seine

Gedanken zu ordnen. Zuerst denkt er an die Jagdwoche im Wald zurück, an seinen Posten neben den Kiefern und Steinblöcken, dann springt das Bild zu dem morgendlichen Treffen mit Lönngren. Er versucht, die Situation als Teil eines größeren Ganzen zu sehen, und fängt an, hörbar vor sich hin zu murmeln.

»1951, 1952«, denkt er laut. »Als ich ein Kind war, wurde das Volksheim geschaffen. Im Krieg hat man daraus wieder das Vaterland gemacht. Nach dem Krieg kehrte das Volksheim auf die Bühne zurück. Und jetzt wird wie verrückt daran gebaut. Ein Flickwerk an Reformen, ein Versuch, immer mehr Menschen einen Zugang zur bürgerlichen Gesellschaft zu verschaffen. Der Blick zurück ist nur so weit zugelassen, als er dem Ursprung des Volksheims gilt, seiner Partei, seinem Gehirn, seinen Händen. Aber die Bedingung für dieses Volksheim ist, dass es tausend Geheimtüren gibt, durch die man Kritik und Opposition in die Finsternis jagt, wo die Kommunisten ein Leben in der Isolation führen. Eine Finsternis, so dicht wie dieser Abend.«

Vor dem Konsumladen bleibt er stehen. Kann es so sein? Paulus Blomgren? Plötzlich beginnt auch Bertil zu zweifeln. Ist das alles nur eine verrückte Einbildung? Aber er hat die Kugel doch selbst aus dem Stamm geholt, das war keine Erfindung. Nein, Einbildung ist das nicht. Er ringt seine Zweifel nieder.

»Wenn ich glaube, dass es nicht wirklich passiert ist«, sagt er laut, »dann muss ich ja annehmen, dass die Welt und die Menschen im Grunde nicht zu begreifen sind. Und das denke ich nicht. Ich weiß aber, dass eine Minderheit aus Eigeninteresse alles daransetzt, dem Rest der Bevölkerung die Wirklichkeit unbegreiflich erscheinen zu lassen. So ist das.«

Er geht weiter. In Gedanken kehrt er in das Hinterzimmer des Eisenwarenladens zurück. Er ist jetzt überzeugt, dass Enströms und Erlandssons Mutlosigkeit nur vorübergehend war, dass sie ihn morgen aufsuchen und sagen werden, jetzt aber, jetzt packen wir es an! Ist er selbst vielleicht zu enthusiastisch gewesen und hat seinen Gefühlen zu sehr freien Lauf gelassen? Auf einmal spürt er Reue, dass er seine beiden Freunde so leichtfertig verurteilt hat.

Doch etwas stimmt trotzdem nicht. Die Art, wie sie mit ihm umgegangen sind, bleibt für ihn undurchschaubar. Seine Unrast kehrt zurück, er versucht, dagegen anzukämpfen. Was weiß er denn schon von Enström? Mangelt es ihm bloß an Fantasie, um das Verhalten der beiden zu verstehen? Aber was hat das denn mit Fantasie zu tun? Er schüttelt den Kopf. Nein, da stimmt etwas nicht. Er hat den gesamten Ort auf einen Schlag satt. Nie ist er ein Teil dieser kleinen Gemeinde geworden, mit all ihren unsichtbaren Verbindungen und Abhängigkeiten. Vielleicht ging es ja von Anfang an darum, ihn auszustoßen, aber auf eine so raffinierte Weise, dass niemand dafür die Verantwortung übernehmen muss? Er soll mit seinen Habseligkeiten einfach verschwinden. Und wenn er im Schienenbus nach Süden sitzt, dann soll er nichts von dem begriffen haben, was geschehen ist. Nein, das stimmt auch nicht. Schließlich begreift er ja alles, die Zusammenhänge sind ihm klar. Es geht einzig und allein darum, seine Freunde mitzureißen und zu kämpfen. Er muss ihnen vertrauen, er muss ihnen helfen, wieder etwas zu wagen. Wieder Kraft zu finden.

Abermals steht er da und schaut über den Rangierbahnhof. Die schweren Güterwagen stehen wie angehalftert an den Prellböcken, die gelben Bremsklötze zwischen Räder und Schienen geklemmt. Neben den Schatten der Lokomotiven zeichnen sich die gewölbten Kohlewagen ab. Blitzartig fühlt er seine hilflose Unsicherheit verschwinden und hat ein Bild vor Augen, das ihn im Kampf mit den Loks und Güterwagen zeigt.

Er geht weiter. Den nächsten Halt legt er vor den beleuchteten Schaufenstern der Lokalzeitung ein. Schaut sich die Fotos an und liest die Bildtexte.

Bilder von Fußballspielen.

Kriegsbilder aus Korea.

Die Fotografie eines Traktors.

Ein toter Schriftsteller.

Lawinenabgänge in den Alpen.

Der Sozialdemokrat Tage Erlander und der Vorsitzende der Volkspartei Bertil Ohlin, lächelndes Händeschütteln.

Bilder in scharfem, zischendem Blitzlicht.

Überbelichtet, grobkörnig.

Der Esel, der Werbung für den Karlsson-Kleber macht.

Ingrid Bergman trifft Esther Williams.

Bademode.

Lange betrachtet er die Fotos der beiden händeschüttelnden Politiker. Dabei fasst er den Entschluss, Enström aufzusuchen. Er hält es allein mit seinen Gedanken nicht mehr aus.

Bertil musste lange an die Tür schlagen, bevor geöffnet wurde. Enström stand im Türrahmen, in einem alten Bademantel, und Bertil begriff, dass er ihn geweckt hatte. Er hatte nicht daran gedacht, wie spät es war.

»Ich muss mit dir reden«, sagte er.

Er legte seinen Mantel im Flur ab, ging dann in die Küche und setzte sich an den Tisch. Enström war in den ersten Stock hinaufgegangen, um seine Pantoffeln zu holen. Durch die Decke konnte Bertil hören, wie Enström mit Linnea sprach. Als Enström zurückkam, hatte er Hose und Hemd an und dicke Wollsocken an den Füßen. Er setzte Kaffee auf und nahm Bertil gegenüber Platz.

»Du hast wohl schon geschlafen«, meinte Bertil.

»Kein Problem.«

Danach sagten sie nichts mehr, bis der Kaffee auf dem Tisch stand. Erneut war Bertil unsicher, wie er mit Enström reden sollte. Den Gedanken, die ihm bei seinem Spaziergang so klar erschienen waren, war ihre Selbstverständlichkeit abhandengekommen. Die vertraute Sicherheit, die er normalerweise in Enströms Nähe fühlte, wollte sich nicht einstellen. Er rührte in seiner Tasse, und Enström saß schweigend da. Sie konnten hören, wie Linnea über ihnen herumging.

»Und was wolltest du?«, fragte Enström schließlich vorsichtig.

»Ich versuche zu verstehen, was los ist«, sagte Bertil und schaute ihn an. »Warum ihr, du und Erlandsson, keine Lust habt, euch weiter mit den Gewehrschüssen zu beschäftigen. Denn so ist es doch. Am liebsten wäre euch, dass wir es einfach lassen. Möglich, dass ich ein Idiot bin, aber ich verstehe es einfach nicht. Den ganzen Abend bin ich durch den Ort gegangen und habe darüber nachgedacht. Etwas stimmt da nicht.«

Während Bertil sprach, schaute Enström aufs Tischtuch. Seine Fäuste lagen schwer auf dem Küchentisch. Bertil fand, dass er in dem fahlen Licht sehr alt aussah.

»Klar stimmt vieles nicht«, sagte er mit leiser Stimme, ohne den Blick von dem karierten Wachstuch zu heben. »Wenn du von allein nicht draufkommst, werde ich dir sagen, wie es ist. Ich bin müde. Ich frage mich oft, ob sich das, womit wir uns da abmühen, lohnt, ob es eigentlich einen Nutzen hat. Ich weiß nicht, ob ich aus dieser unterlegenen Position heraus ewig weiterkämpfen kann. Natürlich bin ich überzeugt, dass der Kapitalismus früher oder später endgültig zusammenbrechen wird. Darum geht es nicht. Es ist bloß so, dass ich nicht mehr als das Allernotwendigste schaffe. Sobald etwas geschieht, das einen zusätzlichen

Einsatz erfordert, bin ich mir sicher, dass es mit einer Niederlage endet. Das ist furchtbar, aber es ist die Wahrheit. Und dann wird es schwer. Ich beneide dich, du scheinst die Kraft ja zu haben. Aber ich? Egal, wie sehr ich mich aufzuraffen versuche, mein Körper will nur sitzen bleiben. Es ist eine Sache, etwas zu erstreiten, was in einem Monat oder einem Jahr erreicht ist. Aber im Moment fühlt es sich so an, als richte sich alles, was wir tun, auf ein Ziel, das sich vielleicht erst in hundert Jahren verwirklichen lässt. Schrecklich, aber so ist es. Jeder wird ja hin und wieder von Mutlosigkeit gepackt, aber dieses Mal scheint sie mir sehr zählebig.«

Enström verstummte und schaute Bertil an. Er verzog das Gesicht zu einer beschämten Grimasse, als hätte er sich auf eine Weise ausgeliefert, die er eigentlich nicht wollte. Bertil ging zur Spüle und trank ein Glas Wasser. Der Alkohol hatte ein trockenes Gefühl im Mund hinterlassen, und ihm war übel.

»Vielleicht ist es einfach so«, setzte Enström an, als Bertil ihm gegenüber wieder Platz genommen hatte, »dass ich auf eine neue Generation warte, die unsere Arbeit fortführt. In deinem Alter und auch noch Jüngere. Und früher oder später werden sie wohl auch kommen. Uns gehört die Zukunft, wie wir sagen, und das stimmt natürlich. Aber jetzt im Moment? So ist das.«

»Wir müssen eben zusammenstehen«, antwortete Bertil. »Einander helfen, um die Kraft zu finden. Dieses Mal bist es du, das letzte Mal war ich es. Wir vergessen viel zu leicht, dass wir füreinander da sind. Wir vergessen die Solidarität und schleichen wie graue, unglückliche Schatten herum. Wir wissen schließlich, dass die Niederlagen, die uns treffen, nur vorübergehend sind, wir kommen jedes Mal zurück, immer wieder.«

»Aber ja doch. Sicher. So habe ich vor ein paar Jahren auch geredet.«

Enström fragte, ob er noch mehr Kaffee kochen solle, aber Bertil schüttelte den Kopf. Ihm wurde immer übler, er hatte schon Brechreiz. Außerdem bereute er es, Enström so spät am Abend aufgesucht zu haben. Es schien unmöglich, ihn aufzurütteln, ihn dazu zu bringen, den schweren Körper in Bewegung zu setzen.

»Du vergisst nicht, dass wir morgen Abend Sitzung haben?«, sagte Enström.

»Natürlich nicht.«

Enström stand auf, kniff die Augen zusammen und versuchte, an dem Thermometer vor dem Küchenfenster die Temperatur abzulesen. Ohne Kommentar setzte er sich wieder hin.

»Glaubst du wirklich, dass es Blomgren gewesen sein könnte?«, fragte er dann rasch.

»Ja. Natürlich weiß ich es nicht, aber eine Untersuchung müsste das schließlich klären können, oder nicht?«

Enström nickte.

»In einer so kleinen Gemeinde gibt es zwischen den Leuten eine Menge Verbindungen, die nur zum Teil sichtbar sind. Die meisten sind auf irgendeine Weise in Abhängigkeiten verstrickt. Und diese Abhängigkeiten geben den Ausschlag, was hier im Ort geschieht. Wer andere ökonomisch von sich abhängig machen kann, besitzt eine unerhörte Macht, solange diese Abhängigkeiten nicht untersucht und geklärt werden. Woher wissen wir, dass Rader nicht Lönngren Geld geliehen hat? Vielleicht sind ja Ereignisse, die zwanzig, dreißig Jahre zurückliegen, ausschlaggebend, dass man Blomgren dazu anstiften kann, auf dich und Svante zu schießen? Solange wir das nicht wissen, können wir gar nichts mit Sicherheit sagen. Und diese kleine Gemeinde unterscheidet sich ja nicht vom ganzen Land. Überall, im Großen wie im Kleinen, gibt es diese Abhängigkeiten. Zwischen denen, die das Geld haben, und denen, die in ihrem Interesse die Gesellschaft verwalten. Diese Abhängigkeiten müssen aufgedeckt werden, und an dem Tag, an dem dies geschieht, werden wir ganz ungeahnte Dinge sehen. Nur so können wir diese Abhängigkeitsverhältnisse beenden, und dann gibt es für uns keine Niederlagen mehr. Dann wird keiner von uns mehr wissen, was Mutlosigkeit ist. Aber so weit sind wir noch nicht. Und wir können es nicht beschleunigen. Es passiert, wenn die Zeit reif ist. Das müssen wir, glaube ich, einsehen und, so gut es geht, dagegen kämpfen, Kräfte sammeln und uns vorbereiten. Im Augenblick sind unsere Möglichkeiten sehr begrenzt. Derzeit kommen wir nirgendwohin, Bertil. Ich glaube, dass wir unsere Kräfte vergeuden. Wir müssen einsehen, dass die Zeit noch nicht reif ist.«

»Und uns von ihnen erschießen lassen?«

Enström antwortete nicht. Er spann seinen Gedanken weiter.

»Es liegt ja auf der Hand, was geschieht, im Moment gibt es einfach Kräfte, die stark genug sind, uns daran zu hindern, das zu verstehen, was wir verstehen wollen und wozu wir auch das Recht haben.«

»Und wie steht es mit dir?«, fragte Bertil. »Mit deinen Abhängigkeiten?«

»Eine gute Frage. Stelle ich mir auch manchmal. Nein, war nur ein Witz. Ich stehe außerhalb. Wie du.«

Enström gähnte. Er war müde. Bertil merkte, dass er frische Luft brauchte. Die Übelkeit stieg in ihm hoch. Er stand auf.

»Wir sehen uns also morgen«, sagte er.

Enström begleitete ihn auf den Flur hinaus.

»Bestell Linnea Grüße von mir.«

»Die schläft nun wohl. Mache ich morgen. Grüß Margot.«

Als Bertil nach Hause kam, erbrach er sich vor der Tür. Auf

der Treppe traten ihm vor Anstrengung Tränen in die Augen. Er setzte sich auf die Bettkante und zog die Uhr auf. Dann spülte er den Mund und zog sich aus.

Das Letzte, an das er vor dem Einschlafen dachte, war, dass der morgige Tag eine Entscheidung bringen würde.

10.

Bertil wurde an diesem Morgen früh wach und setzte sich mit einem Ruck im Bett auf. Er wusste, dass er geträumt hatte, konnte sich aber an nichts erinnern. Er zog sich die Decke ans Kinn und war überrascht, keinen Kater zu haben. Als er nach einer Weile aufstand, spürte er die Kälte im Zimmer und kleidete sich schnell an.

Es war kurz nach sechs, als er an seinem Tisch saß, draußen war es stockfinster. Er hatte das Bedürfnis, eine Art Bilanz über sein Leben zu ziehen. Ohne lange nachzudenken, nahm er einen Pappkarton aus dem Schrank, wischte den Staub ab und breitete den Inhalt auf dem Tisch aus. Dokumente, Zeitungen, Eintrittskarten, Fotografien und kaum leserliche Notizen. Langsam und systematisch grub er sich durch diesen Berg an Dingen. Alles war da. Der Arbeitsvertrag mit dem Sägewerk, die Lohntüten. Zeitungsausschnitte mit Artikeln über den Brand, die bereits zu vergilben begannen und spröde wurden wie getrocknete Herbstblätter. Er entdeckte alte Kinotickets und Eintrittskarten zu Fußballspielen, Notizen, die er auf die Rückseite von Rechnungen aus der Kneipe oder dem Hotel Engberg geschrieben hatte. Er sortierte die Papiere in unterschiedliche Stapel. Seltsamerweise bereitete es ihm kein Unbehagen, sich an all die Dinge zu erinnern, die das Rückgrat seines immer weiter schrumpfenden Daseins bildeten. Er überlegte kurz, ob er alles einfach verbrennen sollte, fand dafür aber keinen überzeugenden Grund. Als er alles durchgesehen hatte, blieb er sitzen und schaute auf die unterschiedlichen Stapel. Wenn er die Augen zusammenkniff, ähnelte das Bild vor ihm den Linien eines Feldsteins, die von verschiedenen abgelagerten Gesteinsschichten stammten. Er strich mit den Fingern über die Papierpacken und lauschte dem leisen Rascheln, wie Espenlaub in einem sommerlichen Wald. Erst als er an den Füßen zu frieren begann, wischte er alles wieder in den Karton und stellte ihn in den Schrank zurück. Auf dem Wecker sah er, dass es halb elf war. Draußen war es hell geworden, und das Thermometer zeigte vier Grad minus. Eine schwere Wolkendecke hing über der kleinen Gemeinde, und der Boden war von einer dünnen Schneeschicht bedeckt. Er zog sich einen Pullover an und setzte sich wieder an den Tisch.

Er war fünfunddreißig Jahre alt. Sein Leben ließ sich in drei Abschnitte einteilen. Im ersten lebte er als Sohn des Matrosen mit seiner Mutter in einer dunklen Wohnung auf Kungsholmen. Das war die früheste Kindheit, die er als andauernde Dämmerung im Gedächtnis hatte. Aus dieser Zeit erinnerte er sich nur an vereinzelte Sonnenaufgänge und Sonnenstrahlen, die in die Wohnung und in sein Bewusstsein gedrungen waren. Vor allem aber an die Dämmerung, die langsamen Bewegungen der Mutter, die gedämpften Geräusche von Wasserhahn und Töpfen, Nähmaschine und Radio. (Manchmal dachte er, dass er die Lautstärke von Margots Radio auf ähnliche Weise regulierte wie damals seine Mutter.) Die Kindheit war schwarzweiß, die Bilder aus dieser Zeit enthielten keine Farben. Er konnte sich auch nicht erinnern, was er damals gedacht hatte. Erinnerungen an Worte und Stimmen besaß er erst aus der Volksschule. Wie er über die gefliesten Korridore gerannt war. Diese Korridore tauchten oft in seinen Träumen auf, vor allem in den Jahren, als er beim Botendienst arbeitete. Die Erinnerungen aus dieser ersten Zeit waren vage. Der Nebel begann sich mit dem zweiten Abschnitt seines Lebens zu lichten, der vom ewigen Treten in die Fahrradpedale geprägt war. Doch auch hier schien alles grau. Erst mit dem plötzlichen Erwachen gegen Ende seiner Botenzeit verknüpfte er Eindrücke, die ihm Freude bereiteten. Helle schwedische Sommernächte, angenehme Gerüche, Lachen und warme Hände. Eine Art Ursprünglichkeit, ein vorbehaltloser Zustand. In diesen letzten Botendienstjahren ging es vor allem darum, wie er durch seinen Arbeitskollegen eine eigene Identität fand, Teil einer politischen Schule wurde. Von dort schweifte die Erinnerung zu der Fußverletzung und in das Wartezimmer, das ihn in den kleinen Marktflecken und hierher in dieses Zimmer geführt hatte.

Und dann? Genauer gesagt, jetzt?

Er trinkt ein Glas Wasser. Dann stellt er sich ans Fenster und schaut über die kalte weiße Fläche.

Er lässt den gestrigen Tag Revue passieren. Was folgt für ihn daraus, jetzt, da er damit leben muss? Natürlich kann er Enström und Erlandsson dazu zwingen, ihn in seinem Kampf gegen Lönngren zu unterstützen, bei der Suche nach einem potenziellen Mörder. Aber inzwischen zweifelt auch er daran, ob das eigentlich sinnvoll ist, auch er hat an diesem Vormittag das Gefühl, der Kampf sei verloren, bevor er überhaupt begonnen hat. Er versucht, noch einmal die Wut in sich aufsteigen zu lassen, als er Lönngrens Büro verließ, aber er findet nur das Bild, wie er mit geballten Fäusten durch die Straßen des Ortes streift.

Er macht sich eine Dosensuppe warm und denkt, dass er zumindest nie sein Wort gebrochen hat oder abtrünnig wurde und es auch niemals tun wird.

Gegen zwei Uhr nachmittags stieg Bertil die Stufen des Konsumladens hinauf und öffnete die Tür. Er klopfte sich im Eingang den Schnee ab. Im Geschäft befanden sich nur ein paar Kunden. Er wartete an der Theke. Als er an die Reihe kam, erkundigte er sich, ob Paulus Blomgren da sei. Er hatte den Eindruck, dass seine Stimme nicht besonders fest klang, doch die Verkäuferin schien es nicht zu bemerken. Sie bat ihn um etwas Geduld und verschwand hinter den Regalen, um Blomgren zu holen. Kurz darauf kam sie mit ihm zurück. Blomgren hatte sein Sakko ausgezogen und war wohl mit Büroarbeiten beschäftigt gewesen. Bertil sah, dass er einen Tintenfleck auf dem Zeigefinger hatte. Als Blomgren Bertil erblickte, runzelte er die Stirn. Die Überraschung war ihm deutlich anzumerken.

»Hallo. Du bist das also«, sagte er zögernd, »ich habe mich schon gewundert.«

»Ja«, sagte Bertil. »Störe ich?«

»Nein, nein. Überhaupt nicht.«

Blomgren schaute Bertil mit fragendem Blick an.

»Wolltest du etwas Bestimmtes von mir?«, sagte er und nickte einem Kunden zu, der das Geschäft betrat. »Sollen wir ins Büro gehen?«

»Nein, das ist nicht nötig«, antwortete Bertil. »Ich wollte nur wissen, ob du Spielkugeln hast. Du weißt schon, Tonkugeln in verschiedenen Farben. Mit denen die Kinder spielen. Solche, wie wir sie hatten. Weißt du, was ich meine?«

»Ja, sicher haben wir die«, sagte er. »War es das, was du von mir wolltest?«

»Ja.«

»Ach ja?«

Blomgren öffnete eine Schublade und fragte Bertil, wie viele er haben wolle.

»Sind jetzt teurer als in der Zeit, als wir Kinder waren.«

»Für eine Krone«, antwortete Bertil. »In verschiedenen Farben.«

Blomgren nahm eine braune Tüte und ließ die Kugeln der Reihe nach hineinrollen. Dabei zählte er sie sorgfältig. Dann überlegte er einen kurzen Moment und legte eine Kugel extra dazu. Er faltete die Tüte zusammen und legte sie vor Bertil auf die Theke.

»Eine gibt's gratis. Freundschaftshalber.«

Bertil nahm eine Krone aus der Hosentasche und legte sie neben die Tüte.

»Ich brauche sie für jemand anderen«, sagte er. »Als Geschenk.«

»Verstehe. Für die kleine … wie heißt sie noch gleich?«

»Rubinchen.«

»Wer ist Rubinchen?«

»Margots Tochter. Wir nennen sie Rubinchen.«

»Ach so. Das wusste ich nicht. Ist ja ein komischer Name für ein Kind. An dieses Mädchen hab ich jedenfalls gedacht.«

»Für sie habe ich die Kugeln aber nicht gekauft«, antwortete Bertil. »Ich will sie Enström und Erlandsson schenken.«

Blomgren wurde plötzlich ernst, und Bertil versuchte zu erkennen, ob vor ihm der unsichtbare Schütze stand, dem er während der Jagd im Wald begegnet war. War es Paulus Blomgren gewesen? Nein. Da war nichts zu sehen. Hier stand einfach Paulus Blomgren.

»Tatsächlich? Die beiden haben begonnen, mit Kugeln zu spielen?«, sagte Blomgren. »Um Himmels willen!«

»Ja, nicht wahr?«

Bertil nahm die Tüte und war vollkommen ruhig, als er dem stämmigen Filialleiter in die Augen sah.

»Bist du der, der geschossen hat?«, fragte er.

Blomgren lächelte, er behielt die Fassung, war ganz entspannt.

»Nein«, sagte er.

»Ich glaube, dass du es warst.«

»Was sollte es für Beweise gegen mich geben?«

»Vielleicht gäbe es jede Menge, wenn nicht ausgerechnet Lönngren der zuständige Polizeibeamte wäre, unter einer bürgerlichen Regierung.«

»Wovon redest du denn da, zum Teufel?«

»Von Politik, Blomgren. Und vergiss nicht, dass die Welt sich verändert. Falls du geschossen hast, wird es früher oder später herauskommen.«

»Ich habe nicht geschossen.«

»Hast du gesagt, ja. Danke für die Kugeln. Bezahlt habe ich schon.«

Bertil verließ den Laden. Beim Schließen der Tür sah er, dass Blomgren bewegungslos hinter der Theke stand und ihm nachschaute.

Als Bertil zu dem Gebäude am Fluss kam, in dem seine Unterkunft lag, betrat er die leere Wohnung im Erdgeschoß, leerte die Kugeln auf den Boden und sah sie in verschiedene Richtungen davonrollen. Er warf die braune Tüte hinterher, bereute es sogleich, hob sie wieder auf, blies Luft hinein und ließ sie mit einem Knall zerplatzen. Dann schloss er die Tür und ging die Treppe hinauf. Er legte sich aufs Bett und verschränkte die Hände unter dem Nacken. Der Besuch bei Blomgren bestätigte, worüber Enström in der Nacht gesprochen hatte. Als er im Laden stand und zusah, wie Blomgren die Kugeln in die Tüte packte, war ihm klargeworden, dass sich das Sichtbare nicht begreifen ließ, ehe nicht alle Abhängigkeiten und Zusammenhänge aufgedeckt waren. Erst dann konnte man Fakten und Wirklichkeit besser einschätzen. Doch diese Einsicht vermochte seine Angst nicht zu besänftigen. Er war nicht wirklich Herr seiner Gefühle, sodass er sie mit einem Griff hätte kontrollieren und die Unruhe loswerden können. Eine Unruhe, die aus dem Konflikt zwischen seinen persönlichen Bedürfnissen und dem objektiven Lauf der Dinge herrührte. Er fuhr mit einem Ruck aus dem Bett und setzte sich an den Tisch, um Svante zu schreiben. Aber als er nach einer Stunde den Stift fallen ließ, standen nur wenige Worte auf dem Papier: Lönngrens Untersuchung abgeschlossen. Keine Klärung. Bertil.

Müde kehrte er ins Bett zurück. Er schloss die Augen und schlief mit dem Arm auf dem Gesicht ein.

11.

Fünf vor sieben ging er auf den Hintereingang des Gemeindehauses zu und stieg die knarrende Treppe zum Saal D hinauf, der in einem niedrigen Geschoß über dem Bühnenraum lag. Enström und Erlandsson waren bereits da. Er nickte, legte den Mantel auf einen Stuhl und setzte sich an die Schmalseite des Tischs.

»Mehr werden wir wohl nicht«, sagte Enström. »Wir können also gleich anfangen.«

Erlandsson führte Protokoll, und Enström war der Einzige, der sprach. Er ging einige Aufrufe des Zentralkomitees durch. Dann las er eine Rede Stalins vor, die ebenfalls das Zentralkomitee geschickt hatte.

Bertil fand, dass Enström energischer wirkte als in der letzten Zeit. In seiner Stimme lag Kraft, und er sprach, als wäre der Raum vollbesetzt.

Es wurde ein kurzes Treffen. Nachdem das Datum für die nächste Sitzung festgelegt war, schaute Enström Bertil und Erlandsson an und sagte, nun sollten sie die Internationale singen, auch wenn sie nur zu dritt waren.

Sie standen also auf und sangen. Enström gab mit dröhnendem Bass den Ton an.

Vor dem Gemeindehaus verabschiedeten sie sich.

Die Schüsse wurden nicht erwähnt. Erlandsson sagte auf Wiedersehen und ging, während Bertil und Enström unter einer Straßenlaterne stehen blieben.

»Danke wegen gestern«, sagte Bertil.

»Was gibt es denn da zu danken? Es tut mir leid, dass ich so unwillig und träge war. Als du weg warst, konnte ich nicht einschlafen. Es war wirklich gut, dass du gesagt hast, was zu sagen war.«

»Und was machen wir nun?«, sagte Bertil, nachdem sie eine Weile geschwiegen hatten.

»Ich weiß es immer noch nicht. Aber wir halten es am besten so, wie du vorgeschlagen hast. Kannst du in ein paar Tagen zu mir in den Laden kommen, damit wir die Sache in Angriff nehmen? Schade, dass Svante nicht dabei ist.«

»Ja, wäre schön, ihn hier zu haben. Aber er ist nun mal nicht hier.«

»Nein. Leider.«

Sie setzten sich in Bewegung. Ein Schritt nach dem anderen. Seite an Seite.

Als Margot heimkam, war Bertil eingeschlafen. Ohne ihn zu wecken, kroch sie neben ihm ins Bett.

Am nächsten Morgen wachte sie von Rubinchens Gejammer auf und stellte fest, dass er bereits wieder weg war. Sie stand auf und sah sich nach einer Nachricht um, fand aber nur einen

Fäustling, den Bertil offenbar vergessen hatte. Sie hielt ihn lange in der Hand und dachte an ihn.

Dann setzte sie Kaffee auf.

Es war kurz vor halb acht.

Bis zum Lucia-Fest des Jahres 1951 waren es noch drei Tage.

Der Winter

1.

Am Freitagnachmittag holte Bertil seine letzte Lohnauszahlung im Büro der Schlachthofgenossenschaft ab. Draußen war es schon dunkel, und er hatte kurz befürchtet, das Büro könnte bereits geschlossen sein.

Als er das Hauptgebäude erreichte, sah er in den Fenstern noch Licht und beschleunigte seine Schritte, bis er den Türgriff in der Hand hatte und feststellte, dass noch geöffnet war.

Er schüttelte den Schnee ab und trat ein. Bojan war gerade dabei, die Abdeckung über die Schreibmaschine zu ziehen. Als sie Bertil erblickte, hielt sie inne, nickte ihm zu und öffnete eine Schublade ihres hellbraunen Schreibtischs.

»Hallo«, sagte sie. »Ich dachte schon, du kommst nicht mehr.«

»Ich habe nicht auf die Zeit geachtet. Wie spät ist es denn?«

»Kurz nach sechs. Ich wollte gerade gehen.«

Sie nahm einen Umschlag aus der Schublade, kontrollierte die Vorderseite und überreichte ihn Bertil. Er zog einen Fäustling aus und nahm die Lohntüte an sich.

»Du musst hier unterschreiben«, sagte Bojan und deutete auf einen weißen Quittungsblock.

Bertil steckte den Umschlag in die Manteltasche und griff nach einem Stift, der auf dem Schreibtisch lag.

»Da«, sagte Bojan und zeigte ihm die richtige Stelle.

Er schrieb mit steifen Fingern seinen Namen und legte den

Stift zurück. Als er sich aufrichtete, spürte er einen stechenden Schmerz im Rücken. Er verzog das Gesicht.

»Tut dir was weh?«, fragte Bojan.

»Nein, nicht wirklich. Es zieht nur ein bisschen im Kreuz.«

»Auf den Rücken muss man achtgeben. Das weiß ich vom Maschineschreiben. Was wird denn jetzt aus dir?«

Bertil stand da und sah ihr dabei zu, wie sie die Hülle über der Schreibmaschine zurechtzupfte. Es erinnerte ihn an die Bewegungen, mit denen Margot Rubinchen ankleidete.

»Ich weiß es nicht«, sagte er. »Ich weiß es wirklich nicht.«

»Bleibst du hier?«, fragte sie, ohne die widerspenstige Hülle aus den Augen zu lassen. Als er nicht antwortete, sah sie kurz zu ihm hin.

»Ich weiß es nicht«, sagte er. »Schwer zu sagen.«

Sie gingen zusammen Richtung Zentrum. Es war kalt, und sie schwiegen den ganzen Weg. Vor dem Gemeindehaus verabschiedeten sie sich.

»Auf Wiedersehen«, sagte Bojan. »Bis irgendwann.«

»Adieu«, sagte Bertil.

Er hatte das Gefühl, sie würden einander nie mehr sehen, und er wäre mit ihr gern noch eine Weile stehen geblieben. Doch sie hatte sich bereits abgewandt und eilte davon. Er sah, wie sie auf dem vereisten Bürgersteig immer wieder ins Rutschen kam. Er stellte sich im Eingang des Gemeindehauses unter die Lampe und öffnete das Kuvert mit seiner letzten Lohnauszahlung. Es war mehr als erwartet. 107 Kronen und 50 Öre. Er überschlug seine Ersparnisse und stellte fest, dass er insgesamt, mit dem Betrag auf dem Postsparbuch, 577 Kronen besaß.

Er sah Bojan hinterher, aber sie war bereits verschwunden. Dann las er auf dem Filmplakat, dass es heute Abend, am Samstag und am Sonntag einen Film mit Vera-Ellen gab. Ein kleineres Plakat daneben kündigte mit unförmigen Druckbuchstaben die Sonntagsmatinee an, einen englischen Film, in dem George Formby Banjo spielte.

Banjo, dachte er. Banjo, was zum Teufel ist das? Ein Blasinstrument vielleicht? Er setzte sich langsam Richtung Hotel in Bewegung und blieb vor dem Möbelgeschäft stehen, um in die Auslage zu schauen. Als er das Gesicht an die kalte Glasscheibe drückte und auf eine blaue Sofagruppe glotzte, entdeckte er, dass jemand zurückstarrte. Es war die Frau des Möbelhändlers, die im Geschäft gerade den Boden wischte. Sie lag auf den Knien und sah ängstlich zu ihm hoch. Es dauerte eine Weile, bis er verstand, dass sich auf der anderen Seite der Scheibe ein lebendiger Mensch befand. Er schreckte zurück, ging schnell weiter, bog in die Hoteleinfahrt ein, schaute kurz auf die parkenden Autos und näherte sich dann dem Eingang. Beim Aufdrücken der Tür erinnerte er sich daran, wie er nachts hierhergelaufen war, als sein Auto nicht mehr starten wollte. Wie er mit stechender Lunge an der Tür gerüttelt hatte und nichts anderes geschah, als dass ein Licht nach dem anderen ausgeschaltet wurde. Fast ein Jahr war das mittlerweile her.

Als er im Vorraum seinen Mantel aufhängte, überlegte er, warum er das Auto eigentlich immer noch hatte. Warum verkaufte er es nicht? Wozu brauchte er es jetzt?

Im Speisesaal waren keine Gäste. Er setzte sich an einen Fenstertisch und grinste bei dem Gedanken, dass ihn seine Einsamkeit hartnäckig begleitete. Wer sonst hatte das Glück, ein menschenleeres Restaurant zu betreten?

Er bestellte Essen, Bier und Schnaps. Den Schnaps trank er, bevor das Essen auf dem Tisch stand, und bestellte ein weiteres Glas, als er den ersten Bissen nahm. Es schmeckte ihm, und er aß alles auf. Als er fertig war, bestellte er eine große Kanne Kaffee und einen Kognak. Nach wie vor war er der einzige Gast. Nach dem zweiten Glas Kognak bemerkte er eine leichte Trunkenheit. Das Gesicht fühlte sich warm an, und die Bewegungen seiner Hand, die nach der weißen Kaffeetasse griff, wurden ungeschickter. Er hielt die Tasse mit beiden Händen und betrachtete das Bild der Hotelfassade, das auf dem weißen Porzellan aufgedruckt war.

Er setzte die Tasse vorsichtig ab und fragte sich von neuem, was er nun machen sollte. Seit Lönngren die Untersuchung für abgeschlossen erklärt hatte, war über eine Woche vergangen, ohne dass sie Weiteres unternommen hätten. Bertil hatte Enström nicht aufgesucht, und hier im Speisesaal wurde ihm klar, dass er auch nicht mehr so oft an die Sache dachte. Als ob er sie verdrängte. Sobald sie ihm in den Sinn kam, beschloss er, unverzüglich zu Enström zu gehen.

Aber dazu kam es nie. Es kam einfach nie dazu.

Und hier wollte er nun nicht mehr sitzen bleiben. Er hatte in der letzten Zeit zu viel getrunken. Es reichte, er musste damit aufhören. Aber was sollte er mit sich anfangen? Ins Kino gehen? Vera-Ellen? Oder sich ins Raucherzimmer setzen und die Nachrichten im Radio hören? Er wusste es nicht, und es beunruhigte ihn, dass es ihm so schwerfiel, sich zu entscheiden, eine Wahl zu treffen.

Auf dem Fensterbrett lag ein Bleistift. Er nahm ihn und sah, dass darauf stand, der Bleistift sei staatliches Eigentum. Er war also von jemandem vergessen worden, der die Aufgabe hatte, an den entscheidenden Fäden zu ziehen. Bertil nahm sein Messer aus der Tasche und spitzte damit den Bleistift. Die Späne ließ er in die Kaffeetasse fallen und fragte sich, ob es strafbar war, einen Bleistift zu spitzen, den der Staat auf einem Fensterbrett hatte liegenlassen. Plötzlich sah er Lönngren vor sich, wie dieser sechs lange, dicke Stifte nebeneinanderlegte, auf denen »Eigentum des Staates« stand, und ihn dann fragte, welchen davon er gestohlen hatte.

Bertil zog ein Stück Papier aus seiner Tasche und schrieb seinen Namen darauf. Es war eine Quittung aus dem Spielwarenladen, in dem er Puppenfäustlinge für Rubinchen gekauft hatte. Er schrieb den Namen zuerst in Druckbuchstaben, dann in Schreibschrift, und dachte daran, wie sich der Charakter seiner Unterschrift im Lauf der Jahre veränderte. Wusste er noch, wie sie aussah, als er sieben war, als er zehn war, als er als Fahrradbote arbeitete? Hatte sie sich in den letzten fünf Jahren, seit er hier war, weiter verändert? Er versuchte, sich an den Schriftzug zu erinnern, mit dem er auf dem Postamt Auszahlungsbelege unterschrieb. Aber es gelang ihm nicht, ihn auf der Rückseite der Spielzeugquittung zu reproduzieren. Irgendetwas war anders.

Dann strich er das Geschriebene mit dicken Strichen durch und brach dabei die Bleistiftspitze ab. Als er bezahlte und aufstand, kamen Gäste in den Speisesaal.

Jetzt könnt ihr kommen, dachte er. Denn jetzt gehe ich.

Als er in der Einfahrt des Hotels stand, geschah das, worauf er in seinem tiefsten Inneren gewartet hatte. Er gab sich keine Mühe mehr, Widerstand zu leisten. Er stand mit offenem Mantel reglos da und ließ es einfach kommen.

Sollte es ruhig kommen: Er konnte nicht mehr.

Sollte es ruhig kommen: Er würde sich von Margot und Rubinchen trennen.

Sollte es ruhig kommen: Dann reden sie eben hinter meinem Rücken.

Sollte es ruhig kommen: Er wünschte sich, Rubinchen wäre sein Kind.

Sollte es ruhig kommen: Er scherte sich einen Dreck darum.

Er wusste nicht, warum er es machte, tat es aber dennoch. Er ging zum Bahnhof und zog einen Schokoriegel mit Nüssen aus dem bei der Kälte schwergängigen Automaten. Dann nahm er denselben Weg, den er an dem Sonntag vor fünf Jahren genommen hatte, als er hier ankam. Er blieb an derselben Stelle stehen, drehte sich um, ein Mal, zwei Mal, um zu sehen, ob er einen Kirchturm mit einem Zifferblatt fand. Er hielt Ausschau nach einer Gaststätte, ging zum Fluss und stapfte durch den Schnee auf der Suche nach einer schief über die Sandbank hängenden Kiefer. Er fand sie, sank schwer und keuchend zu Boden und lehnte sich mit dem Rücken an den Stamm. Der Himmel war sternenlos, und er fror.

Fünf Jahre, dachte er, als er schlotternd vor Kälte in der Dunkelheit des Ufers saß. Der Schnee unter ihm war weich, und alles war still.

Als er wieder aufstand, fühlten sich seine Füße taub und leblos an. Es war, als ginge er auf eisernen Klumpen. Er sank ein, fiel hin und musste oft anhalten, um Luft zu holen. Das Bedürfnis, sich einfach in den Schnee zu werfen und einzuschlafen, war stark. Er stolperte und blieb eine Weile liegen, bevor er sich wieder hochkämpfte. Strauchelnd und gebückt kletterte er die Böschung hinauf und hinkte nach Hause.

Zurück in seinem Zimmer, bekam er mit den steifen Fingern die vereisten Schuhbänder kaum auf. Nachdem er sich lange mit dem einen Stiefel abgemüht und ihn endlich ausgezogen hatte, humpelte er zum Tisch, nahm das Fahrtenmesser und schnitt die Bänder des anderen Stiefels durch. Dann riss er sich den Mantel herunter und warf ihn auf den Boden. Er legte sich mit Kleidern ins Bett und war kurz davor einzuschlafen, als er spürte, wie es in den Füßen zu kribbeln anfing. Er drehte sich auf die Seite, zog die Knie zur Brust und dachte daran, dass er jetzt eigentlich bei Margot und Rubinchen hätte eintreffen sollen, wie es verabredet war.

Er schlief fest und traumlos, bis es am Samstagmorgen hell wurde.

2.

Nachdem Margot zwei Stunden auf ihn gewartet hatte, zog sie sich an und verließ das Haus. Rubinchen schlief. Dennoch beeilte sie sich und lief, so schnell sie konnte. Sie stieg die Holztreppe zu Bertils Tür hinauf und klopfte. Als keine Antwort kam, betrat sie sein Zimmer. An den tiefen Atemzügen hörte sie, dass er schlief. Sie sah sich um, bückte sich zu seinen Stiefeln hinab, nahm das Fahrtenmesser und legte es auf den Tisch. Sie nahm seinen Mantel und hängte ihn auf einen Kleiderbügel. Dann setzte sie sich auf die Bettkante und betrachtete Bertil. Vorsichtig hob sie die Decke und sah, dass er angekleidet war. Ein paar Minuten später stand sie auf und wollte eben das Licht ausmachen, doch sie entschied sich anders. Sie nahm den Mantel, legte ihn zurück auf den Boden und tat dasselbe mit dem Fahrtenmesser. Dann stellte sie sich vor ihn hin und schaute ihn noch einmal an, bevor sie leise ging.

Als sie wieder zu Hause eintraf, schlief Rubinchen immer noch. Margot machte Tee, setzte sich aufs Sofa und zündete eine Zigarette an.

Aber sie rührte den Tee nicht an. Ihr war klar, dass sie mit Bertil reden musste. Während sie wartete, dass sich ihre Unruhe legte, rauchte sie mehrere Zigaretten.

Nachdem sie schließlich zu Bett gegangen war, konnte sie lange nicht einschlafen.

3.

Als Bertil am Samstagmorgen wach wird, fühlt er sich verschwitzt und klebrig. Er hat im Schlaf die Decke weggestrampelt, wacht aber trotzdem klatschnass auf, mit einem schalen und trockenen Gefühl im Mund. Der Gaumen ist rau, und das Schlucken fällt ihm schwer. Er steigt aus dem Bett, trinkt zwei Gläser Wasser, zieht sich nackt aus und schlüpft wieder unter die Decke.

An diesem Morgen ist er ängstlich. Unter seiner Haut brennt es vor Unruhe. Er denkt darüber nach, wie es sein könnte, wenn alles anders wäre.

Es gibt eigentlich keinen Unterschied, denkt er. Alles wäre wie jetzt auch, es wäre aber möglich zu verstehen, warum die Dinge so sind, wie sie sind.

Das ist der Unterschied.

Er denkt daran, dass er jetzt fünfunddreißig ist.

1962 bin ich sechsundvierzig. 1972 bin ich sechsundfünfzig. Irgendwann in den 1980ern kriege ich möglicherweise eine Hirnblutung oder einen Schlaganfall. Vielleicht erlebe ich das Jahr 1990 noch. Aber 2000 werde ich nicht mehr am Leben sein. Dann bin ich tot, Margot vielleicht auch. Und ebenso alle, die ich kenne, Enström, Svante, Bojan, Asp, Harpo.

Er bekommt Angst. Die Vorstellung, nicht mehr da zu sein, den morgigen Tag nicht mehr zu erleben, erschreckt ihn. Was hat das alles für einen Sinn? Ich versuche, etwas zu verstehen, und es endet damit, dass ich alles verliere, denkt er. Je mehr das Leben mir gibt, umso schwerer wird es, sich zu verabschieden, einzusehen, dass mir der morgige Tag nicht mehr gehört. Vor dem unbekannten Tod muss sich niemand fürchten, Angst haben wir nur vor dem, was wir verstehen. Dem Schmerz, dem nächsten Tag, den man nicht mehr erlebt.

Er dreht sich zur Seite und blickt auf die Uhr, lässt seinen Blick über das Uhrengesicht wandern. Der Blick schweift weiter. Bertil legt sich auf den Rücken und sieht zur Decke hinauf, merkt, dass die Konzentration auf die Details des Zimmers nur eine Ausflucht ist.

Bertil Kras, denkt er, wie so oft in diesen Tagen. Sohn einer längst verstorbenen Mutter, die einen Matrosen traf, der Kras hieß, jedoch nur »der Matrose« genannt wurde. Ein Sohn, der den Namen Bertil bekommt, in die Volksschule geht, als Fahrradbote arbeitet, nach einer Fußverletzung in den Norden aufbricht, dem man den Rucksack stiehlt, der in einem Sägewerk arbeitet, beschuldigt wird, einen Brand gelegt zu haben, ein paar Freunde und viele Feinde findet, auf Margot trifft und Rubinchen, als Vertretung in einem Schlachthof arbeitet und eines Samstags voll angekleidet im Bett aufwacht. Da habe ich mein Leben. Was gibt es sonst noch zu sagen? Nichts. Nur Details, die zu unwichtig sind, um sich daran zu erinnern. Lachen, das kein Echo fand, Schritte, die nicht mehr sichtbar sind. Ein Körper unter einer benutzten Decke, den die Unruhe quält, ein Körper, dessen Name der Auslöser für viele bösartige und falsche Gerüchte war.

Aber ganz so ist es trotz allem nicht. Seine Mutlosigkeit und seine Unruhe sind schuld, dass er so denkt. Oder, um es deutlicher zu sagen, es dient den Interessen jener Leute, die eine Treibjagd auf ihn veranstalten, dass er besser unter der Decke liegt, statt ihre Art des Zusammenlebens zu stören.

Und an dem Punkt reicht es, er kann nicht länger im Bett bleiben. Er steht auf, rasiert sich, zieht sich an und macht sich auf den Weg. Auf der Holztreppe sieht er eine fette Maus in einem Loch verschwinden. Er betritt die eiskalte Wohnung im Erdgeschoß und rutscht auf einer der Kugeln aus, die er dort verstreut hat. Er streift durch die drei Räume und die Küche. Überall riecht es muffig. Kaputte Rollos hängen vor den Scheiben, und auf den Fensterbrettern sammeln sich tote Fliegen, die Beine nach oben gestreckt. Die Tapeten blättern ab, und die Decke ist undicht. Neben der Spüle steht schmutziges Geschirr. Auf dem Küchenboden liegen ein Handschuh und ein Stiefel mit einem großen Loch an der Ferse. Es sieht aus, als hätte es jemand mit einem Messer ausgeschnitten. Er dreht den Lichtschalter, aber nichts geschieht. An einem Kabel hängt eine Glühbirne herab, er stellt sich auf die Zehenspitzen und schraubt sie aus der Fassung. Er schüttelt sie dicht am Ohr und hört, dass sie intakt ist. Dann geht er zurück zum Eingang, wobei er mit dem Fuß ein paar vergilbte Zeitungen zur Seite schiebt. Er bückt sich und schaut auf das Datum. März 1950. Die Zeitung ist auf der Seite mit den Todesanzeigen aufgeschlagen. Er liest die Namen, aber sie sagen ihm nichts. Danach richtet er sich auf und betrachtet mit düsterer Miene ein vergammeltes und von Ratten zernagtes Stück Brot in der Ecke.

Meine Nachbarn, denkt er. Todesanzeigen, tote Leitungen, Rattenleichen.

So ist es und zugleich auch wieder nicht.

Draußen liegt ein klarer Wintertag in grellem Sonnenlicht. Er spürt, dass er hungrig ist, und beschließt, im Bahnhofscafé zu frühstücken. Am Bahnübergang sind die Schranken gesenkt, er tritt auf der Stelle und wartet, dass der Zug vorbeifährt. Es ist der Schienenbus nach Süden, der vom Bahnhof kommt und sich in der Kurve zur Seite neigt, ein Waggon für Passagiere und dahinter ein kleiner Güterwagen. Er versucht zu sehen, wie viele Fahrgäste im ersten Wagen sitzen und ob er jemanden erkennt. Aber es geht zu schnell, und er steht zu nahe. Der Schienenbus wirbelt die kalte Luft und den Schnee auf und drückt ihn gegen sein

Gesicht. Bertil blinzelt dem schwankenden Zug hinterher, der auf der Brücke den Fluss überquert. Als der Zug eben aus seinem Blickfeld verschwunden ist, spürt er einen Ruck in den Armen. Eine der Schranken hat ihn beim Öffnen gestreift. Er wartet, bis der Bahnübergang vollständig geöffnet ist, die Glocke verstummt und das Signal auf Grün springt. Dann geht er weiter. Als er am Rangierbahnhof vorbeikommt, bleibt er stehen und betrachtet die Güterwagen. Die Dampfloks drücken ihre Nasen aneinander und wirken auf eigentümliche Weise lebendig.

Er weiß nicht, warum, aber jedes Mal, wenn er an den Verschiebegleisen steht, spürt er eine große Unruhe in sich. Etwas packt ihn. Sticht unaufhörlich.

Im Bahnhofscafé isst er Grießbrei, ein Ei und trinkt zwei große Tassen Kaffee. Er nickt zu dem Mann in blauem Arbeitsoverall hinüber, der an einem Tisch in der Ecke sitzt. Es ist Strömgren, der auf dem Rangierbahnhof arbeitet. Bertil kann sich nicht mehr erinnern, wie er ihn kennengelernt hat. Oder hat er das gar nicht? Aber Strömgren nickt zurück und kommt mit einem zusammengedrückten Zigarettenstummel an seinen Tisch.

»Hast du ein Streichholz?«, fragt er.

Bertil schüttelt den Kopf.

»Du rauchst nicht mehr?«, fragt Strömgren. »Wieso denn?«

»An etwas muss man ja sparen.«

Strömgren klopft an die Servierluke und bekommt eine Schachtel Streichhölzer. Er zündet den Zigarettenstummel an und setzt sich wieder an seinen Ecktisch. Er beginnt ein Gespräch mit Bertil, die Zigarette im trockenen Mundwinkel.

»Gleich muss ich wieder raus und die Züge entkoppeln. Aber jetzt, wo die Gleisanlagen abschüssig sind, ist es ein bisschen leichter geworden. Und es geht schneller. Davon haben sie in den Staaten bestimmt schon jede Menge. Gleisgefälle, meine ich.«

»Wirklich, das haben die?«, sagt Bertil.

»Ja, dort drüben erfinden sie keine schlechten Sachen. Wir kriegen hier wohl auch bald so ein Television. Hast du davon schon gelesen? Kino daheim. Bilder im Radioapparat.«

»Nein? Doch, vielleicht habe ich das irgendwo gelesen.«

»Ja, ja. Da tut sich einiges. Dort müsste man mal hinfahren. Dort hätte man schon hinfahren sollen, als man jung war. Statt diesem Leben zwischen den Güterwagen hier. Ich hab dort einen Onkel. Der ist schon 1918 rüber. Davor hat er sich hier irgendwo in Närke abgerackert. Er ist jetzt bald hundert und arbeitet noch jeden Tag.«

»Dort drüben kann es aber sicher auch ziemlich beschissen sein«, meint Bertil.

»Ja. Sicher. Kann manchmal auch ein bisschen viel Amerika werden.«

Strömgren drückt die Zigarette im Aschenbecher aus. Die Kaffeetasse leert er im Stehen.

»Adieu«, sagt er und stößt die quietschende Tür ins Freie auf.

Bertil geht auf den Bahnsteig hinaus. Aus der Entfernung hört er Puffer aneinanderprallen. Zerstreut wirft er einen Blick auf den Fahrplan an der Wand des Bahnhofsgebäudes.

Dann macht er sich auf den Weg ins Ortszentrum.

Jetzt, denkt er. Jetzt muss etwas geschehen. Ich muss mich entscheiden. So kann es nicht länger bleiben. Wenn ich beim Postamt bin, muss klar sein, wie es weitergeht. Bis dorthin sind es zweihundert Meter. Es kann nicht sein, dass ich einfach nichts mehr auf die Reihe kriege. Gestern hätte ich bei Margot sein sollen. Ich weiß, dass sie auf mich wartet. Sie ist sicher beunruhigt, und ich schulde ihr eine Erklärung. Aber was soll ich ihr sagen?

Was soll ich sagen?

Habe ich es nicht schon beschlossen?

Doch als er beim Postamt ist, hat er nur ein Surren im Kopf. Er zögert, windet sich, weicht aus. Er schämt sich und wird wütend. Er nimmt die Hände aus den Manteltaschen, ballt sie zu Fäusten und öffnet sie wieder, starrt seine untätigen Handflächen an.

Erst als er vor dem Haus steht, in dem Margot und Rubinchen wohnen, reißt er sich zusammen.

»Ich muss es beenden«, sagt er laut zu sich selbst. »Um ihretwillen. Ich will es nicht, es ist das Letzte, was ich will. Aber ich muss. Ich kann hier nicht länger bleiben. Ich muss weggehen. Ich habe keine Arbeit. Ich habe alle Kraft verloren und bin nicht mehr handlungsfähig. Mir geht es wie Enström. Ich bin geschlagen und besiegt. Verschwinden ist das Beste, was ich tun kann.«

Dann geht er auf den Hinterhof, wo Margot bei den Mülltonnen steht und den Abfalleimer ausleert. Als sie seine Schritte hört, dreht sie sich um.

Jetzt wäre er am liebsten unsichtbar.

Aber das ist er nicht.

»Hallo«, sagt sie und schließt den Deckel der Mülltonne. Schweigend gehen sie die Treppe hinauf, er ein paar Schritte hinter ihr. In der Küche stellt Margot den Abfalleimer unters Waschbecken, während Bertil den Mantel aufhängt. Dann setzt er sich auf einen Hocker, zieht die Stiefel aus und stellt sie vor die Tür. Er steht auf und sieht sein Spiegelbild im Flur. Er ist blass und hat die Hände in den ausgebeulten Hosentaschen. Aus dem Zimmer hört er Margot und Rubinchen.

In der Tür bleibt er stehen und sieht den beiden zu.

»Wieso stehst du da?«, sagt Margot. »Warum setzt du dich nicht?«

»Hallo, Rubinchen«, sagt er. »Hallihallo.«

»Du hast ein Loch im Mantel«, sagt Margot mit dem Rücken zu ihm. Sie wischt den Staub von einer Stuhllehne.

»Wirklich?«

»Ich versuche, es zu flicken, falls ich einen passenden Zwirn finde. Besser jetzt, bevor es noch größer wird.«

»Hab ich gar nicht bemerkt.«

»Schau nach, dann sieht du es.«

Er geht hinaus und untersucht den Mantel. Auf dem Rücken ist ein langer Riss. Woher kommt der? Hat er den Mantel zerrissen, als er gestern Abend durch den Schnee gestapft ist? Stammt er von der Kiefer, an die er sich gelehnt hat? Er geht wieder ins Zimmer und setzt sich aufs Sofa, an den Platz, wo er sonst auch sitzt.

Er weiß, dass er nichts sagen wird. Wie soll er ausdrücken, dass er mit Margot und Rubinchen nicht mehr zusammen sein kann? Das ist unmöglich. Aber gleichzeitig kann er auch nicht hierbleiben. Alle Wege sind versperrt. Um ihn herum brennt alles.

»Ich bin gestern nicht gekommen«, sagt er. »Bin eingenickt und habe tatsächlich verschlafen. Ich verstehe überhaupt nicht, warum. Ich arbeite nicht und bin nicht müde. Trotzdem bin ich erst heute früh aufgewacht. Tut mir schrecklich leid, das war dumm von mir.«

»Macht nichts«, antwortet Margot. »Ich bin ins Bett gegangen und habe einmal ordentlich ausgeschlafen.«

»Sollen wir einkaufen gehen?«, fragt er dann.

»Müssen wir wohl. Eilt aber nicht. Es ist ja erst Viertel nach zehn.«

»Erst zehn?«

»Ja. Hast du schon gefrühstückt?«

»Hab ich. Grießbrei am Bahnhof.«

»Den macht Ester.«

»Ester?«

»Ja. Sie arbeitet dort. Ester Andersson. War früher in der Konditorei. Hat mir Kronberg erzählt.«

»Auf jeden Fall macht sie guten Grießbrei.«

»Die Frühstückseier bekommt sie aber wohl nicht immer richtig hin, habe ich gehört. Sie schaut offenbar nicht auf die Uhr. Das habe ich auch von Kronberg. Sie ist die Witwe von einem Schmied, der schon lange tot ist.«

»Also schon alt?«

»Nein, ich glaube nicht. Ihr Mann ist sehr jung gestorben. Hirnhautentzündung, wenn ich mich richtig erinnere. War damals eine Epidemie.«

»Furchtbar. So was ist wirklich scheußlich.«

»Ja. Vor allem, wenn man an Rubinchen denkt.«

Sie verstummen. Bertil glaubt, dass jetzt der richtige Augenblick wäre. Doch er sagt nichts, sondern ritzt nur mit dem Nagel kleine Kerben in den Tisch. Er kratzt einen hart gewordenen Marmeladefleck weg und findet, dass Margot abwesend wirkt.

»Woran denkst du?«, fragt er.

Margot erschrickt. Sie schüttelt den Kopf.

»An gar nichts.«

Dann steht sie auf, geht in die Küche und macht Kaffee. In der Tür wendet sie sich noch einmal um und sieht ihn an.

»Was ist denn los?«, fragt sie. »Was ist mit dir los?«

»Was meinst du?«

»Was ist los, Bertil?«

»Was meinst du denn? Es ist nichts.«

»Kannst du mir nicht sagen, was du hast?«

»Überhaupt nichts. Das habe ich ja schon gesagt. Was soll denn schon sein?«

Bertil hört, wie irritiert seine Stimme klingt. Ihre Frage ist ja nur natürlich. So natürlich, dass er es kaum erträgt.

Sie blickt resigniert zu Boden.

»Na gut. Dann ist eben nichts«, sagt sie und verschwindet in die Küche.

Bertil spürt ein starkes Herzklopfen. Was ist ihr aufgefallen? Was hat sie bemerkt? Er denkt, dass er ihr sofort klarmachen muss, dass sie falsch liegt.

Aber das tut sie ja nicht.

Und wieder wünscht er sich, nicht sichtbar zu sein. Doch das ist er. Er sitzt leibhaftig hier, wirr vor Unentschlossenheit, wütend über seine Unfähigkeit.

»Sollen wir nach dem Einkaufen einen kleinen Ausflug machen?«, ruft er in die Küche, anstatt ihr zu erklären, warum sie sich besser trennen sollten.

»Ist es dazu nicht zu kalt?«, antwortet sie und taucht wieder in der Türöffnung auf.

»Nicht, wenn wir das Auto nehmen. Kann ich dir vielleicht helfen?«

»Nein, ich bin gleich fertig«, sagt sie.

Sie fahren auf den Hausberg, wo sich auch die Sporthütte der Gemeinde befindet. Die Straße windet sich durch Kiefernwald hinauf. Das Auto fährt röhrend im ersten Gang, und Margot hat Rubinchen auf dem Schoß. In der fast vollbesetzten Sporthütte trinken sie warmen Saft. Auf einem Grammofon laufen Schellackplatten. Sie wechseln nur wenige Worte. Rubinchen hält die Verbindung zwischen ihnen aufrecht.

Am Abend steht Bertil in der Küche und spült das Geschirr. Als er das letzte Glas abgetrocknet und in das Regal neben dem Lebensmittelschrank gestellt hat, wird ihm im Stillen klar, dass er ohne Margot und Rubinchen nicht sein kann. Er fühlt keinen

Druck mehr, es brennt nicht länger, das Brüllen unter der Haut hat sich gelegt.

Ich muss das, was mit mir geschieht, begreifen, denkt er. Ich muss begreifen, dass es keinen anderen Weg gibt als durch diese Qual hindurch. Durch eine Abreise kann ich all dem nicht entkommen. Ich muss die Zeit begreifen, in der ich lebe. Die Leute um mich herum schwanken, und ich werde mitgerissen. Aber Kraft habe ich ja. Ich bin ja nicht zu Fall gekommen. Und es ist doch meine verdammte Pflicht zu bleiben, die Muskeln anzuspannen und den anderen eine Stütze zu sein. So einfach ist das. Warum bildest du dir denn ein, du wärst allein? Denk doch an Strömgren. Er ist einer von denen, für die du bleibst. Strömgren ist kein Kommunist. Aber er mag dich. Für ihn musst du hierbleiben. Solange andere zu Fall kommen, bist du es ihnen, verflucht noch mal, schuldig, weiterzuleben und zu kämpfen. Dass es momentan so miserabel läuft, heißt ja auch, es gibt bloß eine Richtung, in die es gehen kann. Vorwärts. Du wirst hierbleiben. Mit Margot und Rubinchen. Du wirst hierbleiben und kämpfen. Sich davonzustehlen hieße, sich das Rückgrat brechen zu lassen.

Und erst in diesem Moment, als mit einem Mal alles klar ist, bekommt er Angst. Eine eisige Hand greift nach ihm, als er daran denkt, dass er kurz davorstand, in eine unwiderrufliche Katastrophe zu geraten.

Die Flucht, die ihm so lange im Nacken saß.

Er hängt das Geschirrtuch an den Haken. Nichts scheint mehr schwer. Er fühlt, wie der Druck nachlässt, die Muskeln zur Ruhe kommen, die Knoten in den Nervenbahnen sich lösen.

Es hat fast etwas Feierliches.

Dann macht er die paar Schritte in den Raum, der endgültige Eintritt in ein Leben, an dem Margot und Rubinchen immer teilhaben sollen.

»Du siehst ja auf einmal so fröhlich aus!«, sagt Margot, als er vor ihr steht.

»Das bin ich auch«, sagt er.

»Was ist los?«

»Nichts. Nichts Besonderes. Ich bin einfach nur fröhlich.« Er denkt, dass er ihr erzählen sollte, was er mit sich herumgeschleppt hat, und dass es nun verschwunden ist. Aber er lässt es sein und setzt sich stattdessen neben sie aufs Sofa.

»Ich habe das Gefühl, dass alles in Ordnung kommt«, sagt er. »Ich werde schon eine Stelle finden. Arbeiten kann ich ja.«

Stillzusitzen fällt ihm schwer, also steht er wieder auf und geht im Zimmer herum.

»Sollen wir heiraten?«, fragt er. »Willst du?«

Weiter als bis hierher wird seine Freude nicht reichen. Sie hat in dem Augenblick begonnen, als er das letzte abgetrocknete Glas ins Regal stellte.

Länger dauert sie nicht.

Denn Margot sieht ihn ernst an. Sie steht auf und tritt an das Fenster zur Kyrkogatan. Sie steht mit dem Rücken zu ihm, und jetzt ist sie es, die Kraft braucht. Um zu sagen, was gesagt werden muss. Wie stark auch sie betroffen ist, dass sie nicht mehr die sein kann, die alles stumm mitträgt.

»Da gibt es etwas, was ich dir sagen muss.« Sie spricht leise, fast flüsternd.

»Ich möchte, dass du dich setzt«, fährt sie fort. »Es fällt mir so schwer. Ich will nicht, aber ich muss. Wenn du so neben mir stehst, kann ich es nicht sagen.«

Er versteht nicht, was das bedeutet, lässt sich aber aufs Sofa sinken und lacht ein wenig, als er antwortet.

»Klar, jetzt sitze ich. Was ist denn?«

»Es ist so schwer«, sagt sie schließlich. »Aber wir müssen aufhören, uns zu sehen, Bertil. Du weißt, wie gern ich dich habe. Darum geht es nicht. Und du weißt, dass Rubinchen immer glücklich ist, wenn du hier bist. Darum geht es auch nicht. Es ist einfach so, dass ich nicht mehr kann, Bertil.«

Die eisige Hand packt ihn, ohne dass er sich wehren kann. Er hält die Luft an und fühlt, wie sein Herz anfängt zu rasen. Als er ahnt, worum es geht, beginnt er ein mehrfaches Nein zu flüstern, mit krampfbefallener, unhörbarer Stimme.

»Verzeih mir«, sagt Margot, immer noch mit dem Rücken zu ihm. »Zu mehr reicht meine Kraft einfach nicht. Jedenfalls nicht jetzt, noch nicht. Ich habe es versucht, das habe ich wirklich. Ich habe nie etwas gesagt. Und das war sicher falsch. Wir haben es zu lange laufen lassen, ohne darüber zu sprechen. Vielleicht wäre es auch anders, wenn es Rubinchen nicht gäbe. Aber ich kann nicht mehr. Das habe ich eingesehen. Und ich kann dir nicht vorspielen, ich wäre jemand, der ich nicht bin. Du bist so viel stärker als ich. Aber ich kann diese Kraft nicht teilen, noch nicht, nicht jetzt. Ich schaffe es einfach nicht.«

Sie dreht sich um und sieht ihn an. Die Hände hat sie geballt und presst sie an den Körper.

»Du musst jemand finden, der das durchhält, Bertil. Verzeih mir, wenn du enttäuscht bist, aber ich kann dich nicht anlügen. Dafür habe ich dich zu gern.«

Er sitzt auf dem Sofa. Er spricht, ohne Kontrolle über seine Worte zu haben.

»Nein«, sagt er. »Natürlich sollst du nicht lügen. Ich wusste nicht, dass es dir so geht.«

Weiter kommt er nicht. Er fährt hoch, drückt sie an sich und spürt dabei, wie dünn sie geworden ist. Er hält sie noch fester.

»Margot«, zischt er.

Nichts weiter. Nur ihren Namen.

Er reibt den Kopf an ihrer Schulter, und sie knickt unter seinem Gewicht ein. Vorsichtig stößt sie ihn von sich.

»Bertil«, sagt sie. »Verzeih mir. Aber ich will, dass du gehst.«

Bertil weicht zurück und schaut sie an.

»Ich will, dass du jetzt gehst«, sagt sie noch einmal. »Es ist am besten so. Du findest jemand, der stärker ist als ich.«

»Ist das dein Ernst?«

»Es wird nur schlimmer, wenn wir warten.«

»Aber wieso?«

»Ich dachte, ich habe es erklärt, aber vielleicht bin ich dazu nicht in der Lage. Worte fallen mir schwer. Ich habe keine Kraft mehr. Ich merke, wie ich unter diesen Gerüchten zerbreche. Und ich muss auch an Rubinchen denken, wenn sie älter ist, wenn man anfängt, sie Kristina zu nennen. Wie wird sie mit den Verleumdungen zurechtkommen? Ich habe es versucht, das musst du mir glauben, mit allem, wozu ich in der Lage bin. Mehr geht nicht. Ich kann nicht einmal mehr weinen.«

Er schaut sie an. Er versteht nichts.

Nicht das, denkt er. Nicht das.

Er weiß nicht, wie lange es dauert, bis er sich löst, den Mantel an sich reißt, die Stiefel in die Hand nimmt und in die Dunkelheit stürzt. Noch in Socken stolpert er die steile Holztreppe hinunter, stößt dabei gegen die Wand und stemmt die Eingangstür auf. Er läuft durch den Schnee, der sich weich anfühlt. Auf der Straße bleibt er stehen, zwängt sich in die Stiefel und den Mantel und läuft weiter. Ein Taxi biegt um die Ecke und muss blitzschnell ausweichen, um ihn nicht zu überfahren. Er strauchelt, rutscht aus und fällt hin.

Bertil rennt die ganze Strecke nach Hause. Er hastet die Treppe hinauf und bleibt vollkommen ausgepumpt hinter der Tür stehen. Der Mund ist trocken, und die Lunge sticht vom Lauf durch die Kälte. Er sinkt zu Boden und atmet. Langsam wird der Herzschlag ruhiger.

In ihm ein einziger Gedanke.

Nicht das.

Nur nicht das.

4.

Nachts um Viertel vor zwölf sitzt er auf dem Stuhl und starrt mit leerem Blick vor sich hin. Er bewegt sich nicht, sitzt einfach reglos da. Eine Hand liegt auf dem Tisch, neben dem Fahrtenmesser, die andere auf dem Knie.

Eine gefrorene Statue.

So sitzt er die ganze Nacht. Erst als es am nächsten Morgen hell wird, steht er auf und macht die zwei Schritte zum Bett. Er wirft sich seitlich auf die Decke und zieht langsam die Beine zur Brust.

Er hat die Augen offen und wiegt sich leicht hin und her. Ein paar Stunden schlummert er.

Gegen sechs Uhr abends sitzt er wieder am Tisch. Die Gummistiefel hat er abgestreift.

Um Mitternacht, in der Nacht auf Montag, steht er auf und beginnt, im Zimmer auf und ab zu gehen.

Sein Blick ist jetzt ein anderer.

Langsam lässt die Lähmung nach.

Ein weiteres Mal fasst er sich und zwingt sich nachzudenken.

Der Rangierbahnhof

Kurz nach Mitternacht hat er sich wieder auf den Stuhl gesetzt, den Blick auf die Tapete geheftet, die Hände ruhen auf den Oberschenkeln. Vor ihm auf dem Tisch steht eine unberührte Tasse Tee.

Er ist vollkommen reglos und hat Angst. In sich spürt er das diffuse Verlangen nach einer Zigarette.

Er weiß, nun ist alles zu Ende. Das Gefühl, verloren zu haben, alle Brücken einstürzen zu sehen, macht ihm nicht so viel aus wie die Fremdheit seines eigenen Körpers. Er fühlt, wie er sich auflöst, als wäre er nicht länger eine Einheit, sondern bestünde aus verstreuten Teilen, ohne Verbindung zueinander. Von einem scharfen Heulen wie von einer Hochspannungsleitung zerspringt ihm beinahe der Kopf. Das Geräusch wird immer stärker, und er fragt sich, wie lange er das noch aushält. Er bezweifelt, noch irgendeinen Widerstand leisten zu können. Der scharfe, hohe Ton gleicht einem Brenner, der Blech schneidet. Die Flamme kommt näher und näher, und er ist sich nicht mehr sicher, ob es Einbildung ist oder die Flamme gleich an dem Punkt durch die Tapete fahren wird, auf den er starrt.

Plötzlich erinnert er sich an etwas. Als er hier einzog, nachdem er im Sägewerk zu arbeiten begonnen hatte, musste er das Zimmer gründlich saubermachen. Er sieht den Rattendreck und die dicken Staubschichten noch vor sich. Aber er erinnert sich auch daran, dass er auf dem Boden des Schranks eine kaputte Schutzbrille fand. Hat er sie damals weggeworfen? Das Heulen ist jetzt unerträglich. Er steht auf und geht über den Korkteppich zum Schrank. Er macht Licht und beginnt zu suchen.

Die Schutzbrille hängt an einem Haken. Er nimmt sie und schließt die Schranktür. Dann kehrt er zu seinem Stuhl zurück und setzt sie auf.

Wartet.

Nach einer Weile glaubt er zu spüren, dass das Heulen langsam schwächer wird und in ein taubes Vibrieren an den Schläfen übergeht. Bertil starrt weiter auf die Tapete, die durch die Schutzbrille einen lila Farbton bekommen hat. Er nimmt seine frühere Haltung wieder ein, der Rücken gerade und die Hände auf den Schenkeln ruhend.

So sitzt er da, und alles ist zu Ende.

Und doch auch nicht.

Er kann einfach nicht aufgeben, sich besiegen lassen. Irgendwo hinter all dem Elend, das sich so hartnäckig behauptet, kämpft das Leben, unbeschadet und unberührt. Aber wie soll er dorthin finden? Wie soll er sich aus dem Zustand befreien, der ihn jetzt beherrscht und ihn verrückt zu machen droht?

Wie ringt man einen unsichtbaren Feind nieder?

Er sitzt da in seinen dicken Wollsocken mit großen Löchern an den Fersen. Undeutlich nimmt er wahr, dass er friert, dass die Kälte des Fußbodens langsam die Beine hinaufkriecht.

Er betrachtet seine Hände, bewegt vorsichtig die Fingerspitzen, lässt sie über die raue Oberfläche der Hose streichen.

Auf einem Hosenbein hat er einen Farbfleck. Der Nagel des kleinen Fingers kratzt daran. Der hohe, heulende Ton hat einer drückenden Stille Platz gemacht, und er fängt wieder an zu denken. Die unzusammenhängenden Wortfetzen und Bilder, die wie wilde Ratten in seinem Kopf herumrasten, sind verschwunden, jetzt reihen sich Gedanken aneinander, die er beherrschen kann. Er legt die Arme auf den Tisch und beugt sich vor, bis er sein Gesicht im Tee sieht. Er beobachtet sein Spiegelbild, nimmt die Tasse und leert sie in einem Zug.

Dann steht er hastig auf, geht zum Waschbecken und dreht den Wasserhahn auf. Er wäscht sich lange und gründlich die Hände. Als er sie abgetrocknet hat, reißt er sich die Schutzbrille vom Gesicht und wirft sie ins Waschbecken.

Er setzt sich auf die Bettkante und zieht die Gummistiefel an.

Und er denkt nach.

Er muss etwas tun, irgendetwas. Die Passivität zieht ihn zum Grund des Flusses hinab, er ertrinkt, wenn er seine Kräfte nicht zum Gegenangriff sammelt. Er muss hinaus, zurückschlagen, auch wenn er nur gegen Schatten kämpfen kann.

Als er vor dem Haus im Schnee steht, spürt er, wie kalt es ist. Er zieht die Mütze bis zu den Augenbrauen hinunter und steckt die Hände in die Manteltaschen, obwohl er Handschuhe trägt.

Eine Minute lang steht er ganz ruhig da.

Dann geht er in Richtung Ort.

Es sticht und zerrt in seinem Inneren, aber er leistet Widerstand. Die Gummistiefel knirschen im Schnee, und er bewegt sich schnell.

Er geht auf ein Ziel zu, das er noch nicht kennt.

Als er den Bahnübergang erreicht, auf dem er einmal ausgerutscht und hingefallen ist, biegt er von der Straße ab und folgt den Schienen. Er geht in der Mitte des Gleises und wendet sich hin und wieder zurück, um seine Fußspuren zu betrachten. Vor ihm liegt der gelb beleuchtete Rangierbahnhof. Auf der Gleisanlage sieht er die Güterwagen und Loks, die kalt und unbeweglich dastehen.

Es ist nachts um Viertel nach eins.

Bertil betritt die Anlage, auf der sich die einzelnen Gleisspuren zu unregelmäßigen Schienensträngen verästeln, hält inne und nimmt die Mütze ab. Er lauscht, aber ringsum ist nichts als Stille. Er blickt sich um, wie damals, als er in dem kleinen Marktflecken ankam und nach einem Zifferblatt suchte.

Dann wirft er die Mütze in den Schnee und lässt ein Brüllen los. Er ballt die Hände zu Fäusten, legt den Kopf in den Nacken und stößt einen Schrei aus, der kein Echo findet.

Und dann geht alles wie von selbst.

Er weiß, dass es falsch ist, aber es ist nötig, um überhaupt weitermachen zu können.

Und genau das möchte er. Weitermachen.

Deshalb beschließt er, der Wut freien Lauf zu lassen.

Gegen seine Schatten zu kämpfen, um dann gegen seine Feinde kämpfen zu können.

Anfangs geht er vorsichtig, mit federnden Schritten, dann beginnt er, auf einen Güterwagen zuzulaufen, der neben dem Depotgebäude steht. Er stolpert über eine Weiche, kann sich aber auf den Beinen halten. Vor dem Güterwagen geht er in die Knie, stützt sich gegen einen Puffer, reißt mit einem Ruck den Bremsklotz weg und wirft ihn zur Seite. Er stemmt sich mit aller Kraft gegen den Waggon, bis dieser zu rollen beginnt. Dann läuft er zum nächsten Güterwagen und macht das Gleiche. Die ganze Zeit begleitet von dem Gedanken, dass es falsch ist, aber nötig, um weiterzumachen. Er zerrt und rüttelt an einer Weiche. Kurz darauf hört er ein gewaltiges Krachen hinter seinem Rücken. Als er sich umdreht, sieht er, dass der erste Waggon mit einem Kohlewagen kollidiert ist. Der Knall pflanzt sich durch die Nacht fort, und ihn befällt ein Gefühl von Reue. Aber er zwingt sich, weiterzumachen, rennt über den Rangierbahnhof, schleudert seine Handschuhe weg und überlässt sich dem Wahnsinn, den er nun endlich ausleben kann. Bald rollen mehrere Waggons über die Verschiebeanlage und stoßen mit langanhaltendem Krachen ineinander. Der erste Güterwagen neigt sich und kippt wie in Zeitlupe zur Seite, eine langsame Bewegung, die mit einem ohrenbetäubenden Donner endet. Einmal stürzt Bertil schweißüberströmt auf seinem Weg zwischen den Waggons. Er ist außer Atem, aber er jagt weiter.

Als die ersten Leute, vom Lärm geweckt, herbeigelaufen kommen, ist alles bereits vorbei. Mit verschlafenen Stimmen rufen sie einander nervöse Kommentare zu. Sie geraten zwischen den Waggons ins Stolpern und verstehen nicht, was geschehen ist. Unschlüssig irren sie herum, knöpfen ihre Hosenschlitze zu und stopfen die Enden ihrer Hemden in den Bund.

Er steht im Schutz des dunklen Depotgebäudes und sieht ihnen zu. Immer noch außer Atem, spürt er, wie auf seinem Rücken der Schweiß abzukühlen beginnt. Er sinkt zu Boden und setzt sich auf etwas Kaltes, ohne zu wissen, was es ist. Er denkt, dass es noch eine Weile dauern wird, bevor sie systematisch anfangen zu suchen, und bis dahin werden sie ihn nicht finden.

Plötzlich ist er sehr müde und legt den schweren Kopf auf die Hände. Er zittert vor Kälte, aber er ist nicht mehr kraftlos. Jetzt hat er den nötigen Fehler begangen, jetzt kann er weitermachen. Er kratzt sich am Haaransatz und denkt, gleich werden sie kommen.

Als sie ihn schließlich fanden, war er aufgestanden und erwartete sie stehend. Sie näherten sich vorsichtig und versuchten, seinen Blick einzufangen, aber er sah an ihnen vorbei, in eine Zukunft, in der er nicht mehr gegen Güterwagen und Schatten kämpfen musste. Er wusste nun, dass die Zukunft unwiderruflich ihm gehörte. Er war seinen Zweifeln auf den Grund gegangen und hatte sich von ihnen befreit. Er hatte Schläge zu spüren bekommen und wusste, wer geschlagen hatte. Er war der Verfolgte gewesen.

Nun gehörte er zu denen, die verfolgen würden.

In der Zukunft, die er jenseits des Rangierbahnhofs sah, würden die Ursachen, die ihn zu dieser Nacht getrieben hatten, nicht nur für ihn selbst erkennbar werden, sondern sie wären auch ein sichtbarer Teil jener größeren Wirklichkeit, die sich eines Tages immer zeigt.

Nun würde er wieder kämpfen, gemeinsam mit seinen Freunden. Als die Menschen, die ihn fanden, einige Meter von ihm entfernt zögerlich einen Halbkreis bildeten, nickte er ihnen zu.

Dann bat er sie, ihm bei der Suche nach der Mütze und den Handschuhen zu helfen, die er zwischen den Schienen in den Schnee geworfen hatte.

Ann Bengele und Louis Bareno für ihre Freundschaft und ihre unermüdlichen Anstrengungen an dem treuen Macintosh Laptop. Mehr als alle anderen meiner Freunde verstehen Ann und Louis, dass beim Schreiben eines Romans Umschreibungen und Lektorat zehnmal so viel Raum einnehmen wie das Schreiben selbst.

Therese Wilson, meiner Assistentin, danke ich dafür, dass sie mir die Arbeit so sehr erleichtert hat. Cynthia Kaiser, die mir beim Marketing und bei Einladungen hilfreich zur Seite stand. Ich danke Darius Baghai, Christina Carlson, Orlando Cartaya, Rick Cipra, Bari Cooper, Tina Crowe, Michelle Flores, Gerhard Heusch, Steve Istock, Vanina Marsot, Richard Marshall, Max Netty, Colm O'Ryan, Yvette Patko-Coffin, Tanya Rothman, Todd Shollenbarger und Milo Stevanovich, die mir durch schwere Zeiten halfen.

William Gray für die Karten und für seine zeichnerischen Künste. Georganna Millican für ihre Fotos. Chris Netty für seine geradezu unheimliche Fähigkeit, Dinge zu finden, besonders einzelne würfelförmige Steine aus Zirkonium.

Tom Clancy, Clive Cussler und Peter Mayle gilt mein Dank für ihre außergewöhnlichen Romane, die mir das Jurastudium und andere schwere Zeiten versüßten und mich ermutigten, den Traum nicht nur zu träumen, sondern zu verwirklichen.

Den Männern und Frauen von Ervin, Cohen & Jessup LLP aus Beverly Hills, der besten Anwaltskanzlei in Kalifornien, die eine Arbeitsatmosphäre schaffen, in der es einem Juristen möglich ist, sein persönliches Leben und Streben zu verfolgen und zugleich dem Mandanten die bestmöglichen Dienste zu bieten.

Meinen Kollegen und dem Personal des Grand Havana Room in Beverly Hills, die mir einen sicheren Hort abseits des lärmenden Trubels schufen.

Allen meinen anderen Freunden, von denen es zum Glück zu viele gibt, als dass ich sie hier alle namentlich aufführen könnte. Ohne ihre Liebe, Unterstützung, Ermutigung, ihren Glauben und ihre Freundschaft – auch wenn sie vielleicht nicht wussten, dass ich gerade ein Buch schrieb – hätte ich dieses Werk niemals vollenden können. Ihr wisst, was ihr wert seid. Ihr seid meine Edelsteine.

Und schließlich danke ich Ihnen, meinen Lesern, für Ihr Interesse. Dieses Buch ist für Sie. Dass Sie diesen Roman gekauft haben, ehrt mich sehr. Ich hoffe, er hat Ihnen beim Lesen ebenso sehr gefallen, wie er mir beim Schreiben Freude bereitet hat.

Ein Kernforscher wird in seinem Schweizer Labor ermordet aufgefunden. Auf seiner Brust finden sich merkwürdige Symbole eingraviert, Symbole, die nur der Harvardprofessor Robert Langdon zu entziffern vermag. Was er dabei entdeckt, erschreckt ihn zutiefst: Die Symbole gehören zu der legendären Geheimgesellschaft der »Illuminati«. Diese Gemeinschaft scheint wieder zum Leben erweckt zu sein, und sie verfolgt einen finsteren Plan, denn aus dem Labor des ermordeten Kernforschers wurde Antimaterie entwendet ...

ISBN 3-404-14866-5

BASTEI
LÜBBE